Emmanuel Bove • Flucht in der Nacht

Emmanuel Bove

FLUCHT IN DER NACHT

und

EINSTELLUNG DES VERFAHRENS

Zwei Romane

Aus dem Französischen
von Thomas Laux

Deuticke

Die Originalausgabe erschien unter dem Titel
Départ dans la nuit suivi de *Non-lieu*
© 1988 Les Éditions de La Table Ronde

Alle Rechte dieser Ausgabe
© 1997 Franz Deuticke Verlagsgesellschaft m.b.H., Wien–München

Fotomechanische Wiedergabe bzw. Vervielfältigung,
Abdruck, Verbreitung durch Funk, Film oder Fernsehen
sowie Speicherung auf Ton- oder Datenträger, auch
auszugsweise, nur mit Genehmigung des Verlags.

Umschlaggestaltung: Robert Hollinger
Druck: Wiener Verlag, Himberg bei Wien

Printed in Austria
ISBN 3-216-30300-4

Für General de Gaulle

Vorwort

Flucht in der Nacht *und* Einstellung des Verfahrens *sind die letzten Werke von Emmanuel Bove. Wir haben uns entschieden, sie in einem Band vorzulegen, da man sie genausogut im Zusammenhang lesen kann wie jedes für sich, beginnt doch die Geschichte von* Einstellung des Verfahrens *dort, wo* Flucht in der Nacht *endet.*
Jeder der beiden Romane wurde zunächst für sich veröffentlicht: der erste 1945 bei den Éditions Charlot in Algier, der zweite 1946 bei Robert Laffont in Paris. Diese Angaben sind nicht unerheblich. Flucht in der Nacht *erscheint im letzten Drittel des Jahres 1945, doch Emmanuel Bove stirbt in Paris bereits am 13. Juli 1945. Edmond Charlot, dessen Archive während des Algerienkrieges von der OAS gesprengt wurden, kann nicht mit Sicherheit sagen, ob Bove noch ein Exemplar seines Buches in die Hand bekam; fest steht aber, daß er an seiner Veröffentlichung beteiligt war. Anderthalb Monate vor seinem Tod notierte der fiebernde und abgemagerte Bove, der aus seinem Zimmer nicht mehr herauskam, unter dem letzten Brief, den wir von ihm haben: »Ich publiziere.« Möglicherweise bezieht sich dieser Satz auf* Die Falle, *aber unerheblich ist er deshalb keineswegs. Bove, der zwischen 1940 und 1942 in die Gegend um Lyon geflüchtet war, hatte sich immer geweigert, im besetzten Frankreich zu veröffentlichen. Seine Absicht war es, nach England zu gelangen, und es ist kein Zufall, daß* Flucht in der Nacht *General de Gaulle gewidmet ist.*
Es verschlägt ihn schließlich nach Algier, wo er im November 1942, kurz vor der Landung der Alliierten, ankommt. Dort bleibt er bis zum Oktober 1944, um dann in die französische Hauptstadt zurückzukehren. Die beiden hier vorliegenden, seit ihrer Erstveröffentlichung nicht wieder aufgelegten Romane verfaßt er in Algier. Dort knüpft er auch zahlreiche Kontakte mit Schriftstellern und Künstlern, insbesondere mit André Gide, Saint-Exupéry, Max-Pol Fouchet, Albert Marquet, Henri Jeanson und Philippe Soupault. Sein Gesundheitszustand indessen verschlimmerte sich dort nur noch: »Boves Leben war fast ein Da-

hindämmern. Manchmal hielt er sich die Hand vor Gesicht, eigentlich nicht so sehr, um einen Hustenanfall zu ersticken, sondern um eine durch den Schmerz hervorgerufene Grimasse zu verbergen. Oft verschwand er zu einem Krankenhausaufenthalt, aber er sprach nicht über sein Leiden«, erinnert sich Enrico Terracini.

In seinem Taschenkalender notiert Bove am 28. März 1945: »Krank geworden.« Soll heißen: todkrank. Bis zu diesem Datum ist der Kalender über und über mit Notizen vollgeschrieben. Ab dem folgenden Tag, für die Dauer der etwa hundert Tage, die ihm noch zu leben bleiben, sind die Seiten leer, abgesehen von seinem Geburtstag, dem 20. April. Da schreibt er: »47 Jahre«, dreimal unterstrichen und mit einem Ausrufezeichen versehen. Danach endgültiges Schweigen. Schmerzliche Details, die sein extremes Schamgefühl belegen.

Als Einstellung des Verfahrens erscheint, ist Bove schon über ein Jahr lang begraben und sein Werk mit ihm. Dem Zeitgeist sind andere wichtiger. Im Namen der wiedererlangten Freiheit und der aufziehenden Revolution in Algerien drängt man sich, den neuen Ikonen – Sartre, Camus, Aragon – die Reverenz zu erweisen. Von nun an heißt es, weg mit ihnen, den Boves, Calets, Hyvernauds, Guérins und ihresgleichen, die den Anstand über die literarische Eitelkeit stellen, die mit der Ablehnung der Heuchelei bei sich selbst beginnen. Denn Tatsache ist, daß der Status des »großen« Schriftstellers nur selten mit einer ungeschönt klaren Selbstsicht einhergeht.

Einstellung des Verfahrens *ist nicht nur der Titel von Boves letztem Roman. Er könnte als Überschrift für sein gesamtes Werk gelten, um nicht zu sagen: für seine ganze Existenz. Ohne Zweifel hat der Autor in der Situation, in der er sich befand, dies auch so empfunden. Die vier letzten Romane (*»Un homme qui savait«, Die Falle, Flucht in der Nacht *und* Einstellung des Verfahrens*) bilden für sich allein ein ganzes Programm. Sie sind während des Krieges verfaßt und haben den Krieg auch als Hintergrund. Man kann sie auf dieser Ebene lesen, man darf an sie, vor allem an die beiden letztgenannten, aber auch als einen einzigen großen Initiationsroman herangehen.*

Der Protagonist aus Flucht in der Nacht *und* Einstellung des Verfahrens *ist nicht weniger entschlußlos als es die »Helden« der ersten zwanzig Bücher waren. In den Romanen zuvor war die jeweilige Hauptfigur allerdings ein Zauderer* a priori, *einer, der sich ebenso sehr aus Unfähigkeit wie aus Prinzip allem Handeln verweigerte. Hier nun steht er gewissermaßen auf der anderen Seite der Unschlüssigkeit, das heißt nach vollbrachter Tat, der – übrigens unbeabsichtigten – Tötung zweier deutscher Wachposten. Nun könnte man meinen, diese Tat befreie den Ich-Erzähler. Doch ganz im Gegenteil führt sie nur dazu, seine Unentschlossenheit ins Unermeßliche zu steigern und ihn in einen existentiellen Horror zu stürzen, aus dem er – vom Gang der Handlung übrigens nur unzureichend kaschiert – nicht mehr herauskommt. Seine Zweifel und infantilen Ängste steigern sich bis zur Paranoia und einer extremen Lebensangst, die, zuvor nur potentiell vorhanden, nunmehr konkret und definitiv wird. Als ob der Umstand, nur ausnahms- und zufälligerweise gehandelt zu haben, etwas Unwiderrufliches ausgelöst hätte, als wäre jegliche Tat ein Verbrechen, um nicht zu sagen:* das *Verbrechen schlechthin. Das Grauen, das lange Zeit abgewehrt werden konnte, dringt nun durch alle Poren der Persönlichkeit und zersetzt die Identität des Ich-Erzählers. Von da an ist der Wurm in der Frucht, und diese wird zerfressen, bis nichts mehr übrigbleibt. Die äußere Welt wird nur noch als Alptraum erlebt – der halluzinatorische Aspekt der Erzählung hängt möglicherweise auch mit Boves Gesundheitszustand zusammen –, und die Menschheit, aus der sie besteht, erweist sich als unabänderlich feindselig.*

Ein Initiationsroman, sagte ich, und das ist zu verstehen als eine Einführung in Einsamkeit und Tod. Flucht in der Nacht *erzählt vom Ausbruch eines Dutzends französischer Kriegsgefangener aus einem deutschen Lager. Das Buch endet mit der Ankunft des Ich-Erzählers in Frankreich. Nachdem er seine Gefährten unterwegs aufgegeben oder verloren hat, kehrt er nunmehr allein zurück. Der Entwurf des Romans könnte mithin so zusammengefaßt werden: von der unmöglichen Gemeinschaft zur hoffnungslosen Einsamkeit.* Einstellung des Verfahrens *zeigt den Protagonisten seinen feindseligen oder gleichgültigen Landsleuten im besetzten Frankreich ausgesetzt. Unter dem Vorwand, nicht wieder gefaßt werden zu wollen – allerdings geht es im Buch nie direkt um die Deutschen –, verwendet er alle Kräfte darauf, den Teufelskreis seiner Einsamkeit zu durchbrechen. Der Roman, und so auch Boves Werk, mündet in dieses letzte Scheitern. Sich verfolgt und terrorisiert wähnend, beschließt der Erzähler, seinen Frieden und seine Sicherheit anderswo zu suchen. Man wird sehen, daß er sich einen idealen Ort dafür aussucht, denn es handelt sich um das Spanien Francos:* »*Ich drehte mich um. Zwei spanische Wachposten kamen auf mich zu. Ich wußte, sie würden mich ins Gefängnis bringen, aber das war mir egal: Ich war frei.*«

Letzten Endes gibt es für Bove Freiheit nur im Tod. Sein eigener Körper sollte einige Monate später die Konsequenzen daraus ziehen: »Monsieur Bove verstarb heute morgen an allgemeiner Entkräftung und Herzversagen«, heißt es auf dem Totenschein.

Raymond Cousse (1988)

Flucht in der Nacht

1

Die letzten zwölf Tage hatten wir zusammengepfercht in Viehwaggons zugebracht. Ganze Tage waren vergangen, ohne daß der Zug sich in Bewegung setzte. Dann auf einmal fuhr er an. Der Fahrtwind ließ uns erstarren. Grauer Staub fiel von den Wänden, stieg wieder vom Boden auf, kratzte in der Kehle und trocknete die Nasengänge aus. Bei einem Zwischenhalt hatte man uns erlaubt, etwas Stroh aufzusammeln, aber es war nach wenigen Stunden zu Staub zerfallen. Meine Kameraden drängten sich dicht aneinander. Ich hingegen zog es vor zu frieren. Als der Zug mit voller Geschwindigkeit fuhr und einer von uns rauchte, dachten wir alle an das Feuer, das ausbrechen konnte.

Es war dunkel, als wir im Lager von Biberbrach ankamen. Vom Bahnhof aus waren wir dreiundzwanzig Kilometer zu Fuß gelaufen. Nun ging es darum, aufgeteilt zu werden. Wir hockten auf der gefrorenen Erde und warteten darauf, daß die Formalitäten ein Ende nähmen. Doch trotz ihres berühmten Organisationstalents verzettelten sich die Deutschen. Ständig hatten wir uns anders aufzustellen. Zwar verlief alles in perfekter Ordnung, doch wir mußten die ganze Zeit im Freien warten.

Pelet setzte sich jedes Mal wieder hin. Seit der Abfahrt hatte ich mich neben ihm gehalten. Als wir den Zug bestiegen, wurde er zur einen Seite abgedrängt, ich zur anderen. Ich war ihm dennoch gefolgt. Man hatte versucht, mich mit Fußtritten zurückzubefördern, aber in dem Hin und Her war ich durchgekommen.

Was würde nun passieren? Pelet rührte sich nicht. Er war in sich zusammengesunken wie ein elend Ausgesetzter. Sein Kopf berührte beinahe seine Knie. Ich gab ihm einen Klaps auf den Rücken. Er richtete sich auf und sah mich traurig an. Ich sagte zu ihm: »Bleib vor allem an meiner Seite.«

Ich kannte ihn nicht, fürchtete aber doch, daß man uns trennen könnte.

In den fünfeinhalb Monaten meiner Gefangenschaft dachte ich nur an Flucht. Nie hatte ich mir Sorgen um die Zukunft gemacht, so fest war ich in meinem Entschluß. Ich war überzeugt, daß ich die passende Gelegenheit nutzen würde. Aber je länger ich den Zeitpunkt hinausschob, desto mehr mußte ich erkennen, daß ich die mißliche Neigung hatte, keine der sich bietenden Gelegenheiten als die anzusehen, die alle Voraussetzungen für ein Gelingen erfüllte. Sollte ich mich nicht ändern, würde ich noch in ein, zwei Jahren auf den richtigen Augenblick warten. Dementsprechend jämmerlich fühlte ich mich. Ich begriff, daß ich zu einer Entscheidung kommen mußte. Nun gibt es nichts Schlimmeres, als sich entscheiden zu müssen, nicht weil die Umstände gerade günstig sind, sondern weil man schon zu lange gewartet hat.

Mein Gesundheitszustand war so prekär geworden, daß ich mir sicher war, ins Krankenhaus eingeliefert zu werden. Einige Jahre zuvor hatte ich an einer Rippenfellentzündung laboriert. Noch immer verspürte ich einen Schmerz in der Seite, ganz zu schweigen von den Verdauungsbeschwerden, die dieser Entzündung gefolgt waren. Alle Ärzte hatten mir übereinstimmend Schonung empfohlen. Es hatte mich bereits überrascht, daß die französischen Ärzte mich nicht dienstuntauglich geschrieben hatten. Noch größer war meine Überraschung jedoch, als auch der Lagerarzt nichts Ungewöhnliches an mir feststellen konnte, hatte ich doch so viele Entbehrungen und Mißhandlungen durchgemacht. Ich legte ihm Atteste vor; er geruhte nicht einmal, sie zu lesen. Berichte über die Bestialität der Boches kamen mir wieder in den Sinn. Ich bat um eine weitere Untersuchung, die aber auch nicht günstiger ausfiel. Ich setzte eine schriftliche Beschwerde auf. Noch während ich die Antwort abwartete, erfuhr ich, daß mein Vater seinerseits bei den deutschen Behörden einen durch weitere Atteste gestützten Antrag eingereicht hatte, um meine Freilassung zu erwirken. Dieser Versuch war zwar lachhaft, aber man konnte ja nie wissen. Und so hatte ich lange Zeit nichts als diese winzigen Hoffnungsschimmer.

Ich versuchte noch anderweitig, den Ernst meines Falls hervorzuheben, aber das war verlorene Mühe. Wollte ich mir das bißchen Gesundheit, das mir geblieben war, bewahren, dann durfte ich mich nicht verrennen, sondern mußte mich den Umständen anpassen und trotz der Schwierigkeiten des Lagerlebens weiter auf meine Gesundheit achten.

Das waren also harte Tage für mich. Nichts ist zermürbender, als, wenn man nicht im Vollbesitz seiner Kräfte ist, zu körperlichen Anstrengungen gezwungen zu sein, die bereits für gesunde Menschen aufreibend sind. Zur allgemeinen Sorge wegen meiner Lage als Gefangener kam noch die um bessere Verpflegung, die Umgehung von Sonderdiensten und so weiter.

Meine Kameraden halfen mir zwar ein wenig, doch mit der Zeit bekamen sie es satt. Ich erwog, den Kampf aufzugeben, mich gehenzulassen, auf die Gefahr hin, wieder krank zu werden. Der Selbsterhaltungstrieb ließ mich diese Idee allerdings rasch wieder verwerfen. Statt nach getaner Arbeit stundenlang zu palavern und Karten zu spielen, machte ich mir Tee. Ich mußte die Pflege, die ich mir angedeihen ließ, mit allerlei Tricks kaschieren, man hätte mir sonst vorgeworfen, zimperlich zu sein.

Zu Anfang war das recht einfach. Wir wurden relativ lasch überwacht. Als dann aber die Disziplin nach und nach verschärft wurde, hatte ich das Gefühl, dieses Doppelleben nicht durchhalten zu können. Ich bekam es mit der Angst zu tun. Der Augenblick, da es mit meiner Gesundheit vorbei sein würde, schien mir unausweichlich.

Abends gingen mir die dunkelsten Gedanken durch den Kopf. Obwohl mein Zustand zu meiner großen Überraschung besser statt schlechter geworden war, meine Verdauungsstörungen wie meine Schlaflosigkeit verschwunden waren und ich problemlos jeden Fraß essen konnte, erschien mir ein Rückfall letztendlich doch sicher. Ich sah mich schon ins Lazarett eingeliefert, zu spät, als daß der Krankheit noch Einhalt hätte geboten werden können, oberflächlich und ohne ernsthaftere Untersuchung behandelt von Leuten, die wahrlich keinen Grund hatten, mich heilen zu wollen; ich sah, wie ich meine letzten Tage aufgrund von Nachlässigkeit und allgemeiner Gleichgültigkeit in irgendeinem Krankensaal verbrachte. Der einzelne zählt nun einmal nichts, wenn Millionen seiner Mitmenschen gerade dabei sind, sich die Köpfe einzuschlagen!

Doch diese Sorgen um meine Gesundheit waren nichts neben dem Gefühl von Bedrohung, das auf mir lastete, stärker noch, als ich es schon als einfacher Soldat in der französischen Armee verspürt hatte: das Gefühl, daß mir ein Unglück auch indirekt zustoßen konnte, allein aufgrund meiner Zugehörigkeit zu einer Gruppe. Daher verbrachte ich meine Zeit damit, in einem fort Ratschläge zu erteilen, Hitzköpfe zu beruhigen, mich in Verschwörungen einzuschleichen. Ich fürchtete mich vor einem Aufruhr, einem Anschlag auf einen Bewacher, einer Meuterei, ausgelöst durch eine Schikane. Die Tatsache, sich nicht einfach absetzen zu können, für alles, was passieren konnte, mitverantwortlich zu sein, dazu gezwungen, mit meinen Kameraden im Falle von Repressalien, einer Epidemie, eines Bombenangriffs zusammenbleiben zu müssen, das alles verursachte mir ein ständiges Unbehagen.

Auch wenn er wenig mit mir sprach, war klar zu erkennen, daß Pelet für mich die meiste Sympathie hatte. Häufig betrachtete er mich mit dem Blick einer Frau, als ob zwischen ihm und mir Bande bestünden, die für unsere Kameraden absolut unbegreiflich waren. Sein äußeres Erscheinungsbild war ziemlich unattraktiv: bleigrauer Teint, Ringe unter den Augen, feuchte Hände, ein merkbar schwächlicher Knochenbau, Zähne, deren Schmelz dünn wurde und die gelbe Flecken erkennen ließen.

Mitunter nahm er meinen Arm, zog mich beiseite, um mir Photos von seiner Frau und seinem Sohn zu zeigen, um mir Briefe vorzulesen. Er verstand nicht, warum jene Ehepaare, die sich liebten, von den Deutschen nicht mehr Vergünstigungen bekamen als die, die sich nicht liebten. Bisweilen überraschte ich ihn, wie er in einer Ecke saß, als ob alle Welt sich von ihm abgewandt hätte. Wenn ich dann zu ihm ging, tat er so, als sei er auf mich genauso böse wie auf die anderen. Dieses Theater ging mir ziemlich auf die Nerven. Um ihn aufzurütteln, sagte ich ihm, daß wir bald frei sein würden, daß ich dabei sei, die Flucht vorzubereiten. Doch diese Worte bewirkten das Gegenteil dessen, was ich erwartet hatte. Man hätte meinen können, daß ich ihn in ein waghalsiges Abenteuer hineinziehen wollte, ohne Rücksicht darauf, daß er weniger als wir anderen in der Lage war, sich zu verteidigen; daß, sobald es um einen armen Teufel wie ihn ging, nicht zählte, wozu er imstande war und wozu nicht. Mein Interesse für ihn sei vielleicht aufrichtig, aber ohne Tiefe. Wenn ich aber schwieg, betrachtete er mich voller Mißtrauen, als wollte ich mich nicht mit ihm abgeben. Mit der Zeit wurde er immer unangenehmer. Er wirkte, als wolle er uns für sein Unglück verantwortlich machen. Und aufgrund der besonderen Bande zwischen ihm und mir, die er sich einbildete, forderte er mich geradezu auf, diesem Zustand ein Ende zu machen.

2

Wir waren seit sechs Wochen im Lager von Biberbrach, als es zu einem kleinen Zwischenfall kam, der mir sehr zu schaffen machte. Gegen den armen Pelet hatte sich eine Art Komplott gebildet. Sein Gehabe, leidend und zugleich verächtlich, ging allen auf die Nerven. Wir kamen zusammen, um über ihn zu reden, und dies in einem überlegenen und mitleidigen Ton, der mir zutiefst zuwider war. Man mokierte sich über ihn, weil er sich als ein Familienoberhaupt betrachtete, wo er gerade mal ein Kind hatte. Es wurden ihm die verschiedensten Geschichten nachgesagt. Er sei sehr zu bedauern, meinte man, aber schließlich habe jeder seine eigenen Sorgen, es gebe keinen Grund, warum einzig die seinen zählen sollten.

Bisson wurde aufgetragen, ihm beizubringen, daß es so nicht weitergehen könne; daß wir, wenn er sich nicht als besserer Kamerad erweise, nicht mehr mit ihm reden würden. Ich warf ein, man müsse den armen Teufel verstehen und nachsichtig mit ihm sein, wo er doch so leide.

»Und wir? Leiden wir etwa nicht?« wurde mir erwidert.

Ich gab zurück, daß wir sehr wohl auch litten, aber besser damit umgehen könnten. Zu guter Letzt erreichte ich, daß man ihn in Ruhe ließ.

Mein Eintreten für ihn hatte seltsame Folgen. Einige Tage später stellte Pelet mich unvermittelt zur Rede und hielt mir vor, ich hätte ihm schaden wollen. Ich sei der Auslöser für die Feindseligkeit, die er um sich spüre. Ich antwortete ihm, daß ich, wenn er in diesem Ton mit mir redete, nichts mehr mit ihm zu tun haben wolle; diese ganzen Geschichten seien wirklich zu schäbig, ich hätte Probleme genug und brauchte nicht auch noch ihn, daß er künstlich neue schuf.

Mit einem Mal zeigte er sich umgänglicher, bat mich um Verzeihung, sagte mir, daß er wohl wisse, daß nicht ich der Anstifter sei, daß ich aber verstehen müsse, wie sehr er darunter leide, von Frau

und Kind getrennt zu sein. Ich wies ihn darauf hin, daß seine Situation nicht schlechter sei als die unsere. Er erwiderte, das wisse er sehr wohl, sie sei aber dennoch schlimmer, da er ja mehr leide als wir.
Von diesem Tag an wurde es zu seiner Gewohnheit, mich ins Gespräch zu ziehen, sowie er mich allein sah. Man hätte glauben können, daß wir Geheimnisse hatten. Dabei hatte er mir nie etwas zu sagen. Diese Art, eine Vertrautheit zur Schau zu stellen, die gar nicht existierte, war mir unangenehm. Ich mochte noch so abweisend zu ihm sein, er ließ einfach nicht locker. Wenn man uns sehen konnte, verdrehte er die Augen und machte eine Leidensmiene. Eines Tages sagte er mir, daß er einen Plan von Süddeutschland in die Hand bekommen habe. Er war bereit, ihn mir zu zeigen, vorausgesetzt, ich würde mit niemandem darüber reden. Er sagte mir auch, daß er eines Nachts das Geräusch eines Zuges, vom Wind herangetragen, gehört habe. Mein Mitleid mit ihm wurde immer größer. Ich befand mich in dieser zutiefst peinlichen Lage, in einem Menschen, der von allen verabscheut wird, eine Empfindung geweckt zu haben. Manchmal fuhr ich ihn an, doch meistens redete ich ihm gut zu. Er werde schon alles, was er verloren hatte, wiederfinden, seine Frau, sein Kind, und auch seine Wohnung, wie ich hinzufügte, um ihm eine Freude zu machen. Trotz allem erwiderte er mir oft, daß ich, der keine Familie hatte, ihn nicht verstehen könne.
Baillencourt, der als einziger eine Erkennungsmarke um den Hals trug, führte sich zusehends autoritärer auf. Damit hatte er auch einigen Erfolg. Über einige unserer Kameraden – Jean und Marcel Bisson, Baumé, Billau, sogar Pelet – hatte er wirkliche Macht gewonnen. Eines Tages zog er mich in eine Ecke und teilte mir mit, daß der Tag für unsere Flucht feststehe. Wir würden das große Abenteuer (ich benutze seine Worte) am folgenden Samstag wagen, und zwar um drei Uhr morgens.
Ich wollte von ihm wissen, warum an diesem Tag und nicht einem anderen, warum zu dieser Stunde und nicht einer anderen. Er nannte alle möglichen Gründe. »Und wer hat das beschlossen?« fragte ich noch. Er sah mich erstaunt an. Es war ihm peinlich zu antworten: ich. Also begnügte er sich damit zu sagen: »Es ist so beschlossen ... es ist so beschlossen ...«
Sowie ich allein war, dachte ich über den Plan nach, den er mir dargelegt hatte. Es war eben bloß ein Plan. So etwas konnte sich jeder ausdenken. Die Realität war, daß man, mit oder ohne Plan,

aus dem Lager herauskommen mußte, ohne erschossen zu werden, und dann mehr als vierhundert Kilometer quer durch Deutschland laufen, ohne gefaßt zu werden. Ich verheimlichte allerdings meine Skepsis, aus Furcht, ausgeschlossen zu werden. Ich wollte dabei sein. Ich wollte zumindest die Möglichkeit haben, noch in letzter Minute selbst zu entscheiden, was ich zu tun hatte.

Tags darauf sagte mir Baillencourt, daß er mich in einer wichtigen Angelegenheit sprechen müsse. Immer noch gab er sich den Anschein, allein Herr der Lage zu sein. Ich bemühte mich, mir meinen Ärger nicht anmerken zu lassen.

»Ich höre«, sagte ich. »Nein, nein, nicht jetzt«, gab er zurück. »Kommen Sie gegen acht Uhr zu mir.« Ich fragte ihn, warum er mir nicht auf der Stelle sagen könne, worum es sich handelte. Er tat so, als seien wir nicht ungestört.

Um acht begab ich mich zum Treffpunkt, was nicht ganz gefahrlos war. Mit großer Gebärde holte er die Deutschlandkarte hervor, die schon Pelet mir gezeigt hatte. »Ich habe sie gerade erst bekommen«, sagte er einfältig.

Im Lichtschein eines Feuerzeugs zeigte er mir den Weg, den wir nehmen würden, dann erklärte er mir weitschweifig, mit welchen Finessen es ihm gelungen sei, sich alle notwendigen Informationen für seinen Plan zu besorgen. Ich mußte mich zurückhalten, um nicht grob zu werden. Ich fand es lächerlich, daß ich mich für das bißchen herbemüht hatte. Nichts ist gefährlicher als Leute, die sich wichtig machen wollen. Ich sah den Stacheldraht vor mir, die Patrouille, die Posten auf ihren Wachtürmen, die Scheinwerfer, die sie unaufhörlich über das Lager schweifen ließen. Unterdessen gefiel sich Baillencourt darin, auf seiner Karte mit einem Bleistift den Weg einzuzeichnen, dem wir folgen sollten – mitten durch ein Land, das er nicht kannte!

Als ich mich dann hingelegt hatte, sagte ich mir, daß ich allein würde ausbrechen müssen, wenn es es schon tun wollte. Natürlich war das meinen Kameraden gegenüber nicht besonders fair. Während ich so tat, als würde ich ihre Hoffnungen und Enttäuschungen teilen, dachte ich heimlich daran, sie im Stich zu lassen. Aber sie waren so dumm und sich der wirklichen Schwierigkeiten so wenig bewußt, daß ich in Wahrheit gar keine andere Wahl hatte.

Das beste war sicher, allein auszubrechen, ohne große Risiken, eine plötzliche Möglichkeit nutzend, ein Versehen, eine Wachablöse, oder aber begünstigt durch eine Arbeit, eine Funktion, in der mir meine Deutschkenntnisse zunutze kamen, oder auch durch eine Freundschaft, die Freundschaft eines Offiziers, eines Beamten, irgend jemandes, der an der richtigen Stelle saß. Ich würde aus dem Lager verschwinden, ohne daß irgend jemand es bemerkte, wie in der Armee nach einer Entscheidung von oben, um so die Eifersucht, das Gerede zu vermeiden, um den anderen erst gar keinen Anlaß zu geben zu fragen: »Warum nicht wir?«, um niemanden auf den Gedanken zu bringen, es mir nachzutun. Was für einen allein möglich ist, ist es nicht mehr, wenn man zu mehreren ist. Es würde vielleicht bemerkt werden, doch welche Bedeutung hätte es schon, das Leben würde weitergehen und die Aufmerksamkeit sich anderen Dingen zuwenden. Vorerst allerdings war es entschieden besser abzuwarten.

Jeden Abend vor dem Einschlafen dachte ich all diese Möglichkeiten durch. Vor allem mußte ich es so einrichten, daß ich nicht bei meinen Kameraden blieb. Dank des Gesuchs meines Vaters sah ich mich in ein Krankenhaus eingeliefert. Wenn man im Unglück steckt, mißt man dem, was von außen für einen unternommen wird, übertriebene Bedeutung zu. Womöglich tausendmal hatte ich mir den deutschen Leiter irgendeiner Sanitätsstelle vorgestellt, wie er gerade dabei war, das Gesuch meines Vaters zu lesen. Tausendmal hatte ich gesehen, wie er zögerte, das Papier auf den Tisch zurücklegte, nachdachte. Tausendmal hatte ich mich an seine Stelle versetzt. Hatte er über viele solcher Fälle zu entscheiden? Widmete er allen dieselbe Aufmerksamkeit? Oder war er vielmehr von einigen überrascht, bewegt, vor allem von meinem? Hatte er eine uneigennützige, großherzige Ader? Alles war möglich. Und das machte mir Mut. Ich sah mich in eine Stadt gebracht. Das Leben änderte sich auf einen Schlag. Ich sprach mit Leuten von Geist, die der Tatsache, daß ich Kriegsgefangener war, keinerlei Bedeutung beimaßen. Es gelang mir, Sympathien zu gewinnen. Schließlich schaffte ich es mit der Unterstützung von Leuten, die Feinde hätten sein müssen, wieder nach Frankreich zu gelangen. Und mit dieser glücklichen Vision schlief ich ein.

Am nächsten Morgen, als ich im Schein einer Kerze aufwachte und sah, daß die meisten meiner Kameraden bereits beim Ankleiden waren, begriff ich, daß ich nicht allein war, daß auch sie existierten, und da die glücklichen Ereignisse, von denen ich träumte, ihnen nicht widerfahren konnten, gab es auch kaum einen Grund, weshalb sie mir beschieden sein sollten. Ich sagte mir also, daß ich auf der Stelle etwas unternehmen mußte, daß ich nicht länger warten durfte. Niemals zuvor waren die Voraussetzungen freilich so ungünstig gewesen. Ich hatte bereits so viele gute Möglichkeiten ausgelassen, und wahrscheinlich würden sich noch so viele andere ergeben, daß mein überstürzter Entschluß etwas Unsinniges hatte.

Meine Kameraden wurden zusehends nervöser. Roger, der sich ansonsten so sehr in der Gewalt hatte, bekam beim kleinsten Ärgernis Wutausbrüche. Jedesmal, wenn ich etwas tauschen wollte, stieß ich auf unerhörte Schwierigkeiten, selbst wenn das, was ich anbot, tausendmal besser war als das, was ich haben wollte.

Baillencourt versuchte immer wieder, mich zu verunsichern.

Marcel Bisson konnte ich nach einem lächerlichen Zwischenfall auf einmal nicht mehr ausstehen. Ich hatte ihm einen kleinen Geldbetrag, den er mir geborgt hatte, zurückerstattet. Kurz darauf hatte ich – eine Dummheit, zugegeben – ihn gefragt, ob ich ihm das Geld auch wirklich wiedergegeben hatte. Gereizt hatte er mir geantwortet: »Nein.«

Baumé sagte immer noch jedesmal, wenn er mich sah: »Sprecht deutsch!« Er war überzeugt, daß ich ein halber Boche war, weil ich Deutsch konnte.

Man begann sich über mich lustig zu machen. Da ich so tat, als würde ich nichts davon mitbekommen, wurde man immer dreister. Man fand, daß ich es mir viel zu gut einzurichten wußte. Und vor allem brauchte ich viel zu oft irgend etwas. Ich bat zu häufig um kleine Gefälligkeiten. Und obendrein war ich zu Unrecht beleidigt, wenn man sie mir verweigerte. Einmal wurde ich sogar ausfallend gegen einen Kameraden, weil er mir einen Riemen nicht verkaufen wollte, den er überhaupt nicht brauchte. Roger beruhigte mich. Er machte mir klar, daß ich nicht verlangen konnte, daß man mir den Riemen verkaufe. »Aber wenn er ihn doch nicht braucht!« schrie ich. »Er gehört ihm«, erwiderte Roger. Mir wurde klar, daß ich andauernd entweder zu grob wurde oder viel zu freundlich war. Würde ich diesem Kameraden die Sache weiterhin nachtragen oder im Gegenteil mein Unrecht einsehen? Es war offensichtlich, daß die jeweiligen Konsequenzen genau gegensätzlich sein würden. Es bekam etwas Beunruhigendes, daß ich in jedem Augenblick des Tages von meiner Stimmung abhängig war.

3

Die Vorbereitungen waren abgeschlossen. Bisson hatte sich sogar einen Kompaß besorgen können, der allerdings leicht entmagnetisiert war, denn ab und zu blieb die Nadel stecken. Wir erwarteten jetzt nichts mehr. In dieser Leere vor dem Aufbruch fühlten alle genau, daß das Schwierigste noch vor uns lag.

Zum Glück verschaffte uns eine Kameradschaftsfrage Ablenkung: Sollten wir abwarten, bis ein gewisser Durutte, der im übrigen kaum eine Rolle bei der Organistaion der Flucht gespielt hatte, von seiner Fußverletzung geheilt war oder nicht? Sollten wir unseren Aufbruch verschieben? Oder Durutte aufgeben?

Meine Kameraden waren allesamt der Meinung, die Flucht müsse verschoben werden. Sie waren abergläubisch. Sich nach einer solchen Freveltat auf ein derartiges Abenteuer einzulassen, würde uns Unglück bringen.

Baillencourt hielt an seinem Zeitplan fest, an dieser berühmten längsten Nacht des Jahres, die er sich ausgesucht hatte. Doch auch er wollte Durutte nicht einfach fallenlassen. Er beschloß daher, daß wir auf jeden Fall zum besagten Zeitpunkt aufbrechen und, sollte unser Kamerad noch Schwierigkeiten mit dem Gehen haben, ihn abwechselnd stützen würden.

Ich fand das, was sich hier abspielte, zusehends befremdlich. Ich machte mir Sorgen. Ich fürchtete, daß einige im letzten Moment abspringen könnten. Ich fragte mich sogar, ob Durutte uns nicht etwas vorspielte, und deutete dies meinen Kameraden gegenüber an. Sie schienen freilich der Meinung zu sein, ich sei nur ein Quertreiber.

Einige Tage vor der Flucht nahm Baillencourt mich nochmals beiseite. Obwohl alles nach seinem Kopf ging, tat er so, als würde er ohne die Zustimmung aller nichts unternehmen. Er teilte mir mit, daß er die Aufbruchszeit verschoben habe. Statt um drei Uhr würden wir um Mitternacht aufbrechen.

»Warum?« wollte ich von ihm wissen, wie bei jeder seiner Eröffnungen. Er sagte mir, er wolle Pelet nicht dabeihaben, er halte ihn für zu ängstlich. Es sei ihm zuzutrauen, daß er im Moment der Gefahr anfangen würde zu schreien. Er könnte ohnmächtig werden. Daraus würde vielleicht Verwirrung entstehen, und so weiter. Da niemand sich getraute, Pelet beizubringen, daß wir ihn nicht dabei haben wollten, hatte Baillencourt beschlossen, den Zeitpunkt für den Aufbruch vorzuverlegen. Somit würden wir schon weit weg sein, wenn Pelet zum vereinbarten Treffpunkt erschiene.

Diese Machenschaften bereiteten mir tiefes Unbehagen. Ich wandte ein, daß man so etwas nicht tun könne. Mit Durutte wolle man sich sehr wohl belasten; Pelet dagegen sei vielleicht nicht besonders sympathisch, womöglich auch ein Angsthase, letztendlich aber in derselben Verfassung wie wir. Wenn man ihn wirklich nicht dabei haben wolle, brauche man es ihm nur zu sagen.

Baillencourt wurde zornig. Schließlich habe er alles organisiert. Er trage die Verantwortung, nicht wir. Er wolle sein Werk nicht im letzten Moment aufs Spiel setzen. Wenn man Pelet informierte, wäre er in seiner Wut fähig, sich zu rächen, uns zu denunzieren. Wenn es nur um ihn, Baillencourt, gegangen wäre, hätte er sich auf das Risiko eingelassen, aber da waren ja noch die Kameraden, und so fort.

Plötzlich beruhigte er sich wieder und holte Billau, Jean Bisson, Breton und Baumé. Unsere ständigen Ortswechsel seit der Kriegserklärung hatten es nicht vermocht, die alphabetische Namensliste vollkommen auf den Kopf zu stellen, so daß wir, wie bei schlecht gemischten Spielkarten, wo die Asse alle aufeinanderfolgen, fünf oder sechs waren, deren Namen mit B anfingen. Von Roger abgesehen, gaben sich die Männer als Militärs, die für einen einzelnen Fall nicht eine ganze Armee opfern wollten, überzeugt davon, daß man Großes nicht ohne eine gewisse Grausamkeit bewerkstelligen kann.

Soviel Wirbel nur wegen Pelet schien mir übertrieben. Bei einer Sache, die so kindisch organisiert und alles in allem auch sehr einfach war, empfand ich den Versuch, dem Ganzen den Anstrich einer Staatsangelegenheit zu geben, als unangebracht. Diese Gespräche, diese unwiderruflichen Entscheidungen, die Opfer, die man von vornherein dem Erfolg zu bringen bereit war, hatten etwas Künstliches. Und genau das machte mir angst. Was würde denn im Augenblick wirklicher Gefahr passieren? Hätte sich der zurückgelassene Kamerad dann nicht vielleicht gerade als der Mutigste erwiesen?

Am Samstag vermieden wir alle Gespräche. Jeder aus unserem Kreis tat so, als sei er mit persönlichen Dingen beschäftigt. Nach der abendlichen Suppe machten wir das vereinbarte Zeichen, daß alles klar war. Ich machte dieses Zeichen auch, mußte dabei aber daran denken, wie unvorsichtig diese List war. Sollte man uns überwachen, wie unser Verhalten es ja voraussetzte, so konnten wir unsere Absichten nicht deutlicher verraten. Zu Anfang hatte ich noch versucht, meine Kameraden in die Realität zurückzuholen. Doch damit hatte ich nichts erreicht. Sie waren außerstande, sich eine Flucht ohne Geheimnis, ohne Romantik vorzustellen.

Vollständig angekleidet legte ich mich hin. Ich war mir immer noch nicht sicher, ob ich zum Treffpunkt gehen würde. Während alle meine Kameraden nur einen Verrat, eine Denunzierung oder unzureichende Vorbereitung fürchteten, war ich der einzige, der sich Sorgen wegen der Wachposten machte. Ich sah die Gefahr – sie nicht. Ich konnte es sagen, ja es hinausbrüllen, niemand hörte mir zu.

Um Mitternacht stand ich dann doch plötzlich auf, obwohl ich noch bis zum letzten Moment geglaubt hatte, daß ich nicht mitgehen würde. Wenn das Warten vorüber und die Gefahr da ist, empfindet man eine ungeheure Erleichterung dabei, ihr endlich entgegenzugehen. Gleich würde ich frei sein. Ich dachte an nichts mehr. Auf der einen Seite die Freiheit, auf der anderen körperliches und seelisches Elend. Wie sollte man unter diesen Umständen noch am Erfolg zweifeln?

Ich begab mich zum Treffpunkt hinter den Latrinen. Es war stockdunkel. Wir gingen, die Hände vor uns ausgestreckt, als müßten wir uns wegen der Dunkelheit aneinander festhalten, in Wahrheit aber, um uns Mut zu machen. Als wir an der letzten Baracke vorbei waren, blieben wir vor dem Stacheldraht stehen, plötzlich erschrocken über die Schwere unserer Unternehmung. Die ersten Schritte in der Ausführung unseres Plans waren getan, doch konnten wir immer noch umkehren. Das Unerwartete, Unvorhersehbare, das Initiative und den Sinn für die Gefahr in uns geweckt hätte, das uns hätte handeln lassen wie Menschen, deren Leben auf dem Spiel steht, war noch nicht eingetreten.

Das Lager lag ruhig da. Im Dunkel bemerkte man die Baracken, die noch dichter zusammenzustehen schienen als sonst. Tausende von Gefangenen schliefen, gehorsamer als wir, schicksalsergebener, sich der Realitäten womöglich aber auch mehr bewußt. Dieses allgemeine Hinnehmen eines tragischen Loses stand in bestürzendem Gegensatz zur Tollkühnheit unseres Versuchs, eben diesem Los zu entgehen Meine Kameraden kamen mir bei ihrem Fluchtversuch plötzlich wie Kinder vor. Alle Vorbereitungen, alle Berechnungen, all die Details, die mit jener Genauigkeit festgelegt worden waren, wie sie endlos lange Tage hervorbringen, erschienen in der Tiefe der Nacht, als hätten sie ebensogut von dieser Masse schlafender Männer stammen können. Und dennoch hatten diese nichts damit zu tun. Wer also hatte recht? Sie oder wir?

Nun, im Moment des Handelns, sprang es einem in die Augen: Was zählte, was wirklichen Wert hatte, war nicht, was alle konnten, sondern der kaltblütige Entschluß und der Wille, eher sein Leben zu riskieren, als zu scheitern. Wir begriffen nach einigen Minuten, daß wir diesen Willen nicht hatten. Baillencourt redete vage herum. Schließlich kehrten wir in unser Quartier zurück.

4

Tags darauf wurde ich ins Büro des Lagerkommandanten zitiert. Als ich mich dorthin begab, traf ich auf Bisson und Pelet. Während sie ziemlich ungeschickt so taten, als sähen sie mich gar nicht, gaben sie mir heimliche Zeichen des Einverständnisses. Ich ging auf sie zu und sagte ihnen, sie sollten nicht jedesmal, wenn sie mich sahen, Zeichen machen.

Ich weiß nicht, ob die Deutschen jeden auf die gleiche Weise behandeln, aber ich hatte immer den Eindruck, sie würden mich besonders aufmerksam betrachten. Bereits im Lager an der Muhr war mir das aufgefallen. Während ich inmitten meiner Kameraden unterzugehen glaubte und absolut nichts an mir hatte, was mich von ihnen unterschied, bemerkte ich mehrere Male, wie der Blick eines Offiziers auf mir ruhte. Die Beachtung durch einen Höhergestellten im Gemeinschaftsleben hat stets etwas Beunruhigendes, denn es ist schwer zu sagen, ob sie von Sympathie oder Antipathie herrührt; dazu ähneln sich die äußeren Erscheinungsformen der beiden Gefühle zu sehr.

Dieser Offizier hatte ein mageres Gesicht, so mager, daß an manchen Stellen nur Haut die Knochen bedeckte. Es war schwer herauszufinden, was für eine Seele sich hinter diesem abgezehrten Gesicht verbarg.. Wenn ich ihn ertappte, wie er mich gerade ansah, wandte er den Kopf nicht ab, aber nichts deutete darauf hin, daß er mich auch wirklich wahrnahm. Sollte irgend etwas mich aus der Anonymität herausholen, würde er mich also gar nicht mehr sehen.

Ich dachte, ich sei womöglich Opfer meiner Einbildung. Ich beobachtete ihn im verborgenen, um festzustellen, ob seine Haltung mir gegenüber nicht einfach seine übliche Haltung war. Nie lächelte er mir zu, sagte er ein Wort oder machte er eine Gebärde, die zu meiner Beruhigung hätten beitragen können.

Diese Situation war zutiefst unangenehm. Ohne mir den geringsten Vorteil einzubringen, nahm sie mir den Vorteil, ein Nichts zu sein, mich treiben zu lassen, wenn mir danach war, mich in Sicherheit zu fühlen, weil ich namenlos war. Wegen einer Sympathie, von der ich nicht einmal sicher sein konnte, sie auch erweckt zu haben, war ich gezwungen, mich selbst zu beobachten, mich um mein äußeres Erscheinungsbild zu kümmern, ich mußte, wenn man mich sehen konnte, vermeiden, mit jenen meiner Kameraden zu reden, die nicht gut angeschrieben waren. Ich befand mich schließlich in einer verqueren Lage und hätte mich am Ende nicht gewundert, wenn genau es das war, was dieser verdammte Boche wollte.

Ich begab mich also in die Kommandantur. Ich war mir beinahe sicher, daß der Ausbruchsversuch mit dieser Vorladung in Verbindung stand, und war daher nicht überrascht. Was sich an der Muhr abgespielt hatte, geschah hier in größerem Maßstab. Auch wenn ich nichts als ein einfacher Soldat war, verrieten doch bestimmte Anzeichen – ich entschuldige mich für die Anmerkung – meine bürgerliche Erziehung und offenbarten, daß ich gesellschaftlich höher stand als der Großteil meiner Kameraden. Derlei Anzeichen entgingen den Deutschen nicht. Mit ihrem Sinn für feine Unterschiede bemühten sie sich, mir durch allerlei kleine Winke und Andeutungen, kleine Ausnahmen zu verstehen zu geben, daß sie diesen Unterschied bemerkt hatten.

Anfangs tat ich so, als bemerkte ich nichts. Ich stellte mich mit meinen Kameraden auf eine Stufe, vermied sorgfältig alles, was mich etwa von einem Dienst hätten entbinden können, als wäre mir eine solche Möglichkeit nie in den Sinn gekommen. Doch auf die Dauer erwies sich das als schwierig, wenn ich nicht riskieren wollte, die am Ende gegen mich aufzubringen, deren Avancen ich zurückwies. So brachten mich die Deutschen ungewollt dazu, ihnen gegenüber ein Mindestmaß an Höflichkeit einzuhalten, wie unter Nachbarn, die zerstritten sind und sich dennoch wortlos grüßen. Aber das reichte ihnen nicht. Sie taten, als glaubten sie, ein Mensch mit einem gewissen Niveau leide mehr als andere unter der Auslöschung seines Vaterlandes und verdiene somit besondere Rücksicht, sie versuchten damit eine Art Dankbarkeit in mir hervorzurufen und zwischen uns eine Verbindlichkeit herzustellen, wie sie zwischen Leuten besteht, die einander gerade irgendeine Gefälligkeit erwiesen oder sich artig entschuldigt haben.

Das wurde über die Maßen peinlich, umso mehr als meine Kameraden nicht so primitiv waren, wie die Deutschen annahmen;

sie bemerkten sehr wohl die Wertschätzung, die diese für mich zeigten. So kamen diese Offiziere nach und nach zur Überzeugung, daß sie mich als Vermittler benutzen konnten, wenn sie bei den Franzosen etwas durch bloße Überredung erreichen wollten, und dies war wahrscheinlich der Grund dafür, daß man mich nun rufen ließ.

Ich öffnete die Tür zum Büro und grüßte, die Hacken zusammenschlagend, nahm mein Käppi ab (das eher aussah wie eine Kalotte), tat rasch ein paar Schritte und nahm vor dem Tisch, an dem der Lagerkommandant saß, wieder Habachtstellung ein. Diese Disziplin widerte mich selbst an. Ich wußte, daß viele meiner Kameraden dieses Zimmer schlurfend betraten und sich anschnauzen ließen, sie sollten salutieren, das Käppi ziehen, habacht stehen. Doch die mir zuteil werdende Aufmerksamkeit zwang mich, mir selbst Gewalt anzutun, mir ein Betragen zuzulegen, von dem ich wußte, daß es geschätzt wurde; ähnlich dem Betragen, das im normalen Leben ein stolzer Mensch im Umgang mit wesentlich reicheren Leuten annimmt.

Der Offizier, einer jener Deutschen, die angeblich Österreicher sind, bat mich, Platz zu nehmen. Er war ein Mann von etwa fünfzig Jahren, gutherzig, mit Halbglatze, schlecht rasiert, und paßte so gar nicht zu der Vorstellung, die man von einem deutschen Offizier hat. Er machte den sympathischen Eindruck eines Menschen, der der Aufgabe, die ihm übertragen ist, scheinbar keinerlei Bedeutung beimißt. Das kleine, einfach eingerichtete Büro war überheizt. Eine Ordonnanz war damit beschäftigt, fortwährend dicke Holzscheite in den Ofen zu schieben. Bei aller Behelfsmäßigkeit der Einrichtung spürte man doch, daß es an nichts fehlte, daß im Gegensatz zu uns Franzosen – die wir niemals so unglücklich gewesen waren – die Deutschen in diesem Krieg eben besser dran waren.

Der Offizier bot mir eine Zigarette an. Ich nahm sie. Doch als er mir Feuer geben wollte, sagte ich ihm, daß ich sie für einen meiner Kameraden aufheben würde.

Ich stellte sodann fest, daß ich aus einem ganz anderen Grund gerufen worden war als erwartet. Sie wollten mich zum Leiter eines Arbeitstrupps machen, der etwa dreißig Kilometer vom Lager entfernt zum Einsatz kommen und den verstärken sollte, der dort bereits am Bau einer neuen Eisenbahnlinie arbeitete.

Sowie ich wieder bei meinen Kameraden war, verkündete ich ihnen die gute Nachricht. Das Glück war auf unserer Seite. Wir waren alle erschüttert davon, daß wir es um ein Haar verpaßt hätten. Am Vorabend noch hätten wir uns fast in ein Abenteuer gestürzt, das von vornherein zum Scheitern verurteilt war, und nur wenige Stunden später, in einem Moment, da uns Unzufriedenheit und Reue quälten, stießen uns die Deutschen höchstpersönlich das Lagertor auf!

5

Vier Tage später kamen wir in der großen Villa an, die wie eine Festung abgesichert war und allen Häftlingen, die an der neuen Bahnstrecke arbeiteten, als Unterkunft diente. Am folgenden Morgen wurden wir hinter dem Haus zusammengerufen, auf einem ziemlich weitläufigen Terrain, das von Stacheldraht umschlossen und kiesbestreut war. Der Tag war kaum angebrochen, und es regnete. Wir hatten ungefähr die Stärke einer halben Kompanie, denn außer dem Kommando, das ich anführte, befanden sich dort bereits zahlreiche Gefangene, die entweder aus Biberbrach oder aus zwei anderen Lagern in der Gegend rekrutiert worden waren.

Nichts ist quälender, als auf diese Weise unter Franzosen zusammenzukommen, weit weg vom Vaterland und dennoch einander so fremd. Wir bildeten ein Karree. Von der uns gegenüberliegenden Seite schrie jemand an Rogers Adresse: »Heh! Tag Alter, wo kommst du denn her?«

»Aus Paris, und du?«

»Aus Argenteuil.«

Der deutsche Unteroffizier war noch nicht aufgetaucht. Von überallher hörte man Fragen und Witzeleien. »Hast du was von deiner Schwester gehört?« rief einer von uns dauernd. »Halt's Maul«, war die Antwort darauf. Ab und zu rief mich Baumé, rief: »Sprecht deutsch!« – und ich fiel jedesmal darauf rein. Obwohl einige unter den unbekannten Gefangenen möglicherweise Leute kannten, die ich ebenfalls kannte, traute ich mich dummerweise nicht, selbst den Mund aufzumachen. Aber ich war doch zutiefst bewegt. Diese Männer waren letztlich genau wie die aus unserem Lager, doch der Umstand, sie das erste Mal zu sehen, gab mir das Gefühl, in Frankreich zu sein.

Ich dachte über unsere Lage nach. Sie kam mir ausweglos vor, und mir schien, als würde meine Gefangenschaft, ebenso wie die all meiner Kameraden, immer härter. Ich dachte an meine Illusionen der letzten Monate. Jeder Standortwechsel mußte einfach Fluchtmöglichkeiten mit sich bringen. Aber diese Hoffnung hatte soeben einen herben Rückschlag erlitten. Das wurde mir in dem Moment brutal klar, als uns gerade ein weiterer Tag Rackerei am Bahndamm bevorstand, im Regen, mit nichts anderem im Magen als Rübensuppe. Wohin man auch ging, die Schwierigkeiten blieben dieselben. Sie änderten sich nur äußerlich.

Man befahl uns, Haltung annehmen. Trotzdem ging das Scherzen und Geschrei weiter. Der deutsche Unteroffizier wurde wütend. Erneut kam das »Stillgestanden!« Dieses Mal wurde es ruhig. Dann traten wir in einer Reihe an, wenn auch nicht sehr bereitwillig. Der Befehl »In Viererreihen rechts um!« ertönte. Bevor er den Befehl zum Abmarschieren gab, ließ der Unteroffizier einige Zeit verstreichen, in der er uns ansah und selbst ganz steif stehenblieb. Das bedeutete, daß wir uns nicht einbilden sollten, die Disziplin würde lockerer, nur weil wir nicht mehr im Lager waren.

Der Regen hörte den ganzen Tag nicht auf und erschwerte noch zusätzlich unsere Arbeit, für die wir ohnehin keine Begeisterung aufbringen konnten - zu je vierundzwanzig Mann schleppten wir Eisenbahnschienen. Daß wir, statt wirklich zu arbeiten, mehr so taten, als ob, ließ den Tag endlos werden. Am Abend war unser Werk so wenig vorangekommen, daß es geradezu lächerlich wirkte.

Wir arbeiteten in einer Ebene, von vier Posten bewacht, die sich nie unter uns mischten, sondern sich zwanzig oder dreißig Meter von unserer Gruppe entfernt hielten. Der einzige Umstand, aus dem ich hoffte, vielleicht Nutzen ziehen zu können, war die gelegentliche Ankunft eines Lastwagens mit Material. Doch jedesmal stellte sich daneben ein Posten auf.

Abends im Zimmer, das ich mit meinen Kameraden aus dem Lager teilte, verzog ich mich in die einsamste Ecke, die ich mir sichern konnte (was für mich als Kommandochef nicht ganz leicht war), und versank in tiefe Verzagtheit. Mir schien, als hatte mich furchtbar getäuscht, als ich mir einbildete, nur deshalb Gefangener zu sein, weil ich es auch wollte. Zum ersten Mal begriff ich, daß ich tatsächlich gefangen war.

Nicht weit von mir entfernt summten Pelet und mein lieber Baumé zusammen leise vor sich hin. Labussière, der Buchhalter, gesellte sich zu ihnen. Sie baten ihn, sie in Ruhe zu lassen. Ich schloß die Augen, genoß die scheinbar friedliche Atmosphäre und schlief ein. Plötzlich ließ mich ein lautes Geräusch, wie von einem Wasserfall oder einer Lawine, aus dem Schlaf fahren. Einige glaubten, auf die Villa sei eine Bombe gefallen. »Was ist los?« brüllten meine Kameraden und schreckten hoch, ja sprangen von den Lagern. Doch beinahe sofort darauf war wieder Ruhe. Es war der Expreß aus Chemnitz, der nur wenige Meter neben der Villa vorbeidonnerte.

In der Stille danach blieb ich wach. Ich hatte den Eindruck, als würde es hier, im Vergleich zum Lager, doch etwas weniger streng zugehen. Das rührte wohl daher, daß die Sicherheitsmaßnahmen improvisiert waren.

Man hatte ein großes, heruntergekommenes Bürgerhaus in ein Gefängnis umfunktionieren müssen. Auf den ersten Blick war das auch gelungen. Die Fenster waren verbarrikadiert. Aber der eigentliche Grund, warum wir uns tatsächlich wie Gefangene fühlten, rührte vor allem daher, daß die Wachen uns abends einsperrten, denn die Türen waren keine Gefängnistüren und die Fenster waren nicht vergittert, sondern nur mit Brettern vernagelt. Augenscheinlich handelte es sich nicht um ein Gefängnis, aus dem auszubrechen theoretisch unmöglich war, sondern um einen Ort, der so hergerichtet war, daß die Zeit, die man benötigte, um zu entkommen, doch lang genug war, um den Wachen das Einschreiten zu ermöglichen.

Um das Haus herum war Stacheldraht gezogen worden, freilich weit weniger gründlich als an der Muhr oder in Biberbrach. Mir war aufgefallen, daß die Drähte stellenweise ziemlich locker waren. Außerdem hatte man es nicht für nötig befunden, draußen Wachen aufzustellen. Für eine solche Maßnahme hätte man eine ganze Wachmannschaft gebraucht. Es wären zu viele Männer nötig gewesen. Die Posten waren nicht so zahlreich, daß sie uns Tag und Nacht hätten beaufsichtigen können, und so hatten sie sich in einem Zimmer nah am Eingang eingerichtet.

Jeden Abend durchforschten sie das gesamte Haus und schlugen mit den Gewehrkolben gegen die Bretter vor den Fenstern, dann schlossen sie uns in kleinen Grüppchen in den Zimmern ein und versperrten jene, deren Türschloß nicht funktionierte, mit einem Vorhängeschloß. Wenn einer von uns hinausmußte, rief er solange, bis ein Aufseher ihm die Tür öffnen kam und ihn zur

Latrine führte. Wie man sieht, war in dem System nichts durch Vorschriften geregelt. Doch so war es möglich, daß vier oder fünf Wachposten tagein, tagaus die Aufsicht über mehr als hundert Gefangene ausübten.

Am Morgen mußten wir im Hof antreten. Unsere Aufseher waren alle da, doch nur zwei oder drei von ihnen führten uns zur Arbeit. Die anderen inspizierten in unserer Abwesenheit abermals die Zimmer, versicherten sich, daß wir nichts versteckt hatten, und überprüften die Fenster.

Diese stellten offenbar das größte Problem für unsere Wachen dar. Es entging ihnen nicht, daß wir mit einem beliebigen Werkzeug, sogar mit einem einfachen Pflasterstein, in der Lage waren, die Holzbretter kurzerhand abzuschlagen. Die Deutschen besserten sie im übrigen andauernd aus. Doch die ganze Herumflickerei konnte nichts daran ändern, daß das Prinzip selbst unzureichend war.

Unsere Aufseher wußten, daß diese Bretter kein ernsthaftes Hindernis darstellten, aber sie waren trotzdem von Nutzen, da sie uns bei einer Flucht gezwungen hätten, Lärm zu machen. Um sie abzubekommen, hätte man mehrmals auf sie einschlagen müssen. Schon lange vor einer Flucht hätte der Lärm die Wachposten alarmiert.

An diesem Punkt fiel mir etwas ein, was die Deutschen vermutlich nicht bedacht hatten. In der Tat mußte man einen Heidenradau veranstalten, um dieses Hindernis zu überwinden, doch dieser Krach konnte ebensogut überhört werden, wenn ein anderer Lärm ihn übertönte – etwa der des Chemnitz-Expresses.

Dieser Einfall ging mir von diesem Tag an nicht mehr aus dem Kopf. Endlich hatte ich meine Freiheit wieder. Eine immense Freude ließ mich wieder aufleben. In der Hoffnung auf eine immer noch bessere Lösung hatte ich bisher viele Gelegenheiten vorübergehen lassen. In der Tristesse der letzten Wochen hatte ich mir das so sehr vorgeworfen, daß ich mir wie ein verabscheuungswürdiger, schlapper Feigling vorgekommen war. Nun schien es mir plötzlich, als hätte ich mit meinem Zögern recht gehabt.

6

Kurz darauf allerdings dämpften Befürchtungen meine Freude. Immer wieder fragte ich mich, ob die Aufseher nicht auch an diesen Umstand gedacht und Vorsichtsmaßnahmen getroffen hatten, von denen wir nichts wußten, ob sie nicht, gerade wenn der Zug vorbeifuhr, einen ihrer Rundgänge unternahmen. Ich versuchte das herauszubekommen, indem ich nachts aufstand und ein Ohr an unsere Zimmertür preßte, um nach dem Vorbeidonnern des Zuges auf das Geräusch von Schritten zu horchen. Es war nichts zu hören. Da ich aber immer noch nicht beruhigt war, spionierte ich jeden Abend aufs Neue.

Bald sollten sich meine Befürchtungen legen. Die Aufsicht in einem Lager oder einem Gefängnis geschieht nie mit der Gewissenhaftigkeit und Gründlichkeit, die man aufbrächte, wenn man auf jemanden aufpassen müßte, der einem nahesteht. Meine Hoffnungen wuchsen von Tag zu Tag. Ich sah mich bereits als freier Mann. Genau im Moment, da der Zug vorbeifuhr, würde ich in Sekundenschnelle mit Hilfe eines Hockers die Bretter vom Fenster schlagen. Ich würde eine Nacht wählen, in der das Wetter fürchterlich wäre, so daß es unseren Aufsehern, die schön um ihr Feuer herum im Warmen saßen, nicht einmal einfallen würde, vor die Tür zu gehen. Ich würde auf die Ecke des Hofes zusteuern, wo ich bemerkt hatte, daß der Stacheldraht am lockersten war.

Alle Drahtwindungen kannte ich auswendig. Im Kopf war ich jede meiner Handlungen genau durchgegangen. Mit einem Stock, den ich ganz in der Nähe deponiert hatte und der niemandem auffiel, würde ich den ersten Draht wegziehen. Dieser Stock, der am Ende gegabelt war, war freilich häufig anderswo hingelegt worden. Ich stieß zuweilen am anderen Hofende auf ihn. Nichts ist so ärgerlich wie Unbekannte, die einem aus Langeweile und ohne sich etwas dabei zu denken die Vorbereitungen durchkreuzen. Ich legte den Stock jedesmal wieder an seinen Platz zurück. Schließlich fürchtete ich aber doch, daß es immer derselbe war, der ihn fortnahm, und daß er es auf längere Sicht wohl merkwürdig finden würde, daß der Ast immer wieder an seinen Platz zurückkehrte.

Ich würde also den ersten Draht wegziehen und darunter durchschlüpfen. Mit der rechten Hand würde ich den nächsten Draht anheben, mit dem linken Fuß den dritten am Boden halten. Dann würde ich den ersten loslassen und, immer noch mit Hilfe meines Stocks, den vierten anheben. In diesem Augenblick würde ich mich halb drehen und in den freien Raum gleiten, an den jene, die diesen Stacheldrahtverhau errichtet hatten, überhaupt nicht gedacht hatten und der mir ein Weiterkommen großzügig ermöglichte. Ich würde meinen Stock wegwerfen. Meine Brotbeutel würde ich an mich drücken, damit sie nicht irgendwo hängenblieben. Im übrigen würde ich sie mir vorsichtshalber schon mit einer Schnur am Körper festbinden.

All das würde ich mit Ruhe und Methode tun. Zu keinem Zeitpunkt würde ich mich beeilen müssen. Ich würde am Gleis entlanggehen und die ganze Nacht durchmarschieren. Bei Morgengrauen würde ich mich in irgendeinem Loch verstecken, in dem ich ausharren wollte, bis es wieder dunkel würde. Ein Gedanke, den ich häufig hatte, war, daß ich meinen Verfolgern am ehesten entgehen würde, wenn ich vollkommen von der Bildfläche verschwände. Ich hatte mir ausgerechnet, daß ich es schaffen müßte, etwa vierzehn Tage lang auf jeden menschlichen Umgang zu verzichten – gerade solange, bis die ersten Suchaktionen, die erste Wut, die erste Aufregung , die auf meine Flucht folgen würden, vorbei wären.

Ich benötigte daher für vierzehn Tage Proviant. Wenn ich nur nachts marschierte, konnte ich die französische Grenze etwa in vierzehn Tagen erreichen. Dann wäre ich gerettet. Natürlich wäre es besser, wenn ich Proviant für einen Monat mitnähme. Aber wie sollte ich mir den beschaffen? Selbst wenn es mir gelungen wäre, hätte es ein Problem mit dem Gewicht gegeben. Mit fünf- bis sechshundert Gramm pro Tag mußte man schon rechnen. Das machte zusammen etwa fünfzehn Kilo, die man am Anfang zu schleppen hatte. Wenn man nur davon redet, scheint das nicht soviel zu sein; aber wenn man es wirklich tragen muß, ist es eine Menge.

Sowie ich diesen Plan aufgestellt hatte, warf ich mir vor, nicht schon früher mit meinen Vorbereitungen begonnen zu haben. Dann hätte ich auf der Stelle losgehen können. Erst eine Woche war es her, daß ich ein Essenspaket von meinem Vater erhalten hatte. Ich hatte alles aufgegessen. Jetzt wußte ich nicht, was ich machen sollte, und mußte auf das nächste warten. Und der Kompaß? Warum hatte ich nicht früher versucht, mir einen Kompaß zu besorgen?

Ich sagte mir dann, daß man sich nicht immer von Überlegungen demoralisieren lassen sollte, die einen glauben machen, es sei zu spät, und daran hindern, überhaupt noch einen Finger zu rühren. Was mich freilich beunruhigte, war, daß ich mir noch Proviant besorgen mußte.

Nach vierzehn Tagen war es mir gelungen, ungefähr zwei Kilo Brot zusammenzusparen, zwei Dosen mit Pastete, eine Dose mit kleinen Sardinen, eine Dose ohne Etikett, von der ich nicht wußte, was sie enthielt, eine 250-Gramm-Tafel Schokolade, fast ein halbes Kilo Saubohnen, einen geräucherten Fisch, dessen Namen ich nicht kannte, fünf Schokoladeplättchen mit Frucht-Schoko-Füllung, ein Stück getrockneten Magerquark (hart wie Stein und etwa 100 Gramm schwer), ein paar Kekse aus Kastanienmehl sowie ein halbes Kilo Nüsse. Mit dem Fünf-Kilo-Paket, das ich erwartete, schätzte ich, konnte ich etwa zwanzig Tage auskommen, vorausgesetzt, ich würde meine Rationen genauestens kontrollieren und nur dann essen, wenn der Hunger wirklich unerträglich zu werden drohte.

7

Als meine Vorbereitungen beendet waren und ich eine Landkarte, einen Kompaß und Verpflegung beisammen hatte, galt es, den zweiten Teil meines Planes umzusetzen. Der bestand darin, meinen Kameraden mein Vorhaben zu unterbreiten, und zwar so, als handle es sich um einen Einfall, der mir gerade gekommen war, als hätte ich ganz plötzlich endgültig genug von dem miserablen Leben, das ich führte; besser noch, als sei ich zwar sicher, daß die Sache danebengehen würde, als wäre mir das aber egal, weil ich dieser Hölle alles andere vorzog.

Ich erzählte zunächst, daß ich Nachrichten von Zuhause hätte. Meine Mutter sei sehr krank. Diese Ohnmacht, nichts für sie tun zu können, sei fürchterlich. Auch mein Vater sei unglücklich. Wegen seiner politischen Einstellung würde man ihn an dem Gymnasium, an dem er unterrichtete, schikanieren.

»Mir reicht's«, sagte ich ein wenig später vor einigen meiner Kameraden, als hätte mich gerade der Zorn überkommen. »Wenn das so weitergeht, hau' ich ihnen ihre Bretter runter und verschwinde. Ganz gleich, was dann passiert ...«

Niemand beachtete diese Äußerung. Tags darauf fing ich wieder davon an. Dieses Mal sagte Bisson zu mir: »Mach keinen Blödsinn«, in dem Ton, den man jemandem gegenüber anschlägt, der sehr leidet und davon redet, sich umzubringen. Lachend erwiderte ich ihm, daß er das, was ich da sagte, nicht zu ernst nehmen solle. Ich würde viel reden, aber ich sei ja noch nicht fort, obwohl ich trotz alledem von diesem Leben die Nase voll hätte. »Wir haben alle die Nase voll«, gab er mir zur Antwort.

Ich beklagte mich immer öfter lautstark, auch bei den kleinsten Kleinigkeiten. Es gebe kein Licht. Ich würde meine Schuhe nicht finden. Ich tat so, als treibe man Schabernack mit mir, was überhaupt nicht der Fall war. Regen würde auf meinen Strohsack tropfen. Ich hätte Hals-, Kopf- und Zahnschmerzen. Die Verpflegung sei abscheulich, das Wasser rieche nach Phenol. Ich hätte nichts von Juliette gehört. Die Boches würden die Päckchen einbehalten. Wir würden wie Hunde behandelt. Auch in der Leistengegend hätte ich Schmerzen. Ich würde mir noch einen Bruch zuziehen. Ich hätte keine Seife, keine Zahnpasta. Ich hätte nur ein Hemd und das sei niemals trocken. Ich hätte kein Taschentuch. Man würde an meine Sachen gehen.

Das alles, um bei meinen Kameraden Widerwillen gegen das Leben, das wir führten, zu erwecken! Sie selbst beklagten sich im übrigen auch, aber doch weniger als ich. Zu guter Letzt fanden sie sich dann doch immer wieder ab, während ich mich weiter aufregte und wütend schimpfte. Doch ich vermochte meine Kameraden nicht mitzureißen und dazu zu bringen, mir beizupflichten – immerhin hatten sie ja dieselben Mißstände auszuhalten –, sondern mußte rasch und zu meinem großen Erstaunen feststellen, daß sie anfingen, mir zu mißtrauen. Alle meine Klagen waren berechtigt. Sie waren besser als jeder andere in der Lage, es zu bestätigen, doch – es war unglaublich – im Grunde ihres Herzens fanden sie, ich würde nur schwarzmalen!

Als wir gerade um den Ofen standen und uns an einem Stück Holz, das einer von uns unterwegs aufgelesen hatte, aufwärmten, sagte ich vor mich hin: »Warum hauen wir eigentlich nicht gemeinsam ab?« Momot, ein Pariser aus Rambouillet, rief: »Du hast vielleicht Ideen! Um sich hundert Meter weiter abknallen zu lassen oder geschnappt zu werden und drei Monate im Knast zu verbringen, ohne etwas zu beißen zu haben ... Für mich kommt das nicht in Frage ... An Typen wie dir besteht ja kein Mangel.«

Ich sagte nichts darauf. Eine Kerze erleuchtete das Zimmer schwach. Wir hatten den ganzen Tag im Regen gearbeitet und nun unsere Sachen ausgezogen, doch weil es nichts zum Wechseln gab, hatten sich die meisten von uns in ihre Decke gewickelt. Obwohl ich dreinschaute, als fragte ich mich, warum wir nicht alle zusammen flüchtetn, hatte ich in Wirklichkeit nur daran gedacht, für meine Flucht Zustimmung zu erhalten, und zu bewirken, daß kein Neid aufkam.

An dem Schweigen, das folgte, als Momot hinausgegangen war, an dem geringen Erfolg seiner Worte, die doch das zu sein schienen, was jeder dachte, fühlte ich, daß eine Flucht für meine Kameraden im Grunde kein Ding der Unmöglichkeit war, daß sie alle daran dachten, daß sie, wenn sie auch außerstande waren, sich selbst zu entscheiden, doch jemandem, der sie überzeugen wollte, nicht viel Widerstand entgegenbringen würden. Eigentlich hatten sie keine Angst. Was sie zurückhielt, war eher die Furcht, sich in ein Abenteuer mit ungewissem Ausgang zu stürzen.

Als alle schliefen, dachte ich lange über das nach, was ich beobachtet hatte. Meine Kameraden waren Männer wie ich. Wenn man etwas riskieren will, so schien mir, ist man vor allem stark, wenn man sich an alle wendet und vor aller Augen handelt. Mein erster Versuch hatte mich dummerweise meinen Kameraden gegenüber mißtrauisch gemacht. Ich beschloß, ihnen bereits am nächsten Tag von meinem Plan zu erzählen, ihn mit größtmöglicher Klarheit und Einfachheit darzulegen. Natürlich würde man, egal wie klar und einfach er war, fürs erste vorsichtig bleiben. Aber ich zweifelte nicht, daß meine Kameraden sich nach und nach den Tatsachen beugen und verstehen würden, daß sie, wenn sie meinen Anweisungen Punkt für Punkt folgten, ihre Freiheit wiedererlangen könnten, ja, auch sie, und zwar mit einem Minimum an Risiko und, in Anbetracht unserer Lage, unter den bestmöglichen Bedingungen. Wenn ich in den vergangenen Wochen davon ausgegangen war, allein auszubrechen, dann deshalb, weil ich meine Position nicht mit dem nötigen Abstand betrachtet hatte. Man darf bei nichts, was man tut, den Blick für die Realitäten verlieren. Mir war sehr wohl klar, daß ich ein Gefangener war. Der Umstand aber, daß ich beileibe nicht der einzige war, der hier festgehalten wurde, war mir nicht richtig bewußt gewesen. In diesem alleinstehenden Haus waren wir etwa hundert, für die dasselbe galt. Ich hatte also Pflichten. Mich ihnen in dem Glauben zu entziehen, ich könnte so mein Vorhaben erleichtern, war ein großer Irrtum. Im Gegenteil, nur indem ich diese Pflichten respektierte, das heißt, meinen Kameraden beistand, ihnen meinen Plan nicht verheimlichte, sondern sie im Gegenteil einbezog, hatte ich die besten Chancen für ein Gelingen.

8

Am folgenden Abend, als wir alle zusammen waren, teilte ich meinen Kameraden mit, daß ich eine sehr wichtige Nachricht für sie hätte. Ich deutete ihnen näherzukommen. Da einige um den unscheinbaren Labussière herumstanden und zusahen, wie er einen Geldschein so faltete, daß sich die darauf abgebildete Figur in einer zweideutigen Position befand, sagte ich ihnen, sie könnten ebenfalls herkommen. Alsbald waren alle um mich geschart (bis auf Baumé, der schlief und den man auf keinen Fall wecken durfte), bereit, mir zuzuhören, mir eine Wichtigkeit zuzugestehen, deren ich würdig sein wollte. Mit leiser Stimme eröffnete ich also, was ich mir seit unserer Ankunft hier zurechtgelegt hatte.

Noch während ich sprach, rief Momot: »Dafür braucht es keine Verschwörermiene.«

Dieser Einwurf kränkte mich. Einige bedeuteten Momot, den Mund zu halten. Ich machte weiter, als ob nichts vorgefallen wäre, bemühte mich, Unterbrechungen dieser Art nicht weiter wichtig zu nehmen. Ich erzählte erneut von meinem Plan.

In dem Moment, da der Expreß vorbeifuhr, würde einer von uns (wer, sollte später bestimmt werden) den Lärm nutzen, um die Bretter von den Fenstern wegzuschlagen. Nacheinander würden wir in den Hof springen. Was den Stacheldraht anging, würde ich jedem einzelnen an Ort und Stelle zeigen, wie man es anstellen mußte, um durchzukommen. Unsere Flucht würde erst tags darauf bemerkt werden. Wir hätten also eine ganze Nacht, bevor Alarm geschlagen würde. Sobald wir aus dem Haus wären, würden wir in Richtung Grigau marschieren. Die Wahl dieser Stadt war kein Zufall. Roberjack hatte eine verheiratete Schwester dort, sie wohnte auf einem kleinen Bauernhof in der Nähe. Doch das käme erst später. Erst einmal würden wir die ganze Nacht durchmarschieren, um uns so weit wie möglich von der Villa zu entfernen. Bei Morgengrauen würden wir uns verstecken und erst gegen Abend wieder losziehen. Wenn wir dreißig Kilometer pro Nacht schafften, könnten wir Frankreich in zwei Wochen erreichen. Ich zeigte die Karte. Mit einem Bleistift hatte ich unseren Weg eingezeichnet, auf dem kleine Kreise die Tagesetappen markierten. Ich sagte ihnen, daß ich Deutsch konnte – als ob sie das nicht längst gwuß hätten. Bei den Wachposten hätte ich mich ganz zwanglos über die Beschaffenheit des Geländes erkundigt. Wenn es klappen sollte, mußten wir so weit wie möglich jeglichen Kontakt mit den Deutschen vermeiden und folglich einzig von unseren eigenen Vorräten leben. Ein Minimum von zehn Tagen Proviant wäre nötig. Deshalb sei es auch jetzt schon wichtig, daß wir Opfer brachten und nicht einmal mehr unsere Päckchen aufmachten. Ich selbst hätte bereits einigen Vorrat angelegt und wäre bereit, ihn der Gruppe zur Verfügung zu stellen, damit Zeit gewonnen würde. »So sieht also mein Vorschlag aus«, sagte ich abschließend.

Baillencourt, Durutte, Billau und Labussière tönten, dieser Plan sei undurchführbar. Es sei zum einen unmöglich, innerhalb von dreißig Sekunden – die Zeit, in der der Zug vorbeifuhr – die Bretter vom Fenster wegzubrechen. Selbst wenn es gelänge, wäre es der reine Wahnsinn sich einzubilden, wir könnten in einer derart großen Gruppe ganz Deutschland durchqueren, ohne aufzufallen. Wir würden in der Nacht losmarschieren, gut, das war klar. Man dürfe allerdings nicht annehmen, daß wir allein deshalb nie auf jemanden treffen würden. Und zum anderen: Die geschützten Schlupfwinkel, auf die ich angespielt hatte und wo geplant war, den Tag zu verbringen – war ich denn auch sicher, daß sich bei jedem Halt welche finden würden? Und war ich auch ganz sicher, daß wir alle die notwendige körperliche Kraft für eine solche Expedition hätten?

Nun begann Momot wieder zu stänkern. Er sei zur Flucht zwar entschlossen, wolle jedoch alle Trümpfe in der Hand haben. Er lasse sich nicht für dumm verkaufen. In diesem Krieg sei schon zuviel Mist gebaut worden, man müsse nicht selbst noch neuen hinzufügen. Auch meinte er, Pläne machen könne jeder, man wisse, wie so etwas laufe. Er erregte sich und verlor den wichtigen Ton, mit dem er den anderen hatte imponieren wollen. Er habe genug davon, immer der Dumme zu sein. Für alles, was er von jetzt an tun werde, müsse es einen guten Grund geben, er werde nichts mehr nur deshalb tun, weil es irgendein Dahergelaufener so wolle. Das sei vielleicht früher so gewesen, jetzt aber sei es vorbei mit solchen

Typen. Die seien nicht mehr gefragt. Gebraucht würden integre, anständige Leute, die wüßten, wovon sie sprachen, Leute mit Erfahrung, Leute, die studiert hätten, und nicht etwa solche, die von Tuten und Blasen keine Ahnung hätten und sich einmischten, herumkommandierten und alles besser wüßten, und so weiter.

Labussière meinte, das Problem sei ganz einfach. Wir brauchten keinen Plan, sondern eine günstige Gelegenheit, eine wirkliche, auf die sich jene, die den Geist dazu hätten, stürzen würden. Einen Plan wie den meinen könne jeder x-beliebige machen, man wisse ja, wohin das führe. Man sei ohnehin schon ziemlich weit unten und müsse nicht noch tiefer hinunter.

Meine Kameraden hetzten sich gegenseitig auf. Ich wolle sie wohl verhöhnen. Ich hatte nie in meinem Leben jemanden verhöhnt, doch war dies ein Wort, das sie gern im Munde führten. »Wenn man schon so mutig ist«, meinte Durutte, »dann hätte man das nur schon früher zeigen müssen und wäre dann jetzt nicht hier.« Baumé war noch nicht einmal aufgewacht. Er schlief ganz verrenkt – einen Arm über den Kopf gelegt, zur anderen Hand hin, die Finger ineinander verschränkt, ein Bein lang ausgestreckt und das andere angezogen. Um sich aufzuspielen, tat der Bauer Jemmaton so, als würde er meine Verteidigung übernehmen. »Aber er hat doch recht ...«, sagte er in einem fort. »Ich bin seiner Meinung und sage, wir knallen lieber richtig um uns, bevor es uns selber erwischt.«

An dieser Stelle meinte Baillencourt, mir seien die anderen im Grunde vollkommen egal, ich denke nur an mich und spiele Theater, eigentlich interessiere ich mich nur für meine Kameraden, weil ich ihre Unterstützung brauche. Zorn stieg in mir hoch. Eine solche Behauptung war wirklich zu ungerecht. Ich dachte daran, laut zu erwidern: »Das sagt er nur, weil er Angst hat.« Aber ich hielt mich zurück.

Zu guter Letzt verteidigte mich Roger, was mir sehr gut tat. Es gehe nicht darum zu wissen, ob unsere Vorgesetzten Mist gebaut hätten oder nicht, sondern darum, aus der Klemme herauszukommen, in die sie uns gebracht hatten. Folglich, da brauche man sich nichts vorzumachen, gebe es keine Alternative zu meinem Plan. Die einzige Lösung sei, ihm zu folgen. Doch die drei Sturschädel beharrten auf ihrem Standpunkt. Meine übrigen Kameraden äußerten sich dazu nicht.

Bereits am folgenden Tag ging ich die Sache erneut an.

9

Wir hatten uns in der Ecke versammelt, in der meine Bettstelle war. Vier von uns saßen auf meinem Strohsack, vier andere auf dem Pelets, einige standen, die übrigen lehnten sich gegen die Wand. Was ich zu sagen hatte, bestand aus drei Punkten. Ich wollte gerade anfangen zu reden, als Pelet losbrüllte. Seine Brieftasche war verschwunden, und damit das Geld und die besagten Photos.

Da er sie nicht wiederfand, begannen wir, überall nach ihr zu suchen, aber vergebens. Schließlich machte ich darauf aufmerksam, daß wir auch später weitersuchen konnten und es besser sei, den Umstand zu nutzen, daß wir alle beisammen waren, und über ernste Dinge zu sprechen.

Man schien mir recht zu geben. Anfangs hörte man mir zu, doch bald schon spürte ich, daß man die Tatsache, daß ich auf den Diebstahl, dem Pelet zum Opfer gefallen war, nicht einging und mich statt dessen über die Notwendigkeit ausließ, möglichst schnell eine Entscheidung hinsichtlich unserer Flucht zu treffen (schließlich konnten wir von einem Tag auf den anderen nach Biberbrach zurückgeschickt werden, und Gott allein wußte, wann sich eine neue Gelegenheit ergeben würde), als Ablenkungsmanöver ausgelegt, mithin fast als Beweis dafür, daß ich mit dem Verschwinden der Brieftasche etwas zu tun hatte.

Da schnitt Billau mir das Wort ab. Schon lange nervte er mich mit seiner Marotte, andauernd zu wiederholen, daß er Normanne sei, ein, echter Normanne vom guten alten Schlag. Er sagte, wir könnten uns doch nicht gegenseitig verdächtigen, wir müßten einen von uns bestimmen, der die Taschen und das Gepäck der anderen untersuchen solle. Da sich niemand anbot, fügte er hinzu, Baillencourt erschiene ihm als der Geeignetste. Alle waren derselben Meinung. Ich dagegen hatte langsam genug von diesen drei Besserwissern, die sich als unsere Anführer aufspielten. Freilich wollte ich nicht so weit gehen, jemand anderen vorzuschlagen.

Baumé, der sich bislang abseits gehalten hatte, kam dazu. Er sagte, er fände es besser, wenn ich es tat. Ich protestierte sogleich und versicherte, daß Baillencourt sich dieser kleinen Sache viel besser annehmen würde als ich. Ich konnte allerdings noch sehen, wie sich die drei Freunde, als sie meinen Namen hörten, mit ironischer Miene den anderen Kameraden zuwandten.

Baillencourt schickte sich an, sein Gepäck auseinanderzunehmen, dann, als wären ihm plötzlich Skrupel gekommen, bat er einen von uns darum. Da sich niemand rührte, machte er mit besonderer Sorgfalt weiter. Er hörte gar nicht wieder auf, uns vorzuführen, daß er unmöglich der Schuldige sein konnte. Ich mußte einfach laut anmerken: »Wir wissen ganz genau, daß Sie es nicht getan haben.« Doch niemand verstand die Ironie meiner Bemerkung.

Er ging dann zum anderen Gepäck über. Sein Suchen war insofern merkwürdig, als er scheinbar bei allen gleich vorging, sich aber bei jenen länger aufhielt, die wir insgeheim verdächtigen konnten. Da er schlußendlich nichts hatte finden können, kam es zu einer Diskussion, in deren Verlauf zeitweise sogar Morddrohungen gegen den Dieb erhoben wurden, so daß ich den Mund hielt.

Als ich am darauffolgenden Tag gerade dabei war, einen Waggon zu entladen, kam Baumé zu mir. Er eröffnete mir, er sei der Dieb der Brieftasche gewesen. Er verriet mir sogar, wo er sie versteckt hatte. Ich sagte ihm, er solle sie zurückgeben, oder besser noch, sie dorthin zurücklegen, von wo er sie genommen hatte, und so etwas nicht noch einmal tun.

Am Abend hatte Pelet sein Habe wieder. Als er mir die Neuigkeit mitteilte, tat ich überrascht. Diese Rückgabe ließ die Neugierde meiner Kameraden indessen unbefriedigt. Sie wollten wissen, wer der Dieb war. Sie tuschelten untereinander. Weder Baumé noch ich mischten uns in diese Geheimniskrämerei ein. Ich spürte genau, daß sich der Verdacht gegen Baumé richtete. Da ich ihn immer verteidigte, aber gerade an diesem Tag so tat, als sei er mir völlig egal, warf man mir seltsame Blicke zu. Niemand hatte Baumés Vorschlag vergessen, ich solle die Untersuchungen führen. Man ging zwar nicht soweit anzunehmen, ich sei sein Komplize, doch verdächtigte man mich, mit dem Wiederauftauchen der Brieftasche etwas zu tun zu haben.

Unser Leben war zu hart, als daß wir ewig über ein und dasselbe hätten reden können. Jedesmal, wenn er mich sah, erinnerte

Baumé mich daran, daß er mich um Verzeihung gebeten habe. Schließlich sagte ich ihm, er solle kein Wort mehr darüber verlieren! Das mit dem Verzeihen, das ihm wohl bewundernswert vorkam, begann mich zu ärgern. Ich hatte immer mehr den Eindruck, Baillencourt und seine Kumpel könnten uns im Stich lassen.

Ich nahm Baillencourt beiseite. Ich forderte ihn auf, mir offen zu sagen, was er zu tun gedenke. Ich fügte hinzu, daß es für den Fall einer möglichen Flucht seine Pflicht sei, uns Bescheid zu sagen, damit diejenigen unter uns, die dasselbe machen wollten, auch die Möglichkeit hatten, ihm zu folgen. Statt zu antworten, machte er eine verärgerte Geste. Ich ermüde ihn mit meiner Manie, auf meine Kameraden aufzupassen. Sie wüßten besser als ich, was zu tun sei. Sie hätten mich nicht beauftragt, in ihrem Namen zu sprechen, und sie hätten eine großartige Idee gehabt. In dem Moment, da wir uns zur Flucht entschließen sollten, sollte ich zur Wache gehen und so etwas wie einen Erstickungsanfall vorzutäuschen, um die Wachhabenden daran zu hindern, ihren Posten zu verlassen.

Meine Kumpel interessierten sich also nicht im geringsten für mein Schicksal, trotz allem, was ich – ohne dazu verpflichtet zu sein, einzig aus echter Kameradschaft heraus – für sie getan hatte. Sie fanden es ganz natürlich, daß ich ein zusätzliches Risiko einginge, daß ich zurückbliebe, daß ich mich gefangen nehmen ließe, um ihnen die Flucht zu ermöglichen.

Ich hütete mich, dem Ärger nachzugeben, den dieser Egoismus in mir wachrief. Ich erwiderte, sie hätten absolut recht, ich hätte selbst schon daran gedacht, glücklich bei der Vorstellung, ihnen so die letzten Vorbehalte zu nehmen. Das meinte ich wirklich ehrlich. Da ich es war, der alles organisierte, da ich meine Kameraden in eine von mir vorgegebene Richtung drängte, war es auch normal, daß ich alle nur denkbaren Vorsichtsmaßnahmen ergriff.

Im letzten Moment und unter dem Vorwand fürchterlicher Schmerzen würde ich mich zum Wachposten begeben. Oder besser, ich würde so tun, als hätte ich hohes Fieber, ich würde schlottern, würde um die Erlaubnis bitten, mich nah ans Feuer setzen zu dürfen, ja, flehentlich darum betteln. Bei Gefahr, das heißt im Fall, daß eine Wache auf den Hof hinausginge, würde ich vorgeben, mich besser zu fühlen und zu meinen Kameraden zurückkehren, um sie zu warnen. Wenn man mich nicht zurückkommen sähe, hieße das, daß alles in Ordnung, der Weg frei sei.

10

An einem Regentag, als der Fraß ungenießbar war, die Arbeit, die wir tun mußten, härter als sonst und die Ebene, die sich um uns weitete, grenzenlos schien, ging ich auf zwei Kameraden zu, die unter einem Waggon zwischen den Radachsen Schutz gefunden und – letzte Spur verlorener Unabhängigkeit – ihr Eßgeschirr, statt es unverzüglich wegzuräumen, vor sich stehen lassen hatten. Sie teilten sich eine Zigarette, reichten sie sich nach jedem Zug.

Ich setzte mich neben sie. Ich sagte ihnen, daß es so nicht weitergehen könne, daß ich die Nase voll hätte, daß ich, wenn das alles nicht bald ein Ende hätte, etwas Schlimmes anstellen würde. Ich hatte geglaubt, daß Männer, die in ähnlicher Not waren wie ich, auf meine Klagen eingehen würden. Aber sie blieben still. Ich sagte ihnen, daß wir nur eines tun könnten, und das war abhauen, daß alles besser sei, als so weiterzuleben. Sie sagten immer noch nichts. Ich dachte, sie trauten mir nicht. Nichts ist seltsamer, als im Unglück diesem Gefühl zu begegnen, nichts seltsamer, als wenn für andere nichts von dem, was für einen selbst das Unglück ausmacht, zu existieren scheint.

Um sie zu beruhigen, um den Verdacht zu beseitigen, andere zu etwas zu drängen, was ich selber zu tun zögerte, fügte ich hinzu, daß, was mich anging, die Entscheidung gefallen sei. Ich würde mich lieber dem Risiko aussetzen, eine Kugel in den Rücken zu bekommen, als weiterhin im Elend dahinzuvegetieren. Sie sahen mich an. Was für ein seltsamer Blick!

Meine beiden Kameraden, erdrückt von der Last ihrer Gefangenschaft, dachten wohl, daß es in meinem Leben geheime, mysteriöse Gründe für meine Unabhängigkeit gäbe, und beneideten mich darum. Ich versuchte, ihr Vertrauen zu gewinnen, indem ich ihnen versicherte, daß wir alle in derselben Situation waren. Ich verlor bloß meine Zeit. Von diesem Tag an brachten sie mir ein gewisses Mißtrauen entgegen, als müsse ich, wenn ich es eine Flucht wagte wollte, Unterstützung haben, die ich ihnen verheimlichte, als wäre ich ein dubioser Geselle, der versuchte, sie in ein Abenteuer hineinzuziehen, bei dem sie nicht dieselben Mittel hatten, sich zu verteidigen wie ich.

Die Arbeit war bei weitem nicht befriedigend. Obwohl ich mir darüber klar war, daß es nicht viel einbrachte, arbeitete ich mehr, als ich mußte, und versuchte, den fehlenden Willen meiner Kameraden auszugleichen. Ich wollte vor allem vermeiden, daß man uns ins Lager zurückschickte. Ich versuchte, meine Kameraden anzustacheln, und sagte ihnen, daß uns von Biberbrach aus eine Flucht unmöglich sei. Sie gaben mir zur Antwort, daß sie für die Boches nicht arbeiten wollten.

In Wahrheit gab es einen anderen Grund. Wenn man leidet, kommen die niedrigsten Gefühle in einem zutage. All diese Männer, die wie ich nur danach trachteten, frei zu sein, rächten sich, weil sie es nicht sein konnten, indem sie die Anstrengungen jener unterliefen, die daran arbeiteten, es eines Tages zu sein. Ich sagte ihnen, daß wir hier jedenfalls besser aufgehoben seien als im Lager. Sie taten so, als sei ihnen das mehr oder weniger egal. Ich versuchte, ihre Energie durch Argumente zu wecken, denen wir Franzosen zugänglich sind, also, daß man nicht in Fatalismus versinken dürfe, daß ihre Resignation »Kerlen, wie wir es sind« unwürdig sei.

Eines Abends, als ich es ausnutzen wollte, daß die Laune meiner Kameraden sich gebessert hatte, brachte ich erneut unsere Flucht zur Sprache. Ich hatte an jenem Tag gegen ein Argument anzukämpfen, das regelmäßig wiederauftauchte. Das Gerücht kursierte, daß wir sehr bald befreit werden würden, daß der Frieden nahe sei. Ein Wachhabender hatte es im Radio gehört. Er hatte es gegenüber einem von uns wiederholt.

Ich redete bereits einige Minuten, als hinter mir lautstark eine Diskussion anhob. Momot und Jemmaton zankten sich, aus welchem Grund auch immer. »*Du* hast das getan ...«, kam von Jemmaton. »Nein, ich war's nicht ...«

Man bat sie um Ruhe. Momot erwiderte, noch nie habe ihn irgend jemand am Reden gehindert. Mit erhobener Stimme stellte ich fest, daß es unter diesen Bedingungen besser sei, auf eine Flucht zu verzichten. »Was soll's. Dann schleppen wir halt Gleise, bis der Krieg vorbei ist.« Und ich fügte hinzu: »Ich warne euch besser gleich: Von den Dingern sind noch reichlich da.«

Niemand hörte mir zu. Der Streit hatte sich ausgeweitet. Alle meine Kameraden brüllten gleichzeitig. Immerhin hörte ich einen von ihnen sagen, daß man mir zuhören solle, und ein anderer erwiderte, daß meine Geschichten ihm scheißegal seien, daß ich zuviel rede, daß ich nichts anderes könne als reden.

Ich setzte mich abseits auf einen Strohsack und wartete, daß wieder Ruhe einkehre. Pelet, der sich stets in der Gewalt hatte, obwohl er diesmal unter jenen gewesen war, die am lautesten gebrüllt hatten, kam zu mir. Er meinte, was da vor sich gehe, sei eine Schande. Ich bat ihn, mich in Ruhe zu lassen. Er wirkte dermaßen darüber betroffen, daß ich ihn allem Anschein nach auf dieselbe Stufe wie die anderen stellte, daß ich mit Blick auf meine Kameraden hinzufügte, es sei sehr schwer, sich zu verstehen.

Der Streit wurde heftiger. Mittlerweile ging es um die Arbeit, die sich einige von anderen machen ließen. Als diese Auseinandersetzung über nichts und wieder nichts sich endlich gelegt hatte, wandte ich mich erneut an die Stubengemeinschaft. Da ich andauernd unterbrochen wurde, sagte ich mechanisch: »Also, ich bitte euch ...« Ich fügte hinzu, daß ich sie nicht dazu zwinge, mir zuzuhören, sie aber gern darüber informieren wolle, daß wir hier nicht unbegrenzt bleiben würden, daß wir irgendwann ins Lager zurückmüßten und es ab dem Moment bedauern dürften, die Gelegenheit, die sich uns gegenwärtig bot, nicht genützt zu haben.

Meine Kameraden hatten angefangen, meine »Also-ich-bitte euch« zu zählen. »Elf, zwölf, dreizehn ...« Baumé, der sich abseits hielt, rief, wohl um besonders witzig zu sein, »vierzehn«, als ich gerade den Mund hielt. Und ein paar Idioten fingen tatsächlich an zu lachen!

»Aber, was wollen Sie eigentlich von uns?«, rief einer von jenen, die am stärksten herumgestikuliert hatten. Das war das erste Mal, daß ich so offen angegriffen wurde. Ich antwortete mit einem Schulterzucken. Labussière fuhr fort: »Wenn Sie unbedingt abhauen wollen, dann tun Sie es doch und lassen Sie uns damit in Frieden! Wir brauchen niemanden, der uns sagt, was wir zu tun haben. Das reicht jetzt. Ich will von sowas nichts mehr hören.«

Pelet, Baumé und ein gewisser Mimiague meinten in Richtung Labussière, daß es nun tatsächlich reiche. »Kein Mensch hindert Sie abzuhauen, wenn Sie sich das einbilden«, schrie Durutte. »Alles, was wir wollen, ist, daß Sie uns nicht mehr auf die Nerven fallen.«

Ich erwiderte, daß mich tatsächlich niemand daran hindere zu fliehen, daß ich aber nicht zu jenen Menschen gehöre, die nur an sich denken, daß ich nicht andere wegen mir leiden lassen wolle und erst dann aufbreche, wenn wir uns alle einig seien.

Momot brüllte auf einmal los, ich sei ein Schweinhund, und das aus einem so überraschenden Grund, daß mir der Mund offenblieb. Ein Schweinhund sei ich, weil ich auch nur eine Sekunde lang habe glauben können, unter uns befänden sich Kameraden, die imstande seien, mich zu denunzieren. Das sei nicht ihre Art. Sie hätten niemals einen Kumpel verraten und so weiter.

Meine Kameraden hatten dazu geschwiegen. Unmöglich zu erraten, was sie dachten.

11

Etwas später, als sich alle hingelegt hatten, dachte ich über diese Szene nach. Ich war erstaunt, daß junge Männer, die weit weg von ihren Familien und ihren Belangen waren und ein simples Leben führten, zu soviel Kleinlichkeit fähig waren. Niemals hätte ich geglaubt, daß Eifersucht, Neid und Ehrgeiz noch immer eine so große Rolle spielen konnten.

Ich hatte den Eindruck, daß die Situation verworrener war als zuvor. Ich hatte mich ungeschickt angestellt, denn es ist ungeschickt, immer wieder auf dasselbe Thema zurückzukommen. Je öfter man mich dasselbe hatte sagen hören, desto weniger nahm man mich ernst, so daß ich jetzt von meinen Kameraden nichts mehr erwarten konnte. Ich war in ihrer Wertschätzung gesunken. Man hatte mir immer zugehört, weil man mir eine Intelligenz zugebilligt hatte, die ich gar nicht besaß. Nun, da ich zuviel geredet hatte, war man sich bewußt geworden, daß ich ein Mensch war wie alle anderen.

Am darauffolgenden Tag bei der Arbeit brachte mich der Zufall neben Mimiague und Boittard, beide aus Rambouillet, die immer so taten, als seien sie etwas Besseres als die anderen. Mimiague hatte einen kleinen schwarzen Schnauzer und kleinen Knebelbart. Ständig bat er die Wachposten um Feuer und bedankte sich mit einem Pariser Gruß – zwei Finger am Käppi. Boittard hatte einen großen Kopf und ein rotes Gesicht, die Augen eines Alkoholikers und machte den Eindruck eines gefügigen Handlangers, der einen, je nach Auftrag, beschützt oder totschlägt.

Ich sagte ihnen, wir sollten ausbrechen, mehr nicht. Der Kleine setzte seine Schaufel ab, sah mir in die Augen und meinte: »Wie lange willst du uns eigentlich noch auf die Nerven gehen?«

Ich wandte ihm den Rücken zu und setzte mich auf eine Bohle. Ich kramte alles zusammen, was sich an Tabakresten noch in meiner Tasche befand, entfernte das, was nach Brotkrumen aussah, und rollte mir eine Zigarette. In etwa hundert Meter Entfernung sah ich den Posten auf dem ebenen Weg auf- und abgehen; er hatte den Bereich im Blickfeld, auf dem wir zwischen Stellwerken, Waggons, Baumaterial und Steinhaufen verteilt waren.

Ich sagte mir, daß es lächerlich sei, sich an einen starren Plan zu halten. Ich hatte mich zu sehr darauf versteift. Warum für die Flucht eigentlich nicht einen Moment der Unachtsamkeit oder eher der allgemeinen Müdigkeit ausnutzen, und zwar ohne daß meine Kameraden oder die Wachposten etwas davon merkten? Wenn ich es wirklich wollte, würde ich es in dem einen oder anderen Augenblick auch tun können. Nur: Lag die kleine Oase, die unsere Baustelle bildete, erst einmal hinter einem, dann gab es bloß noch das freie, unbegrenzte Feld. Keinen Baum, kein Haus. Wie sollte man sich unter diesen Voraussetzungen retten können, ohne gesehen zu werden? Auf einen LKW springen? Die Wachen, wiewohl recht freundlich, flößten mir nicht gerade Vertrauen ein. Kräftige Burschen waren das, die mit uns scherzten, die uns Zigaretten gaben und manchmal auch etwas zu essen, die im Grunde Mitleid hatten mit uns, die aber, wenn es um Vorschriften ging, keinen Menschen mehr kannten. Würden sie mich sehen, wie ich gerade auf einen Lastwagen sprang, sie würden dem Fahrer nicht einmal ein Zeichen geben anzuhalten – sie würden auf der Stelle schießen.

Von diesem Tag an wechselte ich mit den beiden aus Rambouillet kein Wort mehr. Nichts ist unangenehmer als solche Streitereien, wenn man doch gezwungen ist zusammenzuleben. Immer wieder mußte ich einen Bogen um sie machen, um nicht auf sie zu treffen, was zu grotesken Szenen führte.

Eine Woche darauf kam es ihretwegen zu einem ungewöhnlichen Zwischenfall. Seit langem schon waren Mimiague und Boittard für meine Kameraden schwarze Schafe. Schon mehrmals hatten wir durch ihr Verhalten einen Verweis von den Deutschen erhalten.

Meinen Kameraden gefiel das nicht. Dann gab es immer einen, der uns die Leviten las, uns mangelnde Erziehung vorwarf, der niedergeschlagen meinte, es sei immer dasselbe, wir wüßten nicht anzuerkennen, was man für uns tat, und so weiter. Die, die sich so beklagten, pflegten sich mit den Wachen auszutauschen und wechselten Blicke des Einverständnisses mit ihnen, um zu zeigen, daß sie ihnen recht gaben und mit ihnen in dem Urteil vollkommen einig waren, daß es sich bei den beiden aus Rambouillet um unliebsame Individuen handelte.

Was mich betraf, so hütete ich mich, mich einzumischen. Seit jeher verabscheute ich solche mysteriöse Freundschaften, die sich zwischen den schlimmsten Feinden bilden und die die Deutschen so trefflich zu fördern wußten. Es widerte mich an, mich mit ihnen im Einvernehmen zu sehen, und sei es nur in einem einzigen Punkt, und das selbst, wenn dieses Einvernehmen geheimgeblieben wäre und uns gar gewisse Vorteile gebracht hätte. Unglücklicherweise hatten meine Kameraden nicht dieselben Skrupel.

Eines Abends zeigten Mimiague und Boittard wohl einen derartigen Unwillen bei der Ausführung eines Befehls, daß die Aufseher, durch die stillschweigende Zustimmung aller ermutigt, vor Wut explodierten. Es kam dann zu einer bemerkenswerten Szene, als die beiden Männer, die jedesmal, wenn es um die Flucht ging, allen den Nerv töteten, die ihr Schicksal demnach offenbar akzeptierten, als diese beiden also anfingen, die Wachen anzustänkern, sie sogar zu bedrohen. Am folgenden Tag wurden sie in ein Straflager geschickt. Später ging das Gerücht, sie seien erschossen worden.

12

Ich denke, wir wären wohl nie weggekommen, wenn uns nicht ein unerwartetes Ereignis alle in Aufruhr versetzt hätte. Unsere Gruppe war nicht so inhomogen, wie man hätte annehmen können. Im Grunde bestand sie aus zwei Kategorien von Männern: zum einen aus Arbeitern und Angestellten aus Paris (genauer gesagt, aus der Region um Paris, denn abgesehen von mir war keiner der Pariser dort geboren), zum andern aus Bauern, die aus der Gegend um Angers rekrutiert worden waren. Ich machte nach wi vor meine kleine Privatpropaganda, als einer der Bauern, Jemmaton, sich krank meldete.

An dieser Stelle muß ich etwas ausholen: Unser Quartier in der Villa, der Villa des Elends, wie Momot sagte, lag drei Kilometer von der Stadt entfernt. Zweimal die Woche kam der Lagerarzt zu uns. Wenn wir dazwischen krank wurden, warteten wir, es sei denn, es war wirklich ernst, dann brachte uns eine Posten ins Krankenhaus der Stadt. Im allgemeinen wurde eine solche Fahrt von den Wachleuten begrüßt, denn für sie war es eine Abwechslung.

An jenem Tag aber glaubten die Deutschen aus einem mir unbekannten Grund, Jemmaton würde simulieren. Man muß hinzufügen, daß Jemmaton ein großer und gut aussehender Kerl war und nur schwerlich von einem auf den anderen Tag wie ein Sterbender hätte aussehen können. Die Wachen verweigerten ihm die Fahrt ins Krankenhaus. Sie versagten ihm sogar die Erlaubnis liegenzubleiben und zwangen ihn, mit uns auzurücken.

Auf der Baustelle angekommen, mußte Jemmaton sich hinsetzen. Gewöhnlich zeigten sich die Deutschen in ähnlichen Situationen sehr human, etwa nach dem Motto: Wer uns nicht belügt, kann auch auf uns zählen. Jemmaton war ein aufrichtiger Junge. Obwohl er vor Fieber zitterte, wollte er arbeiten. Er glaubte ernsthaft, daß ihm nichts weiter fehle. Ich muß sagen, als ich meine Rippenfellentzündung hatte, war ich genauso gewesen.

Jemmaton wollte also unbedingt arbeiten. Mehr als eine Stunde lang schlug er Stahlpfosten in den Boden. Dann fiel er in Ohnmacht. Warum kann ich nicht sagen, doch die Wachen nahmen die Sache übel auf. Vielleicht hatte am Vortag an einem anderen Abschnitt der Baustelle ein Gefangener eine Ohnmacht vorgetäuscht, und die Wachen bildeten sich nun ein, Jemmaton würde ihnen dieselbe Komödie vorspielen.

Einer von ihnen steigerte sich in heftige Wut. Er begann den Kranken zu beschimpfen, ihn mit seinem Gewehr zu bedrohen und mit Füßen zu treten. Da Jemmaton sich nicht rührte, ließ er ihn in unter einen Ginsterstrauch legen.

Wir alle waren voller Abscheu, umso mehr, als wir wußten, daß Jemmaton wirklich krank war. In diesen – glücklicherweise sehr seltenen – Momenten begriffen wir die Tragik unserer Situation. Ansonsten verlief das Leben einfach elend und monoton.

Sobald unser Kamerad niedergelegt worden war, bedeuteten uns die Wachposten schroff, wieder an die Arbeit zu gehen. Ich, der ich Deutsch sprach, sagte ihnen, daß man blind sein müsse, um nicht zu sehen, daß Jemmaton einen Anfall gehabt habe. Sie schauten drein, als wollten sie gleich auf mich anlegen.

In der Mittagspause konnten wir uns dem Strauch nicht nähern. Als wir am Abend den Kranken holen gingen, war er eiskalt und redete im Fieber. Die Wachposten begriffen nun zwar ihren Irrtum, wollten ihn aber nicht eingestehen. Sie malträtierten uns noch mehr. Ihrer Meinung nach neigten wir zu sehr dazu, unseren Status als Gefangene zu vergessen. Sie hatten genug davon, immerfort Unterschiede zu machen zwischen den einen und den anderen – was sie freilich häufig genug getan hatten, wenn sie mit uns redeten und uns Tabak gaben, sich für den einen interessierten, weil er in einer Bank arbeitete, für den anderen, weil ihm ein eigener kleiner Bauernhof gehörte.

Zurück im Quartier rief ich allen zu: »Ihr glaubt, unter uns gibt es welche, die im letzten Moment kneifen, und das hält euch zurück. Wärt ihr sicher, daß wir zum Beispiel morgen so, wie wir hier sind und alle gemeinsam aufbrächen, dann würdet ihr nicht zögern. Also gut, es ist beschlossen, morgen geht's los.«

»Das ist ein Ultimatum«, meinte Roberjack mit seinem Faible für dieses Wort. Baillencourt wollte Einwände geltend machen. Ich sagte ihm, er solle den Mund halten, und fügte hinzu, daß ich gleich mit ihm allein sprechen werde. Ich ersuchte ihn, meine Bemühungen nicht zunichte zu machen, bevor er mich überhaupt angehört habe.

Sowie das Licht gelöscht war, setzte ich mich ans Fußende seines Bettes. Aber ich konnte nicht mit ihm reden, weil einige Kameraden sich über den Lärm beklagten, obwohl sie wußten, wie wichtig dieses Gespräch war.

In diesem Augenblick kam Pelet zu mir. Ich nahm an, er wolle etwas von mir wissen. Doch er dachte nur an sich. Was Jemmaton zugestoßen war, hatte ihn sehr bestürzt. Er hatte immer das Gefühl, die schlimmsten Krankheitssymptome zu haben. Um ihn wieder loszuwerden, sagte ich ihm, daß es keine schwere Krankheit gebe, die nicht von einem sich zusehends verschlimmernden Schwächezustand eingeleitet werde. Ich wußte nichts darüber, aber ich hatte ein gutes Argument gefunden, und er ging beruhigt an seinen Platz zurück.

Am nächsten Morgen mußte ich zu meiner Überraschung feststellen, daß offenbar alle vergessen hatten, daß wir noch am Abend desselben Tages loswollten. Niemand redete mehr als an den anderen Tagen. Jeder kleidete sich in Ruhe an, so als sei dieser Morgen wie alle vergangenen und alle kommenden.

Wie jedesmal, wenn es sich um etwas für uns Wichtiges handelte, traute ich mich nicht, wieder als erster davon zu reden. Ich nahm die resignierte Haltung an, die alle hatten. Ich hütete mich aber davor, mich zu beklagen. Trotzdem hätte, aus Gewohnheit, fast zu fluchen begonnen, als ich ein wenig von der schwarzen Brühe, die unser Kaffee sein sollte, verschüttete.

Als wir uns unmittelbar vor dem Antreten im Hof aufhielten, bemerkte ich, wie Cathelnicau mit Gefangenen einer Stube im ersten Stock sprach. Ich hatte den Eindruck, er teile ihnen mit, daß wir diesen Abend aufbrechen wollten, was mich außerordentlich beunruhigte. Ich hatte immer auf absoluter Geheimhaltung bestanden. Auf einmal steigerte sich die Beunruhigung zu Angst. Womöglich versuchte jeder von uns, andere Gefangene, die ich nicht einmal kannte, miteinzubeziehen. Statt eines Dutzends wären wir dann zwanzig, dreißig, vierzig. Das würde alles ändern.

Ich erinnerte mich an Baillencourts Worte. Ich fand bereits, daß zwölf das Höchste sei. Sowie Cathelnicau von seinen Freunden wiederkam, fragte ich ihn: »Du hast ihnen doch hoffentlich nichts erzählt?« Er erwiderte mir, er habe sich gehütet, das zu tun, es seien vielmehr sie, die sich uns anschließen wollten.

Ich vermied eine Debatte. Ich wies ihn nicht einmal darauf hin, daß sie sich uns nicht würden anschließen wollen, wenn man sie nicht zuvor eingeweiht hätte.

Meine Befürchtung wurde nur noch größer. Ich hatte den Eindruck, daß alles, was ich sorgfältig vorbereitet hatte, im letzten Moment vergebens sein würde. Statt methodisch nach einem durchdachten Plan vorzugehen, würden wir uns auf gut Glück aus dem Staube machen. Es war doch unglaublich, daß es so schwierig sein sollte, den Menschen verständlich zu machen, was gut für sie war.

Plötzlich ging mir ein verrückter Gedanke durch den Kopf: Nachdem ich alles vorbereitet hatte, war ich es schlußendlich, der die Flucht nicht wagte. In diesem Moment erschallte das Pfeifsignal zum Antreten.

Im Laufe des Tages hatte ich Gelegenheit, weiteres Getuschel zwischen Gefangenen verschiedener Stuben wahrzunehmen. Anstatt daß wir aufgrund unseres letztlich einstimmig gefaßten Entschlusses enger zusammengerückt wären, verzettelte sich im Gegenteil unsere Gemeinschaft immer mehr, wie ich feststellte. All meine Berechnungen, all meinePlanungen erschienen nunmehr grotesk und nutzlos.

Als wir am Abend wieder alle beisammen waren, wollte ich die Situation von neuem in den Griff bekommen. Ich hatte den Eindruck, daß wir auf ein Desaster zusteuerten, daß unser Projekt ein Ausmaß angenommen hatte, von dem lediglich Wachen, die auf ihren Ohren saßen, noch nichts gehört haben mochten.

13

Um acht Uhr zehn fuhr der Zug vorbei. Zwanzig Minuten zuvor gab ich bekannt, daß ich an die Tür klopfen würde, um einen Posten zu rufen, der mich ins Wachlokal führen sollte.

Erstaunt sah man mich an. Meinen Kameraden war es vollkommen entfallen, daß sie die ersten gewesen waren, die diese Vorsichtsmaßnahme für notwendig gehalten hatten. Sie meinten, das sei unvorsichtig; wenn die Wachposten schliefen, würde ich sie damit aufwecken und ihren Argwohn erregen.

Ich antwortete, wenn sie schliefen, sei bewiesen, daß sie nicht die Absicht hatten, ihre Runde zu machen, und sie würden wohl nicht gerade deshalb eine machen, weil ich sie geweckt hatte. Indem ich mich auf die Wache führen ließe, würde ich gerade zur Absicherung unserer Unternehmung beitragen.

»Das ist überflüssig, die machen nie im Leben eine Runde«, erscholl es von allen Seiten. Ich erwiderte, es habe schon genügend gegeben, was schlecht vorbereitet gewesen sei, und man brauche nicht noch mehr davon. Einige stimmten mir zu, doch die Mehrheit fand, das spürte ich, ich komplizierte die Dinge zu sehr. Mein Wunsch mißfiel erst recht jenen, die in der Komödie mit der Krankheit, die ich spielen wollte, keine zusätzliche Sicherheitsmaßnahme sahen, sondern eine idiotische Art, die Aufmerksamkeit auf sich zu lenken.

All meine Kameraden taten so, als schliefen sie! Es war mir unangenehm, zwischen den Liegen stehenzubleiben, allein, so als führte ich etwas Böses im Schilde.

Um fünf vor acht, in dem Moment, da ich mich darauf einstellte, an die Tür zu klopfen, sagte ich zu Roger, ich finde es besser, die Bretter am Fenster mit der Schulter wegzudrücken, und nur dann, wenn sich das als unzureichend erweise, einen Hocker zu Hilfe zu nehmen; man müsse ja nicht mehr Lärm machen als nötig. Dann wiederholte ich, daß ich, sollte ich zufällig eine Wache hinausgehen oder schon draußen sehen, unverzüglich zurückkommen würde.

In dem Moment, da ich an die Tür klopfen wollte, um zu rufen und damit den ersten Schritt in unsere Freiheit zu machen, erhob sich jemand in der Dunkelheit, kam auf mich zu, drückte mich an sich, umarmte mich. Es war Pelet. Er sagte mir, er bleibe im Zimmer, bis ich zurück sei und gehe nicht ohne mich los. Er wisse, daß ich alles getan hatte, und er habe Vertrauen nur zu mir.

Dieser Beweis von Zuneigung berührte mich tief. Ich umarmte ihn meinerseits. In dieser Minute, da jeder nur an sich selbst dachte und meine Kameraden meine vergangenen Bemühungen überhaupt nicht zu schätzen wußten, es sogar natürlich fanden, daß ich mich weiterhin für sie aufopferte, hatte er allein an mich gedacht.

Der Zug sollte erst in einer Viertelstunde vorbeifahren. Ich zögerte noch zu klopfen, fand die Zeit für meine Vorstellung ein wenig lang, doch ich mußte auch berücksichtigen, daß die Wachen mich nicht sogleich hören würden.

»Worauf wartest du?« hörte ich in der Dunkelheit murmeln. Mir ging der Gedanke durch den Kopf, daß ich, indem ich meinen Kameraden die Flucht ermöglichte, riskierte, selber nicht fliehen zu können. »Es ist noch etwas zu früh«, sagte ich leise. In der Dunkelheit konnte ich nichts erkennen, in meinem Kopf aber zeichnete sich alles in außerordentlicher Klarheit ab.

Jäh entschloß ich mich, schlug mit der Faust so fest ich konnte gegen die Tür und schrie: »Kommen Sie, kommen Sie ...« Wenn wir auf die Latrine mußten, machten wir es so. Die Posten verstanden da sehr gut, vorausgesetzt allerdings, es war nicht zu spät und dieses Rufen wiederholte sich nicht allzuoft.

Ich vernahm Schritte und dann das Geräusch des Schlüssels im Türschloß. Die Tür ging auf. Ein Deutscher ließ mich hinaus. Ich stotterte ein paar Worte und fing, als er die Tür wieder versperrte, zu stöhnen an. Er schubste mich an das Ende des Korridors, zum Eingang hin. Daneben befand sich eine andere Tür, einen Spaltbreit offen. Dies war das Zimmer, in dem die Wachen sich eingerichtet hatten.

Ich blieb stehen. Der Raum war hell erleuchtet. Ein Ofen gab Wärme. Ich griff mir an den Hals, an die Stirn und begann zu zittern. Ich sagte, ich würde ersticken, und fügte, auf das Feuer deutend, hinzu, daß ich ganz durchfroren sei. Der Wachposten, immer noch in dem Glauben, ich wolle hinaus, machte sich daran, die Eingangstür zu öffnen.

Da wurde mir klar, daß ich es zu zaghaft anging. Um echt zu wirken, hatte ich die Anzeichen meiner Krankheit nicht übertreiben wollen, und der Posten hatte nichts bemerkt. Ich stieß nun einen Schrei aus oder, besser gesagt, eine Art Röcheln und fiel auf die Knie. Dann stand ich wieder auf und betrat schwankend, ohne nach irgend etwas zu verlangen, den Wachraum. Ich bemerkte sogleich noch einen Wachposten auf einem Lager, zwei Liegen aber waren leer.

Ich richtete mich wieder auf, so als ob es mir schlagartig besser ginge; ich wollte sofort in die Stube zurückkehren, um meine Kameraden zu warnen. Doch im selben Moment bemerkte ich die Gewehre und die Helme der beiden, die nicht da waren; sie verbrachten den Abend wohl in der Stadt.

Ich erinnere mich, daß der Posten, der mich geholt hatte und immer noch glaubte, ich müsse zur Latrine, dabei war, die Eingangstür aufzusperren. Die anderen Posten hielten sich also nicht im Hof auf, ansonsten wäre die Tür ja nicht abgeschlossen gewesen. Ich beugte mich vor und ließ mich wortlos auf eine Kiste fallen, die als Sitz vor dem Ofen diente.

Der liegende Deutsche drehte sich um und stützte sich mit dem Ellbogen auf. Ich erklärte in kurzen, abgehackten Worten, daß ich wohl eine Lebensmittelvergiftung und fürchterliche Schmerzen hätte. Es sei, wie wenn man mir in regelmäßigen Abständen einen Dolch in die Magengrube stoße. Ich wirkte umso echter, als ich so etwas schon einmal, einige Jahre zuvor, gehabt hatte und wußte, daß das, was ich sagte, glaubwürdig war. Da wir das Essen ja von den Deutschen bekamen, mußte meine Krankheit, wenn ich sie so offen darauf zurückführte, zudem noch weniger simuliert wirken.

Dann fing ich wieder an zu stöhnen. Die Haltung des Postens mir gegenüber war die eines Mannes, der vielleicht durchaus ein Herz hat, der durch die Umstände aber soviel Elend hat sehen müssen, daß er sich in die Gefühllosigkeit flüchtet. Ihm schien alles gleichgültig zu sein. Ich hätte mich zu seinen Füßen winden können vor Schmerzen – er hätte so getan, als merkte er nichts. Und doch spürte ich, daß dieser Panzer ziemlich dünn war.

Der andere Deutsche brachte mir ein Glas Wasser. Wenn er es seiner Mutter oder seiner Schwester gebracht hätte – seine Gefühlle hätte er nicht anders verborgen. Er hielt mir das Glas hin mit dieser Geste von Leuten, die uns nicht zum Trinken zwingen, die es uns selbst überlassen zu trinken oder nicht, aber ich fühlte, daß mein Stöhnen und meine Grimassen ihm unangenehm waren.

Es ärgerte mich, daß ich wegen der Bitte meiner Kameraden zu früh nach der Wache gerufen hatte. Da ja ich das Theater spielte, hätte ich mich, um meine Möglichkeiten wissend, nicht beeinflussen lassen dürfen. Ich fürchtete immer mehr, dieses Spiel nicht lange genug durchhalten zu können. Die Minuten erschienen mir endlos, denn zum einen durfte mein Stöhnen nicht zu stark sein, damit der Wachposten nicht irgendeine Entscheidung traf, zum anderen aber mußte es so stark sein, daß er mir erlaubte, im Wachraum zu bleiben. Was wäre wohl passiert, wenn sich der Deutsche aus purer Menschenfreundlichkeit angeboten hätte, mich auf der Stelle ins Lazarett zu fahren?

Ich hob den Kopf. Meine Augen waren feucht. Ich sagte unter Anstrengung: »Ich glaube, es wird mir gleich besser gehen. Die Wärme tut mir sehr gut. (Vor allem durfte ich nicht den Anschein erwecken, mich über meinen Zustand als Gefangener zu beklagen.) Ich habe mich bestimmt geirrt. Wahrscheinlich ist es gar keine Vergiftung.«

Der Wachposten hatte seinen Helm abgenommen, sein Gewehr abgelegt. Er sah mich an und wußte nicht, was er tun sollte. Hin und wieder sprach er zu seinem Kollegen, dieser aber hatte die Augen zu und antwortete ihm nicht.

Da der Zug immer noch nicht kam, fing ich wieder an zu stöhnen. Meine Aufregung hatte sich gelegt. Ich empfand eine Art Wohlbehagen, so als wäre die Gefahr vorüber. Das Spiel war gewonnen. Wenn sich meine Kameraden genau an die Abmachung hielten, würden wir in wenigen Augenblicken frei sein. Was mich betraf, so brauchte ich nach der Vorbeifahrt des Zuges nur zu sagen, es ginge mir besser – natürlich nicht sofort, damit der Posten keinen Zusammenhang herstellen könnte. Er würde mich zurückführen. Wenn die Tür wieder verschlossen wäre, würde ich ebenfalls aus dem Fenster springen und meine Kameraden einholen.

»Geht's besser?« fragte mich mein Aufseher. Ich sagte nichts.

Weil der Zug noch immer auf sich warten ließ, täuschte ich wieder Schmerzen vor. Der Wachposten brachte mir ein Glas Schnaps. Genau in dem Moment, da er es mir hinhielt, nahm ich ein dumpfes Dröhnen in der Ferne wahr. Wäre ich an die Schienen gebunden gewesen, hätte meine Angst nicht größer sein können.

»Mir geht's besser, mir geht's besser«, rief ich. Ich griff nach dem Glas, doch trotz meines festen Vorsatzes, so zu tun, als hätte ich nichts gehört, schaffte ich es weder, das Glas an die Lippen zu heben, noch es wieder abzustellen. Das Haus begann zu beben. Dann war ein Getöse zu hören wie bei einer Lawine oder einem Einsturz, stärker und stärker.

»Trinken Sie«, brüllte mir der Wachposten ins Ohr. Ich hatte seine Augen direkt vor mir, Augen, die weder männlich noch weiblich waren und in denen weder Liebe noch Haß zu erkennen war. Ich hielt noch immer mein Glas. Ich dachte an meine Kameraden. Nichts macht einen so mutig, dachte ich, wie der Umstand, sich an der Quelle der Gefahr zu befinden. Ich konnte nicht besser plaziert sein als in diesem Wachraum.

Plötzlich, mitten in der wieder eingekehrten Ruhe, vernahm ich dumpfe Schläge. Die Fenster hatten also nicht nachgegeben, und diese Dummköpfe bemerkten nicht, daß der Zug bereits vorbeigefahren war! Ich krümmte mich zusammen und stieß Schreie aus – mein Glas ließ ich dabei nicht los, verschüttete aber den Inhalt.

Die Schläge dröhnten noch immer, wurden rascher, wie am Ende einer Arbeit.

Der Wachposten hatte sich zu einem Gewehr gedreht und seinen Helm aufgesetzt. Er hatte ein feines Gesicht unter diesem Stahlhelm, der auch auf Millionen anderer Köpfe saß. Er rief seinen Kameraden. Als dieser sich nicht rührte, ging er zur Tür.

Weitere Schläge waren zu hören. Es war der reine Wahnsinn. Der Wachposten überlegte es sich anders. Er drehte sich um, wollte den noch immer Schlafenden rufen. Da hatte ich das Gefühl, es sei alles verloren.

Zu meinen Füßen lag ein kleines Beil, gedacht zum Holzspalten. Ich griff danach und richtete mich mit einem Satz auf. Niemals zuvor hatte ich mich geschlagen, außer ein- oder zweimal auf dem Gymnasium, und außerdem waren das keine wirklichen Prügeleien gewesen. Ich hatte auf Schläge reagiert, doch nicht so, als hätte ich die Kontrolle über mich verloren. Und ich hatte sehr bald so getan, als hätte ich einen Schlag abbekommen, dessen brutale Wucht über das bei Schülerkämpfen erlaubte Maß hinausging. Nie in meinem Leben war ich dieser Art von Raserei ausgeliefert gewesen, die einen zur Vernichtung des Gegner treibt, so daß man selbst in einem Kampf, in dem man der Schwächere ist, nicht aufgibt.

An diesem Abend allerdings stürzte ich mich wie ein Wahnsinniger auf den Posten. Er drehte sich um, machte eine instinktive Abwehrbewegung, indem er sein Gewehr schräg vor sich hielt. In diesem Moment löste sich ein Schuß. Gleichsam im Blitz der Detonation – so kurz nur sah ich es – nahm ich eine ungeschützte Stelle zwischen Gewehr und Stahlhelm wahr. Ich schlug zu, von unten nach oben, mit einer Bewegung, wie wenn man zu zweit etwas hin- und herschaukelt, bevor man es wegschleudert.

Der Deutsche machte zwei Schritte zurück, als ob ich ihn gar nicht berührt hätte, dann aber sah ich, wie das Gewehr aus seinen Händen glitt, so daß ich nicht ein zweites Mal zuschlagen mußte. Er strauchelte, obwohl ihm nichts im Weg lag. Er machte zwei rasche Schritte auf mich zu. Ich wich aus, und er schlug der Länge nach hin.

Alle für die Selbsterhaltung verfügbaren Kräfte waren in diesem Moment in mir mobilisiert. Mein Schicksal hing von den nächsten Sekunden ab. Ich drehte mich um. Der andere Deutsche war aufgewacht. Ich sah, wie er im Aufstehen seinen Revolver suchte. Er zitterte dermaßen, daß er außerstande war, die Tasche aufzubekommen. Nicht Angst war der Grund für diesen Zustand, sondern die Hastigkeit eines aus dem Schlaf gerissenen Menschen.

Einen Augenblick lang blieb ich unentschlossen. Es ist unglaublich, daß man in einer derartigen Situation, und sei es nur für eine winzige Sekunde, nicht weiß, was man tun soll. Diese Sekunde hätte mich fast das Leben gekostet. Der Deutsche zielte auf mich. Ich dachte, ich sei verloren. Ich machte nicht einmal eine Bewegung, um mich zu schützen, so unnütz erschien mir das. Unsere natürlichen Reflexe sind einfach zu langsam.

Ich bewegte mich auf den Deutschen zu in der Erwartung, jeden Augenblick getötet zu werden. Doch er schlotterte derart, daß er vor lauter Angst danebenzuschießen überhaupt nicht schoß.

Ich packte sein Handgelenk. Da löste sich ein Schuß. Ich spürte zwar, daß ich an der Hand getroffen war, aber diese Empfindung war kein Schmerz. Selbst wenn man mir jetzt die Augen ausgerissen hätte, wäre mein Körper wohl unempfindlich geblieben. Ich hob die kleine Axt. Ich wußte nicht mehr, wo ich war, ob ich ins Leere schlug, ob ich geschlagen wurde, ob ich kämpfte oder nicht.

Ich kniete; ich stand auf. Alles um mich herum war ruhig. Merkwürdig war, daß mir meine rechte Hand, die die kleine Axt gehalten hatte, mehr wehtat als die linke, die blutete. Meine Finger fühlten sich an, als seien sie gebrochen. Mir schien, als sei mein Handteller durch ein enormes Gewicht zerquetscht worden.

Ich brauchte einige Minuten, um mich zu entsinnen, was ich in dem Wachraum getan hatte. Ich hob den Schlüsselbund auf und rannte zu unserem Zimmer. Aber meine Erregung war plötzlich so groß geworden, daß ich unfähig war, den passenden Schlüssel zu finden. Ich hatte das Gefühl, daß man mich vor dieser Tür, die ich nicht öffnen konnte, fassen würde. Panik erfaßte mich. Langsam fuhr ich mir mit der Hand über das Gesicht und zwang mich, still dazustehen.

Als mir bewußt wurde, daß einige Zeit vergangen war, versuchte ich von neuem, die Tür zu öffnen. Ich griff nach irgendeinem Schlüssel. Ich wollte unbedingt methodisch vorgehen. Eine kindische Idee ging mir durch den Kopf: Wäre ich nur ruhig geblieben, wäre das nicht passiert. Obwohl der Schlüssel nicht ins Schloß paßte, mühte ich mich aus Disziplin lange mit ihm ab. Dann nahm ich einen zweiten, einen dritten. Schließlich schaffte ich es, die Tür zu öffnen.

14

Als ich meine Stube betrat, stellte ich zu meinem großen Erstaunen fest, daß Durutte und Bisson noch da waren. Fast unmittelbar darauf bemerkte ich Pelet, der auf seinem Lager saß.
»Worauf wartet ihr denn noch?« rief ich ihnen zu. Meine Hand fühlte sich geschwollen an. Ich tauchte sie in einen Eimer mit Wasser. Dann sah ich meine Brotbeutel auf dem Bett liegen, obwohl vereinbart worden war, daß meine Kameraden sie mitnehmen würden, um sie mir dann zu geben.

Als ich sie in meine Umhängetasche tat, fiel mein Blick wieder auf Pelet. Erst da wurde mir klar, daß er nicht geflohen war. Dann entsann ich mich, daß er ja auf mich warten sollte. Wie war es möglich, daß er sich nicht rührte, daß er mir nicht half? Nicht einmal seinen Mantel hatte er an. »Was machst du?« fragte ich ihn. Ich begriff nicht, warum Pelet den Anweisungen, die ich ihm gegeben hatte, überhaupt nicht folgte.

Ich ging zum Fenster. Es war offen, die Bretter waren heruntergerissen. Ich brauchte nur hinauszuspringen. Im selben Moment stellten sich Durutte und Bisson zwischen die beiden Pritschen unterhalb des Fensters. Ich wollte sie beiseite schieben und dachte, ich könnte vorbei, wenn ich sie wegstieße. Tatsächlich schienen sie beiseite zu treten. Bisson wich, dafür stand nun Durutte an seinem Platz, so als ob er nicht wüßte, wohin, um mir nicht im Weg zu sein. »Laßt mich vorbei«, sagte ich.

Noch einmal wechselten sie ihren Platz, aber so, daß sie den Durchgang weiterhin versperrten. Da begriff ich plötzlich, daß sie mich an der Flucht hindern wollten, indem sie so taten, als wüßten sie nicht, wohin sie sich stellen sollten. »Laßt mich vorbei«, schrie ich sie an.

Ich zitterte; man würde mich schnappen. Aber vielleicht war alles nur Einbildung. Ich wandte mich Pelet zu. Dieser Mann, der stets einen so devoten Eindruck gemacht hatte, der im täglichen

Leben, dessen Elend wir teilten, mir gegenüber immer peinliche Ehrerbietung gezeigt hatte und der nie anders aussah, als leide er unter einer Ungerechtigkeit, dieser Mann mit seinem zerrauften Haar kam mit erhobenen Händen auf mich zu. Hätte ich seine Frau und seinen Sohn umgebracht, kein größerer Haß hätte mir entgegenschlagen können. Er packte meinen Arm und drückte ihn immer fester, so daß ich auf einmal das Gefühl hatte, mich nicht mehr befreien zu können.

»Was hast du getan?« fragte er mich. Vor mir entstand das Bild eines fürchterlichen Dramas. Sie hatten Angst und wollten nicht fliehen. Und mich wollten sie an der Flucht hindern, damit ich für den Mord an den beiden Wachposten selbst einstünde, um nicht statt meiner angeklagt zu werden, um nicht für mich die Zeche zahlen zu müssen.

Mit einer schroffen Bewegung machte ich mich frei. Von dieser heftigen Reaktion überrascht, ließ Pelet die Arme sinken. Er spielte eine schreckliche Komödie. Er versuchte, mich glauben zu machen, ich hätte ihn tief verletzt, ich verstünde nichts von seinen Gefühlen, ihm läge doch so an mir. »Worauf wartet ihr denn noch?« wiederholte ich nur.

Sie antworteten nicht. Ich hatte das Gefühl, mich ungeschickt angestellt zu haben. Warum war ich nicht durch die Eingangstür geflüchtet, wo ich doch die Schlüssel hatte? Wegen Pelet? Um mein Wort zu halten?

Er ergriff erneut meinen Arm, mit dem Ausdruck einer Frau, die den Mann, der sie schlägt, zurückerobern will. »Aber, aber, nicht doch …«, sagte er. Ich war jetzt überzeugt davon, daß er mich zurückhalten wolle, um mich auszuliefern. Allerdings versuchte ich auch nicht, mich loszumachen, und tat, als glaubte ich, dieser Arm unter meinem sei ein Ausdruck von Zuneigung. Dabei hatte ich Angst, immer größere Angst.

»Wenn wir nicht sofort verschwinden«, schrie ich, »werden wir alle geschnappt.« Pelet ließ mich los. Dann hob er die Arme und gestikulierte, wie alte Leute es im Unglück tun, begann plötzlich, mich zu beschimpfen, warf mir vor, die Dinge ganz allein angegangen, auf niemanden gehört, sie getäuscht zu haben und schlauer sein zu wollen als alle anderen. Durutte und Bisson stimmten ihm zu. Sie würden mich nicht laufen lassen. Sie würden die Wahrheit sagen. Wir würden alle zusammen an die Wand gestellt werden.

Ich suchte nach einem Gegenstand, mit dem ich mich verteidigen könnte. Niemand rührte sich. In dem Moment spürte ich, daß sie entgegen dem Anschein mehr an sich als an mich dachten und, sollte ich handeln, ohne sie weiter zu beachten, am Ende nicht wagen würden, etwas zu unternehmen. »Paßt nur auf«, sagte ich drohend zu Durutte und Bisson und ging zum Fenster. Sie traten beiseite. Ich hörte, wie Pelet sagte: »Er haut ab, wir müssen alle mit.«

Ich sprang in den Hof und nahm den Weg entlang der Gleise, auf dem Bahndamm. Ich hatte keine fünfzig Meter zurückgelegt, da hörte ich, wie meine Kameraden ihrerseits sprangen und mir hinterherliefen. Keine Sekunde fürchtete ich, daß sie, statt mit mir zu fliehen, versuchen würden, mich ins Quartier zurückzubringen. Ich hatte das, was vorgefallen war, bereits vergessen. Sie hatten ihre Brotbeutel, ihre Decken dabei. Pelet hatte seinen Mantel angezogen. Er sagte mir, daß wir diesen Weg verlassen und unter der kleinen Brücke weitergehen mußten, nicht auf ihr. Unsere Kameraden sollten ein Stück weiter auf uns warten, zur Linken, hinter einer halb eingestürzten Mauer.

Man hätte meinen können, zwischen Pelet und mir wäre nichts vorgefallen. Ohne auf seine Erklärungen einzugehen, sagte ich zu ihm: »Um ein Haar hättest du alles vermasselt«, und verpaßte ihm mit aller Kraft eine Ohrfeige. Er schlug sogleich zurück. Das erleichterte uns.

Durutte und Bisson redeten nicht. Sie wirkten niedergeschlagen. Um ihnen Mut zu machen, sagte ich, daß wir alle in derselben Situation seien, und daß wir uns von nun an gegenseitig beistehen müßten.

Unsere Kameraden warteten ein Stück weiter auf uns, unbeweglich, still, einige hinter der alten Mauer versteckt und in den Brennesseln stehend, andere hinter einem Dornengestrüpp. Dieses Schweigen und diese Disziplin bei jungen Männern verblüfften mich. Sie bildeten einen Kreis um uns. Pelet, von dem ich annahm, daß er wieder normal sei, begann zu erzählen, daß es Schüsse gegeben habe, daß ich es gewesen sei, der geschossen habe, daß die Wachposten getötet worden seien. Ich sagte ihm, er solle den Mund halten, jetzt sei nicht der Moment, darüber zu sprechen. Im übrigen hätte ich noch abzurechnen mit den Mistkerlen, die keinerlei Vorsichtsmaßnahme getroffen und einen Heidenlärm veranstaltet hatten, während ich im Wachraum war.

»Was macht ihr hier? Wir müssen los. In der Villa ist Licht«, sagte Baillencourt, der wie immer allein die Lage erkundet hatte und mit Befehlen oder Ratschlägen zurückkam, die durch seine Abwesenheit gewisserweise aufgewertet wurden.

»Ja, stimmt, wir müssen los«, sagte ich. Pelet indes fing wieder mit seinen Geschichten aus dem Quartier an. Er wollte, daß wir alle in die Villa zurückkehrten. Man müsse verrückt sein, wenn man glaube, daß man nach dem, was ich getan hatte, bis nach Frankreich gelangen könne. Die Bevölkerung würde sich der Suche der Soldaten anschließen. Einmal wieder gefangen, würden wir alle über einen Kamm geschoren werden. Wenn wir aber im Gegenteil ins Quartier zurückkehrten und erzählten, was vorgefallen war, wäre da nur ich, der Rechenschaft ablegen müßte.

Ich wollte reden, sagen, daß ich im Interesse aller gehandelt habe, vor allem, daß das, was vorgefallen war, nicht meine Schuld sei, daß es mir nicht an Kaltschnäuzigkeit gefehlt habe und daß den Fehler die gemacht hätten, die nach dem Vorüberfahren des Zuges weiterhin auf die Bretter eingedroschen hätten. War man denn von allen guten Geistern verlassen? Nur weil man zu mehreren, weil man fünfzehn oder zwanzig Mann war, sollte man nicht mehr vorsichtig sein müssen? Hätte man nur auf mich gehört, wäre das nicht passiert.

In diesem Moment stürzte sich Pelet auf mich; er schrie hysterisch. Ich hätte das alles absichtlich gemacht, hätte keine Familie, sei ein Fatzke, der sich interessant machen wolle, hätte die Freundlichkeit, die Naivität meiner Kameraden ausgenutzt, und so weiter.

Einen Augenblick lang dachte ich daran, einfach abzuhauen, mich von allen zu trennen. Ich wandte mich meinen Kameraden zu. Ich sah sie lauernd, nach links und rechts blickend, so gleichgültig gegenüber dem, was Pelet soeben gesagt hatte, so weit entfernt von jeglicher Regung des Hasses, daß ich wieder Vertrauen faßte.

Pelet zerrte am Riemen meines Beutels. Er war dermaßen in Rage, daß ich ihm einen Fausthieb versetzen mußte. Er fing an zu heulen. Ich hörte, wie einige sagten, er übertreibe. Meine Kameraden packten ihn und zogen ihn von mir weg. Es freute mich ungemein festzustellen, daß mir niemand Unrecht gab, daß nur Pelet zornig auf mich war, daß außer ihm niemand mir das Vorgefallene zum Vorwurf machte, daß alle sehr gut begriffen, daß es sich um einen unvorhersehbaren Zwischenfall handelte, der zum Risiko gehörte, auf das sie sich alle freiwillig eingelassen hatten.

Ich fühlte mich einem Zusammenbruch nahe. Nach dem Erlebten war das Glück, mich meinen Kameraden gleich zu fühlen, sie die Ereignisse auf eine so einfache und natürliche Art auslegen zu sehen, so stark, daß ich – ohne ersichtlichen Grund – von ihnen abrückte und langsam für mich allein dahinging. Es war mir, als klängen in meinem Kopf verschiedene Glocken. Man rief nach mir, doch wie wenn ich Opfer einer himmelschreienden Ungerechtigkeit gewesen wäre und alle, die darum wüßten, der Meinung wären, diese müsse endlich wieder gutgemacht werden, fand ich eine herbe und köstliche Freude daran, mich zu entfernen, darauf zu warten, daß man hinter mir herliefe.

Doch ich vernahm Schreie, dann einen Schuß. Sollten uns die Deutschen wieder erwischt haben? Ich begann zu laufen, verhedderte mich andauernd mit den Füßen, sprang, ohne zu sehen, wo ich landen würde, riß mir die Haut am Gestrüpp auf, stieß mit der Stirn gegen dicke Äste. Ein Bach versperrte mir den Weg. Ich watete hinein, und als das Wasser meinen Marsch verlangsamte, ich aber gleich schnell weiterwollte, fiel ich hin. Ich stand auf und fiel wieder hin. Ich konnte nicht einmal mehr die Luft anhalten, schluckte Wasser und begann zu husten. Plötzlich sah ich Blut auf meiner Hand. Ich wußte nicht mehr, woher dieses Blut stammte. Ich hatte die Kugel, die mich zwischen Zeige- und Mittelfinger getroffen hatte, ganz vergessen. Als ich an die andere Uferböschung gelangte, hielt ich mich an einem Ast fest, um aus dem Wasser zu kommen. Er brach, und ich fiel wieder hinein. Ich stieß einen Schrei aus. Für einen Moment glaubte ich, daß ich wie ein Kind in fünfzig Zentimeter hohem Wasser ertrinken würde. Schließlich gelang es mir, aus dem Bach herauszukommen. Ich ging im Zickzack, um meine Spur zu verwischen. Bald befand ich mich vor einem riesigen Brombeergestrüpp. Ich kehrte um. Noch immer hörte ich Stimmen. Waren das meine Kameraden oder waren es Deutsche? Ich legte mich flach auf den Boden. Um mein Keuchen zu ersticken, vergrub ich meinen Mund in der Armbeuge. Schließlich wollte ich aufstehen, doch ich konnte nicht. Eine fürchterliche Angst überkam mich bei dem Gedanken, daß ich bewegungsunfähig, gelähmt sein könnte, außerstande zu laufen, meine Beine zu benutzen. Es gelang mir, halb unter ein Dickicht zu kriechen.

Da erkannte ich Rogers Stimme. Er zog mich an den Füßen heraus, wischte mir mit meinem nassen Halstuch über das Gesicht, packte mich unter den Armen und stellte mich auf die Füße. Doch kaum hatte er mich losgelassen, sackte ich schon wieder zusammen. Ich brauchte eigentlich nichts zu fürchten, aber instinktiv kroch ich doch wieder zum Dickicht hin, aus dem Roger mich gerade herausgezogen hatte. Erneut stellte er mich hin und legte meinen Arm um seinen Hals. Kaum hatten wir ein paar Schritte getan, da waren wir zu meinem großen Erstaunen wieder auf dem Weg. Erneut fiel ich hin, aber nicht aus Erschöpfung. Körperlich wäre ich in der Lage gewesen zu gehen. Nur psychisch war ich am Ende, und ich verspürte einen undeutlichen Trost dabei, vom Boden aufgehoben zu werden.

Roger umfaßte mich fest, aber das half mir nicht, und ich machte mich schwerer, als ich war. Er ließ mich los. Ich hörte, wie er mit mir schimpfte. Auf einmal verspürte ich einen Schmerz im Gesicht, dann noch einen. Roger schlug mich. Ich spürte, wie meine Lebensgeister wieder zurückkamen. Ermutigt schlug Roger immer heftiger zu.

Ich richtete mich mit einer abwehrenden Geste auf und schrie: »Hör auf!«

»Geht's dir besser?«, fragte mich Roger. Er gab mir einen freundschaftlichen Klaps. Ich stand auf. Wir gingen Seite an Seite. Unvermittelt packte ich Roger am Hals, drückte ihn aus Leibeskräften an mich und umarmte ihn. »Komm jetzt«, sagte er. »Wo sind die anderen?«, fragte ich. »Sie warten ein Stück weiter auf uns.«

15

Kurze Zeit darauf stießen wir auf die anderen. Pelet, Cathelnicau, Jean Bisson und Vathomme hatten sich von unseren Kameraden getrennt. Sie hatten es vorgezogen, zu den Boches zurückzukehren.

Wir machten uns auf den Weg. Unterwegs beim Gehen dachte ich, daß Pelet in der Tat eine verhängnisvolle Rolle gespielt hatte. Ich hatte ihn soweit ich konnte getröstet, geführt und beschützt. Was für eine Lektion! Wer hätte wohl gedacht, daß dieser schüchterne Mann, der seinen Mund nur auftat, um von seinem Sohn zu sprechen, eines Tages zu einem fanatischen Querkopf werden könnte? Beim Gedanken an den extremen Haß, den ich ihm einflößte, war mir unbehaglich zumute. Meine Kameraden jedenfalls hatten mehr Weitblick besessen als ich, denn sie hatten ihn nie sympathisch gefunden. Ich hätte mich so verhalten sollen wie sie, anstatt mich immer wieder jenen zuzuwenden, die man gerechterweise nicht mochte. Nun waren wir ihn also endlich los. Ich fühlte mich sicher inmitten dieser Männer, die ihre momentane Freiheit zu einem großen Teil mir verdankten. Ich mochte sie, sie waren alle ganz sie selbst und hegten keine Hintergedanken.

Ab und zu konnte ich freilich nicht anders und mußte auf Pelet zu sprechen kommen. Während ich noch immer unter seinem Verrat litt, fühlte ich, wie die anderen bereits gänzlich gleichgültig geworden waren. Einzig Roger erinnerte sich mitunter an das, was vorgefallen war, und meinte zu mir: »Was für ein Dreckskerl, dieser Typ.«

Durutte, der zusammen mit Bisson versucht hatte, mich an der Flucht aus dem Quartier zu hindern, näherte sich mir. Offensichtlich bereute er sein Verhalten. Er erklärte mir, daß er nicht gegen mich persönlich gewesen sei, sondern daß er beunruhigt über den Lauf der Ereignisse und im Glauben, daß am Ende die Deutschen die Stärkeren sein würden (viele waren übrigens wie Durutte immer der Meinung, die Deutschen seien die Stärkeren), Pelet gehorcht hatte, ohne sich darüber klar zu sein, was er da tat. Er bat mich um Verzeihung. Ich merkte, daß er aufrichtig war, daß er zu jenen gehörte, die im Leben Dinge tun, die sie gar nicht tun wollen, und die, wenn sie dahinter kommen, daß ihre Willensschwäche sie zu weit führt, ganz naiv meinen, es sei nicht absichtlich geschehen, sie hätten nichts Böses gewollt; dabei fürchten sie nicht, daß diese Ehrlichkeit ihnen später schaden könnte. In einem Wort: ein anständiger Junge.

Wir waren bereits fünf oder sechs Kilometer gelaufen. Bevor wir aufgebrochen waren, hatten wir nicht geahnt, daß uns die Hunde soviel Ärger bereiten könnten. Andauernd bellte einer, ein anderer antwortete ihm aus der Ferne, und so ging es in einem fort. Wie in einem riesigen Hundeasyl gingen wir jetzt dahin. Wir hatten den Eindruck, die ganze Gegend werde aufgeweckt. Aber da wir trotz all des Lärms nie einen Menschen zu Gesicht bekamen, gewöhnten wir uns daran und begriffen, daß nicht wir der Grund für das Gebell waren. Die Hunde schlugen nicht an, um unsere Anwesenheit zu melden, sondern aus einer Art Nachahmung heraus. Das geschah wahrscheinlich jede Nacht, und die Bauern maßen dem keinerlei Bedeutung zu.

Alle Aufregung war nun gewichen, Müdigkeit hatte sich breitgemacht. Wir marschierten, ohne ein Wort zu sagen. Die besten Freunde sprachen nicht miteinander, schienen sich nicht mehr zu kennen. Innerhalb von zwei Stunden waren wir so anders geworden! Wir dachten bereits an die, die auf uns warteten. Daß wir zehn Monate lang Gefangene gewesen waren, hatten wir schon vergessen. Ich war womöglich der einzige, der noch zurückblickte. Pelets Haß, den ich nie erwartet hatte und der so heftig gewesen war, verfolgte mich wie eine Gefahr, zusätzlich zu jenen, denen ich ohnehin schon ausgesetzt war. Dieser Haß gab mir das Gefühl, meiner Kameraden nicht würdig zu sein, ich fühlte mich wie eine Art räudiges Schaf, so als ob man nicht gehaßt werden könnte, ohne es auch verdient zu haben, ohne daß da etwas wäre, das diesen Haß rechtfertigt. Dabei kannten sie alle die Wahrheit.

Ich ging vom einen zum anderen und begann unter irgendeinem Vorwand ein Gespräch. Aber sie waren müde und antworteten mir nicht. Dieses Schweigen aus Müdigkeit kam mir wie eine Ablehnung vor. Ich war am Ende und hatte Augenblicke tiefer Niedergeschlagenheit.

Als der Morgen dämmerte, beschlossen wir, uns bis zum Abend zu verstecken. An der Langsamkeit, mit der wir einen Unterschlupf suchten, merkte ich, daß das Tageslicht niemandem Angst machte. Doch plötzlich fing gerade ich an zu zittern. Ich suchte Roger. Ich wich ihm nicht mehr von der Seite, so sehr, daß er mir einmal zu verstehen gab, ich solle mich entfernen. Ich ergriff seinen Arm. Ich dachte an die beiden Wachen. Er sah meine Verstörtheit und sagte zu mir: »Nun denk doch nicht mehr an diesen Typ!« Ich traute mich nicht, ihm zu sagen, daß es nicht Pelet war, an den ich dachte.

Es war fast hell. Glaubte man jenen Kameraden, die den Blick für die Realitäten nie verloren, waren wir zweiunddreißig Kilometer gelaufen. Tatsächlich sah die Gegend keineswegs mehr so aus wie in der Umgebung der Villa.

Als wir alle in die Senke hinabstiegen, in der wir den Tag verbringen wollten, und ich meinen Kameraden dabei zusah, wie sie es sich auf die bestmögliche Art bequem machten, erschien mir das Drama vom Vortag noch grauenvoller. Um nicht mehr daran zu denken, um nicht allein zu sein, um wenigstens Freunde zu haben, überkam mich eine immense Opferbereitschaft. Ich ging vom einen zum anderen, half, zeigte jedem liebevolle Zuwendung. Ich hatte nicht gezögert, zwei Deutsche umzulegen, damit meine Kameraden ausbrechen konnten, damit wir alle ausbrechen konnten. Eine so gravierende Tat durfte nicht umsonst gewesen sein. Ich konnte sie nicht einschlafen lassen, ohne mich vorher vergewissert zu haben, daß es ihnen gut ging, daß sie keiner Gefahr ausgesetzt waren.

Ich teilte ihnen mit, daß ich draußen nach dem Rechten sehen wolle. Da machte Baillencourt eine Bemerkung, die ich unter anderen Umständen sehr witzig gefunden hätte: »Bitte ergreifen Sie dieses Mal keinerlei Initiative.« Ich lächelte, obwohl mir kaum danach zumute war.

Ich untersuchte die unmittelbare Umgebung der Senke. Der Himmel war bedeckt, doch die Wolken waren nicht überall gleich dicht, so daß breite, beinahe goldene Himmelsstreifen sichtbar waren. In der Ferne sah ich die Hügel kleiner und kleiner werden. Es war wunderschön. Kein Haus, keine Straße, kein Telegraphenmast. Ich drehte um, blickte allerdings dauernd zurück.

Alle waren schon eingeschlafen. Ich hätte meinen Kameraden sagen sollen, man müsse eine Wache aufstellen. Als ich darüber nachdachte, erschien mir diese Vorsichtsmaßnahme jedoch überflüssig. Ich versuchte nun selbst einzuschlafen. Nie in meinem Leben hatte ich mich so allein gefühlt. Meine Kameraden schliefen wie alle anderen Leute auch. Im Grunde befand ich mich allein im Krieg mit den Deutschen, ich allein würde mich bis zum Tod verteidigen, wenn wir in einen Hinterhalt gerieten, ich allein würde vor ein Erschießungskommando gestellt werden, wenn man uns erwischte.

Ich weckte Roger. Ich hätte ihm gern alles erzählt, was mir durch den Kopf ging, um mir gut zureden zu lassen. Doch seine Antworten waren einsilbig. Ich legte mich wieder hin. Plötzlich rief die Tatsache, mich in diesem Loch zu befinden, ohne zu wissen, was draußen vor sich ging, eine schreckliche Angst in mir hervor. Ich verließ die Senke erneut. Die frische Luft und die Weite um mich herum taten mir gut. Aber dann dachte ich mir, daß das, was ich machte, meinen Kameraden gegenüber nicht fair sei. Beschlossen war, daß wir uns tagsüber versteckten. Sie verbargen sich, hielten sich an unsere Absprache. Nur ich nicht. Ich konnte gesehen werden. Ein Jäger, ein Bauer konnte vorbeikommen. Ein weiteres Mal hätte ich allen geschadet.

Ich ging zu meinen Kameraden zurück. Kaum hatte ich mich auf die Erde gesetzt, da überfiel mich ein neuer Schrecken. Sollten die Deutschen nicht längst unser Versteck herausbekommen haben? Hatten sie sich nicht ausrechnen können, daß wir uns genau hier befänden, wenn wir bis zum Tagesanbruch marschierten? Waren sie nicht gerade dabei, alle Hütten, Höhlen, Vertiefungen und Steinbrüche abzusuchen, die sich in der Umgebung unseres jetzigen Standorts befanden?

Das erschien mir so triftig, daß ich meine Kameraden aufweckte, um es ihnen mitzuteilen. Einige schienen meine Befürchtung zwar zu teilen, aber sie standen nicht einmal auf. Andere machten eine Geste, die bedeuten sollte, daß man nicht so weit voraussehen könne. Irgendwo mußten wir schließlich sein. Die Gefahr sei überall dieselbe. Sie schliefen wieder ein.

Nach dieser Begebenheit wurde mir klar, daß ich nicht mehr ganz Herr über mich selbst war und mich zusammenreißen mußte, wenn ich mir die Sympathie aller bewahren wollte. Meine Kameraden hatten dieses Mal nichts bemerkt, doch wenn ich wieder anfinge, sie wegen anderer möglicher Gefahren zu beunruhigen, würden sie am Ende noch glauben, ich hätte meinen gesunden Menschenverstand verloren, sie würden mir mißtrauen und mich mehr und mehr ausschließen.

Dann dachte ich doch wieder an weitere Gefahren – an die Hunde, an mögliche Treibjagden, auch an Pelet. Er machte mir immer noch Angst. Im Augenblick konnte er mir nichts anhaben, aber ich schrieb ihm, zweifellos aufgrund meiner eigenen Schwäche, übermenschliche Kräfte zu. Er kannte mich. Er hatte mir sooft sein Herz ausgeschüttet, daß ich mich genötigt gesehen hatte, ihm gegenüber das gleiche zu tun. Falls er sich meinen Feinden zur Verfügung stellte, würde er sie stärker machen. Er könnte sie auf meine Fehler aufmerksam machen, könnte ihnen sagen, wie ich auf ihre Aktionen reagieren würde.

Ich dachte daran, Roger erneut zu wecken. Glücklicherweise begriff ich noch rechtzeitig, daß ich mich nicht von einer eingebildeten Gefahr in eine reale begeben durfte und daß ich in den Augen meiner Kameraden als verloren gelten würde, wenn es es mir nicht sofort gelänge, mich zu beherrschen. Sie betrachteten mich als einen der ihren. Ich war ein normaler Mensch. Gemeinsam waren wir denselben Gefahren ausgesetzt. Wären sie an meiner Stelle gewesen, hätten sie womöglich anders gehandelt, aber sie verstanden sehr gut, was ich getan hatte. Im Grunde mußten sie zugeben, daß ich mutig war, mutiger als sie selbst. Vielleicht bewunderten sie mich sogar. Nur durften sie bei mir nicht irgendeine Störung, irgendeine charakterliche Absonderlichkeit feststellen. Ich hatte zwei Deutsche getötet. Besser wäre es gewesen, niemanden umzubringen, aber ich hatte ja keine Wahl gehabt. Meinen Kameraden war das sehr wohl bewußt. Zu keinem Zeitpunkt hatten sie Pelet recht gegeben. Für sie war er ein Verrückter. Das war also erledigt. Es gab keinen Grund für mich, dauernd auf diese Geschichte zurückzukommen. Und schließlich war ja Krieg!

16

Gegen vier Uhr standen meine Kameraden auf. Abwechselnd verließen sie die Senke, um sich die Beine zu vertreten und zu versuchen, Wasser ausfindig zu machen. Jedesmal, wenn einer meiner Kameraden losging, zog sich mir das Herz zusammen. Sie waren sich der Gefahr nicht bewußt, entfernten sich zu weit. Sie verhielten sich ein bißchen wie Frontsoldaten. Freilich hütete ich mich davor, etwas zu sagen, denn ich selbst konnte nicht umhin, dasselbe zu tun.

Bevor wir weiterzogen, wollte ich eine Bestandsaufnahme unseres Proviants machen, denn einige, so war mir aufgefallen, aßen weit mehr als andere. Wir leerten unsere Brotbeutel. Ich griff zu Papier und Bleistift und erstellte eine neue Liste von dem, was jeder von uns mitgenommen hatte. Nach meinen Berechnungen vor unserer Flucht sollten wir zwei Wochen damit auskommen können. Nun mußte ich kaum einen Tag nach unserer Flucht fassungslos feststellen, daß wir höchstens noch für *zweieinhalb Tage* Lebensmittel hatten. Das war unbegreiflich.

Ich versuchte herauszubekommen, was geschehen war. Niemand konnte es mir erklären. Und das Seltsamste war, daß, während ich mir den Kopf zerbrach, um eine Erklärung zu finden, meine Kameraden, die sich bereits in Frankreich wähnten, dieser Tatsache keinerlei Bedeutung beimaßen, wiewohl sie unsere Berechnung, die Rationen zu circa zehn Gramm vorsah, völlig durcheinander brachte. Da wir am ersten Zwischenhalt bereits neun Kilometer hinter unserem Plan zurück waren – durch meinen Fehler, zugegeben – konnte man sich noch auf einiges gefaßt machen.

Ich beendete gerade meine Rechnerei, als Baumé im Laufschritt ankam. Er hatte in der Ferne einen Mann gesehen, der sich unserem Unterschlupf näherte. Labussière wollte hinaus, um sich selbst ein Bild zu machen. Ich hielt ihn zurück. Ich gab all meinen Kameraden Zeichen, den Mund zu halten. Ich spürte mein Herz schlagen. Hin und wieder machte einer von ihnen eine Bemerkung. Ein anderer antwortete darauf. Ich brüllte: »Ruhe!« Man äffte mich nach, und alle riefen: »Ruhe!« Man befand, daß ich zu vorsichtig sei, daß der Mensch, desen Silhouette Beaumé in der Ferne ausgemacht hatte – vorausgesetzt, er bewegte sich weiterhin auf uns zu – noch nicht hier sein könne.

Zugegeben, das stimmte. Trotzdem dachte ich, daß es ganz schön dumm von mir gewesen war, den zu Boden gefallenen Revolver nicht aufzuheben. Statt übereilt den Wachraum zu verlassen und meine Zeit vor einer Tür zu verlieren, die sich nicht öffnen ließ, hätte ich mich in aller Ruhe umsehen sollen, was mir für später hätte nützlich sein können. Durch meinen Mangel an Kaltblütigkeit hatte niemand von uns eine Waffe. Weil ich das riskiert hatte, mußte ich bereit sein, mich bis zum Schluß und mit jedem Mittel zu verteidigen.

Ich hütete mich wohl, meine Überlegungen auszusprechen. Ich spürte, daß meine Kameraden nicht dieselbe Entschlossenheit besaßen wie ich. Hätte ein Deutscher auf uns angelegt, hätten alle die Hände gehoben. Niemand hätte sich auf ihn gestürzt, wie ich es getan hatte, auf die Gefahr hin, getötet zu werden.

Dieses Mal wollte Durutte raus. Ich hielt auch ihn zurück, wobei ich sagte, daß es besser sei, eher zu lange als zu kurz zu warten. Als es dann endlich ganz dunkel geworden war, zogen wir los.

Dieser Revolver ging mir immer noch nicht aus dem Kopf. Wie war es möglich, daß meine Kameraden nie daran gedacht hatten, sich Waffen zu besorgen? Einen Moment lang wollte ich das Gespräch auf dieses Thema bringen, hielt mich aber zurück. Nach dem, was vorgefallen war, wollte ich nicht den Eindruck erwekken, ich würde nur daran denken, Leute umzubringen.

Kurze Zeit später konnte ich nicht umhin, zu Roger zu sagen, daß wir, hätten wir Waffen, bei einem Aufeinandertreffen nicht auf Gedeih und Verderb ausgeliefert wären und daß er darüber mit Roberjack reden solle. Unter Umständen gebe es ja bei seiner Schwägerin in Grigau Waffen.

Roger, als sei er nicht auf der Flucht, sondern begleite mich nur ein Stück, antwortete mir, wobei er darauf achtete, daß keiner mithören konnte: »Nein, nein, wir sollten jetzt besser nicht davon reden. Es ist nicht der Augenblick dafür.« Ich sagte ihm, daß wir, wenn wir auch nur auf zwei Polizisten stießen, uns allesamt gefangennehmen lassen müßten und uns nicht einmal verteidigen konnten! Er erwiderte mir: »Was willst du, so ist es nun mal.«

Wir durchquerten ein Wäldchen und befanden uns dann auf einer sehr weiten Ebene, die gerade umgepflügt worden war. Meine Verwundung bereitete mir große Sorgen. Statt abzuheilen verschlimmerte sie sich. Die Kugel war am Ansatz von Mittel- und Zeigefinger durchgegangen, genau dazwischen, und hatte wohl auch die Mittelhand beeinträchtigt, denn ich konnte die beiden Finger nicht bewegen. In der Nacht zuvor hatte ich die Wunde in einem Bach ausgewaschen, ohne mich vergewissern zu können, ob das Wasser auch sauber war.

Nun schwoll mein Arm an, und ich spürte eine Art Schwere unter der Achsel. Ich fürchtete eine Infektion. Ich bekam immer stärkere stechende Schmerzen. Fieber hatte ich auch. Anfangs hatte ich geglaubt, daß mich das Marschieren so zum Schwitzen brachte, aber ich schwitzte nicht nur, ich zitterte auch; das Marschieren war es also nicht.

Und diese Ebene, auf die wir gerade gekommen waren, erstreckte sich über eine Länge von achtzehn Kilometern. Meine Kameraden waren derart auf Abkürzungen aus, daß sie nicht einmal die Feldwege benutzen wollten. Wir gingen in den Ackerfurchen, die der Winter noch nicht hatte fest werden lassen und sahen uns gezwungen, mit jedem Schritt über große, brockige Erdschollen hinwegzusteigen.

Was würde geschehen, wenn mich meine Kräfte verließen, wenn ich inmitten dieser Ebene zusammenbräche? Was würden die Bauern tun, die mich tags darauf fänden? Es gibt nichts Feigeres, als einen verletzten Menschen auszuliefern. Vielleicht würden sie mich für einen Tag bei sich behalten. Aber danach?

Zu unserer Linken, knapp über dem Horizont, stand die Mondsichel. Jedesmal, wenn ich merkte, daß einer meiner Kameraden in Schwierigkeiten war, bot ich mich trotz meiner Verfassung an, ihm die Brotbeutel zu tragen. Sechs solcher Beutel trug ich bereits auf meinem Rücken. Ich sehnte mich derart nach der Sympathie aller, daß ich auf meine Kräfte keinerlei Rücksicht nahm. Ich erzählte Roger, daß ich Schmerzen hatte. Ich bat ihn, die Beutel kurz für mich zu tragen. Er sah mich erstaunt an. »Du bist ein absoluter Idiot«, beschied er mir, »gib sie doch denen zurück, denen sie gehören.« Was ich dann auch tat.

Drei Kilometer weiter fühlte ich, daß ich nicht mehr konnte. Zunächst glaubte ich, ich hätte nur zuviel Selbstmitleid. Denn trotzdem ich mir immer wieder sagte, daß ich am Ende sei, trugen mich meine Beine ja noch sehr gut. Ich redete mir ein, es sei bloß eine Frage des Willens, als ich plötzlich außerstande war, einen Fuß vor den anderen zu setzen, obwohl ich noch nicht langsamer geworden war, obwohl ich noch nicht durch die ganzen Phasen gegangen war, die in meiner Vorstellung meiner vollständigen Unbeweglichkeit voranzugehen hatten (stehenbleiben, um zu verschnaufen, stolpern, mich auf meine Kameraden stützen, auf die Knie fallen, und so weiter). Ich machte das Gewicht der Erdklumpen an meinen Schuhen dafür verantwortlich. Doch auch ohne vorwärts zu gehen, selbst im Stehen, war ich nicht in der Lage, meinen linken oder rechten Fuß zu heben. Ich klebte am Boden fest.

Ich rief nach meinen Kameraden, aber sie blieben nicht stehen. Ich rief lauter. Sie drehten sich um. Ich schrie: »Ich kann nicht mehr.«

Mein Gesicht war mit Schweiß bedeckt, und da ich ihn nicht abwischte, spürte ich, wie er überall zu großen Tropfen zusammenfloß. Dieser Moment war furchtbar. Ich wollte so sehr helfen und erwies mich nun als Hemmschuh. Was würden meine Kameraden tun? Ich hatte den Eindruck, sie würden sich beklagen und sagen: »Ach, der schon wieder! Hört der immer noch nicht auf? Der wird noch kriegen, was er will.« Ich bat Roger, mir seinen Arm zu geben, doch trotz dieser Stütze konnte ich keinen Schritt tun. Ich war erschöpft. Ich hatte zwei Tage nicht geschlafen. Meine Nerven waren überreizt. Von da an bis um vier Uhr morgens – der Moment, da ich ohnmächtig wurde –, also über fünf Stunden lang, durchlebte ich ein wahres Martyrium. Meine Kameraden hatten eine Art Sitz gebastelt, den sie zu zweit trugen, wobei sie sich ständig abwechselten. Ich hörte nicht auf, ihnen zu danken. Ich wußte nicht, wie ich ihnen meine Dankbarkeit noch zeigen sollte. In meinem Fieber stellte ich mir vor, daß die kommende Nacht genauso verlaufen würde, daß man mich nie aufgeben und meine Schuld ins Unermeßliche wachsen würde. Scham überwältigte mich.

Ab und zu sagte ich zu ihnen: »Das reicht, laßt mich, es ist schon gut, denkt erst mal an euch selbst, kümmert euch nicht mehr um mich.« Es war so offensichtlich, daß es mir qualvoll war, eine Last zu sein, daß alle noch beflissener zu Werke gingen.

Unterwegs mußte einer meiner Träger stehenbleiben, weil er selbst zu erschöpft war. Es überkam mich eine Art Nervenkrise. Mein schlaffer Körper wurde von einem Zittern erfaßt, und das mit einer Heftigkeit, die ich bei meinem Schwächezustand nicht erwartet hätte.

Etwas weiter ereignete sich eine noch viel unangenehmere Szene. In der Ferne war im Fenster eines alleinstehenden Hauses Licht zu sehen. Es hielten alle an. Ich hörte Gemurmel, Gesprächsfetzen. Ich begriff, daß meine Kameraden überlegten, ob sie mich leise bis zur Tür dieses Hauses tragen und dort zurückzulassen sollten, wie ein Kind, das man aussetzt.

Man hatte mich auf der Erde abgesetzt. Ich versuchte aufzustehen. »Nein, nein«, schrie ich, »laßt mich lieber hier. Ich will nicht, ich will nicht ...« Niemand konnte sich mein Entsetzen erklären. Schließlich verlor ich das Bewußtsein.

Als ich wieder zu mir kam, fand ich mich ausgestreckt auf einer Lichtung. Die Sonne, mit einem dunstigen Hof, stand in der Mitte des Himmels. Als meine Kameraden sahen, daß meine Augen geöffnet waren, lächelten sie mir zu, sprachen mich an und brachten mir etwas zu trinken. Ich fühlte, daß es mir viel besser ging. Ich erhob mich. »Nein, bleiben Sie liegen«, rief Baillencourt mir zu, der stets bei allem der erste sein wollte und folglich auch jetzt der Eifrigste war. Zu meiner Überraschung stellte ich sehr schnell fest, daß offenbar niemand dem, was sich in der Nacht zugetragen hatte, auch nur die geringste Bedeutung beimaß.

Nach dem Essen legten sich einige von uns hin. Ich benutzte die Zeit, um mich auf den langen Marsch vorzubereiten, der uns am Abend bevorstand. Ich machte einige Lockerungsübungen. Ich rasierte mich, wusch mir die Füße. Ich erneuerte den Verband an meiner verletzten Hand. Die Wunde heilte ab. Roger, der die Binde anlegte, riet mir, darauf zu achten, daß sich nicht zu früh ein Schorf bildete.

Mitten am Nachmittag, nachdem ich gerade eine Sardine und ein Stück Brot gegessen hatte, wurde ich von einem Zittern erfaßt, das einige Sekunden anhielt. »Wahrscheinlich habe ich noch Fieber«, dachte ich. Es war schon merkwürdig, daß dieser kleine Imbiß eine solche Reaktion in meinem Organismus ausgelöst hatte. Dennoch konnte ich meine Kameraden nicht darum bitten, in dieser Nacht zu wiederholen, was sie in der Nacht zuvor getan hatten. Mir kam die Idee, den Zeitplan, den ich aufgestellt hatte, abzuändern, und in dieser Nacht nur ein kurze Etappe zu machen. Meine Kameraden waren dagegen, was mich verblüffte, denn jener Zeitplan, den sie so sehr respektiert sehen wollten, stammte ja von mir.

Sie waren sicherer geworden. Ich sah sie um mich herum in kleinen Gruppen, mit praktischen Verrichtungen beschäftigt. Sie bemühten sich nicht mehr, leise zu sprechen. Natürlich waren wir von jeder Ansiedlung weit entfernt und zudem durch Dickicht geschützt. Die Leichtigkeit, mit der sie sich dem Nomadenleben anpaßten, beunruhigte mich. Man durfte doch nicht meinen, wir seien schon in Sicherheit, nur weil wir siebzig Kilometer hinter uns gebracht hatten.

Mir schien, es wäre eine gute Vorsichtsmaßnahme, auf einen Baum zu klettern, um die Gegend zu überwachen. Meine Kameraden nahmen diesen Vorschlag ziemlich schlecht auf – er sei übertrieben. Ich erwiderte, nichts sei übertrieben, wenn es darum gehe, unser Leben und unsere Freiheit zu verteidigen. Sie zuckten mit den Achseln. Schon wahr: Selbst wenn das Leben auf dem Spiel steht, begnügt man sich mit dem Augenmaß. Ich mußte an diesen schwer verwundeten Soldaten auf einer Straße in Amiens denken. Hätte man sich beeilt, hätte man ihn vielleicht retten können. Aber sich zu beeilen war nicht möglich gewesen. Die Leute rannten in alle Richtungen, doch immer gab es Kleinigkeiten, Widerstände, durch die sie aufgehalten wurden. Hier auf der Lichtung war es dasselbe. Wir alle wollten Vorsichtsmaßnahmen ergreifen, unsere Chancen wahren, doch andauernd gab es etwas, das uns davon abhielt.

Ich dachte daran, selbst auf den Baum zu steigen. Aber wozu wäre das – gerade mal für eine Stunde – gut gewesen? Entweder man hält die ganze Zeit Wache oder gar nicht. Ich begriff, daß wir aus Gründen dieser Art häufig auf die naheliegendsten Vorsichtsmaßnahmen verzichteten. Unser größter Feind war die Ansicht, daß man die Dinge erst gar nicht angehen solle, wenn man sie nicht gut machen könne. Wir waren von so vielen Seiten her zu treffen, daß die Absicherung einer einzigen Stelle uns nicht mehr Sicherheit gab als dem Soldaten sein Helm.

Ich gab also meinen Plan auf, den Baum zu besteigen. Ich legte mich hin. Zum Teufel mit der einen Stunde Sicherheit! Als ich wieder aufwachte, war die Stunde um, und nichts war passiert.

17

Die Sonne ging unter. Es wurde spürbar kälter. Einer von uns wollte Feuer machen; ich protestierte und wandte mich um Unterstützung an unsere Kameraden. Er meinte, man würde das Feuer wegen der Bäume nicht sehen können. Ich beharrte nicht weiter. Da meine Kameraden nun einmal zwischen ihrem Schicksal und dem meinen keinen Unterschied sahen, wäre es unangebracht gewesen, auf meine Sicherheit mehr zu achten als auf ihre. Jedesmal, wenn ich ihnen mangelnde Vorsicht vorwarf, schien es, als wollte ich sie daran erinnern, daß meine Situation gefährlicher war als die ihre. Auf lange Sicht würden sie mich als Last empfinden.

Ich setzte mich nah an dieses Feuer und begnügte mich damit, beim Vertreiben des Rauchs zu helfen. Ich hing dunklen Gedanken nach. Meine Kameraden erschienen mir unglaublich leichtsinnig. Statt nicht über meine schwierige Situation zu reden, hätte ich sie ihnen besser klar und deutlich vor Augen führen sollen. Ich verstand jetzt, warum Roger mir gesagt hatte, ich solle bloß nicht über Waffen sprechen. Mir kam die Idee, mit jenen unter uns ein Gespräch zu beginnen, die ernster an die Dinge herangingen. Ich nahm Roger, Durutte, Baillencourt und Momot beiseite. Sie meinten, wir sollten uns in zwei oder drei Gruppen aufteilen, sobald wir in bewohntere Gebiete gelangten. Wir vier beispielsweise könnten sehr gut eine Gruppe bilden. Ich erwiderte, daß das von unserer Seite nicht sehr fair wäre. Wenn sich die Schlaueren zusammentäten, würden die anderen, auf sich selbst angewiesen, naiv in die Falle gehen. Roger fing an zu lachen. Er meinte, daß Schlauheit in unserem Fall völlig nutzlos sei, und daß unter uns womöglich nur ein einziger sei, dem es gelingen würde, wieder nach Hause zu kommen, und das sei Baumé.

Als die Nacht angebrochen war, gingen wir wieder los. Seit unserer Flucht hatten wir, abgesehen von dieser Silhouette am Horizont, keine Menschenseele gesehen. Da der Mond nicht aufgegangen war und sich auch keine Sterne am Himmel zeigten, benutzten wir zum ersten Mal unseren Kompaß. Außer Baillencourt kannte sich keiner damit aus.

Zunächst durchquerten wir einen Kiefernwald. Weit und breit kein Strauchwerk, der Boden war eben und von einem dünnen, gleichbleibend dichten Moosteppich bedeckt, die Bäume standen weit auseinander, wie Säulen, ohne tiefhängende Äste. Für sieben Kilometer war es der reinste Spaziergang.

Dann stießen wir auf eine Straße. Sie lag frei und verlief in langgezogenen Kurven. Einige von uns meinten, man solle ihr folgen. Sie behaupteten, wir würden keinerlei Risiko eingehen. Die Scheinwerfer der Autos wären schon so lange im voraus zu sehen, daß wir genügend Zeit hätten, uns im Straßengraben zu verstecken.

Ich erklärte, warum mir diese Straße gefährlich erschien. Es könnte passieren, daß wir Radfahrern begegneten, die kein Licht eingeschaltet hatten, ja sogar Fußgängern. Dann hätten wir keine Zeit, uns zu verstecken. Zum andern könnten die Autos ohne weiteres an einer Stelle an uns vorbeifahren, wo keine Bäume, kein Graben, kein Erdwall waren. Müßten wir uns zu Boden werfen, dürfte es immer einen unter uns geben, der das zu spät kapierte. Aber der Weg durch den Wald hatte meine Kameraden wählerisch gemacht. Diese große platte Straße wirkte attraktiver als die umgepflügten Äcker.

Wir nahmen also die Straße. Doch wir mußten sie wieder verlassen, aus einem Grund, auf den ich selbst nicht gekommen war, Nach jedem Auto, mitunter fuhren auch mehrere Wagen auf einmal vorbei, zögerten einige derart, wieder hochzukommen, daß wir viel Zeit verloren, bevor wir weitergingen.

Wir beschlossen, querfeldein zu gehen wie bisher. Wir durchquerten eine Reihe von Koppeln mit schlafenden Schafen und Hornvieh. Das erwies sich als ziemlich mühsam, denn jedesmal mußten wir im Halbdunkeln nach dem Gatter suchen. Anfangs hatten wir versucht, durch die Hecken zu gelangen, doch der Boden um sie herum war schlammig, ja sumpfig. Bis zum Knöchel, sogar bis zu den Waden sanken wir ein. Und wenn wir über die Hecken stiegen, dann verfingen wir uns mit den Füßen in langen Ästen, die vermutlich als Verstärkung hineingesteckt worden waren.

Dann und wann zeigte sich irgendwo am Rande dieses Weidelands eine kleine Blockhütte. Ich bestand darauf, daß keiner von uns sich diesen Hütten nähere, da sie vermutlich den Schäfern als Unterschlupf dienten. Meine Kameraden maßen meinen Ratschlägen keine Bedeutung bei. Sie meinten, daß wir, so zahlreich wie wir waren, von ein oder zwei Schäfern, allein auf weiter Flur, nichts zu befürchten hätten. Ich erklärte ihnen, daß wir selbstverständlich nicht den oder die Schäfer, auf die wir stoßen könnten, zu fürchten hatten, sondern daß durch sie unsere Anwesenheit in dieser Gegend bekannt würde.

Nachdem wir mehrere Stunden damit zugebracht hatten, uns einen Weg durch all die Einfriedungen zu bahnen, begann die Landschaft ihr Gesicht zu verändern. Sie wurde gebirgiger und trockener. Am Hang eines Hügels bemerkten wir einen Haufen Steine in allen Größen, die an einen unerklärlichen Erdrutsch denken ließen. In der Ferne erkannten wir im Licht des soeben aufgegangenen Mondes eine bläulich schimmernde Kette felsiger Berge. In der Talsohle war ein Fluß, dessen Strömungsrichtung wir nicht ausmachen konnten.

Wir hielten an, um einen Blick auf die Karte zu werfen. Bei dem Fluß handelte es sich um die Blache. Wir brauchten ihr bloß, ohne den Kompaß benutzen zu müssen, zwölf Kilometer in westlicher Richtung zu folgen.

Da kam es zu einer Diskussion. Roberjack und Labussière wollten auf dem Treidelpfad gehen, während ich einen gewissen Abstand dazu halten wollte, immer noch, um mögliche Begegnungen zu verhindern. Man antwortete mir, daß man nie ankommen würde, wenn man auf mich höre. Ich wies darauf hin, daß nicht das »Wann« entscheidend sei, sondern daß man überhaupt ankomme.

Schließlich aber schloß ich mich der Meinung meiner Kameraden an, und wir nahmen diesen Weg. Da uns niemand begegnete, nahmen meine anfänglichen Einwände sich immer theoretischer aus, und ich spürte, daß man überhaupt nicht mehr auf mich hören würde, sollte sich nochmal etwas derartiges ereignen. Ich beschloß, gar nichts mehr zu sagen, es sei denn, es gäbe eine wirkliche Gefahr.

Meiner Karte nach mußten wir acht Kilometer weiter an einer Ansiedlung vorbeikommen. Sie lag nicht direkt am Fluß, sondern etwa hundert Meter von ihm entfernt. Ich hatte es bereits mehrmals gesagt: Eine der unbedingten Voraussetzungen für unseren Erfolg war es, daß wir alle bewohnten Orte tunlichst mieden. Wenn diese Regel schlußendlich auch dazu führte, daß die Strecke sich um fünfzig Kilometer verlängerte, in Hinblick auf unsere Sicherheit lohnte sich diese zusätzliche Strapaze allemal.

Alle meine Kameraden waren meiner Meinung gewesen. Aber als ich eine Stunde später ankündigte, wir müßten jetzt nach links abbiegen, um die Ansiedlung zu umgehen, protestierten sie und meinten, es sei lächerlich, wegen einer so kleinen Ortschaft, die sich nicht einmal an unserem Weg befand und an der wir mitten in der Nacht vorbeikamen, einen Umweg von fünf bis sechs Kilometern zu machen. Man brauche nur achtzugeben; Man könne nicht bei jedem Häuschen einen solchen Umweg machen; bis wir nach Frankreich kämen, wäre der Krieg ja zu Ende und so weiter.

Ich ließ sie reden und beschränkte mich auf die Bemerkung, daß es diesmal vielleicht nicht so wichtig sei, uns aber doch eines Tages zum Verhängnis werden könne. Roger nahm mich beiseite: »Hör nicht auf sie«, sagte er freundlich zu mir.

Bald gelangten wir an die Kreuzung, die ich hatte meiden wollen. Und hier ereignete sich etwas sehr Unangenehmes. Mir war aufgefallen, daß die Bauern vom Truppenteil aus Angers – Cathelnicau, Vieilh und Bisson – einige Male etwas zurückgeblieben waren, um Äste abzuschneiden und sich daraus Stöcke zu machen. Eben diese drei Kameraden blieben stehen, deuteten mit ihren Stöcken auf die fünf oder sechs Häuser der Ansiedlung und baten uns, auf sie zu warten. Sie wollten sehen, ob es nicht möglich sei, ein paar Hühner zu klauen.

Dieses Mal fand ich, daß man wirklich zu wenig Vorsicht zeigte. Das ging zu weit. Wie konnte man sich in unserer Lage so exponieren? Schließlich waren nicht alle Deutschen in den Krieg gezogen. Es mußten noch einige im Dörfchen sein. Sie würden uns mit Gewehren verfolgen. Sie würden telephonieren, die ganze Umgebung Aufruhr versetzen. Das sagte ich jedem einzelnen.

»Und was sollen wir essen?« fragte mich Vieilh. Ich erwiderte, wir würden in der Tat bald gezwungen sein, uns solcher Mittel zu bedienen, sollten uns aber nicht leichtfertig darauf einlassen, nicht, ohne alle möglichen Vorsichtsmaßnahmen ergriffen, nicht, ohne uns die Örtlichkeiten genau angesehen zu haben und so weiter.

»Ist doch dasselbe«, meinte Momot, der, wie mir schien, seinen Pariser Akzent immer übertrieb, als ob er von Haus aus so spräche. »Nein, ist es nicht!« schrie ich.

Man sah mich an, als hätte ich völlig verdrehte Vorstellungen. Ich spürte (und fand es einfach herrlich, ich konnte nicht anders), daß für die Mehrzahl meiner Kameraden ich derjenige war, der keinen Schimmer davon hatte, was zu tun und was zu lassen war.

In diesem Augenblick bogen Vieilh, Cathelnicau und Bisson, ohne mir weiter zuzuhören, in den Weg ein, der zur Ansiedlung führte. Sofort schloß ich mich ihnen an. Da ich sie nicht zurückhalten konnte, blieb mir nichts anderes übrig, als nicht von ihrer Seite zu weichen, um auf sie aufzupassen, um sie wenigstens von Dummheiten abzuhalten.

Da geschah etwas Unglaubliches. Sie kehrten um und baten die anderen Kameraden, mir klarzumachen, daß mein Platz nicht bei ihnen sei. Ich würde alles vermasseln. In unserer Situation dürfe man sich kein unnötiges Risiko erlauben. Sie wollten mich nicht dabei haben; sie hatten kein Vertrauen zu mir.

Das war unglaublich. Ich sagte ihnen, sie seien verrückt und wenn sie es nicht kapierten, würde ich sie eben gegen ihren Willen begleiten. Mein Schicksal stehe genauso auf dem Spiel wie das ihre. Ich wolle zumindest mit dabei sein. Sie sollten sich nicht einbilden, daß ich mich aus Angst gegen diese Unternehmung sei. Angst hätte ich nicht. Mein Wille, sie zu begleiten, sei der beste Beweis dafür. Und dann wiederholte ich noch einmal, daß wir zusammenbleiben müßten, nichts getrennt unternehmen dürften, wenn wir nicht gefangengenommen werden wollten. Zuletzt sagte ich bestimmt: »So, und jetzt los, wenn ihr immer noch wollt.«

Nach einer halben Stunde Hin und Her bekam ich, was ich eigentlich wollte. Wir machten uns alle wieder auf den Weg.

Wir waren einige hundert Meter gegangen, als Roger, der während dieser Diskussion geschwiegen hatte, zu mir kam. Herzlich sagte er zu mir, ich hätte gut daran getan, sie am Hühnerdiebstahl zu hindern, ich hätte die Risiken aber auch ein wenig überbewertet. »Das sind Bauern, verstehst du?« sagte er im Ton eines Kolonisten, der irgendwelche Eingeborenensitten erklärt, »du bringst sie zum Lachen, wenn du vom Telephon sprichst. Wenn man jedes Mal, wenn auf dem Land ein Huhn gestohlen wird, eine solche Geschichte daraus machen würde!«

18

In neun Nächten schafften wir zweihundert Kilometer. Eine der größten Gefahren lag in der Wahl des Verstecks, in dem wir den Tag verbrachten. Da wir die Gegend nicht kannten, kam es vor, daß wir uns in dem Glauben, weitab von allem zu sein, in der Nähe einer Ortschaft, eines Holzeinschlags, eines in Betrieb befindlichen Steinbruchs niederließen.

Daher hatte ich durchgesetzt, daß einer von uns Wache hielt, während die anderen schliefen. Ich hatte das nicht ohne Schwierigkeiten erreicht. Das Kuriose dabei war, daß diese Sicherheitsmaßnahme, die ich mir so sehr gewünscht hatte, mich daran hinderte, ein Auge zuzutun. Jedesmal, wenn ich, derart behütet, gerade am Einschlafen war, verspürte ich ein Unbehagen, das es mir unmöglich machte einzuschlafen. Ich hatte das unbestimmte Gefühl, ich würde, wenn ich einschliefe, als Gefangener aufwachen. Ich schlug die Augen auf und sah unseren Posten. Ich sagte ihm, daß ich nicht müde sei, daß er sich hinlegen könne und ich ihn ablösen würde. Und genau ab dem Moment schlief ich ein, mein Schlummer war friedlich, weil meine Sicherheit nun von niemandem mehr abhing.

Entbehrungen und ständige Müdigkeit zeigten allmählich ihre Wirkung. Wir stritten immer öfter. Die einen bereuten die Flucht; manche redeten davon, den erstbesten Bauernhof anzusteuern, ohne sich um irgendwas zu scheren. Andere wollten auf eigene Faust ihr Glück versuchen! Und wieder andere wollten gerade das nicht, damit wir zusammenblieben und alle dasselbe Schicksal erlitten. Durutte und Momot wollten einen Handstreich landen: ein Auto anhalten, den Fahrer hinauswerfen und dann aufs Geratewohl losfahren. Roberjack flehte uns um Geduld an. »Bald sind wir in Grigau, bald sind wir in Grigau«, sagte er immer wieder.

Mich beunruhigte, daß drei von uns überhaupt keinen Ton von sich gaben. Sie sahen mich mitunter scheel an. Ich bemühte mich, die allgemeine Moral wieder zu heben. Ich sagte, daß wir nur so weitermachen mußten wie bisher, daß in Wirklichkeit nichts geschehen sei, was wir nicht vorausgesehen hatten, daß wir doch sagen konnten, daß bis jetzt alles eher gut verlaufen sei!

Vor allem aber machte uns der Proviantmangel zu schaffen. Einige meiner Kameraden zogen in Erwägung, Gemüse auszugraben. Trotz meines Hungers konnte ich dieser Idee nichts abgewinnen. Ich war überrascht, wie schnell man auf Extremlösungen verfiel. Das äußerte ich Roger gegenüber, und er war meiner Meinung. Wir fanden beide, daß unsere Situation, so schwierig sie auch war, derlei Notlösungen noch nicht erforderte. Damit konnten wir noch zuwarten. Diese Art zu dramatisieren verhieß nichts Gutes; Nervosität lag in der Luft.

Die Feindseligkeit gegen mich, die ich schon bemerkt hatte, steigerte sich noch. Ich wußte allerdings auch nicht, wie ich meinen Kameraden helfen sollte. Womöglich nervte ich sie ja mit meiner Vorsicht, dabei dachte ich wirklich nur an sie. Ich betrachtete mich, vielleicht zu Unrecht, als verantwortlich für das Gelingen unserer Flucht. Und ihre Feindseligkeit wurde dennoch größer; es kam soweit, daß ich sie instinktiv nicht mehr aus den Augen ließ; ich zählte andauernd durch, ob auch alle da waren, so sehr fürchtete ich, einer von ihnen könnte mich als Organisator dieser Flucht und als Mörder von zwei Boches denunzieren.

Einige sprachen nicht einmal mehr mit mir. Ich hütete mich wohlweislich, irgend etwas an meinem Verhalten zu ändern. Mir schien, daß sogar meine Aufopferung sie ärgerte. Was tun in so einer Situation; was tun, wenn Freundlichkeit und Gutherzigkeit bei den Leuten um einen herum nicht auf Gegenliebe stoßen?

Ab und zu spürte ich, daß mein Blick eine gewisse Ratlosigkeit verriet. Wenn ich merkte, wieviel Feindseligkeit ich auslöste, wurde er finster, ohne daß ich es wollte; ich schaute böse drein, so daß ich den Anschein erweckte, meine Feinde zu bestätigen. »Man sieht ja«, schienen sie zu sagen, »daß er nicht aufrichtig ist.«

Ich bekam das rechtzeitig mit. Man suchte mich daran zu hindern, ich selbst zu sein. Doch in diese Falle tappte ich nicht. Ich beschloß, nichts an meiner Haltung zu ändern und so zu tun, als hätte ich nichts bemerkt! Als freilich die Zeichen der Abneigung immer mehr und deutlicher wurden, fiel es mir schwer, das auch durchzuhalten. Es war die reine Niedertracht. In dem Maße, in dem ich auf die Bosheiten mit Freundlichkeit antwortete, machte ich den Eindruck, Angst zu haben. Ich spürte, daß ich unverzüglich eine Erklärung fordern mußte.

Genau das tat ich am nächsten Tag. Wir hatten uns in einer verlassenen Scheune versteckt, in deren Mitte eine Art Werkbank stand. Als alle über Hunger klagten, stand ich abrupt auf und sagte: »Wartet auf mich, ich werde versuchen, etwas zu organisieren.« Bevor ich losging, fragte ich, ob mir jemand Nadel und Faden borgen könne. Ich wollte meine Hose so umnähen, daß sie weniger wie die eines Soldaten aussah. Außerdem kürzte ich den Kragen meiner Uniformjacke, indem ich den vorderen Teil abschnitt, damit sie mehr nach Zivil aussah. Alle schauten mir wortlos dabei zu.

Schließlich ging ich mit allen verfügbaren Brotbeuteln los. Ich lief etwa zehn Kilometer am hellichten Tag, querfeldein, näherte mich kleinen, einzeln stehenden Bauernhöfen, doch überall sah ich Menschen.

Als ich zwei Stunden später zurückkam, war mir klar, daß man über mich sprach. Roger hatte angefangen zu hüsteln. Kaum war ich durch die Tür getreten, hatte Baillencourt so getan, als unterstreiche er seine Worte mit der Hand. Andere atmeten vernehmlich auf. Ich legte meine leeren Brotbeutel nieder und rief aufgekratzt, wie man es macht, um keine Enttäuschung aufkommen zu lassen: »Nichts, nichts, rein gar nichts ...«

Ich sah zu Roger. Er deutete mit den Augen zur Tür. Ich folgte ihm. Es war mir ein bißchen peinlich, daß diese diskrete Aufforderung vor aller Augen erfolgte; dafür gab ich mir den Anschein, als würde ich so etwas ganz natürlich finden. Mit ausgestrecktem Arm, so als würde er mir den Horizont zeigen, sagte er mir: »Ich hab mit dir zu reden. Paß auf.« Dann, mit lauter Stimme: »Siehst du, du hättest eher diese Richtung einschlagen sollen.«

Ich hörte Roger schon nicht mehr, so stark war mein Schock gewesen. Ich ging in die Scheune, entschlossen herauszubekommen, was genau man mir vorwarf. Noch bevor ich einen Ton sagen konnte, empfing man mich mit Hohngelächter, so als hätte man bereits geahnt, was ich wollte. Ich hätte meine Kameraden getäuscht; ich sei die Ursache für alles; ich hätte sie in ein ausswegloses Abenteuer gestürzt. Nur, so könne das nicht weitergehen, man wolle nicht für mich die Zeche zahlen, und so weiter.

Ich hatte gerade vor, darauf zu antworten, als Roger mich am Arm nahm und mich nach draußen zog. »Fang keine Diskussionen mit ihnen an«, sagte er. »Warte, bis sie sich beruhigt haben. Im Moment sind sie sauer auf dich. Bleib ruhig, das ist besser. Aussprechen könnt ihr euch später.«

Ich erwiderte, daß ich bereit sei, mich auf eigene Faust durchzuschlagen, wenn ich ihnen wirklich lästig sei. »Du bist verrückt!« rief Roger. »Ich sage dir, im Grunde mögen sie dich. Sie sind nervös, was willst du denn. Das ist ein schlimmer Moment; da muß man durch. In einigen Tagen werden sie die ersten sein, die ihre Gemeinheit bereuen.«

Ich sagte noch einmal, ich wolle mich nicht aufdrängen. Ich hatte für sie getan, was ich konnte. Wenn das für sie nicht zählte, na schön, Pech! Ich jedenfalls hätte ein gutes Gewissen. Davon abgesehen hätte ich schon lange daran gedacht, meinen Weg allein fortzusetzen. Ich sei bloß geblieben, weil ich gedacht hatte, ihnen nützlich zu sein. Mir sei meine Verantwortung bei dieser Flucht durchaus bewußt. Die Dinge hätten einen weit schlimmeren Verlauf genommen, als wir es hatten voraussehen können, und das meinetwegen, ich hätte mich verpflichtet gefühlt, bei meinen Kameraden zu bleiben. Aber da sie es nun mal nicht wünschten, könne ich genauso gut meiner Wege gehen.

Während ich sprach, keimte eine heimliche Sorge in mir auf. Ich bangte davor, erkennen zu müssen (wenn man an einem bestimmten Punkt getroffen wird, fürchtet man immer diesen wunden Punkt), daß die letztgenannte Lösung nicht nach dem Geschmack meiner Kameraden sein könnte. Ich fürchtete zum Beispiel, daß Roger zu mir sagen könnte: »Nur werden sie dich nicht so ohne weiteres ziehen lassen« und daß die Geschichte mit Pelet sich wiederholte, in noch schlimmerer Weise.

An diesem Tag passierte nichts weiter. Am Abend brachen wir vor Anbruch der Dunkelheit auf. Nach einer Viertelstunde Marsch überquerten wir einen Viadukt. Auf der Mitte angelangt, ergriff mich plötzlich eine Heidenangst. Unter uns war Wildwasser, und wir waren so hoch oben, daß man es für ein winziges silbernes Bächlein hätte halten können. Ich weiß nicht warum, aber ich hatte plötzlich die Vorahnung, meine Kameraden – Baumé, Roger ebenso wie alle anderen – könnten mich über das Geländer werfen. Ich sah nach ihnen. Niemand achtete auf mich. Sie schienen untereinander einig zu sein. Ich verlangsamte meinen Schritt, um zurückzubleiben. Doch als der Viadukt dann überquert war, mußte ich feststellen, daß ich mich getäuscht hatte, wie man sich eigentlich nicht täuschen darf. Niemand hatte sich auch nur ein einziges Mal umgedreht.

Etwas später kam es zu einem anderen Zwischenfall. Wir überquerten ein Feld, als wir, gar nicht weit von uns, eine Frau wahrnahmen. Labussière, der sich mit seinem kleinen Schnurrbart und seinen leicht schrägstehenden Augen für einen hübschen Burschen hielt, sagte, er wolle sie um etwas zu essen bitten. Ich wies ihn darauf hin, daß das unvorsichtig sei. Er erwiderte: »Lassen Sie mich nur machen.«

Sogleich wollten drei oder vier von uns sich ihm anschließen. Ich begriff, daß sie in ihrer Naivität überzeugt waren, eine Frau könne ihnen nichts ausschlagen, weil sie eben nun mal Männer waren. Ich sah sie weggehen, dann verhandeln.

Wenig später kamen sie zurück und baten uns, noch zu warten. Die Frau habe ihnen versprochen, Brot zu holen. Ich sagte ihnen, daß sie statt Brot ihren Mann, ihre Brüder und Nachbarn mitbringen würde, und daß es klüger wäre, sich auf der Stelle aus dem Staub zu machen. Labussière entgegnete mir, daß ich von Frauen nichts verstehe, daß Frauen mehr Herz hätten als Männer, und so weiter. Am Ende mußten wir feststellen, daß wir uns alle geirrt hatten, denn die besagte Frau kam überhaupt nicht wieder.

Am folgenden Tag zeigten meine Kameraden eine derartige Niedergeschlagenheit, daß ich den Eindruck hatte, unser Abenteuer sei nun zu Ende und sie würden keinen Schritt weiter gehen, sich gefangengeben und mich nötigen, es ihnen gleichzutun. Sie behaupteten, daß wir niemals ankommen würden und uns eine übermenschliche Aufgabe zugemutet hätten.

Einige hatten übel zugerichtetet Füße. Andere, die nichts hatten – weder Blessuren noch Hautabschürfungen, noch Blasen –, beteuerten ebenfalls, daß sie nicht mehr laufen könnten. Wieder andere beklagten sich über ihre Beine, über ihr Kreuz, ihren Magen. Das Seltsamste war, daß ich wegen meiner Arme nicht mehr weiterkonnte; sie waren gelähmt.

Zu jeder Stunde legten wir eine Pause ein. Wir ergriffen überhaupt keine Vorsichtsmaßnahmen mehr. Wenn wir unterwegs auf Leute stießen, setzten wir uns aufs Feld, ohne uns zu verstecken, und sahen zu, wie sie vorbeigingen. Sowie wir ein Haus oder einen Bauernhof ausmachten, gingen wir hin, um ein wenig Nahrung zu erbetteln, und da wir es bislang nicht schlecht dabei getroffen hatten, ließen meine Kameraden sich auf immer größere Gefahren ein.

Baumé machte sich zusehends lächerlich. Er trug eine halbleere Kiste, von der er sich einfach nicht trennen wollte. Ich hatte ihm vielleicht schon hundert Mal gesagt, er solle zusammenpacken, was drin war, und die Kiste zurücklassen.

Roberjack redete uns zu: »Kopf hoch! Wir sind jetzt da. Meine Schwägerin erwartet uns. Grigau ist ganz nah.«

Was Baillencourt betraf, der hatte die Hände frei. Jedesmal, wenn er etwas brauchte, wandte er sich an einen von uns. Er hatte viel Geld bei sich. Er besaß die Nonchalance und Lässigkeit derer, die sich sagten, sie würden schon immer klarkommen, sie brauchten ja bloß zu bezahlen. Tatsächlich stand ihm jedermann zu Diensten. Einige allerdings ließen ihn, auch wenn sie gar kein Geld hatten, abblitzen und kosteten vermutlich die Genugtuung aus, ihm zu zeigen, daß unter gewissen Umständen Geld nicht viel bedeutet. Letztere waren im übrigen ziemlich unsympathisch. Sie gebärdeten sich immer so, als wollten sie uns sagen, daß nichts uns daran hinderte, uns genauso zu verhalten wie sie.

19

Wir erreichten Grigau an einem Abend. Ich hatte Roberjack reden lassen. Ich hatte immer gedacht, daß sein Wunsch, uns zum Schwager seiner Schwester zu führen, sich letztendlich als fixe Idee erweisen würde. Aber er hatte uns hingebracht, ohne viele Worte zu machen. Und so kam es, daß diese fern geglaubte Gefahr, von der ich angenommen hatte, ich hätte noch alle Zeit der Welt, um ihr auszuweichen, urplötzlich da war. Zum ersten Mal sollten wir unser Schicksal in die Hände von Leuten legen, die wir nicht kannten.

Was mich beunruhigte, war, daß Roberjack uns, um unser Vertrauen zu gewinnen, zu verstehen gegeben hatte, diese reichen Bauern, mit denen er entfernt verwandt war, hätten zuvor schon anderen Ausbrechern geholfen. Demnach mußten sie überwacht werden. Darüber hinaus erschien es mir höchst seltsam, daß sie für Fremde solche Risiken auf sich nahmen.

Meine Kameraden sahen die Sache keineswegs so wie ich. Es erschien ihnen ganz normal, daß man ihnen half. Obwohl sie sich ebenso versteckten wie ich, hatten sie das Bewußtsein, daß sie nichts Böses getan hatten, daß sie lediglich Franzosen waren, die in ihr Land zurückwollten. Das war kein Verbrechen. Ich konnte noch so oft wiederholen, daß wir leichtsinnig handelten, sie wollten es nicht einsehen.

Unter anderem erinnerte ich sie daran, daß diese Bauern nicht auf uns gewartet hatten, um Franzosen zu helfen, und daß in einer Zeit wie der unsrigen ein solches Verhalten nicht unbemerkt hatte bleiben können.

Aber ich vertat nur meine Zeit. Baillencourt setzte, als man ihm meine Einwände zutrug, mit der Distinguiertheit, die er sich noch in seinen dreckigen und zerschlissenen Sachen zu geben wußte, die hoheitsvolle Miene eines Mannes auf, der sich mit der Dummheit kleiner Leute herumschlagen muß. Er ließ sich nicht einmal zu einer Antwort herab.

War es nicht außergewöhnlich, daß Leute, die alles in allem sehr glücklich waren, sich der Gefahr aussetzten, wegen ein paar Ausbrechern eingesperrt, exekutiert zu werden, einfach nur, weil ein Mitglied ihrer Familie französischer Abstammung war? In den Augen meiner Kameraden reichte dieser Grund freilich aus. Das Bild, das sie von ihrem Vaterland hatten, ließ sie es ganz natürlich finden, daß eine ganze deutsche Familie für einen Franzosen Gefängnis und Tod riskierte. Ich, der ich etwas bescheidener war, hielt das für unmöglich.

Also war ich wirklich beunruhigt. Und außerdem waren wir derart viele! Daß Roberjack sich allein zum Schwager seiner Schwester begab, mochte ja noch angehen. Aber wir alle?

Die Beharrlichkeit unseres Kameraden, das muß ich anerkennen, zeugte von seinem guten Charakter. Solche Taten gehören zu den besten überhaupt. Roberjack dachte nicht nur an sich selbst. Man spürte, daß ihm mehr daran lag, uns nützlich zu sein, als seine eigene Haut zu retten.

Als ich das Haus dieser Boche-Familie betrat, wurde mir plötzlich klar, was Güte und Selbstlosigkeit wahrhaft bedeuten. Ich war so voller Bewunderung, daß ich mir wünschte, allein in den Genuß dieser Tugenden zu kommen. Ein dumpfes Neidgefühl überkam mich. Ich mußte es hinnehmen, daß meine Kameraden die Aufmerksamkeit solch außergewöhnlicher Leute erfuhren. Am liebsten hätte ich allein am Familientisch gesessen und allen gezeigt, was ein wahrhaft intelligenter Franzose war. Schon daran läßt sich ablesen, wie weit ich in diesem Falle moralisch von Roberjack entfernt war.

Neidisch war ich vor allem auf Baillencourt, den ich im Grunde als einen Heuchler betrachtete, denn ich erinnerte mich, in welchem Ton er über die Deutschen gesprochen hatte. Ohne sie zu kennen, hatte er mir gesagt, es seien wenig einnehmende Menschen, er habe einen Horror vor Verrätern, aus welchem Land sie auch immer stammen mögen, und nur deshalb, weil sie ihm nützlich seien, würde er sie noch lange nicht schätzen. Und jetzt wußte er gar nicht, was er alles tun sollte, um ihnen zu gefallen.

Ja, ich wäre gern allein gewesen, doch einige Tage später, als ich es tatsächlich war, bemerkte ich, daß die Anwesenheit meiner Kameraden mir in Wahrheit immer eine Stütze gewesen war. Ich hatte geglaubt, das Alleinsein werde mir meine natürlichen Unbefangenheit wiedergeben und mir helfen, diejenigen zu mögen, denen ich begegnete. Statt dessen stellte ich fest, daß ich immer verkrampfter wurde. Ich bedauerte es, meine Kameraden verlassen zu haben. Fehlschläge und Schwierigkeiten machten mir mehr zu schaffen als zuvor. Als wir noch zu zehnt waren, wurden unsere Forderungen viel ernster genommen, sie abzulehnen konnte ja ernstere Folgen haben. Wir wirkten mehr wie eine militärische Einheit, beinahe wie ein reguläres Kommando. Durch unsere Anzahl zeigte sich die Verhärtung der Herzen viel deutlicher. Egal, was wir sagten, es galt; sobald ich aber einmal allein war, bemerkte ich schnell, daß, was immer ich tat, irgendwie suspekt war.

Alles, was diese Deutschen für meine Kameraden und für mich – denn ich gehörte ja dazu – taten, ließ mich seltsam reagieren. Ich gab mich äußerst kühl, so daß man sogleich ein Paradebeispiel des unsympathischen Franzosen in mir erkannte (ausgerechnet in mir, der diese Deutschen am besten verstand), jenes Franzosen, der dünkelhaft auf Freundlichkeit reagiert, der mit seiner Verachtung für Fremde nicht hinter dem Berg hält und der selbst im Unglück einen Deutschen nie um etwas bitten würde.

Ich begriff, daß es die Strafe des Neiders ist, als das zu gelten, was er nicht ist. Übergangslos verlegte ich mich darauf, heiter zu sein wie alle anderen. Es hätte nicht viel gefehlt, und ich hätte verlorenes Terrain wieder zurückgewonnen.

Man brachte uns in einer Scheune unter. Bisson, der die Dinge immer gern schwarzmalte, meinte, als er die Leiter hochstieg, dabei könne man sich leicht die Wirbelsäule brechen. Kurze Zeit später brachten uns die Frauen warme Unterwäsche. Ich war meinen Kameraden gegenüber ein wenig beschämt. So viele Vorbereitungen für unsere Flucht hatte ich getroffen, und nun erschien all das mit einem Mal so wenig neben dem, was Roberjack getan hatte, ohne auch nur ein Wort darüber zu verlieren! Man hatte keinen Blick mehr für mich. In der Meinung meiner Kameraden war ich gesunken; Roberjack war ihr strahlender Held geworden.

Als es daran ging, die Sachen aufzuteilen, stürzten sich alle darauf. Dabei kam es zu einem recht komischen Vorfall. Da ich nicht mitmachte, weil ich mich nicht prügeln wollte, um etwas zu ergattern, war bald alles weg, und ich hatte nichts. Als der Schwager von Roberjacks Schwester das bemerkte, wollte er nicht, daß ich leer ausging. Er holte andere Kleidungsstücke für mich herbei, so daß ich, ohne nur das mindeste dafür getan zu haben, wesentlich mehr abbekam als meine Kameraden.

Wir waren so viele in dieser Scheune und machten so viel Lärm, daß ich befürchtete, die Nachbarn könnten aufmerksam werden. Ich versuchte, jedem begreiflich zu machen, was er zu tun habe für den Fall, daß Leute kämen und sich beschwerten. Doch die Tatsache, daß Deutsche sie aufgenommen hatten, hatte ihnen den Kopf verdreht. Niemand achtete auf meine Ratschläge. Niedergeschlagen setzte ich mich in eine Ecke. Billau hatte angefangen, ein entsetzlich dramatisches Lied zu singen.

Da kam Baumé zu mir. Er war stets der einzige, der sich mir gegenüber wie ein Bruder verhielt. Jedes Mal, wenn es mir schlecht ging, bemerkte er es. Ohne daß ich irgend etwas dafür tat, ohne den geringsten Druck meinerseits, verzichtete er auf das Vergnügen, bei seinen Kameraden zu bleiben, und gesellte sich zu mir.

Ich versuchte, mich seiner als Vermittler zu bedienen. Ich wollte ihn davon überzeugen, daß man auf ihn hören würde. Doch er schien derart erschrocken über die Rolle, die ich ihm übertragen wollte, daß ich nicht weiter beharrte.

Plötzlich war von der Gasse her ein Pfiff zu hören. Ich fuhr hoch. Niemand hatte sich gerührt. Baillencourt spielte Ekarté mit Roger. Vier weitere von uns fläzten sich halb ausgestreckt im Stroh. Ich schrie: »Aufstehen!« Man blickte mich überrascht an. Ich begriff, daß man sich fragte, ob der Mord an den zwei Wachposten mich nicht geistig verwirrt habe. Ich hatte wohl eine verkehrte Sicht der Dinge, weil ich gefährdeter war als die anderen. Ich suchte meinen Kameraden Gefahren einzureden, die für sie gar nicht bestanden, bloß weil sie für mich bestanden.

Als auf den Pfiff nichts weiter folgte, wurde mir klar, daß sie nicht ganz unrecht hatten damit. Ich schämte mich ein wenig ob meiner plötzlichen Angst. Ich dachte, wenn ich nicht imstande sei, zwischen echter und unechter Gefahr zu unterscheiden, wäre es womöglich doch besser, ich wäre allein.

20

Eines Nachts bemerkten wir bei einer Marschpause, daß Durutte nicht mehr bei uns war. Trotz des Grolls, den ich gegen ihn hegte, war ich der Meinung, daß wir zurückgehen müßten. Vielleicht war er ja vor Müdigkeit zusammengebrochen. Wir an seiner Stelle wären auch heilfroh, wenn man uns nicht einfach zurückließe. Meine Kameraden stimmten mir, wenn auch widerwillig, zu.

Wir kehrten also um. Nach bloß ein paar hundert Metern wurde Gemurmel vernehmlich: So würden wir unser gestecktes Etappenziel nie und nimmer vor der Morgendämmerung erreichen; Durutte, von dem wir glaubten, er sei hinter uns, sei womöglich schon voraus.

Labussière rief: »Durutte, Durutte ...« Ich bat ihn, den Mund zu halten. Wenn Durutte wegen Erschöpfung zusammengebrochen war, sei er wohl auch nicht imstande, uns zu antworten.

»Vielleicht hat er sich ganz einfach nur verlaufen«, meinten einige.

»Was wir tun, ist unnütz«, bemerkte Billau. »Wir sind nicht einmal auf dem richtigen Weg.« »Wir sollten besser weitergehen«, schlug ein anderer vor. Ich beharrte nochmals darauf weiterzusuchen. Niemand hörte mehr auf mich. Meine Kameraden hatten nur eines im Sinn: marschieren, immer weitermarschieren.

Ich schlug vor, haltzumachen und das Tageslicht abzuwarten, damit wir unsere Suche gründlicher angehen konnten. Roger kam zu mir und flüsterte mir ins Ohr: »Es reicht, laß es.« Ich wußte nicht, was ich darauf erwidern sollte. Schließlich rief ich aus: »Das ist doch irrwitzig. Wo kann er denn nur sein?«

Wir gingen weiter. Von Zeit zu Zeit rief trotz meines Verbots einer von uns, die Hände zu einem Trichter geformt, aus vollem Hals nach ihm. Plötzlich kam mir eine Vermutung, bei der es mir kalt den Rücken herunterlief: Durutte hatte sich im erstbesten Dorf ergeben und alles erzählt. Morgen früh, wenn wir an unser Etappenziel gelangten, würden die Boches uns in Empfang nehmen; eine feine Überraschung.

Ich gab Roger ein Zeichen und teilte ihm meine Befürchtung mit. Er meinte, das sei übertrieben. Doch schien er davon nicht ganz überzeugt. »Also, ich bin mir da sicher«, sagte ich weiter, »wenn wir nicht in einen Hinterhalt geraten wollen, müssen wir unsere Route ändern.«

Da er weiter schwieg, rief ich meine Kameraden zusammen. Sie schienen die Gefahr nicht zu begreifen, auf die ich sie aufmerksam machte. Ich sagte ihnen, daß es meiner Meinung nach besser sei, eine andere Richtung einzuschlagen, selbst wenn man dann einige Kilometer zusätzlich gehen müßte. »Schon wieder!« riefen sie. In diesem Augenblick traf ich die schwere Entscheidung, mich, sobald es ging, von ihnen zu trennen. Um mich zu rechtfertigen, sagte ich ihnen, wenn wir alle wieder gefangengenommen würden, hätte ich ein weitaus höheres Risiko als sie.

»Wir sind zusammen ausgebrochen, also bleiben wir auch zusammen«, rief Roberjack, als wäre ich, wenn ich mich von meinen Kameraden trennte, vor jeder Gefahr gefeit.

Ich erwiderte nichts, obwohl ich spürte, daß mich große Angst überkam. Ich schwieg weiter. Beim Gehen überlegte ich, was als nächstes zu tun wäre. Sollte ich die Dunkelheit ausnutzen, um mich davonzumachen, oder sollte ich bei meinen Kameraden bleiben – auf die Gefahr hin, mit ihnen gefangengenommen zu werden? Ich merkte, wie einige mir von Zeit zu Zeit böse Blicke zuwarfen.

Plötzlich blieb ich stehen. Sie ebenfalls. »Ich gehe nicht weiter«, sagte ich. »Warum?« fragte Momot. »Ich will mich nicht schnappen lassen.« Ein Gemurmel entstand. »Mein Fall ist viel schwerer als eurer«, sagte ich weiter, »euch bringt man ins Lager zurück, aber mich wird man erschießen. Versteht ihr den Unterschied?«

Roger schritt ein: »Kommt schon, streitet euch nicht. Wir sitzen alle im selben Boot. Bei der Lage, in der wir sind, haben wir kein Recht, uns zu zanken.« Einige stimmten zu. »Na schön, unter diesen Bedingungen bleibe ich bei euch«, sagte ich. »Aber hört auf, mich zu überwachen!« Rings umher ertönten Ausrufe: Niemand habe mich überwacht. Was ich mir überhaupt einbilde? Ich leide wohl unter Verfolgungswahn, und so weiter.

Wir gingen weiter. Wohlgemerkt, ich war nach wie vor entschlossen, mich von meinen Kameraden zu trennen. Ich fühlte mich wie ein Gefangener. Ich hatte auch das sichere Gefühl, daß alle wußten, wo Durutte war, daß man mir eine Falle gestellt hatte, daß wir alle bei Tagesanbruch gefangengenommen werden würden, meine Kameraden jedoch die Zusicherung erhalten hatten, daß ihnen nichts geschehen werde. Sie hatten mich verraten, um ihre eigene Haut zu retten. Und deshalb wollten sie keine Zeit mit unnützer Sucherei verlieren, sie, die doch in punkto Solidarität so empfindlich waren.

Ich teilte Roger meinen Eindruck mit. Er meinte, daß ich mir etwas einbildete; sollte er jedoch irgendwann einmal etwas Derartiges bemerken, dann werde er mich in Schutz nehmen und, wenn nötig, auch mit mir kommen. Er sollte sich nicht getäuscht haben: Nichts von alldem, was ich befürchtet hatte, traf anderntags ein.

Am Nachmittag trennten sich zwei weitere Kameraden von uns. Der erste hatte einen kleinen Bauernhof betreten, um dort nach etwas Eßbarem zu fragen. In etwa hundert Meter Entfernung lauerten wir auf seine Rückkehr. Als er nicht wiederkam, begannen wir, uns Sorgen zu machen.

Wir beratschlagten gerade, was zu tun sei, als er – allerdings ohne Brotbeutel und Mantel – wieder auftauchte. Er teilte uns mit, daß er auf sehr nette Leute gestoßen sei, die angeboten hatten, ihn bei sich unterzubringen. Er komme nur zurück, um uns adieu zu sagen. Er wolle uns nicht verlassen, ohne uns noch einmal gesehen zu haben.

Wie nett von ihm! Noch bevor er wieder weg war, konnten wir uns nicht verkneifen anzumerken, daß so ein Verhalten nicht gerade schön war. Es ist normal, daß jeder zuerst an sich selbst denkt, doch obwohl wir unserem Kameraden eigentlich nichts vorwerfen konnten, waren wir einhellig der Meinung, daß er nicht besonders sympathisch war.

In diesem Augenblick kam es zu einer wahrlich kuriosen Begebenheit. Wir wollten ihn gerade zurücklassen und sagten ihm Dinge wie: »Schön für dich, du hast Glück, nutze es ...«, als Labussière ihn zur Seite nahm. Wir begriffen, daß er ihn fragte, ob diese wackeren Bauern nicht noch einen weiteren Pensionsgast aufnehmen könnten, und wenn ja, daß er unverzüglich seine Kandidatur anmelden wollte. Die Antwort war wohl abschlägig, denn Labussière stieß kurze Zeit darauf wieder zu uns, ohne sich auch nur die Mühe zu machen, seine Enttäuschung zu verbergen.

Ich meinte zu Roger, daß ich diese Handlungsweise noch mieser fand als die des anderen, der wenigstens eingeladen worden war. Roger gab mir eine Antwort, die mir sehr gefiel: »Was soll's!« sagte er und machte eine abfällige Geste, aus der ich zugleich eine ebenso tiefe Verachtung wie Indifferenz für diese Art von niedriger Gesinnung herausspürte.

Der zweite meiner Kameraden, Lemoyne, verließ uns auf noch seltsamere Weise. Er war der einfachste, ärmste und schüchternste unter uns. Seit unserer Flucht hatte er kein Wort gesprochen. Ich glaube, im Zivilleben war er Tellerwäscher in einem Restaurant gewesen. Obwohl seine Einberufung schon über ein Jahr zurücklag, hatte er dicke und schwarze Fingernägel, Gesicht und Hals waren von Schrunden übersät. Er konnte kaum lesen und schreiben. Im Lager hatte er stets die schwersten Arbeiten verrichtet, ohne daß man ihn darum gebeten hatte.

Wir marschierten bereits mehrere Stunden, als uns zwei waschechte Landstreicher über den Weg liefen, Männer ohne Alter, jeder mit einem Bündel beladen. Als wir uns umwandten, stellten wir fest, daß unser Kamerad sich ihnen angeschlossen hatte. Er gab uns ein Zeichen.

Kurz darauf kam auch er herbei, um sich zu verabschieden. Er teilte uns mit, daß er sehr glücklich sei. Die Landstreicher würden ihm das beschaffen, was wir uns alle am meisten wünschten: Zivilkleidung. Sie würden ihn dann an einen sicheren Ort bringen. Eine zufällige Begegnung hatte unserem Kameraden gereicht, um Freunde zu gewinnen und die gemeinschaftlich erlittenen Wunden zu vergessen.

Nach diesem neuerlichen Ausfall ging es uns allen sehr schlecht. Was uns einte – und manche von uns schienen diese Bande für ewig gehalten zu haben –, war wirklich wenig. Im Grunde, so wurde mir jetzt klar, waren wir, so außergewöhnlich unsere Abenteuer auch immer gewesen sein mochten, füreinander Fremde.

21

Wir waren erschöpft. Wir wuschen uns in Bächen, waren also nicht verdreckt. Ich war der einzige, der sich noch rasierte, was mir immerzu Rüffel eintrug, weil ich angeblich den Weitermarsch verzögerte; in Wirklichkeit aber sah man in der Körperpflege, die ich mir angedeihen ließ, eine unangebrachte Koketterie.

All diese Bärte verliehen meinen Kameraden ein unerwartetes Aussehen, denn jeder Bart wuchs auf seine Weise: Bei den einen zeichneten sich auf den Wangen Bogen ab, die aussahen wie mit dem Rasiermesser gemacht, bei den anderen war gerade mal ein Teil des Gesichts bedeckt, meist das Kinn. Einzig Baumé hatte überhaupt keinen Bart, und seine Haut blieb rosig, was zur Folge hatte, daß der Bescheidenste unter uns der Strahlendste geworden war.

Ein Stück weiter wurde beschlossen, daß einer von uns zu einem Bauernhof gehen und versuchen sollte, etwas Proviant zu besorgen. Bei jedem Anlaß nahmen wir das Los zur Hilfe! Das war zur Gewohnheit geworden. Dieses Mal traf es mich.

Vorsichtig näherte ich mich dem Hof. Hin und wieder drehte ich mich um. Obwohl ich meinen Kameraden geraten hatte, sich auf keinen Fall zu zeigen, sah ich, wie sie mir Zeichen machten. Nichts war meiner Mission schädlicher, denn wenn ich diese Zeichen sah, dann konnten die Bauern sie genauso sehen. Mein Plan, der darin bestand, mich als einsamer Wanderer auszugeben und erst nach und nach auf das Eigentliche zu kommen, schien gefährdet. Nichts wäre mir im Moment, wenn ich meine Geschichte erzählte, unangenehmer gewesen, als zu merken, daß meine Kameraden hinter meinem Rücken herumfuchtelten. Außerdem konnte wohl nichts einen schlechteren Eindruck auf die Bauern machen.

Ich gab meinen Kameraden Zeichen, sich zu verbergen, doch statt mir zu folgen, antworteten sie mir durch andere Zeichen, die ich wie folgt interpretierte: »Nimm dir Zeit. Wir zählen auf dich. Geh einfach drauflos. Du hast nichts zu befürchten, wir sind da.«

Ich gab ihnen nochmals Zeichen, sich zu entfernen. Als meine Bemühungen sich als fruchtlos erwiesen, blieb ich stehen, zögernd. Schließlich beschloß ich umzukehren.

Meine Kameraden kamen mir entgegen. Sie fragten sich, was passiert sein mochte. Ich sagte es ihnen. Daraufhin waren sie beleidigt. Nun, wenn ich nicht auf den Bauernhof wollte, na schön, dann würden eben sie gehen. Alle boten sich dafür an. Keine Rede mehr von Auslosen. Alle wollten gehen. Ich befand mich in der Lage des Verweigerers, dem man eine Lektion erteilt, indem man bereitwillig tut, was er eben abgelehnt hat.

Schließlich übernahm Bisson es, zu dem Bauernhof zu gehen. Ich gab mich noch nicht geschlagen. Ich machte meine Gründe geltend und erreichte immerhin, daß wir in dem kleinen Wäldchen, das wir links von uns entdeckt hatten, auf ihn warten wollten.

Doch sobald Bisson losgezogen war, machte ich den Vorschlag, uns anderswo zu postieren, an einer Stelle, von der aus wir ihn zurückkommen sehen konnten, ohne selbst gesehen zu werden. Einige zeigten sich erstaunt und fragten mich: »Wozu?« Ich erklärte daraufhin, daß für den Fall, daß Bisson Verdacht erweckte und diese Bauern (über die wir nichts wußten) ihn festhielten, zum Sprechen brachten und uns durch ihn ausfindig machten, es für unsere Sicherheit besser wäre, wenn wir uns an einer Stelle versteckten, die Bisson selbst nicht kannte und wo wir auf seine Rückkehr lauern konnten. Auf diese Weise gingen wir kein Risiko ein, egal, was passierte. Man mußte mit allem rechnen. Natürlich unterstellte ich keinen Augenblick, Bisson würde uns verraten, aber er konnte dazu gezwungen werden.

Alle waren fassungslos wegen meiner Vorsicht. Man fand sie egoistisch und unserem Kameraden gegenüber wenig freundschaftlich. Ich erklärte, daß ich nie nur einen Augenblick geglaubt hätte, er könnte uns verraten. Man erwiderte mir, daß wir alle gute Kumpel seien und daß ich alles verkompliziere.

Tatsächlich hatte ich selbst den Eindruck, daß ich es mit der Vorsicht etwas zu weit trieb. So notwendig sie auch sein mag, man muß auch Risiken eingehen können aus Gründen, die uns, verglichen mit dem eigenen Leben, im Grunde unseres Herzens wenig bedeuten – wie etwa Kameradschaft oder die gute Meinung, die wir von uns selbst haben wollen. Ich schämte mich ein wenig und bedauerte, was ich gesagt hatte, umso mehr, als das Erstaunen meiner Kameraden wirklich aufrichtig war. Sie konnten nicht verstehen, wie man es so sehr an Solidarität fehlen lassen konnte. Weit davon entfernt, sich zu verstecken oder davonzulaufen, wären sie Bisson, wenn er aus irgendeinem Grund nicht zurückgekommen wäre, zu Hilfe geeilt, denn für sie wäre es nicht um Verrat gegangen, sondern um Gewalt, die einem von uns angetan wurde.

Dieses Ereignis, das bei mir tiefes Unbehagen zurückließ, war mir eine Lehre, die ich, so nahm ich mir vor, in Zukunft beherzigen wollte. Fallen, Hinterlist und Verrat umgeht man, indem man Vertrauen zu den Menschen faßt. Sie sind nicht schlecht. Ich erinnerte mich, wie überrascht ich gewesen war, daß man mich, als ich nicht gehen konnte, die ganze Nacht hindurch getragen hatte. Und hatte Roger mich nicht aus einem Gestrüpp aufgelesen? Hätte er sich nicht eher mit mir zusammen wieder einfangen lassen, als mich aufzugeben?

Während ich noch bei diesen Überlegungen war, tauchte Bisson wieder auf, allein, den Brotbeutel an der Seite prall gefüllt. Alles eben Vorgefallene war im Nu vergessen. Meine Befürchtungen schwanden. Bisson erzählte uns, daß er auf das freundlichste aufgenommen worden und wie tröstlich es für ihn gewesen sei, mit Menschen zu reden, die soviel Herz hatten. Er machte weder aus seiner Freude ein Hehl noch aus seinen Erfolgen. Er fügte sogar hinzu, daß er nach dem Kriege vielleicht hierhin zurückkehren werde, denn die Bauerstochter habe ihn auf eine Art angesehen, daß er, ohne aufzuschneiden, sagen könne, er habe einen starken Eindruck auf sie gemacht. Er bedauerte, daß wir sie nicht gesehen hatten, so schön sei sie gewesen.

Diese Worte bestürzten mich, wie vorhin die meiner Kameraden. Sie waren alle entschieden mehr wert als ich. Ich strich mir mit der Hand übers Gesicht. Es mochte die Müdigkeit sein, doch hatte ich gerade in dem Moment eine unselige Anwandlung von Trübsinn, in dem mein Leben auf dem Spiel stand. Man durfte nichts übertreiben. Meine Kameraden waren trotz allem nicht so vollkommen, wie ich sie mir vorstellte. Das zeigte sich an einer kleinen Begebenheit kaum eine Stunde später. Just Bisson wollte sich, aus einem mir unbekannten Grund, plötzlich mit Monot schlagen. Wir hatten große Mühe, ihn davon abzubringen. Und später noch, als wir das alles schon vergessen hatten, kündigte er uns noch an, er werde sich rächen.

22

Manchmal schlugen wir noch die falsche Richtung ein, aber unsere Irrtümer waren nicht mehr so schlimm wie am Anfang. Eine Folge dieses achtzehntägigen Marsches war, daß ich mir selbst andauernd mit den Absätzen gegen die Fußknöchel trat. Ich konnte noch so sehr achtgeben, es war nicht zu verhindern. Man hätte in einem fort daran denken müssen.

Eigentlich hatten wir unser Ziel aus den Augen verloren. Wir lebten von einem Tag zum anderen, und als sich unser Abenteuer in die Länge zog, gewöhnten wir uns daran, mit unvorhergesehenen Ereignissen zu rechnen, was dazu führte, daß wir überhaupt nicht mehr an unsere triste Situation insgesamt dachten. Die ersten Tage galt es, einen bestimmten Punkt zu einer bestimmten Zeit zu erreichen. Nun kümmerten wir uns nicht mehr um derlei Details, und es ging uns dabei nur besser.

Eines Tages erblickten wir von einer Anhöhe aus unten im Tal einen Zug. Da er noch weit entfernt war, schien er sehr langsam vorwärtszukommen, der Rauch hätte von irgendeiner Hütte stammen können. Ich dachte, wir könnten uns an die Gleise heranpirschen und auf einen Güterzug aufspringen. Aber sofort danach erkannte ich den furchtbaren Nachteil, den es hatte, daß wir so viele waren. Ich behielt diesen Gedanken für mich, da ich fürchtete, jemand anderer könne auch darauf kommen, denn ich hatte schon bemerkt, wie schnell eine gute Idee von anderen aufgegriffen wird. Was man allein oder zu zweit oder sogar zu dritt noch schaffen konnte, wurde Irrsinn, wenn man zu zehnt war. Bestimmt hätte einer von uns es nicht auf den Zug geschafft, wäre womöglich gar abgestürzt und hätte diejenigen, denen das Aufspringen gelungen war, dazu gezwungen, ein erneutes Risiko einzugehen, nämlich vom fahrenden Zug wieder abzuspringen, um ihm zu helfen. Sobald man zu mehreren ist, gibt es ständig einen, der zurückbleibt.

Denselben Abend bemerkten wir ein Holzfällerlager, von wo aus leichter Rauch aufstieg. Die Männer saßen im Kreis und waren gerade beim Essen. Mein erster Reflex war, uns fernzuhalten. Meine Kameraden weigerten sich allerdings und meinten, wenn wir diese Holzfäller um etwas bäten, würden sie es uns angesichts unseres Zustands auch geben.

So seltsam es scheinen mag – das Hungergefühl hat Ähnlichkeiten mit der Trunkenheit. Eine dieser Ähnlichkeiten besteht darin, daß wir uns die Welt schöner vorgaukeln, als sie ist. Ich konnte noch so sehr darauf hinweisen, daß es sich bei den Holzfällern um Boches handelte – meine Kameraden blieben überzeugt davon, daß sie uns helfen würden. Wir würden uns sehr gut mit ihnen verständigen können, man müsse nur freundlich zu ihnen sein. Sie würden uns schon verstehen, wir seien doch alle Menschen und so weiter.

Ich hatte alle Mühe, sie zurückzuhalten, und es gelang mir nur, indem ich ihnen versprach, den erstbesten Bauernhof anzusteuern und dort um Brot und Kartoffeln zu bitten.

Etwas später, als ich mich gerade anschickte, loszugehen, meldeten sich – während sich zuvor alle gedrückt und sogar behauptet hatten, beim Losen sei gemogelt worden – plötzlich vier meiner Kameraden für diese Mission, zweifellos deshalb, da sie sich bei dem Hunger, der sie plagte, lieber auf sich selbst verließen als auf andere. Es gelang mir allerdings, sie zurückzuhalten.

Ich betrat das Gehöft.

Nachdem ich einen flüchtigen Blick auf die Örtlichkeiten geworfen hatte, dachte ich, daß der Besitzer viel zu arm sein mußte, um uns helfen zu können, und kehrte zu unserem Treffpunkt zurück. Zu meiner großen Überraschung war dort keiner mehr. Ich blickte mich um und machte schließlich, weit entfernt, meine Kameraden aus. Ich begriff, daß sie mir einen Streich gespielt hatten, um mir vorzuführen, wie unangenehm es ist, in einem unbekannten Land auf sich selbst gestellt zu sein, als eine Lektion für das, was sich neulich mit Bisson abgespielt hatte.

Sie ahnten gar nicht, wie sehr sie damit auf dem Holzweg waren und wie sehr ich gehofft hatte, sie beim meinem Rundblick eben nicht zu entdecken, wie glücklich ich schon bei dem bloßen Gedanken gewesen war, sie los zu sein, und das unter den bestmöglichen Umständen, die ich mir erträumen konnte, das heißt, ohne gezwungen zu sein, sie zu verlassen, sondern von ihnen verlassen, was mir außer der Freude über meine Freiheit auch noch die Genugtuung beschert hätte, Opfer eines Unrechts zu sein.

Ich sagte ihnen, ich hätte den Eindruck, daß es auf diesem Hof nichts zu essen gebe. Sie stellten mir Fragen, wie man sie mir in meiner Familie stellte oder in der Nationalarmee. Automatisch steht man ganz schnell als Dummkopf da oder als einer, der seine Pflicht nicht gewissenhaft erfüllt hat. »Sie sagen, daß es da nichts gibt. Haben Sie sich wenigstens die Mühe gemacht, den Besitzer aufzusuchen?« wollte Baillencourt von mir wissen.

Ich erwiderte, daß ich zum Bauernhof zurückkehren würde. Ich war eben im Aufbrechen, da bemerkten einige, ich hätte keine Ahnung; auf dem Land wirke Reichtum manchmal wie Armut, und man könne an die Leute nicht denselben Maßstab anlegen wie in der Stadt.

Dieses Gehöft war noch wesentlich ärmer, als es auf den ersten Blick gewirkt hatte, obwohl die dicht nebeneinanderstehenden Gebäude von weitem ganz stattlich aussahen. Überall lagen durchlöcherte Kochtöpfe, Flaschenscherben und steif gewordene Stoffetzen herum. Kinder spielten. Vor dem Eingang lag ein gelblicher Hund, den Unterkiefer auf dem Boden, und obwohl er natürlich nicht wußte, in was für einem Elend er lebte, wirkte er dennoch so – zumindest war das mein Eindruck –, als ahnte er, daß er an keinem besonders guten Ort war.

Ich rief. Niemand antwortete. Ich betrat die Küche; ein Teil des Daches fehlte.

Ich rief erneut. Endlich tauchte ein Mann auf. Er schien dem gegenüber, was ihn umgab, irgendwie gleichgültig zu sein, was mich verblüffte.

Ich erzählte ihm meine Geschichte, aber ich hatte den Eindruck, ich redete zu schnell, zu gekonnt, es war, als ließe ihn der Bericht meiner Unglücksfälle vollkommen kalt.

Er stand unbeweglich da. Ab und zu stellte er eine Trinkschale um. Wir wollten ihn fragen, sagte ich ihm, ob er uns erlaube, in einem der Gebäude unser Lager aufzuschlagen. Er gab keine Antwort, und ich mußte noch einmal fragen. Er griff nach einem Eimer, der sich unter dem Tisch befand, und setzte ihn auf dem Boden ab. Dann ging er, ohne mich anzusehen, hinaus. Selbst seine Kinder bedachte er keines Blickes. Und der Hund wedelte nicht einmal mit dem Schweif, als er vorbeiging.

Ich sah, wie er ans Ende des Hofs ging. Mir schien, als könnte ich hier tun, was ich wollte. Ohne sich umzublicken, betrat er eines der Gebäude. Die kleinen Kinderaugen richteten sich auf mich. Ich hatte das Gefühl, daß diese Kinder, die bestimmt immer schon hier lebten und eigentlich geistig zurückgeblieben sein mußten, genau das nicht waren. Sie verhielten sich im Gegenteil vollkommen normal, und so versteckten sie die Gesichter, um zu lachen, um sich über mich lustig zu machen, weil ich angesichts der Verhaltensweise ihres Vaters nicht wußte, was ich tun sollte.

Dann tauchte der Mann wieder auf. Er sah, daß ich auf der Türschwelle stand, aber er kam nicht zu mir her. Er ging auf das andere Gebäude zu, stieß das Tor auf und fixierte es mit einem Stein. Ich begab mich zu dem Gebäude, das er gerade verlassen hatte. Da der Bauer sich noch immer nicht um mich kümmerte, dachte ich plötzlich, daß wir uns dort bloß niederzulassen brauchten, ohne ihn um Erlaubnis zu fragen. Sogleich bedauerte ich, daß wir so viele waren. Allein hätte ich auf unbestimmte Zeit auf diesem Gehöft bleiben können. Würde dieser Mann seine Ungerührtheit nicht ablegen, wenn er merkte, daß wir zu zehnt waren?

Ich ging zurück in die Küche. »Wir sind zu mehreren«, sagte ich ihm. Er rührte sich immer noch nicht, die Augen starr. Meine Kameraden hätten wirklich mit mir mitkommen sollen. Hätte er uns so zahlreich gesehen, wäre er sicherlich aufgewacht.

Zu guter Letzt richteten wir uns in einem der Gebäude ein. Es gibt nichts Unheimlicheres als einen Stall ohne Tiere, ohne Heu, ohne Wärme. Man hätte glauben können, es sei eine verlassene Schmiede. Trotz meines Verbots hatten einige den Stumpfsinn des Bauern ausgenutzt und die Küche nach Eßbarem abgesucht.

Mitten in der Nacht wachte ich auf. Da ich gezwungen war, zu ganz unterschiedlichen Zeiten zu schlafen, wachte ich auch zu unterschiedlichen Zeiten auf. Meine Kameraden schnarchten, mal unbeschwert, mal traurig, so als würden sie im Schlaf dieselben Gefühle empfinden, wie wenn sie wach waren.

Plötzlich stand ich auf, meine Entscheidung war gefallen. Ich suchte Roger. Ich wollte wenigstens einem meiner Kameraden Lebewohl sagen. Im Augenblick des Weggehens war ich sehr bewegt. Sie waren letztlich doch nicht so schlecht, wie es schien. Sie mochten noch so sehr glauben, anders zu sein als ich, trotzdem war es dasselbe Elend, das wir durchgemacht hatten.

Auf dem grauen Stallboden sahen sie sich alle ähnlich. Wo war Roger? Ich beugte mich über jedes einzelne Gesicht. Auf diese Weise sah ich beinahe alle meine Kameraden; mit ihren geschlossenen Augen waren sie so weit weg von mir und schienen mich so wenig zu hassen.

Schließlich fand ich Roger. Es war geplant gewesen, daß wir gemeinsam zu seinem Onkel nach Brüssel gingen. Ich weckte ihn auf. »Ich gehe weg«, sagte ich ihm.

Augenblicklich setzte er sich auf, sah mich an. Er hatte mich nicht verstanden. Ich wiederholte, daß ich gehen wolle. Die Neuigkeit hätte ihn überraschen müssen, ließ ihn aber zu meinem großen Erstaunen gleichgültig. Das bekümmerte mich ein wenig. Dann aber begriff ich, daß das schwierige und gefährliche Leben uns einen tiefen Respekt vor den Entscheidungen verleiht, die jeder für sich selbst trifft. Ich allein war Herr meines Tuns. Wenn ich weggehen wollte, dann weil ich der Meinung war, daß ich es tun mußte, und mein bester Freund hätte nicht versucht, mich davon abzubringen.

»Viel Glück«, sagte er mir und rieb sich die Augen. »Und was ist mit Brüssel?« fragte ich ihn. Er meinte, daß er es mir sehr bald nachtun werde, und wenn ich wollte, brauchten wir uns nur ein Stück weiter, etwa in Maxotte, im Gasthof dort zu treffen. Ohne nachzudenken, ohne nachzurechnen, setzte er, augenscheinlich auf gut Glück, hinzu, er werde in genau acht Tagen da sein. »Gut«, sagte ich. »Abgemacht«, sagte er, immer noch mit schläfriger Stimme. Und wir trennten uns, ohne weitere Abmachungen, ohne uns die Hand zu geben, ohne noch einmal auf dieses Treffen zu sprechen zu kommen. Wir waren beide frei, hinzukommen oder es bleibenzulassen, und egal, was wir auch tun würden, unausgesprochen war klar, daß wir trotzdem Freunde blieben.

23

Als es vollkommen dunkel war, gelangte ich zum Bahnhof. Die Tatsache, allein zu sein, gab mir ein tiefes Gefühl von Sicherheit. Ich stellte mir vor, was in diesem Moment geschehen wäre, wenn wir stattdessen zehn, fünfzehn oder zwanzig Leute gewesen wären. Und ob meine Kameraden einen einzelnen unter uns als Anführer anerkannt hätten ... Sicher nicht, denn jeder sagte seine Meinung, kritisierte, was der andere vorschlug, lehnte grundlos etwas ab, weil es ihm nicht paßte, oder hatte im Gegenteil eine Idee, ohne daß er hätte sagen können, warum gerade diese und nicht eine andere.

Ich stellte mir unsere Gruppe vor, wie sie sich diesem Bahnhof näherte. Einer hätte gesagt, man müsse haltmachen und abwarten, ein anderer, man dürfe nicht diesen Weg nehmen, ein dritter, das Ganze sei eine Dummheit, ein vierter, er habe ein Geräusch gehört und wir müßten sofort abhauen, ein fünfter, er habe jetzt genug und man solle schnurstracks drauflosgehen, der sechste, er habe Hunger und wolle vor allem etwas zu beißen, und so weiter.

Der Schneefall hatte aufgehört. Niemals zuvor hatte ich die Schönheit von Stille und Schweigen so intensiv empfunden. Ich schlich vorwärts, wobei ich erst hinter den Waggons Deckung suchte, danach in dem engen Zwischenraum zwischen zwei nebeneinanderstehenden Zügen, dann auf dem Bahndamm.

Die Schwierigkeit bestand darin herauszubekommen, an welche Garnitur die Lokomotive, die ich in der Ferne rangieren sah, angekuppelt werden würde. Es war schlagartig milder geworden. Von Zeit zu Zeit drangen die Geräusche von ausströmendem Dampf und aneinanderstoßenden Waggons zu mir. Rufe ertönten. Doch ich hatte keine Angst mehr.

Meinen Soldatenmantel hatte ich anbehalten. Natürlich hatte ich darauf geachtet, daß die Taschen leer waren, damit ich ihn, wenn er mich zu verraten drohte, unverzüglich loswerden konnte. Das einzige, was mich nun noch störte, waren meine französischen Militärstiefel. Die waren freilich dermaßen abgenutzt, daß man schon genau hinsehen mußte, um sie als solche zu erkennen. Da ich seit drei Tagen nichts gegessen hatte, vernahm ich von Zeit zu Zeit merkwürdige Geräusche aus meinem Magen, gerade so, als hätte ich zuviel gegessen. Abgesehen von einigen unangenehmen Erscheinungen, wie plötzlich auftauchenden roten Flecken, einem bitteren Geschmack im Mund, dem Eindruck – aber nur dem Eindruck –, ich hätte Sehstörungen, fühlte ich mich körperlich eigentlich nicht schwach. Hätte ich etwas Schweres heben müssen, ich hätte es tun können. Vielleicht wäre ich rascher außer Atem gekommen, wenn ich hätte rennen müssen. Aber alles in allem konnte ich nicht behaupten, daß ich durch das Hungern bebeinträchtigt war. Und das war das wichtigste.

Plötzlich hörte ich Schritte. Ich hatte schon eine ganze Zeitlang nicht mehr an meine Kameraden gedacht. Bei diesem Geräusch aber fielen sie mir sogleich wieder ein. Was für ein Glück, daß ich allein war!

Es war ein Bahnwärter. Ich brauchte mich nur in aller Ruhe unter einen Waggon gleiten zu lassen und abzuwarten, bis er vorbei war. Gleich darauf verließ ich mein Versteck, als wäre nichts gewesen. Ich dachte an die Angst, die ich gehabt hätte, wenn wir alle hier gewesen wären. Meine Kameraden, da war ich sicher, wären nicht imstande gewesen, ruhig zu bleiben. Wie oft hatte ich sie schon in ähnlichen Situationen erst dazu bringen müssen, still zu sein, leichtsinnig, wie sie waren; dabei wären sie, wenn sie allein gewesen wären wie ich jetzt, womöglich zehnmal so vorsichtig gewesen wie ich.

Schließlich gelang es mir, den Güterzug ausfindig zu machen, dessen Abfahrt bevorstand. Ich erklomm die Plattform eines Waggons und glitt unter die Plane. Ich merkte, daß man es darunter gut und gerne zu siebent oder zu acht hätte aushalten können. Diese Feststellung verursachte mir Unbehagen. Der Gedanke machte mir Kummer, daß meine Kameraden sehr gut auch hier sein hätten können, daß ich hier war und soviel Platz für sie übrigblieb und dieser Platz verloren und niemandem nütze war.

Endlich ruckte der Zug an. Ab und zu hob ich die Plane an, um zu sehen, wo ich war. Als ich mich umdrehte, spürte ich etwas Hartes. Ich betastete meine Tasche. Es war ein Stück Brot. Diese belanglose Entdeckung löste ungeheure Freude in mir aus. Ich brach einen Bissen ab und ließ ihn, bevor ich ihn zerkaute, im Mund weich werden, indem ich ihn so stark wie möglich einspeichelte. Im Warmen zu sein, versteckt, allein, zu essen zu haben und unter mir, unter den Brettern, den Boden dahinrasen zu spüren, wie auf einem Schiff das Meer zu spüren ist, das war in diesem Moment wahrlich das größtmögliche Glück für mich.

Im Morgengrauen nutzte ich die verlangsamte Fahrt an einer Steigung, um vom Zug zu springen. Ich hielt es für klüger, nur nachts zu fahren. Nachdem ich etwa einen Kilometer dem nächstbesten Weg gefolgt war, setzte ich mich auf einen Stein, um meine Karte zu Rate zu ziehen.

Es war sechs Uhr morgens. Die Aussicht, den ganzen Tag über Land zu gehen und gegen den Wind, machte mich ausgesprochen mutlos. In diesem Moment hätte ich viel dafür gegeben, wenn ich – Hunger hin oder her – erst hätte baden, dann essen, dann eine Zigarette rauchen, mich ausziehen und dann in einem Bett hätte schlafen können. Fängt man erst mit solchen Wunschträumen an, kann man gar nicht mehr aufhören. Auf meinem Stein vor dieser armseligen Karte, die immer noch dieselbe war und die ich unentwegt betrachtete, malte ich mir weiter das Glücksgefühl aus, beim Aufwachen schöne Kleidung vorzufinden, einen guten Anzug, brauchbare Schuhe, einen guten Mantel und Ausweispapiere, die mich mit aller Welt ins reine gebracht hätten.

Ich hatte mich wieder auf den Weg gemacht. Es lagen gerade vier Kilometer hinter mir, als ich mir beim Anblick eines Kirchturms (der sich übrigens kaum von einem normalen Dach unterschied) sagte, daß ich, nur weil ich jetzt über mehr Bewegungsfreiheit verfügte, trotzdem nicht auf Vorsichtsmaßnahmen verzichten sollte.

Ich machte einen Bogen um das Dorf. Kaum war ich etwa hundert Meter marschiert, da erhob sich ein anderer, diesmal höherer Kirchturm vor mir. Ich blickte auf meine Karte und begriff, daß ich nicht genug aufgepaßt hatte und fehlgegangen war. Statt an der vermuteten abgelegenen Stelle befand ich mich auf dem Verbindungsweg zwischen zwei Dörfern, die kaum achthundert Meter auseinanderlagen.

Soweit also hatte ein kurzer Moment der Unachtsamkeit mich gebracht. Ich wollte mich nach rechts wenden, doch ein Fluß versperrte mir den Weg. Der Gedanke umzukehren war mir zu unangenehm, da ich mir hätte vorstellen müssen, auf meinen eigenen Spuren zurückzugehen. Ich dachte daran, querfeldein nach links zu gehen, aber ich machte bereits da und dort menschliche Silhouetten aus, für die ich vermutlich auch nichts anderes war als eine Silhouette, doch es reichte, um mir angst zu machen.

Obwohl ich mich im Grunde nicht wirklich hätte fürchten müssen, überkam mich plötzlich Panik, als hätte ich gerade festgestellt, in eine Falle getappt zu sein. Meine Lage, die kurz zuvor weder gut noch schlecht gewesen war, erschien mir auf einmal hoffnungslos. Ich würde verhungern und verdursten. Niemals würde ich aus dieser bevölkerten Region hinauskommen, in die ich mich unvorsichtigerweise hineingewagt hatte. Ich würde niemals die Kraft aufbringen, bis zu dem kleinen Bahnhof von Bischofsheim zu gelangen, wo ich am Abend wieder den Zug nehmen wollte.

Ich legte meine Sachen auf einen perfekt symmetrischen Steinhaufen vor mir und begann, auf der Stelle zu hüpfen, um mich aufzuwärmen und mich außerdem am Nachdenken zu hindern. Als ich aufhörte, fühlte ich mich besser. Eigentlich gab es keinen Grund, den Kopf zu verlieren. Ich hatte mich geirrt. Dieser Irrtum warf mich zeitlich zurück, aber es war ja letztlich nicht unbedingt notwendig, daß ich mir jeden Tag von vorherein ein Pensum vornahm, ohne die Probleme zu kennen, die auf mich zukommen würden. Es war viel wichtiger, daß ich jederzeit, selbst noch bei den überraschendsten Ereignissen, meine Beherrschung und mein Selbstvertrauen behielt.

Ich sagte bereits, daß ich am Hunger nur fürchtete, entscheidend geschwächt zu werden und daß es mich überhaupt interessierte, welche Art Hirngespinste er verursachen konnte. Am folgenden Tag hatte ich zum ersten Mal das Gefühl, daß meine körperlichen Kräfte wirklich schwanden. Mir drehte sich alles. Ich hatte weiche Knie. Mir war vollkommen klar, daß ich nicht weitergehen konnte, wenn ich nichts zu mir nahm. Ich mußte etwas zu essen auftreiben. Das war jetzt eine absolute Notwendigkeit, und nicht mehr wie zuvor ein simples Bedürfnis, das befriedigt sein wollte. Wir, meine Kameraden und ich, hatten ja auch angenommen, vierundzwanzig Stunden ohne einen Bissen würden uns aller Kräfte berauben. Heute war es nicht mehr dasselbe.

Ich näherte mich einem Dorf. Ich war überrascht, daß ich so lange damit gezögert hatte. In der Nähe eines Hauses mit einem

Garten rundherum versteckte ich mich hinter einem Baum und wartete darauf, jemanden aus dem Haus kommen zu sehen. Eine Frau erschien, eine Deutsche, die ich in normalen Zeiten dick und häßlich gefunden hätte, die mir an diesem Tag aber alle Qualitäten einer Hausfrau, einer Familienmutter, einer guten Ehefrau zu haben schien und die mir heimlich ein Paket zustecken und mir dann sagen würde: »Gehen Sie jetzt, schnell, und versprechen Sie mir, niemandem zu sagen, was ich für Sie getan habe!« Kurz danach freilich sah ich einen Mann am Fenster.

Etwas weiter, in der Nähe eines anderen Hauses, blieb ich stehen. Eine Frau hängte gerade Wäsche auf. Ich rief, und sie blickte auf. Während ich mich ihr näherte, achtete ich darauf, nicht gesehen zu werden – nicht ihretwegen, sondern wegen der anderen, die mich hätten sehen können. Ich sagte ihr, daß ich ein geflohener französischer Kriegsgefangener sei. Ich flehte sie um Mitleid an. Ich hätte seit fünf Tagen nichts gegessen; sie hätte nichts zu befürchten; nie würde irgend jemand erfahren, was sie für mich getan hatte.

Sie musterte mich. Sie ängstigte sich zwar ein wenig vor mir, aber dennoch war ich in ihren Augen, obwohl Franzose, ein Mensch wie jeder andere. Ich sagte ihr, daß ich nicht ins Haus kommen wolle, daß ich mich hinter der Hecke verstecken und dort so lange warten würde, wie sie brauche, um mir ein Stück Brot zu bringen; danach würde ich wieder verschwinden. Ich würde ihr das nie vergessen, und eines Tages, wenn wieder Frieden wäre, würde ich zurückkommen und ihr meine ganze Dankbarkeit aussprechen.

Sie zögerte noch immer und meinte, sie könne nicht, sie dürfe nicht, sie werde bestraft, wenn es herauskomme, ihr Mann werde ihr nicht verzeihen. Um sie umzustimmen, konnte ich nichts weiter tun, als sie von neuem anzuflehen. Wir seien doch alle Menschen. Ich würde vor Hunger umkommen.

Zu guter Letzt ging sie ins Haus und deutete mir von drin, ich solle ihr nachkommen. Sie schloß die Tür und bot mir einen Stuhl am Feuer an. Das war seit meiner Flucht das erste Mal, daß ich ein Feuer in einem Kamin sah. Ich hörte, wie die Frau hin- und herging. Dieses Geräusch von Schritten in dieser Küche erschien mir wie das vertraute Geräusch von jemandem, der mir nahestand, von jemandem, mit dem ich gefühlsmäßig verbunden war, und nicht wie das Geräusch einer Fremden.

Sie brachte mir eine Schale mit Milch, Kartoffeln, ein Stück Speck, und ich hörte beim Essen, wie sie weiter hin- und herging. Sie machte mir ein Paket fertig. Es war erst so kurze Zeit her, daß ich meine Kameraden verlassen hatte, daß mir ein seltsamer Gedanke durch den Kopf ging: Hätte sie für jeden von uns so ein Paket machen können, wenn wir zu zehnt oder zu zwölft gewesen wären?

Sie sagte zu mir: »Sie müssen jetzt gehen.« Ich sprang auf, damit sie nicht einmal für den Bruchteil einer Sekunde annehmen mußte, ich wolle bleiben. Sie reichte mir das Paket, und ich ging sofort.

Einige Tage später dachte ich daran, dasselbe noch einmal woanders zu versuchen, denn ich war noch immer hungrig. Im Grunde meines Herzens empfand ich freilich so etwas wie Ekel bei dem Gedanken, noch einmal dasselbe zu machen. Ich hatte das Gefühl, eine Art Taktlosigkeit zu begehen, so als könnte die erste Frau, die mich aufgenommen hatte, gekränkt sein, hätte sie erfahren, daß ich es bei anderen Frauen genauso machte wie bei ihr.

Die Not aber ist der Feind edler Regungen. Ich blieb vor einem anderen Haus stehen, ich rief nach einer anderen Frau. Alles verlief wie beim ersten Mal, allerdings verspürte ich eine Befangenheit, die mich daran hinderte, das gleiche Hochgefühl zu empfinden. Auch sie wollte mir ein Paket geben. Ich lehnte ab. Dieses Paket war viel größer als das meiner Wohltäterin zuvor, und das schockierte mich, als ob man ihr einen Vorwurf daraus hätte machen können.

Schließlich nahm ich es dann doch. Sowie ich wieder allein war, nahm ich mir vor, nie wieder eine Frau um etwas zu bitten und mich fortan an Männer zu halten – freimütig, von Angesicht zu Angesicht – und alle Risiken hinzunehmen, die das mit sich brachte.

24

Als ich in Belgien ankam, tat es mir allmählich leid, meine Kameraden verlassen zu haben. Jetzt, da ich mich frei bewegen konnte und bedeutend weniger Risiken einging (zumindest bildete ich mir das ein), bedrückte es mich schrecklich, mit niemandem reden zu können. Als ich mich nach einem Nachtmarsch in irgendeinem Verschlag versteckt hielt, kam auf einmal ein Gefühl der Verzweiflung in mir hoch. Das konnte nicht normal sein, sagte ich mir, die Begleitung eines Roberjack oder eines Labussière hätte an meiner Stimmung doch nichts ändern können, und doch hätte ich alles, was ich besaß –zugegeben, das war nicht sehr viel – gegeben, um den unscheinbarsten meiner Kameraden bei mir zu haben. Nie hätte ich vermutet, daß Schweigenmüssen so hart ist. Ich war dermaßen durcheinander, daß ich beschloß, den erstbesten um Hilfe zu bitten. Ich war am Ende. Mehr als Hunger und Durst versetzte mich meine Einsamkeit in diesen Zustand. Ich sagte mir, daß es in meiner Lage ein größeres Risiko sei, nichts zu tun, als mein Glück zu versuchen und bei wildfremden Menschen anzuklopfen.

Ich ging auf ein Haus zu, das ein wenig abseits lag. Für den Fall, daß ich dort auf Nazis stieß, würde ich leichter fliehen können. Doch davon abgesehen flößte mir dieses Haus Vertrauen ein, denn es war klein und schien sauber zu sein. Ich ging drei- oder viermal daran vorbei. Im letzten Moment getraute ich mich dann doch nicht anzuklopfen und setzte meinen Weg fort.

Ich wußte nicht mehr, wo ich war, noch, ob ich etwa, ohne es zu merken, wieder zurückgegangen war. Der Himmel war schwarz. Die Häuser waren allesamt verdunkelt, und wenn ein Lichtschein zu sehen war, dann ohne Wissen der Hausbesitzer, was mein Gefühl der Isolation nur verstärkte. Ich vernahm das Gejohle betrunkener Soldaten, mitunter Radau an der Eingangstür eines Hauses. Stimmen ertönten, ein viereckiger Lichtfleck legte sich auf die Straße, dann wurde wieder alles dunkel und still.

Ein Gefühl größerer Verlorenheit zu empfinden wäre, glaube ich, unmöglich gewesen. Im normalen Leben kann man sich nichts Schlimmeres vorstellen, als in einer Winternacht als Verfolgter durch die Straßen einer unbekannten Stadt zu irren. Wohin gehen? Was tun? Tritt man aus dem Hellen heraus, erkennt man für einen Moment lang nichts. An jenem Abend verlängerte sich dieser Augenblick ins Unendliche.

Schließlich klopfte ich auf gut Glück an eine Tür und trat zwei Schritt zurück, damit die Person, die mir öffnete, keinen allzu großen Schreck bekam. Aber es öffnete mir niemand. Ich klopfte erneut, dann nochmal. Es kam noch immer keiner. Das verdroß mich. Obwohl mir die Eigentümer unbekannt waren, schien mir nun, daß die Hilfe, die ich suchte, einzig dort zu finden sei.

Noch einmal klopfte ich an die Tür, dann tastete ich nach der Klingel und läutete. Dieses Mal hörte ich Schritte, die Tür ging auf. Ich hatte mir keine Gedanken darüber gemacht, was ich sagen würde. Alles hing von dem Menschen ab, mit dem ich es zu tun haben würde. Es war ein Mann mittlerer Größe. Ich hatte mir vorgestellt, ich würde improvisieren. Mit einem Schlag aber war alles, was mich diesem Mann hätte nahbringen können, wie vernebelt. Er konnte noch so sehr im vollen Licht stehen und ich in der Dunkelheit, ich sah ihn nicht, aber er mich.

»Was wollen Sie?« fragte er mich. Mit einem Mal begriff ich, daß ich nicht mehr Herr meines Schicksals war. Das war vorbei. Ohne mir dessen bewußt zu sein, hatte ich diesen Schritt getan, der mich der Willkür meiner Mitmenschen überantwortete. Bevor man sich einer Gefahr aussetzt, gibt es einen kurzen Moment, in dem alle Überlegungen und alle Vorsichtsmaßnahmen nicht mehr zählen. Dieser Moment war gekommen. In der nächsten Sekunde würde ich gerettet oder gefangen sein. Es blieb mir nur, meinem Stern zu vertrauen.

»Ich bin ein französischer Flüchtling und bitte Sie um Ihre Gastfreundschaft«, sagte ich, wobei ich mich reden hörte, als würde ich vor einem vollen Saal sprechen. Ein Augenblick verstrich, in dem ich nicht einmal imstande gewesen wäre davonzulaufen, wenn der Mann nach der Polizei gerufen hätte. Dann hatte ich auf einmal, noch bevor er mir antwortete, das Gefühl, gerettet zu sein.

»Sie sind ein Flüchtling!« sagte er. »Ja«, erwiderte ich, »Sie müssen mir erlauben, die Nacht hier zu bleiben, ich kann nicht mehr weiter.« »Aber wer sind Sie?« »Ich bin ein französischer Flüchtling«, wiederholte ich.

Nun sah ich den Mann im vollen Licht. Und ich sah, daß er ungefährlich war, genauso deutlich, wie ich sah, daß er keine Haare mehr hatte. Er schloß die Tür hinter mir. Auch wenn er nicht rasiert und sein rotbesticktes Nachthemd noch so zerknittert und am Kragen verdrückt war – seine Person verströmte eine familiäre Reinlichkeit, wie sie Menschen eigen ist, die sich um ihre Kleidung nicht zu kümmern brauchen, weil andere es tun. Die Wärme im Haus und die Annehmlichkeiten ringsum gaben ihm einen Ausdruck von Ausgeruhtheit. Und es roch nach angebrannter Milch, ein Geruch, der mir ganz köstlich vorkam.

Er ließ mich in der Nähe eines Ofens aus schimmerndem Kupfer Platz nehmen. Dann rief er nach seiner Frau. Es waren liebe Menschen. Ich spürte bei ihnen eine Furcht, nicht gastfreundlich genug zu sein, durchsetzt mit Mißtrauen, eine unentwegte Gewissensprüfung, die sich vor denen vollzieht, denen man helfen muß. Ich fühlte, daß sie nie und nimmer den Mut aufbringen würden, mich vor die Tür zu setzen, und daß sie gleichzeitig alle möglichen Konsequenzen ihrer Güte wie im Flug vor ihren Augen vorbeiziehen sahen.

Man gab mir zu essen. Während ich ununterbrochen auf meinen Löffel blies, da ich es nicht mehr gewohnt war, Heißes zu essen, ging die Frau nach oben, um das Zimmer herzurichten. Seit Monaten war es das erste Mal, daß ich in einem richtigen Zimmer saß, auf einem festen Stuhl, den man mir hinstellte, und ich schloß die Augen vor Glück. Das Feuer, die vielen verschiedenen Gegenstände eines Familienhaushalts ließen mich das Leben erahnen, das ich verloren hatte und zu dem ich allmählich zurückzufinden begann. Es war kindisch, aber die Malereien auf meinem Teller, die ich sah, als ich meine Suppe aufgegessen hatte, das kleine Blumengewinde oben an der Gabel, der Schliff des Glases, die Initialen auf der Serviette – all dies vermittelte mir einen Eindruck von unerhörtem Luxus.

Kurze Zeit darauf führte mich der Mann in ein Zimmer auf der ersten Etage. Ein Holzscheit brannte in einem kleinen Kamin aus schwarzem Marmor. Vor mir legte er einen weiteren nach. Das Fenster war verhängt. Das Bett war aufgeschlagen. Auf dem Toilettentisch lagen Handtücher.

Sowie ich allein war, ließ ich mich in dem Sessel nieder. Zum vollkommenen Glück fehlte mir lediglich etwas zu rauchen. Ich dachte kurz daran, meinen Gastgeber um eine Zigarette zu bitten. Er hatte so viel für mich getan, daß er dies als natürlich empfunden hätte. Aber es wäre taktlos gewesen.

Als ich tags darauf aufwachte, dachte ich über meine Situation nach. Bisher hatte ich lediglich Flucht im Sinn gehabt, das heißt, mich immer weiter vom Lager zu entfernen. Nie war ich länger als eine Nacht an einem Ort geblieben, als wäre ich um so schneller in Sicherheit, je früher ich Paris erreichte. Nun kam es mir so vor, als hätte ich alle Zeit der Welt. Was ich tun mußte, war nicht, einen voher festgelegten Punkt zu erreichen, sondern einen sicheren Ort zu finden, wie immer er auch aussah. Und dieses Haus mit seinen freundlichen Leuten war womöglich dieser Ort.

Um acht klopfte es an meiner Tür. Es war das erste Mal, daß ich an der Tür eines Zimmers, das ich bewohnte, Klopfgeräusche vernahm. Alles war grau, das Feuer erloschen. Die Frau ging zum Fenster und machte es auf. Er rührte mich, daß eine Frau mit solcher Selbstverständlichkeit ein Zimmer betrat, in dem ich lag wie ein Kind. Sie teilte mir mit, daß das Frühstück fertig sei.

Ich zog mich rasch an und begab mich hinunter in die Küche. Ihr Mann war bereits da. Er saß vor einem Blatt Papier und einem Tintenfäßchen. Er ließ mich sogleich wissen, daß er mich zu seinem Cousin schicken werde, dreißig Kilometer weiter, und daß ich auf diese Weise näher an Brüssel heranäkme. Diese Neuigkeit enttäuschte mich, dabei war nichts natürlicher. Er begann zu schreiben. Dann und wann fragte er mich etwas. Ich spürte, daß, seitdem er schrieb, etwas sehr viel Ernsteres zwischen uns getreten war.

»Sie haben keine Papiere?« fragte er.

»Keine«, antwortete ich.

»Das ist nicht wichtig.«

Er wirkte unschlüssig. Ich ahnte, daß es ihm völlig egal war, ob er persönlich in Schwierigkeiten geraten würde, er betrachtete die Dinge von einer höheren Warte aus, aber um nichts in der Welt hätte er sich von dem Cousin, dem er mich empfahl, einen Vorwurf einhandeln wollen.

Als er fertig war, hielt er den Federhalter eine Zeitlang in der Schwebe, so als fürchtete er, etwas Nichtwiedergutzumachendes getan zu haben. Als er mir den Brief aushändigte, bedankte ich mich ausgiebig. Aber ich war doch ein wenig enttäuscht. Wenn wir in einer Lage, die doch alle angehen müßte, jemanden um Hilfe bitten, haben wir immer den Eindruck, jeder einzelne sei unzulänglich und richte wenig aus im Vergleich mit dem, was alle zusammen tun könnten, wenn sie nur wüßten, wo sie uns finden könnten.

Ich kam bei diesem Verwandten am folgenden Tag, dem vierten Januar, um vier Uhr an. Es war fast schon dunkel. Es hatte wieder angefangen zu schneien. Ich hatte mir gesagt, daß dieser Verwandte, nachdem er den Brief seines Cousins gelesen hatte, mich fast wie ein Familienmitglied begrüßen müßte. Doch in dem Moment, da ich an die Tür klopfte, hatte ich den Eindruck, daß ich ungebeten kam, daß der Brief mir nicht viel nützen und der Empfang, den man mir bereitete, vor allem davon abhängen würde, was ich sagte und welchen Eindruck ich machte.

Mißtrauisch öffnete eine alte Frau die Tür einen Spaltbreit.

»Ich komme von Ihren Cousins«, sagte ich.

»Welchen Cousins?«

»Denen aus Malines.«

Ich fürchtete, diese Auskunft sei unzureichend. Ich war wie gelähmt. Ich weiß nicht, warum, aber ich war nicht imstande, nähere Auskünfte zu geben. Ich erinnerte mich zwar daran, was man mir gesagt hatte, bevor ich Malines verließ, aber ich fühlte, daß das hier keinerlei Wert hatte. Ich hätte wieder, wie am Vortag, eine große Szene hinlegen müssen. Es war dumm von mir gewesen, mir einzubilden, ich könnte unbegrenzt auf die Unterstützung von Leuten zählen, die mich nicht einmal kannten. Ich legte meinen Brief vor. Die alte Frau las ihn, schien aber nicht zu verstehen, was darin stand.

»Ich bin ein Flüchtling.«

Diese Eröffnung zeitigte keine Wirkung.

»Und Ihr Cousin hat mir gesagt, Sie würden mich für eine Nacht aufnehmen.«

»Das hat er Ihnen gesagt?« meinte ein alter Mann, der am Stock ging.

»Sie sind doch sein Cousin?«

»Natürlich.«

Der alte Mann zuckte mit den Achseln.

25

In Maxotte traf ich Roger wieder. Eigentlich wäre ich lieber direkt nach Paris gegangen. Es beruhigte mich keineswegs, bei Rogers Onkel in Brüssel zu wohnen. Ich fürchtete, das Haus werde überwacht. Als ich Roger zu verstehen gab, daß es womöglich besser sei, wenn wir uns nicht zu lange dort aufhielten, war er erschrokken. Roger machte sich nie im vorhinein Sorgen. Er dachte, irgendwie werde man immer klarkommen. Das dachte ich auch. Aber die Zukunft beunruhigte mich mehr als ihn. Man konnte ja nie wissen. Roger sagte, es sei immer abgemacht gewesen, ein paar Tage in Brüssel zu verbringen; deshalb habe er in Maxotte auf mich gewartet. Sein Onkel werde uns Kleidung und Geld geben. Ich stellte fest, daß es diesem Onkel vielleicht gar nicht gefallen werde, wenn wir zu zweit ankamen, und daß es mir unangenehm sei, mich aufzudrängen. Roger erwiderte, er habe noch nie einen Menschen wie mich gesehen, es sei unglaublich, wenn man sich in einer Situation wie der unseren mit derlei Skrupeln aufhalte.

Gegen sechs Uhr morgens gelangten wir in die Vororte von Brüssel. Die mit Parolen vollgeschriebenen Mauern hatte man mit Teer überstrichen. Es fing an zu regnen. Ich wollte Roger meinen Regenmantel geben. Das versetzte ihn in Erstaunen: Und ich, womit würde ich mich denn schützen? Aber ich ließ mich nicht davon abbringen und beharrte so sehr darauf, daß Roger einfach annehmen mußte. Als er nach einigen Minuten sah, wie ich den Regen abbekam, wollte er ihn mir zurückgeben. Ich weigerte mich; er wurde wütend. Es sei grotesk, wenn ich seinetwegen meine Sachen auszog! Wenn ich mich weiterhin weigere, meinen Regenmantel zurückzunehmen, werde er ihn dem erstbesten geben.

Der Tag war noch nicht angebrochen. Wir hätten gern etwas Heißes getrunken, aber das war nicht möglich. Die Öffnungszeiten waren so starr verordnet, daß die Ladenbesitzer es aufgaben, Geld zu verdienen. Niemand ging einer Arbeit nach. (Später war ich sehr erstaunt, als ich sah, wie ein kleiner Handwerker sich damit abmühte, Lothringer Kreuze herzustellen.) Nur zu den unmöglichsten Zeiten machten die Geschäfte auf. Zu unserer großen Überraschung sahen wir eine hell erleuchtete Straßenbahn vorbeifahren, blankgeputzt wie vor dem Krieg und voll mit Arbeitern auf dem Weg zur Arbeit.

Wir gingen einfach geradeaus. Zum ersten Mal seit meiner Einberufung fand ich mich frei in einer großen Stadt wieder. Wir wollten nicht direkt zu Monsieur Roger gehen. Es hätte sich nicht gut gemacht, wenn wir so früh dort aufgetaucht wären. Unsere Aufmachung war schon schlimm genug. Wir dachten allerdings, daß wir uns in unserer Situation erlauben konnten, was einem normalen Brüssler untersagt war, nämlich an eine Tür oder an ein Fenster zu klopfen und um ein heißes Getränk zu bitten.

Wir folgten einem langen Boulevard. Über einer Kreuzung hing ein solches Gewirr von Kabeln, daß man glauben konnte, man befinde sich unter einem Netz. Ich war dermaßen nervös, daß ich nicht mehr allein vor der Polizei Angst hatte, sondern auch vor Unfällen, an die ich zuvor niemals gedacht hätte, etwa durch einen Stromschlag getötet zu werden, wenn dieses Kabelnetz heruntersackte. Ich teilte Roger meine Angst mit. Er meinte zu mir: »Jetzt schnappst du bald über.«

Hier gab es überall Geschäfte. Sie waren ausnahmslos geschlossen, und die, vor denen kein Eisengitter heruntergelassen war, hatten nur leere Kartons in den Auslagen.

Wir bogen in eine Seitenstraße ein. Vor einem hell erleuchteten kleinen Haus blieben wir stehen. Als wir durch die Fensterscheiben hindurch zu verstehen gaben, wir hätten gerne ein Stärkung, bedeutete man uns, wir sollten weitergehen, als wären wir gewöhnliche Bettler. Das war meine erste Enttäuschung. Ich hatte geglaubt, man werde uns sofort ansehen, wer wir waren. Ich hatte geglaubt, daß die Gleichmütigkeit des Lebens hier bloß Fassade für die Deutschen war; dahinter seien wir alle ein einig Volk und wir beide würden, egal wo wir in dieser großen Stadt hingingen, wie Helden empfangen werden.

Der Tag brach an. Wir setzten uns auf eine Bank mitten auf einem verlassenen kleinen Platz, auf dem gewöhnlich wohl ein Markt stattfand, denn in den Asphalt waren Löcher gebohrt, Eisenstangen lagen herum, Teerleinwände und Bretter mit Scharnieren. Ich war in einer jener Stimmungen, in denen ich keinerlei Widerstand geleistet hätte, wenn jemand aufgetaucht wäre, um mich festzunehmen. Schon mehrere Male hatte ich mich in diesem Zustand befunden, ohne daß irgend etwas passiert war. Es wäre wirklich ein übertriebenes Pech gewesen, wenn die Polizei just in einem solchen Augenblick auf mich gestoßen wäre.

Roger klopfte mir auf die Schulter. Da ich mich nicht rührte, klopfte er fester. Ich sagte ihm, daß er mir wehtat und daß mir nicht zum Lachen zumute war. Er machte eine grantige Geste. Ich begriff, daß ich mich mit meinen düsteren Gedanken nicht gerade als guter Kamerad zeigte. Ich stand auf und sagte: »Es ist vorbei«, obwohl überhaupt nichts vorbei war. Ich tat so, als hätte ich eine Schwäche überwunden und wieder Lust am Leben gewonnen. Ich schlug Roger meinerseits auf die Schulter und fing an zu beschwichtigen: »Man hat manchmal solche Momente«, bemerkte ich, wie ich es von einigen meiner Kameraden gehört hatte, die immer meinten: »Es ist vorbei, reden wir von etwas anderem ...«; eine Art, die mir immer schon lächerlich vorgekommen war, als könne echte Verzweiflung so schnell vorüber sein. »Es ist vorbei«, wiederholte ich noch mehrere Male.

Langsam näherten wir uns dem Viertel, in dem Rogers Onkel wohnte, ein modernes Viertel mit schönen Häusern, die an Paris erinnerten, obwohl man an gewissen Details das Fremde, die Provinz, das Nachgemachte spürte. Nach alldem, was ich durchgemacht hatte, wieder in ruhigen, gutbürgerlichen Straßen angekommen zu sein, die eine gewisse Ähnlichkeit mit Auteuil hatten, richtete mich auf. Ich war wirklich auf dem Weg zurück.

Als es acht Uhr schlug, beschloß Roger, an die Tür seines Onkels zu klopfen. Mir ging nur eines durch den Kopf: mich waschen und schlafen. Aber man mußte reden. Ich hatte gedacht, ich könnte in ein Haus gehen, und damit hätte es sich. Rasch begriff ich, daß Monsieur Roger die Tatsache, mich bei sich aufzunehmen, keineswegs so simpel sah wie ich.

Dieser Mann, ein Industrieller (was nichts zu besagen hatte), war von einer Mittelmäßigkeit und Engherzigkeit, wie ich sie noch nie zuvor erlebt hatte; vielleicht hatte mich aber auch der schlechte körperliche und seelische Zustand, in dem ich mich befand, erst hellsichtig für einen Charakterzug gemacht, auf den ich zuvor schon häufig gestoßen war, ohne ihn zu bemerken. Ich nahm immer mehr die Gewohnheit an, die Leute nicht mehr danach zu beurteilen, wie sie waren, sondern wie sie nach Entbehrungen, wie wir sie durchgemacht hatten, geworden wären.

Statt in uns durchfrorene und ausgehungerte Flüchtlinge zu erkennen, empfing uns Monsieur Roger, als wäre unsere Flucht zwar ein heikles Unterfangen gewesen – das gewiß –, als hätte die Schwierigkeit aber vornehmlich darin bestanden, uns geschickt zu verstecken, die Deutschen zu überraschen, uns mit List durchzuschlagen und zu wissen, wie man sich unterwegs Sympathisanten machte. Er betrachtete uns wie geschickte Diplomaten, doch alles, was das wirkliche Drama ausgemacht hatte, alles, was wir durchgemacht hatten, enting ihm vollkommen.

Ich merkte bald, daß er überdies ein dummer Mensch mit einem absonderlichen Ehrgeiz war, dessen Ursache und Absicht man sich freilich nicht erklären konnte: dem Ehrgeiz, sich den Anschein zu geben, als hätte man sich aufgrund des Krieges, der Niederlage und der Besatzung nicht geändert, als wäre man inmitten dieser Katastrophe derselbe geblieben – als ob das ein Indiz für außergewöhnliche Größe und Beweis besonderer Charakterstärke gewesen wäre.

Er wollte mit uns reden. Er hatte uns viele Fragen zu stellen. Roger zwinkerte mir zu. Ich fand es bewundernswert, daß mein Kamerad unseren Zustand so sehr vergessen und sich über seinen Onkel in einem Moment mokieren konnte, in dem ich nur ans Schlafen dachte.

Monsieur Roger geleitete uns in ein dunkles Büro, in dem Wandbehänge, goldene Rahmen und Kunstgegenstände aus Bronze den Eindruck eines luxuriösen Salons vermittelten. Sofort bemerkte ich – wie hernach noch so häufig –, daß sich im Zimmer ein leicht in ein Bett zu verwandelnder Diwan befand.

Der Onkel bat uns, Platz zu nehmen. Roger zwinkerte mir erneut zu. Im übrigen hatte er sich seit einer Stunde stark verändert. Er schien nichts mehr zu fürchten.

Wir setzten uns artig hin. Monsieur Roger nahm seinerseits wortlos Platz und legte, um sich auf dem Tisch aufstützen zu können, die Schreibunterlage mit dem zerfaserten Löschpapier beiseite, wie man nach dem Essen einen Teller wegstellt. Dann hob er zu einigen Phrasen an über die Freude, die er empfinde, wenn er sehe, wie junge Leute nicht zögerten, ihr Leben aufs Spiel zu setzen. Er wandte sich seinem Neffen und mir zu, als hätten wir in gleichem Maße seine Zuneigung, als seien wir durch das, was wir getan hatten, dermaßen vereint, daß man darüber den Verwandtschaftsgrad vergessen konnte. Das war wirklich schon peinlich dumm.

Ich glaubte, er würde nun endlich zu praktischen Fragen übergehen. Aber keineswegs. Er sprach von Familienzwistigkeiten, seiner Frau, den siebenundzwanzig Jahren, die er in Paris gelebt hatte, den Gründen, die ihn dazu geführt hatten, sich in Brüssel niederzulassen. Ich war dermaßen müde, daß ich einschlief.

26

Als ich erwachte, redeten Roger und sein Onkel noch immer. Ich stand mit einem Ruck auf und rieb mir die Augen. Monsieur Roger führte mich in ein Zimmer. Ich sagte ihm, daß ich nicht schlafen wolle. In Wirklichkeit fiel ich vor Müdigkeit fast um, doch vor dem Schlafengehen wäre ich gern noch einen Augenblick mit Roger allein gewesen, um ihn zu fragen, was er nun vorhabe, und vor allem, was sein Onkel über mich gesagt hatte.

Monsieur Roger schloß die Tür hinter sich und blieb bei mir im Zimmer. Im Grunde war er doch ein netter Kerl, dachte ich. Er mochte ein Idiot sein, aber immerhin bot er mir seine Gastfreundschaft an, ohne mich zu kennen, und behandelte mich, als wäre ich sein Sohn.

Er zeigte mir das Zimmer in allen Einzelheiten. Er wies mich darauf hin, daß es einen Schrank gab, dabei hatte ich gar kein Gepäck. Er schärfte mir ein, ich solle nicht versuchen, mit dem Schrankschlüssel die Schubladen der Kommode zu öffnen. Unvermittelt sagte er zu mir, er verstehe sehr gut, daß ich eingeschlafen sei, ich brauche mich dafür nicht zu entschuldigen. Dann bückte er sich trotz seiner paspelierten Hausjacke, rollte den Bettvorleger zusammen und räumte ihn weg.

Todmüde sah ich ihm dabei zu. All diese Beschäftigungen hatten so gar nichts mit mir zu tun! Er sagte mir, dieser Bettvorleger habe ein Heidengeld gekostet. Er war schon im Gehen, als er noch einmal zurückkam, um sich das Bett anzusehen. Ich weiß nicht, was ihm auffiel, aber er rief sogleich nach dem Stubenmädchen und bat sie, den Bezug zu wechseln. Sie kam zurück mit einem vergraut weißen Bezug mit Flecken vom Bügeleisen drauf und tauschte den dicken schneeweißen Bezug dagegen aus. Dann sagte er mir, ich solle, wenn ich mich auszog, meine Kleider nicht in den Schrank hängen. Er fügte hinzu, dies alles habe keinerlei Bedeutung für mich, aber eine große für ihn. Er bat noch darum, daß ich mich nicht in den Fauteuil setze. Er baute sich davor auf wie vor einer Badezimmertür, hinter der sich eine Frau auszog. Er gebe mir nur ungern so viele Maßregeln, aber er könne mir nur dieses Zimmer zur Verfügung stellen, und das sei nun einmal das Zimmer, in dem sein armer Vater gestorben sei.

Ich sagte ihm, daß ich, wenn es ihm lieber wäre, sehr gut auf dem Diwan im Büro schlafen könne. Er schien mich nicht zu hören.

Als ich allein war, sagte ich mir, daß ich es mit einem komischen Kauz zu tun hatte. Wie so viele Leute, die alles verkomplizieren, interessierte er sich nicht für die großen Zusammenhänge und bot mir, ohne Hintergedanken, die herzlichste Gastfreundschaft an. Roger hatte mir gezeigt, daß man diesen Mann nicht ernst nehmen durfte. Meine einzige Befürchtung war, daß die Polizei unsere Anwesenheit hier herausbekam. Ehrbarkeit war nicht mehr wie früher ein Schutz. Man besah sich die Menschen mit anderen Augen.

Bis zum Morgen darauf schlief ich durch, das heißt zweiundzwanzig Stunden. Ich wurde durch Schläge gegen die Tür geweckt, und ich hatte das Gefühl, daß es viele gewesen sein mußten. Es war Monsieur Roger. Er hatte exakt dieselbe Kleidung an wie am Vortag. Man hätte meinen können, er habe nicht geschlafen. Ich spürte, daß für einen solchen Menschen die Ereignisse eines Tages keine Auswirkung auf den folgenden Tag haben.

Er fragte, ob ich gut geschlafen hätte. Er redete vom schönen Wetter. Weit größere Bedeutung aber maß er der Antwort bei, die ich ihm auf seine nächste Frage, hinsichtlich des Bettes, gab. Ja, das Bett sei tadellos. Monsieur Roger ließ es mich mehrmals wiederholen. Dann erklärte er mir, was zu tun sei, wenn ich mich waschen wolle. Verständnisheischend ersuchte er mich, dafür die Küche zu benutzen. Bohnerwachs sei rar geworden, und er fürchtete, die Schmutzflecken könnten das Parkett angreifen. Er schickte sich scheinbar zum Gehen an, damit ich aus dem Bett aufstehen konnte. Kaum war ich jedoch mit den Beinen draußen, war er schon wieder da. Er habe vergessen, mit mir über das Frühstück zu reden. Was ich denn haben wolle? Ich erwiderte, für mich sei alles köstlich. Darauf gab er mir zu verstehen, daß ich keine Auswahl hätte, weil die sogenannte freie Bevölkerung nicht mehr zu beißen habe als Gefangene.

Als ich Roger wiedersah, erzählte ich ihm, was vorgefallen war. Er gab mir folgenden Rat: »Sag ja zu allem und denk dir dein Teil.«

Roger hatte mir gesagt, sein Onkel werde mir Kleider geben. Meine waren wirklich zu auffällig. Es waren dieselben, mit denen ich den sogenannten »Feldzug 39/40« mitgemacht hatte. Ich hatte sie an der Maginotlinie getragen, im Feld, in den Lagern. Ich hatte an ihnen herumgeschnitten, sie verändert, um ihnen ihr militärisches Aussehen zu nehmen. Am auffälligsten war die Hose, von der ich unten die Säume abgetrennt hatte, ohne sie wieder annähen zu können, so daß oberhalb der Schuhe ein Stück Bein zu sehen war.

Monsieur Roger fand meine Kleidung noch tadellos in Ordnung. Man müsse lediglich ein paar Kleinigkeiten ändern. Er gab mir eine Hose. Dabei hatte ich Gelegenheit festzustellen, wie schwierig es – eigentlich in allen Lebenslagen– ist, sich alles auf einmal zu verschaffen, was man braucht. Ich mußte um jedes Teil meiner Bekleidung kämpfen. Ich war erst halb ausstaffiert, da schien ich auch schon unbescheiden.

Monsieur Roger bat andere Leute darum, sich an der Hilfe für mich zu beteiligen. Ich dachte, seine Freunde würden ihn für recht knauserig halten, doch zu meinem großen Erstaunen schienen sie durch sein Verhalten nicht im geringsten verwundert zu sein. Ja, mehr noch, sie ließen sich davon anregen und baten ihrerseits andere Leute, mir zu helfen.

Das beunruhigte mich immer mehr. Diese persönlichen Gaben hatten etwas von einer Kollekte. Ein jeder hatte einen Freund, der bereit war, mir das zu geben, was mir fehlte.

Ich versuchte, Roger die Gefahr klarzumachen, in die uns dieser gute Wille bringen konnte. Zu viele Menschen würden am Ende wissen, daß wir in Brüssel waren. Das werde noch mit einer Denunziation enden. Er erwiderte mir, daß wir nichts zu fürchten hätten, daß ich einstweilen nur annehmen solle, was man mir anbot.

Das sollte aber noch nicht die letzte Überraschung für mich gewesen sein. Unvermittelt begann Monsieur Roger, über dieselben Leute, die er meinetwegen alarmiert hatte, herzuziehen. Seinen Worten nach benahmen sie sich einem tapferen Jungen wie mir gegenüber schändlich. Er wies mich an, künftig alles abzulehnen. Ich dachte schon, ich hätte mich in ihm getäuscht; er sei doch ein Mann von Charakter, angewidert, mitansehen zu müssen, wie seine Freunde sich derart lange bitten ließen, und er werde sich selbst um das Notwendige kümmern. Doch zu meiner großen Überraschung schlug er mir eine noch schlimmere Lösung vor als die vorige. Mit Hilfe eines Papiers, das er mir beschaffen wollte, würde ich als mittellos gelten und damit von den Behörden Bekleidungsgutscheine erhalten.

Schließlich sah ich mich auf die seltsamste Weise bekleidet: mit einem doppelreihigen Mantel mit einem falschen Persianerkragen aus Plüsch, einer Hose, die Monsieur Rogers Vater gehört hatte, sicherlich beste Qualität, aber unten viel zu eng, Stiefeletten aus feinem Ziegenleder mit sehr hohem Schaft, in gutem Zustand, wenn auch zerknittert. Die Jacke wiederum stammte aus einer Zeit, da man so etwas mit kleinen Revers herstellte. Ich versuchte sie umzuknicken, aber die Appretur war, wie übrigens alles, was man mir gegeben hatte, von bester Qualität, und die Revers nahmen immer wieder ihre ursprüngliche Form an.

Derart herausgeputzt, verließ ich das Haus nur, wenn es nicht anders ging. Roger, dem es nicht besser ergangen war als mir, stellte sich darauf ein, alle diese alten Sachen wenigstens mit einer gewissen Eleganz zu tragen.

27

Mir war immer mehr danach, endlich weiterzukommen, aber Roger hielt nichts davon. Er hatte eine Frau wiedergefunden, bei der er die meiste Zeit verbrachte, und er bat mich jeden Tag, bis morgen zu warten. Und naiverweise sagte ich mir, daß es, sollte er Wort halten, wirklich zu dumm wäre, nur wegen der vierundzwanzig Stunden nicht auf ihn zu warten.

Meistens verbrachte ich meine Tage allein bei diesem Onkel, den ich nicht kannte, der keinerlei Grund hatte, mich bei sich zu behalten, da er es weder aus Patriotismus tat, noch aus Güte, noch weil ich ein Freund seines Neffen war, um den er sich nicht kümmerte. Bisweilen ging ich zwar aus dem Haus, doch so angezogen, wie ich war, hatte ich den Eindruck, alle Welt würde mich anstarren, und das stimmte mich nicht gerade ruhiger.

Eines stand fest: Aus diesem Monsieur Roger wurde ich nicht schlau. Das erste, was Leute tun, die einem Unglücklichen helfen, ist, scheint mir, ihm ein gewisses Äußeres zu verschaffen, damit er sich überall zeigen kann, und sei es nur in ihrem eigenen Interesse gegenüber den Nachbarn, den Conciergen, den Hausangestellten. Mit allem anderen kann man sich Zeit lassen. Wenn ich Monsieur Roger gesagt hätte, daß den Mantel, den er mir gegeben hatte – den Paletot, wie er es nannte –, niemand außer mir hätte tragen wollen, dann hätte er die Arme zum Himmel gehoben und gerufen: »Wie bitte? Den Paletot meines Vaters?«

Ich verbrachte meine Tage also am Fenster. Eines Tages bemerkte ich zwei Männer, deren Äußeres mir auffiel; seit der Flucht war ich sehr gut darin geworden, aus der Art, wie die Leute sich kleiden, Schlüsse zu ziehen.

Wie Roger und ich sahen die beiden Männer aus, als seien sie unter etwas eigenartigen Umständen eingekleidet worden. Sie trugen Anzüge, die, obgleich von unterschiedlicher Farbe, dieselbe Herkunft und dasselbe Alter zu haben schienen, gut geschnitten, wenn auch von der Stange und nicht nach Maß, und zerknittert; Kleider, wie man sie an Schiffbrüchige verteilt. Sie hatten neue Hüte auf und trugen Schuhe aus gelbem Leder, ebenfalls neu.

Sie blieben vor dem Haus stehen und sahen zu dem Fenster hoch, hinter dem ich mich versteckt hielt. Mir gefror das Blut in den Adern. Ich hatte den Eindruck, bei den beiden handle es sich um deutsche Soldaten in Zivil. Dieselbe ungelenke Haltung in der neuen Ausstaffierung, dieselbe geschmackliche Vorliebe für alles, was jünger macht.

Ich beobachtete sie hinter dem Vorhang. Plötzlich sah ich sie die Straße überqueren. Dieses Mal zweifelte ich nicht mehr daran, daß sie kamen, um mich abzuholen.

Ich muß sagen, ich hatte diese Möglichkeit seit meiner Ankunft in Betracht gezogen und mir gesagt, daß ich eher aus dem Fenster von Monsieur Rogers Zimmer springen würde, als mich festnehmen zu lassen. Das Fenster ging auf den Hof hinaus. Eigentlich gab es nur zwei statt drei Etagen, denn im Hof war eine Garage, die bis zum ersten Stockwerk reichte. Das war noch immer recht hoch, aber ich hatte bisher den Eindruck gehabt, daß ein durchschnittlich gelenkiger junger Mann, wenn er es richtig anstellte, aus dieser Höhe springen könne, ohne zu riskieren, daß er sich die Beine brach. Das einzige, was mir Sorgen machte, war die Festigkeit des Garagendaches sowie der Lärm, den ich dabei verursachen würde. Und ob ich imstande sein würde, sofort wieder aufzustehen, denn damit die Sache gelang, mußte ich verschwunden sein, bevor das Geräusch meines Aufpralls Aufmerksamkeit erregte.

Plötzlich ging die Klingel. Ich lief in das Zimmer von Monsieur Roger. Wenn man nach mir fragte, würde das Hausmädchen überall nachsehen, außer in diesem Zimmer, wo sie mich nicht vermuten würde, und dann sagen, ich sei ausgegangen. Falls die Deutschen die Wohnung durchsuchten, würde ich sie gut hören können. Bis sie die Tür zu diesem Zimmer aufgebrochen hätten, wäre ich schon gesprungen.

Ich schloß mich ein, zog den Schlüssel ab und lauschte, das Ohr an das Türschloß gepreßt. Ich hörte Stimmen. Die Deutschen betraten den Salon. Womöglich wollten sie auf meine Rückkehr warten. Für eine Sekunde dachte ich daran, mich durch die Eingangstür in Sicherheit zu bringen, aber ich wußte nicht, ob der Salon offen war oder nicht.

Da hörte ich plötzlich neuerlich ein Klingeln und dann die Stimme von Monsieur Roger. Das tat mir unendlich gut. Er redete mit beiden Besuchern. Dann hörte ich ihn nicht mehr, und Schritte kamen näher. Jemand versuchte, die Tür zu öffnen! Ich hielt den Atem an. War es Monsieur Roger oder waren es die Deutschen? Es war Monsieur Roger. Er fragte, wer bloß die Tür abgeschlossen habe? Das sei unglaublich. Wie könne sie nur abgeschlossen sein? Wer sei in dem Zimmer?

Ich rührte mich nicht. Ich hatte das Gefühl, das ganze Haus wußte, daß ich in dem Zimmer eingeschlossen war, und durch Monsieur Rogers Schuld würden die beiden Besucher, wenn es denn Polizisten waren, mich gleich festnehmen.

All meine Geistesgegenwart war dahin. Statt aufzumachen und Monsieur Roger zu verstehen zu geben, er solle ruhig sein, hielt ich weiter still. Ich ging ans Fenster. Doch in dem Moment, als ich springen wollte, sagte ich mir, daß es lächerlich war zu riskieren, daß ich mir die Glieder brach, wenn vielleicht gar keine Gefahr bestand. Monsieur Roger brüllte noch immer in der Wohnung herum. Ich dachte mir, daß er nicht soviel Lärm geschlagen hätte, wenn die Deutschen noch dagewesen wären, daß er begriffen hatte, daß ich mich versteckt hielt. Ich machte die Tür auf. Er kam gerade mit dem Hausmädchen zurück, um zu versuchen, die Tür aufzubrechen.

Als er mich in dem Zimmer erblickte (nichts war hier aufgeräumt worden, Schubladen standen offen), verschlug es ihm vor Erstaunen die Sprache. »Was tun Sie hier?« fragte er schließlich im Ton eines Mannes, der einen Dieb überrascht. Ich zeigte auf den Salon und gab zu verstehen, daß ich nicht wußte, wer diese Leute dort waren.

»Was tun Sie hier?« fragte er noch einmal. Ich zeigte auf das Fenster: »Ich wollte da hinaus flüchten.« Er dachte wohl, ich wolle ihn auf den Arm nehmen. Ja, wie denn? Aus dem dritten Stock springen!

Ich sagte ihm, ich hätte Angst gehabt. Ich hatte sie, solange es ging, vor ihm verborgen, denn ich schämte mich dafür. Nun wollte ich mich rechtfertigen. Zu meiner großen Verblüffung nutzte mir die Entschuldigung mit der Angst rein gar nichts.

Neben den Fähigkeiten, die die Polizei zur Verhaftung von Kriminellen entwickelt, besteht ein gewisses Ungeschick in der

Administration. Man kann sich kaum vorstellen, daß Inspektoren, die mit soviel Intelligenz vorgehen und schon beim ersten Ton erkennen, ob einer die Wahrheit sagt oder nicht, gleichzeitig an Anweisungen gebunden sind, die ihre Anstrengungen zunichte machen, wie beispielsweise zu früh in der Wohnung einer Person aufzutauchen, nach der sie fahnden.

Und genau das war passiert. Sowie er sich beruhigt hatte, teilte Monsieur Roger mir mit geheimnisvoller Miene mit, daß er mich sprechen müsse. Er führte mich in ein anderes Zimmer, und als ob es nicht gereicht hätte, die Tür zu schließen, um nicht gehört zu werden, schickte er auch noch das Hausmädchen zum Einkaufen weg. Er liebte es, die Gefahren zu dramatisieren, die andere eingingen, und dieses Getue überraschte mich nicht.

Als wir allein waren, ergriff er noch weitere Vorsichtsmaßnahmen. Endlich offenbarte er mir, daß die beiden Besucher Inspektoren der belgischen Polizei gewesen seien. Sie hätten ihn gefragt, ob er in letzter Zeit Neues von Roger gehört habe. Zwar hätten sie nichts sonst verlauten lassen, wahrscheinlich, um kein Mißtrauen zu erwecken, aber sicherlich wußten sie mehr, als sie nach außen erkennen ließen.

Ich spürte auf einmal, wie mir die Beine schwer wurden, dann begannen sie, als einziges an meinem Körper, zu zittern. Es ging gar nicht um mich, und doch hatte ich den Eindruck, daß ich verloren war. Ich hatte nur einen Gedanken: Roger zu sehen, ihn zu warnen. Ich weiß nicht, warum, aber ich hatte das Gefühl, daß er mir Mut machen würde, daß er viel besser mit den Dingen umgehen konnte als ich. Er hatte mir gesagt, ich solle ihn benachrichtigen, wenn etwas Unerwartetes vorfiel.

Zehn Minuten später verlor ich dann vollends den Kopf. Mir war, als sei ich von Flammen umzingelt und müsse, ehe ich mich retten konnte, noch eine Unmenge Kleinigkeiten regeln. Ich war in Pantoffeln; ich hatte kein Geld. Ich schlich ans Fenster. Die beiden Polizisten marschierten noch immer vor dem Haus auf und ab. Manchmal blieben sie stehen, drehten sich um.

Ich zog mich in aller Eile an. Die verrücktesten Gedanken gingen mir durch den Kopf. Schon bei der Aussicht, daß die Inspektoren mich beim Verlassen des Hauses nur wegen meiner verdammten Aufmachung mit Roger verwechseln könnten, fing ich an zu zittern. Ich konnte ihnen meine Papiere vorlegen. Aber wurde nicht auch nach mir gefahndet? Vielleicht hatten sie nur deshalb nicht von mir gesprochen, weil sie es vergessen oder übersehen hatten; immerhin mochten ja andere das, was uns nicht aus dem Kopf gehen will, weniger wichtig nehmen.

Als das Hausmädchen zurückkam, fragte ich sie aus, um herauszubekommen, was genau man von ihr hatte wissen wollen. Es war einzig und allein nur um Roger gegangen. Ich zögerte noch, das Haus zu verlassen. Dann wurde mir bewußt, daß es ein Verbrechen gewesen wäre, ihn nur wegen des möglichen Risikos nicht zu benachrichtigen.

Dennoch konnte ich mich einfach nicht entscheiden. Eine ganze Reihe neuer Gefahren tauchte vor mir auf. Vor meinen Augen lief ein ganzer Roman ab. Nicht Roger wurde in Wirklichkeit von den Polizisten gesucht, sondern der Mörder der beiden Wachposten. Sie waren auf gut Glück gekommen. Sie hatten so getan, als wüßten sie nichts von meiner Existenz, doch im Grunde hatten sie es nur auf mich abgesehen. Daß ihr Besuch so genau mit meiner Ankunft hier zusammenfiel, wäre sehr unwahrscheinlich gewesen, wenn sie nicht Bescheid gewußt hätten, daß ich hier war. Da ich anscheinend als gefährlicher Verbrecher galt, hatten sie nicht einmal meinen Namen erwähnt.

All diese Überlegungen ließen mich in der Wohnung herumwandern, ohne daß es einen wirklichen Grund dafür gab. Dann wurde mir das Groteske daran deutlich. Wenn schon verhaftet, dann besser bei einer noblen Tat, indem ich unverzüglich Roger warnte. Und außerdem, war ich nicht schon ein Opfer meiner Einbildung? War es nicht unwahrscheinlich, daß die Polizei mit soviel List vorging? Saß sie nicht ohnehin am längeren Hebel? War es nicht lächerlich, daß ich mir vorstellte, sie kämpfte gegen mich, als verfügten wir über die gleichen Waffen, wenn es doch so einfach war, das Haus zu umstellen, wenn sie wußte, daß ich drin war?

Als ich die Treppe hinunterstieg, verspürte ich ein Schwindelgefühl. Ich dachte, wenn man sich schnappen läßt, dann immer aus Dummheit; so würde es auch diesmal sein, sollte ich festgenommen werden. Ich ging wieder hinauf und stellte mich wieder ans Fenster, in der Hoffnung, die Polizisten würden fort sein. Aber sie waren immer noch da. Es kam mir vor, als könne jeder Moment Verzögerung für Roger fatal sein. Was sollte ich tun, wenn ich ihn nichtsahnend plötzlich vom anderen Ende der Straße her auf das Haus zukommen sah? Ihm zurufen, er solle fliehen, auf die Gefahr hin, an seiner Stelle festgenommen zu werden?

Zu guter Letzt entschied ich mich, das Haus zu verlassen. Ich hatte meine Gefaßtheit wiedererlangt. Alles in allem war meine Situation nicht schlimmer als vor meiner Ankunft in Brüssel. Bei Gefahr brauchte ich bloß meine Beine in die Hand zu nehmen. Wenn man um sein Leben und seine Freiheit kämpft, darf man sich nicht von neuen Freundschaften, den täglichen Ereignissen lähmen lassen. Ich durfte nie vergessen, daß ich allein war, ein Mann, der nichts besaß, der an nichts gebunden war und der, sowie Gefahr sich zeigte, nicht zögern durfte, alles liegen und stehen zu lassen, so feige das im Augenblick auch aussehen mochte.

28

Ich begab mich zur der Adresse, die Roger mir gegeben hatte. Bei der Concierge erkundigte ich mich nach Mademoiselle Perrotin. Sie wohnte in der fünften Etage. Ich atmete durch. Jetzt konnte ich Roger nicht mehr verpassen, oder aber es war bereits zu spät. Ich stieg hinauf, läutete, doch es war niemand da. Ich ging zur Concierge zurück und fragte sie, ob sie Roger an diesem Morgen nicht gesehen habe. »Er ist gerade hinaus«, antwortete sie mir, »mich wundert, daß Sie ihm im Treppenhaus nicht begegnet sind. Er ist ins Restaurant gegangen.«

Ich lief ins Restaurant. Dort hatte man ihn nicht gesehen. Jemand sagte mir, manchmal esse er auch in der Rue Neuve. Doch auch dort war er nicht. Ich dachte, er sei vielleicht wieder bei Mademoiselle Perrotin. Wieder fragte ich die Concierge. Sie sagte mir, sie habe seit einer Stunde niemanden gesehen, und fügte hinzu: »Vielleicht ist er beim Friseur.« Dann erklärte sie mir, wo dieser Friseur war. »Jedenfalls kommt er nach dem Essen immer zurück.«

Ich ging zu diesem Friseur. Man hatte ihn nicht gesehen. Ich ging ins Restaurant zurück – vergeblich. Ich entschloß mich, wieder zu Mademoiselle Perrotin hinaufzugehen, ohne bei der Concierge nachzufragen. Die junge Frau war da. Sie hatte das Klingeln vorhin wohl gehört, aber nicht geöffnet, weil sie gerade dabei war, sich zu waschen. Es gab also Leute, die aus einem so einfachen Grund die Tür nicht aufmachten!

Ich sagte ihr, daß ich Roger unbedingt sehen müsse, daß ich sein Freund sei, daß wir zusammen geflohen seien und so weiter. Sie bat mich, zum Essen zu bleiben. Während ich wartete, setzte ich mich an das Fenster, das auf die Dächer hinausging. Wie gut es tat, sich an ein Fenster zu setzen, ohne Leute auf der Straße vorbeigehen zu sehen, ohne sich ständig fragen zu müssen, ob nicht einer von ihnen stehenblieb und das Haus betrat, ohne danach fürchten zu müssen, ein Läuten zu hören!

Mademoiselle Perrotin lächelte mir manchmal zu, wie eine Frau, die nichts von der ernsten Lage ihrer Freunde weiß, für die eine Flucht ein Abenteuer ist, das nur Männern passiert. Die Gelassenheit, mit der sie Rogers Rückkehr erwartete, stimmte mich ruhig.

Als ich mich umsah, stellte ich fest, daß es Roger an Glück nicht fehlte. Jetzt begriff ich, warum er unbedingt den Weg über Brüssel hatte nehmen wollen. Nicht, um seinen Onkel zu treffen. Ich fand es nur ein bißchen egoistisch von ihm, daß er mich einen solchen Umweg hatte machen lassen, um mich bei einem Verwandten unterzubringen, in dessen Haus er selbst kaum einen Fuß setzte.

Die junge Frau war hübsch. Die Wohnung hatte etwas Entrücktes, Geschütztes, das mir gefiel. Ich wurde als Freund ihres Geliebten aufgenommen. Das änderte freilich nichts daran, daß die Gefahr, die Roger und mir drohte, mir nicht aus dem Kopf ging. Auch an diesem Zufluchtsort war mir unwohl bei dem Gedanken, daß meine Lage wesentlich schlimmer war als die meines Kameraden, der einfach nur ein entflohener Gefangener war. Klarerweise mußte er die Dinge nicht so tragisch nehmen wie ich.

Als er nicht und nicht wiederkam, begann ich zu befürchten, er habe, ohne vorgewarnt zu sein, seinen Onkel besucht und sei dort festgenommen worden; danach könnte er gezwungen worden sein, die Adresse von Mademoiselle Perrotin anzugeben, und nun würde die Polizei hier auftauchen, mich antreffen und so zwei Fliegen mit einer Klappe schlagen. Dieses Verfahren, sich einen nach dem anderen vorzunehmen, bis man den Schuldigen hat, war mir immer als die am häufigsten angewandte Polizeimethode erschienen.

Ich wollte gehen. Ich sagte mir, es sei dumm von mir, mich für einen Freund, der viel gelassener war als ich und seinen Kopf immer wieder aus der Schlinge ziehen würde, der Gefahr auszusetzen.

Dann endlich kam Roger. Er konnte nicht wissen, daß ich da war, und ich hörte ihn durch die Tür sagen: »Ich bin's, Liebling.«

Ich teilte ihm sofort mit, was vorgefallen war. Er schien nicht im mindesten beunruhigt. Da ich sichtlich aufgeregt war, meinte er zu mir, ich sei kindisch, das alles sei eine Geschichte seines Onkels, er kenne ihn, daran sei kein Wort wahr.

Ich erwiderte ihm, ich hätte nicht geträumt, ich hätte die Inspektoren gesehen. Er fing an zu lachen, ja, er machte sogar die unerwartete Bemerkung: »Die müssen schließlich ja auch ihre Arbeit machen!«

Ich ließ es dabei bewenden. »Na, komm schon«, sagte er, »reden wir nicht mehr darvon.« Ich erfing mich nicht so leicht, wie Roger es sich wohl gewünscht hätte. Auf einmal fühlte ich eine Art Abscheu gegenüber diesem Onkel, gegenüber allem, was ihn betraf, dem ganzen Viertel, in dem er wohnte.

Ich sagte Roger, ich sei seiner Meinung, man müsse sich keine Sorgen machen; oberstes Gebot für mich sei jedoch, nicht mehr zu Monsieur Roger zurückzukehren. Ich hatte genug von dem Mann. Lachend fügte ich hinzu, daß ich, da ich nun schon mal hier war, von hier nicht mehr weggehen würde. »Finden Sie nicht, daß ich recht habe?« fragte ich Mademoiselle Perrotin.

Sie antwortete mir charmant, es sei ganz leicht, sich in dieser Wohnung zu arrangieren, da ich ja Rogers Freund sei. Man könne enger zusammenrücken. Sie werde mir ein Bett auf dem Sofa herrichten.

Ich nahm mit Freuden an, doch im Grunde meines Herzens fühlte ich mich jämmerlich. Mir fehlte der Mut. Warum ging ich nicht allein nach Paris zurück, anstatt mich hier aufzudrängen? Ich begriff, daß ich nicht aus Freundschaft auf Roger gewartet hatte, sondern aus Angst vor der Rückkehr. Ja, ich fühlte mich jämmerlich. Gibt es überhaupt etwas Aufdringlicheres, als Verliebte zu etwas zu nötigen, die doch, weil sie voreinander gut dastehen wollen, einem schlecht etwas abschlagen können?

Am Abend machte ich es mir auf dem Sofa bequem, die Füße legte ich auf einen Stuhl, denn das Sofa war sehr klein. Ich konnte nicht einschlafen. Ich dachte an das Zimmer, das ich bei Monsieur Roger verlassen hatte, ohne zu wissen, daß ich nicht mehr zurückkehren würde. Hätte ich es gewußt, wurde mir nun klar, hätte ich mich anders angezogen, meine Kleidung mitgenommen und nichts Persönliches zurückgelassen. Einen Moment lang dachte ich daran zurückzugehen, nur um etwas Ordnung zu schaffen, dann wieder schien mir das völlig nutzlos.

Was sollte es mir schon ausmachen, daß alles blieb, wie es war?

Noch immer gelang es mir nicht einzuschlafen. Da ich annahm, daß die anderen nur darauf warteten, stöhnte ich, wälzte mich herum, damit sie wußten, daß ich wach war. Roger und seine Freundin schliefen auch nicht. Von Zeit zu Zeit hörte ich sie flüstern, und diese stillschweigende Übereinkunft, derzufolge wir nicht miteinander sprachen, obwohl wir doch wußten, daß wir alle wach waren, zeigte etwas von einer Distanz zwischen uns, die Unbehagen in mir auslöste.

Auf diese Weise verbrachte ich einige Tage bei Mademoiselle Perrotin. Mochte Roger auch noch so glücklich sein, ich war es weniger. Ich dachte immer öfter daran aufzubrechen. Ich hatte keinen Grund, auf ewig in Brüssel zu bleiben. Doch jedesmal, wenn ich mit Roger darüber redete, erwiderte er, daß wir unverzüglich loskönnten, zusammen.

Da es mir nicht gelang, mehr aus ihm herauszuholen, kam mir der Gedanke, ihn zu verlassen. Bei genauerer Überlegung schien mir, daß meine Beweggründe nicht seriös waren, wenn ich wirklich Freundschaft für Roger empfand. Ich konnte mir noch so sehr etwas vormachen, mir einreden, daß er nur an sich dachte und ich konsequenterweise eben auch nur an mich denken konnte, ich spürte, daß er mich als einen schlechten Freund ansehen würde, wenn ich nicht auf ihn wartete.

Das war, wenn man die Unterschiede unserer beider Lage bedachte, schon sehr erstaunlich, aber so war es eben. Außerdem war ich abergläubisch geworden. Mir war, als würde ich kein Glück haben, wenn es mir nicht gelänge, Roger gegenüber nachsichtiger zu sein und die Gründe für sein Hierbleibenwollen zu verstehen. Ich konnte ihn doch nicht in einem Augenblick verlassen, in dem die Liebe ihn weniger fähig machte, mögliche Gefahren zu erkennen, als mich, der ich noch im Vollbesitz meiner Klarsicht war.

Ich mußte mich beherrschen. Man hat nichts davon, einen Freund zu verteidigen, wenn dieser Freund auf einen hört. Mein Gefühl für Roger war dergestalt, daß es mir Freude machte, auf ihn aufzupassen. Im Grunde seines Herzens war er sich meiner Aufopferung bewußt und mir dankbar dafür, selbst wenn ich neben Mademoiselle Perrotin sehr wenig zu bedeuten schien.

Ich merkte jedoch bald, daß das auch einen Nachteil hatte, der mir schließlich große Sorgen machte. In meinem Eifer verlor ich meine eigene Sicherheit etwas zu sehr aus den Augen! Es kam vor, daß ich für Roger Dinge erledigte, die nach meinem Dafürhalten gefährlich für ihn waren, aber für mich noch um so mehr. Er wollte einfach keine Vorsichtsmaßnahmen ergreifen. Er hatte vollkommen vergessen, daß Polizisten bei seinem Onkel gewesen waren, um ihn auszufragen. Eine solche Unbedachtheit fand ich bewundernswert. Ebenso bewundernswert fand ich, daß er dauernd so tat, als sei er als einziger von uns beiden wirklich ernsthaft in Gefahr. Er gab sich erstaunt darüber, daß ich mir so viele Sorgen machte, wo er sich überhaupt keine machte. Am Ende fühlte ich mich ganz klein neben ihm, fast wie ein Unschuldiger, obwohl es in Wirklichkeit umgekehrt war. Wenn er aus dem Haus trat, machte er sich nicht einmal die Mühe, nach links und rechts zu schauen. Ich hätte ihm gern einmal daran erinnert, in welcher Lage wir genau waren. Er durfte sich nicht in Sicherheit wiegen, denn ich hatte ein schwerwiegendes Delikt begangen, und sollte man uns festnehmen, dann würde man sich nicht lange damit aufhalten, unser beider Schuldanteile auseinanderzudividieren.

Mit einem Wort, ich hätte ihm gern zu verstehen gegeben, daß er ebenso viele Risiken einging wie ich. Doch ich getraute mich nicht. Ich hätte dagestanden wie eine jener dubiosen Figuren, die versuchen, andere für Verbrechen, die sie selbst begangen haben, mitverantwortlich zu machen.

29

Drei Tage später teilte ich Roger mit, daß ich noch am selben Abend aufbrechen würde.

Es mußte ihm klar geworden sein, daß ich fest entschlossen war, denn gegen seine Gewohnheit machte er keinen Versuch, mich davon abzubringen. Er wechselte das Thema. Eine Stunde später allerdings meinte er zu mir, er werde mitkommen.

Zwischen uns kam es zu einer langen Debatte. Er wollte den Zug nehmen, einfach so! Als ich wissen wollte, was wir denn an der Grenze tun sollten, meinte er, wir würden dann schon sehen. Das war unglaublich. Ich zählte ihm die Gründe auf, die es aus meiner Sicht unmöglich machten, den Zug zu nehmen. Mich schreckte nichts mehr als Leute, die sich auf ihre Geistesgegenwart verließen oder auf ihre Fähigkeit, irgendwie klarzukommen, die einem erzählten, daß sie, wenn man einen Ausweis von ihnen verlangte, der Polizei entkommen würden, indem sie ein Gedränge ausnutzten.

Wir mußten zu Fuß los. Ich meinte noch, daß wir nicht erst die Nacht abwarten sollten, denn dann riskierten wir, auf Patrouillen zu stoßen. Außerdem bestand ich darauf, die Kleider von Monsieur Roger gegen weniger ausgefallene einzutauschen. Zwar stieß man, seit Krieg war, öfter mal auf Leute, die nichts verbrochen hatten und doch seltsam gekleidet waren, aber bei uns war das etwas anderes.

Der Tag des Aufbruchs war der härteste. Wir hatten gerade etwa zehn Kilometer hinter uns gebracht, da wollte Roger, den plötzlich eine große Depression überkam, mit aller Gewalt zurück zu Mademoiselle Perrotin. Ich sagte ihm, es sei lächerlich, sich überflüssigerweise in Gefahr zu begeben, denn eines Tages müßten wir ja auf alle Fälle wieder fort, und wenn wir nun schon einmal unterwegs waren, sollten wir das auch nutzen.

Aber er blieb stur. Mehrmals schon seit Kriegsausbruch hatte ich mich in ähnlichen Situationen befunden, wenn einige meiner

Kameraden, um momentane Bedürfnisse zu befriedigen, schwer erkämpfte Vorteile geopfert hatten. Mehr als eine Stunde mußte ich mit Roger regelrecht kämpfen, um ihn von seiner Idee abzubringen. Zu guter Letzt räumte er ein, daß ich recht hatte.

Wir marschierten zwei Tage lang. Wir waren durch den Krieg dermaßen abgestumpft, daß ein Karren mit in die Luft ragender Deichsel uns von weitem an eine Kanone erinnerte.

Wir erreichten Frankreich. Unsere Erschöpfung war so groß, daß dieses Ereignis, für das wir so viele Gefahren eingegangen waren, uns kaum berührte. Immerhin rief ich aus, wir seien gerettet. Roger hingegen war alles egal. Eigentlich hatte sich nichts geändert, abgesehen von den Buchstaben auf den Straßenschildern, die jetzt endlich gerade und deutlich waren. Die Landschaft zog sich mit gleicher Monotonie hin. Wir wagten uns nicht näher an die Häuser heran. Allerdings rief ich, als ich eines in der Ebene entdeckte: »Wenn man sich vorstellt, daß da Franzosen drin wohnen!« Und dann, als eine einfache Silhouette auftauchte: »Das ist ein Franzose, das ist eine Französin!«

Ich glaubte, ich würde überall auf Leute treffen, die bereit wären, uns zu helfen, die auf der Stelle erkennen würden, daß wir zu ihnen gehörten, und die uns ihr Haus zur Verfügung stellten. Doch wie an sie herankommen? Roger hielt mich jedes Mal zurück. Nun war er es, der mich für unvorsichtig hielt. Ich sei ein Kind, wenn ich mir einbildete, die Leute hier seien besser, einzig und allein, weil man sich auf der anderen Seite einer Grenze befand.

In der vierten Nacht schliefen wir in einer großen Wellblechscheune, in der gepreßte Strohballen gelagert waren. Die Erlaubnis dafür hatte ich bei der Besitzerin eingeholt. Sie hatte sie mir gegeben, ohne auch nur eine Frage zu stellen, denn gewöhnliche Landstreicher machten sich eine solche Mühe nicht. Ich hatte gehofft, die Erzählung unserer Abenteuer werde sie dazu bringen, uns ihre Gastfreundschaft anzubieten, aber nichts dergleichen. Ihr lag vor allem daran, uns zu ermahnen, nicht zu rauchen.

Wir ließen uns in einer Ecke nieder, ganz oben auf einem Stapel. Diese Ballen waren hart wie Holz. Ich nahm mein Messer und schnitt das Blechband durch, das sie zusammenhielt. Man würde es bemerken, wenn wir weg waren. Es war wohl keine nette Vergeltung für die Freundlichkeit, die wir erfahren hatten. Doch wir fühlten uns an nichts gebunden.

Wir breiteten das Stroh auf, dann überprüften wir die Örtlichkeit. Wenn man hinten hinuntersprang, konnte man durch den Gemüsegarten verschwinden. Seit unserer Ankunft in Frankreich stellten wir fest, daß statt der Sicherheit, mit der wir gerechnet hatten, die Gefahr wegen der überall einquartierten Besatzungstruppen nur größer geworden war.

Obwohl ich gesagt hatte, daß wir entflohene Kriegsgefangene waren, hatte ich den Eindruck, als habe die Besitzerin mich nicht richtig verstanden und würde die Deutschen, wenn sie uns suchten, ohne Gewissensbisse zu uns führen. Es war also überflüssig, daß wir uns versteckten, und das sagte ich Roger auch. Er erwiderte, wenn man uns hier hinaufgeschickt habe, dann, weil man uns auch wirklich verstecken wollte.

Wir legten uns hin. Ich hätte die Besitzerin dieser Korbfabrik gern noch einmal gesehen, um ihr einzuschärfen, daß wir ihr auf Gedeih und Verderb ausgeliefert waren und sie natürlich niemandem verraten durfte, daß wir da waren. Doch Roger hielt mich zurück und behauptete, sie würde uns dann nur hinauswerfen. Er sagte noch, die Leute würden viel mehr für ihre Mitmenschen tun, wenn sie nicht wußten, worum es ging, man dürfe nie zuviel verraten, sonst bekämen sie es nur mit der Angst zu tun.

Es war noch hell. Auf den metallenen Trägern hockten Tauben zusammen, die ungeschickt mit ihren Flügeln schlugen. In kleinen Schritten trippelten sie hin und her. Von Zeit zu Zeit flog eine von ihnen auf, um sich ein Stückchen weiter wieder niederzulassen, und sie taten sich schwer dabei, sich für eine so kurze Entfernung in der Luft zu halten.

Der angrenzende Bauernhof lag ruhig da. Allmählich wurde es dunkel. Über der weiten Ebene, die wir recht unerwartet zwischen zwei Strohballen erspähen konnten, verbreitete die untergehende Sonne ihr rotes Licht über dem vom Boden aufsteigenden Dunst. Und was mich dabei erstaunte, war die vollkommene Symmetrie, wie sie so oft bei den großen Lichteffekten der Natur vorkommt. Die Linie von einem Ende des Horizonts zum anderen, an der Sonne und Nebel aufeinanderstießen, bildete eine absolut perfekte Gerade, ohne Biegung, ohne Zacken.

Plötzlich hören wir Rufen. Man rief nach uns. Instinktiv legte ich Roger die Hand auf den Mund, um ihn am Antworten zu hindern. Er schob sie beiseite und fragte mich, was ich hätte. Vielleicht waren es ja Deutsche. Ich robbte zu der Stelle vor, von wo aus man den Hof übersehen konnte. Dort war kein Deutscher. Ich erkannte die Besitzerin und antwortete, wir würden hinunterkommen.

Wir betraten die Küche. Dort war ein niedliches Zicklein, das dort hinzugehören schien wie ein Hund oder eine Katze. Es kam her, leckte mir die Hände und knabberte an meinen Schnürsenkeln und am Hosensaum. Ich schob es sanft weg, aber es kam mit einer Hartnäckigkeit immer wieder, die um so amüsanter war, als es keinen Grund hatte, sich mehr an mich zu halten als an Roger.

Man bot uns natürlich eine Tasse Ziegenmilch an. Dann tauchte der Mann der Besitzerin in der Tür auf. Er betrachtete uns mit Mißtrauen. Ich spürte, daß er sich fragte, ob wir auch nicht gelogen hätten, ob wir wirklich Flüchtlinge seien, ob wir ihn hinterher nicht denunzieren würden. Dann, als er dieses unbegreifliche Mißtrauen abgelegt hatte, fragte er uns, ob wir nicht zufällig seinen Bruder kannten, der ebenfalls in Gefangenschaft war.

So schwatzten wir immer zwangloser. Dann sagte er uns, er sei sehr glücklich, etwas für uns zu tun. Er bat uns nur, für den Fall, daß die Deutschen auftauchten, zu sagen, daß wir uns ohne sein Wissen Zutritt zu der Scheune verschafft hätten.

Wohl um uns zu verstehen zu geben, daß er nichts davon wissen wolle, daß wir unter seinem Dach waren, drückte er uns, als wir gingen, lange die Hand, wie man es macht, wenn man sich nicht mehr sehen wird, und sagte: »Viel Glück und gute Reise!«; dabei hatten wir uns noch nicht einmal hingelegt.

Ich schlief schon eine lange Weile, als ich erneut ein Rufen vernahm. Ich dachte, wir seien verloren. Ich zog mich an, ohne zu wissen, wo ich war und was ich tun sollte.

»Kommt runter, kommt runter!« schrie der Besitzer. Ich weckte Roger. »Wir sitzen in der Falle«, sagte ich zu ihm. »Kommt runter, kommt runter!« schrie man noch immer. Ich sah nur das Licht, das in fünfzig Schritt Entfernung aus der Küchentür fiel. »Können wir runterkommen?« fragte ich, ohne zu wissen, was ich sagte. Ich begriff, daß ich wegen nichts und wieder nichts den Kopf verloren hatte. Wir gehorchten. Zu unserer Überraschung fanden wir unseren Gastgeber wie ausgewechselt vor. Jetzt wollte er unbedingt, daß wir bei ihm im Haus schliefen.

Was war vorgefallen? An einer Wanduhr konnte ich sehen, daß es Mitternacht war. Ich sah auch, daß das Feuer noch immer brannte. Das Zicklein schlief, den Kopf gerade, die kleinen Hufe angewinkelt, wie ein Kind, das beim Herumtollen auf einmal vom Schlaf überwältigt wurde.

Wir holten unsere Sachen. Im Grunde war mir diese Einladung schon nicht mehr so angenehm. Ist die erste Müdigkeit erst einmal verflogen, dann ist die Aussicht auf ein gutes Zimmer schon nicht mehr so reizvoll. Roger indes freute sich so, als hätten wir noch keine Minute geschlafen.

Das Bett war für uns aufgeschlagen. Wir legten uns hin. Lange Zeit fragte ich mich, was dem Besitzer wohl durch den Kopf gegangen war. War ihm ich bewußt geworden, daß er für entflohene Gefangene nicht genug getan hatte? Hatte er nach einem langen inneren Kampf Gewissensbisse bekommen? Ich sagte mir, daß er auf jeden Fall ein guter Kerl war, daß er freilich - wie es oft bei Leuten ist, die in dem Gefühl handeln, einem nur Gutes zu tun - keine Sekunde daran gedacht hatte, uns die Aufregung zu ersparen.

Dieses nächtliche Aufgewecktwerden ließ mich noch ein paar Augenblicke zittern. Aber ich war in Frankreich. Bald würde ich in Paris sein, meiner Geburtsstadt. Ich war gerettet, zumindest glaubte ich das.

Einstellung des Verfahrens

Erster Teil: *Verwandte und Freunde*

1

Seit meiner Ankunft in Paris war bereits eine Woche vergangen. Ich lief den Boulevard de Courcelles entlang in Richtung Place des Ternes. Die Straße war menschenleer. So wie an diesem Nachmittag war mir noch nie bewußt geworden, in welchem Ausmaß seit der Besatzung Familie, Freundschaft, der Umstand, wieder in seiner Geburtsstadt zu sein, an Bedeutung verloren hatten. Früher hätte es in einer heiklen Situation tausend Möglichkeiten für mich gegeben, mich aus der Affäre zu ziehen, mir neue Freunde zu schaffen, irgendwo unterzukommen, Halt und Unterstützung zu finden. In der gegenwärtigen Not aber zählte nichts mehr, weder Empfehlungen noch irgendwelche Garantien, ja nicht einmal Verwandtschaft. Alle waren auf der Hut, das war mir mittlerweile klargeworden. Ich empfand eine schreckliche Leere. Ich hatte viele meiner Freunde gesehen. Aber es reichte schon, daß ich noch einmal zu ihnen ging, und sie zeigten sich abweisender.

Wohin sollte ich gehen? In den Revolutionsgeschichten kann man nachlesen, daß Entflohene Stroh auflasen, sich daraus in den Musikpavillons Lager machten oder in den Wäldern von Meudon schliefen, aber heutzutage war das nicht mehr möglich.

Ich sah mir die Deutschen an, die mir begegneten. Einige waren in Begleitung von Frauen, von denen ich mir kaum vorstellen konnte, daß sie sich ihnen hingaben, so hart waren ihre Gesichter. Da niemand auf die Deutschen achtete, taten sie so, als wären sie allein auf der Welt.

Mitunter lächelten mir Offiziere wohlwollend zu, aber nicht in ihrer Eigenschaft als Deutsche, sondern als gesellschaftlich Höherstehende. Ich war so feige, dieses Lächeln zu erwidern, um nicht unangenehm aufzufallen, was mich manchmal in eine groteske Lage meinen Landsleuten gegenüber brachte. Ich sah den Moment kommen, wo sie mir ihre Verachtung zeigen würden; dabei hatte ich zwei dieser Deutschen umgebracht, hatte unter Einsatz meines

Lebens vierzehn Mithäftlingen zur Flucht verholfen, und ein Preis war auf meinen Kopf ausgesetzt.

Von allem, was mir widerfuhr, war das Verrückteste vielleicht, von Franzosen, die, wären sie an meiner Stelle gewesen, noch ganz brav in ihrem Gefangenenlager sitzen und für die Nazis arbeiten würden, für pro-deutsch gehalten zu werden. Manchmal passierte mir das.

Es war acht Uhr abends. Ich mußte unter allen Umständen ein Zimmer finden. Gerne hätte ich mit der Suche noch gewartet, doch die Hotels begannen schon zu schließen. Um mir Mut zu machen, sagte ich mir, es sei nicht möglich, daß die kleinen Polizeibeamten, die die Hotels kontrollierten, stets eine komplette Fahndungsliste mithatten. Sie würden einfach die Namen notieren und später im Büro mit ihren Karteien vergleichen. Vor Mitternacht würden sie nicht dorthin zurückgekehrt sein. Angenommen, sie machten sich unverzüglich an die Arbeit, so würde es nochmals dauern, bis sie wiederkämen. Andererseits hatte ich immer sagen hören, daß es von jeher üblich sei, zwischen Sonnenuntergang und -aufgang keine Polizeiaktionen durchzuführen. Natürlich mußte es Fälle geben, in denen man sich nicht daran hielt. Wenn ich in der Morgendämmerung aufbrach, dann, so schien mir, setzte ich nicht allzuviel aufs Spiel.

Ich ging in Richtung Levallois. Über eine Stunde trieb ich mich in den menschenleeren Straßen herum. Ich war auf der Suche nach einem Hotel, das nur ein Stockwerk hatte, höchstens zwei, damit ich gegebenenfalls aus dem Fenster springen konnte. Außerdem war mir wichtig, daß es abseits lag, weit entfernt von jeder wichtigen Straße, damit der Inspektor es auf seiner Runde vergaß. Schließlich sah ich eins, aber im letzten Augenblick ging ich doch nicht hinein. Denn als ich durch die Fensterscheiben blickte, bemerkte ich, daß die Hotelgäste sich kannten und eine familiäre Atmosphäre herrschte, die ich unweigerlich gestört hätte.

Es ist wirklich quälend, in einer solchen Situation zu sein. Jedesmal, wenn ich mich anschickte, etwas zu tun, gab es einen Grund, der mich zwang, es bleibenzulassen.

Plötzlich bemerkte ich an der Seite einen jener Nebeneingänge, die die ganze Nacht über offen sind. Ich stieg in die erste Etage hoch. Ein Mann war gerade damit beschäftigt, sich in einer Art Büro ein Bett herzurichten. Im nächsten Augenblick würden das

Hotel, der Eingang, die Treppe in Dunkelheit versinken, was sicherlich nicht der Fall gewesen wäre, wenn man noch Polizei erwartet hätte.

Kein Tisch in dem Büro. Dennoch reichte mir der Mann einen Zettel zum Ausfüllen, aber er fand kein Tintenfaß. Ich bot ihm an, diese Formalität am nächsten Morgen zu erledigen.

»Oh, nein!«, erwiderte er, wobei es mir kalt den Rücken hinunterlief. »Man weiß nie, wann sie kommen!«

Einen Moment lang überlegte ich, ob ich mich unter falschem Namen eintragen sollte, immerhin hatte der Portier absolut keine Möglichkeit, das, was ich hinschrieb, zu überprüfen. Dann dachte ich daran, meinen Namen so zu schreiben, daß man ihn nicht entziffern konnte, doch las ich unten auf dem Blatt in dicken Lettern die schroffe Ermahnung: »Schreiben Sie leserlich.«

Der Portier verlangte Bezahlung im voraus. Es mag lächerlich klingen, aber dieser Mangel an Vertrauen erleichterte mich. Für das Hotel war ich also ein zweifelhafter Gast. Demnach betrachtete man mich hier als einen freien Mann, auf den man keinen Einfluß hatte, einen Mann, der weggehen konnte, wann immer ihm danach war.

Ich ging in mein Zimmer hinauf. Eine bis zum Boden hängende Tagesdecke mit Fransen verbarg die Sprungfedermatratze, die in der Mitte durchgelegen war.

Ich sah mir das Zimmer nicht einmal an. Ich versperrte die Tür. Das Schloß war schief eingesetzt. Ich untersuchte das Schließblech. Es gab auch einen Schnapper, aber ein kleiner Stoß mit der Schulter hätte genügt, und er hätte nachgegeben.

Trotz der Kälte öffnete ich das Fenster. Ich befand mich in der ersten Etage; das war sehr gut. Dummerweise lag dieses Fenster gerade über dem Eingang, so daß ich, hätte ich springen müssen, den unten wartenden Polizisten genau in die Arme gefallen wäre. Ich dachte daran, zur Rezeption zurückzukehren. Ich brauchte einen Vorwand. Ohne Gepäck konnte ich nicht den Wählerischen spielen, denn so benötigte ich ja nur ein Bett zum Schlafen.

Obwohl ich mich immer häufiger dabei ertappte, daß ich stolz auf den Mut war, den ich nach und vor allem während meiner Flucht bewiesen hatte – immerhin hatte ich ja, um das Gelingen der Flucht zu garantieren, um meine Kameraden zu retten, zwei Deutsche umgebracht –, bemerkte ich doch, daß meine Befürchtungen gegen alle Erwartung mit der Zeit nicht weniger wurden. Im Gegenteil: Es wurden immer mehr.

Bei meiner Ankunft in Paris hatte ich naiverweise geglaubt, mich an völlig abseits gelegenen Orten verstecken zu können: auf eingezäunten Geländen, Lagerplätzen, Baustellen, wo gerade nicht gearbeitet wurde, und so weiter. Doch da wäre ich neuen Gefahren ausgesetzt gewesen. Indem ich mich dort aufhielt, hätte ich ja zugegeben, daß ich mich versteckte; ich hätte mich schuldig gemacht, und die Leute, mit denen ich es dann zu tun bekommen hätte, wären nicht mehr wie andere verpflichtet gewesen, sich an irgendwelche Regeln zu halten. Wenn ich mich an diese abgelegenen Orte begab, mußte ich darauf achten, nicht gesehen zu werden, aber das hieß, das Risiko auf mich zu nehmen, Leute neugierig zu machen, die mich ansonsten überhaupt nicht beachtet hätten. Als wir eines Nachts ein Dorf durchquert hatten, Roger, Baumé und ich, hatten wir keine Sekunde gezögert, uns in den Graben zu werfen, als wir Schritte vernahmen. In jenem Moment waren wir absolut entschlossen, uns zu verteidigen.

Seit ich mich in Paris befand, war diese schöne Energie dahin. Es ging für mich nicht mehr darum, über Mauern zu klettern, mich dahinzuschleichen, mich in irgendwelche Ecken zu werfen, sondern darum, wie alle anderen zu sein und unbemerkt zu bleiben.

Ich hatte auch daran gedacht, zu meinem Vater nach Versailles zu gehen. Aber mir fiel immer noch nicht wieder ein, ob in den Papieren, die ich dummerweise im Lager gelassen hatte, seine Adresse sowie die meiner Mutter aufschien oder nicht. Einige meiner Kameraden waren vielleicht festgenommen worden. Womöglich hatten sie mich verpfiffen, wie vermutlich jene, die im letzten Moment abgesprungen waren. In meinem Soldbuch stand: 243, Rue Saint-Jacques, aber hatte ich in den zahllosen Fragebögen, die die Deutschen mich ausfüllen ließen, nicht eine neuere Adresse angegeben? Von Anfang an hatte ich die Absicht gehabt zu fliehen und alles, was ich tat, diesem Ziel untergeordnet, doch hatte ich nicht vielleicht in irgendeinem Moment versagt? Es ist schwierig, sich sicher zu sein, keinen Fehler begangen zu haben, wenn man die Tage nicht mehr in allen Einzelheiten im Kopf hat.

Das Vernünftigste war, noch nicht nach Versailles zu gehen, vor allem aber durfte ich von den Menschen, die mir auf den Fersen waren, nicht allzu viel Eifer erwarten. So wünschenswert meine Gefangennahme für sie auch war, ich mußte mir sagen, daß meinen Feinden nicht so viel an einem Erfolg lag, wie etwa mir bei der Suche nach einem geliebten Menschen daran gelegen gewesen wäre. Daher bemühte ich mich, die Gefahren, die ich einging, nicht zu übertreiben und alles mit den Augen eines Mannes zu betrachten, der sich nichts vorzuwerfen hatte. Aber das war nicht leicht.

Zuletzt faßte ich den Entschluß, Monsieur Georget aufzusuchen, einen Professor und guten Freund meines Vaters, bei dem ich einige Jahre zuvor gelebt hatte, als ich im ersten Jahr Jura studierte. Mit seinen Augenhöhlen, die wie zwei große Löcher in seinem Gesicht wirkten, und mit seinem traurigen Ausdruck erinnerte er an eine Eule. Er hatte einen langen weißen, nicht gerade dichten Bart. Bei Licht mußte er mit den Augen blinzeln. Er hatte so viele Jahre in den Büchern vergraben gelebt, daß ein Mensch aus Fleisch und Blut, der nicht Professor oder Student war, ihm ebensoviel Angst machte wie eine hübsche Frau. Er war bescheiden, rechtschaffen und gut, aber ich muß sagen, daß ich in meiner Situation diesen Qualitäten keine allzu große Bedeutung beimaß.

Ich malte mir alle möglichen Zwischenfälle aus. Ein so gewissenhafter und naiver Mensch könnte in eine dumme Sache geraten, ohne es überhaupt zu ahnen. Er konnte sich in Gefahr gebracht haben, indem er andere Leute gedeckt hatte, die es nicht einmal verdienten oder die sich in derselben Lage wie ich befanden, denn so außergewöhnlich mir diese auch vorkam, sie war bestimmt nicht einzigartig. Zum Glück wurde mir dann gleich klar, daß übertriebene Vorsicht und Besonnenheit ebenso gefährlich waren wie Sorglosigkeit.

Monsieur Georget bewohnte ein vollkommen unscheinbares Haus in der Rue de Sèvres. Es machte im Vergleich zu den Nachbarhäusern etwas mehr her, denn die Hausnummer stand nicht auf einem Täfelchen aus blauer Emaille, sondern war in ein Schild genau über der Tür eingraviert. Die schmalen Fenster und der geringe Abstand zwischen ihnen wiesen darauf hin, daß die Zimmer klein waren.

Beim ersten Mal ging ich sehr langsam an dem Haus vorbei, wie ein Spaziergänger; beim zweiten Mal mit zügigem Schritt, wie ein Mann, der erwartet wird, aber noch nicht zu spät dran ist; beim dritten Mal sehr schnell mit einer genervten Miene, so als hätte ich etwas vergessen; beim vierten Mal mit sicherem Schritt und erleichterter Miene. Jedesmal hatte ich einen flüchtigen Blick in den Hausflur geworfen. Nie war jemand dagewesen. Dennoch entschloß ich mich noch nicht, mich hineinzuwagen.

Hätte der Freund meines Vaters ahnen können, was hier vorging, wäre er sehr erstaunt gewesen. Ich, ein gefährlicher Ausbrecher, hatte Angst, wegen ihm, einem friedfertigen und achtbaren Mann, festgenommen zu werden. Ich, dessen Anwesenheit die schlimmsten Konsequenzen für ihn haben konnte, fürchtete seinetwegen verhaftet zu werden.

Schließlich entschloß ich mich, durch die Tür zu gehen. Da ich wußte, daß mich unerwartete Geräusche erschreckten, war ich stets auf der Hut. Genau in einem Moment der Unaufmerksamkeit fiel im Hof ein Fahrrad um. Ich glaubte, jetzt hätten sie mich. Jäh wandte ich mich um, als wäre die Eingangstür hinter mir zugefallen. Mir schien, als würden gleich von überallher Männer auftauchen, als säße ich in der Falle. Ich ging wieder hinaus und blieb einige Augenblicke auf der Straße, um wieder zu Atem zu kommen.

Schließlich klopfte ich an die Hausmeisterloge. Der Mann hob den Kopf, fragte mich etwas durch die Scheibe hindurch. Nun galt es, eine weitere schwierige Situation zu meistern, den Moment nämlich, wo ich den Namen Georget aussprechen und dieser Name womöglich eine vergessene Geschichte aufrühren würde.

»Ist Monsieur ...«, ich tat, als suchte ich den Namen, als sei meine Beziehung zum Professor so unbedeutend gewesen, daß er mir entfallen war. »Ein Name, der mit G beginnt, ein alter Herr mit weißem Bart.«

»Sie meinen Monsieur Georget?«

»Ja, genau!« rief ich freudig, ohne den Hausmeister jedoch auch nur eine Sekunde aus den Augen zu lassen. »Wohnt er immer noch hier?«

»Dritter Stock links, Monsieur«, sagte der Mann.

Ich stieg eine dunkle Treppe hinauf. In der ersten Etage angekommen, ging ich wieder einige Stufen hinunter, um einen Blick über den Vorhang zu werfen, der vor das kleine Logenfenster gespannt war. Am Ende des Flurs bemerkte ich die Eingangstür. Sie stand noch immer offen. Ich beugte mich vor und konnte Menschen vorübergehen sehen, die nicht einmal einen Blick hineinwarfen. Der Hausmeister las Zeitung. Er trug einen Kneifer. Ich klopfte gegen die Scheibe. »Ist es auch wirklich im dritten?« – »Aber ja doch«, erwiderte der Hausmeister erstaunt.

Als ich erneut die Treppe hinaufging, sagte ich mir, es werde noch ein schlimmes Ende mit mir nehmen, wenn ich so weitermachte. Ich sah wieder den verblüfften Gesichtsausdruck des Hausmeisters und stellte mir den Argwohn vor, der wohl in ihm erwacht war. Was Monsieur Georget anging, war ich zwar beruhigt, in bezug auf den Hausmeister allerdings nicht mehr. Ich malte mir aus, wie er sich einen Haufen Fragen stellte, wie er mich für seltsam befand und irgend jemanden informierte. Es hätte nicht viel gefehlt, und ich wäre noch einmal hinuntergegangen, nicht, um mit ihm zu reden, sondern um ihn mir heimlich anzusehen und mich zu vergewissern, daß er beim Lesen war und nicht an mich dachte. Die Furcht, er könnte mich dabei überraschen, hielt mich davon ab. Man stelle sich die Szene vor: Der Hausmeister hebt den Kopf und sieht mich unbeweglich dastehen und ihn anstarren.

Monsieur Georget empfing mich überaus herzlich. Er ließ mir unverzüglich eine Kleinigkeit zu essen bringen, oh, nichts Besonderes, eine Scheibe Schwarzbrot und Marmelade mit Traubenzucker. Ich fürchtete, er werde sich fragen, wieso ich nicht zu meinem Vater gegangen sei oder zu engeren Freunden, denn eigentlich konnte ihm der Grund, weshalb ich zu ihm kam, nicht recht klar sein. Aber ihm schien das ganz natürlich, so wie man ein Kompliment natürlich findet. In seinem Gesicht war ein Ausdruck von Geschmeicheltsein und Selbstgefälligkeit zu lesen. Unverzüglich zeigte er mir das Zimmer, das er mir zur Verfügung stellen wollte. Dort wäre ich natürlich in Sicherheit. Setzte man voraus, daß ich keinen Schritt mehr vor die Tür tat, schien es unmöglich, daß man mich je hier fand.

Am ersten Tag verspürte ich ein ungeheures Gefühl von Sicherheit. Ich war gerettet. Am zweiten Tag hielt dieses Gefühl, wenn auch gemindert, noch an. Am dritten Tag verflog es. Mir wurde bewußt, daß meine Situation in Wirklichkeit nicht besser war als zuvor. Monsieur Georget wunderte sich bereits, daß meine Wahl gerade auf ihn gefallen war. Wenn man jemanden um einen Gefallen bittet, dann muß der Betreffende auch als einziger in Frage kommen.

Ich versuchte mehrere Male herauszubekommen, was Monsieur Georget wohl dachte. Aber nichts ist schwieriger, wenn man es mit netten Leuten zu tun hat. War er entschlossen, mich bei sich zu behalten? Wenn man ihn reden hörte, dann schien seine Großherzigkeit ohne Grenzen. Andererseits äußerte er sich nie klar. Er gab mir mehr durch seine große Güte als durch konkrete Handlungen zu verstehen, daß ich ihn nicht störte.

Ich konnte mich nicht in Sicherheit wiegen. Er bewegte sich auf einem Feld, aus dem er sich schnell wieder hätte zurückziehen können. Als er mir sagte: »Sie können auf mich zählen, mein Junge, Sie sind hier zu Hause, meine Frau und ich werden Sie nie im Stich lassen«, war ich nur halb zufriedengestellt. Lieber wäre mir gewesen, er hätte mir gesagt: »Hier ist der Schlüssel, verlassen Sie vor allem nicht das Haus. Ich gebe Ihnen einen Anzug von mir. Ich werde versuchen herauszubekommen, wie man sich Papiere besorgen kann.«

Ich spürte, daß Monsieur Georget mich allmählich übertrieben vorsichtig für einen jungen Mann fand, der vorgab, ganz einfach aus einem Gefangenenlager ausgebrochen zu sein. Die ersten Tage war ich noch durch die erduldeten Strapazen entschuldigt gewesen. Ich gab vor, es sei mir unangenehm, in solch einer Aufmachung aus dem Haus zu gehen; es gefalle mir sehr gut in meinem Zimmer, und so weiter. Doch meine Erklärungen ließen eine wichtige Frage offen: Man konnte ihnen nicht entnehmen, wie ich mir die Zukunft vorstellte.

Als ich zwölf Tage lang keinen Schritt vor die Tür getan hatte, erzählte man mir von einem Cousin, der, selbst Flüchtling, seine Arbeit beim *Crédit Industriel et Commercial* wieder aufgenommen habe. Ich begriff die Andeutung. Nach dem Mittagessen unternahm ich zum ersten Mal einen kleinen Spaziergang.

Ich hatte es mit friedlichen Leuten zu tun, bei denen ich absolut fehl am Platz war. Sie waren sehr stolz darauf, mir Gastfreundschaft zu gewähren. Sie stellten sich vor, dadurch eine patriotische Tat zu vollbringen. Das war mir peinlich. Mitunter redeten sie mit einem komplizenhaften Unterton mit mir.

Bis ich anderswo einen genauso sicheren Unterschlupf fand, war ich wohl gezwungen, ihnen scheinbar beizupflichten. Doch fehlte es mir an Eifer. Sie gingen mir mehr und mehr auf die Nerven, da sie die Tragik meiner Situation nicht erkennen wollten und zu glauben schienen, ich werde schon in wenigen Tagen wieder ein normales Leben führen können.

Ich hatte mir vorgestellt, daß ich, zurück in Paris, in einer Atmosphäre des Kampfes und der Begeisterung leben würde, aber nun, im Laufe der endlosen Tage, die ich bei Monsieur Georget verbrachte, hatte ich immer stärker den Eindruck, daß ich bloß meine Zeit vertrödelte. Aber tat ich das wirklich? Ich konnte meine Zeit ja gar nicht vertrödeln, weil das einzige, was ich bis zum Ende des Krieges tun konnte, war, mich zu verstecken. Nun gut, ich war in einem Versteck. Was wollte ich mehr? Ich begriff, daß die größte Gefahr für mich nicht von der Polizei noch vom Egoismus der Leute ausging, sondern von der Warterei, die mir schwer zu schaffen machen würde.

Ich hätte anderswo eine Bleibe finden können, doch ich war schon in die Trägheit verfallen, die einen überkommt, wenn die Dinge erst einmal provisorisch geregelt sind. Ich sagte mir, daß es überall etwas geben würde, was nicht richtig lief, daß es besser sei, mich mit dem zufriedenzugeben, was ich hatte, und nicht ewig unzufrieden zu sein – was mir häufig vorgeworfen wurde. Mein Heil hing nicht davon ab, was ich anderswo finden würde, sondern davon, wie es mir gelang, das Beste aus dem zu machen, was ich gerade hatte. Gleichzeitig aber dachte ich, daß ich im Gegenteil versuchen mußte, meine Lage zu verbessern, daß ich meine Zeit nicht irgendwo vertun durfte, wo, soviel war klar, ich nicht bleiben konnte. Ich war also ziemlich durcheinander. Nun, da mein Leben auf dem Spiel stand, wurde mir bewußt, daß meine Fehler, die ich bislang nicht bedacht hatte, gewaltig waren. Zu guter Letzt beschloß ich abzuwarten, bis ich zum Handeln gezwungen wurde. Was sollte ich sonst tun?

Ich war in Sicherheit, ich riskierte nicht viel. Ich bemühte mich, freundlich zu sein. Ich fand sogar, daß ich es bisher nicht genug gewesen war. Ich war zu sehr mit mir selbst beschäftigt gewesen. Ich hatte zu sehr das Gefühl gehabt, daß das, was man für mich tat, selbstverständlich sei. Ich hatte mir zuviel auf die Qualitäten eingebildet, die ich unter Beweis gestellt hatte, um auch nur in Betracht zu ziehen, daß man mir keine besondere Wertschätzung entgegenbringen könnte.

Obwohl sonst so unterschiedlich, waren Monsieur Georget und ich gleich groß. Er hatte endlich beschlossen, mir einen seiner alten Anzüge zu geben, einen Anzug aus spiegelndem Kammgarn, völlig abgetragen, aber tadellos gebügelt.

Die Fenster der Haupträume gingen auf einen sauberen Hof hinaus, der Boden war aus Zement mit aufgemaltem Plattenmuster. Mein Zimmer ging, wie die Küche mit ihrem außen angebrachten Vorratsschrank, auf einen zweiten, kleineren Hof hinaus. Das lakkierte Holzbett war sehr hoch und schlecht gebaut. Ein Bärenfell, das viel besser aussah als es sich anfaßte, diente als Teppich. Man hatte mir einen Klapptisch hingestellt. Um dem Zimmer ein wohnliches Aussehen zu geben, hatte Madame Georget ein Tintenfäßchen, einen Füller und eine Schreibunterlage auf den Tisch getan. Es war das zweite Mal seit meiner Flucht, daß mir soviel Aufmerksamkeit bezeugt wurde. Anfangs hatte ich nicht gewagt, das Fenster zu öffnen, wegen der Leute gegenüber und weil die Hausangestellten sonst zu mir hinaufgegrinst hätten. Nun aber öffnete ich es, freilich ohne mich zu zeigen, was nicht ganz einfach war, denn das Zimmer war klein und mit Schränken und Kommoden vollgestellt. Ich hörte Leute, die sich allmorgendlich grüßten und sich auf eine Art nach dem gegenseitigen Befinden erkundigten, die mir auf die Nerven ging, denn es war eindeutig, daß es ihnen gut ging.

Je mehr Tage vergingen, desto klarer wurde mir, daß ich nicht bei so biederen Leuten wie diesem Professorenehepaar leben sollte, sondern bei Leuten meines Alters, die mutig waren, denen ich meine wahre Situation offenbaren konnte und die mich, statt Angst vor der Gefahr zu haben, verteidigen und sogar stolz darauf sein würden, etwas für mich zu riskieren.

Schließlich wurde mir bewußt, daß ich das Opfer eines Mißverständnisses war. Monsieur Georget hatte eingewilligt, mich zu beherbergen, nicht, mich zu verstecken. Ich hatte die zwei Dinge miteinander verwechselt. Er fürchtete, zu weit gegangen zu sein. Und mir war nichts unangenehmer, als diesen anständigen Mann in dauerndem Kampf mit seinen eigenen schlechten Regungen zu sehen, mit seiner Angst, sich zu kompromittieren, mit dem Gefühl, nicht genug zu tun, mit seinem heimlichen Wunsch, ich möge verschwinden.

Etwas anderes ging mir noch stärker gegen den Strich. Ich hatte geglaubt, der Professor leide unter all den Schwierigkeiten, denen man in dieser schweren Zeit begegnete, wenn man nur das Geringste tun oder sich den kleinsten Wunsch erfüllen wollte. Aber weit gefehlt. Er schien sich niemals besser gefühlt zu haben. Er bemühte sich gerade darum, mit seiner Lebensmittelkarte in eine bessere Kategorie eingestuft zu werden. Er konnte über nichts anderes sprechen. Es langweilte ihn überhaupt nicht. Er machte rückhaltlos sein Alter und seine Gebrechen geltend. Er wollte nichts von dem verlieren, worauf er Anspruch hatte, und als er in der Zeitung las, daß ihm soundsoviel Gramm Butter zustanden, ließ er sofort seine Bücher liegen, um zum Michladen hinunterzugehen.

Ich beschloß, von hier zu verschwinden. Ich hatte kein Geld. Ich wußte nicht wohin, aber ich hatte ein starkes Bedürfnis, nur noch auf mich selbst gestellt zu sein. Wenn ich hierblieb, würde ich am Ende in einem Netz von guten Absichten gefangen sein. Ich wollte den Freund meines Vaters weder verletzen noch einen schlechten Eindruck auf ihn machen. Ich hatte aus Schwäche zugelassen, daß er sich meiner zu sehr annahm.

Während ich mir das Gehirn zermarterte, um einen Vorwand zu finden, kam ich mir plötzlich wie ein Spinner vor. Was? In dem Moment, da mein Leben auf dem Spiel stand, hielt ich mich mit kleinlichen Überlegungen auf?! Ich ballte die Fäuste. Ich mußte wieder ein Mann werden, ich mußte mir unaufhörlich zu sagen, daß ich wieder ganz allein war, Aug in Aug mit meinen Verfolgern.

2

Sowie ich draußen war, bemerkte ich, daß ein eisiger Regen fiel; ich hatte keinen Mantel. »Kammgarn braucht vielleicht länger als andere Stoffe, bis es naß ist, aber wenn es mal naß ist, dann braucht es auch länger zum Trocknen«, dachte ich. Alle hatten einen Mantel, nur ich nicht. Das war, was ich am meisten fürchtete – durch ungewöhnliche Kleidung aufzufallen. Um ein Haar wäre ich wieder zu Georget hinaufgegangen. Ich tat es nicht. Das Fortgehen war mir zu schwer gefallen, um es nun wieder in Frage zu stellen.

Ich ging in Richtung Jardin du Luxembourg. Letztlich gab mir dieser Regen eine gewisse Sicherheit, denn es war unwahrscheinlich, daß bei solchem Wetter nach mir gesucht wurde. Zu Fuß ging ich bis zur Rue Soufflot. Mir fehlte, wie immer, die Erfahrung, das bemerkte ich, als ich mich unter die Menge mischte. Nichts ist gefährlicher, als sich abzusondern, selbst für nur kurze

Zeit. In meinem Zimmer in der Rue de Sèvres hatte ich die Gefahren dermaßen übertrieben, daß mir schon ein Besuch bei Freunden ungemein kühn vorgekommen war. Ich hatte nichts planen wollen, nichts vorbereiten. Schreiben, Briefe erhalten, Pläne schmieden, all dies war mir zu gefährlich erschienen, wohingegen ein unangemeldeter Besuch bei einem Freund, wie ich ihn gerade unternahm, ohne daß der Freund überhaupt wußte, daß ich in Paris war, mir wie eine Sicherheitsgarantie vorkam.

Dieser Besuch brachte aber auch Gefahren mit sich. Wieviel schöner wäre es gewesen, bei diesem Regen erwartet zu werden! Wenn ich niemanden antraf, wenn ich am Ende des Tages kein Dach über dem Kopf hatte, wo würde ich mich verstecken? Lief ich dann nicht Gefahr, ganz dumm von einer Patrouille aufgegriffen zu werden?

Schließlich kam ich zu dem Haus in der Rue Gay-Lussac, wo Guéguen mit seiner Mutter lebte. Im Regen wirkte es trostlos und abweisend. Obwohl es Tag war, brannte in einigen Fenstern Licht. Ich hatte den Eindruck, daß die Mieter sich mit ihren Sorgen um Nahrung und Heizung eingeigelt hatten.

Ich stellte mich in einer Ecke unter und beobachtete das Haus lange. Endlich trat ich durch die Eingangstür, doch schon nach einigen Schritten blieb ich abrupt stehen. Zwei Männer unterhielten sich mit der Concierge. Sie machten mir angst. Sie sahen ganz wie Polizisten aus, die Erkundigungen einzogen.

Sofort ging ich wieder hinaus. Ich mußte mich beherrschen, um nicht loszurennen. Ich bog in die Rue des Ursulines ein. Dort konnte ich nicht mehr anders und mußte einfach laufen. Schließlich blieb ich stehen. Niemand war mir gefolgt. Ich stellte mich unter eine Markise, wo schon eine Frau und ein Kind standen. Das paßte mir gut. Man konnte glauben, daß wir zusammengehörten, daß ich ein ganz ungefährlicher Mann sei, ein Vater, ein Ehemann.

Eine Stunde später kehrte ich in die Rue Gay-Lussac zurück. Die Lichter waren erloschen. Ich blieb vor dem Torweg stehen, sah mir den Hausflur genau an und überzeugte mich, daß die beiden Männer gegangen waren. Ich hatte mich allerdings noch nicht wieder ganz gefangen. Ich mußte mit der Concierge sprechen.

Ich sagte ihr, daß ich zuvor schon hier gewesen sei, daß ich sie im Gespräch mit zwei Männern gesehen hätte, sie aber nicht hätte stören wollen, und daß ich die Zeit genutzt hätte, um einen Einkauf zu erledigen. Da sie nicht damit herausrückte, was ich in Erfahrung bringen wollte, wiederholte ich, diesmal lächelnd, daß ich sie mit zwei Herren gesehen hätte, wobei ich die letzten Worte so aussprach, als ob ich ahnte, um wen es sich gehandelt hatte.

Die Concierge lächelte ihrerseits. »Oh, nein!« antwortete sie, »es ist nicht das, was Sie glauben.«

Diese Antwort gefiel mir sehr. Die Concierge unterschied sich also nicht von den anderen, sie mochte die Polizei nicht. Es war ein gutes Omen, daß sie vor einem Unbekannten kein Hehl daraus machte.

René Guéguen war ein Kerl, den ich sehr gut leiden konnte. Ich hatte ihn am Montparnasse kennengelernt, als ich an der Schwedischen Akademie Malkurse nahm. Er wohnte damals schon in diesem finsteren Haus, das zwar langweilig aussah, dessen vierte und fünfte Etage aber eine sehr angenehme Wohnung samt Künstleratelier abgaben. Er vergötterte seine Mutter und war überzeugt, ihretwegen nicht geheiratet zu haben, was ich allerdings bezweifelte.

Nachdem ich ausführlich von meiner Flucht erzählt hatte – wobei ich den dramatischen Teil ausließ und mir bereits ein wenig schwertat, meine Abenteuer wie eben erst erlebt darzustellen –, brachte Guéguen mich im Atelier unter.

Als ich abends allein war, fühlte ich mich zum ersten Mal seit dem September '39, dem Zeitpunkt meiner Einberufung, wie in Friedenszeiten. Von einem großen granatfarbenen Kordsamtsessel aus betrachtete ich das Atelier, das von einer Nachttischlampe schwach erhellt wurde. Ein vertrauter Terpentingeruch, der mir wie ein seltenes Parfum vorkam, hing in der Luft.

Es gefiel mir immer noch gut in dem Atelier. Aus irgend einem kindischen Grund fühlte ich mich dort weit sicherer als in der Rue de Sèvres. Im Notfall konnte man über die Dächer verschwinden. Das einzig Unangenehme für mich war, viel besser untergebracht zu sein als meine Gastgeber. Ihre Wohnung eine Etage unter mir, die eine Treppe mit dem Atelier verband, war winzig. Was immer Guéguen auch dazu sagen mochte, auf Dauer wäre mir eine weniger privilegierte Situation lieber gewesen. Dieser Gedanke verdarb mir die Freude. Ich tröstete mich, indem ich mir sagte, daß ich in einer Lage war, die Rücksichtnahme verdiente. Ich hatte großartig gekämpft. Am zehnten Juni war ich für das Kriegsverdienstkreuz vorgeschlagen worden, und ohne unsere Niederlage wäre ich nun mit einem Orden dekoriert. Danach war ich aus der Gefangenschaft geflohen. Guéguen hatte genügend Begriff von offiziellen Auszeichnungen, um sich darüber im klaren zu sein. Wenn ich ihnen auch keinerlei Bedeutung beimaß, er schätzte ihren Wert durchaus.

Jeden Abend schloß ich mich ein; da ich aber nicht wollte, daß mein Gastgeber es merkte, schlief ich schlecht und wachte immer wieder auf, schreckte hoch, fürchtete, es sei bereits Tag, denn ich wollte die Tür wieder aufschließen, ehe er kam.

Abgesehen davon ging es mir viel besser als in der Rue de Sèvres. Ich hatte nicht mehr das Gefühl, in einer Sackgasse zu sein.

Leider sollte mir diese Sicherheit sehr rasch nicht mehr ausreichend erscheinen. Viele Dinge konnten noch getan, viele Details noch verbessert werden. Aufmerksam besah ich mir die Dächer. Ich stellte fest, daß das, was mich so sehr beruhigt hatte, in Wahrheit nicht machbar war. Ohne Seil war es unmöglich, von einem der Atelierfenster auf das fünf Meter darunter gelegene Dach eines vierstöckigen Hauses zu gelangen. Die für erste Schätzungen typische Ungenauigkeit hatte mich in Gedanken beim geringsten Alarmsignal auf dieses Dach springen lassen, aber die Schwierigkeit, die ich vorher gar nicht bemerkt hatte, kam mir nunmehr riesig vor.

Ich nahm mir vor, ein Seil zu besorgen und es außen an einer Ringschraube zu befestigen, so daß es bereits an seinem Platz wäre. Allerdings hätte man es von den Fenstern aus, die ein Stück weiter weg ebenfalls auf dieses Dach hinausgingen, sehen können. Und, wichtiger noch, Guéguen hätte sich, wenn er hinaussah, fragen können, was das Seil dort sollte. Es in einem fort abzunehmen und wieder anzubringen wäre eine jener Vorsichtsmaßnahmen gewesen, die man mit der Zeit vernachlässigt.

Als ich mich entschieden hatte, es dennoch anzubringen, tauchte eine neue Schwierigkeit auf. Wie sollte ich mir dieses Seil beschaffen? Die Händler hätten mich ausgelacht. Es war schon eine Ewigkeit her, daß der letzte Meter Seil verkauft worden war. Dann dachte ich mir, ich könnte bei irgendwelchen Nachbarn etwas finden. Doch die allgemeine Knappheit war so groß, alle möglichen Dinge hatten so an Wert gewonnen, daß niemand sich von irgend etwas trennen wollte. Worum auch immer man bat, die Antwort war jedesmal nein.

Im Atelier lagen Schnüre herum. Doch selbst zusammengedreht hätten sie ein zu dünnes Seil ergeben, und ich hätte mir daran die Hände aufgeschnitten.

Wenn man ganze Tage damit zubringt, sich zu langweilen, tut man, nur um sich irgendwie zu beschäftigen, am Ende Dinge, die man eigentlich gar nicht mehr tun wollte. Ich flocht mein Seil so recht und schlecht und befestigte es an der Ringschraube des Fensterladens, die gußeiserne Kante des Fenstergitters hätte nämlich brechen können wie Glas.

Einige Tage lang verlieh mir dieses primitive Seil ein außerordentliches Gefühl von Sicherheit. Nichts machte mich zuversichtlicher als die Möglichkeit, auf eine Art und Weise zu fliehen, mit der niemand rechnete; denn wer hätte schon annehmen können, daß ich aus einem fünften Stockwerk durchs Fenster entkommen konnte?

Doch schon bald sollte sich eine neue Unsicherheit einstellen. Einmal auf dem Dach, war es da auch möglich weiterzukommen? Die Notwendigkeit, mir über die Topographie der Örtlichkeiten klar zu werden, meine Flucht gewissermaßen zu proben, erschien mir immer zwingender. Es war nicht daran zu denken, Leute zu befragen, ohne unendliche Vorsichtsmaßnahmen zu ergreifen. Ich versuchte, mich mit dem Concierge des Nachbarhauses anzufreunden. Das konnte mir aber gar nicht gelingen, denn es gab absolut keinen Grund, daß wir mehr als zwei, drei Worte auf einmal wechseln sollten.

Ich dachte ernsthaft daran, mich abends einmal mit diesem Seil auf das Dach hinabzulassen. Doch ich ließ diesen Plan sehr schnell wieder fallen, aus Angst, irgend etwas könnte dazwischenkommen und das Seil werde, wenn es auch fest genug war, um daran hinunterzuklettern, dennoch nicht genügend Halt bieten, um auch wieder hinaufzukommen. Es wäre wirklich lächerlich gewesen, wenn ich bei einer Übung für eine mögliche Flucht geschnappt worden wäre, einer Übung ohne unmittelbaren Nutzen.

Tags darauf allerdings kam mir doch vor, daß es klüger sei, einen Versuch zu wagen. Ich hatte also immer noch mit derselben Unschlüssigkeit zu kämpfen! Sowie mir eine Maßnahme nicht zwingend geboten schien, zögerte ich, sie zu ergreifen. Hinterher, wenn es zu spät war, konnte ich nur mehr meinen Kleinmut bedauern.

Seitdem ich in Paris war, war ich unbewußt wieder dem Menschen ähnlich geworden, der ich vor dem Krieg gewesen war. Ich hatte bestimmte Gewohnheiten wieder angenommen. So normal es mir in Deutschland oder in Belgien erschienen war, bei der geringsten Gefahr wegzurennen, so unnatürlich wäre es mir in der Rue Gay-Lussac, der Rue de l'Abbé-de-l'Épée, der Rue du Val-de-Grâce oder in der Rue Denfert-Rochereau erschienen. Wenn ich wirklich an meinem Leben hing, dann mußte ich mich dazu zwingen, dann durfte mich das Familienleben, das ich wiedergefunden hatte, nicht vergessen lassen, daß ich um mein Leben rennen mußte wie ein gewöhnlicher Verbrecher.

An einem mondlosen Abend beschloß ich, den Weg erkunden zu gehen, den ich im Ernstfall einschlagen mußte. Hätte ich mich in irgendeiner fremden Stadt versteckt gehalten, ich hätte damit nicht gezögert. Warum sollte es in meiner Geburtsstadt anders sein?

Gegen elf Uhr abends öffnete ich das Fenster. Einige Sekunden lang erschreckte mich die Nacht, so groß war der Gegensatz zwischen dem gemütlichen Atelier und dieser Schwärze, durch die der Wind pfiff.

Ganz offensichtlich war etwas in mir zerbrochen. Ich war nicht mehr der Mann, der aus Deutschland geflohen war und seinen Kameraden dreiundzwanzig Tage lang Mut gemacht hatte. Wie groß seine Charakterstärke auch immer sein mag, ein Mensch kann nicht unendlich lange in einem Zustand ständiger Alarmbereitschaft bleiben. Ich hatte Angst, für einen gewöhnlichen Einbrecher gehalten zu werden. Ich dachte zuviel nach. Was ich tun wollte, erschien mir nicht wirklich unerläßlich. Meinem Plan haftete etwas Theoretisches an. Wenn ich mich auf diesen Fluchtweg einließ, das fühlte ich, dann gab es tausenderlei anderes, was zu erkunden nötig war.

Ich versuchte krampfhaft, an etwas anderes zu denken, um den gesunden Menschenverstand in mir wieder durchkommen zu lassen. War es sinnvoll oder nicht, nachts auf dieses Dach hinabzusteigen? Brachte es etwas?

»Ja, tut es«, rief ich plötzlich aus und stieg, ohne eine Sekunde länger nachzudenken, auf das Fenstergitter, vertraute allein der Kraft meiner beiden Handgelenke und ließ mich auf das Dach hinabgleiten. Unverzüglich legte ich mich auf den Bauch, denn auf dem Zinkdach hatten meine Schuhe einen Lärm verursacht, den ich nicht erwartet hatte. Ich war wieder der mutige Mann geworden, der ich eigentlich war. Mit großer Freude stellte ich fest, daß ich nun bereit war, alles nur Mögliche zu meiner Verteidigung zu unternehmen und, wenn es sein mußte, Guéguens Atelier noch im selben Moment und in der Verfassung, in der ich mich gerade befand, zu verlassen.

Die Concierge in ihrer peinlich sauberen Loge war eine jener traurigen Frauenspersonen, von denen man sagt, sie kümmern sich um keine Menschenseele. Jedesmal, wenn ich sie traf, schien sie mich nicht einmal zu sehen, obwohl unsere erste Begegnung sich ihr hätte einprägen müssen. Man hätte ihr in bezug auf meine Person Fragen stellen können, sie hätte nicht gewußt, was antworten; das war freilich besser, als wenn sie einer Anweisung gefolgt wäre.

Allerdings sollte mich bald schon ein neues Dilemma beschäftigen. Ich war zu perfekt. Je vollkommener ich mein Versteck machte, desto schwieriger wurde es, Guéguen einzuweihen. In gewisser Weise schuf ich mir eine Sicherheit über die hinaus, die er mir bot. Um ihn nicht zu kränken, war ich gezwungen, ihm das zu verheimlichen. Aber er bekam es mit. Mir wurde bewußt, daß ich mich mehr und mehr so benahm, wie ich selbst es bei jemand anderem unsympathisch gefunden hätte. Ich wirkte, als würde ich das, was er für mich tat, nicht gebührend schätzen. Er war sich der Schwere meines Falls zu sehr bewußt, um mir einen Vorwurf zu machen, doch ich ahnte, daß er die Maßnahmen, die ich in seinem Haus traf, dennoch seltsam fand. Ich machte zu sehr den Eindruck, als sei ich der Meinung, wenn Leben und Freiheit auf dem Spiel standen, komme Freundschaft erst an zweiter Stelle. Und was immer ich tat, es gelang mir nicht, mich von diesem Anschein zu befreien, und das beweist, daß es nicht ausreicht, seine Fehler zu erkennen, um sie auch verbergen zu können.

Manchmal mochte er sich fragen, ob er sich nicht täusche – bis es zu einem neuem Zwischenfall kam, der ihm keine Zweifel mehr lassen konnte.

Es gab etwas, was nach meinem Dafürhalten Guéguen keinerlei Anstrengung kosten und meine Sicherheit in beträchtlichem Ausmaß erhöhen würde. Das Atelier war mit der Wohnung darunter durch eine Klingel verbunden. Für mich ging es darum, bei Guéguen durchzusetzen, daß er mich mittels dieser Klingel sofort warne, wenn verdächtig wirkende Leute sich nach mir erkundigten. Mehrmals erwähnte ich, was für einen Gefallen er mir damit erweisen würde. Da er nicht zu begreifen schien, was ich von ihm wollte, sagte ich es ihm schließlich direkt. Er willigte sofort ein, doch ich bemerkte einen seltsamen Ausdruck in seinem Gesicht.

Kurze Zeit später, als ich darüber nachdachte, schien es mir, als sei die Vereinbarung noch nicht perfekt. Guéguen mochte noch so bereitwillig zugestimmt haben, mir den gewünschten Gefallen zu tun, er hatte nicht den Eindruck gemacht, als verstünde er die Bedeutung, die ich daran knüpfte. Um beruhigt zu sein, mußte ich spüren, daß ich mich absolut auf ihn verlassen konnte. Dies war nun nicht der Fall. Andererseits hatte ich gemerkt, daß ich mich nicht sehr präzise ausgedrückt hatte, daß ich, um ihn nicht zu verärgern, nicht alles gesagt hatte. Damit dieses Warnsystem funktionierte, mußte auch Guéguens Mutter eingeweiht sein. Ihr Sohn ging häufig aus, und es konnte sehr gut passieren, daß sie es war, die verdächtigen Besuchern aufmachte.

Ich versuchte es also noch einmal. Guéguen entgegnete mir wiederum, daß alles klar sei, doch spürte ich genau, daß meine Bitte ihm erst in dem Moment wieder einfiel, als ich sie ihm gegenüber zur Sprache brachte.

Und je mehr Zeit verging, desto mehr Bedeutung maß ich der Sache bei – ich weiß nicht, wieso. Eine Woche zuvor hatte ich noch nicht mal daran gedacht, und nun erschien sie mir auf einmal unverzichtbar, so sehr, daß mir alle anderen Vorteile wertlos vorkamen, solange ich in diesem Punkt nicht zufriedengestellt war.

Schließlich hatte ich durch meine Hartnäckigkeit doch das Gefühl, auf Guéguen und seine Mutter zählen zu können. Zu meiner Überraschung mußte ich feststellen, daß die simple Handlung, auf einen Knopf zu drücken, in den Köpfen meiner Gastgeber die Bedeutung eines ungeheuren Freundschaftsdienstes angenommen hatte, während ich fand, das Ganze koste sie schier gar nichts, um so mehr, als die Gelegenheit dazu durchaus auch ausbleiben konnte.

In diesem Zusammenhang machte ich drei Beobachtungen, die ich künftig berücksichtigen wollte. Erstens: Man tendiert immer dazu, die Höflichkeit der Leute zu mißbrauchen, und in dem Augenblick, da wir sie um die nichtigste Sache bitten, zeigen sie uns auf einmal, daß es jetzt reicht. Zweitens: Das eigene Interesse erweckt den Unwillen des anderen, selbst wenn es seinem Interesse in keiner Weise schadet. Und schließlich: Wenn man Gefahren ausgesetzt ist, tut man sich schwer, eine gewisse Würde aufrechtzuerhalten.

Fest steht, daß die Leute um mich seltsamerweise alle auf dieselben Ideen kamen. Schon Monsieur Georget – und das war mit ein Grund, daß ich fortgegangen war –, hatte vorgeschlagen, mich mit dem Sohn eines seiner Freunde zusammenzubringen, der geflüchtet war wie ich. Und nun war es Guéguen, der mir in haargenau demselben Tonfall mitteilte, er habe einen Freund, der aus Deutschland geflüchtet sei, und es wäre doch eine sehr schöne Sache, wenn wir uns treffen würden.

Beunruhigt fragte ich ihn, ob er über mich gesprochen habe. »Aber natürlich«, antwortete er. Ich zweifelte nicht, daß er in bester Absicht gehandelt hatte, aber ich wollte nicht, daß man wußte, daß ich ein Ausbrecher war. Und das sagte ich ihm. »Aber wieso denn? Im Gegenteil.« Darauf wußte ich nichts zu erwidern. Guéguen konnte nicht begreifen, daß ich so sehr auf Verschwiegenheit aus war. Hätte ich weiter darauf bestanden, meine Meriten geheimzuhalten, mich nicht eines Titels zu bedienen, der mir seiner Meinung nach alle Türen öffnen und eine Menge Gefälligkeiten einbringen würde, dann hätte er sich gefragt, was ich wohl haben mochte. Ich hätte den Eindruck erweckt, einzig auf ihn zählen zu wollen. Als er immer erstaunter wirkte, tat ich schließlich so, als wäre ich seiner Meinung. Doch nachdem ich erst über anderes gesprochen hatte, schlug ich sein Angebot aus. Sobald ich wieder allein war, machte ich mir deswegen ein schlechtes Gewissen.

Schließlich beschloß ich, diesen Freund aufzusuchen, trotz der Gefahren, die ich in einem solchen Besuch sah. Selbst wenn das eigene Leben auf dem Spiel steht, bekommt man es schließlich satt, andauernd Vorsichtsmaßnahmen zu ergreifen. Man freundet sich mit den Risiken an. Man setzt sich immer stärker der Gefahr aus. Ähnlich ist es, wenn man unter feindlichem Feuer liegt. Am Ende glaubt man, unverwundbar zu sein.

Im Moment, wo ich diesen Besuch abstatten wollte, flammte so etwas wie Eigenständigkeit in mir auf. Ich sagte mir: »Das ist wirklich zu dumm.« Wenn allein die Vorstellung dieses Besuchs mir schon so unangenehm war, warum ihn dann noch machen? Um Guéguen sagen zu können: »Ich hab's getan!« Aber war ich denn nicht in einer Lage, in der alle freundschaftlichen Rücksichten, all diese kleinen Schwächen des alltäglichen Lebens sich endlich aufhören mußten?

Am selben Abend teilte ich Guéguen mit, daß ich nach gründlicher Überlegung derzeit lieber niemanden sehen wolle. Daß er gekränkt war, war mir völlig egal. Ich dachte nur an mich, und ob jemand das krumm nahm war oder nicht, kümmerte mich wenig.

Ich hatte den Eindruck, Guéguen dachte, es sei zwecklos, weiter zu beharren. Er verzichtete auf sein Vorhaben mit der Leichtigkeit eines Mannes, der einem Unglücklichen nur einen Weg geebnet hat, ohne zu wissen, ob dieser ihn auch beschreiten wird.

Ich faßte mich wieder und rief: »Du hast recht, ich besuche ihn.« Aber die Situation war nicht mehr zu retten.

Mir war bereits der Gedanke gekommen, meinen Lebensunterhalt in einem ganz niedrigen Beruf zu verdienen. Ich stellte mir vor, je weiter unten ich auf der sozialen Leiter stünde, desto geschützter wäre ich und desto weniger leicht würde man auf mich aufmerksam werden. Als ich Guéguen diese Absicht mitteilte, war er überrascht. Ich hatte mich jedoch bereits auf die Suche nach einem alten Kameraden von der Schwedischen Akademie gemacht, der sich brüstete, schon alle möglichen Berufe ausgeübt zu haben.

Ich war dermaßen verwirrt von dieser seßhaften Lebensweise, daß es, als ich mich im Bus nach Maisons-Laffitte befand, einen seltsamen Eindruck auf mich machte, Fahrgäste einsteigen, aussteigen, miteinander reden zu sehen, als wäre dies das Natürlichste von der Welt. Ich war zu Tränen gerührt. Wann wohl würde die Zeit kommen, in der auch ich wieder so wie diese Menschen sein würde? Wann würde ich wieder, wie sie, nicht weiter an Gefahren denken und leben, ja zu Scherzen aufgelegt sein können?

Aber nach einem Tag, an dem ich von einer Adresse zur anderen gelaufen war, hatte ich meinen Kameraden immer noch nicht ausfindig gemacht. Am Ende war ich erschöpft nach Hause zurückgekehrt. Doch ich hatte keinen Augenblick daran gedacht, mich zu beklagen. Während der ganzen Zeit, die meine Wege in Anspruch genommen hatten, hatte ich meine Situation gewissermaßen verdrängt. Während ich gewöhnlich so umsichtig war, hatte ich dieses Mal keine Vorsichtsmaßnahmen ergriffen, als würde mich die Redlichkeit meines Vorhabens über jeden Verdacht erhaben machen. Jedermann hatte mir bereitwillig den Weg gewiesen und Auskünfte gegeben. Das war mir als gutes Vorzeichen erschienen. Ich hatte nicht daran gezweifelt, daß es jeden Tag so sein würde, wenn ich erst einmal arbeitete.

Am Abend, als ich Guéguen den glücklichen Zustand mitteilte, in den dieser aufreibende Tag mich versetzt hatte, war ich erstaunt, daß er dabei so düster blieb. Meine Freude schwand. Mir schien, als wäre ich erneut das Spielzeug kindischer Illusionen gewesen, als gäbe es keinen Anlaß für die Höhen und Tiefen, die ich durchlebte, als wäre meine Situation unverändert tragisch.

Dennoch wollte ich am folgenden Tag meine Nachforschungen fortsetzen. Das Gefühl von Sicherheit, mit dem ich mich tags zuvor noch bewegt hatte, war allerdings nicht mehr da. Ich getraute mich nicht, irgend jemanden zu fragen. Ich glaubte, für jeden verdächtig zu sein. Mittags war ich zurück, ohne etwas erledigt zu haben, und ich sah völlig schwarz.

Einige Tage darauf teilte Guéguen mir mit – als hätte er vergessen, es mir schon eher zu sagen –, daß er einige Freunde zu sich eingeladen habe, denen er meine Geschichte erzählt habe. Natürlich hätte ich nichts zu befürchten, diese Freunde seien allesamt harmlos. Bei dieser Gelegenheit würde ich die Bekanntschaft des besagten Entflohenen machen, der mich kennenlernen wolle.

Die Aussicht auf diese kleine Gesellschaft war mir zutiefst unangenehm. Sie rückte, was Guéguen und mich voneinander trennte, voll ins Licht. Er fand, in einer derartig schweren Zeit könne ich mich nur darüber freuen, Sympathie und Unterstützung zu finden. Seiner Ansicht nach gehörte ich zur großen Familie der Franzosen, die sich gegen den Eindringling erhoben; und ich sei gar berufen, dabei eine tragende Rolle zu spielen. Er meinte, daß ich mich zwar in einer sicher recht gefährlichen Lage befand, aber doch kaum gefährlicher als die der Leute, die ich treffen sollte.

Ich aber wußte, daß ich ganz allein dastand. Ich hatte überhaupt keine Lust, mich an Gesprächen über Heldentum und Krieg zu beteiligen. Ich hatte überhaupt keine Lust, zehn Personen vorgestellt zu werden, von denen einer mich sehr wohl unsympathisch finden und mir hernach schaden konnte. Mich der Sache zu entziehen, wäre aber, wie ich spürte, Guéguen gegenüber sehr unfair gewesen. Im übrigen wäre es auch räumlich gar nicht gegangen, denn das Atelier war der einzige Raum, der groß genug war, um Besucher zu empfangen.

Seit meiner Flucht, das heißt, seitdem ich jeden Tag in Gefahr war, erschossen zu werden, hatte sich mein Charakter verändert. Ich war dem gegenüber, was man von mir denken mochte, völlig gleichgültig geworden. Wenn ich mir durch Grobheit oder Undankbarkeit mehr Sicherheit verschaffen konnte, zögerte ich keine Sekunde. Überlegungen, die mich früher zurückgehalten hätten, spielten keine Rolle mehr. Mein Eigeninteresse hatte Vorrang. Ich sah mich in jeder Lage als Menschen, der ein sinkendes Schiff verläßt. Obwohl ich mich bemühte, umgänglich zu sein, schaffte ich es nicht, die üblichen Konventionen einzuhalten, wenn ich den Eindruck hatte, daß man nicht bedingungslos zu mir stand.

Dennoch gelang es mir, so zu tun, als würde ich mich auf diesen Abend freuen! Doch sobald ich allein war, überlegte ich lange hin und her, wie ich mich dazu stellen sollte.

Im besonderen fürchtete ich mich davor, diesen berühmten Flüchtling zu treffen. Nach dem, was ich verstanden zu haben glaubte, war er ein mutiger Mann. Er hatte eine außergewöhnliche Kaltschnäuzigkeit bewiesen, hatte sein Leben mehrere Male aufs Spiel gesetzt. Er hatte einen seiner Kameraden gerettet. Zurück in Frankreich, hatte er – übrigens ein Zug, der sehr gut ankam – die Gastfreundschaft einer Frau abgelehnt, die er doppelt zu kompromittieren befürchtet hatte, zum einen als Mann, zum anderen als Entflohener, na ja, und so weiter. All diese Details hätten ihn mir sympathisch machen müssen, und doch mißfiel er mir zutiefst. Diese Heldentaten hatten in meinen Augen etwas Gewöhnliches an sich. Aus der Art, wie er sich seit seiner Flucht versteckt hielt und lebte, spürte ich einen gewissen Respekt für die Ordnung heraus, die die Deutschen etabliert hatten. Ich spürte, daß die Dinge im Fall einer Gefangennahme für ihn anders laufen würden als für mich. Es würde ungefähr so sein wie bei einem Soldaten, der ein Anrecht auf militärischen Respekt hat. Er war unter Einhaltung der Regeln geflohen. Genau das gefiel den Leuten, und das war auch der Grund, weshalb man sich nicht fürchtete, für ihn Gefahren auf sich zu nehmen. Ich hatte gar den Eindruck, daß sich, wenn nötig, Patrioten finden würden, die sich an seiner Statt anzeigten. Alles spielte sich in einer Atmosphäre der Ehre und der Legalität ab, von der meine Flucht überhaupt nichts an sich hatte.

Und Guéguen bildete sich ein, dieser Entflohene und ich seien Brüder! Ich sah ihn schon vor mir, diesen Flüchtling, wie er den

Unterschied witterte, mich nach Einzelheiten ausfragte, scheinbar wie ein Leidensgenosse einem anderen gegenüber, in Wirklichkeit jedoch aus Mißtrauen, wie er nur so tat, als würde er alles unbesehen glauben. Ich würde gezwungen sein, den Namen des Lagers zu nennen, die Namen der Städte, durch die ich gekommen war, womöglich auch die meiner Kameraden oder meiner Offiziere.

Guéguen ließ es trotzdem nicht an Freundlichkeit fehlen, abgesehen von einem Ausrutscher, als er meinte, ich hätte einen Verfolgungswahn, einen regelrechten Komplex; das kam mir im ersten Moment zwar richtig vor, gleich darauf aber rief ich: »Das kommt ja auch nicht von ungefähr!«

Freundschaften aus normalen Zeiten erweisen sich in schwierigen Momenten oft als recht fragil. Ich hatte Guéguen nichts Konkretes vorzuwerfen. Er tat, was er konnte. Aber er hatte kein Herz. Bisher hatte ich die Leute nie nach ihrem Herzen beurteilt, das war zweitrangig. Wichtig war, daß sie sich wie Freunde benahmen. Und nun plötzlich entdeckte ich, daß man Herz haben konnte oder eben nicht. Und Guéguen, mein Freund Guéguen, hatte keines ...

Alle Bemühungen, mir meinen Frieden zu sichern, waren also nutzlos gewesen: das Seil, die Klingel, die Concierge, die Nachbarn. Alles mußte anderswo von neuem angefangen werden. Und nicht bloß diese Mühen waren nutzlos, sondern alles, was ich mir zu tun vorgenommen hatte, alle Perspektiven für die Zukunft.

In einer Situation wie der meinen lamentiert man nicht lange. Wenn nötig, läßt man im Handumdrehen die kompliziertesten Pläne fallen, für deren Ausarbeitung man Wochen gebraucht hat. Man lebt in einem Quartier wie ein Soldat, der jederzeit den Marschbefehl bekommen kann. Ich hatte Gewohnheiten angenommen. Ich erinnerte mich an den ersten Abend, an dem ich mir – allein im Atelier und vergessend, woher ich kam und was mich erwartete – vorgestellt hatte, ich würde schon die ganze Zeit dort leben; ich hatte Gegenstände in die Hand genommen, die ich nie zuvor gesehen hatte, als gehörten sie mir seit eh und je. Ich hatte mir nicht mal die Mühe gemacht, die Vasen, die Nippsachen umzustellen, und meinen persönlichen Geschmack ganz außer acht gelassen. Mit einem Mal hatte ich Guéguens Geschmack übernommen, mich an seine Stelle gesetzt und ohne Hintergedanken genossen, was ich zu einem anderen Zeitpunkt als erstes verändert und womöglich scheußlich gefunden hätte.

Ich hatte alles um mich mit einem Wohlgefallen betrachtet, als sollte ich dieses Atelier nie wieder verlassen. Doch während ich in normalen Zeiten darunter gelitten hätte, das, was mich umgab, plötzlich zu verlieren, so hätte ich mich heute auf der Stelle und ohne Bedauern davon trennen können.

3

Ich hatte niemanden aus meiner Familie um Unterstützung gebeten, aus dem einfachen Grund, daß ich nicht dorthin gehen wollte, wo die Polizei mich vermuten konnte. Doch ich begann zu verstehen, daß eine solche Vorsicht übertrieben war. Wenn auch nicht bei meinem Vater, so konnte ich doch bei jener meiner Tanten wohnen, die einen Kolonialverwalter mit dem Namen Xavier de Miratte geheiratet hatte und seit etwa zehn Jahren allein in der Rue Rambuteau lebte. Die Polizei konnte meine Familie nicht gut genug kennen, um zu wissen, daß diese Tante existierte. Das war letzlich eher angebracht, als sich beim rechtschaffenen Georget oder bei Guéguen aufzudrängen.

Die ersten Tage, die ich in der Rue Rambuteau verbrachte, taten mir unendlich gut. Meine Tante war eine sehr liebe Frau, zu großer Aufopferung imstande für einen, der unvermutet in ihr Leben trat, was die ihr Nahestehenden überraschte, denn sie hielten sie für böse und geizig.

Die Mühe, die sie sich gab, um ihre Knauserei zu verbergen, hatte etwas Rührendes. Auf die normalsten Fragen gab sie die unmöglichsten Antworten. Als sie einmal Kaffee trank, ohne mir auch einen anzubieten, fragte ich sie, ob er gut sei. Sie antwortete mir, sie wisse es nicht. Ich sah sie erstaunt an. Mit einem Zittern, das ihre innere Erregung verriet, fügte sie hinzu, sie sei erkältet. Alles in allem war ich vielleicht ungerecht. Man darf die Knauserei eines Menschen, der seinen Lebensunterhalt verdient, nicht mit der eines Menschen vergleichen, der kärglich von einem kleinen Vermögen lebt.

Ich hatte sie darum gebeten, meinem Vater zu schreiben und ihm zwischen den Zeilen zu verstehen zu geben, daß ich ihn sehen wolle. Die Antwort ließ nicht auf sich warten. Diese rasche Reaktion richtete mich auf, denn sollte ich genötigt sein, meine Tante zu verlassen, mußte ich wenigstens nicht noch einmal wiederkommen, um den Brief abzuholen; seit meiner Flucht, ich weiß nicht warum, war es eine wahre Marter für mich, an einen Ort oder zu Leuten zurückzukommen, die ich bereits hinter mir gelassen hatte.

Durch allerlei Anspielungen, die ich meine Tante in den Brief hatte einflechten lassen, wollte ich meinem Vater zu verstehen geben, daß er auf der Hut sein müsse und vor allem niemandem von meinem Besuch erzählen dürfe. Als ich in Versailles ankam, bedauerte ich meine Vorsicht. Im Grunde ist es schwierig, im voraus zu wissen, ob man die Leute warnen muß oder nicht. Jemanden zu warnen kann unerwartete Reaktionen hervorrufen. Mitunter sind sie sogar sehr gefährlich.

Und in der Tat, als ich bei der Schule ankam, an der mein Vater unterrichtete, gewahrte ich mit Schrecken, daß der Portier Bescheid wußte. Noch bevor ich meinen Namen sagte, hatte er erraten, wer ich war. Statt mich direkt ins Hauptgebäude zu führen, wie er es mit einem normalen Besucher getan hätte, ließ er mich in ein kleines Häuschen nahe am Gitter eintreten, in dem seine Loge war. Dann hörte ich, wie er zu seiner Frau sagte, er werde eine kleine Runde durch den Hof und um die Hauptgebäude machen, um nachzusehen, ob man meine Ankunft noch nicht bemerkt habe, ob nichts Ungewöhnliches vor sich gehe.

Er verschloß die Tür. Kurz darauf klopfte jemand. Ich schreckte hoch. Nichts war mir unangenehmer, als allein in einem Raum eingesperrt zu sein, in dem zu sein ich kein Recht hatte. Wenn derjenige, der da klopfte, der Direktor war, wenn er fragte, was ich hier tat, weshalb ich mich eingeschlossen hatte und so weiter, was hätte ich da geantwortet? Glücklicherweise gab der Betreffende auf. Das Verhalten des Portiers überraschte mich weiter. Statt meinen Vater zu benachrichtigen, gab er vor, er dürfe ihn nicht stören. Ich hatte den Eindruck, daß das seine eigene Entscheidung und daß er übereifrig war.

Durch das Fenster sah ich das Gymnasium, ganz weiß, mit seinem Säulengang, ein modernisiertes Gebäude im Stil des Louisseize. Ich war verblüfft, daß es so anders war als in meiner Erinnerung und daß ich hier, wo nichts als meine Jugend stattgefunden hatte, das Leben mit all seinen täglichen Beschäftigungen entdecken sollte.

Ich nahm in einem dieser großartigen Sessel Platz, wie sie in allen Logen öffentlicher Gebäude stehen. Meinetwegen war die Tür verschlossen. Meinetwegen, so schien mir, würden Besucher nicht wissen, wo sie hinmußten, noch, wo sie sich erkundigen sollten, noch, wo sie ein Paket abstellen oder telefonieren konnten. Sie würden sich fragen: »Was ist hier nur los?« Man würde den Portier auffordern, und das energisch, die Tür zu öffnen. Meine Anwesenheit wäre entdeckt. Ich würde sie erklären müssen und es nicht können.

Ich bat den Portier, die Tür zu öffnen. Er glaubte, ich wolle ihm Scherereien ersparen. Von meiner Freundlichkeit gerührt, antwortete er mir, ich solle mir keine Sorgen machen, er wisse genau, was er sagen werde, wenn jemand hartnäckig hereinwolle, er wolle vor allem den Ermahnungen meines Vaters Folge leisten. Niemand dürfe mich sehen.

Schließlich schickte er seinen kleinen Jungen los, um meinem Vater Bescheid zu sagen. Kurz darauf hörte man es erneut klopfen. Hinter den weißen und ziemlich undurchsichtigen Vorhängen der Glastür machte ich einen Schatten aus. »Ich bin's«, sagte mein Vater. »Machen Sie schnell auf«, bat ich den Portier.

Mein Vater schloß die Tür hinter sich. Nach allem, was geschehen war, war es seltsam, zu sehen, wie er sich irgendwohin schlich, um mit mir zu sprechen, wo es doch an mir gewesen wäre, so etwas zu tun. Ich hatte meinen Vater nie gerne dort aufgesucht, wo er seiner Arbeit nachging, wo es Leute über ihm gab, die ihm Befehle erteilen konnten, unter ihm wiederum andere, auf die er ein wachsames Auge zu werfen hatte. Das machte mich verlegen. Nichts ist peinlicher als zu sehen, wie jemand, den man mag, in seine Arbeit vertieft ist, ängstlich, unter dem Zwang, zu gehorchen und zu befehlen, damit die Kette, in der er ein Glied darstellt, nicht auseinanderfällt.

In Wahrheit war ich hier Opfer meiner Empfindlichkeit, denn all das war meinem Vater vollkommen egal. Er war im Gegenteil sehr stolz, sich in Ausübung seiner Funktionen zeigen zu können.

Sowie er mich sah, vor allem anderen – als hätten wir uns erst am Vortag getrennt –, sagte er mir, ich sei etwas zu früh dran, er sei noch nicht ganz fertig und werde gleich wiederkommen.

Es schmerzte mich, daß eine so wichtige Begegnung wie die zwischen einem Vater und seinem Sohn, die der Krieg getrennt hatte, wegen einer Arbeit auch nur einen Moment lang aufgeschoben werden sollte.

Die Frau des Portiers meinte, es wäre besser, wenn ich in das Hinterzimmer ginge, denn ich könnte gesehen werden. Es sei schwierig, die Loge auf unbegrenzte Zeit verschlossen zu lassen. Sie führte mich in ein düsteres Kabuff. Ihr Mann, so wurde mir in diesem Moment klar, war einer dieser beispielhaften Diener, die sich mit ihrer gesamten Familie ihren Herren verschreiben und diesen sogar erlauben, in ihre Rechte als Ehemann und Vater einzugreifen.

Ich wartete eine Stunde lang. Die Portierleute des Gymnasiums hatten ihre Arbeit wieder aufgenommen. Schließlich kam mein Vater. Ich hörte, wie er nach mir fragte. Ich öffnete die Tür. Mein Vater entschuldigte sich ausgiebig, weil er mich hatte warten lassen. Dabei hatte er mir gesagt, daß er nicht vor elf Uhr kommen werde.

Er war ebenso bewegt wie ich. Er erklärte mir, was seine Arbeit war, in aller Eile, als hätten wir gleich danach weitaus wichtigere Dinge zu besprechen. Doch er wiederholte unaufhörlich dieselben Geschichten, in abgehacktem Ton, zog sogar das Portierehepaar in das Gespräch mit hinein.

Ich fühlte, daß er sich hinter dieser erregten Art versteckte, daß er, noch ehe er überhaupt wußte, was ich sagen wollte, schon davor zurückschreckte, mich zu Wort kommen zu lassen. Dagegen wollte er mir zeigen, daß ich mich auf ihn, meinen Vater, verlassen konnte.

Er bat mich, Platz zu nehmen, doch er selbst blieb stehen. Er sagte mir, er würde mich lieber am Abend sehen, denn während seiner Arbeit wisse er nicht, wo ihm der Kopf stehe, und im übrigen müsse er mich um zehn nach elf auf jeden Fall verlassen. Er könne mir gar nicht sagen, wie glücklich er sei, mit mir reden haben zu können, und sei es auch nur für einen Moment, sozusagen auf die Schnelle. Er werde an mich denken. Er wolle nicht, daß ich mir Sorgen mache. Es werde schon wieder alles ins Lot kommen, doch in diesem Haus (er schaute zum Schulgebäude hinüber) sei die Atmosphäre unerträglich. Man habe versucht, sich seiner aus politischen Gründen zu entledigen, aber ohne Erfolg, denn er habe seine Ergebenheit seit siebzehn Jahren zu sehr unter Beweis gestellt. Er riet mir zu Gelassenheit und Geduld. Er habe viele Bekannte, aber natürlich brauche man Zeit, um sie zu erreichen, insbesondere dürfe man niemanden überrumpeln.

Um zehn nach elf wurde er noch nervöser. Jäh erhob er sich, als würde gleich ein Zug abfahren. Wir hatten uns viel zu sagen, aber uns fehlte die Zeit.

In diesem Augenblick trat der Portier ein. Mein Vater redete auf ihn ebenso fieberhaft ein wie auf mich. Er ließ seine ganze Freundschaft für diesen Mann erkennen und erinnerte mich damit wieder an seine Manie, sich unter den kleinen Leuten Freunde zu machen, mit denen er allerlei Komplotte schmiedete, mit dem Ziel, einem unglücklichen Menschen einen Gefallen zu tun.

Wir hatten uns für vier Uhr verabredet. Ich hatte meinem Vater gesagt, das sei womöglich etwas spät, wenn ich noch einen Platz zum Schlafen finden wolle. Er hatte geantwortet, ich solle mir keine Sorgen machen, er würde alles arrangieren. Aber ich kannte meinen Vater. Er hatte viel guten Willen; leider hielten ihn aber unvorhersehbare Umstände immer wieder davon ab, seine Versprechungen zu halten. Nach einigen erfolglosen Anläufen rief er einen als Zeugen an, daß er nicht mehr tun könne. Dann bat er selbst um Hilfe und wenn man dazu außerstande war, gab er sich geschlagen. Er bejammerte es. An seiner Aufrichtigkeit bestand kein Zweifel, aber das änderte nichts. Da alles Menschenmögliche versucht worden sei, bleibe nur übrig, sich den Tatsachen zu beugen. Er ging heim, nahm sein kleines, ruhiges Leben wieder auf, doch was wurde aus den anderen, denen, die auf ihn gezählt hatten, die tagelang von den Hoffnungen gelebt hatten, die er ihnen gemacht hatte? Und wenn man ihn bedrängte, wirkte er so unglücklich darüber, bloß ein kleiner, armer Professor zu sein, daß einen das Mitleid überkam.

Ich spazierte durch die Straßen der Stadt. Ich hatte noch nichts gegessen. Ich besaß keine Lebensmittelmarken. Und alles, was man kaufte, war dermaßen teuer, daß ich, wenn ich den Preis pro Bissen ausrechnete, dermaßen erschrak, daß ich plötzlich nicht mehr schmeckte, was ich da überhaupt aß.

Wenn ich beobachtet hätte, wie das mit den Marken in Restaurants funktionierte, wäre ich vielleicht auf eines gestoßen, wo man die Marken erst hinterher einforderte, doch ich hatte Angst vor Scherereien.

Ich beschloß, in eine Bäckerei zu gehen und sozusagen um ein Stück Brot zu betteln. Und just vor meinen Augen gab der Bäcker einer jungen Frau Brot, ohne Marken zu verlangen. Ich sagte ihm, ich sei auf der Durchreise. Er verweigerte mir das Brot. Zorn überkam mich. Ich sagte ihm, daß er gerade einer Frau Brot gegeben habe, die ebensowenig Marken gehabt habe wie ich. Er erhob seinerseits die Stimme. Es ging gar nicht mehr um mich. Er fing schon an, über das Brot so zu reden, wie man über das Vaterland oder über die Pflicht redet.

Augenblicklich beruhigte ich mich. Es lief genau auf die Art Geschichten hinaus, vor denen ich den größten Horror habe und die ich stets zu vermeiden suche, Geschichten, wie sie einem gern bei Militärparaden passieren, wenn einem der Nebenmann zubrüllt: »Los, Hut ab!«, in dem Moment, in dem ein einfacher Fahnenträger vorbeimarschiert.

Ich verließ die Bäckerei, ohne länger zu beharren, und sagte mir, daß ich mich eines Tages dafür rächen würde, doch gleichzeitig war ich zutiefst deprimiert über die Unmöglichkeit, in meiner Situation nachdrücklich Forderungen zu stellen.

Ich setzte mich ans Becken des Neptunbrunnens. Wenn man Stunden an einem öffentlichen Ort verbringen muß, ist es besser, sich hinzusetzen, statt herumzulaufen und am Ende den Eindruck zu machen, man suche etwas. Es gibt immer Müßiggänger, die auf ein Abenteuer aus sind, und da kann es zu Mißverständnissen kommen. Wenn man sich auf ihre Zudringlichkeiten nicht einläßt, nehmen sie es einem womöglich übel, sie kennen in der Gegend vielleicht Typen, die sie nicht lang überreden müssen, und kommen dann, wer weiß, zurück und fangen Streit an.

Ich rührte mich nicht. Ich tat, als würde ich in einem Buch über Wünschelrutengänger lesen, das ich, um mir meine Verlegenheit nicht anmerken zu lassen, aufs Geratewohl aus dem Korb eines Bouquinisten in der Rue de la Paroisse gefischt hatte.

Wieder grübelte ich darüber nach, wie die polizeilichen Ermittlungen verlaufen könnten, die mich so sehr beschäftigten. Ich wollte immerzu darüber reden, doch niemand schien genügend Freundschaft für mich zu empfinden, um mir zuzuhören und Mut zu machen.

Endlich kam mein Vater. Ich habe nie jemanden gekannt, dem die Befriedigung nach getaner Arbeit so deutlich anzusehen war.

Sein Geist war wesentlich reger als zuvor. Er glaubte sich verpflichtet, voll von Ideen zu scheinen. Er erzählte mir von seinem Freund Mondanel, einem der Chefs der Polizeipräfektur. Ich müsse ihn unbedingt sehen, denn ich hätte mein Leben in Ordnung zu bringen, müsse arbeiten, mein Leben langfristig organisieren, müsse vergessen.

Während er mich zum Bahnhof zurückbrachte (nicht eine Sekunde war mehr die Rede davon gewesen, daß ich in Versailles bleiben könne), sprach ich über den Verlauf der polizeilichen Ermittlungen, über den ich soviel spekulieren mußte.

In meiner Vorstellung hatte der Lagerkommandant direkt nach unserer Flucht nicht nur die verschiedenen Polizeistellen alarmiert, mit denen er ohnehin in Kontakt stand, sondern auch seinen Vorgesetzten, den Oberbefehlshaber aller Lager – das deshalb, da es sich nicht um einen gewöhnlichen Ausbruch handelte. Das Vorkommnis war so schwerwiegend, daß andere, wesentlich wichtigere Personen an die Stelle unseres kleinen Kommandanten traten. Diese hatten unverzüglich die Kommandanturen in Belgien, Holland und in Paris unterrichtet, und letztere hatte die Sûreté und die Präfektur alarmiert. Ich malte mir sogar die Unterredung aus. Die beigezogenen französischen Beamten wurden mit Hochachtung empfangen. So oft waren sie wegen Angelegenheiten gerufen worden, in denen sie im Grunde nicht mit ihren deutschen Kollegen übereinstimmten, daß sie dieses Mal geradezu überglücklich waren, mit bestem Gewissen noch eins draufsetzen zu können. Sie würden ihre Arbeit tun. Man könne auf sie zählen. Sie würden den Beweis ihres guten Willens und ihrer Kooperationsbereitschaft liefern. Zwischen zivilisierten Völkern gebe es Dinge, die man einfach nur auf die gleiche Weise sehen könne. Der französische Polizeichef würde sich respektvoll zurückziehen, nachdem er der Sache, die man ihm angetragen hatte, voll und ganz zugestimmt hatte, ohne freilich dabei zu vergessen, daß er Franzose war, das heißt: auf gesittete Art, ohne die Hacken zusammenzuschlagen, ohne auf einen Hitlergruß mit einem Hitlergruß zu antworten, mit einem Blick, der besagte, daß er noch ganz er selbst sei und dieses eine Mal bloß deshalb gehorche, weil unter derartigen Umständen jeder anständige Mann nur gehorchen könne. Dann hätte die Angelegenheit bloß ihren Lauf zu nehmen. Es ginge nur noch darum, den Mörder zu suchen.

Dieses Bild vom Verhalten französischer Beamten gefiel meinem Vater nicht. Er meinte, ich hätte nicht das Recht, so von meinen Landsleuten zu sprechen. Außerdem würde ich übertreiben. Die Franzosen seien nicht so! Ich stelle grundlose Verdächtigungen an.

Dann fügte er in dem Ton, den ich selbst angeschlagen hatte, hinzu, daß die französischen und deutschen Polizeibehörden anderes zu tun hätten, als hinter uns her zu sein. Was ich da sagte, entbehre der Grundlage. Alles sei viel einfacher. Der Chef des Lagers sei ein anständiger Typ, der seinen Dienst tue, weil er keine andere Wahl habe. Natürlich sei er gezwungen gewesen, über unsere Flucht einen Bericht anzufertigen. Dieser Bericht gehe von Büro zu Büro. Zwei Wachposten seien verletzt worden. (Ich hatte mich nicht getraut zu sagen, daß sie tot waren.) Uns erscheine das sehr schwerwiegend. Doch was sollte das die höheren Offiziere, die Polizeichefs, letztlich schon scheren? Man suche nach uns, schön, aber ohne dem einzelnen böse zu sein. Wir sollten uns vor allem nicht einbilden, auf unseren Kopf sei ein Preis ausgesetzt und alle Polizeibehörden Europas beschäftigten sich nur mit uns, denn gebe man sich solchen Hirngespinsten hin, so mache man am Ende ganz ungewollt einen verdächtigen, ängstlichen Eindruck, man falle schließlich auf und werde festgenommen. Es sei sogar denkbar, daß schon gar nicht mehr nach uns gesucht wurde. Andere Vorkommnisse seien auf unseren Fall gefolgt, und die alten seien von den neuen verdrängt worden.

4

Einige Tage darauf stattete ich auch Richard einen Besuch ab.

Als ich in Gefangenschaft gewesen war, hatte mein Halbbruder Richard sich förmlich überschlagen für mich. Richard war nicht der Bruder, den ich mir erträumte, das heißt jemand, der mich vor denen beschützt und gewarnt hätte, deren Boshaftigkeit ich nicht erkannte. Da er anfangs ohne Nachricht geblieben war, hatte er geglaubt, ich sei getötet worden. Er hatte alle möglichen Listen durchsucht, eingeschriebene Briefe da- und dorthin geschickt. Mir scheint, daß in solchen Fällen meist nichts unternommen wird, um die Wahrheit zu ermitteln. Bei ihm verhielt es sich aber ganz anders. Er übertrieb sein Interesse an mir. Er benutzte es, um bei den Leuten Mitleid zu erwecken. Er könne, sagte er, nicht länger im Ungewissen bleiben. Er durchlebe eine schreckliche Tortur. Nichts sei grausamer als der Zweifel. Als man ihm sagte, man könne ihm keine Auskunft geben, tat er, als glaube er, man verheimliche ihm die Wahrheit. Er bat inständig, ihn nicht zu schonen. Er schwor, er habe die Kraft, die schlimmste Nachricht zu ertragen, und wiederholte noch einmal, er ziehe alles dem Nichtwissen vor.

Dann, als er erfahren hatte, daß ich in Gefangenschaft war, begann er mit den unsinnigsten Aktionen, um mich freizubekommen. Überallhin war er gelaufen, hatte vollgestempelte Zertifikate ausstellen lassen, Bescheinigungen aller Art erhalten und Leute bedrängt, die mich mochten, zum Beispiel den Verwaltungschef der Bibliothèque Nationale, etwas zu unternehmen, doch diese hatten letztlich kein besonderes Interesse daran, sich gerade meinetwegen zu bemühen, und so warf er ihnen schließlich Untätigkeit vor. Er ließ mir in Paketen Botschaften zukommen, unter die Etiketten der Konservendosen schrieb er mir endlose Briefe in Miniaturschrift, und ich bangte vor jedem Mal, weil ich nicht wußte, was er sich diesmal wieder hatte einfallen lassen.

Es ging mir schon gegen den Strich, ihn zu besuchen; bei dem Zirkus, den er meinetwegen veranstaltet hatte, wäre es nicht erstaunlich gewesen, wenn die Polizei bereits bei ihm gewesen wäre. Aber er hatte wohl schon erfahren, daß ich in Paris war, und wenn ich ihm kein Lebenszeichen gab, konnte es passieren, daß er wieder aktiv wurde, wie immer angeblich in meinem Interesse. Er würde sich darauf berufen, daß ich mich seiner Meinung nach nicht selbst schützen könne, daß ich, wie immer, verloren sei, sobald ich mich den Schwierigkeiten des Lebens stellen müsse. Ich muß hinzufügen, daß mein Halbbruder diesen schrecklichen Hang hatte, sich nicht zu scheuen, die Behörden einzuschalten, wenn es um jemandes Wohl ging. Ich konnte ihn schon hören, wie er der Polizei sagte, er sei sehr beunruhigt, er wisse, daß ich Schwierigkeiten habe, und er fürchte, man wolle mir gerade deswegen übel mitspielen. Ich sei verschwunden. Die Angst lasse ihn kein Auge zutun. »Suchen Sie! Versuchen Sie, etwas herauszubekommen!«

Ich sagte ihm also, daß es mir sehr gut gehe, aber meine Adresse gab ich ihm nicht, obwohl er darauf beharrte. Ich würde bei Freunden wohnen und müsse anderntags wieder abreisen. Er wollte wissen, um welche Freunde es sich handle. Ich antwortete ihm, er kenne sie nicht, der Name würde ihm nichts sagen, und ich wiederholte, daß ich sie am nächsten Tag schon wieder verlassen wolle.

Jedesmal, wenn ich danach Leute traf, die Umgang mit ihm hatten, schärfte ich ihnen ein, ihm nichts von mir zu erzählen – zu ihrem großen Erstaunen übrigens. Doch ich erklärte ihnen, daß Richard in seiner Bemühtheit eine Unvorsichtigkeit begehen könne. Trotzdem war ich nicht beruhigt. Später erfuhr ich, daß er erneut nach mir suchte. Er erzählte jedem, ich würde ihm etwas verheimlichen, um ihm nicht wehzutun. Anscheinend ließ er durchblicken, er wisse genau, daß es etwas sehr Schlimmes sei.

Ich fragte mich immer noch, was ich tun solle, als mein Vater eines Morgens zu mir kam, um mich zu Mondanel zu bringen. Jedesmal, wenn ich in meinem Leben etwas ausgefressen hatte, brachte er mich zu jenen, denen ich Schaden zugefügt hatte. Jedesmal, wenn ich mich in Gefahr begeben hatte, hatte er geglaubt, es gebe kein besseres Mittel, mir zu helfen, als mich zu jenen zu führen, die mich bedrohten.

Wir gingen zu Fuß zur Polizeipräfektur, den Boulevard Sébastopol entlang. Nichts ist wohl unangenehmer als derlei Unternehmungen zu zweit. Sie haben ein peinliches Gefühl von Bedeutsamkeit an sich, verschlimmert noch durch den Umstand, daß man sie nicht vermeiden kann. Um mich zu beruhigen, sagte ich mir, daß selbst für den Fall, daß Mondanel meine Situation nicht mit so viel Optimismus beurteilte wie mein Vater, ihn die Tatsache, daß wir beide als Freunde zu ihm kamen, dazu nötigen würde, keine für mich ungünstige Entscheidung zu treffen. Er konnte uns sagen, wir sollten nicht wiederkommen, aber erst mal war er gezwungen, uns zu empfangen.

Rasch erreichten wir die Präfektur. Polizeibeamte standen Posten. In Wirklichkeit spielten sie keine große Rolle, weil ohnehin die Deutschen das Sagen hatten. Man spürte dies an einer gewissen Laxheit in ihrem Verhalten, einer Art Zurückhaltung, die zeigte, daß sie nie genau wußten, ob die Leute, die hier ein und aus gingen, sich Weisungen gefallen lassen würden.

Wir durchquerten einen Hof, dann noch einen. Wir gingen eine enge Treppe hinauf, die nur für Beamte bestimmt war. Dieser wenig offizielle Aspekt unserer Unternehmung machte mich zuversichtlich. Ich sagte mir, daß Mondanel uns, wenn wir so erschienen, nur als Freunde betrachten könne, daß es so leichter für ihn sei, uns einen Rat zu geben, ohne als Leiter seiner Abteilung amtlich zu werden.

Ich war gespannt darauf, ihn zu sehen, um mir selbst ein Bild von seiner Freundlichkeit zu machen. Mein Vater hatte gesagt, daß er freundlich sei. Doch mitunter verspüren wir keinerlei Sympathie für Leute, die uns als nett beschrieben werden. Deswegen fragte ich auch immer gleich mehrere Male, bevor ich einem Unbekannten begegnete: »Ist er auch nett?« – »Ja, sehr nett ...«, hieß es dann. Und das beruhigte mich schließlich. Im Grunde erwartete ich einiges von Mondanel. Wenn man uns versichert, jemand werde alles Nötige tun, und wenn man über Phantasie verfügt, kann man die tollsten Dinge für möglich halten.

Mondanel hatte eines dieser winzigen Büros, die in Ämtern den Eindruck geheimer Macht vermitteln. Mein Vater nahm Platz. Ich blieb stehen, denn es gab keinen weiteren Stuhl.

Mein Vater hatte recht behalten. Monsieur Mondanel war in der Tat sehr freundlich. Er war ein kleiner, kahlköpfiger Mann mit Brille. Schon bei meinem Eintreffen hatte er unverzüglich begriffen, daß mein Vater ihn um einen Gefallen für mich bitten wollte, und so betrachtete er mich von vornherein mit Wohlwollen.

An seiner Freundlichkeit merkte man, daß der mögliche Vorwurf gegen ihn, daß er unter der deutschen Herrschaft auf seinem Posten verblieben war, ihm noch nicht einmal in den Sinn gekommen war. Was von dieser Herrschaft in der Verwaltung, der er angehörte, zu spüren war, erschien zu gering, um noch wahrnehmbar zu sein. Er wäre sehr überrascht gewesen, wenn man ihm etwas vorgeworfen hätte. Es fehlte ihm einzig an Charakter. Er gab sich unabhängig und redete daher, als ob nichts vorgefallen wäre. Die Deutschen konnten noch so sehr präsent sein, er meinte, alles sei beim alten geblieben. Dies werde von allen Seiten bestätigt. Nunmehr ging es einzig noch darum, den Siegern Respekt zu zollen, ihnen zu zeigen, daß wir keine Trottel waren, daß wir es verstanden, uns der Realität anzupassen.

Er bezeugte viel Freundschaft für meinen Vater. Um uns sein Vertrauen zu beweisen, sprach er vor uns mit seinen Untergebenen, telefonierte, hielt mit offiziellen Geheimnissen nicht zurück, so daß ich fürchtete, verdächtigt zu werden, sollte es in der Folge zu einer Indiskretion kommen. Aber es handelte sich um keine wirklichen Geheimnisse.

Mein Vater sprach ausgiebig über mich, erzählte meine Geschichte oder zumindest was er dafür hielt, denn ich hatte mich wohl gehütet, ihm alles zu sagen. Er machte mir ein wenig Kummer, weil er so sehr an diese Freundschaft glaubte und sich einzubilden schien, man könne alles von jemandem erwarten, wenn er nur der eigenen Familie angehörte oder wenn man ihn seit jeher kannte. Ich war froh, ihm nicht erzählt zu haben, daß ich zwei Wachposten getötet hatte. Ich hatte es ihm zwar angedeutet, aber mit so vielen bewußten Auslassungen, daß er darauf verzichtet hatte, den genauen Tathergang zu erfahren. Mondanel wollte das auch nicht wissen. Er gab sich mit der Bemerkung zufrieden, er werde sehen, was er tun könne, und sich erkundigen. Er bat um meine Adresse, um mir schreiben zu können. Mein Vater beeilte sich, sie ihm zu geben.

Sowie wir draußen waren, machte ich kein Hehl aus meiner Sorge. Was ich am meisten fürchtete, war die Untersuchung, die Mondanel veranlassen wollte. Er hatte zwar gesagt, er mache es aus Freundschaft; er handle nicht als Leiter einer Abteilung in der Präfektur, sondern als Freund, aber ich glaubte nicht, daß er fähig sein werde, seine offizielle Funktion so völlig außer acht zu lassen.

Ich sagte es meinem Vater nicht, aber ich hatte das Gefühl, Mondanel sei in erster Linie Beamter. Auch wenn man einräumte, daß er anfänglich voll guter Absichten war, war es keineswegs sicher, daß er sich nicht änderte, sobald er offizielle Tatsachenbeweise vor Augen hatte, daß ich ein Mörder war.

Noch eine andere Gefahr kam mir in den Sinn. Selbst wenn man annahm, daß Mondanel zu seiner Freundschaft stehen würde, was auch immer er in bezug auf mich herausfinden sollte, so konnte er doch eine Unvorsichtigkeit begehen, indem er erkennen ließ, daß er mich kannte, und Leute, denen an meiner Festnahme mehr lag als ihm, würden ihn folglich auf die eine oder andere Art drängen, mich auszuliefern, und vielleicht würde er ja nachgeben.

Ich war so voll Besorgnis, daß mir selbst mein Vater nicht mehr sehr zuversichtlich schien. Er war sichtlich enttäuscht. Er hatte seinen Freund seit Ausbruch des Krieges nicht mehr gesehen und sich vorgestellt, Mondanel werde sich beklagen, ihm sagen, wie quälend es sei, für die Boches arbeiten zu müssen, und so weiter. Er hatte gedacht, Mondanel werde ihm seine Skrupel anvertrauen, seine Gewissenskonflikte, und nun war er statt dessen auf einen Mann getroffen, der zwar genauso herzlich war wie früher, aber eingeweiht und entschlossen wirkte, als wisse er ganz genau, was er tat; als übernehme er dafür die Verantwortung und lasse sich in dieser Hinsicht auch von keiner familiären Bindung beeinflussen. Ich begann zu verstehen, daß mein Vater es bedauerte, mich zu seinem Freund gebracht zu haben, was meine Bestürzung verschlimmerte, weil es mir zeigte, daß die Gefahren, wenn man in der Bredouille ist, von überallher kommen, sogar von denen, die für uns nur das Beste wollen.

Ich sagte meinem Vater dann, daß es umsichtiger sei, wenn ich die Rue Rambuteau auf der Stelle verließe, weil wir die Dummheit begangen hätten, Mondanel meine Adresse zu geben. Doch mein Vater war ein Mann, der schnelle Entscheidungen scheute. Er glaubte, daß Mondanel, falls man ihn tatsächlich dazu brachte, uns zu verraten – was im übrigen unwahrscheinlich sei –, es doch nicht gleich tun werde, daß er zunächst unentschlossen sein und sich erst in einem langsamen Prozeß dazu bereitfinden werde.

Ich warf ein, daß ich trotzdem lieber Maßnahmen zu meiner Sicherheit ergreifen wollte. Ich wollte umgehend aufbrechen, egal wohin, wollte nicht einmal zurück zu meiner Tante de Miratte, um meine Sachen abzuholen. Mein Vater meinte, er könne mich nicht einfach mir selbst überlassen, er werde mich zu seinem Schwager Charles bringen. Ich protestierte. Dieser Charles mochte ja ein anständiger Kerl sein, aber wohnen wollte ich nicht bei ihm.

Schließlich überlegte ich mir, daß mein Vater recht hatte; was in erster Linie zählte, war meine Sicherheit. Die Furcht, die mich bei jeder Gelegenheit befiel, war meine ganz persönliche, darüber mußte ich mir klar werden; niemand, wer immer es war, teilte sie. Charles war so gut wie jeder andere. Es war so, wie wenn man an die Krankheiten denkt, die einem bevorstehen. Würde man dafür den bestmöglichen Arzt wollen, bliebe man ohne Behandlung. Man darf sich keine Illusionen machen. Man muß sich von vornherein sagen, daß der, der uns behandeln und versuchen wird, uns das Leben zu retten, sich kaum von dem armen kleinen Arzt unterscheiden wird, von dem wir heute nicht einmal den kleinsten Rat haben wollen.

5

Ich kehrte also in die Rue Rambuteau zurück und wartete darauf, daß mein Vater mich zu seinem Schwager Charles brachte. Ich wartete einen Monat lang. Ich hatte so gut wie kein Geld. Ich war so ängstlich geworden, daß ich es nicht einmal wagte, den Fuß in eine Bank zu setzen, um die Schatzanweisung über zehntausend Francs zu verkaufen, zahlbar dem Überbringer, die ich Madame Gaillard anvertraut hatte.

Ich war wütend, bei meiner Tante bleiben zu müssen. Jeden Tag ärgerte ich mich mehr über meinen Vater, weil er nicht Wort gehalten hatte. Aus Stolz erinnerte ich ihn nicht an sein Versprechen. Ich wurde immer eigensinniger. Wenn ich heute an mein damaliges Verhalten denke, kann ich nur staunen. Wie konnte ich mich nur so empfindlich zeigen zu einem Zeitpunkt, wo mich allein mein persönliches Interesse hätte leiten sollen?

Ab und zu ging ich Madame Gaillard besuchen, ich meine Juliette. Seit meiner Rückkehr hatte ich nie bei ihr schlafen wollen. Doch diese Situation, in die ich mich dummerweise selbst gebracht hatte – nicht aufzugeben, die Zeit abzuwarten, die es brauchte, bis mir mein Vater ein Zeichen gab –, ließ mich Unvorsichtigkeiten fast von selbst begehen. So hatte ich die Gewohnheit angenommen, von Zeit zu Zeit eine Nacht in der Rue de La Tour zu verbringen.

Vor dem Krieg hatten wir uns nicht besonders heftig geliebt, doch seitdem ihr Mann in Gefangenschaft war, hatte sie eine Art Passion für die anderthalb Millionen in Deutschland internierten Franzosen entwickelt. Ich war einer von ihnen gewesen.

Bevor ich zu Bett ging, traf ich dieselben Vorsichtsmaßnahmen wie bei mir, doch im Grunde geschah es mehr in Voraussicht einer unvermuteten Ankunft ihres Mannes als aus Angst vor der Polizei. Ich ließ nie zu, daß sie das Licht löschte. Es war seltsam, aber in der Dunkelheit fühlte ich mich weit weniger sicher. Ich fürchtete, daß Juliette, falls es klingelte, sagen würde: »Rühr dich nicht«, und daß sie die seltsame Idee hatte, man könne so tun, als wäre niemand da.

Sie schmiegte sich an mich. Ich hatte soviel abgenommen, daß ich feinere Gesichtszüge bekommen hatte, mein Körper indessen unansehnlicher geworden war. Ich spürte, daß sie Schutz suchte, und mich, der ich genauso Schutz suchte, der ich um mein Leben zitterte, mutete es merkwürdig an, daß sie, die vor Gesundheit nur so strotzte und sich vor absolut nichts fürchtete, mich eine solche Rolle spielen ließ. Ich konnte nicht einschlafen.

Ich hatte ein großes Redebedürfnis, wollte erzählen, was genau sich bei meiner Flucht abgespielt hatte, damit sie mir gut zuredete und um das Künstliche an unserer Beziehung zu vertreiben. Aber die Erinnerung an die Worte hielt mich zurück, die sie mit der Unüberlegtheit derer gesagt hatte, die sich einbilden, alle seien derselben Meinung wie sie, Worte, in denen ich ihren Haß für das gespürt hatte, was sie »das Gesindel« nannte. Sie haßte die Deutschen, aber sie haßte auch bestimmte Franzosen. Und ich weiß nicht, warum, aber ich hatte den Eindruck, daß ich, sollte ich mich gehenlassen und anfangen zu reden, Gefahr laufen würde, in ihren Augen plötzlich und trotz unserer Intimität zu einem dieser Franzosen zu werden.

Ich sagte mir, das beste Mittel, nicht enttäuscht zu werden, sei, den Mund zu halten; andererseits wäre Reden aber auch eine große Erleichterung gewesen. Es wäre so wunderbar gewesen, da zu sein, in Sicherheit, mit einer Frau, die über alles Bescheid wußte und mich aus diesem Grund nur noch mehr liebte. Sie gehörte mir, und im Bett würde mich niemand anderer hören als sie. Ein unter diesen Umständen mitgeteiltes Geheimnis könnte nicht ausgeplaudert werden.

Jedesmal, wenn ich gerade davon anfangen wollte, entsann ich mich, wie froh ich das letzte Mal gewesen war, es nicht getan zu haben. Eines Nachts allerdings gab ich nach. Zwei Stunden lang sprachen wir ganz leise. Ich sagte ununterbrochen dieselben Dinge. Wenn einen etwas berührt, kann man unendlich reden, ohne dem Ganzen etwas Neues hinzuzufügen.

Ich glaubte, Juliette werde sich wundern, daß ich so lange gebraucht hatte, um ihr die Wahrheit über meine Flucht zu erzählen. Doch das, was ich ihr gestand, war so schwerwiegend, daß sie mein Schweigen natürlich fand und nicht einmal daran dachte, mir einen Vorwurf zu machen.

»Wir müssen schlafen«, sagte sie schließlich. Dieser Satz ließ mich erstarren. Ich sagte ihr, ich sei nicht müde und würde gern noch reden. »Wir müssen schlafen«, wiederholte sie. »Du hast mir doch alles gesagt ... Morgen werde ich sehen, was zu tun ist.« Eine große

Freude durchströmte mich. Dann aber bekam ich wieder Angst bei dem Gedanken, es könnte etwas passieren, bevor jemand etwas für mich tun konnte. Ich sagte es ihr. Sie begann zu lachen. »Man darf nicht dauernd an irgendwelche Katastrophen denken!« Sie küßte mich. »Schlaf jetzt«, sagte sie, »es wird schon nichts passieren.«

Am Morgen wurde ich lange vor ihr wach. Ich wußte noch nicht, ob ich es bedauern sollte, daß ich mich zum Reden hatte hinreißen lassen. Ich wartete darauf, daß sie aufwachte. »Was würdest du tun, wenn du mich nicht wiedersehen würdest?« fragte ich sie, sowie sie die Augen öffnete.

»Red kein dummes Zeug ...«, gab sie zurück. Ich bedauerte nichts. Aber ich hatte ein ungutes Gefühl. Ich dachte an ihren Mann. Es war möglich, daß etwas Unvorhersehbares eintrat, daß ich zum Beispiel nicht wiederkommen konnte, um die Nacht bei Juliette zu verbringen, daß ich nicht mehr da war, um ihr einzuschärfen, sie möge den Mund halten. Würde sie mein Geheimnis dann hüten? Würde sie sich seiner nicht bedienen, damit man ihr verzieh?

Alles ist möglich im Leben. Und nun fürchtete ich, daß unsere Liebschaft bekannt wurde. Hatte ich denn nicht schon genug Sorgen, daß ich mir immer neue schuf? Die Möglichkeit, überrascht zu werden, eine Möglichkeit, der ich bislang keinerlei Bedeutung beigemessen hatte, wurde in meinen Augen plötzlich zu einer ebenso großen Gefahr wie alle anderen.

Bislang war es nur eine banale Geschichte gewesen. Sie hatte die Gefangenschaft ihres Ehemanns ausgenutzt, um ihn zu betrügen. Das ist schäbig. Wie kann man es so sehr an Moral fehlen lassen? Ich wäre also nicht das einzige niederträchtige Individuum. Auf Juliette würde dasselbe zutreffen. Aber der Vorwurf wäre auf den Liebesverrat beschränkt geblieben. Nun hingegen genügte ein Wort von Juliette, um uns weit davon zu entfernen, uns auf ein Terrain zu bringen, das auf ganz andere Art gefährlich war. Und Juliette konnte dieses eine Wort sehr gut bei irgendeiner Gelegenheit fallenlassen.

Einige Tage später teilte sie mir mit, daß sie mit einem ihrer Freunde, Monsieur Bressy, verantwortlich für die Rechnungsführung im Justizministerium, über mich geredet hatte. Sie habe ein Treffen vereinbart. Sie wolle mich zu ihm bringen. Bei dem Gedanken, sie könnte alles erzählt haben, verfiel ich für einen Augenblick in Panik. Sie beruhigte mich. Sie habe lediglich davon gesprochen, daß ich Arbeit finden müsse. Seit der besagten Nacht wandte sie sich mir zu wie einem kraftlosen, nachlässigen Menschen, der sich gehen läßt und mit dem es am Ende total bergab geht, wenn man ihn nicht auf Trab bringt. Ich dürfe mich nicht verkriechen. Ich müsse im Gegenteil Leute sehen, die ich um Rat fragen könne, müsse ein Mittel suchen, um mich offiziell in Sicherheit zu bringen. Das sei machbar. Wir haßten die Boches. Zwei von ihnen umgebracht zu haben, sei sogar eher ehrenhaft. Dafür seien einige Franzosen imstande, viel für mich zu tun. An allen Stellen gebe es Menschen, die bereit seien, den Patrioten zu helfen, weil sie selbst Patrioten waren. Monsieur Bressy sei einer von ihnen. Es sei nicht allgemein bekannt, aber er habe ganz allein ein deutsches Kommando von seinem Besitz verjagt.

Im letzten Moment konnte Juliette nicht mitkommen. Sie sollte anläßlich eines kleinen Essens bei Freunden singen. Ich sagte ihr, daß es mir äußerst unangenehm war, allein ins Justizministerium zu gehen.

Ihre Antwort war, ich sei ein Kind. Bressy erwarte mich. Er wisse, mit wem er es zu tun habe. Im übrigen müsse ich ihn um nichts bitten. Es handle sich um eine simple Kontaktaufnahme. Ich räumte ein, im Unrecht zu sein.

Aber sobald ich wieder allein war, begab ich mich auf die Suche nach einem Freund, der mich begleiten konnte. Ich war nervös. Ich mochte diese Tour nicht, wo man sich über eine Frau, einen Angestellten, einen Arzt an eine wichtige Persönlichkeit heranmacht. Bis zum Treffen blieb mir noch eine Stunde. Ich lief überall hin auf der Suche nach einem Freund, der mich zwar nicht in das Büro von Monsieur Bressy, aber immerhin bis ins Vorzimmer hätte begleiten können.

Niemand hatte Zeit. Plötzlich packte mich Panik. Nichts war mir unangenehmer, als erleben zu müssen, wie mir drei, vier Leute meine Bitte abschlugen. Ich hatte den Eindruck, daß ich deshalb auf soviel Ablehnung stieß, weil ich so etwas gar nicht hätte verlangen dürfen, und von da war es in meiner Lage nur ein kleiner Schritt zu dem Gedanken, daß ich ganz dumm die Aufmerksamkeit auf mich gezogen hatte. Schließlich half mir der Zufall. Ich traf auf einen Angestellten von der Bibliothèque Nationale, den ich kannte und der an diesem Tag frei hatte.

Nachdem ich in dem Vorzimmer Platz genommen hatte, nannte ich dem Amtsdiener meinen Namen. Dann stand ich auf und begann auf und ab zu gehen. Der Amtsdiener kam nach wenigen Sekunden zurück und bat mich zu warten. Ich setzte mich neben meinen Bekannten. Ich stellte ihm einen Haufen Fragen, aber ich war außerstande, seinen Antworten zu folgen. Jedesmal, wenn ich sah, wie der Amtsdiener sich erhob, glaubte ich, er komme, um mich zu holen, und da ich – ich weiß nicht, warum – wollte, daß mein Bekannter in diesem Moment gerade am Sprechen wäre, stellte ich ihm eine neue Frage.

Endlich wurde ich in Monsieur Bressys Büro geführt. Ohne mich anzusehen, wies er mir einen Platz zu. Ich beobachtete ihn. Ich fürchtete, daß er mehr über mich wußte, als Juliette mir verraten hatte. Auch wenn er sich für mich interessierte – schließlich hatte er Juliette gesagt, sie solle mich zu ihm bringen –, er machte absolut nicht den Eindruck, als nehme er meine Anwesenheit wahr.

Das Telefon läutete. In diesem Moment passierte etwas wirklich Merkwürdiges. Während er dem Anrufer, den er nicht sehen konnte, zuhörte, betrachtete er mich. Ich lächelte. Ich glaubte, daß ihn der Anruf nicht interessiere und er den gedanklichen Freiraum, den ihm das verschaffte, dazu nutze, um mit mir gewissermaßen Bekanntschaft zu schließen. Aber gleich darauf bemerkte ich zu meinem Erstaunen, daß er mich nicht wirklich wahrnahm.

In dem Augenblick, da ich meinte, er heiße mich mit seinem Blick willkommen, sagte er, ohne die Augen von mir abzuwenden, plötzlich: »Also, nein, nein ... Das ist unmöglich. Versetzen Sie sich mal in meine Lage. Was würden Sie denn tun? Nein. Wir reden später noch darüber.« Er legte unverzüglich auf, ohne ein weiteres Wort zu verlieren, und sein Gesicht erstarrte wieder.

Ich hatte an allen Regungen seiner Seele teilgenommen, und es war ihm in keiner Weise peinlich. Er begann, sich einige Notizen zu machen, dann eine Akte zu suchen. Auf einmal verspürte ich eine immense Erleichterung. Er sagte eben zu sich selbst: »Es ist unfaßbar, nie findet man, was man sucht.« Höflichkeitshalber murmelte ich einige Worte, wußte aber gar nicht, ob sich das gehörte oder nicht, denn er sprach ja mit sich selber und nicht mit mir.

Zu guter Letzt fand er die Papiere, nach denen er gesucht hatte, und begann wieder zu schreiben. Als er damit fertig war, sah er mich an, aber dieses Mal nahm er mich auch wahr. Ich glaubte, er würde jetzt sagen: »Verzeihen Sie. Jetzt stehe ich Ihnen zur Verfügung.« Sein Blick hatte diesen Ausdruck, den ich schon bei so vielen Leuten bemerkt hatte. Er versuchte herauszubekommen, ob Juliette sich nicht getäuscht hatte, ob meine Probleme wirklich mit dem Krieg zusammenhingen und nicht schon von früher herrührten.

Meine in so vielerlei Hinsicht besondere Situation konnte mein Gefühl für gesellschaftliche Distanz nur schwächer werden lassen, und Monsieur Bressy, das begriff ich sehr schnell, paßte das nicht. Er fand, daß ich die Regeln, die vor dem Krieg geherrscht hatten, nicht genügend respektierte und den Umstand, daß er mich empfing, für zu selbstverständlich nahm. Er stellte wenig erfreuliche Überlegungen an. Meine Situation sei ja gar nicht so schlimm, wie ich tue. Ich könne mich nicht beklagen, na, und so weiter.

Da trat ein Sekretär ein. Als ob er gestört worden wäre, schickte sich Monsieur Bressy wieder an zu schreiben. Der Sekretär rührte sich nicht. Beide warteten wir darauf, daß Bressy die Freundlichkeit haben möge, unsere Anwesenheit zu bemerken. Mit leiser Stimme sagte ich ein paar Worte zu dem neu Dazugekommenen. Er antwortete mir nicht. Ich lächelte ihm zu, dann wechselte ich aus Takt meinen Platz, um ihm nicht den Rücken zuzukehren. Endlich heiterte sich das Gesicht des Sekretärs auf. Er gab mir Zeichen, mich nicht um ihn zu kümmern, was mich freute, so sehr hatte ich es in meiner Lage nötig, mich der Sympathie aller zu versichern.

Im Gehen hätte ich noch gern gesagt, wie sehr Bressy es an Verbindlichkeit hatte fehlen lassen. Er war mir zutiefst unsympathisch. Er schien sich zu fragen, was mich mit Juliette verband. Das war eine weitere Folge meiner Situation, daß ich niemals sagen durfte, was ich auf dem Herzen hatte. Ein entlassener Dienstbote kann es, aber ich, ich konnte es nicht.

Mein Vater hatte sich noch immer nicht gerührt, und ich ging immer häufiger zu Juliette. In meiner Verlorenheit klammerte ich mich an sie. Mitunter verbrachte ich vier oder fünf Tage hintereinander in ihrer Wohnung. Ich wollte lieber nicht vor die Tür gehen, wenn sie vergaß, mir den Schlüssel zu geben, denn nichts versetzte mich mehr in Schrecken, als warten zu müssen, wenn ich geläutet hatte. Doch bald schon ließ mich der Gedanke, ihr Mann könnte wieder aus Deutschland zurück sein wie ich, nicht mehr los. Und auch wenn ich selbst geflohen war, würde es, falls er mich hier antraf, so aussehen, als hätte ich seine Gefangenschaft ausgenutzt. Doch ich konnte mich nicht entschließen, Juliette zu verlassen. Jeden Tag nahm ich mir fest vor, am nächsten wegzugehen. Manchmal wurde ich wütend auf sie. Ich fand, sie hätte mich zum Fortgehen zwingen müssen, statt mich zurückzuhalten. Dann sagte sie mir, sie halte mich ja gar nicht. Ich erwiderte ihr, sie spiele Theater, sie lüge, sie wolle gar nicht, daß ich gehe. Diese Diskussionen waren unendlich deprimierend. Es gibt nichts Schlimmeres, als in entscheidenden Momenten im Leben an einer Frau zu hängen.

Wenn sie das Haus verließ, machte ich immer wieder alle Höhen und Tiefen durch. Ich entschloß mich, ganz plötzlich aufzubrechen, ohne sie noch einmal zu sehen. Das schien mir das einzige Mittel zu sein. Aber der Gedanke, sie leiden zu lassen, war mir unerträglich. Was ich nicht verstand, war, daß wir uns nicht wie zwei Partner verstehen konnten. Es wäre so einfach gewesen, wenn sie nur gewollt hätte. Wir konnten uns noch so sehr lieben, es gelang uns nicht, in unserem gemeinsamen Interesse zu handeln. Juliette hätte es einrichten müssen, mich anderswo unterzubringen. Sie hätte mich dann besucht, mir das mitgebracht, was ich benötigte. Sie hätte verstehen müssen, welch schreckliche Marter die Vorstellung für mich war, ihr Mann könnte jeden Augenblick zurückkehren. Aber nein: Sie glaubte nicht einmal an die Gefahren, die auf mich lauerten. Sie fand, daß ich es bei ihr sehr gut hatte, daß ich nur zu warten brauchte. Sie war davon überzeugt, daß ihr Gatte kein Mann war, der einen Fluchtversuch unternahm. Und wenn ich ihr gesagt hätte, daß sie die Männer nicht kannte, daß diese außerhalb ihrer vier Wände noch zu ganz anderem fähig waren, daß ich die Männer sehr wohl kannte, daß wir alle gleich waren, alle zu großen Taten fähig, dann hätte sie mich ausgelacht. Ich nahm mir täglich vor, mich mit ihr auszusprechen. Aber wir hatten bereits so oft ergebnislos miteinander geredet, daß sie sich weigerte, mir zuzuhören. Ich bemühte mich mit allen möglichen Ankündigungen, ihre Aufmerksamkeit zu gewinnen. »Hör mir zu, Juliette, ich muß ernsthaft mit dir reden. Diesmal werde ich nicht noch einmal auf das zurückkommen, was ich dir zu sagen habe. Ich habe eine Entscheidung getroffen. Paß auf.« Aber sie tat nur so, als hörte sie mir zu. Wieder packte mich die Wut. Ich spürte, daß ich erst nach einer großen Szene würde weggehen können. Aber dazu war ich außerstande. Das wäre gemein gewesen. Und so blieb ich. Ich sagte ihr, sollte mich die Polizei festnehmen, dann ihretwegen. Ihre einzige Antwort darauf war, daß sie mich küßte. Ich gab nach, bat um Verzeihung. Auch ich küßte sie. Aber danach empfand ich einen derartigen Ekel vor mir selbst, daß ich manchmal daran dachte, mich umzubringen. Das war genauso unmöglich wie alles andere, aber ich dachte daran. »Na gut«, sagte ich mir, »was soll's? Komme, was da wolle. Vergessen wir alles. Wenn ich geschnappt werden soll, na schön, dann hat sie es eben so gewollt.«. Ich sagte ihr: »Du hast es so gewollt!« Sie entgegnete mir, sie würde lieber jedes Risiko eingehen, als von mir getrennt zu sein. Ich wurde wieder zornig. Nein, das sei nicht in Ordnung. Ich müsse handeln, und so weiter. Sie fing an zu weinen. Kurz, es war furchtbar. All diese Szenen, die von kurzen Momenten der Zärtlichkeit unterbrochen waren, machten mich wahnsinnig. Abhauen, abhauen, abhauen – das war es, was ich tun mußte. Doch als ich mich dann wieder beruhigt hatte, schien es mir, als stürzten sich die Menschen eben dadurch ins Unglück, daß sie sich nicht damit begnügen könnten, was sie hatten. Am Ende haßt man das, was einen umgibt, obwohl man doch ganz zufrieden damit war, und stürzt sich ins Unbekannte. Am Ende ekelt es einem vor dem Leben, das man gerade führt. Man kann sein Glück nicht mehr ertragen und setzt sich wirklichen Gefahren aus. Das ist entschuldbar, wenn man nicht viel riskiert, aber wenn das Leben auf dem Spiel steht, ist es blanker Wahnsinn. Plötzlich fand ich, Juliette habe recht, und sagte es ihr. Sie triumphierte nicht einmal. Sie fand lediglich, daß es mir besser gehe, daß ich mich schlafen legen solle, damit meine Verstörung sich ganz gebe. Sie wisse genau, daß ich mich mit der Zeit erholen werde. Ich hörte es gern. Ich hatte das Gefühl, sie beurteile die Dinge richtig und ich sei es, der außerhalb der Wirklichkeit stand. Und tags darauf, wenn es regnete und ich schlechte Laune hätte, würde alles wieder von vorn anfangen.

6

Mein Vater holte mich endlich ab, um mich zu seinem Schwager Charles zu bringen. Dieser war ein kleiner, lebhafter Mann, der Schmuck trug, bis auf ein paar lange, sehr dünne Haare kahl war und sich immer in einer Weise kleidete, die er seiner momentanen Lebenslage angemessen fand. Er wohnte in einer kleinen Wohnung in der Rue Victor-Massé, umgeben von wertlosem Nippes und Gegenständen, die, einst nützlich, zu nichts mehr zu gebrauchen waren – etwa Uhrwerke, Einzelteile von alten Fotoapparaten, von Dynamos, von Grammophonen. Das Spiel, die Poesie, die Frauen, die Musik, die Mechanik, das alles waren über die Jahre seine großen Leidenschaften gewesen. Mit einem Wort, er war eine malerische Erscheinung.

Wie hatte ich meinem Vater böse sein können, daß er so lange gezögert hatte, mich zu diesem Mann zu bringen? Er würde sicher eine Möglichkeit finden, mich erneut zum Narren zu machen. Ich hatte so viele Prüfungen bestehen müssen, und die Stunden, die ich durchlebt hatte, waren so schlimm, daß mich das Malerische in keiner Weise amüsierte. Zum Glück war klar, daß ich nur einige Tage in der Rue Victor-Massé verbringen sollte. Während dieser Zeit wollte mein Vater sich nach einem Unterschlupf umsehen, wo ich mein Leben neu organisieren und mich auf nützliche Weise beschäftigen konnte.

Jedesmal, wenn es klingelte, packte mich die Angst, denn Charles erhielt von so gut wie niemandem Besuch, was jedem vereinzelten Läuten mitten am Tag eine bedrohliche Bedeutung gab. Ich ärgerte mich über meine Furchtsamkeit, aber sie war entschuldbar. Eingesperrt in dieser Wohnung, getrennt von den Leuten, die ich kannte, wurde mir bewußt, daß mein Schicksal zur Zeit von zwei Personen abhing, die mir beide keinerlei Vertrauen einflößten: von meinem Vater und seinem Schwager.

Nichts ist unangenehmer als Unglücksfälle, von denen wir über Dritte erfahren. Wenn zum Beispiel jemand, der uns viel bedeutet, nicht heimkehrt, ist es, statt daheim zu warten, bis uns der Hausmeister, ein Freund oder ein Telefonanruf benachrichtigt, besser, das Haus zu verlassen, auf das Unglück zuzugehen, um selbst herauszufinden, was passiert ist, ehe man es uns mitteilt.

Die Ruhe, in der ich lebte, tat mir also überhaupt nicht gut. Jedesmal, wenn ich mich in Charles' Gegenwart befand, hatte ich den Eindruck, daß er Dinge wußte, die er vor mir verheimlichte. Und wenn er sich ganz ruhig mit seinen Dingen beschäftigte, war ich außer mir. Dank meiner schätzte er das nette kleine Leben, das er sich eingerichtet hatte, noch mehr. In meiner Rastlosigkeit war nichts unangenehmer als das Gefühl, durch meine Anwesenheit das Glück eines anderen zu vergrößern. Wenn man unglücklich ist, so sagte ich mir, sollte man nur bei solchen Leuten Zuflucht suchen, die einen wirklich lieben, die, obwohl eigentlich unbeteiligt, wirklich leiden würden, wenn einem etwas zustieße, oder aber bei völlig gleichgültigen Leuten wie Georget, Guéguen oder vielleicht noch bei Leuten, die an unserer Sicherheit persönlich interessiert und wie wir bedroht sind. Aber es gibt nichts Schlimmeres als Leute, die sich bloß den Anschein geben, an unserem Schicksal Anteil zu nehmen. Da ist es noch besser, allein zu sein.

Aber was tun? Wenn ich so dachte, würde ich nirgendwo bleiben können. Doch irgendwo mußte ich ja leben. Ich wußte, daß das unangenehme Gefühl, das man bei der Ankunft bei neuen Gastgebern verspürt, sich allmählich verliert. Ich konnte es mir nicht mehr erlauben, diesem Fremdheitsgefühl irgendwelche Bedeutung beizumessen.

Drei Tage später besuchte mich mein Vater. Er teilte mir mit, daß er Mondanel wiedergesehen habe. Er hatte sich gehütet, mir vorher davon Bescheid zu geben. Etwas beunruhigte mich sehr. Er hatte Mondanel bestimmt nicht verheimlichen können, daß ich bei seinem Schwager wohnte. Dieses Wiederauftauchen Mondanels zerstörte die Sicherheit, die mir die neuen Gewohnheiten eben erst zu geben begannen. Es mußte also alles wieder von vorn anfangen.

Mein Vater sagte mir, er habe Mondanel meine Adresse nicht gegeben. Er schwor es sogar, aber ich hatte kein Vertrauen zu ihm, nicht etwa, weil er ein Lügner gewesen wäre, sondern weil er keine Skrupel hatte, die Wahrheit auszuplaudern, wenn er glaubte, einem damit zu dienen.

Am unangenehmsten war dieses Gefühl, daß man versuchte, Dinge zu arrangieren, ohne mich über alle Details auf dem laufenden zu halten. Statt zu tun, was wirklich Zweck gehabt hätte: mich zu verstecken, mir zu helfen in meinem Kampf gegen die im Augenblick herrschende Macht, spürte ich, daß man sich im Gegenteil darauf versteifte, meine Situation mit allerlei Machinationen wieder in Ordnung zu bringen, mich mit irgendeinem Trick ins normale Leben zurückzuführen.

Nichts verunsichert mehr als Interventionen von Eltern oder Freunden zu unseren Gunsten und ohne unser Wissen. Wir trennen uns von Leuten, die mit uns einer Meinung sind, und treffen sie wieder, und sie denken, unter dem Einfluß eines dazwischenliegenden Gesprächs, plötzlich ganz anders. Wir fühlen uns dann sehr allein, wenn wir feststellen, daß einige Stunden, einige Tage Abwesenheit genügen, und die Leute machen sich von unserem Wohl eine Vorstellung, die das genaue Gegenteil unserer eigenen ist. Wir ahnen, daß sie sehr rasch zu dem Schluß gekommen sind, unsere Situation sei ernst, viel ernster, als wir selbst denken, wir seien nicht fähig, diese vernünftig einzuschätzen, es sei dringend nötig, etwas zu unternehmen, selbst wenn wir damit nicht einverstanden seien.

Sobald sich Leute solcherart über einen Dritten austauschen, entsteht zwischen ihnen unverzüglich eine Art Einverständnis auf seine Kosten. Ohne es zu wollen, war mein Vater sicherlich so weit gegangen, Dinge zu sagen, die er vor mir nicht gesagt hätte. Ich stellte mir die Szene vor. Ich hörte meinen Vater behaupten, meine Situation sei schlimmer als er anfangs angenommen habe, hörte Mondanel erwidern: »Ich dachte mir schon so etwas«, alle beide scheinbar sachlich prüfend, was nun für mich zu tun sei, und darin übereinstimmend, daß es notwendig sei, mich davon zu überzeugen, daß ich mich stellen müsse.

Die Leute hatten den Eindruck, ich würde etwas verbergen. Ich spürte, daß trotz meiner Bemühungen der Verdacht in ihnen keimte, daß ich mich nicht allein deshalb in dieser schwierigen Lage befand, weil ich ein Flüchtling war, sondern auch, weil ich kein Geld hatte. Nichts war natürlicher. Einige Indizien glichen aufs Haar denen, die früher das Elend erkennen ließen. Auch wenn ich das Datum meiner Flucht verschob: »Letzten Monat, als ich in Paris ankam ...«, die Gründe meiner Mittellosigkeit konnten immer weniger meiner besonderen Situation zugeschrieben werden. Für die Leute gab es einen dunklen Punkt. Warum wandte ich mich eigentlich nicht an meine Familie?

Ich dachte mir also, daß ich sicherer wäre, wenn es mir gelänge, etwas Geld zu verdienen. Obwohl inmitten der Ereignisse, in denen wir lebten, Armut nicht mehr dieselbe Bedeutung hatte wie früher, spürte ich, daß Bedürftigkeit den Deutschen noch immer verdächtig vorkam. Sie waren so hochmütig, sie liebten dermaßen das Auffällige, hatten solche Lust, sich vor den Augen der Franzosen, dieser Kenner, in Szene zu setzen, daß ich den starken Eindruck hatte, mein Schicksal werde, sollte ich in eine schmutzige

Sache hineingezogen werden, davon abhängen, wie ich angezogen wäre. Mein armseliger Anzug, der mir wie eine Verkleidung vorgekommen war, der mir einst totale Anonymität gegeben hatte, schien mich mehr und mehr zu verraten. Man hatte mir erzählt, die Kontrollen seien, wenn man als Passagier der ersten Klasse die Demarkationslinie überschritt, weit weniger scharf als in der dritten Klasse, und in den teuren Restaurants sei es genauso. Mir war aufgefallen, daß es ein deutscher Charakterzug war, Vermögensunterschiede zu respektieren.

Wenn die Hindernisse auch nicht mehr dieselben waren, so war es trotzdem immer noch schwierig, Geld zu verdienen. Mein Vater mußte wohl etwas besitzen. Er gab überhaupt nichts aus, denn er war ja im Sévigné-Gymnasium untergebracht, wurde dort beköstigt und bekam die Wäsche gewaschen. Aber er war dermaßen knausrig, daß ihm nicht einmal der Gedanke kam, man könne etwas brauchen.

Ich beschloß, mit Roger darüber zu reden. Ich hatte bereits drei- oder viermal versucht, ihn in der Rue George-Sand aufzusuchen, aber er war nie dagewesen. Ich war nicht nur seinetwegen dorthin gegangen, sondern auch wegen des Stadtviertels. Früher liebte ich dieses Viertel sehr, wo die überaus elegante Schwester meines Vaters wohnte, und für mich, der ich von den Ternes kam – dem dichtbewohnten Teil der Ternes, im unteren Abschnitt der Avenue Mac-Mahon, parallel zur Rue des Acacias –, war das wie ein Blick auf das Leben, das ich einmal führen wollte, wenn ich heiratete und die Mittel hätte, mir eine schöne Wohnung zu leisten. Doch jetzt war ich enttäuscht. Es gab noch immer kleine Gärten und ruhige Straßen hier. Nichts war verändert, aber die Seele dieses Viertels hatte sich verflüchtigt, wie die aller meiner früheren Lieblingsplätze in Paris. Was in meiner Erinnerung den Reiz ausmachte – die Bewohner, die morgens in der Sonne spazierengingen, das Gefühl von Leichtigkeit, die Fürsorge, die man den Kindern angedeihen ließ, ihre eigene Unbesorgtheit –, all das war verschwunden.

Ich war sicher, daß ich über Roger eine Möglichkeit finden würde, ein paar kleine Geschäfte zu machen. Nichts ist schmerzlicher, als zu sehen, daß unsere Zukunft, unsere Gesundheit, ja unser Leben von einer Summe Geld abhängen, von einem bestimmten Lebensstil, den andere haben, ohne ihn wirklich nötig zu haben, ohne den Preis dafür zu kennen, während es für uns keine Frage der Eitelkeit, sondern des Überlebens ist.

Als ich Roger endlich traf, war ich erstaunt, daß er es in so kurzer Zeit geschafft hatte, die Spuren dessen, was wir gemeinsam ertragen hatten, verschwinden zu lassen. Man hätte meinen können, er sei nie in Gefangenschaft gewesen, ja mehr noch, er sei nie im Krieg gewesen. Er stellte mich einigen seiner Freunde vor. In einer solchen Lage ist die erste Zeit immer wunderbar. Roger hatte nur einen Gedanken: mir zu zeigen, daß er glücklich war – wie ein Mann, der eine Frau wiedersieht, die er verlassen hat.

Roger mußte seinen Freunden viel Gutes über mich erzählt haben, denn sie empfingen mich immer mit viel Freundlichkeit. Sie nahmen meine Situation genau wie Roger nicht besonders ernst. Wenn es zum Beispiel läutete und sie niemanden erwarteten, gaben sie mir Zeichen, mich nicht zu rühren. Sie schlossen die Tür des Zimmers, in dem ich mich befand, als ob das gereicht hätte. Und wenn der Besucher jemand war, von dem ich nichts zu befürchten hatte, ließen sie ihn eintreten. Ich errötete jedesmal, wenn ich so entdeckt wurde, ohne daß mir Zeit blieb, mich so zu geben, als ob ich mich nicht versteckte.

Da Roger nicht viel unternehmen konnte, kam mir der Gedanke, meine Situation vielleicht der Verwaltung der Bibliothèque Nationale darzulegen. Wenn man immer noch nach mir suchte, so schien mir, dann hätte ich es schon erfahren, hätte andere Hinweise bekommen als die, die ich bekommen hatte. Es gibt immer Leute, die einen warnen. Mich hatte man oft gewarnt. Es gibt Leute, vor denen man sich in acht nehmen muß, das sind die, die kommen, um einem zu sagen, daß man überwacht wird. Man hatte mir mehrmals derlei Winke gegeben, aber ich verabscheue Zuträger dieser Art. Ich antwortete einsilbig, zeigte ihnen, daß ich ihr Vorgehen nicht mochte. Ich zollte ihnen keinerlei Anerkennung. Ich dankte ihnen nicht einmal, was mir Feinde schuf.

»Das ist ja die Höhe!«, sagten sie. »Wir machen uns die Mühe, ihn zu warnen, wo uns doch nichts dazu verpflichtet, wir tun es aus reiner Freundlichkeit, haben dabei alles zu verlieren und nichts zu gewinnen, und er bedankt sich nicht einmal bei uns. Ja, er scheint sogar verärgert!«

Mehrere Tage hintereinander erwartete ich Fridel ungeduldig am Ausgang der Bibliothèque Nationale. Eine Art Säulengang führte auf das große, schmiedeeiserne Tor zu. Es wirkte komisch auf mich, wenn ich meine armen früheren Kollegen in diesem majestätischen Palasteingang auftauchen sah, ohne daß sie sich des Kontrasts bewußt waren, der sich durch ihre Erscheinung als kleine Angestellte ergab; wenn ich sah, wie sie aufeinander warteten, sich unterhielten, genauso wie sie es schon vor dem Krieg getan hatten; und ich konnte nicht umhin, mich im Geist wieder unter ihnen zu sehen, in Eile wie sie, mit dem Gesichtsausdruck des Angestellten, der nur anderthalb Stunden Mittagspause hat und dem schon deshalb die Welt völlig egal ist. Nichts war verändert. Alles lief so ab, als wäre Frankreich ein freies Land. Fridel war nie allein. Ich folgte ihm mehrere Male, doch kaum daß er sich von seinem Kollegen trennte, fiel er völlig unbefangen in Laufschritt, um schneller an der Metrostation zu sein, und ich war jedesmal frappiert, daß er, ohne sich im geringsten darum zu scheren, die Aufmerksamkeit dermaßen auf sich lenken konnte, so normal kam es ihm vor zu rennen; er hatte es ja eilig.

Schließlich gelang es mir, ihn anzusprechen. Ich erzählte ihm, was mir passiert war, unterschlug das Wichtigste, ließ aber auch durchblicken, daß etwas Schwerwiegendes vorgefallen war. Wir seien zu zwölft geflohen. Im letzten Moment habe es einen Zwischenfall gegeben. Ich wisse nicht, was genau sich ereignet habe. Fest stehe, daß wir von der Polizei gesucht würden, und so weiter. Kaum hatte ich meine Geschichte beendet, da wurde mir klar, daß ich sie bereits bei anderen Gelegenheiten so erzählt hatte. Aus Schwäche, aus Angst zu lügen und aus Angst, die Wahrheit zu sagen, war es schon einige Male passiert, daß ich mehr sagte, als gut ist, wenn man etwas verbergen will. Eines Tages würde das noch mal ins Auge gehen.

Wir gingen zusammen Mittag essen. Ich spürte, daß es zwischen Fridel und mir etwas gab, das nicht stimmmte. Oh, es ging nicht um berufliche Rivalität, um Eifersucht. Es war da etwas Ungutes zwischen uns. Ich hatte den Eindruck, jeder in der Bibliothèque Nationale sei über meine Geschichte auf dem laufenden, und dieser arme Fridel befinde sich in einer Lage, in der ich bereits so viele Leute gesehen hatte, die sich nicht entscheiden können zwischen Freundschaft und der Angst, sich zu kompromittieren. Ich sagte ihm gleich, daß er nichts zu fürchten habe. Er entgegnete mir, ich sei verrückt, und dies in einem so tiefernsten Ton, daß ich den

Eindruck hatte, ich täusche mich womöglich und meine Lage als Außenseiter mache mich zu empfindlich. Aber das Unbehagen blieb. Ich begriff, daß es nicht um die Angst, sich zu kompromittieren, ging, sondern um den Unterschied, nicht in unserer Meinung über, sondern in unserer Reaktion auf die Ereignisse. Ich hatte aber nichts anderes gesagt, als ich auch vor dem Krieg gesagt hätte. Fridel genauso. Plötzlich ergriff mich eine absurde Angst. Ich hatte nur noch den einen Gedanken: mich davonzumachen, Fridel zu verlassen, bevor es zu spät war. Ich hatte den Eindruck, von unserer Freundschaft sei nichts mehr übrig, Fridel sei mein Feind, er werde aufstehen, Alarm schlagen, brüllen, ich denke nicht wie er; man werde ihm recht geben und mich festnehmen. Ich würde nicht einmal mehr sagen können: »Aber hör mal, Fridel, was hast du denn?« Er werde mich nicht mehr kennen wollen, nicht mehr wissen, wer ich war. Ich konnte nicht weiteressen.

Nach dieser Geschichte begann ich immer stärker den Fanatismus zu fürchten, die Leute, die lauter schrieen als andere. Ich hatte Angst vor Mißverständnissen, vor politischen Gesprächen, wenn man zu mehreren war. Ich hatte den Eindruck, man könne auf meinem Gesicht ablesen, was ich dachte. Ich hatte den Eindruck, jeder könne mit dem Finger auf mich zeigen, irgend etwas erzählen, und man könne mich einsperren, ohne daß jemand es wagen würde, mir zu Hilfe zu eilen, und den Mut hätte auszusprechen, daß ich nichts getan hatte. Daher stahl ich mich davon, sowie die Stimmen lauter wurden, aber selbst da zitterte ich vor Angst, man könnte mein Fortgehen als Beweis für irgendeine Schuld nehmen. »He da, warum gehen Sie weg?« Ich nickte zustimmend. Was mich dann überraschte, war, daß diese kleine Geste ausreichte, um Vertrauen zu schaffen. Ein beifälliges Nicken, und ich war würdig zu bleiben, an den weiteren Plänen teilzuhaben ... Doch das Furchtbarste war, daß sich diese Gefahren in den unerwartetsten Momenten zeigten. Sie lauerten ständig auf mich, wenn ich eine Zeitung kaufte, wenn ich dem Portier einen guten Morgen wünschte. Er war sehr nett, doch eines Tages war ich gerade bei ihm, als er seine Ansichten zum besten gab: »Das ganze Pack an die Wand stellen!« Seither hatte ich jedesmal, wenn ich an seiner Loge vorbeikam und er mich anlächelte, das Gefühl, daß er mir eine hohe Gunst erwies, daß sich das aber von einem Moment auf den anderen ändern konnte.

7

In dieser Zeit fand ich ein Zimmer bei einer alten Dame, die – so seltsam dies auch scheinen mag – nicht wußte, daß es polizeiliche Verordnungen gab. Es war verblüffend, auf eine Frau zu stoßen, die nicht einmal im Traum daran dachte, die Polizei könne sich für sie interessieren, die sich einbildete, ehrenwerte Leute hätten nie etwas mit der Polizei zu tun. Sie lebte so, wie ich selbst vor dem Krieg gelebt hatte. Sie wäre überrascht, sogar empört gewesen, wenn man nur die kleinste Frage an sie gerichtet hätte. Sie stellte sich vor, niemand auf der Welt habe das Recht, ihr Fragen zu stellen, Erklärungen über ihr Tun zu verlangen, bei ihr einzudringen, und so weiter. Sie meinte, es stehe ihr frei, zu tun, was ihr gefiel. Wenn jemand in ihrer Umgebung mit der Polizei zu tun hatte, kam es ihr nicht in den Sinn, daß ihr dasselbe passieren könnte. Solche Leute mußten etwas verbrochen haben, mehr oder weniger.

Diese Arglosigkeit verursachte mir Unbehagen. Wenn ich bei Leuten war, die imstande waren, sich zu verteidigen, dann war es mir egal, wenn ich für sie eine Gefahr darstellte. Ich hatte keine Skrupel, sie zu gefährden. Doch bei einer armen Frau, die so vertrauensselig war, hatte ich das unangenehme Gefühl, sie zu täuschen, so daß ich, kaum angekommen, fast schon wieder gegangen wäre.

Aber bald wurde mir klar, daß mir, wenn ich so viel Wert auf Anstand legte, alle Orte verschlossen wären, wo ich am meisten Sicherheit hätte. Ich hatte folgende Alternative: entweder nur mit Banditen zu leben und zu den Risiken, die ich selber einging, die auf mich zu nehmen, die sie eingingen, oder aber friedfertige Leute zu täuschen und zu riskieren, sie in mein Unglück hineinzuziehen, wenn ich bei ihnen lebte.

Nun war ich also bei dieser alten Dame. Ich brauchte bloß dort zu bleiben. Sie war vielleicht gar nicht so gutherzig, wie ich gedacht hatte, und ich auch nicht so schlecht. Man würde mich nicht festnehmen. Alles würde enden wie überall. Ich brauchte mir nur das Gemüt eines Handlungsreisenden zuzulegen, der nicht groß leidet, wenn man ihn vor die Tür setzt.

Ich akzeptierte also die Freundlichkeiten dieser alten Dame, obwohl ich Sorge hatte, sie könnte eines Tages erfahren, daß ich keinerlei Gewissensbisse dabei gehabt hatte, sie den schlimmsten

Gefahren auszusetzen. Ich benahm mich so, als könne so etwas nie eintreten. Und dennoch, sie war mir sehr sympathisch.

Ich war seit einer Woche bei ihr, als ihr Sohn freikam, weil er zum Sanitätsdienst gehörte. Ich hatte nie verraten, daß ich Kriegsgefangener gewesen war. In der Niederlage erweckt die militärische Vergangenheit keinerlei Neugierde mehr. Niemand fragt einen, was man gemacht hat. »Maurice wird sich glücklich schätzen, Sie kennenzulernen, Monsieur de Talhouet«, hatte die alte Dame zu mir gesagt.

Schließlich kam dieser Sohn. Er sprach über seine Gefangenschaft wie ein Häftling, der, statt über seine Gefängniswärter herzuziehen, zunächst ihre absolute Korrektheit herausstellt. Er machte den Eindruck eines Menschen, dem so Bedeutendes widerfahren ist, daß er es normal findet, wenn alle Welt an seinen Lippen hängt. Natürlich hatte er Rechte (und zeigte das übrigens auch deutlich in seiner Art, sich bedienen zu lassen), doch letztendlich war sein Fall weit weniger interessant als meiner.

Ich fand, er hatte die selbstgefällige Art von Leuten, die über Dinge reden, von denen ihre Zuhörer mehr wissen als sie. Er war mit Koffern angekommen wie ein Zivilist. Er hatte sie im Flur abgestellt und es anderen überlassen, sie wegzuräumen. Kommt man nach Hause und stößt man dort auf einen Fremden, ist einem der selten sympathisch.

Dieser Junge allerdings brachte mir sofort viel Freundschaft entgegen. Ab und zu warf er mir jedoch einen mißtrauischen Blick zu. Alles, was er sagte, sagte er im Ton eines Mannes, dem man nicht widersprechen darf. Nicht jeder konnte Gefangener gewesen sein. Man spürte aber, daß er tiefe Verachtung für jene empfand, die das Leben in den Offizierslagern nicht kennengelernt hatten. Er hatte die Haltung eines Menschen, der von einem Ort kommt, an dem sich eben das Schicksal der ganzen Welt entscheidet. Er sagte uns, was wirklich los war: Man dürfe sich nicht einbilden, die Gefangenen hätten nichts mitzureden. Sie würden die Verantwortlichen zur Rechenschaft ziehen; bei ihm hatte man aber nie das Gefühl, daß die Deutschen etwas mit dieser Verantwortung zu tun hatten. Dann sprach er von den Juden, den Freimaurern, Engländern, Kommunisten und von den schlechten Franzosen, vor allem von jenen, die flüchteten, ohne die Repressalien zu bedenken, denen die tapferen Jungs ausgesetzt waren, die dageblieben waren.

In diesem Moment bedauerte ich es nicht mehr, mich über meine Abenteuer ausgeschwiegen zu haben. Er wechselte auch seine Kleider nicht. Er behielt die ausgebleichte Uniform an, mit diesem lächerlichen samtenen Kragenspiegel der Sanitätsoffiziere, mit Kniehosen und Wickelgamaschen, und als ich sah, was von der einstigen militärischen Herrlichkeit übriggeblieben war, begriff ich, wie anmaßend diese immer gewesen war. Er hatte schräg eingesetzte Hosentaschen an seiner Uniform, anders geschnitten als bei einfachen Soldaten oder Zivilisten, wo sie senkrecht an der Naht waren, und die Hand, die er dort hineinsteckte, wirkte vulgär wie die Hand, die zwischen Gürtel und Hemd geschoben wird.

Ich verbrachte ganze Nachmittage in abgelegenen Vierteln, in die ich noch nie einen Fuß gesetzt hatte, weil ich das starke Gefühl hatte, daß ihm meine Anwesenheit bei seiner Mutter auf die Nerven ging. Ich stellte mir vor, daß ich dort, wo ich mich selbst verloren fühlte, auch für die anderen verloren war.

Doch je mehr ich allein war und in Gedanken immer um ein und dasselbe kreiste, desto nervöser wurde ich. So konnte ich nicht weiterleben. Diese ewige Angst, erschossen zu werden, brachte mich schließlich ganz durcheinander. Manchmal sah ich mich in die Zukunft versetzt, zu einem Sonntagsspaziergänger geworden, der mein Zimmer besuchte, wie man ein Museum besucht. Es waren viele Menschen da. Hier war ich festgenommen worden. Ein Aufseher erklärte, wie die Sache abgelaufen war: Ich hätte versucht, aus dem Fenster zu springen; man habe mich noch rechtzeitig erwischt. Es sei zu einer Schlägerei gekommen, ich hätte mich auf dem Boden gewälzt. Schließlich habe man mich überwältigt. Die Besucher besahen mit Interesse die Scherben der Fayencen, die zertrümmerten Möbel und Spiegel, denn man hatte die Unordnung belassen, wie man das Arbeitszimmer eines großen Mannes im Originalzustand beläßt. Ich muß sagen, die Vorstellung, daß mein Sterbeort berühmt werden würde, hatte ich bereits zehn Jahre zuvor gehabt, als ich an der erwähnten Rippenfellentzündung laborierte und glaubte, sterben zu müssen.

Bisweilen sagte ich mir, daß ich nur still und leise verschwinden müsse. Wozu sich die Mühe machen, einen guten Eindruck zu hinterlassen? Mir wurde jedoch klar, daß ein solches Verhalten unvorsichtig wäre. Ich könnte eines Tages auf Leute stoßen, die wiederum jene kannten, die ich da auf mehr oder minder korrekte

Art verlassen hatte. Paris mag ja noch so groß sein, vor derlei Zufällen ist man nicht gefeit. Ich hatte eine ziemlich beunruhigende Feststellung gemacht: Seit der Besetzung passierten viel mehr Zufälle als zuvor. Irgend etwas bewirkte, daß Paris kleiner schien. Ich kam und ging wie ein Mann, der sich nichts vorzuwerfen hat. Doch eines Tages hatte ich das Gefühl, daß ich, ohne es zu wissen, vollkommen ungeschützt sei, wenn ich mich so treiben ließ, das Gefühl, daß man mich umhergehen sehe, daß man im selben Moment, wo ich mich für einen hielt, der im Getriebe einer großen Stadt untergeht, schon Vorbereitungen zu meiner Verhaftung treffe. Das Blut stieg mir in den Kopf. Ich schaute nach links, nach rechts. Überall waren so viele Leute, daß es mir unmöglich war festzustellen, ob ich verfolgt wurde oder nicht. Ich hatte nur noch einen Gedanken: mich abzusondern. Ich bog in eine kleine Straße ein, dann in eine andere. Endlich war ich allein. Ich blieb stehen. Hin und wieder tauchte ein Passant in der Gasse auf. Ich sah ihn mir genau an und empfand jedesmal eine riesige Erleichterung über seine Gleichgültigkeit mir gegenüber. Es kam allerdings vor, daß sich dann und wann ein verdächtiger Mann näherte, ein Mann, der wie ich gekleidet und dessen Beruf schwierig zu bestimmen war. Nicht einmal diese Männer beachteten mich. Ich muß sagen, daß mir bis heute, wo ich von niemandem mehr etwas zu befürchten habe, etwas davon geblieben ist: Wenn ich auf Leute treffe, die einen ebenso zwielichtigen Eindruck machen wie ich damals, revanchiere ich mich, indem ich sie nicht mehr beachte als sie seinerzeit mich, als ob sie sich darüber genauso freuen würden wie ich.

Im Laufe eines dieser endlosen Tage lernte ich Germaine Puech kennen. Ich hatte mich in einem kleinen Park auf eine Bank gesetzt.

Kinder spielten. Infolge des vor dem Krieg herrschenden Übereifers, Einrichtungen für die Allgemeinheit aufzustellen, war kaum noch Platz: ein Turngerät, zwei Pavillons, eine Bühne, zusätzliche Bänke, ein mit Beton eingefaßter Sandkasten. Die Leute mußten zusammenrücken, um mir Platz zu machen, und was mich daran berührte, war die Liebenswürdigkeit, mit der das geschah.

Ich sah den Kindern beim Spielen zu. Manchmal taten sie sich weh. Ich wunderte mich, daß dies nicht noch viel öfter passierte, so ungestüm waren ihren Bewegungen, so wenig bekamen sie die

Gefahren mit, denen sie sich aussetzten, Gefahren, die ich von meinem Platz aus sehr wohl sah. Eine beunruhigte mich besonders; sie ging von einem ziemlich großen eisernen Rechen aus, mit dem ein Kind seine Kameraden bedrohte. Seine Mutter hatte es geschüttelt und ihm befohlen, den Rechen loszulassen. Daraufhin hatte das Kind ihn in hohem Bogen weggeworfen, und schon da hatte nicht viel gefehlt und er hätte jemanden getroffen. Dieser Rechen blieb nun mit den Zinken nach oben auf dem Boden liegen, während rundherum die Kinder rannten, sich schubsten und hinfielen. Ich dachte, ein Kind würde darauffallen, und wenn es mit dem Gesicht voran passierte, würde es sich vielleicht die Augen ausstechen. Doch dieselben Mütter, die um Schokolade an den Fingern soviel Aufhebens machten, rührten sich nun nicht. Ich sagte mir, daß sie besser wüßten als ich, was zu tun sei, und daß ich wie immer Gefahren sah, wo keine waren. Und sie hatten wirklich recht, denn niemand verletzte sich.

Eine Frau saß neben mir. Sie hatte kein Spielzeug bei sich, das mich glauben hätte lassen können, sie sei die Mutter eines dieser unzähligen Kinder. Sie hatte glatte schwarze Haare, die einen Teil ihrer Wange verdeckten, dunkelbraune Augen und weiße Zähne; die Eckzähne waren außergewöhnlich spitz. Sie war ärmlich und nachlässig gekleidet. Ich weiß nicht warum, aber diese Frau erschien mir zutiefst glücklich. Sie saß da wie jemand, der mit niemandem reden will, aber gern Müttern und Kindern zusieht. Ab und zu, wenn ein Kind etwas anstellte, lächelte sie der Mutter zu, aber auf so seltsame Weise, als denke sie dabei weder an diese Mutter im besonderen noch an das Kind, sondern an ein entferntes Leben, das sie geführt hatte oder führen hätte wollen; sie erwartete keine Erwiderung ihres Lächelns und stieß sich anscheinend auch nicht an dem egoistischen Getue der Mütter – Ohrfeigen, Geschimpf, Suchen nach verlorenen Dingen.

Ich schloß Bekanntschaft mit dieser Frau. Sie war Gouvernante. Sie paßte doch auf eines dieser Kinder auf. Ich teilte ihr meine Befürchtungen mit. Sie fing an zu lachen. Kurz darauf erfuhr ich, daß sie Puech hieß. Ich wollte wissen, ob sie mit einem Politiker dieses Namens verwandt sei. Der Name sagte mir vage etwas, es konnte, schien mir, auch der eines bekannten Künstlers zu sein. Sie erwiderte, daß es in der Tat einen Abgeordneten gebe, der diesen Namen trage; er komme aus Rodez wie sie; der Name sei dort unten sehr verbreitet, sie würden aber nicht aus derselben Familie stammen.

Zwei Tage später sollte ich in dem Dienstmädchenzimmer wohnen, das sie im sechsten Stock im Haus ihrer Herrschaft hatte, ohne wirklich zu wissen, ob dieser Gefallen auf Liebe beruhte oder auf dem selbstlosen Bedürfnis, Schutz zu geben.

8

Die Tür schloß schlecht. Man hätte sie mit der Schulter aufdrücken können. Das beunruhigte mich. Ich sah bereits die Polizei in das Zimmer eindringen. Doch als ich darüber nachdachte, schien mir, daß die fehlende Widerstandsfähigkeit der Tür auch keinen Unterschied mehr machte. Sollte die Polizei bis hierher kommen, wäre ich gefangen, ob die Tür nun stabil war oder nicht.

Ich verbrachte nicht weniger als eine Stunde damit, sie zu sichern. Schließlich gab ich auf. Abgesehen von dieser Tür hatte ich es sehr gut. Es war ein Dienstmädchenzimmer, und auf diesem Flur waren etwa zehn solcher Zimmer. Es hatte ein Oberlicht. Wenn ich nicht hinausging, konnte ich annehmen, daß ich gerettet war.

Jetzt war es eine Woche her, daß ich das letzte Mal unten gewesen war. Ich bildete mir ein, in einer Situation zu sein, die ich vom Militär her kannte – ein vergessener Mann auf seinem Posten, alles ganz nach Vorschrift. Er bekommt weiter seine Verpflegung, seinen Sold. Sein Name steht auf der Mannschaftsliste. Aber niemand weiß, wo er steckt.

Eines Morgens beim Aufwachen entschloß ich mich, das Haus zu verlassen. Doch Regen prasselte auf das Oberlicht. Unmöglich, ohne bestimmtes Ziel hinauszugehen. Ich betrachtete meine Kleider, die mir vertrauten Sachen, und einen Moment lang sah ich sie, als gehörten sie niemandem mehr, als wäre ihr Besitzer verschwunden oder tot.

Sowie Germaine hinuntergegangen war, kleidete ich mich an, machte das Bett, schaffte Ordnung. Plötzlich hörte ich Schritte. Ich fuhr zusammen. Man hätte meinen können, mein ganzes Unglück habe mit so einem Geräusch begonnen.

Mir scheint, was vielen Missetätern zum Verhängnis wird, ist das Zögern, ehe sie die Flucht ergreifen, und dieses Zögern erfaßte nun mich. Ich wartete ab, die Augen auf das Dachfenster gerichtet, aber ich öffnete es nicht und richtete mir auch nicht den Schemel her, der mir erlaubt hätte, mich aufs Dach hochzuziehen.

Endlich entfernte sich das Geräusch. Ich dachte daran, mich wieder hinzulegen, aber dann sagte ich mir, daß ich nicht die Zeit hätte, mich wieder anzuziehen, falls dieser Jemand wiederkam. Ich blieb sitzen, wagte nicht herumzugehen, aus Angst, Lärm zu machen, wagte wegen der Pfützen draußen nicht, die Schuhe auszuziehen.

Germaine hatte mir gesagt, sie werde gegen Mittag zurück sein und mir das Essen bringen. Nun war mir aber, sowie sie weg war, eingefallen, daß ich nicht daran gedacht hatte, mit ihr ein besonderes Klopfzeichen auszumachen. Auch wenn ich wußte, daß sie wiederkommen würde, machte die Vorstellung, daß sie dann an die Tür klopfen würde, mir schon im vorhinein gewaltig angst. Ich wußte, daß mir beim ersten Klopfen das Blut in den Adern gefrieren würde. Obwohl ich das Dachfenster nie geöffnet hatte, war die Mansarde von ganz allein durchlüftet worden. Ich hörte den Regen. Um die Zeit totzuschlagen, hatte ich die Regale abgeräumt und las nun in den alten Vorkriegszeitungen, die darauf gelegen hatten. Von Zeit zu Zeit warf ich einen Blick auf das Haustelefon. Mir schauderte davor, daß es läuten könnte, solange Germaine weg war. Würde nicht jemand kommen, wenn keiner den Hörer abnahm? Kurz vor Mittag stand ich auf. Ich hatte bereits ein Päckchen Gauloises um 80 Francs geraucht. Der Augenblick, den ich so gefürchtet hatte, kam näher. Ich hatte das Eingesperrtsein so satt, daß ich in tiefe Niedergeschlagenheit verfiel. Was sollte ich tun? Wie sollte ich mich aus dieser fürchterlichen Situation befreien? Ich sah mich in diesem Zimmer, ohne Möglichkeit, woanders zu sein, zu arbeiten, nützlich zu sein. Mir schien, daß ich nicht unglücklicher sein konnte. Und trotzdem hatte ich mir just das am meisten gewünscht – so zu leben, unbeachtet von allen.

Dann passierte plötzlich das, was ich so sehr gefürchtet hatte. Es klopfte. Ich fuhr hoch, trat instinktiv einige Schritte zurück. Ich wollte gerade fragen, wer da war, als mir noch rechtzeitig klar wurde, daß ich so meine Anwesenheit verraten hätte. Lautlos glitt ich zur Seite, damit man mich nicht durch das Schlüsselloch sehen könnte. Germaine klopfte erneut, rief nach mir. Es war vorbei, ich hatte keine Angst mehr.

Ich öffnete. Germaine brachte mir das Mittagessen. Sie hatte auch ein neues Päckchen Zigaretten für mich dabei. Als sie sich wunderte, daß ich ihr nicht früher aufgemacht hatte, sagte ich ihr, ich hätte sie nicht gehört. Sie beachtete diese Lüge überhaupt nicht.

Ich schloß die Tür sofort hinter ihr. »Hat dich auch niemand gesehen?« fragte ich. Sie begriff nicht die Bedeutung, die ich ihrer Antwort beimaß. Sie stellte das Tablett auf dem Bett ab und redete dabei laut.

Nun, da wir zu zweit am hellichten Tage in diesem Zimmer waren, erwachte eine neue Angst in mir, nämlich die, daß ich mich nicht mehr mit Anstand retten könnte, falls es nötig wäre. Ich kannte Germaine trotz allem nicht gut genug, um vor ihr beim leisesten Geräusch die Ohren zu spitzen, um sie daran zu hindern, laut zu sprechen, sich in der Mitte des Zimmers aufzuhalten, sich auf den Hocker zu setzen, den ich für meine Flucht benötigte. Ich wollte in ihren Augen nicht als Feigling dastehen.

Ich war dermaßen nervös, daß sie mich fragte, was ich hatte. »Nichts, nichts ...«, meinte ich. Ich hatte nur einen Gedanken – daß sie mich jetzt allein ließ. Da sie nicht vom Stuhl aufstand (was mich unvorstellbar nervte), streckte ich mich auf dem Bett aus und bat sie, sich neben mich zu setzen. Der Anblick des freien Stuhls beruhigte mich.

Ich nahm mein Mittagessen halb liegend, auf den Ellbogen gestützt ein. Es passierte bisher in meinem Leben nur ein paar Mal, daß ich das egoistische Gehabe eines Mannes an den Tag legte, der sich von einer Frau bedienen läßt, und jedesmal war ich erstaunt darüber, so sehr läuft das meiner eigentlichen Natur zuwider.

Jedesmal, wenn sie zärtlich zu mir sprach, tat mir das weh, denn ich hatte immerzu diese Szene vor Augen, daß ich gezwungen war, mich plötzlich wie ein Verrückter aus dem Staub zu machen – ohne mich um sie zu kümmern, ohne die geringste Erklärung zu geben, ja daß ich sie vielleicht sogar, wenn nötig, beiseite stoßen würde.

Kurze Zeit später, als sie wieder an ihre Arbeit zurückwollte, hielt ich sie zurück, gewissermaßen um mich zu bestrafen. »Geh noch nicht«, sagte ich zu ihr. Der Stuhl war noch immer frei und stand gerade richtig, das heißt genau unter dem Oberlicht. Kein Geräusch war zu hören. Ich hatte das Gefühl, daß ich zumindest in diesem Moment nichts riskierte, daß ich mich gehenlassen, das Leben genießen konnte. Die Leute haben alle etwas Bedrohliches an sich, aber wenn man eine Zeitlang mit ihnen zusammen ist, wenn man sich an sie gewöhnt hat, schwindet diese Bedrohung, und sie werden sympathisch.

Nun war Germaine für meine Flucht kein Hindernis mehr. Im Gegenteil, ich stellte mir vor, wie sie mir half, indem sie durch die Tür hindurch verhandelte, meine Verfolger in eine falsche Richtung schickte und, nachdem sie schließlich hatte öffnen müssen, in absolut natürlichem Ton zu ihnen sagte: »Was wollen Sie? Sie sehen ja, daß hier niemand ist ...«

Ich verbrachte noch eine weitere Woche, ohne vor die Tür zu gehen. Ich wurde immer nervöser. Plötzlich schien es mir, als seien die Gefahren, die auf mich lauerten, nicht die, vor denen ich mich bereits schützte, sondern andere, weit schlimmere, die zu erkennen meine Abgeschiedenheit mich hinderte. Ich hatte das Gefühl, ich würde festgenommen werden, wenn ich noch einen Tag länger in diesem Zimmer blieb. Ich mußte unbedingt das Haus verlassen, mußte sehen, was draußen vor sich ging.

Das Licht, das durch die Dachluke fiel, verlieh dem Zimmer etwas Feierliches. Man hätte meinen können, in einem Schloßturm zu sein, in einer Krypta oder in einer Gruft. Es war kalt, und das Licht war grau.

Ich küßte Germaine. In diesem Moment gefiel sie mir; sie sah aus, als fühle sie sich gar nicht wie bei sich zu Hause, als wolle sie mir zu verstehen geben, daß ihr jetziges Leben ein vorläufiges war und daß in den anderen Leben, die noch kommen würden, Platz für mich sein werde.

Meine Nervosität war dermaßen angewachsen, daß mir jedesmal, wenn ich, auf meinem Hocker stehend, Luft schnappte, ein- und derselbe unbewegliche Kamin in der Ferne wie ein Mensch vorkam. Und ich konnte noch so genau wissen, daß es nicht stimmte, ich regte mich jedesmal wieder auf.

Ich aß fast nicht mehr. Ich war ungerecht geworden. Wenn Germaine nach Hause kam, sprach ich nicht mehr mit ihr, es sei denn, um ihr Vorwürfe zu machen oder mich zu beschweren, weil mir etwas fehlte. Jeden Morgen bat ich sie darum, mir etwas mitzubringen. Wenn sie das, was ich wünschte, nicht gefunden hatte, hüllte ich mich in eisiges Schweigen. Andere Male warf ich ihr vor, mich nicht oft genug am Tag zu besuchen, kein Interesse für mich zu haben.

Eines Tages bekam ich Angst vor meinem eigenen Verhalten. Germaine würde schließlich genug von mir haben. Und was sollte ich dann tun? In meiner Situation konnte ich es mir nicht erlauben, wählerisch zu sein. Das erschien mir so offensichtlich, daß ich mich von einem auf den anderen Tag änderte. Dabei stellte ich fest, wie stark man ist, wieviel günstiger sich alles gestaltet, wenn man sich zu beherrschen weiß.

Und tatsächlich, statt gezwungen zu sein, aufzubrechen, ohne zu wissen, wohin – was unvermeidlich gewesen wäre, wenn ich mich weiterhin so hart gezeigt hätte –, hatte ich einige Tage später die Freude, Germaine sagen zu hören, daß ich so nicht weiterleben könne und sie mich zu ihrer Schwester bringen wolle.

Ich ging ohne Gepäck fort, um keine Aufmerksamkeit auf mich zu ziehen. Germaine sollte mir meinen Koffer einige Tage später vorbeibringen.

Hier muß ich ein kurioses Detail erwähnen. Zwischen uns ging es nicht mehr um Liebe. Die Schwere meiner Situation hatte die Entfaltung unserer Liebe gewissermaßen verhindert, und dies, ohne daß einer von uns daran gedacht hätte, dem anderen daraus einen Vorwurf zu machen.

Sowie ich fort war, bedauerte ich diese Übereinkunft bezüglich meines Koffers. Wenn beispielsweise am Bahnhof eine Streife Germaine fragen würde, wohin sie unterwegs sei, wenn man den Koffer durchsuchte, dann würde sie zwar, das wußte ich, erst mal perfekt die Geschichte erzählen, die wir uns ausgedacht hatten. Aber würde sie letztlich nicht durcheinanderkommen? Dieses fehlende Vertrauen in ihre Energie hatte ich allen Menschen gegenüber. Ich hatte Germaine gewarnt, man könnte sie fragen, wo sie wohne, wem der Koffer gehöre. Sie hatte mir erwidert, sie würde sagen, daß sie bei ihrer Mutter wohne. »Welche Straße?« hatte ich sie gefragt. – »In der Nähe des Bahnhofs.« – »Und dein Bruder, wo wohnt der?« – »Er wohnt bei meiner Mutter.« – »Aber wie heißt die Straße?« Da ihr keine Antwort einfiel, hatte ich ihr gesagt: »Siehst du? Du wirst dich ertappen lassen ...«

Dieses Antworten-Einlernen hatte mich nicht beruhigt. Die meisten wissen ja nicht, wie weit dieses Polizistenpack ein Verhör treiben kann. Die Leute stellen sich vor, es gebe Grenzen, darüber hinaus dürfe man nicht gehen. Sie sind außerstande, sich eine Reihe von Antworten zurechtzulegen. Das ist im normalen Leben auch in Ordnung so. Doch ist man in einer Situation wie der, die ich fürchtete, dann verlieren diese anständigen Leute ihre Sicherheit sehr rasch, und es entsteht der Eindruck, daß sie jemanden decken. Sie werden stur, sagen nichts mehr, zumindest glauben sie das, aber die Polzei verfügt über solche Druckmittel, daß es besser ist, es erst gar nicht soweit kommen zu lassen.

Mein Aufenthalt auf dem kleinen Bauernhof des Schwagers von Germaine war nicht gerade lustig. Ich langweilte mich zu Tode.

Jedesmal, wenn ich auf Gendarmen stieß, bekam ich Herzklopfen. Ich sagte mir, daß das lächerlich sei. Trifft man in Paris einen Schutzmann, so läßt einen das kalt. Aber die Gendarmen verhielten sich mir gegenüber wie Schüler gegenüber einem »Neuen«. Aber so ein Verhalten gibt es überall, egal um welche Gruppe es geht – jedenfalls sagte ich mir das, um mich zu beruhigen.

Ich versäumte es nie, sie zu grüßen, und wenn sie den Gruß unerwidert ließen, wenn ich Geringschätzung in ihrem Gruß auszumachen vermeinte oder sie keinen Finger an ihr Käppi legten, dann stand ich Todesängste aus. Ich sagte mir, sie glaubten wohl, daß ich darauf aus sei, mich gut mit ihnen zu stellen, eben weil ich kein ruhiges Gewissen hatte.

Manchmal am Abend hatte ich das Gefühl, ich müsse sofort weg, man würde mich am nächsten Tag abholen kommen.

Zu guter Letzt schlief ich ein, und am Morgen dachte ich – als wäre nichts gewesen –, daß ich verrückt gewesen sein müsse, mir so viele Sorgen zu machen. Ich beruhigte mich, indem ich mir sagte, daß, wenn man mich hätte festnehmen wollen, dies schon vor langer Zeit passiert wäre. Im Grunde bestand die ganze Aufgabe der Gendarmen darin, die Vagabunden, die kleinen Diebe einzusperren, und wenn ich sie traf, wie sie gerade dabei waren, einen armen Landarbeiter, der zwanzig Franc gestohlen hatte, auf die Gendarmerie zu führen – so peinlich es ist, so etwas einzugestehen, ich muß zugeben, daß ich dabei ein Gefühl der Erleichterung empfand.

Nachts, wenn ich nicht einschlafen konnte, ergriff mich panische Angst. Mir war, als hätte sich gerade ein Verbrechen, irgend etwas Ungewöhnliches im Dorf zugetragen, und mein dubioser

Status würde mich der Polizei verdächtig machen. Ich stellte mir vor, daß ich zu meiner Rechtfertigung nicht umhinkönnen würde, die Wahrheit zu sagen und so die Anschuldigung gegen mich zu entkräften, aber nur, um dann von den Deutschen verurteilt zu werden.

Wenn ich aufwachte, galt mein erster Blick dem Wetter. Ich sah im Hof die Blätter, die sich, wie an unsichtbaren Fäden gezogen, fast unmerklich bewegten. Wenn es regnete, versank ich in tiefe Traurigkeit. Ich hatte keine Kleidung, um mich zu schützen. Ich konnte nicht vor die Tür gehen. Ich mußte in diesem kahlen Raum bleiben, in dem nur eine feuchte Matratze war und ein Nachttopf, von dem ich nicht wußte, wohin damit.

Ich bildete mir ein, weil die Menschen um mich herum arbeiteten, müsse ich auch immer beschäftigt sein, denn Arbeit war ein Beweis für Achtbarkeit.

Ich muß sagen, ich war schon derart blödsinnig, daß ich nicht einen Moment untätig sein konnte. Sowie ich auf den Beinen war, faltete ich meine beiden Bettdecken zusammen, die so steif und schwer waren wie nasser und gefrorener Stoff. Ich kehrte mit Ginsterreisig das ganze Zimmer aus. Aber das Saubermachen dauerte nie länger als eine Viertelstunde, ich mochte es noch so sorgfältig angehen. Ich mußte also noch etwas anderes finden. Ich sägte Holz. Ich hob Türen, die seit dem Bau des Hauses keiner mehr angerührt hatte, aus den Angeln, um sie zu ölen. Immerzu reparierte ich irgend etwas. In meiner Tasche hatte ich einen Putzlappen, den ich nicht nur für Staub benutzte, sondern auch, um Feuchtigkeit wegzuwischen.

Ich war zu einem Ordnungs- und Sauberkeitsfanatiker geworden. Ich suchte nach Dingen, die sich verbessern ließen. Ich montierte Türklinken, stellte Drahtzäune auf, reparierte alte Werkzeuge. Drei Tage lang versuchte ich, einen alten Schleifstein, aus dem einige Stücke herausgebrochen waren, wieder benutzbar zu machen. Ich fütterte die Hühner. Ich säuberte sogar die nähere Umgebung des Bauernhofs. Überall lagen Abfälle herum, Scherben, Steine, die sich seit Jahren angesammelt hatten. Ich beschloß, alles an einer Stelle zusammenzutragen.

Doch eines Morgens ekelte ich mich plötzlich vor diesem erbärmlichen Leben. Mir fehlte der Mut, es so weiterzuführen. Ich sagte mir, ein solcher Preis für meine Sicherheit sei zu hoch.

Kaum zwei Stunden waren um, als ich mich dabei ertappte, wie ich die Schubkarre suchte. Es war stärker als ich, ich konnte nicht dahocken und nichts tun.

Ich dachte, wenn es mir gelänge, mich im Dorf zu zerstreuen, dann könnte ich von den lächerlichen Gewohnheiten, die ich angenommen hatte, loskommen und trotzdem hierbleiben. Aber nichts ist schwieriger, als in einem Dorf ein kleines, nettes Verhältnis anzufangen. Nie hatte ich mich auf dem Land mit einer Frau verabreden können. Man hätte meinen können, die Liebe existiere hier nicht, abgesehen vom Sonntag, aber da waren ja alle Männer da.

Trotzdem schaffte ich es schließlich, einer Serviererin im Café zu verstehen zu geben, daß ich ihr den Hof machte. Schließlich lief es sehr gut mit uns. Mein Leben hatte sich verändert. Aber ich durfte nicht aus den Augen verlieren, daß ich nicht in derselben Situation war wie die anderen. Ich konnte mir keine heftigen Liebesbezeugungen leisten. Ich befand mich in der für einen Verliebten peinlichen Lage, keine Eifersucht zeigen zu können. Eines Tages aber kam ich einfach nicht umhin, dieser jungen Frau eine heftige Szene zu machen. Direkt im Anschluß daran überfiel mich große Angst, so als hätte ich mir eine Feindin gemacht, als hätten Beschimpfungen und Geschrei in der Liebe denselben Widerhall wie im übrigen Leben.

Sofort ging ich hin und bat um Verzeihung. Ein so rascher Sinneswandel überraschte die Serviererin. Und ich spürte, daß sie sich im Grunde sagte, ich müsse schon enorm verliebt sein, um so schnell zurückzukommen.

9

Eines Abends, ganz plötzlich, entschloß ich mich wegzugehen. Der Regen peitschte gegen die Fensterscheiben. Draußen war es wärmer als drin. Ich neigte immer mehr zu Kurzschlußhandlungen. Meine Entscheidung war gefallen. Nichts war passiert, aber dennoch war ich überzeugt, daß ich keine Stunde länger warten könne. Mein Gastgeber würde am nächsten Morgen zu seiner großen Überraschung bemerken, daß der Vogel ausgeflogen war. Ich stellte mir das erste Suchen vor, dann das Erstaunen bei der Feststellung, daß ich fort war. Ich würde mir also einen weiteren Feind machen, und diese Aussicht ließ mich einen Moment lang zögern. Hatte ich denn nicht so schon genug Feinde? Schließlich schien mir aber, daß es in meiner momentanen Lage auf einen Feind mehr oder weniger nicht ankam.

Trotz Wind und Regen öffnete ich das Fenster, um mich auf das fürchterliche Schauspiel einzustimmen, als das ein Gewitter auf dem Land einem vom Haus aus erscheint. Ich sagte mir, wenn ich bis zur Morgendämmerung durchmarschierte, sechs Kilometer pro Stunde, dann würde ich Paris vor Tagesanbruch erreichen. Dort würde ich dann schon weitersehen. Wahrscheinlich würde ich zu Germaine Puech zurückkehren. Die zwei Wochen, die hinter mir lagen, ließen mich, vielleicht auf übertriebene Weise, die Ergebenheit würdigen, die sie mir gegenüber gezeigt hatte.

Um neun Uhr kletterte ich aus dem Fenster. Dicke Wolken, die in unregelmäßiger Folge am Mond vorbeizogen, bedeckten den Himmel und ließen meinen Schatten, wenn er einige Augenblicke lang neben mir ging, klein und vertraut wirken. Meinen Koffer nahm ich mit, aber das Paar Schuhe sowie die beiden Einzelbände von *Casanovas Memoiren* ließ ich zurück.

Ich lief durch einen kleinen Wald und kam bald auf die Straße. Ich hatte das Gefühl, daß ich nun, so allein auf dem Land, kein Risiko mehr einging. Ich weiß nicht, warum, aber an diesem Abend war so gut wie kein Verkehr. Wenn ich ein Auto hörte, versteckte ich mich. In einem Haus, in einem Zimmer ist man den Leuten ausgeliefert; Wände, Türen halten einen fest. Hier war ich frei, genauso frei wie zu dem Zeitpunkt, als ich aus Deutschland flüchtete. Im übrigen hatte ich mir eingeredet, daß ich eben erst aus Deutschland kam. Das gab mir mehr Kraft. Ich wollte die drei Monate, die ich in Paris verbracht hatte, auslöschen. Ich kam gerade erst an. So war ich es eher wert, daß man sich um mich kümmerte als nach drei Monaten Herumzigeunern. Hier hinderte mich nichts daran, mich auf den Bauch zu werfen, wenn mir danach war. Ich konnte alle nur vorstellbaren Vorsichtsmaßnahmen ausprobieren. Das Komischste daran war, daß ich gar nicht wußte, wozu das noch gut sein sollte. Kam ein Auto, so war das beinahe eine glückliche Begebenheit inmitten der Nacht und nicht ein Grund zum Zittern. Ich versteckte mich, aber ganz locker, ohne mich niederzukauern, sondern indem ich mich einfach hinter einen Baum stellte. Ich sah das Auto vorbeifahren und nahm dann freudig und friedlich meinen Weg wieder auf.

Die längsten Stunden der Nacht verstrichen so. Doch am Morgen packte mich plötzlich die Angst. Mir schien, ich sei ein weiteres Mal Opfer meiner Einbildungskraft gewesen. Die Erfahrung hatte mich nichts gelehrt. Ich hatte geschätzt, sechs Kilometer pro Stunde zu schaffen. Nun, da der Tag anbrach, stellte ich fest, daß ich noch zwölf Kilometer von Paris entfernt war. Ich würde es wohl nie fertigbringen, meine Kräfte richtig einzuteilen!

Ich beschleunigte meinen Schritt. Ich mußte vor allem vermeiden, daß man mich vom Land kommen sah. Doch meine Müdigkeit war so groß, daß ich einfach nicht mehr weiterkam. Ich verließ die Hauptstraße. Wie nach Paris hineinkommen, ohne aufzufallen? Ich gelangte in einen dieser kleinen Vororte, die Dörfern gleichen, mit Scheunen und Bauernhöfen. Noch war niemand auf den Beinen. Zapfsäulen standen nutzlos entlang der Straße. Ob es nun an der Müdigkeit, der Tristesse des Morgens, dem Hunger oder dem Krieg lag – ich fühlte mich jedenfalls fürchterlich niedergeschlagen. Ich versteckte mich in einem Seitenweg, wartete darauf, daß ein Café aufmachte, doch keiner wollte mir etwas zu trinken geben. Drei Stunden später kam ich, das rege Leben und Treiben ausnutzend, in Paris an. Gegenüber den Schlachthöfen von La Villette setzte ich mich in ein Café. Dort blieb ich über eine Stunde. Der Raum war nicht beheizt. Ohne Unterlaß ertönte das Gebrüll der Tiere. Waggons stießen mit einem Getöse aneinander, das einen an Detonationen denken ließ. Auch dort gab es nichts zu trinken oder zu essen. Der Besitzer sah aus wie ein Kaufmann, dessen Geschäfte nicht gut gehen. Er hielt sich in der Küche auf, obwohl er dort nichts tat, und überließ das Lokal seinen Gästen. Ich beneidete diesen Mann. Seit meiner Flucht beneidete ich so alle, die ruhig ihr Leben lebten, trotz der Polizei, trotz der Deutschen.

Ich verließ das Café und machte mich Richtung Zentrum auf. Ab und zu begegneten mir prächtige deutsche Autos, die meisten mit offenem Verdeck, und ich war verblüfft, sie in diesem armen Viertel vorbeifahren zu sehen, als ob ihre Insassen die Armut hier nicht bemerkten, als ob diese Fremden, obwohl sie unsere Feinde waren, die Reserviertheit meiner Landsleute nicht spürten; ihnen gefiel es hier überall, und auf die Unterschiede, die wir untereinander machten, wurde keine Rücksicht genommen.

Vor einem Lebensmittelladen zeterten Hausfrauen. Zwei Schutzmänner diskutierten mit einer Frau. Alle zeigten sich den beiden Schutzmännern gegenüber feindselig. Diese wiederum sahen aus, als hätten sie einen Befehl erteilt, der nicht befolgt wurde, den sie aber auch nicht wiederholen wollten; andererseits getrauten sie sich anscheinend noch keine Gewalt anzuwenden. Sie rührten sich nicht von der Stelle. Sie sagten nichts. Sie warteten darauf, daß man ihnen gehorchte, und die Menge, die ein Nachgeben zu bemerken glaubte, wurde immer kühner.

Etwa dreißig Schritte davor war ich stehengeblieben. Mit einem raschen Blick hatte ich mir den Menschenauflauf angesehen und bemerkt, daß es in erster Linie Frauen waren. Die wenigen Männer waren alt oder sahen aus wie kleine, harmlose Rentner. Es kam mir sofort in den Sinn, daß ich inmitten dieses Auflaufs verdächtig scheinen würde.

Ich dachte daran, mich zu entfernen, tat es aber nicht. Im Gegenteil, ich ging aus reiner Neugier ein paar Schritte näher heran. Ich sah mich um, sah mir die Umgebung an. Andere Leute hier und dort beobachteten wie ich aus sicherer Entfernung die Szene, ohne sich einzumischen. Ab und zu sagte ich mir: »Das bringt nichts, besser, ich mache mich davon.« Doch dann blieb ich. Das Geschrei der Frauen wurde immer lauter, und die Polizisten reagierten nicht. Sie sahen aus, als wüßten sie, daß sie die letzlich Stärkeren waren.

Ich ging noch ein Stück näher, entschlossen, mich davonzumachen, sobald die Lage sich verschärfte. Da sah ich auf einmal sechs Polizisten in Zweierreihen anmarschieren. Obwohl sie so wenige waren, begriff ich, daß ich nun verschwinden mußte. Übervorsichtig wie ich war, wollte ich aber nicht Hals über Kopf davonrennen. Ich wandte mich um, so als ob der Zwischenfall mich nicht mehr interessiere. Da stand ich plötzlich drei Männern gegenüber, bei denen ich sofort spürte, daß es sich um Beamte in Zivil handelte.

»Wohin wollen Sie?« fragte mich einer von ihnen. Ein Polizist kam heran. Da ich vor Schreck nicht antworten konnte, faßte einer von den Zivilen mich am Arm, während die beiden anderen zu dem Menschenauflauf gingen. Trotz meiner Angst bemerkte ich, daß sie anscheinend weder für die Menge noch für die Schutzmänner Partei ergreifen wollten, daß sie nach links und rechts schauten, offenbar auf der Suche nach jemandem. Ich war außerstande, etwas zu sagen.

Der Polizist, dem mich der Beamte übergeben hatte, mochte etwa fünfundzwanzig Jahre alt sein. Er wirkte, als wäre er ganz neu bei der Polizei, ein bißchen mager, ein bißchen schwächlich, um eine Uniform zu tragen. Er hatte etwas von einem jungen Mann, der schon als kleiner Junge immer Polizist werden wollte, etwas Anständiges, Braves; er schien leicht überfordert von der Aufgabe, die ihm hier übertragen worden war; es ging aber auch etwas Beunruhigendes von ihm aus, das bewirkte, daß man froh war, ihn im Verband mit anderen und der gemeinsamen Disziplin unterworfen zu wissen – wie wenig vertrauenerweckend auch immer seine Vorgesetzten sein mochten. Ich sagte ihm, ich hätte keine Zeit, müsse gehen, werde erwartet. Er antwortete mir nicht. Er bedeutete mir lediglich, zu bleiben, wo ich war. Ich verlor den Kopf. Ich meinte: »Sie sehen doch, daß ich nichts getan habe.« Er machte den Mund immer noch nicht auf. Ich entfernte mich einige Schritte. »Würden Sie wohl hierbleiben!« sagte er barsch. Ich hob die Arme als Zeichen der Ergebung. Nichts ist schlimmer, als in den Händen von Leuten zu sein, die nichts können als gehorchen. Dieser Schutzmann war einer von ihnen. Und seine Jugend, der anständige Eindruck, den er machte, das, was ich in seinem Blick an gutem Willen erkannte, das alles diente eben gerade seinen Vorgesetzten.

Man fuhr mich zusammen mit neun Frauen und einem weiteren Mann aufs Revier. Alle außer mir protestierten. Diese Leute hatten eine Empörung und Wut in ihrem Ton, die ich niemals hätte vorspielen können. Ja, mehr noch: Ich erriet, daß sie enttäuscht gewesen wären, wenn man sie zu schnell wieder auf freien Fuß gesetzt hätte. Sie wollten die Gelegenheit nutzen, um ihrem Herzen Luft zu machen, doch ich, der ich nichts vorzubringen hatte, fühlte mich mehr und mehr verdächtig. Dennoch gab ich mir den Anschein des empörten Herrn, der meint: »Also, so geht das nicht!« Abwechselnd wandte ich mich an jede der anwesenden Frauen und fragte sie: »Was soll das alles?«

Sie antworteten mir ausweichend, und ich spürte eine gewisse Kälte, als ob es ihnen, obwohl wir eigentlich im selben Boot saßen, nicht paßte, ihr achtbares Anliegen, als Hausfrauen Gemüse auftreiben zu wollen, mit meinem Fall vermischt zu sehen.

Zu Beginn machte die Polizei keinerlei Unterschied zwischen uns. Ich bemerkte zu meiner Freude, daß weder die Rippenstöße grober, noch die Ermahnungen schärfer waren, wenn sie mir galten. Aber dann fing ich plötzlich Blicke auf, die mich erkennen ließen, daß man allmählich dahinterkam, daß ich nicht so war wie die anderen. Sollte ich weiter so protestieren wie die anderen? Ich würde mich womöglich so unbeliebt machen, daß alle auf mich schauen würden, wenn man uns aufforderte, den für den Zwischenfall Verantwortlichen zu benennen. Doch wenn ich damit aufhörte, würde ich meine Angst eingestehen, ich würde zugeben, daß man recht hatte, mich anders einzustufen, und so würde ich noch verdächtiger erscheinen.

All diese Hausfrauen kamen von daheim. Sie waren warm und sauber angezogen. Bei mir hingegen war ersichtlich, daß ich die Nacht unter freiem Himmel verbracht hatte. Ich war voller Dreck. Meine Kleider, die mehrere Male vom Regen naß geworden und ebensooft durch meine Körperwärme wieder getrocknet waren, wirkten wie aus dem Dampfbad. Wäre ich alt gewesen, hätte das nichts zu bedeuten gehabt. Aber ich spürte genau, wie beunruhigend das Aussehen eines Vagabunden bei einem jungen Mann wirken mußte, der ein aufgewecktes Gesicht hatte und gesund zu sein schien. Ich begann zu husten – für alle Fälle. Plötzlich stellte ich fest, daß man mir nichts mehr erwiderte, wenn ich etwas sagte.

Man hatte uns in den Wachraum geführt; der Kommissar sollte Licht in die Angelegenheit bringen. Einer der diensthabenden Polizisten hatte drei Stühle hineingeschoben. Keine der Frauen wollte sich setzen. Ich war erschöpft. Schließlich nahm ich Platz, denn ich konnte nicht mehr. Es waren kaum ein paar Augenblicke vergangen, da schrie mich ein Polizist an, man habe die Stühle nicht für mich dahin gestellt. Ich drehte mich zu den Frauen hin, als wollte ich sagen: »Sagen Sie doch, daß Sie sich nicht hinsetzen wollen!« Niemand rührte sich. Ich stand auf. Doch statt mich in die Gruppe zu mischen, ging ich auf und ab, was weniger ermüdend für mich war, als stillzustehen.

Mit der Zeit machten sich die anderen untereinander bekannt. Nur ich fand niemanden, mit dem ich reden konnte. Dann, wie ein Feuer, das noch einmal auflodert, erhob sich neuer Protest. Er hatte nicht mehr die Wucht wie auf der Straße oder beim Betreten des Polizeireviers. Keine Hausfrau schrie mehr: »Man hat kein Recht, sowas mit uns zu machen«, mit dem Hintersinn, daß man ja gleich sämtliche Hausfrauen von Paris festzunehmen könne, wenn man es mit ihr schon mache. Nun sollten wir offenbar alle einzeln verhört werden, so viele wir auch waren.

Ich begann zu zittern. Bis jetzt hatte ich mir nicht übermäßig viele Sorgen gemacht. Ich hatte mir gesagt: »Nur ruhig Blut!« Ich hatte angenommen, daß wir zu viele seien, als daß man uns einzeln vernehmen würde. Aber waren wir wirklich zu viele? Wir waren elf, das war nichts Außergewöhnliches. Ich besah mir die Tür. Sie war zwar offen, aber zwei Polizisten standen davor. Ich besah mir das Fenster, ein großes Bürofenster mit drei Flügeln. Es war ein Gitter davor, und ich bemerkte trotz der Lage, in der ich mich befand, ein ziemlich seltsames Detail. Dieses Gitter war aufgrund der Bemühung des Architekten oder des Schmieds, das Fensterbrett nicht zu verschmälern, nicht wie ein Gefängnisgitter sonst angebracht, sondern wölbte sich unten nach außen, so daß es sich in größerem Abstand zum Fenster befand.

Ich versuchte nun mit dem einzigen Mann hier zu sprechen, der auch in diese Geschichte verwickelt war. Es handelte sich um einen kleinen Alten, der in einem für ihn viel zu großen Anzug steckte, bestimmt weil er, wie viele andere auch, so um die zwanzig Kilo abgenommen hatte. Er trug Bänder mit militärischen Auszeichnungen, bei denen man sich bei bestem Willen nicht vorstellen konnte, daß sie ihm gehörten. Er hörte mir zu, aber er hatte nicht mehr Vertrauen zu mir als die Frauen. Ich konnte die Augen nicht von seinen Bändern wenden und sagte mir mit Bitternis, daß selbst dieser so unbedeutende Mann mit seinem Einkaufskorb unter dem Arm sicher tausend Beweise seiner Ehrenhaftigkeit vorlegen konnte. Er war allerdings sehr freundlich. Und ich spürte, daß er erst richtig aufwachen würde, wenn man ihn persönlich angriff, und dann wäre er womöglich heftiger als alle anderen.

Wir warteten über eine Stunde in diesem Raum. Dann ließ man uns holen, alle auf einmal, ganz anders, als ich befürchtet hatte. Unter den Frauen war eine, die im Namen der Gruppe sprach, die

aufgebrachter schien, sich über diesen Skandal empörte und so
weiter. Solange sie sich so benahm, war ich ruhiger. Sie regte sich
aber bald wieder ab, was mich erstarren ließ, als ob nun, da sich
niemand mehr vordrängte, die Reihe an mir sei. Was sollte ich
sagen? Daß ich soeben geflohen sei, daß ich direkt aus Deutschland komme? Sollte ich verheimlichen, daß ich mich bereits drei
Monate in Paris aufgehalten hatte? Oder sollte ich im Gegenteil
die Wahrheit sagen, erzählen, daß ich aus Verberie kam?

Wir betraten das Büro des Kommissars. Sollte ich hinter den
Frauen bleiben oder mich vor sie stellen? Wäre es nicht geschickter gewesen, mich ebenfalls über die Händler zu beklagen, statt zu
sagen, ich sei bloß Zuschauer gewesen, ich hätte mit dem Ganzen
nichts zu tun? Doch dieses Theater würde ich sicher nicht mit der
notwendigen Natürlichkeit spielen können. Der Nachteil, wenn
man zuviel überlegt, ist, daß man schließlich gar nichts macht und
immer verdächtig wirkt.

Ein Blick auf den Kommissar beruhigte mich sofort. Er war ein
schlanker Mann, dunkel gekleidet, mit Brille, der nichts Furchteinflößendes an sich hatte, ein Mann, der zum Glück dem mehr
Bedeutung beizumessen schien, was sich über ihm, als was sich
unter ihm abspielte. Man spürte, daß das Verhältnis zu seinen
Vorgesetzten momentan so war, daß er Geschick, Geschmeidigkeit beweisen mußte, und daß er eher versuchte, diese Leute zufriedenzustellen, als bescheiden durch gewissenhafte Pflichterfüllung zu einem guten Ruf zu kommen. Ich muß sagen, daß alle
Polizeibeamten, mit denen ich zu tun hatte, so waren. Er sprach in
väterlichem Ton mit uns, ohne ein einziges Mal auf die Besatzungsbehörden anzuspielen. Allerdings ließ er durchblicken, daß wir
ihm seine Aufgabe erleichtern sollten, denn sie sei noch nie so
schwierig gewesen. Er meinte, wir sollten uns einmal in seine Lage
versetzen. Schließlich mußten wir ihm versprechen, nicht wieder
mit dem Radau anzufangen.

Da kam es zu einer ziemlich grotesken Szene. Alles war dabei,
sich zu beruhigen, als eine der Frauen plötzlich zu schreien anfing.
Man merke gleich, meinte sie, daß er keine Ahnung habe, was das
bedeute, er müsse ja nicht einkaufen gehen, er brauche ja keine
Familie zu ernähren. Mit den Boches könne es für ihn also nicht
so schwierig sein. Die anderen Frauen sagten zu ihr, sie solle den

Mund halten; man müsse doch merken, wann man es mit jemand Anständigem zu tun habe.

Ein leichtes Lächeln lag auf den Lippen des Kommissars. Er hatte die kluge Selbstbeherrschung jener, die Attacken von so weit unten nicht treffen können.

Schließlich bat er uns zu gehen. Ich atmete auf. Ich wollte mich gerade davonmachen – wobei ich mich zwingen mußte, nicht eilig zu wirken, nicht als erster rauszugehen –, als ich plötzlich hörte: »Monsieur, einen Moment noch bitte!«

Ich drehte mich um. Zum ersten Mal waren die Augen des Kommissars direkt auf mich gerichtet. Ich sah den anderen Mann an, als ob diese Anrede, *Monsieur*, genausogut ihm gegolten haben könnte.

»Mit Ihnen rede ich«, sagte der Kommissar zu mir, wobei er mir deutete, näherzukommen. Ich wandte mich den anderen Leuten zu, hoffte auf irgendeine Geste der Solidarität, doch niemand schien dem, was mit mir geschah, auch nur die geringste Bedeutung beizumessen. Ich war ganz allein. Obwohl all diese Leute ja nichts mit mir zu tun hatten, kam es mir trotzdem vor, als ließen sie mich im Stich. Nacheinander gingen sie aus dem Zimmer, als ob nichts wäre. Was ich so sehr gefürchtet hatte, trat nun ein, genau in dem Moment, als ich schon glaubte, davongekommen zu sein. Ich spürte, wie mir kalter Schweiß an den Rippen hinunterlief. Ich lächelte. »Sicher«, sagte ich.

Der Kommissar wartete, bis alle hinausgegangen waren. Da die letzte die Tür nicht geschlossen hatte, deutete er mir, sie zu schließen. Ich gehorchte mit der übertriebenen Zuvorkommenheit, die man zeigt, wenn man gefallen will. Kurz darauf erhob sich der Kommissar, ging hinaus und ließ mich allein. Dann kam er wieder und ging erneut hinaus. Schließlich setzte er sich wieder hin. Seine Stimme beruhigte mich auf der Stelle. Ich war allerdings auch nicht so besorgt, wie ich es hätte sein können. Ich hatte immer mehr den Eindruck, daß dieser Kommissar ein ehrenwerter Mann war und wußte, wie er sich angesichts der Pflicht, einen Franzosen auszuliefern, aus der Affäre ziehen konnte. Ich fürchtete nur, die Tatsache, daß ich Franzose war, könnte durch die Umstände in den Hintergrund treten und der Kommissar könnte in mir nur einen Unruhestifter sehen. Nein, da übertrieb ich wohl. So weit waren wir noch nicht. Das bildete ich mir ein. Es handelte sich um eine unbedeutende Angelegenheit, einen kleinen Streit, wie er sich jeden Tag tausendfach auf den Märkten zuträgt, mehr nicht.

Doch kurz danach verlangte er meine Papiere, obwohl er sie sonst von niemandem verlangt hatte. Ich zog die Brieftasche heraus. An Papieren hatte ich meine Geburtsurkunde, ausgestellt von der Bürgermeisterei des IV. Arrondissements, dann eine offiziell wertlose Mitgliedskarte eines Fußballvereins sowie eben mein Soldbuch. In diesem Soldbuch stand, daß ich in Saint-Germain eingezogen worden war. Hingegen besaß ich kein Dokument, das meine Kriegsgefangenschaft bestätigte, denn ich hatte mich, so instinktiv, wie der Verbrecher seine Waffe wegwirft, von allem befreit, was darauf hindeuten konnte, daß ich in Deutschland gewesen war. Genausowenig besaß ich eine Entlassungsurkunde.

Ich zeigte meine Papiere, schlug selbst das Soldbuch auf. Der Kommissar jedoch machte es wieder zu, wollte es von vorne durchsehen. Um mich zu beruhigen, sagte ich mir, daß die Beamten, die Gendarmen, kurz, alle, deren Aufgabe es ist, Papiere zu überprüfen, nie die Schwachpunkte darin entdecken.

Der Kommissar sah sich mein Soldbuch lange an, aber ich merkte, daß er mit dem, was da stand, eigentlich nichts anfangen konnte. Schließlich hielt er sich bei dem beigelegten Blatt auf. Es enthielt einen Fehler, der mich stets gestört hatte, ein falsches Datum. Da stand 1940 statt 1939. Der Kommissar bemerkte es nicht einmal, worüber ich sehr erleichtert war, denn, so seltsam das auch scheinen mag, ich machte mir um die Fehler, die in den Ämtern selbst passierten, ebenso viele Gedanken wie um meine eigenen kleinen Verschleierungen.

Schließlich gab mir der Kommissar meine Papiere zurück. Eines blieb auf seinem Tisch liegen. Ich traute mich nicht, es ihm gleich zu sagen. »Sonst haben Sie nichts?« erkundigte er sich. Ich schüttelte den Kopf. Nun war ich beruhigt. Was ich so sehr gefürchtet hatte, war nicht passiert. Ich hatte mir vorgestellt, daß er schon beim Lesen meines Namens einen Schock bekommen würde. Doch da nichts dergleichen geschehen war, da er nun ins Detail ging und ich schon so etwas wie einen Rückzug ausmachte, hatte ich keine Angst mehr.

Beim Hinausgehen traf ich eine der Frauen, die zusammen mit mir aufs Revier gebracht worden war. Unsere Begegnung hätte zwischen uns doch ein gewisses Band entstehen lassen sollen. Sie hätte mir zulächeln und sich den Anschein geben können, als freue sie sich, daß alles so gut verlaufen war. Ich winkte ihr freundschaftlich zu und stellte daraufhin bestürzt fest, wie dumm, wie distanziert sie sich verhielt.

10

Durch mein ständiges Herumziehen hatte ich allmählich das Gefühl, daß ich den Leuten auf die Nerven ging, daß alle wußten, daß ich nichts anderes tat, als mich ihnen aufzudrängen, und daß ich, auch wenn ich irgendwohin ging, wo ich noch nicht gewesen war, so empfangen werden würde, als ob ich schon zum zehnten Mal wiederkäme.

Dabei hatte ich keinen großen Ansprüche. Ein Zimmer mit Matratze, ein Tisch und ein Stuhl an einem ruhigen Ort waren alles, was ich wollte. Wenn ich davon sprach, konnte niemand glauben, daß ich das noch nicht gefunden hatte. Das war doch so bescheiden, so einfach.

Ich setzte mich auf eine Bank gegenüber einem großen Café, so wie die Passanten, die Musik hören wollen, ohne etwas zu konsumieren. Ich wußte, daß dort niemand in meine Richtung schauen würde. Ich sah den Leuten zu. Tatsächlich drehten sich in dem Moment, da sie an mir vorbeigingen, alle Köpfe automatisch in Richtung Terrasse, und das hatte sogar etwas Komisches.

Mittags wollte ich in ein Restaurant gehen, aber ich fürchtete, unfreiwillig in eine Schwarzmarktgeschichte verwickelt zu werden. Ich hatte aber Hunger und noch immer keine Lebensmittelkarte. Es kommt der Augenblick, da gehen einem diese ganzen Hindernisse wirklich auf die Nerven.

Es war doch unglaublich, daß man kein Zimmer fand, jemanden, der einem sagte: »Wohnen Sie einfach bei mir.« Wie oft hatte ich vor dem Krieg bei Freunden geschlafen, einfach, weil keine Metro mehr fuhr. Heutzutage war das unmöglich. Alles war unmöglich: essen gehen, einen Mantel kaufen und so weiter.

Als ich noch malte, hatte ich keinerlei Schwierigkeit gehabt, irgendwo unterzukommen oder etwas zu essen zu bekommen, wenn mein Vater mir den Geldhahn zudrehte. Ich hatte auf Kosten meiner Malerfreunde gelebt, so, wie ich während des Krieges viele Leute erlebt hatte, die auf Kosten der Soldaten lebten. Ich hatte auf irgendwelchen Dachböden, mal hier, mal da geschlafen. Ich ging zum Montparnasse. Aber alles hatte sich verändert. Dieses so vertraute Viertel war mir nun genauso verschlossen wie die anderen! Ich sagte mir, daß ich von vorn anfangen, mir Freundschaften schaffen müsse und so weiter. Mein Irrtum, so merkte ich nun, war zu glauben, daß man die Dinge immer so wieder vorfindet, wie man sie zurückgelassen hat. Leute wie die, die mir damals geholfen hatten, gab es nicht mehr. Tragisch wird es, wenn man so etwas bei Einbruch der Nacht feststellt. Ich fürchtete mich davor, im Freien zu sein. Die Ladenbesitzer hatten eine Art, ihre eisernen Rolläden herunterzulassen, die mich frösteln ließ. Man hätte meinen können, es werde hier bald Krawall geben.

Wenn man nicht mehr weiß, was man tun soll, zieht man noch einmal alle Möglichkeiten in Betracht, die man schon verworfen hat. Dann bemerkt man zur eigenen Überraschung, daß man viel zu streng gewesen ist. Im Grunde konnte ich sehr wohl zu eben den Leuten zurückkehren, die ich für immer verlassen zu haben glaubte.

Plötzlich kam mir der Gedanke, ganz einfach in die Rue Victor-Massé zurückzugehen, zu Charles. Aber eine unerwartete Anwandlung von Stolz hielt mich zurück. Ich fragte mich, ob man darauf Rücksicht nehmen sollte, wenn das Leben auf dem Spiel stand. Was zählte schließlich, was man von mir dachte! Solche Sorgen mögen angebracht sein, wenn man sich seines Lebens sicher ist. Aber heute? Die Hauptsache war, sich zu verteidigen.

Ich kehrte also zu Charles zurück. Ich entschuldigte mich dafür, einfach abgehauen zu sein. Ich sagte, ich hätte es mit der Angst zu tun bekommen. Doch sobald ich mich wieder in der kleinen Wohnung befand, verspürte ich zu meiner großen Überraschung genau dieselbe Unruhe wie damals. Meine Flucht war völlig umsonst gewesen. Ich dachte daran, wieder wegzugehen. Da kam mir ein anderes Problem in den Sinn. Sollte ich dieser Regung folgen oder nicht? Es wurde immer offensichtlicher, daß mit mir etwas nicht in Ordnung war. Wenn ich weiterhin andauernd meine Meinung änderte, würde ich geradewegs in die Katastrophe schlittern. Ich versuchte, mich mit allen gut zu vertragen, doch gleichzeitig verleitete mich die Bedeutung, die ich meiner Sicherheit beimaß, zu Verstiegenheiten. Sollte ich gegen meinen eigentlichen Wunsch bei Charles bleiben? Ich hatte es vor, doch nach einigen Stunden dachte ich, daß es für einen Menschen in Gefahr unmöglich war, nach einer vernünftigen Linie zu leben, und daß für mich das einzige Mittel, meine Seelenruhe wiederzufinden, darin bestand, meinem Instinkt zu folgen. Charles hatte mich freilich sehr herzlich aufgenommen. Man muß sagen, daß die Reaktion derer, die uns unter ihrer Kontrolle haben wollten, in solchen Fällen immer dieselbe ist. Sie sind nie gekränkt. Sie tun immer so, als hätten sie unsere Unabhängigkeit stets respektiert.

Ich zog am folgenden Tag wieder los. Ich spürte, daß ich eine unklare Situation zurückließ, in der ich nicht gut dastand. Aber wenn man jung ist, unterliegt man der Illusion, die Welt sei weit größer, als sie in Wirklichkeit ist. Man hat den Eindruck, man brauche bloß aufzubrechen, um die Leute, denen gegenüber man sich schlecht benommen hat, niemals wiederzusehen, und damit sei dann alles erledigt.

In mir wurde die Idee immer stärker, Frankreich zu verlassen. Seitdem ich in einer Pension hinter dem Panthéon wohnte, genauer in der Rue Cardinal-Lemoine, wohin mein Vater mich empfohlen hatte und wo man bislang, sicher aus diesem Grund, keine Papiere von mir verlangt hatte, verbrachte ich meine Zeit vor einer großen Wandkarte im Foyer.

Die hellen Stellen darauf waren Gebiete, welche die Deutschen noch nicht eingenommen hatten. Ich konnte meinen Blick gar nicht davon abwenden, obwohl es immer dasselbe war. Mir schien, ich würde schließlich einen Weg finden, in diese noch freien Zonen zu kommen. Aber ich fand nie einen. Ich schaute mir lange das Gebiet zwischen Marseille und den Pyrenäen an. Ich sah mich in der Nacht auf einem kleinen Boot nach Spanien fahren und von dort aus nach England gelangen. Noch eine andere Zone zog meinen Blick auf sich: die Gegend um Menton. Vielleicht ergab sich ja dort eine Möglichkeit zu fliehen. »Und wenn ich nun das Gegenteil von dem tue, was alle tun?« fragte ich mich eines Tages. Ich merkte, daß das, was jede Flucht so schwierig machte, der Umstand war, daß alle nach demselben Ausschau hielten. Davon abgesehen waren überall zu viele Leute. Das war mir aufgefallen, als die

Lebensmittel allmählich knapp wurden. Zu Anfang war ich überzeugt gewesen, daß ich damit immer wieder klarkommen würde. Ich hatte mich schon gesehen, wie ich abgelegene Lebensmittelgeschäfte aufstöberte, mich mit den Händlern arrangierte, ihre Sympathie gewann, und so weiter. Ich brauchte aber nicht lange, um zu begreifen, daß sich jeder dieser Mittel bediente, von denen ich geglaubt hatte, daß ich als einziger darauf gekommen war, und daß jedesmal, wenn ich irgendwo hinkam, andere schon vor mir da gewesen waren. Es war unmöglich, der erste zu sein, sich als erster mit jemandem zu verständigen. Unmöglich, das zu bekommen, was ich in Friedenszeiten so häufig und so leicht bekommen hatte: kleine persönliche Gefälligkeiten. Ich, der von sich behauptete, eine gewisse Überredungsgabe zu haben, und glaubte, gut anzukommen, mußte nun erstaunt feststellen, daß alle dieselbe Gabe hatten und genauso gut ankamen wie ich. Als man mir sagte, daß man in Marseille keinen Platz zum Schlafen finden könne, so viele Menschen seien dort, wurde mir unbehaglich zumute. Überall wurde ich behindert, nicht nur durch die Polizei, sondern auch durch meinesgleichen, durch die schiere Masse, durch alle Franzosen. Das Problem bestand also darin, beim Blick auf diese Karte das zu finden, woran niemand gedacht hatte. Und eines Tages fand ich etwas. Daran hatte noch niemand gedacht. Ich hatte diese Idee als einziger. Ich würde völlige Bewegungsfreiheit haben. Wenn ich um etwas bat, würde nicht jemand schon vor mir dagewesen sein: Ich brauchte nur zu fliehen, aber dem Feind entgegen, ich brauchte nur Deutschland wieder zu durchqueren und nach Rußland zu gehen. Einige Tage lang ging mir dieser Gedanke nicht mehr aus dem Kopf. Ich war so von seiner Genialität überzeugt, daß ich mich ärgerte, nicht schon früher darauf gekommen zu sein, denn vielleicht dachte doch schon jemand anders auch daran. Das tröstete mich wieder. Vor meinen Augen waren so viele Grenzen, Berge, Flüsse und Ebenen, daß es unmöglich schien, daß ich nicht eines Tages entkommen konnte. Doch bisweilen hatte ich das Gefühl, ich würde es nicht einmal aus Paris heraus schaffen.

Eines Morgens beschloß ich, in ein bestimmtes Restaurant am Stadtrand, in der Nähe eines Flugplatzes, essen zu gehen; man hatte mir gesagt, es werde von Fliegern frequentiert, die zwischen Frankreich und England pendelten. Ich kannte niemanden, aber ich sagte mir, daß es mit meiner Reise nach England dasselbe sei wie mit jedem Vorhaben in normalen Zeiten. Man muß alles daransetzen, an Leute heranzukommen, die einem durch ihren Beruf oder ihre Stellung eine Auskunft, einen Rat oder Unterstützung geben können. Bestimmt gab es Leute, die Frankreich per Flugzeug verließen.

Vor dem kleinen Restaurant ging ich auf und ab. Es ist unangenehm, sich vor Leuten, die sehr genau wissen, warum man eigentlich da ist, den Anschein geben zu müssen, man komme aus einem ganz anderen Grund. Von drinnen sah man mich womöglich auf- und abgehen und sagte sich: »Da ist schon wieder einer. Einer von der schüchternen Sorte. Kommt er rein oder nicht? Los, wir wetten!« Und ich tat unterdessen so, als warte ich ungeduldig auf den Bus. Und als er eintraf, schaute ich, als warte ich auf jemanden, auf die Uhr, um deutlich zu machen, warum ich nicht einstieg. Nach einer Stunde sagte ich mir, daß ich lächerlich wirkte, daß es besser gewesen wäre, gleich in das Restaurant zu gehen, daß ich durch mein langes Zögern die Aufmerksamkeit auf mich gezogen hatte. Ich dachte daran, am nächsten Tag wiederzukommen. Aber das war zu knapp hintereinander. Ich hätte mindestens eine Woche warten müssen, denn so schnell vergißt man einen Anblick nicht. Die Leute hätten gesagt: »Ach, da ist ja der Typ von gestern. Der hat sich aber Zeit gelassen für seinen Entschluß.«

Schließlich nutzte ich die Ankunft einer Reihe von Gästen aus, um hinter ihnen das Restaurant zu betreten. Ich setzte mich neben zwei Männer, die gerade fertiggegessen hatten. Was mich ein wenig einschüchterte, war, daß ich nicht in diese Umgebung paßte, nicht, weil ich schlechter gekleidet war als die anderen Gäste, sondern weil sie so sportlich und entschlossen aussahen. Sie sprachen laut, kannten sich untereinander, und wie Schauspieler, Journalisten, Polizisten, wenn sie sich in ihrem Stammcafé treffen, sahen sie aus, als glaubten sie, allein auf der Welt zu sein. Ich fühlte mich wie ein Eindringling. Als jedoch niemand auf mich achtete, gewann ich meine Selbstsicherheit zurück. Der Kellner kam, um mich zu bedienen. Ich bemerkte zu meiner Freude, daß er einer jener Kellner war, die keinen Unterschied zwischen ihren Gästen machen und jedem, der sich an einen Tisch setzt, denselben Respekt entgegenbringen. Ich rührte mich nicht. Ich war absolut entschlossen, eine Gelegenheit abzuwarten, sie vor allem nicht erzwingen zu wollen. Eigentlich war ich stolz auf mich. Ich konnte nicht anders, ich mußte an einige meiner Kameraden in der Gefangenschaft zu denken. Hätten sie mich hier sehen können, sie hätten sicherlich gefunden, daß ich ungeheure Kühnheit besaß, ich, der immer behauptete, zu keinem Wagnis fähig zu sein. Weder Baumé noch Pelet, noch all die anderen hätten den Mut gehabt, sich auf ein solches Abenteuer einzulassen!

Kurz darauf gelang es mir, mit meinen beiden Nachbarn ein Gespräch anzufangen. Es handelte sich in der Tat um Flieger. Ich stellte ihnen einige Fragen, doch ich bemerkte rasch, daß sie mißtrauisch wurden. In ihren Blicken sah ich manchmal eine Wachsamkeit, die gar nicht zu unserer Unterhaltung paßte. Ich hatte plötzlich den Eindruck, sie fragten sich, ob ich nicht von der Polizei war. Es war ziemlich seltsam für mich, in jemandem dieselbe Furcht auszulösen, die alle Welt in mir auslöste. Das war etwas so Außergewöhnliches, daß mich die Angst packte. Ich war es, den man fürchtete, und ich war es, der Angst hatte. Ich fürchtete, daß man mich für einen Lockspitzel hielt, mir eine Lektion erteilen wollte und daß ich gezwungen sein könnte, die Polizei zu rufen; die würde sich, anstatt mich in Schutz zu nehmen, auf die Seite all dieser Männer stellen, die der Abscheu vor Bespitzelung sympathisch machte.

11

Dieser Fehlschlag nahm mir aber nicht die Zuversicht. Ich hatte mich wirklich wie ein Kind benommen. Wenn ich unbedingt wegwollte, dann brauchte ich bloß zu meiner Mutter in die Bretagne zu fahren. Sie wohnte in Quintin, im Département Côtes-du-Nord. Ich hatte sie schon lange nicht mehr gesehen, und vor allem würde ich dort sicher eine Möglichkeit finden, mich einzuschiffen. Aber ich hatte Angst, in einen Zug einzusteigen. Bei meiner Flucht hatte ich freilich gezeigt, daß es mir nicht an Mut fehlte. Es ist eben so, daß uns die großen Gefahren, wenn sie einmal überstanden sind, furchtsam machen. Wenn man sich gerettet glaubt, ist es unangenehm, zu merken, daß erneut das Leben auf dem Spiel steht. Jetzt erschien mir schon der Kauf einer Zugkarte gefährlich. Ich hatte mich erkundigt, hatte aber weder herausfinden können, wie die

Überwachung in den Zügen im einzelnen aussah, noch, ob Quintin in einer verbotenen Zone lag oder nicht. Die Auskünfte unterschieden sich je nach Charakter des Befragten. Die einen sagten mir: »Ach was, die haben anderes zu tun«; die nächsten: »Man kann keinen Waggon besteigen, ohne sie schon im Nacken zu haben.«

Sobald ich mich im Bahnhof befand, fühlte ich mich aber sicher. Inmitten der allgemeinen Betriebsamkeit und vor allem angesichts der Komplikationen, die irgendwelche Polizeimaßnahmen bei Ankunft und Abfahrt der Züge mit sich gebracht hätten, hatte ich den Eindruck, mich umsonst gesorgt zu haben. Kein Reisender schien die Möglichkeit in Betracht zu ziehen, daß man etwa Kontrollsperren errichtete. Sie liefen hierhin und dahin, unterwarfen sich allen möglichen Formalitäten, erlaubten sich sogar Proteste, wenn sie aufgehalten wurden. Niemand dachte an die Deutschen. Wäre etwas Außergewöhnliches passiert, jeder wäre baß erstaunt gewesen. Ich hatte das beruhigende Gefühl, Teil der Allgemeinheit zu sein. Hier fühlte ich mich rücksichtsvoll behandelt, ich genoß besondere Vorteile, wie man sie nur Leuten einräumt, die man für harm- und arglos hält. Wegen zwei, drei Verdächtigen, die sich in diese friedliche und gutwillige Menge eingeschlichen haben könnten – eine Menge, die gewiß auch Regungen der Ungeduld hatte, die aber so sehr zu schätzen wußte, was man für sie tat –, würde man keine allgemeine Verärgerung provozieren wollen.

Ich stieg in einen bereits vollen Waggon. Darin waren so viele Leute, daß ich mich sicher fühlte. Wie hätte man den Gang entlanggehen können, um die Papiere zu prüfen? Man hätte alle Reisenden aussteigen lassen müssen. Frauen waren da, Kinder, Greise, alles Leute, die ein solches Vorgehen nicht verstanden hätten. Und außerdem war da dieses angenehme Gefühl, daß jeder von ihnen unschuldig war. Die Deutschen schienen ganz und gar zufrieden, daß alles so glatt lief, und das von ganz allein, obwohl sie da waren. Sie mußten es nur so aussehen lassen, als überwachten sie alles. Ich hatte den Eindruck, sie wollten nichts riskieren, was diesen so reibungslosen Lauf der Dinge unterbrach, eben aus Furcht, daß es nachher zu schwierig wäre, ihn wieder in Gang zu bringen.

Mit ihrer Mischung aus Vitalität, scheinbarer Unabhängigkeit und Gehorsam vertrieb diese Menschenmasse meine dunklen Gedanken, vor allem auch dadurch, daß sie das Gefühl vermittelte, es gebe Dinge, die man ihr nicht zumuten könne.

Gelegentlich allerdings beunruhigte mich eine bestimmte Überlegung. Was wäre, wenn die Deutschen in einer dieser großangelegten Aktionen, vor denen sie nicht zurückschreckten, plötzlich wissen wollten, aus welchen Leuten sich die Menge zusammensetzte, wenn sie sich, ohne auf das Geschrei und die Unruhe zu achten, die Zeit nähmen, sich jeden von uns genau anzusehen?

Bislang hatte ich in den Tag hinein gelebt, ohne an die Zukunft zu denken. Nun allerdings hatte ich ein Ziel vor Augen. Ich machte diese Reise nicht nur, um mich in einem kleinen, ruhigen Winkel verstecken zu können. Der Gedanke, Frankreich zu verlassen, hatte sich in mir festgesetzt. Im übrigen hatte ich mit niemandem darüber geredet. Die Menschen haben diesen seltsamen Zug, daß sie nicht nur fürchten, um etwas gebeten, sondern genauso, eingeweiht zu werden. Allein der Umstand, eingeweiht zu sein, gibt ihnen ein Gefühl von Komplizenschaft, das sie erschreckt.

Ich kam am folgenden Nachmittag in Quintin an.

Man kann sich nicht vorstellen, wie tröstlich es ist, in einer Situation wie der meinen ein Ziel zu haben, selbst wenn es unmöglich zu erreichen ist. Das Ziel, das ich vor Augen hatte, war das Ausland, das heißt Sicherheit und Freiheit. Und nun, da ich den ersten Schritt getan hatte, überkam mich schon wieder die Angst, ich könnte genau in dem Augenblick gefaßt werden, in dem der Erfolg meine Bemühungen krönen sollte.

Ich setzte mich neben einem Musikpavillon auf eine Bank. Es war kindisch, aber seitdem ich einen Trenchcoat mit Gürtel hatte, nicht neu, aber in gutem Zustand, sowie ein Paar ebensowenig neuer, nicht einmal neu besohlter gelber Halbschuhe und einen grauen Filzhut, fühlte ich mich als Mensch, und meine Möglichkeiten hatten sich enorm verbessert.

Ich hatte es nicht eilig, meine Mutter wiederzusehen. Ich wollte über diesen ersten Schritt nachdenken, den ich in Richtung auf das Unbekannte, in Richtung Freiheit machte. Nicht weit von mir waren junge Leute, die sich gegenseitig schubsten, umherliefen, sich balgten, albern lachten. Unter anderen Umständen wäre ich anderswo hingegangen, wie ein alter Herr. Ich hatte eine solch hohe Vorstellung von meiner Jugend, von dem, was ich mit zwanzig gewesen war, daß die jungen Leute heutzutage mir unglaublich flegelhaft vorkamen, denn die Zeit läßt nicht nur die Vergangenheit in anderem Licht erscheinen, sondern auch die eigene Person.

An jenem Tag aber war ich so glücklich, daß ich mich nicht rührte. Ich vermeinte Meerluft zu riechen. Bestimmt würde ich einen Weg finden, von hier fortzukommen. Und vielleicht würden die Seeleute auf dem Boot, das ich besteigen würde, diesen jungen Leuten gleichen.

Ich bemerkte zwei deutsche Unteroffiziere, die spazierengingen, von Zeit zu Zeit stehenblieben und wie schlichte Touristen eine Fassade oder eine Statue bewunderten. Da sah ich mit plötzlicher Klarheit meine Situation, wie sie wirklich war. Ich gab mich nicht mehr mit dem zufrieden, was ich hatte. Ich war an dem gefährlichen Punkt angekommen, wo man sich sagt, es ist besser, sein Leben aufs Spiel zu setzen, als es so jämmerlich weiterzuführen. Ich konnte mir noch so sehr sagen, daß diese neue Einstellung besorgniserregend sei, daß ich ruhig bleiben und das Ende des Krieges abwarten sollte – ich konnte nicht anders, ich wollte das Risiko eingehen, ich wollte etwas Großes in Angriff nehmen. Ich erinnerte mich an die Vorstellung von Glück, die ich bei meiner Flucht gehabt hatte. Sie war so simpel. Ich hatte mich erlebt, wie ich mich, solange es nötig war, in irgendeinem Zimmer aufhielt, ohne vor die Tür zu gehen, ohne jemanden zu treffen, und dieses Leben war mir wundervoll erschienen. Und nun würde ich also versuchen, ins Ausland zu gehen, und damit riskieren, geschnappt und erschossen zu werden.

Nach einigen Tagen schließlich, als ich mich mit meinem neuen Leben angefreundet hatte, faßte ich Mut. Ich begann, regelmäßig auszugehen, mich in der Stadt zu zeigen. Der große Unterschied zu Paris war, daß jeder mich kannte. Sollte mir etwas Übles widerfahren, mußte meine Reaktion dementsprechend anders sein, die eines Mannes, den alle kannten. Ich würde nicht mehr wie früher einfach verschwinden können. Ich müßte Auskunft geben, gegen solche »infame Beschuldigungen« protestieren, mich rechtfertigen und mich der Beziehungen meiner Mutter bedienen.

Aber mir passierte gar nichts, und ich wurde von Tag zu Tag sicherer.

Freilich hatte ich auch in dieser Lage bisweilen noch furchtbare Ängste auszustehen. Ich fühlte mich wie auf einer Bühne. Mein einziger Schutz (peinlich genug, wenn man sich keine großen Illusionen über die Menschen macht) war dieser Respekt, aus dem heraus man selbst, wenn man eine Person verdächtigt, nicht wagt, sie auszufragen oder an ihrem Tun zu hindern. In Paris hatte ich so etwas schon erlebt, als ich – nachdem ich bemerkt hatte, daß ich verfolgt wurde – überrascht feststellte, daß man mir gar keine Fragen stellte, ohne Zweifel aus Angst, einen Irrtum zu begehen.

Doch dieser Respekt ist ziemlich zerbrechlich. Und damit mußte ich mich abfinden. Mit viel Willenskraft gelang es mir, vor all diesen Leuten, die noch nicht wagten, sich mehr für mich zu engagieren, Theater zu spielen. Ich sagte mir bisweilen, daß ich Opfer meiner Einbildung sei, daß niemand sich um mich kümmerte. Aber ich traute mich immer noch nicht, irgend etwas zu unternehmen, aus Furcht, meinen Feinden damit einen Anlaß zum Handeln zu geben. Ich ging spazieren und rauchte Zigaretten, denn ich hatte einen guten Kerl ausfindig gemacht, der mir seine Ration abgab. Ich wollte immer, daß meine Mutter mich begleite. Ich sagte mir, dies alles sei vorübergehend, sobald ein Monat vorbei wäre, könnte ich anfangen, mich ernsthaft um meine Abfahrt zu kümmern.

Um die Erlaubnis zu erhalten, an die Küste zu fahren, brauchte man einen triftigen Grund. Zum ersten Mal seit meiner Flucht hatte ich es nun mit den deutschen Behörden zu tun. Lange Zeit hatte ich gezögert. Ein Boche, der mich eines Tages in einem Café angesprochen hatte, hatte mir erzählt, er habe einen Freund in Rennes, an den ich mich mit seiner Empfehlung wenden solle.

Ich dachte, ich hätte vielleicht besser daran getan, nach Rennes zu fahren. Es ist ein komisches Gefühl, wenn es in einer solchen Lage aussieht, als wäre es besser gewesen, zu einem Unbekannten, einem Feind zu gehen als zur eigenen Mutter. Ich sagte mir, daß ich mich lächerlich benommen hatte. Statt nachzudenken, hatte ich mich auf meinen Instinkt verlassen. Wie dem auch sei, es war geschehen. Unverzeihlich aber war, daß ich nicht versucht hatte, weitere Adressen zu bekommen. Dabei war es so einfach. Dieser deutsche Offizier wollte mir nur einen Gefallen tun. Das ist ein Fehler, den ich andauernd begehe. Ich bilde mir ein, daß allein der Umstand, daß ich woanders bin, mich davon entbindet, irgendwelche Regeln einzuhalten, und daß ich in einer anderen Stadt nichts und niemanden mehr brauche.

Ich entschloß mich also, die Kommandantur aufzusuchen. Unmöglich zu beschreiben, wie schwer mir das fiel. Es ging gar nicht mehr so sehr um Angst, sondern um Stolz. Wie konnte ich, ein

Franzose, etwas von einem Deutschen wollen? Es widerte mich unvorstellbar an.

Schließlich konnte ich nach Saint-Brieuc fahren. Voller Bewunderung hatte meine Mutter von Maître Buttin gesprochen. Sie bewunderte Menschen, die alles erreicht hatten und dabei bescheiden geblieben waren. Da ich diesen Menschenschlag ebenfalls mochte, war ich überzeugt, daß wir uns bestens verstehen würden.

Zunächst ging ich am Meer spazieren. Ich dachte an die Auszeichnungen, die mein Vater im vorigen Krieg erhalten hatte, an seinen außergewöhnlichen Mut, der ihm nichts gebracht hatte und der mich erstaunte, nun, da ich sah, was Krieg bedeutete.

Ich setzte mich an eine einsame Stelle. Das Meer zu betrachten machte mir Freude. Es gibt wohl nichts Beeindruckenderes, wenn man sich als Gefangener fühlt. In Deutschland hatte ich durch den Stacheldraht auf die Landschaft gesehen, aber der flache und unbewegliche Boden hatte mir nicht dieses Gefühl von Freiheit geben können, das von der steten Bewegung der Wellen ausgeht.

Ich ging zur Kanzlei des Notars. Den Ehrenplatz dort nahm ein farbiger Porträtdruck von Marschall Pétain mit seinen traurig blauen Augen ein. Ich weiß nicht mehr, auf welchem historischen Gemälde ich einmal einen Toten gesehen habe, dessen einer Fuß, der Realistik wegen, aus dem Bett herausragte. Ein solches Bild hing hier an einer anderen Stelle der Wand. Trotz der Feierlichkeit der Räumlichkeiten war neben dem Fenster ein buntes *Cinzano*-Thermometer angebracht.

Der Notar war ein Mann von etwa sechzig Jahren, sehr liebenswürdig und offenbar ohne Verbitterung. Man spürte, daß er zwar die denkbar engstirnigsten Vorstellungen hatte, aber verbindlich blieb, solange man nicht daran rührte. Seine Mitarbeiter machten denselben Eindruck. Alles in dieser Kanzlei schien auszudrücken, daß man hier ehrlicher und freundlicher war als anderswo, aber deshalb nicht weniger gerecht und barmherzig. Man konnte sein, wie man wollte, vorausgesetzt, man war höflich und wohlerzogen. Doch wehe, wenn man seinen Pflichten nicht nachkam! Die Zeit der Empfehlungen und kleinen Intrigen war vorbei.

Wir wollten uns ein Grundstück ansehen, das meiner Mutter gehörte und um das es einen Rechtsstreit gab. Auf dem Weg dorthin erklärte mir der Notar, wie meine Mutter vorgehen solle, um zu ihrem Recht zu kommen.

Wir waren gerade dabei, die Fläche auszumessen, als etwas Unglaubliches geschah. Zwei Deutsche traten auf uns zu und forderten uns auf, mitzukommen. Sie hielten uns für Spione! Auf dem Weg zur Kommandatur wiederholte der Notar nur immer: »Das ist absolut lächerlich!« Ich war nicht so beunruhigt, wie man hätte annehmen sollen. Ich zweifelte nicht daran, daß der Notar dank seiner Beziehungen seine Unschuld leicht beweisen konnte. Die Deutschen machten im übrigen gar nicht den Eindruck, als würden sie uns für gefährlich halten. Und in der Tat, nachdem sie unsere Namen aufgenommen hatten, entschuldigten sie sich bei uns. Ich war erst in dem Augenblick nervös geworden, als man bemerkt hatte, daß ich nicht aus Saint-Brieuc stammte. Vollkommen beruhigt ging ich nach Hause. Als ich den Notar anderntags wiedersah, beklagte er sich darüber, daß man ihn am selben Abend erneut aufgesucht habe. Er war nervös. Er fürchtete, verhaftet zu werden. Bei den Deutschen, so sagte er, müsse man auf alles gefaßt sein. Ich fühlte mich aber nicht betroffen. Ich hatte das Gefühl, daß das Kompromittierende an meiner Vergangenheit durch diese neue Geschichte überdeckt werde, und die Angst des Notars beruhigte mich letztlich, weil sie mir zeigte, daß mein besonderer Fall nicht zur Debatte stand. Doch plötzlich begann ich zu zittern. Mir schien, daß ich einem weitverbreiteten Irrtum erlegen war. Die Gefahr mußte nicht immer dieselbe bleiben. Es konnte passieren, daß man mich wegen einer Sache festnahm, die mit dem, was ich eigentlich befürchtete, gar nichts zu tun hatte. Und diese neue Sache konnte ebenso schlimme Folgen haben wie die alte.

Ich erzählte die Geschichte meiner Mutter. Sie stellte mir Fragen. Sie gab mir alle möglichen Ratschläge. Wenn ich mich nur getraut hätte, hätte ich mich davongemacht oder mich versteckt. Aber genau davon rieten mir alle ab. Damit hätte ich zugegeben, ein Spion zu sein. Ich konnte also nicht fliehen. Und der Zwang dazubleiben, so weiterzuleben, als wäre nichts geschehen, machte mich unsagbar nervös. Mein einziger Schutz war dieser Respekt, den ich beim Ankommen gespürt hatte und der bewirkt, daß man jemandem, selbst wenn man ihn verdächtigt, keine Fragen zu stellen wagt; man läßt ihn einfach in Ruhe.

Schließlich fuhr ich nach Paris zurück, ohne jemandem etwas zu sagen.

12

Ich war nie gerne aus Paris weg. Ich hatte immer den Eindruck, nicht wiederkommen zu können. Als der Zug bei meiner Rückreise aus der Bretagne in Versailles hielt, wäre ich um ein Haar ausgestiegen, um meinen Vater zu besuchen. Auf der gesamten Fahrt hatte mich dieser Gedanke nicht losgelassen. Aber ich hatte keine Lust, wieder von meinen Geschichten anzufangen. Ich wollte alles vergessen, allein sein, und vor allem so schnell wie möglich in Paris eintreffen. Als ich den Bahnhof verließ, wo alle zwanzig Meter ein Polizist gestanden hatte, fühlte ich große Erleichterung. Ich konnte mir noch so sehr sagen, daß ich hinter dem Panthéon wohnte (ich sagte mir immer, daß ich hinter irgendwas wohnte), der Schutz durch dieses Monument schien mir sehr illusorisch; aber auf jeden Fall war ich in Paris.

Ich kehrte in die Pension in der Rue Cardinal-Lemoine zurück. Im Salon war eine alte Dame bei der Lektüre. Die Täfelungen und Tapeten hatten ihre Farbe verloren, aber die Unreinlichkeit fiel nicht weiter auf. Ganz offensichtlich wurde hier nicht so saubergemacht wie in einem Privathaushalt. Im großen und ganzen geschah es dennoch jeden Tag. Und ich kenne nichts Angenehmeres, als an einem Ort zu leben, wo die kleinen Dinge des täglichen Lebens, obwohl sie den Augen der Hausherrin nicht entgehen, dennoch keine Wichtigkeit haben. Man konnte den Bücherschrank öffnen und etwas herausnehmen, ohne daß jemand etwas sagte. Die Männer zeigten eine Höflichkeit, die man für übertrieben hätte halten können, die Höflichkeit von Leuten, die zusammenleben, ohne sich zu kennen, und sich bemühen, einen guten Eindruck aufeinander zu machen. Ein Geruch nach bürgerlicher Küche (der Geruch war stets besser als die Küche selbst) hing überall in der Luft. Die Besitzerin war gerade dabei, den Mann von der Wäscherei zu bezahlen – einen seltsamen Menschen; er spielte den Geschäftsmann, den äußere Ereignisse nicht erschüttern können, der seine Preise stabil hält und seine Arbeit tut wie zuvor. In dem Kabuff, das als Büro diente, stand ein Geldschrank. Ein betagter Mann mit Orden wartete den Moment ab, da er die Besitzerin ansprechen konnte. Ein Zimmermädchen ging von einem Pensionsgast zum anderen und erkundigte sich bei jedem, ob seine Handtücher gewechselt worden seien. Auch ich wurde gefragt. Es ist kindisch, aber diese Frage bereitete mir großes Vergnügen. Ich sagte mir, daß meine Ängste idiotisch seien, daß man mir keine solchen Fragen stellen würde, wenn in meiner Abwesenheit etwas vorgefallen wäre. Es war acht Uhr abends. Ich begrüßte Madame Meunier. Sie gehörte zu den Frauen, deren Rechtschaffenheit außer Zweifel steht und die von seriösen Herren selbstlos verteidigt werden, weil sie alleinstehend sind, sich nicht zu verteidigen wissen oder weil sie Ratschläge brauchen. Diese Herren freilich beunruhigten mich ein bißchen.

Tags darauf erhielt ich einen Brief von meinem Vater, in dem er mich bat, nach Versailles zu kommen. Als ich gerade meine Rechnung bezahlte, kam es zu einem merkwürdigen Zwischenfall. Madame Meunier fragte mich, ob ich eine Rechnung brauche. Ich entgegnete, das sei nicht der Mühe wert. In diesem Augenblick sprach ein Zimmermädchen sie wegen irgendeiner Sache an. Als sie sich wieder mir zuwandte, sicherlich ohne sich noch an ihre Frage und meine Antwort zu erinnern, nahm sie einen Füller und begann mir eine Rechnung auszustellen. Ich sagte ihr nochmals, daß dieser Aufwand nicht nötig sei. Sie erwiderte: »Oh, das ist kein großer Aufwand, ich bin ja schon dabei.« Sonderbarerweise sagte ich ihr da: »Aber nein, ich möchte das gar nicht. Schreiben Sie mir keine Rechnung. Mir wäre lieber, Sie täten das nicht ...« Es war unbegreiflich. Dieser Fetzen Papier hatte keinerlei Bedeutung. Nicht einmal mein Name stand darauf. Aber ich fand es derart von Vorteil, keine Spur von meinem Aufenthalt hier zu hinterlassen, daß ich nicht anders konnte. Madame Meunier sah mich erstaunt an. Und so geschieht es mir bisweilen, daß ich wegen einer unbedeutenden Kleinigkeit Mißtrauen erwecke.

Ich ging und murmelte dabei wirres Zeug, wütend auf mich selbst. Einmal draußen, ließ ich meinen Koffer beim Besitzer eines Cafés, der sich, nebenbei gesagt, erst gar nicht bereitfinden wollte, ihn für mich aufzubewahren, und mir schließlich in wenig freundlichem Ton sagte, daß er für nichts garantieren könne.

In den folgenden Tagen brachte mich mein Vater zu vier oder fünf Leuten, die er in Versailles kannte. Bevor wir eintraten, hatten wir jedesmal einen kleinen Streit, denn er wollte, daß ich meine Situation selbst darlegte, und ich wollte, daß er es tat. Ich sagte ihm, so habe es mehr Gewicht. Er erwiderte, die Leute würden sich weit mehr für mich interessieren als für ihn. Ich beharrte nicht, denn mir wurde klar, daß allein schon mich bei diesen Besuchen zu begleiten ein großes Opfer für ihn darstellte, ihn, der seinen Stolz daran setzte, niemals irgend jemanden um etwas zu bitten. Jedesmal, wenn wir ein Haus betraten, schmerzte mich seine Nervosität. Er versuchte, sie vor mir zu verbergen, denn er warf sie sich als Mangel an Zuneigung zu mir vor. Ein ähnliches Verhalten habe ich oft bei Verwandten festgestellt, von denen man durch die Umstände getrennt wurde und die sich dann mit Leuten anfreundeten, die ihnen im Grunde nicht soviel bedeuteten wie man selbst. Er führte mich zunächst zu jenen Freunden, auf die er am wenigsten hielt. Da diese Freunde aus eben diesem Grund keine Lust hatten, irgend etwas für mich zu tun, war er allerdings gezwungen, mich zu jenen zu führen, auf die er am meisten hielt. Die Ermahnungen, die er mir jedesmal vor dem Eintreten gab, waren dementsprechend endlos. Vor allem kam er immer wieder darauf zurück, ich möge die dramatische Seite meiner Situation nicht zu sehr hervorheben. Ich dürfe nicht gelangweilt aussehen und nur wie nebenher über das reden, was mir zugestoßen war, dürfe kein Detail angeben, das jemanden schockieren könnte, solle ganz normal wirken.

Er fürchtete so sehr, ich werde nicht auf ihn hören, daß er, sobald wir uns bei diesen Leuten befanden, auf die man so leicht einen schlechten Eindruck machte, nicht anders konnte, als selbst meine Geschichte erzählen, obwohl er eigentlich mich das Gespräch eröffnen lassen wollte; er schwächte sie aber so sehr ab, daß es keinem eingefallen wäre, daß ich Hilfe brauchte. Wenn wir aufbrachen, hatte man nicht begriffen, was wir eigentlich wollten. Also sah ich meinen Vater an, um ihm klarzumachen, daß noch nichts erreicht sei. Er schob mich hinaus und gab mir dabei zu verstehen, er werde mir gleich eine Erklärung geben, als ob ohne mein Wissen etwas vorgefallen sei, das alles änderte. Einmal auf der Straße, erklärte er mir, daß der Moment schlecht gewählt gewesen sei. Er erzählte mir irgendeine Geschichte, die ich nicht verstand. Noch sei nichts verloren, meinte er.

Als es dann letztlich doch so aussah, als würden all diese Besuche zu nichts führen, wies mich mein Vater ziemlich geheimnisvoll darauf hin, daß da ja noch die Schule sei. Das freute mich sehr. Ich hatte nie gewagt, ihn darauf anzusprechen. Doch schon bei meiner Rückkehr hatte ich das Gefühl gehabt, daß ich nirgendwo besser aufgehoben wäre. Ich würde arbeiten und gleichzeitig in Sicherheit sein. Ich weiß nicht wieso, aber in eine Gemeinschaft eingebunden zu sein hat mich immer gereizt. Das einzig Heikle daran war, daß diese Lösung meinen Vater viel Überwindung kostete. Allein schon mich dem Direktor vorzustellen machte ihm schwer zu schaffen.

Wir kamen überein, diesmal anders vorzugehen. Zunächst würde mein Vater über mich reden. Ich würde mich erst dann vorstellen, wenn er den Eindruck gewann, daß ich auch eine Chance auf Erfolg hatte. Ich sagte meinem Vater daraufhin, daß er dieses Mal meine Situation klipp und klar darstellen müsse. Er antwortete mir ausweichend. Er wollte nicht von meiner Flucht sprechen. Er wollte einfach sagen, daß ich Arbeit brauchte und sehr glücklich wäre, wenn man mich irgend etwas machen ließe. Ich wies ihn darauf hin, daß ich völlig uninteressant sei und es keinen Grund gebe, sich für mich einzusetzen, wenn er nicht einmal erwähnte, daß ich geflohen war. Er behauptete, dem sei nicht so. Seit siebzehn Jahren unterrichte er an dieser Schule. In diesen siebzehn Jahren habe er nie um etwas gebeten. Wenn er heute etwas für seinen Sohn erbat, dann konnte ich die Gewißheit haben, daß ihm das nicht abgeschlagen werden würde.

Mein Vater sprach also mit dem Direktor über mich, doch es geschah genau das, was ich erwartet hatte. An diesem Gymnasium wurde niemand gebraucht. Dieser Mißerfolg ging meinem Vater sehr an die Nieren. Wie alle, die nie um etwas bitten, hatte er sich vorgestellt, daß an dem Tag, da er ausnahmsweise um etwas bat, jedermann sich freuen würde, ihm seinen Wunsch zu erfüllen, aus Dankbarkeit, daß er stets so zurückhaltend gewesen war. Und so weckte diese Ablehnung, die offenbarte, wie gering man ihn schätzte, in ihm einen Zorn, den ich ihm niemals zugetraut hätte. Er hatte keine Skrupel mehr. Viele bittere Gedanken gingen ihm durch den Kopf. Da man sich ihm gegenüber so verhalten habe, sei er an nichts mehr gebunden. Und während ich schon dachte, es sei alles vorbei, sagte er mir am nächsten Tag, daß ich recht gehabt habe; er würde nochmals zum Direktor gehen, um ihm meine genaue Situation darzulegen. Wenn dieser dann an seiner Weigerung festhielte, würde mein Vater angesichts eines solchen Egoismus und solcher Feigheit seine Kündigung einreichen.

Ein derartiger Meinungswandel erschreckte mich. Seit meiner Flucht verursachten mir unerwartete Reaktionen von Leuten, Stimmungsumschwünge, vorschnelle Begeisterung und Wutausbrüche einen großen Schrecken. Die Ankündigung meines Vaters, er werde nicht akzeptieren, daß man ihm die erste Bitte, die er je geäußert hatte, abschlage, daß er dem Direktor gründlich die Meinung sagen und einen Skandal machen wolle, und das alles meinetwegen, ließ mich erstarren. Ich sagte ihm, daß man vor allem nicht auf sich aufmerksam machen dürfe, daß er so tun müsse, als habe er nichts bemerkt, denn wenn er darauf reagierte, würde er riskieren, eine Diskussion mit unabsehbaren Folgen auszulösen, die für mich gefährlich werden konnten. Mein Vater verstand meine Vorsicht nicht. Es gehe nicht nur um ihn, auch nicht um sein Verhältnis zur Direktion, sondern um mich, seinen Sohn, den Sohn eines Professors, der seit siebzehn Jahren im Amt war. Ich blieb dabei, er möge sich ruhig verhalten. Während er sich erst so sehr geziert hatte, mir zu helfen, sah ich mich plötzlich genötigt, ihn davon abzuhalten.

Unterdessen erfuhr mein Vater, daß eine seiner Freundinnen, deren Namen er mir nicht verriet, in ihrer Wohnung in der Rue Maurepas für ein paar Tage einen jungen Verwandten versteckt hielt, der sich bewundernswert verhalten habe.

Vor dem Krieg hatte er einen Roman geschrieben. Der handelte von den Abenteuern einer wunderschönen Frau, die unter Wilden lebte. 1940, von den Deutschen zum Tode verurteilt, gelang ihm die Flucht. Nachdem er beim Flugzettelverteilen wieder gefaßt worden war, weil dummerweise irgendein alter Trottel ihn gesehen hatte, wie er die Zettel in seinen Briefkasten steckte, war es ihm geglückt zu entwischen, bevor man ihn identifiziert hatte. Dann war er nach England gelangt. Seine Frau war verhaftet worden. Er war nach Frankreich zurückgekommen, um sich zu stellen. Angesichts solcher Leistungen kam ich mir vor wie ein Gymnasiast vor einem Gelehrten.

Mein Vater fügte hinzu, daß dieser Mann gezwungen gewesen sei, sich einen falschen Ausweis zu beschaffen, ohne Schwierigkeiten dabei auch nur mit einem Wort zu erwähnen. Das überraschte mich. Ich, der es ganz normal fand, falsche Papiere zu haben, wäre niemals auf die Idee gekommen zu sagen, ich sei *gezwungen* gewesen, sie mir zu beschaffen. Und das Seltsame daran war, daß ich, der ich immer – ohne wirklich zu glauben, ich sei dazu gezwungen – auf der Suche danach gewesen war, stets nur zweitklassige bekommen hatte.

Mein Vater dachte, ein Treffen zwischen ihm und mir könnte für uns beide nur von Vorteil sein. Er war davon überzeugt, ich würde diesen Helden interessieren; und er dachte, dieser könnte mir aufgrund seiner Erfahrung nützliche Ratschläge geben. Und, das muß man wirklich sagen, mein armer Vater konnte keiner Sache widerstehen, die jemand anderem Freude machen und gleichzeitig seiner Eigenliebe schmeicheln konnte. Ich gab zu bedenken, daß es vielleicht nicht der richtige Moment war, um einen Mann zu treffen, hinter dem die Polizei her war, daß er und ich in Wirklichkeit nichts gemeinsam hatten, daß mir nichts so peinlich war wie ihm als ein Mann vorgestellt zu werden, der ebenso heldenhaft gehandelt hatte. Mein einziges Ziel war, nicht gefaßt zu werden, meine Haut zu retten. Ich hatte nicht den Mut, andere Dinge anzugehen. Ich wollte mich nur so klein wie möglich machen. Doch mein Vater ließ nicht locker. Er meinte, daß alle, die so leuchtende Beweise für ihren Patriotismus erbracht hatten wie wir, sich kennenlernen, zusammenkommen, ihre Kräfte vereinen müßten und daß dieser bewundernswerte Mann sein Heldentum genausowenig herauskehre wie ich. Um meinen Vater nicht in Verlegenheit zu bringen, willigte ich schließlich ein. Er hatte soviel für mich getan, daß ich mich nicht gerade in dem Moment entziehen wollte, da er stolz sein konnte, sich mit seinem Sohn zu zeigen.

Wir begaben uns sehr geheimnistuerisch in die Rue Maurepas. Zu meiner Überraschung stellte ich fest, daß besagte Freundin niemand anderes war als Mademoiselle de Boiboissel, zu der wir einige Tage vorher gegangen waren und die auf die Bitte meines Vaters, mich bei ihr zu verstecken, erwidert hatte, sie habe keinen Platz. Ich empfand eine gewisse Bitterkeit, verdrängte sie aber ziemlich schnell. Es wäre wirklich lächerlich gewesen, auf eine Fremde böse zu sein, weil sie für mich nicht getan hatte, was sie für einen ihrer Verwandten tat. Im Salon, einem großen, altmodischen Raum, unterhielten sich einige Personen leise. Sie hatten dieses besondere Gehabe von Leuten, die ein schwerwiegendes Problem zusammenführt, von dem man noch nicht spricht. Ich setzte mich etwas abseits. Jean de Boiboissel, der Anlaß dieser Zusammenkunft, war noch nicht aufgetaucht. Ich war furchtbar eingeschüchtert beim Gedanken an das Gespräch, das ich mit ihm führen, die Fragen, die er mir stellen, das Interesse, das er für mich bekunden würde. Ich fühlte mich so unbedeutend neben ihm, meine Abenteuer schienen mir so wenig interessant. Und was mich mehr als alles andere in Verlegenheit brachte, war, meinen Vater, der ja so stolz auf mich war, neben mir zu spüren. Ich liebte meinen Vater sehr. Ich fürchtete die ganze Zeit, daß ihm meine Unbedeutendheit bewußt werden könnte, daß er durch irgendeinen Vorfall einfach nicht anders können werde als sie sich bewußt machen und daß er darunter leiden werde. Endlich kam unser Held. Man hätte meinen können, es sei jemand anderer, so diskret betrat er den Raum. Obwohl soviel davon geredet worden war, was er geleistet hatte, von seinem Charakter und seinem Mut, rührte sich kein Mensch. Als er seiner Cousine einen Kuß gab, hörte sie nicht einmal auf zu reden. Das Gespräch ging weiter, und das Bild der Leute, die auf mich gewirkt hatten, als erwarteten sie etwas, änderte sich um nichts. Ich hielt mich weiterhin zurück. Dennoch passierte es mir mehrmals, daß ich gezwungen war zu sagen, ich hätte Taten vollbracht, die ich genaugenommen nicht wirklich vollbracht hatte. Aber ich hatte Angst, man werde es merken und nicht die Nachsicht haben, die man gewöhnlich für Prahler hat, sondern mich plötzlich wie einen Verdächtigen behandeln; ich hatte Angst, es werde alles vorbei sein, was ich immer befürchtete, wenn ich mit meinem Gesprächspartner nicht einer Meinung war.

Da begriff ich, daß dieser Heroismus, über den, wie ich mir eingebildet hatte, sich alle unterhalten wollten, gar nicht zur Sprache kommen würde, und das freute mich sehr. Als wir auseinandergingen, behielt der Held dennoch meine Hand einige Momente länger als üblich in der seinen und sah mich dabei besonders intensiv an, wollte mir auf diese Weise zeigen, daß wir zur selben Familie gehörten. Ich war davon tief bewegt, und alle Feindseligkeit, die sich in mir angesichts soviel scheinbarer Eingebildetheit aufgebaut hatte, wich einer tiefen und ernsten Bewunderung. Auf dem Rückweg machte mir mein Vater, der nichts mitbekommen hatte, den Vorwurf, kein Gespräch begonnen zu haben. Wie ein Mädchen, das sich die Eltern einem möglichen Heiratskandidaten gegenüber liebenswürdiger gewünscht hätten, behielt ich das Vorgefallene für mich und ließ es bei der Antwort bewenden, es habe sich keine Gelegenheit geboten. Nach diesem Treffen wurde mir zum ersten Mal bewußt, was an meiner Situation Gutes sein könnte und wie wenig mein Verhalten seit meiner Flucht mit dem in Einklang stand, was man von mir hätte erwarten dürfen. In mir erwachte das Gefühl, ich könne meinem Vaterland nützlich sein und so der schrecklichen Angst und der Einsamkeit, in der ich dahinvegetierte, entkommen. Aber fast unmittelbar darauf kamen mir die Risiken in den Sinn. Ich prüfte sie nacheinander, dann wurde mir klar, daß ich sie, so zahlreich sie auch waren, zumindest kannte und ich letztlich sicherer wäre als in meinem Versteck, wo mich das leiseste Geräusch auffahren ließ. Die Gefahr, die wirkliche Gefahr, befreit. Ich sagte meinem Vater, daß ich diesen Helden wiedersehen wolle, daß ich mich ebenso nützlich machen wolle, und daß ich überglücklich wäre, wenn man mir Gelegenheit gäbe, Frankreich zu dienen.

13

Am darauffolgenden Nachmittag ging ich wieder zu Mademoiselle de Boiboissel. Seitdem ich diesen wichtigen Entschluß gefaßt hatte, fühlte ich mich völlig verändert. Tags zuvor hatte ich mich noch davor gefürchtet, in die Rue Maurepas zu gehen. Beim Hineingehen hatte ich meinen Vater sehr erschreckt, als ich ihm sagte, ich habe Leute das Haus überwachen sehen. Mein Vater, der mit meinen ständigen Ängsten noch nicht vertraut war, war sofort stehengeblieben. Er hatte mich am Arm gepackt und in eine Seitenstraße gezerrt, dann in eine andere. Als wir so einige hundert Meter gerannt waren, sagte ich ihm – etwas beschämt darüber, daß er eine Bemerkung, wie ich sie seit Monaten fast mechanisch machte, so ernst genommen hatte –, ich hätte mich sicher getäuscht. Er erwiderte: »Oh, bestimmt nicht.« Er befahl mir, mich in einer Ecke zu verstecken. Dann ging er allein in die Rue Maurepas zurück. Als er wiederkam, sagte er mir, daß ich mich tatsächlich geirrt hatte. Das wußte ich; was mich aber überraschte, war, daß er mich nie darauf aufmerksam machte, wie ängstlich ich geworden war; so überzeugt war er davon, daß, wenn es einen gab, der nie zu viele Vorsichtsmaßnahmen ergriff, ich derjenige war.

Jean de Boiboissel empfing mich im selben Salon wie am Vortag. Ich teilte ihm unverzüglich meinen Entschluß mit. Er fragte mich, wo ich arbeitete. Ich entgegnete, ich würde nicht arbeiten. Er stellte mir weitere Fragen. Ich spürte, daß ihn meine Antworten jedesmal enttäuschten. Zu guter Letzt sagte er mir, daß er nicht recht sehe, was ich tun könne. Ich war überrascht. Ich fragte ihn, warum mein guter Wille nicht ausreiche. Er erwiderte, der gute Wille habe keinerlei Bedeutung; es gehe nicht um guten Willen, sondern um die Möglichkeiten, die jeder von uns in seinem Umfeld vielleicht habe, und ein einfacher Eisenbahner sei da hundertmal wertvoller als ich. Man hätte meinen können, er wolle mir unbedingt wehtun, mich verletzen. Ich war vollkommen fassungslos und meine Erwiderung zugegebenermaßen ungeschickt. Ich rief: »Aber was kann ich denn tun?« Er sah mich überrascht an. Wenn er hinsichtlich meiner Verwendbarkeit noch im Zweifel gewesen war, so war dieser Zweifel jetzt verschwunden, das spürte ich. Mit gespielter Höflichkeit erwiderte er mir, darauf könne er mir keine Antwort geben, ich wisse besser als er, was ich zu tun hätte. Um wieder besser vor ihm dazustehen, erinnerte ich ihn daran, daß ich dienen, nützlich sein wolle, daß ich bereit sei, mein Leben zu opfern und die gefährlichsten Missionen zu übernehmen. Er strich sich mit den Fingerspitzen über das Haar und meinte dann kühl, daß er es nicht mochte, wenn man davon redete, sein Leben zu opfern. Er stelle meinen Wunsch, etwas Gutes zu tun, nicht in Abrede, aber ich dürfe nicht vergessen, daß daran nichts Außergewöhnliches sei. Das sei ganz natürlich. Jedermann habe diesen Wunsch. Bald würden wir alle handeln können. Im Moment aber – und er legte Wert darauf, das zu wiederholen – seien dem Vaterland nur jene nützlich, die durch ihren Beruf und die Stellung, die sie einnahmen, den Deutschen Schaden zufügen könnten. Die anderen müßten warten. Sie sollten sich nicht unnötig in Gefahr bringen.

Kurz danach verließ ich ihn. Ich mußte in seiner Wertschätzung gesunken sein, denn er drückte mir nicht mehr so lange die Hand wie tags zuvor. Niemand ist vorsichtiger als die Kämpfer, als die sogenannten Draufgänger, sobald es um Liebe, Freundschaft, persönliches Interesse geht.

Als ich ging, wollte ich durch den Park laufen, obwohl da viele Deutsche waren. Ich war mutlos. Mir war es nicht gelungen, aus alldem, was ich durchgemacht und geleistet hatte, Kapital zu schlagen. Niemand glaubte mir. Wie glücklich wäre ich jetzt gewesen, just die Beweise meines Heldenmutes verfügbar zu haben, die ich so sorgfältig zerstört hatte!

Vielleicht hatte dieser Held schon oft mit Menschen wie mir zu tun gehabt und wußte, was man von ihnen erwarten konnte. Mir war, als sei ich gerade bei einer Lüge ertappt worden. Deshalb war er auch so kühl gewesen. Ich hatte mich interessant machen, mit ihm auf eine Stufe stellen wollen. Einige Augenblicke später verscheuchte ich all diese Gedanken. Meine unterwürfige Haltung widerte mich an. »Was für eine Heuchelei«, murmelte ich. Ja, er gehörte schon zu dieser Kategorie Menschen, vor der mir graute. Oft hat man im Leben mit solchen Menschen zu tun. Da ist normaler menschlicher Kontakt nicht möglich. »Das sind Leute, die sich zu ernst nehmen«, dachte ich. Abends erzählte ich meinem Vater, was vorgefallen war. Ich sagte ihm, was ich von diesem Helden dachte. Mein Vater fand, was dieser gesagt habe, sei vollkommen vernünftig. Er verstand meinen Zorn überhaupt nicht. Ich meinte, der Mann habe eine übersteigerte Vorstellung von sich selbst. Mein Vater entgegnete, er habe das Recht dazu, niemand könne ihm das zum Vorwurf machen, nach dem, was er geleistet habe.

Anscheinend hatte ich aber trotz allem einen guten Eindruck hinterlassen, denn nach dieser Begegnung sollte ich bei Madame de Vauvillers wohnen, einer Freundin von Mademoiselle de Boiboissel. Ich wußte kaum mehr weiter. Das hervorstechendste Merkmal meines Zimmers war die Feuchtigkeit. Kein Möbelstück stand gerade auf dem unebenen Parkett. Auch das Bettzeug war in einem trostlosen Zustand. Die himmelblaue Seide der Tagesdecke war zerschlissen und ließ so etwas wie graues Werg erkennen. Bei Wind schlugen Zweige gegen die Scheiben. An den ersten Tagen fuhr ich dabei jedesmal zusammen. Ich war wütend auf mich selbst, weil ich auch noch diese kindische Angst hatte; als reichten meine anderen Ängste nicht. Nach einiger Zeit hatte ich mich allerdings an dieses kleine Haus im Louis-seize-Stil gewöhnt, das am Ende einer einsamen Straße lag. Unangenehm war, daß Madame de Vauvillers, wenn sie mit mir sprach, dauernd meinen Namen gebrauchte. Ständig versuchte sie, mich näher kennenzulernen. Sie stellte mir Fragen über meine Familie, meine frühere Arbeit, und um ihren Freunden zu zeigen, daß sie nicht den gleichen Fehler wie im Jahr zuvor begehe, erzählte sie ihnen alles, was ich sagte, ließ nichts aus, führte mich regelrecht vor, auf daß man mich ja nicht mit meinem Vorgänger verwechselte. Dieser, ein Steuerprüfer, war eines Morgens bei Madame de Vauvillers festgenommen worden, weil er beträchtliche Summen unterschlagen hatte. Die alte Dame hatte sich geschworen, das Zimmer nie wieder zu vermieten. Doch den wiederholten und über Monate andauernden Bitten meines Vaters hatte sie schließlich nachgegeben. Ich muß sagen, daß es mir überaus peinlich war, als ich diese Geschichte erfuhr. Ich konnte nicht umhin, mir das furchtbare Drama vorzustellen, das eine zweite Verhaftung in ihrem Haus für Madame Vauvillers bedeutet hätte.

Die meisten Besucher waren zum Glück nur alte Damen. Ab und zu kam allerdings auch ein Herr. Wenn ich an den Gesprächen teilnahm, war ich immer auf der Hut, denn man unterhielt sich häufig über Leute, die ich nicht kannte, von denen ich aber aufgrund gewisser Bemerkungen ahnte, daß sie nicht so zurückgezogen lebten wie ihre Freundin Madame de Vauvillers. Man sprach von ihnen wie von hochgestellten Persönlichkeiten, die gerade wichtige Entscheidungen getroffen hatten und dabei waren, neue zu treffen, und es beunruhigte mich jedesmal, wenn ihr Besuch angekündigt wurde. Madame de Vauvillers lag viel daran, daß ich ihre Bekanntschaft machte, was ich jedesmal zu verhindern suchte, denn abgesehen davon, daß wir nie etwas miteinander anfangen konnten, hatte ich den Eindruck, daß sie, sobald ich fort war, eine Menge Fragen über mich stellten. Ich hatte immer Angst, daß diese so überaus anständigen Herren Madame de Vauvillers einen zweiten Reinfall ersparen wollten und sich erbötig machten, Erkundigungen über mich einzuholen, und zwar nicht, weil ihnen die alte Dame so besonders am Herzen lag, sondern weil Leute in hohen Positionen die Manie haben, ihre Dienste anzubieten. Ich wagte nicht, meine Befürchtungen meinem Vater mitzuteilen. Er war absolut entschlossen, alles in seiner Macht Stehende für mich zu tun, aber es durfte ja nichts dazwischenkommen. Bei jeder neuen Gefahr, auf die ich ihn hinwies, verlor er den Kopf. Es fehlte nicht viel, und er hätte sich genötigt gesehen, sich ebenfalls zu verstecken. Zumindest ließ er mich das glauben; ich hatte ihn ein wenig im Verdacht, Theater zu spielen und auf diese Weise erreichen zu wollen, daß ich ruhig blieb und mich mit dem zufrieden gab, was ich hatte.

Die Leute, die ich zu dieser Zeit sah, zeichneten sich dadurch aus, daß sie unaufhörlich von Rache sprachen und darüber, was sie in Deutschland tun würden. Ständig redeten sie von den Boches, und es tat mir weh, ihre Ohnmacht mitanzusehen. Alles, was sie tun konnten, um ihre Verachtung zu zeigen, waren Gesten, die, da war ich mir sicher, die Deutschen nicht einmal bemerkten. Ständig erzählten sie von kleinen Szenen, die sie miterlebt hatten: Eine Frau hatte einem Oberleutnant, der ihr einen Stuhl anbot, den Rücken zugekehrt, und so weiter. Sie selbst hielten sich Gesten dieser Art zugute. Aber mich schmerzte es, daß ihr Denken dermaßen von nutzlosen Kleinigkeiten in Anspruch genommen war. Sie beharrten darauf, keine Besiegten zu sein, doch alles, was sie taten und erzählten, zeigte, daß sie es sehr viel mehr waren, als sie glaubten. Sie waren sehr nett zu mir, weil ich ein Flüchtling war, und dennoch war ich mir nicht ganz sicher, daß sie es auch geblieben wären, wenn sie erfahren hätten, was genau ich getan hatte.

Nach ganz kurzer Zeit beschloß ich, Versailles unter einem sehr einfachen Vorwand zu verlassen, um keine neue Geschichten entstehen zu lassen. Ich fühlte mich nicht sicher. Das war alles. Mehr sagte ich nicht. Jedesmal, wenn ich über meine Ängste sprach, passierte es seltsamerweise, daß ich mir ein wenig wie ein Ausgestoßener vorkam, wie ein armer Teufel, der jemanden um Geld angeht, der ihm schon welches geborgt hat und denkt, damit hat es sich.

Als mein Vater sah, daß ich nach Paris zurückwollte, begriff er, daß er diesmal nichts anderes tun konnte, als nachzufragen, sich für mein Schicksal zu interessieren, den Grund dafür herauszubekommen. Ich sagte ihm, Madame de Vauvillers sei sehr nett, interessiere sich aber zu sehr für mich und habe viel zu viele Freunde.

Mein Vater hörte mir aufmerksam zu, und zwar mit einem Gesicht, auf dem der Ärger, den ich ihm damit machte, mit dem Ausdruck von Verständnis kontrastierte, den er sich zu geben bemühte.

Ich spürte, daß er fürchterlich litt, daß ihm jedes meiner Worte schrecklich zusetzte. Er war zerrissen zwischen der Pflicht, mir zu helfen, und der Angst vor Scherereien. »Wenn du glaubst, in Paris sicherer zu sein, dann zögere nicht«, sagte er.

Tags darauf kam er zu mir. Er war traurig, wirklich traurig. Ich sagte zu ihm, an meiner Abreise sei nichts Dramatisches, es handle sich dabei um eine einfache Vorsichtsmaßnahme. Aber er wollte mich nicht mehr abreisen lassen. Er wollte wieder Empfehlungsbriefe für mich schreiben. Ich ging, um Madame de Vauvillers um ein Tintenfaß zu bitten. Als sie erfuhr, daß mein Vater da war, geriet sie in außerordentliche Aufregung. Sie brachte eine lederne Schreibunterlage und ein Tintenfaß aus böhmischem Kristall. Ich sah, wie sich mein Vater zusammennahm, um freundlich zu sein.

14

Ich war seit kurzem in Paris, als ich auf Guéguen traf. Dieser Freund, den ich nach meiner Flucht so zugänglich, so gut, so verständnisvoll gefunden hatte, er kam mir nun, wenn ich an ihn dachte, farblos, arglistig und extrem kleinlich vor. Es war nichts vorgefallen zwischen ihm und mir. Ich sagte mir, daß ich gegen meine Neigung, jedes Schweigen, jede Abwesenheit als feindselig auszulegen, angehen müsse. Als ich ihn wiedersah, machte ich erneut einen sympathischen, guten, verständnisvollen Zug an ihm aus.

Er wollte wissen, was aus mir geworden war. Im Grunde bedauerte ich es, von ihm fortgegangen zu sein. Ich sagte ihm, ich würde ein kleines Hotelzimmer bewohnen, es gehe mir dort sehr schlecht, man wundere sich allmählich, daß ich immer einen Vorwand fände, die Anmeldung nicht auszufüllen. Aber ich hütete mich wohl, ihm zu sagen, daß ich mir falsche Papiere besorgt hatte, daß ich nicht mehr René de Talhouet, sondern Raoul Tinet hieß. Ich versuchte ihm begreiflich zu machen, wie glücklich ich wäre, zu ihm zurückkehren zu können. Ich erkundigte mich nach der Gesundheit seiner Mutter. Hatte Guéguen sich wieder an die Arbeit gemacht, jetzt, da das Atelier frei war? Er schien von meinem Wunsch nichts zu ahnen. Das war letztlich auch normal. Und wollte ich tatsächlich zu ihm zurück? Man neigt ja oft dazu, sich Dinge zu wünschen, weil sie sich anbieten, und nicht, weil man sie wirklich haben will.

Einige Tage später bat er mich darum, bei der Vorbereitung einer Ausstellung zu helfen. Dieses Zeichen von Freundschaft freute mich sehr.

Ich konnte noch so sehr das Gefühl haben, er würde nie etwas für mich tun, sobald er auch nur einen Finger für mich rührte, vergaß ich meine Vorwürfe. Denn ich hatte Angst vor allem, Angst, daß man das Verhalten mir gegenüber ändern würde, Angst, meine Freunde zu verlieren. Und so berührte mich Freundlichkeit über alle Maßen.

Als die Ausstellung zu Ende war, suchte ich Guéguen nochmals auf. Ich kenne nichts Deprimierendes als wiederzukommen, wenn man nicht mehr nützlich sein kann, wenn einem bereits ausgiebig gedankt wurde und es nichts mehr zu tun gibt.

Jedesmal fragte ich Guéguen, ob er nicht etwas für mich hatte. Eines Tages schlug er mir vor, am Stadtrand bei einer alten Schneiderin seiner Mutter zu wohnen. Seinen Worten nach war es genau das, was ich brauchte. Obgleich abgelegen, sei die Villa von anderen Villen umgeben, was ein gewisses Kommen und Gehen mit sich bringe und meine Anwesenheit weniger verdächtig erscheinen lassen würde. Es sei keines wegs wie in der Provinz. Weil diese Dame ziemlich betagt sei, bringe man ihr die Einkäufe ins Haus.

Ich erklärte Guéguen, daß ich keine Lebensmittelkarte hatte und nicht daran dachte, eine solche Gefälligkeit anzunehmen.

Er antwortete nicht. Er sagte mir, ich solle der Dame Gesellschaft leisten. Ich machte neue Einwände. Guéguen war allmählich verstimmt. Wenn ich mit allen so umginge wie mit ihm, würde ich mir Feinde machen. Davor wolle er mich unbedingt warnen. Bald würde sich kein Mensch mehr um mich kümmern. Worauf ich beinahe geantwortet hätte, daß ich mich eben nicht jedem gegenüber gleich verhielt.

Ich beruhigte mich wieder. Um den Eindruck zu vermeiden, er dränge mich, zu der Dame zu gehen, sprach Guéguen noch einmal ganz freundlich von den Vorteilen, die ich dort hätte. Mir würde es an nichts fehlen. Ich könnte schöne Spaziergänge in der Umgebung machen. Wenn ich es wirklich ruhig haben wolle, könnte ich nichts Besseres finden. Man müsse nur wissen, ob mir wirklich daran liege, mich zu verstecken, oder ob ich mich amüsieren wolle; in diesem Fall sei es freilich sinnlos, weiter darauf zu bestehen.

Ich spürte, daß Guéguen es sehr seltsam fand, daß ich so wählerisch war, wenn doch eher diese Dame es hätte sein müssen.

Ich war durch dieses falsche Interesse so gereizt, daß ich anfing, Guéguen eine Menge Fragen zu stellen. Ob er sicher sei, daß niemand meine Anwesenheit bemerken würde? Ob die Villa dieser Dame gehörte? Wen sie bei sich empfing? Gab es um sie herum nicht irgendwelche Interessenkonflikte? Riskierte ich nicht, daß gewisse Leute mich für schlechte Gesellschaft hielten? Wie kam es, daß sie mich beherbergen wollte, ohne mich zu kennen?

Geduldig antwortete Guéguen auf jede meiner Fragen. Aber ich fand immer noch etwas. Schließlich sagte er zu mir: »Du bist dort auf alle Fälle besser aufgehoben als in deinem Hotel.« Ich entgegnete, das sei nicht die Frage. Er nervte mich immer mehr mit dem Lob dieser alten Dame, die er, das spürte ich genau, kaum kannte. »Aber wohin willst du denn gehen, wenn nicht dorthin?« Diese Frage kränkte mich. Ich erwiderte, daß ich immer etwas finden würde, daß ich bisher noch immer etwas gefunden hatte. »Na dann, vergiß es«, sagte er.

Dann schien mir aber, daß ich nicht gerade in einer Lage war, in der ich mir erlauben konnte, den Schlaumeier zu spielen. Ich neigte etwas zu sehr dazu, die Wirklichkeit aus dem Blick zu verlieren. Obwohl es mich viel Überwindung kostete, machte ich einen Rückzieher, ich entschuldigte mich, ich bat um Verzeihung, denn er sollte begreifen, daß ich in dem Zustand, in dem ich mich befand, nicht immer Herr meiner selbst war. Aber nachdem ich ihn verlassen hatte, sollte ich ihn nicht wiedersehen.

15

Eines Morgens beim Aufwachen hatte ich plötzlich das Gefühl, daß alle meine Anstrengungen seit einem Jahr nicht dazu beigetragen hatten, mir meine Ruhe zu sichern und daß ich mich in dem heruntergekommenen Hotel, in dem ich lebte, an genau demselben Punkt befand wie bei meiner Ankunft in Paris. Ich rief mir alle meine Wohnungswechsel, all mein Kommen und Gehen, alle meine Sorgen und Ängste in Erinnerung.

Die ganze Quälerei hatte zu nichts geführt; ein anderer mit weit weniger Sorgen hätte sich heute vielleicht schon in völliger Sicherheit befunden.

Er hätte, statt sich gegen eingebildete Gefahren zu wehren und statt eine immer noch sicherere Unterkunft zu suchen, am erstbesten Ort das Vertrauen und die Zuneigung aller erworben, hätte sich neue Freunde gemacht.

Ich begriff, daß ich immer wieder denselben Fehler beging, nämlich, die Dinge geregelt vorfinden zu wollen. Im Grunde hatte ich es nicht verstanden, mich an die Umstände anzupassen. Nach einem Jahr war ich immer noch so dran, daß ich mich nicht traute, ein Fenster zu öffnen, daß ich dem Hausmeister aus dem Weg ging, daß ich mich versicherte, daß in meiner Umgebung keine Leute waren, die der Polizei angehörten. Da man mich einerseits suchte und es andererseits mein Ziel war, glücklich zu sein, hätte ich wie Roger einen Weg finden müssen, beides miteinander in Einklang zu bringen. Denn mit all meinen Veränderungen hatte ich womöglich mehr Gelegenheiten gehabt als irgendein anderer, mein Leben zu organisieren. Und nun, da sie vertan waren, kam mir vor, ich hätte längst meinen Frieden gefunden, wenn es mir gelungen wäre, nur eine einzige davon zu ergreifen. Dann schien mir plötzlich, Gefahren seien immer unvorhersehbar. Man bildet sich ein, außer Gefahr zu sein, und auf einmal bricht das Unglück über einen herein. Nichts war einfacher vorherzusehen, und man hat nicht damit gerechnet. Ich verbrachte meine Zeit also damit, mich zu fragen, was mir wohl zustoßen könne, ohne mir klar zu machen, daß ich mich durch diese Selbsterforschung schließlich ganz durcheinanderbrachte, was mich eben daran hinderte, eine mögliche Gefahr zu erkennnen.

Drei Wochen, nachdem ich Versailles verlassen hatte, ging mir durch den Kopf, daß ich es seit meinem Ausbruch versäumt hatte, einen Umstand von höchster Wichtigkeit zu berücksichtigen, nämlich, daß mein Vater, der von mir keine Nachricht aus Deutschland mehr erhalten hatte, sich normalerweise nach mir hätte erkundigen müssen. Indem er es nicht getan hatte, zeigte er den Deutschen, daß er in bezug auf mich ruhig war, daß er also wußte, wo ich mich aufhielt. Von da bis zum erzwungenen Verrat war es nur ein Schritt. Natürlich hätte mein Vater bis zum Schluß den Mund gehalten. Aber wie die meisten Leuten, mit deren Gesundheit es nicht zum besten steht, hätte auch er schwach werden können. Man kann die Reaktion der Leute unter so dramatischen Umständen nicht voraussehen. Die größten Feiglinge werden mitunter zu den mutigsten Helden. Ich wollte es lieber gar nicht so weit kommen lassen.

Ich teilte meinem Vater meine Befürchtungen mit. Und da brachte die Besessenheit durch die Gefahr, von der ich soeben sprach, eine tatsächliche Gefahr hervor. In meiner Aufregung bat ich ihn, zu den Deutschen zu gehen, um ihnen zu sagen, daß er beunruhigt sei, weil er keine Nachricht von mir habe.

Zum Glück tat er nichts dergleichen. Er wurde wütend. Er fand mich vollkommen lächerlich. »Sieh selber zu, wie du da rauskommst«, sagte er mir schließlich.

Ständig hatte mein Vater ein schlechtes Gewissen. Einige Tage später kam er mich besuchen. Als ob er nicht sicher sei, das Richtige getan zu haben, verkündete er sofort, daß er sehr in meinem Sinne gearbeitet und sogar Glück gehabt habe bei seinen Bemühungen und daß die Umstände günstig gewesen seien. Ich dachte, er spiele auf Boiboissel an. Keineswegs. Es ging um Mondanel. Er habe ihn nicht aufsuchen müssen. Er habe ihn zufällig getroffen. So habe er freier über mich reden können. Er habe ihn bitten können, sich meiner anzunehmen, ohne den Anschein zu erwecken, daß er schon früher daran gedacht hatte. Er habe die Geschichte von den verwundeten Wachposten erzählen können. »Ah! Warum haben Sie mir das nicht früher gesagt?« habe Mondanel ausgerufen.

Mein Gesicht bedeckte sich mit Schweiß. Mein Vater meinte, ich würde mich zu Unrecht aufregen, ich hätte nichts zu fürchten, er lege für Mondanel die Hand ins Feuer. Mondanel erwarte mich, wolle mich sehen, interessiere sich für mich. Ich erinnerte meinen Vater daran, daß ich ihm eingeschärft hatte, niemals irgend jemandem Einzelheiten von dem zu erzählen, was passiert war. Er erwiderte, daß ich in diesem besonderen Fall absolut nichts zu befürchten hätte, daß Mondanel sein Freund sei. Mein Vater ertrug es nicht mehr, mich in dieser Ängstlichkeit leben zu sehen.

Am folgenden Tag gingen wir zum Mittagessen zu Mondanel. Dieser war mir gegenüber nicht im mindesten befangen, weil er etwas wußte, was ich ihm verschwiegen hatte. Von Anfang an legte er Wert darauf, mir das mit Gesten der Höflichkeit zu zeigen – wahrscheinlich, um jegliches Mißverständnis zu vermeiden und um mich davon zu überzeugen, daß die Enthüllungen, die man ohne mein Wissen über mich gemacht hatte, bei ihm keinen schlechten Eindruck hinterlassen hatten. Ich konnte beruhigt sein. Er akzeptierte völlig, daß ich nicht selbst geredet hatte, daß mein Vater genötigt gewesen war, es an meiner Stelle zu tun. Als er spürte, welche Bestürzung die Indiskretion meines Vaters in mir auslöste, fügte er hinzu, daß ich solche Dinge nicht dramatisieren solle, daß ich ihm vertrauen könne, daß er meine Vorsicht sehr gut verstehe und nun, da er alles wisse (er verzichtete offiziell darauf, so zu tun, als wisse er nichts), nur noch mehr Achtung vor mir habe. Er werde bei den verschiedenen Dienststellen der Präfektur und sogar der Kriminalpolizei geschickt Erkundigungen einziehen – als ob ich das von ihm erwartet, aber mich nicht getraut hätte, es ihm zu sagen. Ich hätte nicht den Mut gehabt, ihn darum zu bitten, aber er ahne, daß das mein Wunsch sei. Er werde jene direkt fragen, die aufgrund ihrer Funktion womöglich etwas wußten. Ich könne mir also sagen, daß ich einen Freund am rechten Ort habe und alles getan werde, was nur irgendwie getan werden konnte.

Sowie ich mit meinem Vater allein war, konnte ich mein Entsetzen nicht länger verbergen. Das ganze Essen hindurch waren meine Nerven so angespannt gewesen, daß ich, ohne es zu merken, Mondanel starr das Gesicht zugewandt hatte, so daß ich jetzt im Nacken einen leichten Schmerz verspürte, von einem verspannten Muskel, als hätte ich in einer ungünstigen Lage geschlafen.

Mein Vater wunderte sich über mein Mißtrauen. Er sagte mir noch einmal, Mondanel kenne mich von klein auf, er sei ein alter Freund, ja er werde sogar noch mehr für mich tun, als er gesagt hatte. Leere Versprechungen seien ihm zuwider. Deshalb sei er auch so zurückhaltend gewesen. Aber ich könne auf ihn zählen. Meine Unruhe wuchs. Ich fürchtete jetzt, daß Mondanel bei seinen Bemühungen für mich nicht verschweigen würde, daß er mich kannte, und daß er, statt sich scheinbar unbeteiligt zu erkundigen, sagen würde, daß es sich bei mir um den Sohn eines Freundes handle, um so bei den Leuten leichter Interesse wecken zu können. Alle würden mein Schicksal bedauern. Im Laufe der Zeit würde meine Geschichte immer weniger geheim bleiben, so daß eines schönen Tages, trotz des Wohlwollens und des Mitgefühls aller, infolge irgendeiner Indiskretion, infolge von Ungeschicklichkeit, Eifersucht oder Verrat zwei Inspektoren kommen und mich einfach festnehmen würden. In diesem Moment, kein Zweifel, würden sie alle jammern, schwören, das hätten sie nicht gewollt, sie würden mit unzähligen Details erzählen, wie alles vor sich gegangen war und sich dafür einsetzen, das Unglück, das sie unfreiwillig verursacht hatten, wiedergutzumachen; sie würden alles Menschenmögliche tun, mich aus der schlimmen Situation wieder herauszuholen, in die sich mich gebracht hatten, aber bis dahin würde ich ganz einfach im Gefängnis sitzen. Es würde sich dann herausstellen, daß keiner von ihnen verantwortlich war. Die Ursache für das Unglück wäre eine Verkettung unglücklicher Umstände. Sie hätten doch alle nur denkbaren Vorsichtsmaßnahmen ergriffen. Nichts hätten sie außer acht gelassen. Und der Gipfel wäre, daß mein trauriges Abenteuer in gewisser Hinsicht zu etwas gut sein konnte. Es würde den auffliegen lassen, von dem mein Unglück ausging. Sie würden ihn von nun an im Auge behalten. Bei der ersten Gelegenheit hätten sie ihn. Dank mir hätten sie den Beweis, daß in ihrer Mitte ein Verräter war, und mit diesem Wissen könnten sie ihn im Handumdrehen entlarven. Und um dem Ganzen noch die Krone aufzusetzen, würde mein Vater es ihnen nicht einmal übelnehmen. Ihm wäre gar nicht bewußt, daß ich ihretwegen im Gefängnis saß, und wenn ich mich beklagen und ihn daran erinnern würde, daß ich ihn doch gewarnt hätte, würde er mir vorwerfen, undankbar meinen Freunden gegenüber zu sein, er würde mir sagen, daß ich nicht das Recht hätte, ein so hartes Urteil über Leute zu fällen, die im selben Moment, da ich so streng über sie sprach, alles Erdenkliche taten, um meinen Kopf zu retten. Was sollte man aus dem Gefängnis heraus darauf schon antworten?

Tags darauf kehrte ich zu Mondanel zurück. Ich hatte alle möglichen Überlegungen angestellt, um herauszufinden, ob es ihm bereits möglich gewesen war, sich für mich zu verwenden. Ich hatte mir gesagt, daß er tags zuvor nach unserem Essen und bei der Ankunft in seinem Büro sicherlich nicht daran gedacht hatte, sich um meine Angelegenheit zu kümmern. Er hatte versprochen, sich darum zu kümmern, aber er war eben kein Mensch, der so etwas auf der Stelle tat, umso mehr als das, was er vorhatte, besonders heikel war. Man mußte günstige Umstände abwarten. Er konnte nicht so ohne weiteres zur Kriminalpolizei gehen, um über mich zu sprechen. Es war sogar denkbar, daß er gleich nach unserem Weggehen nicht mehr an uns gedacht hatte. Aber man weiß ja nie. Ein Gefallen, den man uns erweisen will, kann uns sogar schaden, wenn man ihn bei erster Gelegenheit erfüllt. Als ich darüber nachdachte, sagte ich mir, es sei das Klügste, Mondanel wiederzusehen, bevor er Zeit habe, etwas zu unternehmen. Ein Nachmittag war bereits vergangen. Das war schon genug.

Ich kam kurz vor neun Uhr bei Mondanel an. Dieser Gang war mir zutiefst unangenehm, umso mehr, als ich ihn ohne Wissen meines Vaters machte. Nicht mir, sondern meinem Vater wollte Mondanel einen Gefallen tun. Er kannte mich ja gar nicht. Ich fühlte, daß schon, als ich ihm gemeldet wurde, in einem Moment, da er nicht damit rechnete und zudem erst so kurz nach dem gemeinsamen Mittagessen am Vortag, sein erster Gedanke war, daß ich zu weit ging oder ein dreister Mensch war. Das Hausmädchen erkannte mich nicht wieder und bat mich zu warten. Als sie nicht wiederkam, ahnte ich, daß mein Besuch einen schlechten Eindruck machte. Endlich tauchte sie wieder auf, bat mich mit übertriebener Freundlichkeit einzutreten und sagte, um ihre lange Abwesenheit zu rechtfertigen, ihr Herr sei bei der Toilette, sie selbst habe warten müssen, um mit ihm zu sprechen, und so weiter; sie ging dabei sehr ins Detail, wie man es ihr offensichtlich aufgetragen hatte. Schließlich erschien Mondanel. Er tat, als freute er sich, mich zu sehen. Er deutete auf einen Stuhl. Ich spürte, daß er mir zeigen wollte, daß sich, was ihn betraf, nichts geändert hatte, daß er noch dieselbe Einstellung hatte wie am Vortag, wie es Leute tun, die einem etwas versprochen haben und die man unaufgefordert besucht. Ich sagte ihm, ich hätte nachgedacht und sei tief davon berührt, daß er mir helfen wolle; ich glaube jedoch, es sei besser, wenn er nichts unternehme. Er zeigte sich keineswegs erstaunt. Er sagte zu mir: »Eines steht fest: Sie sind ein Kind.« Ich schilderte ihm meine Befürchtungen. Er antwortete mir, ich könne volles Vertrauen zu ihm haben, er sei in seinem Leben mit viel ernsteren Fällen befaßt gewesen (dieser Hinweis tat mir unendlich gut), ich hätte nichts zu fürchten, man dürfe nicht vergessen, daß er seit dreißig Jahren der Freund meines Vaters sei. Ich erwiderte, seine Bereitwilligkeit berühre mich sehr, dennoch sei ich der Meinung, es sei im Moment günstiger, sich totzustellen. Er wunderte sich, daß ich so ängstlich war. Im Ton eines Geständnisses sagte ich ihm, daß ich nun einmal so sei, daß ich es vorziehen würde, nichts zu wissen, daß es sich nicht unbedingt um Angst handle, sondern eher um Mißtrauen. Immer noch mit derselben Freundlichkeit fragte mich Mondanel, ob ich wirklich darauf bestand, daß er nichts unternahm. Ich nickte. Dann sagte er mir noch ebenso höflich, daß er mir, falls ich meine Meinung ändern sollte, jederzeit wieder zur Verfügung stehen würde. Ich spürte, daß er nicht gekränkt wirken wollte. Aber das Schwierigste hatte ich ja noch gar nicht gesagt. Ich wollte ihn auch darum bitten, daß er alles, was mein Vater und ich ihm erzählt hatten, für sich behalte. Er begann zu lachen. »Aber, aber, mein armer Kleiner, halten Sie mich für einen dummen Jungen?« Ich entschuldigte mich, sagte aber doch, daß es sehr wichtig sei. Da ich nicht wagte, ihn noch einmal um Geheimhaltung zu bitten, versuchte ich es indirekt. Niemand dürfe etwas erfahren. Aber obwohl ich die ganze Zeit davon sprach, wie wichtig die Wahrung des Geheimnisses für mich sei, hatte Mondanel mich bislang trotz seiner selbstsicheren Art weder durch ein Wort noch durch einen Blick oder den Tonfall davon überzeugt, daß ich auf seine Diskretion zählen konnte.

Als er mich hinausbegleitete und dabei nach meinem Dafürhalten sehr laut sprach, in Anbetracht der Leute, die sich möglicherweise in der Wohnung aufhielten, bat ich ihn – wobei ich den Konversationston aufgab und beinahe flehte –, mit niemandem darüber zu sprechen, was er wußte. Ich hoffte, er werde mir in die Augen blicken, mir die Hand drücken, ohne überhaupt zu antworten, denn ich erwartete keine Antwort, sondern eine menschliche Geste, die mir zeigen würde, daß er mich verstanden hatte und Wort halten würde. Stattdessen begann er wieder zu lachen. »Ich werde Ihnen nicht mehr antworten«, sagte er und klopfte mir väterlich auf die Schulter. »Sie wären nicht der Sohn meines besten Freundes, wenn ich Ihnen sagen würde, daß Ihr Insistieren mich kränkt.«

Als ich auf der Straße war, hatte ich das Gefühl, noch nie so ungeschickt gewesen zu sein. Ich hatte keinen Zweifel mehr, daß Mondanel mein Geheimnis nach diesem Besuch nicht für sich behalten würde. Ich hatte es verpfuscht. Indem ich versucht hatte, bei diesem Mann eine herzliche Regung zu wecken, hatte ich ihn in Wirklichkeit wachgerüttelt. Es war ein bißchen spät, aber nun wurde mir klar, daß ich beim Weggehen einfach ganz selbstsicher hätte sagen sollen: »Wohlgemerkt: Kein Wort über diese Geschichte.« Er hätte mir die Hand geschüttelt und mir im gleichen Ton geantwortet: »Sie können auf mich zählen.« Und in der Tat, wenn die Dinge so gelaufen wären, hätte ich auf ihn zählen können.

16

In seiner Jugend hatte mein Vater bei einer einflußreichen und großen Familie Unterricht erteilt, den Riveyre de Seyssac, von denen einer General war. Mein Vater befand sich dieser Familie gegenüber in einer ziemlich eigenartigen Lage. Trotz seines Stolzes hatte er die Beziehung zwanzig Jahre hindurch aufrechterhalten, und immer wieder hatte er zu meiner Mutter und mir gesagt, man wisse nie, was im Leben noch so passieren werde und ob einem solche Leute nicht eines Tages nützlich sein könnten.

Doch er hatte sie nie um irgend etwas gebeten, weder im Jahr 1914 noch, als er seinen Posten verlor, noch bei all den dramatischen Ereignissen seines Lebens. Nichts war ihm schwerwiegend genug erschienen, um einen solchen Gang zu rechtfertigen. Stolzen Naturen wie meinem Vater geschieht so etwas häufig.

Ich wurde mir mehr und mehr klar darüber, daß ich es zu nichts bringen und am Ende wieder festgenommen werden würde. Ich hatte so gut wie kein Geld mehr. Ich getraute mich bei niemandem mehr zu wohnen, denn jedesmal passierte nach ganz kurzer Zeit etwas. Und das, was ich suchte, ein Zimmer mit separatem Eingang, konnte ich nicht finden.

Ich war trotzdem noch nicht allzu beunruhigt. Die Vorsehung wachte über mich. Je nachdem, ob man unter einem guten oder schlechten Stern geboren ist, fügen sich die Dinge eben gut oder schlecht. Ich jedenfalls war unter einem guten Stern geboren. Ich hatte immer Glück gehabt. Das zeigten auch die Möglichkeiten, die sich über meinen Vater ergeben hatten. Jedesmal, wenn ich geglaubt hatte, meine Situation sei aussichtslos, war sie wieder in Ordnung gekommen. Es hatte in meinem Leben schon einige Höhen und Tiefen gegeben, aber nie einen absoluten Tiefpunkt. Ich würde wieder auf die Beine kommen, das spürte ich, es stand unmittelbar bevor. Doch gerade als ich mir das sagte, fiel ich noch tiefer. Ich glaubte aber deshalb nicht, der Himmel sei mir nicht mehr gewogen. Ich hatte mich getäuscht. Ich hatte geglaubt, schon ganz unten zu sein, als ich es noch gar nicht war. Ich fragte mich allerdings auch, ob ich mir in bezug auf den göttlichen Schutz nicht doch einige Illusionen gemacht hatte.

Und plötzlich schien es mir, als hätte ich gerade einen großen Fehler begangen. Ich begriff, daß ich für meine Verteidigung nicht mehr so viel Kraft wie anfangs aufbrachte. Zuviel Zeit war seit meiner Flucht schon vergangen. Meine Energie war erschöpft. Da ich nichts kommen sah, hatte ich mich der Illusion hingegeben, es könne mir nichts passieren. Ich war gestraft genug, wenn auch nicht allzu schwer. Der Himmel ließ mir eine Warnung zukommen. Wenn ich leben wollte, mußte ich kämpfen und die dumme Gewohnheit ablegen, mich auf mein Glück zu verlassen. Ich hatte vergessen, daß ich bereits seit vierzehn Monaten auf freiem Fuß war. Ich würde jetzt handeln. Ich versuchte mich wieder wie der Mann zu fühlen, der ich bei meiner Ankunft in Paris gewesen war. Nichts wäre dümmer gewesen, als sich in dem Augenblick schnappen zu lassen, da die ärgsten Probleme überwunden schienen.

Deshalb beschloß ich, meinen Vater zu bitten, sich bei Riveyre de Seyssac für mich zu verwenden. Das konnte er immerhin für mich tun. Mit der Unterstützung des Generals konnte ich in die Armee eintreten oder irgendeine offizielle Funktion übernehmen, wo mich niemand vermuten würde, und regelmäßig in die freie Zone reisen.

Und da empfand ich dieses merkwürdige Gefühl, das bewirkt, daß man sogar ein Unglück viel leichter erträgt, wenn mächtige Leute sich um einen kümmern, wenn man es geschafft hat, ihnen bewußt zu machen, daß man existiert. Was einem ein Unglück so groß erscheinen läßt, ist im Grunde der Eindruck, daß nichts getan wurde, was hätte getan werden können, um es zu verhindern.

Nach langem Zögern entschloß sich mein Vater, Riveyre aufzusuchen. Ich spürte, wie peinlich es ihm war, daß ich mich jetzt Tinet nannte. Wenn er sich nach viel Überwindung zu etwas entschied, durfte man ihm vor allem nicht zureden oder ihn antreiben. Selbst als meine jüngere Schwester gestorben war, und das gerade, als mein Vater beruflichen Ärger hatte, da war er nicht zu den Riveyres gegangen. Und mein Fall war weniger ernst. Doch mit den Jahren hatte sich zum Glück die Bedeutung der Dinge geändert.

Den ganzen Tag wartete ich auf die Antwort. Schließlich kam mein Vater zum vereinbarten Treffpunkt. Er hatte nicht seine Alltagssachen an. Mein Vater kleidete sich selten festlich, aber wenn er es tat, ging er nicht heim, um sich umzuziehen, sondern verbrachte den restlichen Tag in diesem Aufzug, war ganz aufgeregt und sehnte sich danach, noch weitere außergewöhnliche Dinge zu vollbringen.

Er erzählte mir von dem Besuch, den er gerade gemacht hatte. Die Sache gehe in Ordnung. Er habe nicht den Mut gehabt, zu sagen, daß ich einen falschen Namen trug, aber das sei seiner Meinung nach auch ohne Bedeutung. Ich brauche Riveyre nur in ein paar Tagen aufzusuchen.

Der General saß in einem Lehnsessel, an der besten Stelle, unter einer Art Stehlampe. Ein Porträt lehnte an einer gut polierten kleinen Staffelei – die Imitation eines Arbeitsgeräts für Müßiggänger. Er trug seine Uniform. Er hatte seinen Kneifer auf. Seine Frau saß auf der anderen Seite des Kamins. Ein echtes Familienbild. Seine Tochter Monique kauerte auf einem Hocker und las. Seine andere Tochter, Solange, saß in einem Fauteuil und schrieb auf ihren Knien.

Monsieur Riveyre de Seyssac war groß und gut gebaut. Seine Frau war immer noch hübsch. Sie stellten eines dieser bürgerlichen Paare dar, hinter deren Ehrbarkeit man die Genugtuung darüber ahnt, über eine ebenso kraftvolle Erscheinung zu verfügen wie das gemeine Volk. Monsieur Riveyre erhob sich. Es war ein großer Vertrauensbeweis, den er mir erbrachte, indem er mich so empfing, bei sich zu Hause, inmitten der Seinen, und nicht in der Kaserne. Allerdings hatte die Intimität eines Zuhauses seit dem Krieg nicht mehr dieselbe Bedeutung. Er stellte mich seiner Gattin vor. Sie lächelte mich freundlich an, mit dem Ausdruck einer Frau, die durch die hohen Funktionen ihres Ehemannes zwangsläufig mit den verschiedensten Leuten in Kontakt kommt.

Monsieur Riveyre war einer dieser Männer, die traurig und melancholisch wirken, so als hätten sie viel hinter sich, gleichzeitig aber den Eindruck machen, nicht gerade gemütlich zu sein. Sie sind traurig, weil das Leben ihnen häßlich erscheint, weil die Menschen nicht anständig sind, weil sie sich bewußt sind, wie wenig sie auf dieser Erde darstellen. Doch gegen die Traurigkeit hieß es ankämpfen. Und man spürte, daß Monsieur Riveyre in diesem Kampf stets siegreich war.

Ich erzählte also meine Geschichte. Ich wolle ins normale Leben zurückkehren, nicht mehr gezwungen sein, mich zu verstekken. Er hörte mir sehr aufmerksam zu und bat mich, am folgenden Tag wiederzukommen. Er kündigte mir an, er werde mir einen Brief für Oberst D., Chef des Wehrbezirks Lyon, mitgeben.

Kurz darauf bat er mich um die Papiere, die ich versprochen hatte mitzubringen. Ich sagte ihm, ich hätte keine Zeit gehabt, sie zu holen, ich würde sie ihm aber am folgenden Tag mitbringen. In Wirklichkeit wollte ich, daß er sich um mich nicht als Sohn des Professors de Talhouet kümmere, sondern als Tinet. Ich traute mich ihm nicht zu sagen, daß ich falsche Papiere hatte. Ich glaubte, er habe es schon erraten. Meine Antwort kam nicht gut an. Aber der General hielt soviel auf Unparteilichkeit, daß er sich nicht auf seinen ersten Eindruck verlassen wollte. Er sagte mir: »Also gut, ich gebe Ihnen morgen den Brief.« Den ganzen Abend über fragte ich mich, ob ich ihm meine Militärpapiere nun mitbringen solle oder nicht. Ich fürchtete, er werde sie mir nicht zurückgeben und sie anderen Offizieren zukommen lassen. Ich hatte naiverweise geglaubt, er werde sich für mich einsetzen, ohne mich um weitere Erklärungen zu bitten. Ich wollte es weiterhin glauben und ging anderntags wieder zu ihm, immer noch ohne meine Papiere, in der Hoffnung, er werde mir den versprochenen Brief auch so geben. Aber ich täuschte mich. Er hatte nicht vergessen, was er von mir haben wollte. Das erste, was er tat, war, mich nach meinen Papieren zu fragen, und dies mit dem Ausdruck eines Mannes, der nicht eine Sekunde an meinem guten Willen zweifelte. Als ich ihm sagte, daß ich sie immer noch nicht mitgebracht hätte, verzog er keine Miene. Aber ich spürte, daß zwischen uns alles aus war. Mit einem Lächeln, das mich erstarren ließ, sagte er mir, er schätze dieses Verhalten nicht besonders. Dieses neuerliche Vergessen sei in seinen Augen unverzeihlich, und es gebe keinen Weg, sich mit mir zu verständigen. Ich war nun endgültig als ein windiges Subjekt abgestempelt. Ich wolle mich wohl über ihn lustig machen. Ich hätte gelogen, als ich ihm sagte, wie sehr ich seine Freundlichkeit schätze. Dabei ließ er keinerlei schlechte Laune erkennen. So war das Leben. Ihm blieb nur, die Konsequenzen zu ziehen. Er bedauerte nicht, sich für mich interessiert zu haben. Er würde lediglich seine Einstellung meinem Benehmen anpassen. Er verspürte eine gewisse Traurigkeit, eine Enttäuschung mehr.

In diesem Moment betrat seine Frau das Zimmer. Er bat sie darum, uns allein zu lassen. Ich spürte, daß das eine Art war, auf Distanz zu gehen, er befand mich nicht mehr für würdig, in seine privaten vier Wände eingelassen zu werden. Daß ein solch unbedeutender Grund seine Haltung bestimmte, überraschte mich sehr.

Mir wurde immer klarer, daß Monsieur Riveyre kein Vertrauen mehr zu mir hatte. Ich hatte geglaubt, ich könne von ihm eine Unterstützung bekommen, die ihm gar nicht auffiel, so hochgestellt schien er im Vergleich zu mir. Aber es ist ein Irrtum anzunehmen, hochgestellte Persönlichkeiten hätten keine Ahnung davon, was sich unter ihnen abspielt. Sie sehen es sehr wohl. Das wurde mir in diesem Augenblick klar.

Als ich die Rue Grenelle entlangging, hatte ich einen Schwindelanfall. Auf lange Sicht würden diese ganzen Aufregungen meiner Gesundheit schaden. Es ist ja wunderbar, wenn man es schafft, sich aus der Affäre zu ziehen, aber die Gesundheit soll dabei nicht auf der Strecke bleiben. Wenn man ins kalte Wasser fällt, zählt nicht allein die sofortige Rettung. Man darf auch nachher keine Lungenentzündung bekommen. Ich beschloß, mein Möglichstes zu tun, um meine Gefühle unter Kontrolle zu bringen. Schon seit einiger Zeit ging etwas Beunruhigendes in mir vor. Manchmal, wenn ich absolut nicht in Gefahr war, schrak ich plötzlich zusammen, so heftig, als wäre man gekommen, um mich festzunehmen. Ich hätte Beruhigungsmittel, Erholung, ein gesundes Leben nötig gehabt.

Zweiter Teil: *Das Gefängnis*

1

Zu allem Überfluß mußte ich mich zu diesem Zeitpunkt auch noch verlieben. Ich hatte nicht vorausgesehen, daß zu meinen Ängsten eine noch größere hinzukommen würde, nämlich, einen geliebten Menschen zu verlieren. Bis jetzt hatte ich nichts zu verlieren gehabt. Ich kämpfte um mein Leben, das war alles, und nun mußte ich mit Bestürzung feststellen, daß ich noch mehr am Leben hing als früher. Ich hatte geglaubt, Ruhe, eine Art Gleichgültigkeit gefunden zu haben, und fand mich nun mit einer Sorge konfrontiert, die ich nicht erwartet hatte: mit der Sorge, nichts von den kleinen menschlichen Schwächen durchscheinen zu lassen. Ich hatte immerzu Angst, nicht sauber genug zu sein. Ständig mußte ich mich im Spiegel betrachten. Es kam vor, daß ich mich nach stundenlangen Vorbereitungen (mir fehlte Creme, Zahnpasta, saubere Wäsche, alles), wenn ich schon weggehen wollte, noch einmal umzog. Mein Haar, meine Fingernägel, meine Zähne, alles an mir war Gegenstand ständiger Prüfung. Das Zimmer, in dem ich wohnte und das mir so sicher erschienen war, wurde in meinen Augen immer unmöglicher. Jedesmal, wenn ich von Ghislaine fortging, zitterte ich bei dem Gedanken, es könne mir etwas zustoßen, was mich daran hindern würde, sie wiederzusehen. Alle möglichen Gedanken über das Schicksal gingen mir durch den Kopf. Wenn ich eine Minute länger geblieben wäre, wenn ich diese Straße statt jener genommen hätte, dann wäre dieses oder jenes Unglück nicht passiert, und so weiter. Eines Tages kam mir der Gedanke, einen Pakt mit ihr zu schließen; dies, so dachte ich, sollte mir große Erleichterung verschaffen. Es ging darum zu vereinbaren, daß wir uns bis zum Kriegsende nicht mehr wiedersehen, und zu schwören, daß wir einander bis dahin treu bleiben würden. Aber ich hatte nicht den Mut, mit ihr darüber zu reden.

Was mir wirklich am meisten fehlte, war ein Freund, dem ich alles sagen hätte können, dem ich mich anvertrauen hätte können, der mir Zuversicht gegeben hätte, wenn ich alles verloren glaubte. Mir war aufgefallen, daß man in Momenten großer Gefahr häufig jemanden braucht, der da ist, um einem kleine Freundschaftsdienste zu tun.

Seit meiner Flucht hatte ich, wo immer ich auch war, wenn ich die Nachbarn, die Hausmeister, die kleinen Ladenbesitzer musterte, mich unbewußt gefragt, ob unter ihnen jemand sei, dem ich, wenn die Polizei mich holen käme, zuflüstern könnte: »Sagen Sie, daß Sie nicht wissen, wo der Schlüssel ist; nehmen Sie den Brief, der auf meinem Tisch liegt, rufen Sie sofort meinen Vater an ...« – und derjenige hätte es getan. Nun war mir klar geworden, daß jemand selbst für solch winzige Gefälligkeiten ein sehr guter Freund sein mußte.

Wenn ich nach Hause kam, nachdem ich eine oder mehrere Stunden mit Ghislaine verbracht hatte, kam es mir vor, als sei unendlich viel Zeit verstrichen und schlimme Ereignisse hätten sich in meiner Abwesenheit zugetragen.

Ich dachte über die tausend Gefälligkeiten nach, die ich erwiesen hatte, wie zum Beispiel Plätze freihalten, etwas erledigen, für Ghislaine zur Post oder zur Bürgermeisterei gehen. Wie unvorsichtig mir das alles jetzt schien!

In einer so gefährlichen Situation wie der meinen empfand ich sogar das, was das größte Vergnügen bereitet: Bewunderung erwecken, jemandem genauso gefallen, wie er einem selbst gefällt, kurz, diese ganze Wechselbeziehung, denn das ist es ja, dieses »Ich-liebe-Dich-wenn-Du-mich-liebst«, als unglaublich frivol.

Die Geschichten, die Ghislaine passierten, waren genau von der Art, wie sie Leuten zustoßen, die sich nicht zu verteidigen wissen. So hatte sie etwa einer Freundin Geld geliehen, die dann behauptete, sie habe nie welches bekommen. Sie erzählte mir diese Dinge nicht, denn ihr war aufgefallen, daß mich so etwas verrückt machte. Jedesmal, wenn ich sie wiedersah, blickte ich sie scharf an, um herauszubekommen, ob ihr etwas passiert war. Dann berichtete sie mir von ihrem kleinen Kummer. Aber nach einigen Wochen bat ich sie, mir nichts mehr zu erzählen, da ich nie etwas tun konnte, um ihr zu helfen. Ich zog es vor, nichts zu wissen.

Eines Tages freilich konnte ich nicht anders und mußte einschreiten. Es ging natürlich um eine dieser Geldgeschichten. Ich wollte die Freundin von Ghislaine aufsuchen. Nicht für eine Sekunde war es mir in den Sinn gekommen, ich könne mich dabei in Gefahr begeben. Nun war diese Freundin keineswegs das kleine verschüchterte Mädchen, das ich mir vorgestellt hatte. Man hätte meinen können, sie wüßte, daß sie von mir nichts Schlimmes zu erwarten hatte. Kaum hatte ich Ghislaines Verteidigung übernommen, da erhob sie die Stimme. Ich wurde wütend; ich meinte immer noch, nichts befürchten zu müssen. Da geschah etwas Ungewöhnliches. Plötzlich behauptete die Frau, ich hätte sie beleidigt. Ohne mir genau darüber klar zu sein, was sie eigentlich sagen wollte, doch in dem dumpfen Gefühl, daß es schwerwiegend sein könnte, trat ich den Rückzug an. Sie schrie immer lauter. So gehe das nicht; wenn Ghislaine einen Freund habe, dann habe sie auch einen, und es gebe Worte, die sich eine anständige Frau nicht sagen lassen könne, na ja, und so weiter. Seit meiner Flucht verursachte mir nichts größeren Schrecken als die Behauptung, ich hätte etwas gesagt, dessen Tragweite mir nicht klar sei. Mir kam vor, sie wollte Leute herbeirufen, damit diese die Sache beurteilten. Allein die Aussicht auf ein Schiedsgericht ließ mich erschauern. Ich sah schon, wie sich diese Schiedsrichter an wieder andere Schiedsrichter wenden würden. Der Konflikt würde nicht beigelegt werden können, und man würde die Sache immer weitertreiben, bis zur Einschaltung der Polizei. Zu diesem Zeitpunkt ginge es nicht mehr um den Konflikt an sich, sondern um die darin verwickelten Personen. Bevor sie sich eine Meinung bildete, würde die Polizei erst einmal wissen wollen, mit wem sie es zu tun hatte.

Ich fürchtete immer mehr, daß noch etwas anderes passieren könnte. Zwar wußte ich, daß Ghislaine mir mit Leib und Seele ergeben war, doch ich fürchtete, etwas Unvorhersehbares könnte geschehen. Daher maß ich der Einhaltung unserer Verabredungen große Bedeutung bei. Die geringste Verspätung stürzte mich in Todesängste. Ich selbst verließ mein Zimmer zwei Stunden zu früh, um sicher zu sein, daß mich nicht im letzten Moment etwas am Weggehen hinderte. Auch befürchtete ich, daß man versuchen werde, mich auf dem Wege über sie zu fassen. Jedesmal, wenn wir auseinandergingen, hatten wir das Gefühl, wir würden uns vielleicht nie wiedersehen. Deshalb fiel es uns so schwer, uns zu trennen, und schon zum Kauf einer Briefmarke betraten wir die Post gemeinsam. Nichts ist schwieriger, als einen geliebten Menschen dazu zu bringen, das zu tun, was wir uns für seine Sicherheit wünschen.

War sie erst einmal fort, fürchtete ich, daß sie eine Gefahr übersehen würde, die ich, wäre ich bei ihr gewesen, gesehen hätte. Ich sagte mir, sie würde sich nicht zu verteidigen wissen, wenn man sie festnehmen sollte, sie würde sich bei ihrer Aussage in Widersprüche verstricken, würde etwas anderes sagen als danach ich. Sie würde in jede Falle tappen. Die Vorsichtsmaßnahmen, zu denen mich diese heiklen Gefahren veranlaßten, beschämten mich. Sie zeigten mir, daß ich Ghislaine womöglich doch nicht so sehr liebte, wie ich dachte. Ich hatte ihr nicht verraten, wo ich wohnte. Auch wenn sie verstand, daß dies nicht aus Mißtrauen, sondern aus Angst vor ihrer Schwäche geschah, auch wenn sie es mir überhaupt nicht nachtrug – es war etwas ziemlich Schäbiges an diesen Vorsichtsmaßnahmen. Es war zu offensichtlich, daß ich in das, was ihr ohne mein Wissen an Schlimmem widerfahren konnte, nicht mit hineingezogen werden wollte. Sie riskierte ja weniger als ich.

Und wenn ihr etwas zustieße, wie sollte sie mir Bescheid geben? Kein Mittel schien mir sicher genug. Und wenn sie sich in ihrer Kopflosigkeit einer Möglichkeit bediente, die ich ihr verboten hatte? Nichts verursachte mir mehr Angst als diese Möglichkeit. Dennoch konnte ich sie nicht dauernd ins Gebet nehmen. Auf diese Weise war ich unaufhörlich zerrissen zwischen dem Wunsch, ihr zu vertrauen, und dem, ihr ständig dieselben Ratschläge zu erteilen. Das härteste für mich aber war, mitanzusehen, daß sie mein Sicherheitsstreben respektierte wie etwas, was womöglich noch wichtiger war als unsere Liebe. Das machte mir schrecklichen Kummer, der sie kränkte. Wenn ich geschnappt werden würde, sei es sowieso vorbei mit der Liebe. Von daher sei es doch normal, daß meine Sicherheit für sie eine so hohe Bedeutung habe. Mitunter ließ ich mich auch gehen und sah mich überhaupt nicht mehr vor. Ich sagte: »Lieben wir uns und hoffen wir das Beste!«

Eines Tages teilte sie mir mit, sie habe jemanden getroffen, der ihr genau das hätte sagen können, was ich bezüglich meines Steckbriefs so dringend wissen wollte, daß sie mir aber gehorcht und nicht nachgefragt habe. Ich sagte ihr, sie habe ganz richtig gehandelt, empfand aber dennoch eine tiefe Traurigkeit bei dem Gedanken, daß es soweit mit uns gekommen war und daß ich das Mädchen, das ich liebte, durch immer neue Ermahnungen dazu gebracht hatte, auf so naive Weise Angst um mich zu haben. Und je mehr die Zeit verging, desto unruhiger wurde ich.

2

Seitdem ich Ghislaine kannte, war ich häufiger bei Roger. Ich fühlte mich ihm näher, ihm, dem großen Verführer. Mir schien, wir hatten uns mehr zu sagen, freuten uns mehr, wenn wir uns sahen.

Roger schlief zu dieser Zeit ziemlich oft bei seiner Familie. Er selbst sah darin keinen Nachteil. Ich bewunderte es, daß es ihm dort so gut ging, daß er so ruhig war. Dann, nach etwas Nachdenken, sagte ich mir, daß auch ich bei Verwandten hätte wohnen können. Ich hatte keinen Grund, ihn zu beneiden. Ich konnte die Verantwortung nur bei mir selber suchen. Im Grunde hatte ich nun die Konsequenzen meines bisherigen Verhaltens zu tragen. Das ist das Resultat, wenn man unbedingt allein sein will. Es gibt aber auch Leute, die kaum einen Menschen kennen und dennoch überall Unterstützung finden.

Roger teilte also seine Zeit zwischen Lucienne und seiner Familie auf. Er meinte, nicht mehr in Gefahr zu sein. Er hatte keinen Grund mehr, nicht nach Hause zu gehen, wenn ihm danach war. Er hatte einfach der Concierge gesagt, sie möge mit niemandem über ihn sprechen. Wenn man nach ihm fragte, solle sie antworten, sie wisse nicht, wo er sei. Dasselbe hatte er seinen Eltern, seinen Freunden, dem Direktor der kleinen Bank in der Rue Drouot, Lucienne und den kleinen Schauspielerinnen, die sie besuchten, eingeschärft. All diese Menschen wachten über ihn, unterrichteten ihn über das kleinste verdächtige Ereignis. Ich fand das bewundernswert. Inmitten all dieser Leute, die seine Lage kannten, zeigte er nicht die geringste Unruhe, während ich vor Angst gestorben wäre. Obwohl ich darunter litt, soviele Leute über seine Lage auf dem laufenden zu wissen, fühlte ich mich in seiner Gegenwart angenehm sicher. Als Freund konnte ich trotz allem von dem Schutz profitieren, der ihn umgab.

Ich sollte ihn allerdings vorzugsweise bei seiner Freundin Lucienne antreffen, wo es ihm, wie er sagte, sehr gut ging und wo meist wenig Leute waren. Er hatte seine Arbeit in der Rue Drouot nicht wieder aufgenommen, sondern eben erst etwas anderes gefunden, und ich fand, er habe einen guten Tausch gemacht. Er ging viel aus, sah seine Freunde, verdiente Geld. Wenn ich ihn besuchte, war er sehr glücklich. Er fragte mich, was ich so treibe. Er verstand nicht, daß ich nicht besser klar kam, und war überrascht, daß ich so ängstlich war. Er sagte mir, unsere Geschichte sei schon längst vergessen, wir hätten nichts zu fürchten, wenn es nicht zu irgendeinem Zwischenfall käme.

Was mich überraschte, war die Unbekümmertheit, mit der er diesen Zwischenfall ins Auge faßte. Gerade dieser Zwischenfall, der drohend über unseren Häuptern schwebte, machte mich so ängstlich, aber er sorgte sich deswegen nicht. Er sagte, die Boches seien in Verschiß, die Polizei habe etwas anderes zu tun, als sich um unsere Geschichte zu kümmern (sie schaffe absichtlich überall Unordnung, gebe sich den Anschein zu arbeiten, behindere aber in Wirklichkeit alles); wenn sie hinter Leuten wie uns hätte her sein wollen, hätte sie soviel Mann haben müssen wie ein Armeekorps. Wir hätten also absolut nichts zu befürchten. »Wie kannst du dir einbilden«, fragte er mich, »daß man in einem solchen Durcheinander an dich denkt?« Diese Worte bauten mich wieder auf. Ich machte Einwände, um ihn zu ermuntern, weiter so zu reden. Der Ton blieb derselbe. Ich solle mir nur keine grauen Haare wachsen und alles seinen Gang gehen lassen. Leider machte er dann eine Einschränkung: Besondere Fälle gebe es schon. Ich sagte ihm – als wisse er es nicht längst –, daß ich gerade so ein besonderer Fall sei. Ich sei kein gewöhnlicher Flüchtling. Er stritt es ab, meinte, ich sei so wie alle anderen. Ich entgegnete: »Du weißt genau, daß das nicht stimmt!« Da sagte er nichts mehr. Er wechselte das Thema. Dann war ich es, der ihm sagte, daß er recht habe, daß wir in der Tat nichts zu befürchten hätten.

Um mich zu hänseln, versäumte er es nie, über Pelet zu sprechen. »Paß auf Pelet auf«, sagte er mir, wenn das Gespräch versiegte. Jedes Mal ließ er mich erstarren. Pelet war also in Paris? Ich stellte ihm Fragen, verlangte weitere Informationen von ihm. Er sagte mir, er habe Madame Pelet gesehen und sie habe ihm von mir erzählt. Warum aber besuchte er Madame Pelet, wenn er doch mein Freund war? Ich fragte ihn. Er sah mich lachend an und sagte nichts.

Manchmal nahm er mich in ein schickes Restaurant mit, wo ihn alle kannten. Ich habe eine tiefe Abneigung gegen Menschen, die jene, die sie bedienen, nicht beachten, die nicht wissen, daß alle zur menschlichen Familie gehören, die im Theater oder im Restaurant dermaßen in ihrem Vergnügen aufgehen, daß sie für die kleinen Leute, die ihnen zusehen, keinen Blick übrig haben. Ich war gezwungen, mich so wie diese Menschen zu verhalten, und das war mir sehr unangenehm. Roger wollte sich amüsieren. Ich sagte ihm, er sei vollkommen übergeschnappt. Er hörte mir nicht zu und zwang mich, es ihm nachzutun, was ich auch tat, denn ich konnte ihm nie widerstehen. Freunde wollten von uns wissen, wie es in Deutschland gewesen sei. Alle lauschten nur ihm. Niemand schien zu ahnen, daß ich darüber genausoviel wußte wie er.

Anfangs war ich nicht gerade ruhig. Ich hatte nicht viel Vertrauen in die scheinbare Sicherheit dieses Restaurants, das Protektion von hoher Stelle hatte. Es sah so aus, als könne nichts passieren. Doch in meinem Kopf waren eine mögliche Panik, eine große Aufregung stets präsent. Ich sagte mir, daß, sollte es eine Polizeirazzia geben, diese erlauchten Gäste behandelt werden würden wie alle anderen. Es würde heißen: »Rette sich, wer kann!«; vom schönen Schein würde nichts übrigbleiben, und die, die man festnehmen werde, würden gerade Leute wie ich sein, die die Umgebung genossen und dann nicht gewagt hatten, sich als erste abzusetzen. Doch Roger stachelte mich zum Trinken an, und alle meine finsteren Gedanken lösten sich auf. Einer blieb allerdings trotz meiner Trunkenheit, ein seltsamer Gedanke, nämlich der an ein Unglück, das genau zu einem Zeitpunkt passieren würde, wo mir alles so schön erschiene – ein Gedanke, den ich übrigens immer hatte, wenn ich glücklich war. Das wäre wirklich Pech gewesen, und obgleich ich nicht wollte, daß mein Vergnügen ein Ende hätte, freute ich mich zu merken, wie die Zeit verging, wie die Wahrscheinlichkeit eines unglücklichen Zwischenfalls kleiner wurde; ich freute mich bei dem Gedanken, daß ich weggehen, daß wir uns trennen würden, ohne daß irgend etwas vorgefallen war.

Manchmal war Musik zu hören. Der Wein half nach, und ich hatte plötzlich das Gefühl, meine gegenwärtigen Sorgen seien nichts neben dem Elend meines verpaßten Lebens. Einige Jahre zuvor hatte ich geglaubt, ich würde einmal reich sein, und alles, was ich unternommen hatte, war gescheitert. Ich war ein schlechter Maler gewesen. Mehrmals hatte sich mein Vater geweigert, mich zu sehen. Dann war ich in die Verwaltung der Bibliothèque Nationale eingetreten! Das war alles, was ich in diesem Leben zu tun gefunden hatte. Dann der Krieg. Ich war ins Feld gezogen wie alle. Ich war gefangengenommen worden wie fast alle. Ich hatte mich aus der Affäre ziehen können, aber um welchen Preis! Und heute war ich hier, allein, verfolgt, neben einem Freund, den ich bewunderte, der aber nie einen Finger für mich rühren würde. Ich spürte es immer deutlicher: Ich hatte keine großen Möglichkeiten. So weinte ich über dieses armselige, verpaßte Leben, über mein Schicksal. Aber davon konnte Roger nichts ahnen. Er schlug mir auf die Schulter: »Na komm schon, Alter, denk doch nicht die ganze Zeit an deinen Freund Pelet«, sagte er.

Roger stellte mich seinem Anhang vor. Auf diese Weise wohnte ich eines Tages einer unglaublichen Szene bei. Wegen einer Geschichte, über die ich überhaupt nichts wußte, stritt er sich mit einem dieser Dummköpfe, die, ohne zu wissen, worum es geht, Partei ergreifen. Weil sie immer lauter wurden, forderte der Inhaber des Restaurants sie auf zu gehen. Da machten sie ihn für alles verantwortlich. Der Inhaber holte einen Polizisten. Es folgte eine lange Diskussion. Neugierige waren stehengeblieben, darunter einige Deutsche. Ich zitterte, vor allem als ich spürte, daß man wirklich wütend wurde, denn ich fürchtete mich vor einer falschen Anschuldigung genauso wie vor einer begründeten.

Der Polizist traf seine Entscheidung. Ich merkte schnell, daß es natürlich Roger war, der ihm am sympathischsten war. Die Fragen, die er stellte, machten ersichtlich, daß er ihm recht geben wollte. Da fürchtete ich, der Widersacher würde sich an einen anderen, weniger parteiischen Polizisten wenden. Als die Meinungsverschiedenheit dann beigelegt war, war ich tief schockiert darüber, zu sehen, daß Roger nicht einmal einen dankbaren Blick für den Beamten übrig hatte, so daß ich einsprang. Aber das war nicht dasselbe, und ich merkte, daß der Polizist davon nicht berührt war.

Schließlich nahm Roger mich am Arm, und wir gingen gemeinsam weg. Ich konnte mir nicht verkneifen, ihm zu sagen, daß er unvorsichtig gewesen sei. Er zuckte nur die Achseln.

Lucienne war nicht entgangen, daß sie starken Eindruck auf mich machte. Daher gab sie, wenn sie gut aufgelegt war, viel für mich aus. War sie es jedoch nicht, dann reichte, wie ich feststellte, ein Beweis meiner Bewunderung für sie nicht aus, um ihre Laune zu ändern, und sie sprach so gut wie gar nicht mit mir. Ich fürchtete stets, sie würde meine Enttäuschung ein wenig als Bitterkeit auslegen. Sie sagte, ich sei traurig.

Bestimmt hatte Roger ihr alles erzählt, denn sie gab manchmal mit allerlei Anspielungen zu verstehen, daß ich nicht so sei, wie ich aussehe. Ich hatte allerdings auch kein großes Vertrauen in sie. Ich spürte, daß sie mich im Grunde nicht sehr ehrlich fand, und daß ich es seltsamerweise in ihrer Gegenwart auch nicht mehr war. Ich spürte auch, daß sie fand, als Freund des Mannes, den sie liebte, mangle es mir ein wenig an Klasse. Offenbar war ich ein erstaunlicher Typ, da Roger das ja meinte und es sicherlich auch festgestellt hatte, doch abgesehen davon war an meiner Person eigentlich nichts Besonderes. Bei ihr hatte ich immer den Eindruck, daß sie mich ansah wie ein neugieriges Tier und nicht verstand, warum Roger zu mir hielt, doch da es nun einmal so war, mußte es irgend etwas Seltsames an mir geben, das ich ihr verheimlichte und weswegen sie mir böse war. Sie machte mir ein bißchen Angst; nicht, daß sie versuchte, mir zu schaden, aber ich hatte den Eindruck, sie würde es sicher tun, sollte Roger sie jemals betrügen. Ja, und dann machte sie Roger häufig Szenen. Sie warf ihm vor, er hindere sie an der Arbeit, das heißt am Tanzen, er zwinge sie, ganz zurückgezogen zu leben. Sie behauptete, sie könnte zur Zeit viel Geld verdienen, wenn sie sich nur frei hätte bewegen dürfen. Kam ich zu einer derartigen Szene hinzu, hörte sie meinetwegen nicht auf; ich merkte, daß sie im Gegenteil ziemlich froh war, daß ich dabei Zeuge war. Bald bemerkte ich, daß Roger kühler wurde. Er versuchte sogar mehrmals, mich zu überrumpeln. Er sagte mir, ich sei kein Freund. Ich sah ihn dann jedesmal überrascht an. Er beharrte nicht, und ich spürte, daß es ihm im Grunde egal war, ob ich ein Freund war oder nicht, und da er sich keinen Zwang auferlegen wollte, war es ihm unangenehm, irgendwelche Geschichten, die ihn nicht im geringsten interessierten, ernst zu nehmen.

Als ich eines Tages eintraf, kam Roger auf mich zu und sagte erbost: »Du traust dich noch, hier herzukommen?!« Ich machte große Augen. »Was habe ich denn getan?« fragte ich. Er sagte mir, immer noch zornig, ich hätte schlecht über ihn geredet. Ich protestierte. Zu meiner großen Überraschung legte sich sein Zorn bereits, als ich es vage abstritt. Er sagte: »Ach so. Na ja, das ändert alles.«

An einem anderen Tag traf ich beide, als sie schon einiges getrunken hatten. Ich wurde mit großem Hallo empfangen. Dann aber begann man, mich wegen meines Mutes zu hänseln: Ich sei anscheinend ein ganz Harter. Hätte wohl vor niemandem Angst. Würde nicht zögern wenn ich eine Gefahr sähe. Mich würde man bestimmt nicht kriegen, und so weiter. Dann und wann gebärdete Roger sich, als hätte er Angst vor mir. Lucienne sagte zu ihm: »Paß auf, sei vorsichtig, widersprich ihm nicht.« und so weiter. Da mußte ich einfach lachen. Doch bald kränkte mich etwas tief. Es lag mir nicht wirklich daran, ein »Harter« zu sein, mutig zu sein oder dergleichen. Aber letztlich rechnete ich mir doch an, daß ich Mut bewiesen hatte und daß ohne mich alle, Roger genau wie die anderen, immer noch Gleise schleppen würden. Und schließlich ist es eine zutiefst ärgerliche Sache, wenn man spürt, daß Leute an unseren Qualitäten zweifeln; wenn sie sich darüber lustig machen, was man zusammen getan hat, und wenn klar wird, daß sie bisher nicht aufrichtig waren. Im übrigen spürte Roger das auch, denn wenig später meinte er: »Wir machen ja nur Spaß ... Wir machen ja nur Spaß ...«, und als Lucienne immer noch weitermachte, bat er sie aufzuhören.

Vom Spott über meinen Mut ging man nun dazu über, mich wegen meiner Liaison mit Ghislaine zu necken. Man hatte sich schon oft über mich lustig gemacht, aber, ich weiß nicht wieso, wenn es von Roger kam, traf es mich viel mehr, weil ich doch gerade von ihm ernst genommen werden wollte. Ich muß freilich sagen, daß er diesen Ton manchmal aufgab und wieder zu dem wurde, den ich mochte, und dann redete er mit mir wie mit einem Freund. Doch selbst in diesen Augenblicken spürte ich, daß ich ihn nicht mehr interessierte. Ich denke nicht einmal, daß Lucienne etwas dafür konnte, denn eigentlich war er schon immer so gewesen.

Dann und wann sah ich ihn allein. Ich tat alles, worum er mich bat. Wir gingen zusammen aus, aber das Schlimme war, daß ich sehr schnell spürte, daß er sich mit mir langweilte.

Ich mochte an Roger, daß er sich langweilte, sowie man nichts tat. Ich war wie er, aber während ich es nicht zu zeigen wagte, genierte er sich nicht. Ich spürte, daß ich in seinen Augen eben jenen Leuten ähnlich wurde, die auch mich anödeten und mit denen er mich verglich.

»Weißt du noch, wir beide damals in Belgien«, sagte Roger manchmal, wenn er nichts zu sagen wußte; er glaubte wohl, alles sei schon vorbei.

Mein größtes Vergnügen war es, ihn zu begleiten, aber obwohl er nichts zu tun hatte, schlug er mein Angebot aus. Ich fragte ihn, wieso. Er gab keine Antwort. Manchmal auf der Straße blieb er plötzlich stehen und sagte mir auf Wiedersehen. Ich dachte, er würde weggehen. Doch da er sich nicht rührte, blieb ich. Da sagte er zu mir: »Na los, hau schon ab.« Ich entfernte mich. Als ich mich umwandte, sah ich ihn noch immer an derselben Stelle stehen, aber nicht, um mich zu überwachen, denn er blickte nicht einmal in meine Richtung. Mehrere Male kam mir der Gedanke, ihm zu folgen. Nichts wäre einfacher gewesen. Früher hätte ich so etwas nie getan. Aber da er sich dermaßen verändert hatte, beschloß ich eines Tages, es zu tun. Ich sah ihn ganz langsam dahingehen. Ab und zu drehte er sich um und sah einer Frau hinterher. (Was mir jetzt an ihm störte, war, daß er immer so wirkte, als halte er Ghislaine für irgendeine x-beliebige Frau. Er betrachtete sie ein wenig so, wie eine reicher Mann die Ausgaben eines armes Schluckers taxiert.) Er verhielt sich äußerst herablassend. Er schaute direkt auf die Beine. Jedesmal blieb er stehen ... Mitunter blieb er auch vor einem Geschäft stehen. Aber man merkte, daß ihn da nichts interessierte. Eines Tages drehte er sich um, sah mich, wandte aber den Blick ab. Ich sollte ihn nicht wiedersehen.

3

Eines Morgens besuchte Lucienne mich in der Rue Berthollet. Sie war noch nie gekommen. Sie hatte nie die mindeste Neugier für den Ort gezeigt, an dem ich lebte. Ich war ganz verwirrt, auf diese Weise von einer so hübschen Frau überrascht zu werden. Ich versteckte Hemden, ich machte oberflächlich Ordnung, als sich meine Befangenheit schlagartig legte. Zwei Männer waren gekommen, um Roger zu holen. Sie waren gemeinsam weggegangen. Roger hatte gesagt, er werde in einer Stunde wieder zurück sein. Seitdem waren drei Tage verstrichen, und er war nicht wieder aufgetaucht.

Ich begab mich sofort nach Versailles. Ich selbst hatte keine Beziehungen, einzig mein Vater konnte etwas ausrichten. Mir schien, alles sei verloren. Ich hatte solche Angst, daß ich niemanden ansah, auf nichts mehr achtete. Dieser Zwischenfall war so schwerwiegend, daß alle meine kleinen gewöhnlichen Vorsichtsmaßnahmen mir auf einmal lächerlich vorkamen, so wie ein Rettungsring im Fall eines Schiffbruchs. Was würde Roger tun, falls man ihn festgenommen hatte? Würde er über mich auspacken? Wenn man noch nie im Gefängnis gesessen hat, kann man sich nicht vorstellen, was sich im Kopf eines Häftlings abspielt. Ich hatte Roger immer vertraut. Er war der einzige meiner Fluchtkameraden, der etwas für mich übrig gehabt hatte. Er hatte mich allen anderen vorgezogen, obwohl wir in diesem Elend doch beinahe alle gleich waren. Was würde er jetzt tun, da er in Haft war? In Wirklichkeit suchte man ja mich und nicht ihn. Würde er mich verraten, um sich selbst zu retten? Das fragte ich mich immer wieder, ohne Ergebnis. Es war genauso schwer vorauszusehen wie die Reaktion eines Mannes, auf den man zielt. Wird er sich zu Boden fallen lassen, sich nach links, nach rechts, nach vorne werfen, zurückweichen oder davonlaufen? Ich erinnerte mich, daß Roger stets von absoluter Redlichkeit gewesen war. Aber würde er, einmal in Haft, es sich nicht anders überlegen?

Sowie er mich sah, begriff mein Vater, daß etwas vorgefallen war. Ich erzählte ihm sofort, was geschehen war. Ich flehte ihn an, mir zu helfen, bei seinen Freunden zu intervenieren, um in Erfahrung zu bringen, was mit Roger geschehen war. Er antwortete, das sei schwierig für ihn. Meine Aufgeregtheit überraschte ihn. Er meinte offenbar, daß ich übertrieb, wenn ich mir soviele Sorgen machte. Allerdings respektierte er meine Gefühle. Mit den anderen Leuten, die ich kurz darauf sehen sollte, verhielt es sich anders. Ich begriff, daß sie meinten, es fehle mir an Takt. Sie hatten ja alles nur Mögliche für mich tun wollen, fanden es aber nun unverfroren, daß ich sie unter dem Vorwand, all diese Interventionen hätten zu nichts geführt, erneut um Hilfe für jemanden anging, den sie nicht einmal kannten. Freilich antworteten sie mir freundlicher als mein Vater, doch ich spürte, daß sie noch weniger unternehmen würden. Ich war mit der Sicherheit, die einem ein eben erst eingetretenes großes Ereignis gibt, zu diesen Leuten gegangen. Ich war noch ganz aufgewühlt. Solange noch nicht Frieden war – mochte der Krieg auch schon so gut wie gewonnen sein –, gab es, bildete ich mir ein, unter den Menschen eine Art Solidarität, die mir erlaubte, sie aufzusuchen, sie ohne Vorwarnung zu überraschen, Forderungen zu stellen, sie um die unerwartetsten Dienste zu bitten, da es sich ja um eine edle Sache handelte, denn im Grunde befanden wir uns alle in derselben fürchterlichen Situation. Das war nicht gut angekommen. Ich hatte den Eindruck vermittelt, ich glaube, mir sei alles erlaubt, während alle ringsherum unerhörte Anstrengungen machten, um sich wie in normalen Zeiten zu fühlen, um etwas zu machen aus dem bißchen, das noch übrig war. Jeder war davon überzeugt, daß sein eigener Fall nicht so verzweifelt war wie die Situation im großen und ganzen. Und ich in meiner Naivität tauchte bei all diesen Egoisten auf, als ob unser Unglück gerade erst anfinge, als ob wir zusammenhalten müßten, als ob wir alle gleich wären.

Man sagte sich: »Der da verliert nicht den Kopf. Der weiß zumindest, wie er aus den Umständen Nutzen ziehen kann.« Das wäre ganz in Ordnung gewesen, wäre ich nicht als Kriegsgewinnler erschienen, der mit unglaublicher Dreistigkeit bei Leuten auftauchte, an die er vor dem Krieg nie herangekommen wäre.

Dennoch machte ich weiter meine Vorsprachen. Ich besuchte Mondanel. Ich hatte ein tiefes Verlangen nach Selbstaufopferung. Luciennes Kummer tat mir furchtbar weh. Wenn man wie ich andere so sehr nötig hat, verliert man an dem Tag, an dem die Rollen vertauscht werden, jegliches Maß. Wenn ich heute an all das denke, was ich in diesem Moment getan habe, komme ich nicht umhin, Stolz und Scham zugleich zu empfinden. Es wird mir klar, daß mein Wunsch, Gutes zu tun, einige meiner Schwächen aufdeckte, die im normalen Leben nicht ans Licht kamen. Ich hatte, ganz unbewußt, zu sehr den Eindruck vermittelt, ich hielte mich für einen Menschen, der besser als irgend jemand anderer geeignet ist, sich um Leute in Not zu kümmern. Ich hatte zu viele Ratschläge erteilt. Ich hatte auch zuviel Trost geben wollen. Im Grunde hatte ich es ein wenig an Natürlichkeit und echter Zuneigung fehlen lassen, wie übrigens, das stelle ich heute fest, in allen bewegten Zeiten meines Lebens. Ich hatte zuviel unternommen, als wäre dieses unglückliche Ereignis ein Vorzeichen dafür gewesen, was mir zustoßen sollte, als ob ich, nachdem ich mich so lange beherrscht hatte, plötzlich die Möglichkeit zu handeln gehabt hätte.

Als ich zu Lucienne zurückkehrte, kam es zu einer ziemlich peinlichen Szene. Sie sagte mir, sie hätte mich den ganzen Tag über gesucht. Plötzlich schlug sie einen drohenden Ton an. Sie wollte, daß ich irgendwie herausbekäme, ob Roger nicht im *Cherche-Midi* wäre. Ich sagte ihr, ich hätte bereits versucht, daas herauszufinden, meine Nachforschungen seien aber vergeblich gewesen, und ich fügte hinzu, so wie man es mir gegenüber schon soviele Male getan hatte, ganz wie die Leute, die ich verabscheute, ja wie mein Vater, daß ich nicht wisse, was ich noch tun könnte. Damals hörte ich zum ersten Mal eine gewisse Bosheit aus Luciennes Stimme heraus. »Ich will wissen, was nun zu tun ist«, sagte sie, »Sie wissen es doch! Sie wollen mir doch wohl nicht einreden, Sie wüßten es nicht!«

Trotzdem befragte ich immer wieder Leute, die mir brauchbare Auskünfte geben konnten. Je mehr Zeit verging, desto beunruhigender erschien mir das Geheimnis, das sich um Rogers Schicksal gebildet hatte. Ich hatte den Eindruck, es könne mir von einem auf den anderen Moment etwas zustoßen. Um mich zu beruhigen, sagte ich mir, daß ich einen großen Teil von Rogers Leben nicht gekannt hatte. Er konnte wegen einer Betrugsaffäre festgenommen worden sein oder wegen eines Schwarzmarktgeschäfts. Ich fragte Lucienne danach aus, fragte sie, ob sie nicht von irgend etwas wisse. Seit Rogers Verschwinden war niemand gekommen, kein Besuch war bei seiner Familie oder bei Lucienne gemacht worden. Dennoch war offensichtlich, daß sich irgend etwas um uns herum zusammenbraute. Wenn man Roger entdeckt hatte, gab es keinen Grund, daß man nicht auch mich entdeckte. Außerdem hatte ich das Gefühl, verschwinden zu müssen, nicht mehr zu Lucienne, Rogers Familie oder in die Rue Drouot gehen zu dürfen. Aber das wäre so feige gewesen, daß ich es nicht zu tun wagte. Tags darauf teilte ich allerdings Rogers Eltern und Lucienne meine Befürchtungen mit. Ich wurde bestimmt überwacht und war zum gleichen Zeitpunkt wie Roger denunziert worden. Jetzt sei ich dran. Obwohl klar war, daß ich mich in Gefahr befand, kam zu meiner großen Überraschung niemand darauf, mir den Ratschlag zu geben, den ich erwartete und der lautete, nicht wiederzukommen. Man hätte meinen können, alle hätten vergessen, wie heikel meine Situation war. Ich hatte sogar das Gefühl, daß man es ganz natürlich fand, wenn ich Rogers Schicksal teilte, als habe mein Dasein als freier Mensch etwas Schockierendes, jetzt, da Roger verschwunden war. Dieser Egoismus ließ mich ahnen, wie groß die Verachtung all dieser Leute gewesen wäre, wenn ich aus Angst, selbst festgenommen zu werden, nicht mehr aufgetaucht wäre. Ich glaube, ich kann sagen, niemand hätte mir soviel Ehre erwiesen anzunehmen, auch ich sei das Opfer einer Entführung geworden.

Aber nur einen Tag, nachdem ich diese bitteren Überlegungen angestellt hatte, erkannte ich, wie ungerecht und schlecht meine Haltung war. Ich war gerade bei Lucienne angekommen, als sie mich liebevoll am Arm nahm und sagte: »Gehen Sie rasch fort und kommen Sie nicht wieder. Gestern hat jemand nach Ihnen gefragt. Das war bestimmt ein Polizist.« Ich war so von dieser Freundlichkeit überrascht, die meine Ahnungen so sehr Lügen strafte und sie so übelwollend scheinen ließ, daß ich eine unendliche Dankbarkeit für diese Frau verspürte. Der bessere Teil von mir ließ mich etwas sagen, was in so krassem Widerspruch zu meinem Verhalten der letzten zwei Jahre, also dem Verhalten eines eher ängstlichen Mannes, stand, daß Lucienne einfach lachen mußte. Ich rief aus: »Um mir angst zu machen, braucht es schon mehr!« »Sie sind verrückt«, rief Lucienne. »Es gibt immer Leute, die die Umstände ausnutzen«, fügte ich im selben Ton hinzu. »Gehen Sie, gehen Sie schnell«, fuhr Lucienne fort. »Sie dürfen nicht auch noch gefaßt werden ...« Ich war so glücklich, so stolz, daß endlich jemand Angst um mich hatte, daß ich nicht umhin konnte, so zu tun, als würde ich sie für grundlos halten. Die Rollen waren vertauscht. Ich glaubte Lucienne beruhigen zu müssen, indem ich mich vor ihr als Mann aufspielte, der sich seiner selbst sicher war.

4

Als ich am folgenden Morgen das Haus verließ, fielen mir zwei Männer auf, die sich das Schaufenster eines Geschäfts ansahen. Wie ich es schon öfter getan hatte, blieb ich sofort stehen und tat, als würde ich nachdenken, als hätte ich plötzlich bemerkt, daß ich etwas vergessen hatte; ich stand da, sah in die andere Richtung und tat so, als würde ich nicht merken, daß sie da waren. Dann ging ich in den Hausflur zurück. Ich sagte mir, es sei grotesk, wegen dieser beiden Männer, die bestimmt nur normale Passanten waren, wieder fünf Stockwerke hochzusteigen. Ich wartete ein paar Momente am Fuß der Treppe, und als mir bewußt wurde, daß ich Aufmerksamkeit erregen könnte, klopfte ich an die Tür der Conciergenloge. Ich benutzte die erstbeste Ausrede, die mir durch den Kopf ging: Ich würde einen Freund erwarten. Dann ging ich im

Flur ein Stück weiter vor und sah nach draußen, aber nur mit einem Auge, so als wäre ich hinter einem Baum versteckt. Die beiden Männer sahen sich nicht mehr das Schaufenster an, sondern standen sich gegenüber, als wollten sie sich verabschieden. Ich zog mich sofort zurück. Einige Augenblicke später warf ich nochmals einen Blick hinaus. Sie waren noch immer da. Ich ging zu den Hausmeisterleuten zurück und sagte, um mir Haltung zu geben, daß nichts ärgerlicher sei, als auf jemanden zu warten, wenn man es eilig habe. Ich begann im düsteren und feuchten Flur hin- und herzugehen. Ich spürte, daß ich das eigentlich vor dem Haus hätte tun müssen, denn das Wetter draußen war ja herrlich. Aber schließlich konnte ich ja Angst haben, auf diese Weise den angeblichen Freund zu verpassen. Unsere Handlungen haben belanglose Gründe, die die Leute glücklicherweise gar nicht wissen wollen. Die zwei Männer gingen immer noch nicht. Ich begann, unruhig zu werden, obwohl sie nicht einmal zum Haus blickten. Als ich sie so sprechen sah, hatte ich sogar den Eindruck, sie würden es nicht einmal merken, wenn ich das Haus verließe. Ich fragte mich, was ich tun sollte. Wenn ich wieder in mein Zimmer hinaufging, wenn ich das Haus nicht verließ und ihre Aufgabe war, mich zu verhaften, dann würden sie mich holen kommen. Aber hätten sie es in diesem Fall nicht schon längst getan? Womöglich gab es eine juristische Feinheit, die es ihnen verbot, mich in meiner Wohnung zu verhaften. Erneut sah ich nach draußen. Sie hatten sich nicht gerührt. Ich beschloß schließlich, wieder in mein Zimmer hinaufzugehen. Doch als ich auf meiner Etage angekommen war, verspürte ich eine Art Widerwillen davor, mich wieder einzuschließen. Ich ging ans Ende des Flurs, ich nahm die Leiter, öffnete die Dachluke. Dann lehnte ich mich über das Geländer und wartete ab. Aber das Treppenhaus war sehr eng, und ich hätte jemanden, der heraufkam und die Hand nicht auf das Geländer an der Wand legte, nicht sehen können. Als nach einer Stunde noch nichts passiert war, stellte ich die Leiter an ihren Platz zurück und ging hinunter. Die beiden Männer waren noch immer da. Dieses Mal packte mich eine Heidenangst. Sollte ich über die Dächer verschwinden? Es war lächerlich, womöglich für einen Einbrecher gehalten zu werden, wenn vielleicht überhaupt keine Gefahr bestand. Ich wußte nicht, was tun. Schließlich sagte ich mir, ich würde bis Mittag warten. Wenn sie dann immer noch da wären, müßte ich fliehen. Ich ging wieder hinauf. Und ich setzte mich auf eine Stufe. Zu Mittag ging ich hinunter. Um das Ganze normaler erscheinen zu lassen, sagte ich zum Hausmeister, daß ich nun vom Warten genug hatte. Dann sah ich auf die Straße hinaus. Die beiden Männer waren nicht mehr da.

Ich weiß nicht, ob es wegen der Sache am Morgen war, aber als ich am Abend heimkam, mußte ich mich sofort hinlegen, so hohes Fieber hatte ich.
    Unmöglich, Alkohol aufzutreiben. Ich wollte eine Schwitzkur machen; ich hatte Schüttelfrost. Ich zog mich wieder an, um die Concierge zu bitten, mir kochendes Wasser heraufzubringen. Ich war schweißnaß, hatte aber kein Hemd zum Wechseln. Ich hüllte meinen Oberkörper in den Stoff zwischen Bettuch und Matratze. Trotz meines Fiebers fragte ich mich, was ich tun würde, wenn die Polizei jetzt ins Zimmer eindrang. Es gibt nichts Besseres als eine Krankheit, um einen von den Sorgen abzulenken. Doch gleich darauf sagte ich mir, man dürfe sich von der eigenen Natur nicht täuschen lassen. Die Regeln, denen sie folgt, sind für das Leben, das wir führen, viel zu mild. Um zehn Uhr kam die Concierge die Stufen hinauf. Ich hatte ihr den Schlüssel gegeben. Als ich sie aufsperren hörte, richtete ich mich ruckartig auf. Sie brachte mir frischen Tee. Sie sah mein durchschwitztes Hemd. Sie wollte es mitnehmen, um es in der Küche zum Trocknen aufzuhängen. Ich versuchte sie davon abzuhalten. Sie nahm es trotzdem mit. Ich sagte mir, daß ich nichts anzuziehen hätte, wenn jetzt die Polizei käme. Was würde morgen sein, wenn es mir nicht besser ging? Ich sagte mir: »Wäre ich doch nur wieder gesund.« Die Concierge war sehr nett. Sie benachrichtigte schon einmal das Krankenhaus, ohne es mir gegenüber zu erwähnen. Wenn wir krank sind, fragt man uns gar nicht mehr, was wir wollen.
    Am folgenden Morgen stand ich auf und zog mich an. Ich hatte das merkwürdige Gefühl, daß es mir besser ging, obwohl ich noch Fieber hatte. Ich nahm drei Tabletten. Ich mußte unbedingt gesund sein. Die Polizei ist zu gerissen. Sie legt sich überall dort auf die Lauer, wo man fatalerweise mit der Zeit einmal hinkommen muß: in Hotels, Krankenhäusern, Bahnhöfen, Freudenhäusern. Wenn ich ihr entwischen wollte, dann durfte ich von niemandem abhängig sein und mußte mich allein versorgen können.

Ich war gerade dabei zu gehen, als mein Vater kam. Er war nicht wie sonst. Er teilte mir mit, daß Inspektoren ins Gymnasium gekommen waren, um mich zu verhören. Ich begann zu zittern. Mein Vater war ganz außer Atem. Er sagte mir, er habe tausend Vorsichtsmaßnahmen getroffen, bevor er hergekommen sei. Er werde sofort Mondanel benachrichtigen. Was ihn am meisten wunderte, war, daß ihm die Inspektoren wie Ausländer vorgekommen waren, obwohl sie wie Franzosen gesprochen hatten. Und sie waren überaus höflich gewesen.

Ich bedauerte, daß ich meinen Vater hatte fortgehen lassen. Ich wäre gern mit ihm hinuntergegangen. Obwohl er bei Gefahr nichts hätte tun können, hätte ich mich weniger allein gefühlt; aber er hatte nicht auf mich warten können, so aufgeregt war er gewesen.

Ich ging fast unmittelbar nach ihm die Treppe hinunter. Als ich unten ankam, sah ich einen Mann in der Conciergenloge. Er war ziemlich mager; seine Kleider waren abgenutzt und hatten mit der Zeit die Form verloren. Er hatte sehr dunkle Augen, eine breite Stirnglatze und lange Haarsträhnen, die, eine neben der anderen, über den Schädel frisiert waren und zwischen denen schmale kahle Streifen zu sehen waren. Ich weiß nicht warum, aber mein erster Eindruck war, daß dieser Mann ein Straßenverkäufer oder ein Vertreter war, daß er etwas verkaufen wollte, kurz, daß er ein nicht eben sehr ehrlicher Mann war, der durch irgendwelche Schliche außerhalb der Gesellschaft lebte. Als ich eben an der Loge vorbei war, hörte ich, wie jemand an die Scheibe klopfte. Ich ging weiter, tat, als hätte ich nichts gehört. Ich hatte kaum einige Schritte gemacht, da rief man nach mir. Weil niemand aus der Loge kam und es nichts Wichtiges zu sein schien, blieb ich stehen. »Meinen Sie mich?« fragte ich die Concierge. »Aber ja, kommen Sie.« Ich näherte mich dem Fenster, das die Concierge soeben geöffnet hatte. »Dieser Herr hier möchte Sie sprechen.« Einen Moment lang hatte ich Angst, aber so schlimm das, was ich fürchtete, auch gewesen wäre, ich beruhigte mich fast sofort wieder, indem ich mir einredete, daß dieser Mann es nicht wage, seine Produkte direkt zu verkaufen, daß er sich, um seriöser zu wirken, über Dritte an die Mieter wende. Er versuchte einfach, im Haus einige Waren loszuwerden, oder jemanden ausfindig zu machen, dem er die Vorteile seiner Lebensversicherung anpreisen konnte. Er hatte damit begonnen, sich das Wohlwollen der Concierge zu sichern. Nun, da das geschafft war, mußte er sie nur noch für sich einspannen und ihr beispielsweise sagen: »Rufen Sie doch mal diesen Herrn.« Im Grunde arbeitete er mit ihr zusammen. Ich betrat die Loge, ganz locker, aber ohne zu wagen, den armen Kerl direkt anzusprechen. Lächelnd meinte ich zur Concierge: »Was wollen Sie denn von mir?« »Der Herr möchte Sie sprechen«, wiederholte sie. Da der Vertreter noch immer nicht den Mund aufmachte, hatte ich plötzlich den Eindruck, daß er eingeschüchtert war, so wie man es immer ist, wenn man sich über einen Dritten an jemanden wendet, den man sich nicht direkt anzusprechen traut. Im Bewußtsein, ein wenig zu höflich zu sein zu jemandem, den ich nicht kannte und der sich solcher Mittel bediente, um mit mir zu reden, wandte ich mich ihm zu und fragte ihn freundlich, worum es gehe, wobei ich mich aus einer unerklärlichen Furcht heraus davor hütete, den Anschein zu erwecken, als würde ich damit rechnen, daß es um mich gehen könnte. Ich muß sagen, in diesem Augenblick hatte ich plötzlich die Vorahnung eines Unglücks. Als ich ihn nur oberflächlich angesehen hatte, hatte der Mann auf mich gewirkt wie ein Eigenbrötler, der allein lebte, arm war, von Tür zu Tür ging und sich dabei den falschen Anschein gegen wollte, er sei früher mal selbständig gewesen. Aber als ich zu ihm sprach, als ich ihm direkt ins Gesicht sah, merkte ich sofort, daß er nicht so ein armer Typ war, wie ich glaubte. Ich hatte gedacht, er würde sich wie ein Straßenverkäufer ausdrücken, aber weit gefehlt. Was er zu sagen hatte, sagte er kurz und bündig. Noch beruhigte mich, daß er vor sich, auf dem runden Tisch der Loge, ein normales Blatt Papier hatte, auf dem einige Namen standen. Er sagte mir, er sei schon mehrere Male dagewesen, habe mich aber nie angetroffen. Ich fragte die Concierge, warum sie mir nicht Bescheid gegeben habe. Er ließ sie nicht antworten. Was er mir zu sagen habe, sei nicht so dringend gewesen. Er habe es vorgezogen, wiederzukommen. Dann erzählte er mir etwas von einer Volkszählung. Allein in diesem Haus seien wir vier, die er noch nicht habe erfassen können. Da ich nun schon da sei, sollten wir die Sache sofort regeln. Als bitte er um einen Gefallen, fragte er mich, ob ich ihn in sein Büro mitkommen könne. Mein erster Impuls war abzulehnen, irgendeine Ausrede zu finden, zu versprechen, später einmal vorbeizuschauen. Ich forderte ihn auf, mir die Adresse dieses Büros dazulassen. Er erwiderte, nichts würde er lieber tun, allerdings gebe es da einen

Nachteil für mich. Im Büro würde ich es mit anderen Beamten zu tun haben. Diese Erfassungsgeschichte hätte schon lange abgeschlossen sein sollen. Ich könnte an jemand Unnachsichtigen geraten und Schereien bekommen. Wenn ich einige Minuten erübrigen könnte – höchstens eine Viertelstunde, das Büro sei ganz in der Nähe –, dann würde er die Sache auf der Stelle regeln, und wir hätten sie beide vom Hals. »Und diese Büros liegen in der Nähe?« fragte ich. »Fünf Minuten von hier. Genau gegenüber von der Steuerkasse.« Ich kannte diese Steuerkasse. In dieser Gegend gab es kein Polizeirevier. Die Aussicht auf die Schereien, von denen der Mann gesprochen hatte, und auf die Untersuchungen, die selbst ein unbedeutendes Delikt nach sich ziehen würde, ließ mich denken, es sei besser, die Sache sofort zu einem Ende zu bringen, umso mehr, als dieser Mann einen wirklich beruhigenden Eindruck machte. Er war mir sogar sympathisch. Er wirkte nicht wie andere Beamte. Man erahnte den ehemaligen Unterprivilegierten, dem es irgendwie gelungen war, in einer gewichtigen Verwaltung Aufnahme zu finden und dem dieser Glücksfall nicht im mindesten den Kopf verdreht hatte; er versuchte, sich mit den Leuten anzufreunden, mit denen er aufgrund seiner neuen Funktion zu tun hatte, und ihnen winzige Geldbeträge aus den Taschen zu ziehen. Unterwegs – was im nachhinein betrachtet ziemlich komisch ist – erzählte er mir verschiedene Geschichten, die mir bewiesen, daß ich richtig lag. Er arbeitete nicht gerne für die Verwaltung. Er gestand mir, er habe es vor dem Krieg soweit gebracht, daß er bei Pferderennen genug gewann, um davon zu leben. Zur Zeit sei das nicht mehr möglich. Bei seinen Verpflichtungen (und dabei machte er eine Geste, die bedeuten sollte, daß man ihm ja vieles vorwerfen könne, aber nicht, daß er die Leute, die von ihm abhängig waren, Not leiden lasse) müsse er seinen Lebensunterhalt schon verdienen, und so sei er in die Polizei eingetreten, aber nur auf Zeit, denn er möge diese Art Arbeit nicht. Ich fuhr zusammen. Ich fragte ihn mit einer Stimme, von der ich nicht sicher war, ob sie noch normal klang, was denn die Polizei mit dieser Volkszählungsgeschichte zu tun habe. Er entgegnete, momentan laufe alles über die Polizei; da ich bisher nicht reagiert hätte, sei meine Akte von der Erfassungskommission weitergeleitet worden, und so weiter. Ich hätte im übrigen nichts zu befürchten, denn schließlich kümmere ja er sich um die Angelegenheit. Ich überlegte. Ich sagte mir, ich dürfe mich jetzt nicht wie ein Kind benehmen. »Wir sind da«, sagte er und wies dabei auf ein Haus, das aussah wie alle anderen, nur etwas solider gebaut. »Ich verstehe diese Geschichte nicht« sagte ich. »Zeigen Sie mir Papiere, irgend etwas.« Er zog mehrere Blätter aus seiner Tasche. Auf einem stand der Name Tinet. Es handelte sich tatsächlich um eine Zählung. »Und was ist das für ein Haus, in das wir gehen?« wollte ich wissen. »Das Amt.« – »Was für ein Amt?« – »Das Bezirksamt dieses Viertels.« – »Da geht man für eine Zählung hin?« – »Na klar, wohin wollen Sie denn sonst gehen?« Im Moment achtete ich nicht auf diese Erwiderung. Ich wurde dermaßen hin- und hergerissen zwischen Besorgtheit und dem Gefühl, alles sei ganz normal, daß dieses Haus auf mich wirkte wie eine Art Nebengebäude irgendeiner Verwaltung. Wir gingen unter einem Torbogen durch. Und tatsächlich las ich auf einem weißen Emailleschild das Wort »*Verwaltung*«. Wir stiegen in die erste Etage hoch und betraten, ohne anzuklopfen, eine Wohnung. Wir durchquerten mehrere hintereinander liegende Zimmer. In jedem saßen Angestellte an ihren Tischen. Schließlich gelangten wir in einen großen Raum, der ursprünglich der Salon der Wohnung gewesen sein mußte. Auch hier gab es viele Tische. In einer Ecke allerdings bemerkte ich einen Empire-Schreibtisch, hinter dem ein Mann saß, der offensichtlich der Chef war. Was mich im Augenblick beunruhigte war, daß ich nicht erkennen konnte, ob diese ganzen Zimmer, ob dieser große Raum selbst der Öffentlichkeit zugänglich waren, oder ob ich nur deshalb hier Zutritt hatte, weil ich in Begleitung war. Dann sah ich, wie mein Begleiter an einen Tisch trat, ein paar Worte ins Ohr eines Angestellten flüsterte, mir bedeutete zu warten, und dann allein fortging. Saß ich in der Falle? In diesem Moment kam es mir so vor. Der Mann, der da saß, sagte zu mir: »Ach, Sie sind's!« Ich antwortete nicht. Ich hatte nicht den Mut dazu. Ein anderer Mann, der ein Stück weiter weg saß, erhob sich und kam, um dem, der mich angesprochen hatte, über die Schulter zu blicken und meine Papiere anzusehen. »Das ist der Talhouet. Tja, das war schwer ...« Ich begann zu zittern, aber glücklicherweise waren es nur die Beine, so daß man es nicht merkte. Ich saß in der Falle. Das Blut stieg mir so heftig in den Kopf, daß mir schwarz vor den Augen wurde.

5

Nach einigen Minuten bat man mich, Platz zu nehmen und zu warten. Ein Mann, ohne Zweifel ein Polizeibeamter, stellte sich neben mich. Nach einer halben Stunde hatte ich mich ein wenig gefangen (das war auch notwendig, sonst wäre ich ohnehin verloren gewesen) und sagte zu ihm: »Guten Tag, Sie wissen schon, daß ich nicht der bin, den Sie suchen.« Er erwiderte, das wisse er sehr wohl. Das überraschte mich. Steht man den Leuten direkt gegenüber, sind sie viel freundlicher. Mutig geworden bot ich dem Polizisten an, ihm alles Geld zu geben, das ich bei mir hatte, wenn er mich laufen ließ. Er schüttelte den Kopf, aber ohne jede Entrüstung. Ich beharrte, weil ich glaubte, er wolle sich bitten lassen. Mit lahmer Geste lehnte er erneut ab. Ich sagte ihm, wir Franzosen müßten uns gegenseitig helfen, niemand würde jemals etwas erfahren. Da er wirkte, als überlege er, darauf einzugehen, zog ich meine Brieftasche und bot ihm die zweitausend Francs an, die sich darin befanden, aber er schob meine Hand zurück, nicht empört, sondern väterlich, so als ob er kein Geld wolle, das ich vielleicht nötiger brauchen würde als er. Ich sagte ihm, das es mir nichts ausmache, ich könne ihm noch mehr geben, wenn er wolle. Er lehnte weiterhin mit der Miene eines Menschen ab, der keinen schlechten Eindruck machen will. Ich sagte ihm, er dürfe nicht glauben, meine Achtung vor ihm werde sich deshalb verringern, ich an seiner Stelle würde es auch akzeptieren (es ging darum, ihm die Bedenken zu nehmen, die von seinem Stolz herrührten), vielleicht habe er ja »Frau und Kinder«, werde nicht gut bezahlt, außerdem werde nie jemand etwas davon erfahren. Aber er lehnte immer noch ab. Ich flehte ihn noch einmal an. Es hatte keinen Zweck.

Eine Stunde später wurde ich zu einem Mann geführt, der aussah, als sei er der Chef all derer, mit denen ich bis jetzt zu tun gehabt hatte. Ich wurde kurz zu meiner Identität befragt. Bis zum Schluß blieb ich dabei, daß ich nicht Talhouet, sondern Tinet hieße. Dann sollte ich ein Protokoll unterschreiben. Wie überrascht war ich, dort zu lesen, ich hätte versucht, einen Beamten zu bestechen, indem ich ihm Geld anbot. Ich war so wütend, daß ich ohne nachzudenken rief, das sei eine abscheuliche Lüge, niemals hätte ich ihm etwas angeboten. Der Kommissar ließ den Beamten rufen und sagte ihm, ich würde behaupten, ihm nichts angeboten zu haben. »Sie haben mir nichts angeboten?« fragte mich der Beamte mit einer solchen Offenheit, daß ich aus der Fassung kam. »Nein, ich habe Ihnen nichts angeboten«, sagte ich, wobei ich spürte, daß die Lüge augenscheinlich war. »Sie wagen zu behaupten, Sie hätten mir nichts angeboten?« fuhr der Beamte mit so großer Selbstsicherheit fort, daß es offensichtlich war, daß er die Wahrheit sagte. Ich hatte bisher noch nie mit der Justiz zu tun gehabt. Ich bildete mir ein, daß mein Wort ebensoviel wert sei wie das des anderen, daß man kein Recht habe, meinem Gesprächspartner mehr zu glauben als mir. Deshalb war ich überrascht, als der Kommissar nach dieser Konfrontation dem Beamten Glauben schenkte. Er ließ keinen Zweifel daran, daß ich log. Da schien mir plötzlich, ich hätte das Falsche getan. »Wenn es so ist, werde ich die Wahrheit sagen.« Ich gestand dem Kommissar, daß ich tatsächlich Geld geboten hatte (in meiner Wut hoffte ich, auf diese Weise den Beamten zu diskreditieren, ihn mit ins Verderben zu ziehen). Das sei die Wahrheit. Ich hätte geleugnet, weil die Haltung des Beamten mich die Fassung hatte verlieren lassen. Doch ich fügte hinzu, daß ich ihm Geld angeboten hätte, weil ich dazu ermutigt worden sei, und daß der Beamte im Grunde seines Herzens wissen müsse, daß er nichts getan habe, um mich daran zu hindern. Der Kommissar hörte mir aufmerksam zu. Da er mich nicht unterbrach, glaubte ich, ich hätte ihn für mich gewonnen, doch als ich fertig war, fragte er mich einfach, wie jemand, der nicht ins Detail gehen will: »Hat er angenommen oder nicht?« Ich mußte freilich verneinen. »Also, was werfen Sie ihm vor?«

Diese Geschichte, das sollte ich erwähnen, brachte mir die heimliche Sympathie eines Beamten ein, der der Szene beigewohnt hatte. Hinter dem Rücken der anderen sagte er leise zu mir, ich dürfe den Mut nicht verlieren.

Etwas später, als ich auf einer Bank im Flur saß, hörte ich, wie gesprochen wurde. Ich sah, wie einer der Polizisten mich anblickte, und das nicht mehr mit dem gleichgültigen Blick, den sie für alle Kriminellen haben, sondern mit dem Blick eines Mannes, der nicht mehr an seine Funktion denkt. Dieser Blick ist mir bei Polizisten häufig aufgefallen; es ist, als sei der Beruf, den sie ausüben, dermaßen abscheulich, daß sie jedes Mal, wenn sie einfach neugierig oder durch irgend etwas stutzig geworden sind, nicht mehr den

Eindruck machen, zur Polizei zu gehören. Ich tat, als merke ich nichts. Ich hatte nur einen Gedanken: eine Gelegenheit zur Flucht zu nutzen. Und damit man nichts ahnte, tat ich so, als koche ich noch vor Wut. Von Zeit zu Zeit ballte ich die Fäuste, als wollte ich mich mit dem Beamten, der mich reingelegt hatte, schlagen, oder aber ich tat, als führte ich leise Selbstgespräche, oder ich brüllte, ich würde das nie vergessen.

Dann wurde ich in einen großen Saal geführt. Wenn ich ausrükken wollte, so mein Eindruck, dann war das der Moment dazu. Ich sagte mir, daß es später, einmal eingesperrt, schwieriger sein werde, denn dann wäre ich ausschließlich in den Händen von Leuten, deren einzige Aufgabe darin bestand, auf Gefangene aufzupassen. Aber gegenwärtig gab es noch Leute um mich herum, die frei ein und aus gingen. Ich mußte also auf der Stelle verschwinden. Doch ich wartete auf eine günstigere Gelegenheit, wie damals in Deutschland. Ich hatte nur einen Gedanken: eine Gelegenheit nutzen. Und das genügte, daß ich ruhig blieb. Ich sprach mit meinen Bewachern. Ich sagte ihnen, es sei schändlich, die Arbeit der Boches zu machen. Sie wußten nichts darauf zu antworten. Ich hatte den Eindruck, daß sie meiner Meinung waren, daß sie sich schämten, daß einige zu jener Großherzigkeit imstande seien, die mich stets am meisten berührt hat und die einige Monate zuvor ein Polizeibeamter gezeigt hatte, der mich bei der Musterung der Leute während einer Razzia grundlos, sicher nur, weil ich ihm gefiel, am Arm nahm und mich mit den Worten nach draußen stieß: »Schnell, hauen Sie ab.«

Plötzlich befahl man mir aufzustehen. Ich bemerkte den Beamten, der mich festgenommen hatte. Er ging weg, eine Zigarette im Mund. Ich sah ihn an, und versuchte, ihm mit meinem Blick zu verstehen zu geben, daß er mir das noch büßen werde. Aber er hatte diesen vollkommen gleichgültigen Ausdruck eines Mannes, gegen den sich aufgrund seiner Funktion häufig Haß richtet, der aber ein ruhiges Gewissen hat.

Trotz der Hektik um mich herum dachte ich über meine Lage nach. Es war mir sehr wohl bewußt, daß ich durch die Art, wie ich bei meiner Verhaftung reagiert hatte, eher schuldig schien. Unter dem Schock der Überrumpelung hatte ich nicht protestieren können. Ich hatte gewirkt, als fände ich es ganz natürlich, daß man mich holen kam. Ich hatte sogar einiges gesagt, was an meiner

Schuld keinerlei Zweifel ließ. Nun fragte ich mich, ob das wichtig war. Eines war mir nicht klar, und zwar, in welchem Ausmaß das Abstreiten dieser oder jener Aussage den Fall eines Beschuldigten erschwerte oder nicht. Wenn man das, was ich gesagt hatte, wiederholte, und ich mich überrascht gab, würde die Justiz dem Rechnung tragen?

Ich brauchte Beratung. Ich durfte nichts mehr sagen, ohne einen Anwalt gesehen zu haben. Aber konnte nicht schon allein das Aussprechen einer solchen Forderung zu meinen Ungunsten ausschlagen? Natürlich würde der Anwalt Zutritt zu mir haben. Da fragte ich mich ängstlich, ob es nicht besser sei, meinem Instinkt zu folgen. Aber war das nicht vermessen, in einer Umgebung, von der ich überhaupt nichts wußte? Vielleicht brauchte ich gar keinen Anwalt, und doch spürte ich, daß ich nicht den Mut haben würde, irgend etwas zu unternehmen, ohne einen zu konsultieren. Ich konnte mir noch so sehr den Kopf zerbrechen, ich wußte nicht, was ich tun sollte. Ich fühlte mich durch all diese Fragen stärker bedrängt als durch die Polizisten, die mich bewachten. Ich sagte mir, daß ich ganz ruhig bleiben mußte, wenn ich aus dieser Sache herauskommen wollte, und daß ich mich von dem Umstand, festgenommen zu sein, nicht beeindrucken lassen dürfe. Statt darüber nachzugrübeln, was ich sagen oder nicht sagen sollte, sollte ich mich lieber bemühen, mich nicht von der Tatsache überwältigen zu lassen, daß ich in den Händen der Justiz war. Und ich dachte, daß in einer Situation wie der meinen der Verlust der physischen Freiheit keine Bedeutung haben dürfe. Man muß bereit sein, sie von einem auf den anderen Augenblick zu opfern, wenn man sich damit die Zukunft sichern kann. Nichts bewies, daß ich derjenige war, den man suchte.

»Ich heiße Tinet, ich heiße Tinet ...« wiederholte ich ununterbrochen.

Wir waren gerade im Begriff, das Polizeirevier zu verlassen, als der Beamte, der mich begleitete und sich, ich weiß eigentlich nicht warum, mit den Papieren in seiner Hand Luft zufächelte, stehenblieb, um mit einem seiner Kollegen einige Worte zu wechseln. Am Ende des Gangs befand sich eine offene Tür; dahinter die Treppe. Einige Leute, die in einer Gruppe zusammenstanden, behinderten den Durchgang. Ich ging weiter, die Augen auf diese Tür gerichtet, scheinbar ohne zu merken, daß mein Bewacher stehengeblieben war. Jäh entschloß ich mich, mein Glück zu versuchen und zu fliehen. Doch ich hatte kaum ein paar Schritte getan, als man mich schon wieder erwischt hatte. Der Polizist steigerte sich in eine unbeschreibliche Wut hinein. Als ich ihm sagte, ich hätte nie die Absicht gehabt, zu fliehen, fragte er mich, ob ich ihn für einen Idioten halte und drohte mir einige Minuten lang; er holte dauernd mit der Hand aus, ging allerdings nicht so weit, mich wirklich zu schlagen. Er führte mich zurück zu Monsieur Hulot, dem Polizeikommissar. Man hatte mich bereits ein Protokoll unterschreiben lassen. Die beiden Männer fragten sich, ob es der Mühe wert sei, noch einmal von vorn anzufangen, um das, was sie meinen Fluchtversuch nannten, darin zu erwähnen. Das Unglaubliche daran war, daß alle diese Männer Franzosen waren. Ich hatte Lust zu schreien: »Sind wir denn nicht alle Franzosen?« Ich ließ es wohlweislich sein. Sie hätten sich nicht mehr damit begnügt, mir zu drohen. Ihrer Meinung nach waren Individuen wie ich dafür verantwortlich, daß die Besatzung so hart war. Wenn ich versuchte zu fliehen, wenn ich mich verteidigte, benahm ich mich als schlechter Franzose und riskierte, daß arme Unschuldige an meiner Stelle bestraft wurden. Wenn ich so mutig war, hätte ich mich nur vorher schlagen müssen. Jetzt war es etwas spät dafür. Man konnte jetzt nur noch versuchen, möglichst ohne allzugroßen Schaden aus der Sache herauszukommen. Man würde schon dafür sorgen, daß ich das begriff. Diese Denkweise mitzubekommen stürzte mich in tiefe Verwirrung. Ich hatte mir ausgemalt, daß man gar nicht wissen werde, wie man anfangen solle, mich zu beschuldigen, daß man es nicht einmal wagen werde, mir in die Augen zu schauen, aus Verlegenheit darüber, mich festgenommen zu sehen, und nun bemerkte ich plötzlich, daß mein Verbrechen für jedermann ein echtes Verbrechen war. Statt das Schicksal meiner Landsleute zu teilen, hatte ich mich aus der Affäre ziehen wollen. Was ich getan hatte, hatte mit Patriotismus nichts zu tun. Meinetwegen würden womöglich die Bedingungen für die anderen Gefangenen verschärft werden. Und ich versuchte, meine Haut zu retten! Das war die Höhe. Irgendwann konnte ich dann nicht mehr an mich halten und schrie, es sei eine Schande, daß man sich unter Franzosen so benehme. Der Polizist hatte einen Gesichtsausdruck, den ich nicht vergessen werde: als ob er, ein echter Franzose, sich einen solchen Vorwurf nicht gefallen lasse. Ich spürte, daß er mich getötet hätte, wäre er dazu in der Lage gewesen.

Als wir wieder auf den Gang traten, meinte der Beamte zu mir, Monsieur Hulot sei sehr nett gewesen, aber wenn ich wieder mit meiner Tour anfinge, würde mich das teuer zu stehen kommen.

Ich war von Polizisten umgeben. Häufig hatte ich auf der Straße Kriminelle gesehen, die sich gegen eine Übermacht zur Wehr setzten. Ich hatte sie immer für verrückt gehalten. Wie kann man sich zur Wehr setzen, wenn man weiß, daß es vollkommen sinnlos ist? Aber genau das tat ich in meiner Aufregung. Ohne mir bewußt zu sein, wie gefährlich das war, stürzte ich zur Tür. Zwei Polizisten packten mich. Ohne die geringste Aussicht auf Erfolg wehrte ich mich, schrie, rief um Hilfe. Kurz gelang es mir freizukommen, aber man brachte mich einfach zu Fall, indem man mir ein Bein stellte. Mehrere Männer warfen sich auf mich. Ich kämpfte mit aller Kraft, versuchte zu beißen (übrigens ohne daß es mir gelungen wäre), und je mehr Schläge ich einstecken mußte, desto verzweifelter kämpfte ich. Bald konnte ich mich nicht mehr rühren. Ich hatte ein furchtbares Gefühl, wie in einem Alptraum: das Gefühl, nicht mehr atmen zu können. Ich würde ersticken. Ich versuchte noch einmal zu schreien, aber so viele Leute lagen auf mir, daß es nicht möglich war. Ich verlor das Bewußtsein.

Als ich wieder zu mir kam, war ich allein in einer Zelle. Ein Ärmel meiner Jacke war heruntergerissen, hing aber noch, wie ein Armband, an meinem Gelenk. Mein Kragen war weg. Das Hemd war zerrissen, und ein Fetzen hing mir vorn bis zu den Knien hinunter. Mein Gesicht war mit großen, brennenden Beulen übersät. Sie taten aber kaum weh. Ich hatte den Geschmack von Blut im Mund. Ich stand auf. Da sah ich ein kleines, vergittertes Fenster, aber so hoch oben, daß ich nicht herankam. Ich blickte mich nach einem Stuhl um, es gab keinen. Ich ging zur Tür. Ich packte das Gitter in der kleinen Öffnung und versuchte an der Tür zu rütteln. Aber sie bewegte sich kaum, viel zu wenig, als daß man sie hin- und herbewegen und dadurch irgendwann aus den Angeln hätte heben können.

Ich drehte etwa zwanzig Runden in der Zelle; dabei streifte ich mit den Händen an den Mauern entlang, ich klopfte sie ab in der Hoffnung, einen hohlen Klang zu hören. Dann blieb ich unter dem kleinen Fenster stehen und blickte hinauf. Ich versuchte zu springen. Ich sagte mir, wenn ich die Gitterstäbe zu fassen bekäme, würde ich vielleicht einen erwischen, der weniger fest eingemauert wäre als die anderen. Aber mir fehlte ein Meter, um heranzukommen. Da hatte ich eine Idee. Ich zog einen Schuh aus, dann mein Hemd. Ich drehte es zusammen und band es am Schuh fest. Und ich warf den Schuh so lange, bis es mir gelang, ihn durch die Gitterstäbe zu bekommen. Dann zog ich vorsichtig, bis er sich verfing. Als das geschehen war, kletterte ich hinauf, doch gerade als ich das Fenster erreichte, riß das Hemd, und mein Schuh fiel auf der anderen Seite hinunter. Ich machte das Ganze noch einmal mit dem anderen Schuh. Dieses Mal kam ich bis an die Gitterstäbe, aber sie waren genauso fest wie die in der Tür. Daraufhin ergriff mich eine Mutlosigkeit, die viele Stunden anhielt.

Dann stand ich plötzlich auf. Meine Niedergeschlagenheit war Gott sei dank nicht von Dauer gewesen. Ich sah jetzt klar. Mir wurde bewußt, daß ich mich wie ein Verrückter benommen hatte, daß alles, was ich getan hatte, genau das Gegenteil von dem gewesen war, was ich hätte tun müssen, wenn ich aus der Sache herauskommen wollte. Ich hätte stets korrekt bleiben, hätte, wie um einen Gefallen, um Erleichterungen bitten und den Verlust meiner Freiheit nicht so betrachten sollen wie ein Wilder oder ein Tier, sondern als etwas Abstraktes, das man natürlich hinter sich zu bringen hat, das aber keinerlei Realität besitzt. Ich hätte mich in die Zelle führen lassen, in der Mitte stehenbleiben sollen, verblüfft, daß man mich hier hineinstecken konnte, ich hätte fragen sollen, ob ich nicht eine Decke haben könne, wann man mich wieder holen, wie lange man mich dort lassen werde, kurz: ich hätte mich nicht so getroffen zeigen dürfen. Es gab nur einen möglichen Kampf, den mit Rechtsmitteln. Es galt, bei einer Linie zu bleiben und nicht alles auf eine Karte zu setzen. Hätte ich mich so verhalten, hätte die Polizei schon zweimal hingesehen, bevor sie gegen mich vorgegangen wäre, während sie bei meinem derzeitigen Zustand keine Hemmungen mehr hatte. »Es ist nie zu spät, das Richtige zu tun«, sagte ich mir.

Doch eine Stunde später sagte ich mir, daß ich ganz einfach im Gefängnis saß, ob nun symbolisch oder nicht. Was mich überraschte, war, daß niemand auf meinen Zustand achtete, als man mich abholte, um mich zur Kriminalpolizei zu bringen. Wie einen ganz normalen Menschen fragte man mich, ob ich, ich weiß nicht mehr welche, Papiere unterzeichnen wolle. Ich dachte daran, zu antworten, ich wolle zuerst einen Anwalt konsultieren. Wenn er mich in diesem Zustand sähe, würde er es festhalten lassen wollen. Ich zögerte. Mich mit denen anzulegen, in deren Händen ich war, kam mir doch sehr verwegen vor.

6

Nach meiner Überstellung zur Kriminalpolizei sperrte man mich in ein Zimmer, das sehr bedrückend auf mich wirkte, obwohl es sehr groß war. Es war eines dieser Zimmer, wie es sie in zu großen Häusern oder Wohnungen gibt; man hatte einen Tisch und ein paar Stühle hineingestellt, um es möbliert aussehen zu lassen. Die vier Polizeibeamten, die mit mir zusammen eingetreten waren, machten, jeder für sich, keinen kräftigen Eindruck, außer vielleicht einem, der klein und gedrungen war. Sie sahen eher aus wie Bürokraten, aber eine Gruppe Männer strahlt immer eine gewisse Stärke aus, auch wenn keiner von ihnen allein gefährlich wirkt. Man bat mich, Platz zu nehmen. Dann sprachen sie miteinander, als ob ich gar nicht da wäre. Sie sprachen von belanglosen Dingen, die mit ihren Beschäftigungen oder Hobbys zu tun hatten, denen sie außerhalb des Dienstes nachgingen. Ich merkte, daß sie von Zeit zu Zeit auf mich anspielten, doch ohne mich explizit zu erwähnen, als wollten sie aus Höflichkeit vermeiden, daß ich es mitbekäme. »Wir sollten uns jetzt vielleicht an die Arbeit machen«, sagten sie mitunter, oder: »Warten wir noch etwas. Ihm ist es auch recht.« Ich wurde immer nervöser. Auf diese Tour ging es über eine Stunde lang. Ich hatte den Eindruck, man wolle mich spüren lassen, daß man nur meinetwegen noch hier sein mußte. Solange ich zwischen zwei Beamten von einem Büro zum anderen gelaufen war, hatte ich das tröstliche Gefühl gehabt, wenn man so sagen kann, daß die Justiz ihrer Arbeit nachging und ich, selbst wenn die Dinge schlecht für mich liefen, bis zum Ende das Recht auf Verteidigung hatte, wie es jedem Beschuldigten zusteht. Doch in diesem Raum, der weder eine Zelle noch ein Richterzimmer war, mit vier Männern zusammen, deren Rolle mir schleierhaft war, die taten, als sei ich gar nicht da und die mich dennoch nicht allein ließen, in diesem Raum fühlte ich allmählich eine grauenhafte Angst in mir aufsteigen. Ich sagte mir, ich müsse die Kraft aufbringen, ein reines Gewissen vorzutäuschen, da ich doch behauptete, unschuldig zu sein. Um zu zeigen, daß ich in meiner Unschuld keine Ahnung hatte, was man von mir wolle, fragte ich schließlich ganz naiv: »Bleiben wir lange hier?« Einer der Polizisten erwiderte überaus zuvorkommend, so als seien wir die besten Freunde: »Ich denke nicht.« Dann unterbrach er seine Kollegen, um mir gefällig zu sein: »Brauchen wir hier noch lange?« Sie unterbrachen kurz ihr Gespräch, antworteten aber nicht. Ich versuchte also, mir einzureden daß sie einen Befehl erwarteten, daß ihnen die Zeit ebenso lang wurde wie mir. Ab und zu sah einer von ihnen mich an. Egal, was war, er schaute immer auf die gleiche Weise drein. Man hätte meinen können, er sehe mich heimlich an, als ob er als einziger wisse, daß ich da war. Kurz vor Mittag klopfte ein anderer Polizist an die Tür und ging wieder, als er gesehen hatte, daß wir in dem Zimmer waren. Dieser unbedeutende Vorfall tat mir unendlich gut. Wir waren also nicht allein. Um uns herum waren andere Menschen. Man wußte, daß wir hier waren. Der Polizist war nicht erstaunt gewesen, uns zu sehen. Jeder beliebige konnte hier hereinkommen. Meine Angst kehrte jedoch bald zurück, und das auf sehr kuriose Weise, infolge eines Vorfalls, der ebenso unbedeutend war wie der, der mich soeben beruhigt hatte. Einer der Polizisten griff sich einen Stuhl und trug ihn in eine Ecke des Zimmers. Dann drehte er sich zu mir um und sagte: »Setz dich da hin.« Ich gehorchte, doch von da an zerbrach ich mir den Kopf über den Grund für diese merkwürdige Geste. »Warum soll ich in dieser Ecke sitzen?« Es klopfte wieder. Ein anderer Polizeibeamter erschien. Als er mich sah, sagte er: »Ach so«, wie jemand, der stört und sich gleich wieder zurückziehen will. Seine Kollegen hielten ihn zurück. Sie erzählten ihm von einer Angelpartie, die sie für den kommenden Sonntag vorhatten. In diesem Moment warf einer ein, und das ließ mich erstarren: »Wenn wir frei haben.« »Ich lasse euch jetzt in Ruhe«, sagte der neu Hinzugekommene, ganz der Mensch, der Arbeit respektiert.

Die Gruppe nahm ihr Gespräch wieder auf. Sie zündeten sich Zigaretten an. Sie schienen mich völlig vergessen zu haben, als einer von ihnen zu mir sagte: »Willst du auch eine, da drüben?« Ich sagte ja. Er brachte sie mir, gab mir Feuer. Ich bedankte mich ziemlich laut, in der Hoffnung, von allen gehört zu werden. Niemand wandte den Kopf. Wieder trat jemand ein, dieses Mal ohne anzuklopfen. »Also, langsam reicht's mir, alle fünf Minuten gestört zu werden«, rief einer der Polizisten aus. Seltsames Detail – als er diese Worte aussprach, sah er mich lächelnd an, als ginge es mir wie ihm. »Bleibst du oder gehst du?« fuhr er fort, wobei er sich noch immer an denselben lästigen Eindringling wandte. »Weil ich nämlich jetzt die Tür zusperre.« Meine weiße Zigarette ließ erkennen, daß meine Hand zitterte. Ich wollte sie im Mund behalten, aber ich hatte einen so bitteren Geschmack auf der Zunge, daß ich sie fortwarf. Ich hörte eine Stimme, die sagte: »Man müßte aber was zu essen besorgen.« Dieselbe Stimme fuhr fort: »Willst du was essen?« Ich wußte nicht, wer zu mir sprach. Ich antwortete, wobei ich alle ansah und begeistert zu wirken versuchte: »Ja, ja, sehr gern.« Bald kam einer der Polizisten mit einem Teller wieder. Dieser Teller war mit einem anderen Teller zugedeckt, auf dem wiederum ein Glas, ein halbe Flasche Wein und ein Stück Brot waren. Er hielt das Ganze ungeschickt in der Hand. »Wir werden auch was essen«, sagte er. Zwei der Polizisten gingen fort. Die anderen blieben bei mir. Um drei Uhr nachmittag waren wir wieder komplett. »Na, wie geht's?« erkundigte man sich bei mir.

Meine Wangen brannten wie Feuer. Immer wieder benetzte ich meine Lippen, doch fast sofort legte sich wieder eine Art klebriger Film darüber. Aber ich war entschlossen, meine Angst nicht zu zeigen.

Einer von ihnen kam auf mich zu und sagte: »Na, mein Junge, wie geht's?« Ich erwiderte, es gehe mir sehr gut, mit einem Lächeln, das sagen sollte: »So gut es einem in einer solchen Situation eben gehen kann.« Er nahm sich einen Stuhl, setzte sich und sagte zu mir, während die anderen Beamten unter sich weiterredeten, ich sei wirklich in einer seltsamen Lage. Dann meinte er, indem er von der Polizei redete, als gehörte er selbst nicht dazu: »Sie waren nicht gerade nett zu dir.« Ich erwiderte, das sei nicht ihr Fehler gewesen, sondern gewiß der einer Frau. (Ich dachte, ich weiß nicht wieso, an Lucienne.) »Ach, mit den Frauen ist es doch immer dasselbe.« Dann rief er seine Kollegen und sagte etwas zu ihnen, doch sie taten, als interessierten sie sich nicht dafür. Da wurde er lauter. »Was gibt es denn?« wollten sie wissen. »Eine Frau hat ihn verpfiffen.« Sie sahen mich alle an, als würden sie eine Neuigkeit erfahren, als würde dieser Umstand alles ändern. In diesem Moment, ich weiß nicht warum, faßte ich wieder Mut. Als ich bemerkte, daß alle mich ansahen und niemand den Eindruck machte, etwas gegen mich zu haben, glaubte ich, es sei das Richtige, sich an alle zu wenden. Ich begann, ganz schnell zu reden, zu sagen, daß ich nicht der sei, den man suche. Ich hieße Tinet und nicht Talhouet. In meinem Eifer erhob ich mich, als hätte ich es mit einem mir wohlgesinnten Publikum zu tun. Aber ich hörte einen Polizisten sagen: »Hinsetzen. Hinsetzen.« Als ich nicht gehorchte, nahm mich der Polizist neben mir am Arm und zwang mich mit einer gewissen Brutalität zum Hinsetzen. »Sie hat dich verraten, ist es das, was du sagen willst?« Ich protestierte. Er klopfte einem Kollegen auf die Schulter. Dieser sagte, als würde man ihn stören: »Was ist denn?« – »Komm mal her, komm!« Scheinbar widerwillig setzte er sich neben mich. Es machte einen merkwürdigen Eindruck auf mich, neben diesen beiden Männern zu sitzen, ohne einen Tisch zwischen uns. »Du solltest besser die Wahrheit sagen. Wir wissen genau, daß du Talhouet heißt ...«

Kurze Zeit später, als man mir das mit beinahe denselben Worten wieder sagte, wurde mir die fürchterliche Gefahr bewußt, die auf mich lauerte. Ich hatte an mich geglaubt. Ich hatte gedacht, ich würde stets eine Antwort auf all diese Fragen parat haben, und nun bemerkte ich, daß ich schwächer wurde, daß der Punkt kommen würde, an dem ich nicht mehr reden konnte, an dem meine Erklärungen keinerlei Bedeutung mehr hatten, an dem ich ja oder nein sagen mußte und sonst nichts. Ich wiederholte dennoch zum zehnten Mal, mein Name sei Telet. Einen Hoffnungsschimmer hatte ich gesehen, als ich hörte: »Du solltest besser die Wahrheit sagen.« Ich hatte noch einen Rest von Energie und schrie wie zuvor: »Aber ich sage doch die Wahrheit«, und dann erzählte ich wieder von den Umständen, die meiner Ansicht nach zu einer Verwechslung geführt hätten. Erneut hörte ich: »Du solltest besser die Wahrheit sagen.« Ich wollte nochmals losbrüllen, aber ich hatte so viel geredet, daß es mir unmöglich war. »Siehst du«, sagte ein Polizist, der so tat, als würde er mein Schweigen als Geständnis auffassen, »du gibst es ja selber zu.« Ich protestierte heftig. Ein Polizist kam auf mich zu. »Na, mach schon«, sagte er und klopfte mir dabei väterlich auf die Schulter, »du solltest besser die Wahrheit sagen.« Ich schrie, ich würde doch die Wahrheit sagen. »Aber nein, du sagst nicht die Wahrheit.« Da hörte ich noch zwei andere Polizisten sagen: »Er will nicht die Wahrheit sagen.« Ich schrie nochmals, daß ich die Wahrheit sagte. Es war seltsam, ich spürte, die Polizisten hielten mich nicht für einen gewöhnlichen Kriminellen, und bei einem anderen hätten sie wahrscheinlich nicht so auf der Wahrheit beharrt. Sie glaubten, die Wahrheit sei meine fixe Idee, und jedesmal, wenn sie mich an einer empfindlichen Stelle treffen wollten, sagten sie »die Wahrheit«. Da ich nicht abgebrüht war, hatten sie gedacht, sie könnten mich auf die sanfte Tour zu einem Geständnis bringen.

7

Als ich im Santé-Gefängnis ankam, war meine erste Sorge, die Zelle zu untersuchen. Drei Häftlinge waren bereits da. Ich glaube, wenn ich den Plan für eine Vollzugsanstalt hätte zeichnen sollen, hätte ich in meiner Genauigkeit wahrscheinlich alles bedacht. Ich merkte sofort, daß andere Leute genauso wie ich fähig waren, alles zu bedenken. Hier war es nicht mehr wie in Deutschland. Obwohl es dort sehr schwer war auszubrechen, hatte man nicht an alles gedacht. Man hatte trotz allem improvisiert, das getan, was am leichtesten war. Man hatte uns in Baracken gesteckt. Man hatte diese Baracken mit Stacheldraht umzäunt und überall bewaffnete Wachposten aufgestellt. Hier trug, abgesehen von den Oberaufsehern, niemand Waffen, zumindest waren keine zu sehen. Ich begriff, daß ich dieses Mal wirklich gefangen war. In den ersten Stunden ließ mich das in tiefe Deprimiertheit fallen. Ich setzte mich auf den Hocker, der angekettet war, und fing an zu weinen; das erleichterte mich. Ich besah mir das Türschloß, die Gitterstäbe vor dem kleinen Fenster, faßte aber nichts an. Mir wurde sofort klar, daß nicht daran zu denken war, auf andere Art auszubrechen als durch irgendeinen organisatorischen Trick. Das erste, was mir einfiel, war eine Personenvertauschung. Wir waren zu viert. Vielleicht würde sich hier eine Gelegenheit ergeben. Doch schon am folgenden Tag merkte ich, daß der Wärter uns alle einzeln kannte. Ich würde also warten müssen. Vor dem Urteilsspruch würde man mich in den Justizpalast bringen. Bestimmt würde ich dort Gelegenheit haben umherzugehen. Aber vorerst war ich hier.

Tags darauf öffnete der Wärter die Tür und rief mich. Ich rührte mich nicht. Ich wollte sehen, was er tun würde. Er sah mich an, wiederholte meinen Namen. Daß der Wärter wußte, wer ich war, ärgerte mich sehr. Ich stellte mich dumm. Der Wärter war hartnäckig und sah mich scharf an. Ich sagte ihm, er irre sich, mein Name sei Tinet. Er müsse sich nur erkundigen, meine Papiere anschauen. »Das geht mich nichts an.« Mein Ton wurde aggressiv. Ich sei es leid, mit einem anderen verwechselt zu werden. Ich war so naiv anzunehmen, daß es mir nützen könne, mich subalternen Chargen gegenüber empört zu zeigen, daß das meine Ehrlichkeit unter Beweis stellen würde. Damit mein Leugnen an höherer Stelle aufrichtig erschien, durfte ich nicht den Eindruck erwecken, daß ich mich nur vor Behördenvertretern darauf verlegte, ich mußte es auch in den nebensächlichsten Situationen tun.

Der Wärter versuchte es weiter, diesmal auf die nette Tour. Schließlich folgte ich ihm, doch den ganzen Weg über schrie ich herum, wie schändlich das alles sei und so weiter. Es ist schwer zu sagen, was man von Leuten hält, denen man ausgeliefert ist. Die Nachsicht der Macht zeigt uns nur zu gut, daß wir ohnmächtig sind: Der Wärter bat mich nicht einmal darum, den Mund zu halten. Er ließ mich vollkommen gleichgültig gewähren. Und ich brüllte immer lauter.

Am Abend tat ich so, als glaubte ich, meine letzte Stunde habe geschlagen. Ich wollte meinem Vater einen Abschiedsbrief schreiben. Doch mein Vater hieß ja nicht Tinet. Also schrieb ich einen ganz einfachen Brief an Mondanel, in der Hoffnung, er werde durch die Hände vieler Leute gehen. Ich sagte, es sei unglaublich, daß man für ein Verbrechen beschuldigt werden könne, das man nicht begangen habe, ich würde ihn sicherlich nicht wiedersehen, ich würde denen verzeihen, die mir soviel angetan hatten. Es sei nicht ihre Schuld. Sie seien getäuscht worden. Ich sei Opfer eines fürchterlichen Verhängnisses.

Im nachhinein betrachtet sind unsere Taten niemals das, was sie hätten sein sollen. Wenn ich mich heute an diesen Brief erinnere, dessen Ton ich so richtig getroffen glaubte, wird mir bewußt, daß er falsch klang, und daß nichts an meinem damaligen Verhalten natürlich war. Alles sah nach Schmierentheater aus, und ich glaube nicht, daß irgend jemand auch nur einen Moment lang darauf hereinfiel. Aber eines muß man der Justiz lassen: Ihre Mängel sind auch Qualitäten. Weil sie allen mißtraut, ist sie nicht mißtrauischer, wenn echte Gründe dafür vorliegen als wenn nicht. Dieses Theater, das wurde mir nun klar, hatte mir nichts eingebracht, es hatte mir aber auch nicht geschadet.

Einige Tage später schien mir, ein Hungerstreik sei das einzige Mittel, hier herauszukommen. Ich zögerte lange, denn obwohl ich viel Lärm um meine Unschuld machte, war ich gleichzeitig ein wenig besorgt, zuviel Aufmerksamkeit auf mich zu lenken, mich zu sehr zu exponieren.

Endlich entschloß ich mich. Als uns der Wärter die Suppe durch das kleine Fenster reichte, verweigerte ich sie; ich sagte, ich wolle nicht essen. »Spielen Sie hier nicht den Schlaumeier, Monsieur de Talhouet«, sagte mir der Wärter. Er hielt mein Essen einem der beiden anderen Häftlinge hin.

Zwei Tage hintereinander spielte sich das gleiche ab. Niemand wollte zur Kenntnis nehmen, daß ich mich im Streik befand, und dem Wärter konnte es egal sein, denn mein Eßgeschirr war ja immer leergeputzt. Mir wurde klar, daß es ungeschickt von mir gewesen war, den Gefängnisdirektor nicht vorher schriftlich zu unterrichten. Ich hätte den Hungerstreik zu einem bestimmten, im vorhinein angekündigten Zeitpunkt anfangen müssen; so hingegen hungerte ich völlig sinnlos und riskierte, schon tot zu sein, ehe man es bemerken und die Verwaltung etwas unternehmen würde.

Sollte ich den Streik unterbrechen und diesen Brief schreiben? Meine Tun würde so aber an Sponteanität verlieren und nach Berechnung aussehen – nichts also, was ein Unschuldiger tun würde. Man könnte sich fragen: »Was ist das eigentlich für einer, der da streikt?« Mir wurde bewußt, daß ich viel stärker wäre, wenn ich damit weitermachte, obwohl ich schlecht angefangen hatte.

Doch ich begann wieder zu essen. Als ich mich etwas besser fühlte, beschloß ich, dem Gefängnisdirektor meinen Brief zu schreiben. Aber sollte ich nun schreiben wie jemand, der gar keine Ahnung vom Justizapparat hat, sagen, daß ich unschuldig sei und in den Hungerstreik treten werde, oder sollte ich dem Direktor ein Protokoll zukommen lassen, das in der üblichen Weise abgefaßt war, was vermuten lassen würde, daß ich nicht alles über mich ergehen lassen wollte, daß ich mir meiner Rechte bewußt war?

Ich hätte jemanden gebraucht, der mich beriet. Ich fragte meine Zellengenossen. Sie sagten mir, das sei nicht wichtig. Ich spürte, daß sie, obwohl sie mich Mut zusprachen, die unschuldige Art, die ich angenommen hatte, nicht besonders mochten; sie gab mir den Anschein, als hielte ich mich für etwas Besseres. Schließlich schrieb ich diesen Brief. Ich gab ihn meinem Wärter und sagte ihm dabei, was darin stand. Am folgenden Tag dann, aber erst am Abend, verweigerte ich von neuem mein Essen. Am fünften Tag war immer noch nichts geschehen.

Ich sagte mir, daß dieses Schweigen nur daher rühren könne, daß ich, verwaltungstechnisch gesehen, immer noch ernährt wurde, da meine Ration ja ausgegeben wurde. Ich mußte sie also nicht nur verweigern, sondern auch meine Kameraden daran hindern, sie zu nehmen. Das sagte ich ihnen. Sie wurden wütend.

Und dann gab es noch ein anderes Problem. Einer meiner Mitgefangenen sagte eines Morgens: »Eigentlich ist das doch keine so schlechte Idee.« Ich merkte, daß der Gedanke, es mir nachzutun, sich langsam einen Weg in sein Gehirn bahnte. Das wäre eine Katastrophe gewesen. Von da ab dachte ich nur noch daran, sie davon abzuhalten, es mir nachzutun. Ich übertrieb mein Leiden. Ich sprach von den Strafen, die ich riskierte. Ich sagte ihnen, wenn alle in den Hungerstreik traten, würde er nicht wirken. Ich mußte Zeit gewinnen. Danach konnten sie machen, was sie wollten. Wie schwierig es ist, eine Idee für sich zu behalten! Unsere Mitmenschen haben keinerlei Skrupel, uns zu folgen, wenn sie merken, daß wir auf dem richtigen Weg sind.

Ich wurde schwächer. Die Gefängniswärter beschimpften mich und versuchten, mich einzuschüchtern. Sie behaupteten, ich wolle ihnen Scherereien machen. Das würde mich teuer zu stehen kommen. Sie würden mich fertigmachen ... Ihr Hauptargument war: Ich solle mir ja nicht einbilden, daß die ganze Welt auf mich blikke. Niemand kümmere sich um mich. Wenn ich Spaß daran hätte, könne ich ruhig weitermachen.

Eine Sache, die ich mir nie erklären konnte, war, daß ein Mißstand oder eine Ungerechtigkeit, die so leicht hätte unbemerkt bleiben können, schließlich doch ans Tageslicht kommt. Trotz der Feindseligkeit um mich herum wurde der Gefängnisdirektion tatsächlich bald ein Bericht vorgelegt. Ich glaubte nun, meine Feinde würden mich noch einmal so schlimm schikanieren. Doch zu meiner großen Überraschung zeigten sie sich auf einmal äußerst rücksichtsvoll.

Wir wurden schließlich alle vier auf die Krankenstation gebracht, denn meine Genossen nutzten die Situation natürlich aus. Diese Krankenstation mißfiel mir sofort. Daß man Leute heilen wollte und sie gleichzeitig ihrer Freiheit beraubte, ließ dort eine bizarre Atmosphäre entstehen. Andererseits war zu spüren, daß man nicht wollte, daß es hieß, es gehe einem dort besser als im Gefängnis. Ich hatte vierzehn Tage nichts mehr gegessen, während meine Mithäftlinge damit erst anfingen. Durch mich kamen sie in den Genuß der gleichen Behandlung, ohne aber gleich entkräftet zu sein, was mich sehr gegen sie aufbrachte. Hätte ich mich nicht freuen sollen, wenn es ihnen dank meiner gelang, sich aus der Affäre zu ziehen? Aber als ein Beamter kam, um uns zu befragen und uns alle vier gleich einstufte, da konnte ich einfach nicht anders als sagen, daß mein Fall mit ihrem nichts zu tun habe. Ich bedauerte es auf der Stelle. Das Leben sucht in jedem Augenblick unsere edlen Gefühle zu zerstören. Sie müssen schon sehr tief eingewurzelt sein, um, was immer auch passiert, Bestand zu haben. Durch diese Überlegungen kam ich dazu, mich doch mit meinen Gefährten zu solidarisieren. Die schnitten mich klarerweise. Ich tröstete mich, indem ich mir sagte, daß die Freiheit für sie ebenso kostbar war wie für mich.

8

Wieder in meiner Zelle konnte ich mich des Eindrucks nicht erwehren, daß ich mir wie immer Illusionen über die Menschen gemacht hatte. Ich würde nie etwas zustandebringen. Ich war in tiefer Hoffnungslosigkeit versunken, als mir plötzlich schien, ich müsse letztlich nichts anderes tun als ausbrechen. Ich wußte genau, daß es unmöglich war, aber allein die Vorstellung tat mir sehr gut. Zwei Tage lang hatte ich keinen einzigen depressiven Moment. Ein unrealisierbares Projekt hatte ausgereicht, mir wieder Zuversicht zu geben. Ich war entschlossen, auf irgendeine Weise auszubrechen, und das genügte, mein Leben etwas aufzuhellen. Ich hütete mich wohl, nach einer Möglichkeit zu suchen, weil es ja doch keine gab.

Leider ging mir zu Beginn des dritten Tages auf, daß ich trotz der Garantien, der Vorsichtsmaßnahmen, der Trägheit des Justizapparats unvermeidbar auf ein tragisches Ende zusteuerte. Mein Leben hier war, im kleinen, ein Abbild des menschlichen Schicksals. Alle Hoffnungen, an die ich mich klammerte, schwanden nach und nach. Ich kam auf den Gedanken, einen Selbstmordversuch vorzutäuschen, verwarf ihn aber sofort wieder. Die Mittel, die im normalen Leben so wirksam sind, waren hier ein alter Hut. Ich hatte nun Anfälle von echter Verzweiflung. Es war alles vorbei. Als ich Mondanel schrieb, ich würde sterben, hatte ich nicht daran geglaubt, was ich da schrieb. Nun ja, ohne mir dessen bewußt zu sein, hatte ich ihm die Wahrheit gesagt! Später, wenn man mich den Deutschen ausgeliefert hatte, würde er denken, daß es mir an Weitblick nicht gemangelt hatte!

Dann kam mir eine andere Idee, nämlich mich taub oder blind zu stellen, doch im letzten Moment fehlte mir der Mut dazu. Gebrechen vorzuspiegeln hat etwas Blasphemisches, das mich genauso abstieß wie die vorgetäuschte Blindheit eines Bettlers. Und außerdem – selbst wenn ich mich darüber hinweggesetzt hätte, selbst wenn es mir gelungen wäre, irgendwelche Gebrechen glaubwürdig zu simulieren, so hätte das nicht ausgereicht, mir meine Freiheit wiederzugeben.

Mehrere Tage lang wußte ich nicht, was ich tun sollte, als ich auf einmal an Wahnsinn dachte. (Baumé konnte ihn perfekt vortäuschen. Erstaunlich, daß ein scheinbar so einfältiger Mensch über eine derartige Selbstbeherrschung und Fähigkeit verfügte, wenn es darum ging, für etwas zu gelten, das er nicht war.)

Mein Wahnsinn bestand im wesentlichen darin, ganz verstört auszusehen, was mir in meinem Zustand nicht schwerfiel. Ich war in einer abstoßenden Weise verdreckt. Seit fünfundzwanzig Tagen hatte ich mich nicht mehr rasiert. Und um dieses Aussehen, das im Grund jeder beliebige Häftling haben konnte, noch zu verstärken, lachte ich von Zeit zu Zeit. Ich hatte daran gedacht, in Lachen auszubrechen wie ein echter Irrer, aber das wäre zuviel gewesen. Ich begnügte mich mit einem kleinen, krampfhaften Kichern, das den Vorteil hatte, zu einem Hustenanfall werden zu können, wenn es nicht ernstgenommen wurde.

Meine Zellengefährten sagten mir bald, daß es ihnen reiche. Ich könne vor dem Wärter ja den Bekloppten spielen, wenn mir das

Spaß mache, aber nicht vor ihnen. Ich solle sie nicht für dumm verkaufen. Sie würden den Trick kennen. Ich vergeude nur meine Zeit. Es sei besser, wenn ich mir meine Kräfte einteilte, denn ich würde sie noch brauchen.

Es ist schwierig, in solchen Situationen beharrlich zu sein, wenn man niemanden täuschen kann und man selbst nicht daran glaubt. Aber genau das tat ich. Da geschah etwas Bemerkenswertes, das beweist, daß Beharrlichkeit wirklich eine große Macht ist: Meine Gefährten begannen sich schließlich zu fragen, ob ich nicht doch verrückt sei. Und sie beschwerten sich bei den Wärtern.

Als ich beim Arzt war, tat ich so, als verstünde ich nicht, warum man mich zu ihm gebracht hatte. Er saß an einem Schreibtisch; das Durcheinander darauf, die Fotos, der ganze übliche Krimskrams standen in Widerspruch zur Nacktheit und Kälte des großen Saals, in dessen Mitte er stand. Der Arzt war nicht einmal neugierig genug, den Blick zu heben. Schließlich sah er mich an wie ein Mensch, der sich plötzlich nach einem anderen umdreht, und sagte: »Ach ja, und nun zu uns beiden!« Ich schwieg und bewegte gleichzeitig die Lippen, als wolle ich reden. Diese Idee war mir gerade gekommen. »Was haben Sie?« fragte er und sah mich dabei scharf an. Ich begann stärker als gewöhnlich zu lachen. Er tat, als bemerke er nichts. »Sie sind nervös«, stellte er kurz darauf fest. Ich sagte einige zusammenhanglose Sätze, aber keinen von denen, die ich mir vorher ausgedacht hatte. Der Arzt hörte auf, mich anzusehen. Er nahm ein Blatt Papier, schrieb einige Worte und rief einen Krankenpfleger. Ich schwieg. In diesem Augenblick wurde mir plötzlich klar, daß meiner Verrücktheit etwas zu Vernunftmäßiges anhaftete. Sie zeigte sich nur zu bestimmten Momenten. Dazwischen wartete ich bloß ab. Ich lachte los. »Beruhigen Sie sich«, sagte der Arzt so sanft, daß ich aus der Fassung geriet. Ich hörte auf zu lachen. Sogleich wurde mir bewußt, daß ich gehorcht und mich beruhigt hatte wie verlangt. Da brüllte ich los. »Schweigen Sie«, herrschte der Arzt mich an. Dieser Befehl war ein heilsamer Schock für mich. Im Grunde mußte ich, das begriff ich jetzt, erst einmal schlecht behandelt werden, um meine Rolle spielen zu können. Herzlichkeit und Sanftheit lähmten mich. Jetzt war ich frei. Nicht hielt mich mehr. Statt wieder zu gehorchen, schrie ich aus Leibeskräften. Freilich hatte ich Angst, in eine Falle zu tappen. Führte ich mich wirklich wie ein Verrückter auf? Brüllte ein Verrückter denn so sehr? Ich hörte den Arzt, sehr deutlich und mit erhobener Stimme, sagen, er habe sich das nun lang genug angesehen, diese Komödie sei grotesk. Ich fragte mich, was ich tun solle. Ich hatte den Eindruck, daß der Arzt sich in einen Zorn hineinsteigerte, um zu sehen, wie ich reagierte. Sollte ich mich schlagartig beruhigen oder sollte ich weitermachen? Ich zögerte einen Moment. Vor allem durfte es nicht so aussehen, als überlegte ich. Ich begann noch lauter zu brüllen. Da wurde der Arzt selber laut. Er kam auf mich zu mit erhobener Hand, um mich zum Schweigen zu bringen. Ich hatte das deutliche Gefühl, mich mitten in einem Experiment zu befinden: Wenn die drohende Gebärde mich zum Schweigen brachte, gab ich damit zu, ein Simulant zu sein.

Einen Moment später setzte er sich wieder hin, lächelte mich an und meinte zum Krankenpfleger, der neben ihm stand und ein Heft in der Hand hielt: »Dem Jungen geht's gut. Er hat nichts ...«

Jetzt ahnte ich, wie es weitergehen würde. Man würde mich einfach verurteilen, als ob nichts passiert wäre und in dem Zustand, ich den ich mich selbst gebracht hatte. »Wenn er verurteilt ist, wird er schon aufhören, den Idioten zu spielen!« Ich würde wie ein Verbrecher behandelt werden, der sich nicht einmal zu verteidigen weiß. Ich konnte mir alles Mögliche ausdenken, man würde nicht mehr darauf achten!

Dritter Teil: *Richtung Freiheit*

1

Als der Richter die Einstellung des Verfahrens unterzeichnet hatte, stammelte ich ein paar Worte des Dankes. Er gab mir einige Ratschläge mit auf den Weg. Er tat, als glaube er, ich hätte keine Deutschen umgebracht. Es gibt nichts Faszinierenderes als Menschen, denen es nichts ausmacht, wenn sie getäuscht werden. Ich war davon überzeugt gewesen, daß dieser Richter gegen mich war, weil ich ihn belogen hatte, und daß er mich in die Enge treiben wollte, so, als ginge es um ihn persönlich. Nun bemerkte ich, daß ich ungerecht gewesen war. Dieser Mann stand wirklich über den Dingen. Er hatte die Koketterie derer, die wissen, daß sie recht handeln, aber so tun, als sei es ihnen nicht bewußt. Er tat alles, was er konnte, um seine Güte zu kaschieren, als hätte er einzig und allein auf Grundlage der Akten beschlossen, das Verfahren einzustellen.

Ich teilte die Neuigkeit den Polizisten mit. Nichts ist beklemmender als die Zeit, die vergeht, bis das, was man uns versprochen hat, tatsächlich geschieht. Zwei Stunden später war ich wieder am Boden zerstört. Ich mochte mir noch so oft wiederholen, daß ich gerettet war, es überfielen mich schreckliche Zweifel. Mir kam ein verrückter Gedanke. Was, wenn ich die Lockerung der Überwachung ausnutzte, um einen Fluchtversuch zu wagen? Aber war das nicht der reine Wahnsinn? Was soll man von einem Gefangenen halten, der kurz vor seiner Freilassung ausbricht? Dieser Gedanke ließ mir keine Ruhe mehr. Angenommen, der Richter revidierte seine Entscheidung, und man brachte mich in die Santé zurück – ich würde es mir nie verzeihen, diese Frist nicht genutzt zu haben!

Ich wartete auf einem Gang, als man mich erneut ins Sprechzimmer des Richters führte. Es handelte sich bloß um eine Kleinigkeit. Der Richter lächelte mich an. Da wurde mir bewußt, daß dieser Mann, der in meinen Augen eine unglaubliche Macht zu haben schien, solange er gegen mich gewesen war, nun, da er auf meiner Seite stand, überhaupt keine mehr hatte.

Als man mich freiließ, sagte ein Dummkopf von Beamter zu mir, ich solle nicht glauben, man habe das aus Sympathie für mich getan. Ich solle mir auch nicht einbilden, es sei alles überstanden, sondern im Gegenteil bloß aufpassen und nicht so arrogant dreinschauen, sonst würde man mich erst gar nicht freilassen. Ich dachte, daß der, der mich so bedrohte, dazu kein Recht hatte. Wenn mir die Freiheit zurückgegeben wurde, dann deshalb, weil der Befehl von höherer Stelle kam; es stand gar nicht in seiner Macht, ihn abzuändern. Aber vorsichtshalber tat ich, als glaubte ich, er könnte es doch.

Wenn man im Gefängnis gewesen und wieder freigekommen ist, bleiben danach noch ein paar Erledigungen; nicht mehr, als daß noch irgendwelche Dinge geregelt oder nachgeholt werden müssen, was aber ebenso zum Justizapparat gehört wie die wichtigen Angelegenheiten. So erhielt ich die Aufforderung, mich zum Gerichtsschreiber zu begeben. Und da alles, was mit der Justiz zu tun hat, sei es vorher oder nachher, gleich unverständlich abgefaßt ist, fing ich an zu zittern. Dann überkam mich eine neue Angst, die Angst, ich könnte Mißtrauen erwecken, indem ich auf harmlose Aufforderungen zuwenig prompt reagierte. Ich bedauerte, nicht alles zu Beginn geregelt zu haben, zu einem Zeitpunkt, da das natürlich und leicht gewesen wäre, bedauerte, es nicht so eingerichtet zu haben, daß diese letzten Kontakte vermieden worden wären. Es ist immer dasselbe. Wenn alles gut läuft, verschwendet man keinen Gedanken an das, was kommt. Zu meiner Entlastung muß ich allerdings sagen, daß ich immer Angst davor hatte, zu den Menschen gezählt zu werden, die sich im Augenblick, wo man ihnen eine gute Nachricht überbringt, immer noch Sorgen um ihr persönliches Wohlergehen machen und, statt sich zu freuen, zurückhaltend bleiben. Ich mußte solche Bedenken loswerden, denn es gibt wirklich nichts Dümmeres, als sich mit Fragen des Takts herumzuschlagen, wenn Leben und Freiheit auf dem Spiel stehen.

Ich wollte mich bei Mondanel bedanken. Ich glaubte, daß er nach dem, was er für mich getan hatte, mir bei allem, was noch zu regeln blieb, ganz selbstverständlich helfen würde. Doch zur meiner Überraschung stand ich vor einer Mauer. Man hätte meinen können, er habe mir erst eine Million geschenkt und weigere sich nun kategorisch, mir den kleinsten Ratschlag zu geben, wie dieses Geld in Sicherheit zu bringen sei. Kalt gab er mir zu verstehen, ich sei ihm zu keinerlei Dank verpflichtet, was er getan habe, sei ganz normal gewesen, jedermann hätte so gehandelt wie er. Ich begriff auf einmal, daß er Wert darauf legte, daß seine Intervention nicht aufgebauscht wurde, daß er nicht als einziger Beteiligter dastand. Er fügte hinzu, der Gefängnisdirektor sei sehr entgegenkommend gewesen, und im Justizministerium sei man es auch gewesen. Ich wagte nicht, ihn nach dem Namen dieser hochgestellten Persönlichkeit im Ministerium zu fragen, die sich für mich eingesetzt hatte. Wie es aussah, war es jemand, der jünger war als seine Untergebenen! Ich wollte nicht den Eindruck erwecken, als wolle ich unter dem Deckmantel der Dankbarkeit intrigieren. Während Mondanel es vor meiner Inhaftierung normal gefunden hatte, daß ich ihn aufsuchte, spürte ich nun, nachdem er mir einen ungeheuren Gefallen getan hatte, daß ich ihn störte. Weil er ahnte, daß ich um nichts in der Welt gewollt hätte, daß er mich der Intrige verdächtige, gab er sich genau diesen Anschein – um mich daran zu hindern, nochmals wiederzukommen. Ich sagte mir, daß es wirklich zu dumm wäre, solcher Bedenken wegen unhöflich zu dieser hochgestellten Persönlichkeit sein zu müssen. Ich faßte mir ein Herz und fragte nach ihrem Namen. »Monsieur Messein«, sagte mir Mondanel ohne die geringste Erklärung.

Da ich das auf den Namen Tinet lautende Papier nicht erhielt, das meine Freilassung beglaubigte, lief ich weiterhin von Pontius zu Pilatus. Das war mir zutiefst unangenehm, aber ich fühlte mich noch immer in Gefahr, und ich sagte mir, man müsse das Eisen schmieden, solange es heiß war. Dieselben Beschützer aber, die mich vor dem Tod bewahrt hatten, zeigten sich jetzt außerstande, mir auch nur den kleinsten Gefallen zu tun. Ich wußte noch nicht, daß in der Hilfe, die uns unbeteiligte Menschen zuteil werden lassen, immer eine Art Mißverständnis, sogar Bedauern steckt, was in der Folge alle guten Beziehungen zu ihnen unmöglich macht.

Was würde mit mir geschehen, wenn man mich wieder ins Gefängnis steckte? Was würden Bressy, Messein, Mondanel tun? Haben sie dir einmal einen Gefallen getan, betrachten die, die dir verpflichtet sind, ihre Aufgabe als erledigt. Der Umstand, womöglich erneut in Aktion treten zu müssen, verstimmt sie. Und zudem kam mir vor, es würde nicht leicht sein, alles wieder in Bewegung zu bringen. Mit einem Wort: die Zukunft sah sehr trostlos aus.

Man hatte meinen Kopf aus der Schlinge gezogen, soviel war klar, aber ohne es ausdrücklich zu wollen. Meine Freilassung war eher das Resultat glücklicher Umstände. Der Beweis dafür war, daß Messein seine Überraschung nicht verbergen konnte, als er mich auf freiem Fuß sah. Mondanel und er hätten sich stets bemüht, das Recht triumphieren zu lassen. Meine schöne Sicherheit schwand. Ich war von der Notwendigkeit gelähmt, mich in einer Weise zu verhalten, daß diese Herren ihre Intervention nicht zu bereuen hätten.

Nach einem Monat unnützen Hin- und Herlaufens überkam mich allmählich Panik. Ich konnte noch so sehr dagegen ankämpfen, sie wurde immer größer. Ich hatte den Eindruck, daß selbst meine Retter mich wieder ins Gefängnis bringen wollten, weil sie fanden, ich sei dessen nicht wert, was sie für mich getan hatten. Ich fühlte um mich herum eine Feindseligkeit, deren Ursache ich mir nicht erklären konnte. Das war so unwahrscheinlich, daß ich in manchen Momenten glaubte, unter Verfolgungswahn zu leiden. Doch als ich darüber nachdachte, sagte ich mir, daß es letztlich nicht unmöglich war. Es konnte gut sein, daß gewisse Leute bei der Polizei, die aus jeder Affäre eine Frage des persönlichen Stolzes machten und wußten, daß ich durch meine Freunde freigekommen war, sich darauf verständigten, mich festzunehmen, auch ohne formelle Anordnung. Mir schien, daß ich im Laufe dieses letzten Monats eine geradezu irrsinnige Unvorsichtigkeit an den Tag gelegt hatte.

Als ich meinen Vater sah, hatte ich nicht den Mut, ihm meine Gedanken anzuvertrauen. Er triumphierte, teilte mir mit, daß Monsieur Messein mich sehen wolle. Außerdem sagte er mir, daß Jean de Boiboissel, dem gegenüber ich mich so ungerecht verhalten hätte, sich für mich verwendet habe, was mich sehr verwunderte. Ich dürfe keine Minute verlieren. Ich müsse mich auf der Stelle bei ihm bedanken. Er habe das schon getan, aber das reiche nicht. Seit meiner Entlassung meinte mein Vater auf einmal – während er zuvor so getan hatte, als lasse er mir in meinen Handlungen völlige Freiheit –, er brauche mich nicht zu Rate zu ziehen, wenn es um mein Interesse ging. Er war so beeindruckt von der Wichtigkeit, die mir seiner Meinung nach zugekommen war, daß er überzeugt war, ich könne all den daraus erwachsenden Verpflichtungen nicht mehr nachkommen.

Wir begaben uns zu Messein. Da begriff ich, was passiert war. Mein Vater hatte für mich – ohne sich zu trauen, mir davon zu erzählen – um einen Posten im Justizministerium nachgefragt, und Messein hatte mit Unterstützung Bressys seinen Einfluß geltend gemacht, damit ich ihn bekam. Mein Vater erging sich in Freundlichkeiten, um meine Kälte auszugleichen. Er tat mir leid. Er war an einem Punkt, an dem er alle Würde verlor. Er ging so weit, zu mir zu sagen wie zu einem Kind, und das vor Monsieur Messein, ich sei nicht dankbar genug. Der Direktor zeigte sich von einer wunderbaren Seite. Er tat, als wäre ihm Dank lästig, mein Vater übertreibe. Er habe doch gar nicht viel getan. Dem Minister selbst, Monsieur Xavier de Laguillonie, hätten wir unseren Dank abzustatten. Er gab mir durch kleine Andeutungen zu verstehen, daß meine Kälte ihm wesentlich natürlicher erschien als der Überschwang meines Vaters. Bestimmt hatte er erhofft, uns ganz schnell wieder los zu sein, so wie man es üblicherweise tut, um eine Gefälligkeit nicht durch zuviel Vertraulichkeit zu schmälern; da aber die überschäumende Dankbarkeit meines Vaters keine Ende fand, konnte er dem Vergnügen nicht widerstehen, uns in seinem Büro zu behalten. Mehrere Male begann er, mir meinen zukünftigen Aufgabenbereich zu erklären, scheinbar ohne die Freude meines Vaters zu bemerken, als wäre nicht er es, der sich für uns eingesetzt hatte, als wäre er froh für den Minister, unseren wirklichen Wohltäter, über die Freude, die wir empfanden.

Nachdem Messein mir in groben Zügen erklärt hatte, was ich zu tun haben würde, erwähnte er mit gleichgültiger Miene – als wäre dies belanglos und unterläge im übrigen nicht mehr seiner Kompetenz –, daß ich mich in der Personalabteilung melden solle, wo mein Besuch bereits angekündigt sei. Ich war erstaunt, daß er mir seine Protektion nicht bis zum Schluß angedeihen ließ, sondern mich einen beträchtlichen Teil allein erledigen hieß, als wäre es ganz natürlich, daß ich selbst etwas in dieser Angelegenheit beitrug, wenn sie schon von anderen so günstig in die Wege geleitet worden war. Ich empfand ein Mißbehagen. Noch befanden wir uns auf derselben Stufe, aber schon im nächsten Moment würde es anders sein, denn während ich mich in der Personalabteilung vorstellte, würde Messein in eben diesem Direktionsbüro bleiben. Gewiß, da man mich protegiert wußte, würde man die Formalitäten vereinfachen. Aber ich fürchtete die Eifersucht so sehr, den

Neid, den gerade solche Protektion erzeugt! Ich konnte mir wunderbar die Freude ausmalen, die die kleinen Beamten empfinden würden, wenn sie an hoher Stelle sagen könnten: »Wissen Sie eigentlich, wen sie uns geschickt haben?« Vielleicht würde man Messein spüren lassen, daß es unmöglich sei, mich aufzunehmen, und ihn um eine Bestätigung zu bitten. Ich stellte mir diese sagenhafte Szene vor: ein Chef, der nicht machen kann, was er will, der die Durchführung einer Maßnahme von seinen Untergebenen nicht einfordern kann, weil sie seine Autorität untergraben würde – ein Chef, der seine Befugnisse überschreitet. »Wieso ist das nicht möglich?« würde Messein erstaunt fragen. Man würde es ihm erklären. Meine Erfahrung hatte mich gelehrt, daß die Untergeordneten unter derartigen Umständen stets Oberwasser behalten. Ihre Chefs, die sich mit dem, was sie anordnen, nicht im Detail beschäftigen können, verlassen sich auf sie. Am Ende würde die Schuld auf meinen Vater und mich zurückfallen. »Warum habe ich mich nur auf diese Geschichte eingelassen?« würde Messein denken, »letztlich kenne ich ihn ja gar nicht«, und so weiter. Dennoch würde er versuchen, die Dinge, ohne sich zu sehr vorzuwagen, wieder ins Lot zu bringen. Er würde von mir sprechen. Er würde tun, als sei er noch immer an meinem Fall interessiert, auch wenn er eigentlich am liebsten nichts mehr von mir hören wollte! Denn es ist nicht das gleiche, jemandem einen Gefallen zu tun, dessen Ausführung direkt in unserer Macht steht, und andere zu bitten, diesen Gefallen zu erweisen. Wahrscheinlich würde man ihm mehr Fragen stellen, als er uns selbst gestellt hatte. Und so würde man womöglich aus einer Situation heraus, auf die ich keinerlei Wert legte, am Ende entdecken, daß mein Freispruch nicht in Ordnung war.

2

Tags darauf stattete mir Richard einen unerwarteten Besuch ab. Natürlich hatte mein Vater ihm alles erzählt. Er wollte mir helfen. Sowie es um mein Interesse ging, verstanden sich die beiden wunderbar. Ich habe Freunde noch nie belauscht, wenn sie über mich sprachen, aber ich male mir derlei Gespräche gern im nachhinein aus. Bestimmt hatte Richard meinem Vater gesagt, daß es traurig sei mitanzusehen, wie wenig Kapital ich aus dem mir erbrachten Wohlwollen zu schlagen wüßte. Er hatte hinzugefügt, ich wolle von dieser ganzen Situation nichts wissen, ich würde nur so tun, als interessiere ich mich dafür, im Grunde aber würde ich sie nicht akzeptieren. Ja, mehr noch, er nannte die wahren Gründe für mein Verhalten: Ich sei ein armer Kerl, vor Angst ganz verblödet. Überall sähe ich Gefahren. Ich würde meinen Verwandten und meinen besten Freunden mißtrauen. Es sei ihrer aller Pflicht, in meinem Interesse zu handeln, ob ich wolle oder nicht! Ich sei ein Kindskopf, eine Mimose. Nicht boshaft, aber kleinmütig. Man müsse mir also widersprechen, mich zu nehmen wissen. Und dann mischte sich Madame Gaillard ins Gespräch ein. Um Richard noch zu überbieten, erzählte sie, wie ich sie verlassen hatte. Man sprach nicht schlecht über mich. Man bemitleidete mich nicht. Man wollte nur mein Bestes. In Wahrheit interessierte niemanden, was wirklich zu dieser vielzitierten Sicherheit geführt hatte. Ich erkannte darin sehr gut Richards Charakter wieder. Obwohl er die Dinge richtig einzuschätzen wußte, tat er so, als sähe er die Sache, die mich bedrohte, gar nicht. Wenn man ihn so reden hörte, war alles bloß Einbildung, obwohl er genau wußte, es stimmte. Im Grunde wollte er mir schaden, aber in einer Weise, daß es den Anschein hatte, als habe er nur mein Bestes im Sinn, und es gelang ihm, diese Idiotin von Juliette mit in die Sache hineinzuziehen. Einzig mein Vater machte da nicht mit. Offensichtlich erkannte er nicht, was Richard wollte, aber er spürte genau, daß die Lage nicht ganz so war, wie man sie ihm dargestellt hatte.

Einige Tage später kam Juliette zu mir, die ich seit einem Jahr nicht mehr gesehen hatte. Sie überbrachte mir einen Brief von Messein. Sie teilte mir sogleich mit, daß Richard Mondanel einen Besuch abgestattet habe, daß er sich für mich die Hacken ablaufe ... Er tat das alles auf eigene Faust, wohlgemerkt, ohne mich davon zu unterrichten. Er war, so schien es, sogar bei der Verwaltung der Bibliothèque Nationale gewesen, um irgendeine Bescheinigung zu erhalten. Mit einem Wort, Richard trachtete danach, daß ich Leute, die mir wohlgesinnt waren, verstimmte, indem er sie Dinge für mich tun ließ, von denen er wußte, daß ich sie gar nicht wollte. Mir schien, das beste Mittel, um mich gegen diese Falschheit zur Wehr zu setzen, war, so zu tun, als wüßte ich von nichts. Messein bat mich in seinem Brief, ihn aufzusuchen. Ich folgte seiner Einladung sogleich. Mit Bestürzung erfuhr ich, daß er, wissend, daß ich es nicht tun würde, selbst die Formalitäten erledigt hatte, auf die er mich einige Tage zuvor hingewiesen hatte. Er hatte meinen Namen und andere Angaben an Monsieur Brulot, den Personalchef, weitergeleitet. Messein maß mir so wenig Bedeutung bei, daß er für mich tun konnte, was er für niemanden sonst getan hätte; so, als hätte er einer alten Frau dabei geholfen, ihr Bündel Holz wieder auf die Schultern zu laden.

Als ich mich mit dem Briefchen, das er mir gegeben hatte, wieder in den Gängen des Ministeriums befand, fragte ich mich, was ich tun sollte. Ich fürchtete mich vor all diesen Beamten. Ich faßte den Entschluß, von Büro zu Büro zu gehen und mich dumm anzustellen, um all diese Fürsprachen unwirksam zu machen, aber später doch sagen zu können, daß ich gehorcht hatte. Ich hatte vor den Leuten, die zu mehreren im selben Zimmer sind, genausoviel Angst wie vor den Chefs in ihren Einzelbüros. Immerzu schien es mir, als sehe jemand mich lange an, wenn ich gerade mit jemand anderem sprach, als werde er gleich aufstehen, um einem Kollegen etwas ins Ohr zu flüstern. Dieser würde mich seinerseits anstarren. Jemand würde sich womöglich daran erinnern, mich schon einmal gesehen zu haben. Er würde sagen: »Aber das ist er doch gar nicht.« Kurze Zeit später würde das gesamte Ministerium wissen, wer ich in Wirklichkeit war. Man würde mich festnehmen. Selbst jene, die Bescheid wußten, würden behaupten, ich hatte sie ebenso getäuscht. Selbstverständlich kannte man an höherer Stelle die Wahrheit, aber man wollte nicht den Anschein erwecken, man habe alles gewußt, und danach als Komplize dastehen. Man würde mich verteidigen, wenn die Angelegenheit kein allzu großes Ausmaß annahm. Andernfalls brauchte ich mir keine Illusionen zu machen. Man würde mich ohne die geringsten Skrupel einfach fallenlassen.

Letztendlich suchte ich diesen Monsieur Brulot dann doch auf. Aber ich war derart beeindruckt durch die Tatsache, daß ich mich frei durch diese Büros bewegen konnte, in denen wohl vor noch nicht allzu langer Zeit meine Akte kursiert war, daß sich etwas Bemerkenswertes in mir abspielte. Ich hatte auf einmal den Eindruck, Monsieur Brulot könnte glauben, daß dieser Mann, der sich ihm vorstellte, nicht derselbe sei, dem Messein den Brief ausgehändigt hatte; daß ich ihn gestohlen hatte, ein Hochstapler sei, der dieses Gaunerstück eben erst in einem Gang, einem Warteraum, im Treppenhaus begangen habe. Und ich erinnerte mich, wie sehr ich mir wünschte, Messein hätte den Personalchef zu sich zitiert. Er hätte versucht, ihn telefonisch zu erreichen, aber ohne Erfolg. In diesem Moment hätte ich gesagt: »Vielleicht können Sie es noch einmal versuchen«, und gespürt, daß Messein fand, ich sei ganz schön unverschämt.

Endlich war ich draußen. Welch eine Freude, wieder Wolken, Passanten, Autos zu sehen!

Das Enervierende an meinem Vater und vor allem an Richard war, daß sie die Dinge überhaupt nicht so sahen wie ich. Sie fanden, ich solle das Interesse, das ich wachgerufen hatte, nutzen, um mich in ein gutes Licht zu setzen und eine gute berufliche Stellung für die Zeit *nach dem Krieg* zu erhalten. Ich hatte die unverhoffte Chance, in die Verwaltung eintreten zu können. War es nicht unglaublich, die Ereignisse auf diese Art für sich zu nutzen? Alle beide hätten mich bestimmt in der vierten oder fünften Etage in meinem Büro besucht, unter dem Vorwand, mir nur schnell guten Tag sagen zu wollen. Richard hätte mir kleine Zeichen gegeben, um herauszubekommen, welche meiner Kollegen mir angenehm waren. Noch besser, er hätte ihnen erklärt, daß ich ein schüchterner Mensch sei, und dann seine Neugier befriedigt, indem er allen Fragen gestellt hätte, die ich selber zu stellen mich angeblich nicht traute. Er wäre sehr respektvoll gewesen, als ob er, angesichts der Tatsache, daß ich ewig dort bleiben würde, einen guten Eindruck hinterlassen wollte, um mir für meine Zukunft zu helfen. Nach seinem Fortgang hätte man gesagt, daß ich einen tollen Bruder hatte. Seinetwegen hätten mich meine Kollegen schneller akzeptiert. Es ist ein Ausdruck von Takt, wenn Beamte gegenüber neu Hinzugekommenen von der gemeinsamen Zukunft sprechen, als ob sie nicht glaubten, man werde je wieder getrennt werden. Dank Richard hätten sie zu mir gesagt: »Haben Sie Geduld, nächsten Monat erhalten Sie den Schlüssel zu diesem Garderobenschrank«, und so weiter.

Man gelangte immer mehr zu der Einschätzung, daß ich ein interessanter Fall war. Man wollte meine Existenz sicherstellen. Es gab keinerlei Grund mehr, warum ich nicht einen schönen Beruf haben sollte. Mein Vater gab sich alle Mühe. Er wich nicht mehr von meiner Seite. Was mich verblüffte, war, daß er den Eindruck machte, als ob ich all das verdiente. Endlich sei mir Gerechtigkeit widerfahren. Stieß er auf Unwillen, drohte er mit einflußreichen Personen. Er wollte nicht einmal mehr warten, wenn wir irgendwo vorsprachen; er schlenderte durch die Wartezimmer, als sei es überflüssig, sich hinzusetzen, denn er würde ja unverzüglich hineingebeten werden. Ich hatte Angst, daß er die Leute verärgerte. Nichts stört mich so sehr wie den Anschein zu erwecken, daß ich glaube, Dinge stünden mir zu. Er führte sich auf, als wolle er sagen, er werde Maßnahmen ergreifen, wenn man seinem Begehren nicht augenblicklich nachkam. Ich befürchtete, daß die Leute einmal beleidigt sein und uns die Tür weisen würden. Das sagte ich meinem Vater auch. Seiner Meinung nach aber hatte ich von niemandem etwas zu befürchten. Im Gegenteil, man habe mich zu fürchten. Ich getraute mich nicht, es ihm zu sagen, aber mir bangte immer mehr davor, wieder festgenommen zu werden. Mein Vater erweckte zu sehr den Eindruck, ich sei ein Held. Und daher sahen mich die Leute seltsam an. Sie schienen nicht eine Sekunde daran zu zweifeln, und angesichts solcher Selbstgewißheit wäre es auch unschicklich gewesen; da sie aber nicht überzeugt waren und nicht zu fragen wagten, wieso ich eigentlich ein Held war, stellten sie ihre Fragen auf Umwegen, und so sorgte ich mich immer, daß mein Vater eine dumme Antwort geben könnte. Aber er erwiderte gar nichts darauf, als ginge das niemanden etwas an. Und das beunruhigte mich ebenfalls, denn es wirkte provozierend, daß die Rühmlichkeit meiner Taten ihm jede Aufzählung ersparen und die bloße Behauptung schon genügen sollte. In seinem Stolz auf mich hatte mein Vater jeglichen Sinn für menschliche Beziehungen verloren, so daß ich mich entschloß, ihn auf seinen Unternehmungen nicht mehr zu begleiten. Er machte sich allein auf, und das bereitete mir ebenfalls Kummer. Er war über meinen Freispruch so glücklich, daß er so tat, als wollte ich mich nicht selbst bemühen, und zu verstehen gab, daß ich wohl auch das Recht dazu hätte.

Das Ärgerlichste war die Leichtigkeit, mit der er sich Leuten anvertraute, die er zum ersten Mal sah. Und immerzu strahlte er die Überzeugung aus, daß ich nach dem, was geschehen war, von niemanden mehr etwas zu fürchten hatte. Er hatte die Gewohnheit zu sagen, man müsse den Erfolg ausnutzen. Und das war recht kurios, wenn man an sein monotones früheres Leben dachte. Für ihn bildete der Erfolg ein Sprungbrett, wie er sich ausdrückte. Endlich habe man die Gelegenheit, selbst zu handeln. Das war schon einmal der Fall gewesen, als er nach vielen Intrigen nach Versailles berufen wurde. Damals hatte er sich vorgestellt, daß die Nähe zu Paris es ihm erlauben würde, Kontakt mit Verlegern aufzunehmen, für Zeitungen zu schreiben, und er war überall hingelaufen, so daß er wegen seiner Ungeschicklichkeit die Früchte seiner Bemühungen um ein Haar aufs Spiel gesetzt hätte.

Ich hatte trotzdem gelegentlich die Schwäche, recht stolz auf das zu sein, was mir widerfahren war, und so erzählte ich allen, die ich traf, die Geschichte meines Freispruchs. Ich tat, als sei ich unwiderruflich gerettet. Man beglückwünschte mich. Man freute sich etwas vorschnell über meinen Erfolg. Man tat, als glaubte man tatsächlich, ich sei außer Gefahr. Man nahm meine augenblickliche Unangreifbarkeit zum Anlaß, mich Dinge wissen zu lassen, die man mir bislang verheimlicht hatte. »Wieviel Angst wir um Sie ausgestanden haben! Wir hatten nicht gedacht, daß sich alles wieder so gut einrenken würde, irgendwann hatten wir geglaubt, Sie seien verloren«, und so weiter. Diese vergangenen und urplötzlich offengelegten Ängste verursachten mir ein tiefes Unbehagen, denn eigentlich fühlte ich mich im Augenblick nicht mehr in Sicherheit als zuvor. In Wirklichkeit bedachte niemand mein wahres Interesse. Keiner riet mir, weiterhin vorsichtig zu sein. Die Tatsache, daß ich mich anscheinend gerettet glaubte, brachte die Dinge auf das schönste ins Lot. Jedenfalls lief man nicht Gefahr, erneut um Fürsprache gebeten zu werden, wenn ich denn so naiv sein sollte, daraus keinen Nutzen zu ziehen. Ich kam nun zu dem Entschluß, mich in Zukunft bescheidener zu zeigen. Der Effekt aber war kläglich: aber nein, ich dürfe doch mein Verdienst nicht schmälern. Ich sei doch sehr geschickt gewesen, hätte alles perfekt hinbekommen. Ich beschloß also zu erklären, was sich wirklich zugetragen hatte, wollte aufzeigen, daß noch nicht alle Gefahr beseitigt war, daß trotz der Freilassung meine Situation sich kaum besser darstellte als zuvor. Da geschah etwas, das ich nicht vorhergesehen hatte. Solange ich im Abseits gelebt hatte, war ich alles in allem auf viele Leute mit gutem Willen gestoßen, die mir helfen wollten. Meine Bitten waren für sie natürlich gewesen. Doch nun, da ich aus dem Gefängnis kam, waren die Leute von einer Art Mißtrauen beherrscht. Ihr Eindruck war, daß ich, wenn ich mich anscheinend nicht wirklich darüber freute, nicht die ganze Wahrheit sagte, daß hinter meiner Affäre noch andere Affären steckten. Verblüfft stellte ich fest, daß meine Freunde für mich viel mehr getan hatten, als ich von der Polizei gesucht wurde und man ein Risiko einging, als nun, da es so aussah, als wäre alles in Ordnung mit mir. Geschichten über Spionage, Doppelagenten und so weiter kamen mir in den Sinn. Der Eindruck, ich befürchtete, nach meiner Freilassung wieder verhaftet zu werden, ließ alle vor mir Reißaus nehmen. Man verstand mich nicht mehr. Meine Geschichte wurde zu kompliziert. Ich entschloß mich deshalb, den Mund zu halten, was aber auch nicht ging, ohne gleichzeitig den Argwohn jener zu wecken, die über das, was mir zugestoßen war, Bescheid wußten und glaubten, ich wollte ihnen etwas verheimlichen.

3

Genau zu diesem Zeitpunkt wurde mein Vater in eine Klinik eingeliefert. Obgleich ich mein ganzes Leben lang befürchtet hatte, es könnte ihm etwas zustoßen, war ich nicht so bestürzt, wie ich es früher gewesen wäre. Ich war hart geworden. Wenn ein Unglück auf das andere folgt, trifft einen auch das schlimmste nicht mehr mit der gleichen Wucht.

Ich begab mich zur Klinik. Ich stieg die Treppen zum Zimmer meines Vaters hinauf. Ich war überrascht, daß man mir soviel Aufmerksamkeit entgegenbrachte. Was immer ich im Leben getan haben mochte, es war offensichtlich, daß ich in dieser besonderen Situation als ein Mensch angesehen wurde, der Respekt und Rücksicht verdiente, so daß ich länger blieb als ich hätte sollen, und man sich genötigt sah, mich hinauszukomplimentieren. Mit einem Mal begriff ich, daß mein Vater schwer krank war und ich mich nicht so verhalten konnte, als sei er wohlauf, nur weil er nicht in akuter Lebensgefahr schwebte. Ich sah ihn wieder unbeweglich in seinem Bett liegen, nur die Hand rührte sich von Zeit zu Zeit, wenn er sprach, und ich begann zu weinen. Ich dachte nicht mehr an mich, noch an irgend etwas anderes. Ich verließ die Klinik, sogar ohne einen Blick auf die Leute zu werfen, die am Eingang herumstanden.

Zwei Wochen später sollte mein Vater sich zu seiner Genesung in eine dieser zahllosen Pensionen von Fontainebleau zurückziehen; er hatte immer allein gelebt und war in keiner seiner schweren Lebenslagen bei anderen untergekommen, nie war er trotz seiner Freunde in den Genuß einer Gastfreundschaft gekommen, die ihm ganz allein gegolten hätte.

Manchmal besuchte ich ihn. Eines Abends im Zug – der freilich nur ein Bummelzug war – hatte ich plötzlich das Gefühl, daß ich mich einfach nur nach England aufmachen müßte. Die Einstellung meines Verfahrens und die Anerkennung meiner falschen bürgerlichen Existenz durch die Behörden gaben mir ein Selbstvertrauen, das ich bislang nicht gekannt hatte.

Jetzt, da mein Entschluß feststand, sagte ich mir, daß ich ziemlich viel Zeit verloren hatte. Wie hatte ich nur beinahe drei Jahre warten können, um mich zu entscheiden, obwohl ich von Anfang an die Absicht gehabt hatte? Vielleicht, so sagte ich mir, reichte es nicht aus, daß man an eine Sache dachte, um sie auch auszuführen, auch nicht, daß man sie von Herzen wollte, es mußte einem außerdem die Stunde des Schicksals schlagen. Und diese Stunde hatte geschlagen, das spürte ich. Nun sah ich alles mit anderen Augen. Ich wurde wieder zu dem Menschen, der ich vor meiner Gefangenschaft in Deutschland gewesen war. Ich wunderte mich jetzt über all meine Ängste, all meine Unentschlossenheit, all mein Hin- und Herüberlegen.

Ich faßte den Entschluß, mich von allen, die mich unterstützt, die mir geholfen hatten, zu verabschieden. Während ich bis zu diesem Tag geglaubt hatte, allein zu sein, erschien es mir jetzt, als hätte ich unzählige Freunde, als hätte jeder im Rahmen seiner Möglichkeiten etwas für mich getan und als schuldete ich allen Dank. Der Grund, weshalb ich soviel von meinen Mitmenschen verlangt hatte, war, daß die Angst mich gelähmt und ich mir übersteigerte Vorstellungen davon gemacht hatte, was ich verlangen durfte. In Wahrheit mußte ich ihnen nicht nur Dank sagen, sondern sie auch die Strenge vergessen machen, mit der ich sie beurteilt hatte.

Ich wohnte wieder in der Rue Rambuteau. Es war ein eigenartiges Gefühl, daß der einzige Zeuge eines so bedeutungsvollen Augenblicks in meinem Leben lediglich diese unscheinbare Madame de Miratte sein sollte, daß sie es war, die all meine Vorbereitungen, meine ganze Aufregung, meine ausgelassenen Worte mitbekommen würde, wo doch so viele Leute mir mehr am Herzen lagen und sich viel mehr mit mir gefreut hätten. Aber das Glück ist eben nie vollkommen.

Einige Tage später fing ich an, mich zu verabschieden. Zunächst suchte ich Juliette Gaillard auf. Ich hatte sie seit einem Monat nicht mehr gesehen. Wir waren im Streit auseinandergegangen. Sie hatte gefunden, ich sei nicht ausreichend dankbar gewesen nach allem, was sie für mich getan hatte. Und ich fand meinerseits, daß sie enervierend war mit ihrer Art, sich um mich zu kümmern, und ich hatte nicht so sehr Liebe von ihr empfunden als vielmehr eine Art indiskretes Bedürfnis, sich in etwas einzumischen, was sie nichts anging. Sie hatte meinen Vater besucht, alle Leute, die ich kannte, und sie hatte über mich geredet wie eine Frau, die mich sehr sympathisch fand, die aber nie meine Geliebte gewesen war. Unsere Liebe war tot. Ich hatte gespürt, daß es für sie im Grunde wichtiger war, Gutes zu tun, hierhin und dahin zu laufen, Leute aufzusuchen, statt sich zu lieben. Doch das Schöne am Erfolg ist ja, daß alle Klagen, zu denen man Anlaß haben mag, sich verflüchtigen und daß man ein ungeheures Bedürfnis nach Freundlichkeit hat. Und dieses Bedürfnis ist produktiv: es macht unser Gegenüber freundlich. Es scheint, als wäre das Glück nicht nur uns gewogen, sondern als hätten auch unsere Freunde Anteil daran. Ich kann gar nicht sagen, wie glücklich Juliette darüber war, was mit mir passierte. All ihre Vorwürfe waren verflogen. Man hätte meinen können, auch sie sei drauf und dran, dieses elende Leben hinter sich zu lassen. Da war nicht der geringste Groll. Wir hatten es nicht nötig, uns auszusprechen, um wieder Freunde zu werden. Der Besuch bei ihr hatte genügt, um alle Mißverständnisse aus der Welt zu schaffen. Jetzt, da ich aufbrach, zählte all das nicht mehr, was uns für alle Zukunft auseinanderbringen und in uns hätte zurückbleiben können. Sie war mir ebenbürtig geworden. Nur tief im Inneren spürte ich ein wenig Enttäuschung, denn sie machte keinerlei Versuch, mich zurückzuhalten oder mir zu zeigen, daß mein Fortgehen sie schmerzte. Sie freute sich wirklich genauso darüber wie ich. Sie schien zu denken, daß jegliche Absicht, mich zurückzuhalten, nur Egoismus wäre. Alles war zu Ende, aber sie war glücklich, daß wir echte Freunde blieben.

Danach besuchte ich Guéguen. Er lebte immer noch so wie früher, aber sein Wesen hatte sich stark verändert. Als ich bei ihm wohnte, war Frankreich erst einige Monate besetzt gewesen, und er hatte geglaubt, alles würde sich schnell wieder geben. Nun ging das aber schon zwei Jahre so, und ein Ende war nicht abzusehen. All diese Erregtheit, mit der er mich empfangen hatte, dieser Wunsch, mir nützlich zu sein, mir zu helfen, weil nach seinem Dafürhalten alles bald vorüber sein würde, war verschwunden. Er war bedrückt. Er hatte schlechte Gewohnheiten angenommen. Er hatte sich mit der Mittelmäßigkeit abgefunden und war überrascht, als er feststellen mußte, daß diese Mittelmäßigkeit sein endgültiges Leben geworden war. Als ich ihm mitteilte, daß ich weggehen wollte, als ich unüberlegterweise glaubte, ich müsse ihn aufsuchen als den Mann, der mich so freundlich aufgenommen hatte, war ich nicht wenig erstaunt, daß er sich anscheinend an nichts erinnerte und ich ihn ungewollt in große Verlegenheit brachte. Wenn zwei sich in der gleichen Situation befinden, ist nichts peinlicher als das Gefühl, daß der andere sich seine anfängliche Begeisterung bewahrt hat. Er beneidete mich nicht, aber ich spürte, daß er sich im Lichte dessen, was sich mir zugetragen hatte, sein eigenes Leben mit dem Gefühl besah, Opfer eines besonderen üblen Schicksals zu sein. Die anderen kamen irgendwie klar, unternahmen etwas, und er blieb, ohne zu wissen warum, im allgemeinen Schicksal verfangen. Das verleitete ihn zu bitteren Überlegungen. Er sprach von seiner Mutter. Er liebte sie abgöttisch, und genau deshalb habe er nichts tun können. Er erklärte mir des langen und breiten, daß auch er immer schon habe weggehen wollen, daß es ihm aber wegen seiner alten Mutter nicht möglich gewesen sei. Ich empfand ein höchst merkwürdiges Gefühl, als er sich bei mir, der doch trotz allem ein Außenstehender war, über seine ach so geliebte Mutter beklagte. Über eine halbe Stunde erzählte er mir von ihr, wie ich es nie von ihm vermutet hätte, und ich – ein Fremder – war gezwungen, ihn davon zu überzeugen, daß das, was er tat, das Natürlichste von der Welt war und ihm zur Ehre gereichte.

Ziemlich genervt verließ ich Guéguen. Ich hatte geglaubt, eine Geste zu setzen, die ihn freute, eine Geste, die zeigte, daß ich ohne Groll war, und all diese guten Absichten waren angesichts der Wirklichkeit zerstoben. Ich beschloß daraufhin, Mondanel zu besuchen, der ja viel ausgeglichener war. Alles, was er für mich getan hatte, war mir bisher bedeutungslos erschienen. Aber jetzt, da ich weg wollte, dachte ich, daß er doch sehr freundlich gewesen war.

Er hatte viel getan, ohne dazu gezwungen zu sein, und das war verdienstvoll bei einem Mann, der so sehr darauf aus war, in eine hohe Position zu gelangen.

Ich fand ihn in seinem kleinen Büro vor. Damit er nicht glaubte, ich käme, um ihn nochmals um etwas zu bitten, hatte ich ihm durch den Portier ausrichten lassen, ich komme, um mich zu verabschieden. Ich wußte, daß Mondanel de Gaulle nicht besonders mochte, aber unsere Beziehung war dergestalt, daß ich de Gaulle mögen konnte, ohne daß er daran Anstoß nahm. Und außerdem muß man sagen, daß, wie einige meiner Landsleute meinten, jeder das Recht hatte, de Gaulle zu verehren, darin lag nichts Unehrenhaftes, sowenig, wie in Friedenszeiten Royalist zu sein, und fest steht, daß man sehr wohl Gaullist sein konnte, ohne daß deshalb unsere Feinde uns denunzierten und danach trachteten, uns zu schaden.

Als ich Mondanel von meiner Entscheidung unterrichtete, hob er die Arme gen Himmel – wie sehr er es doch liebte, sich wichtig zu machen und Dinge zu sagen, bei denen er so tat, als könnten derlei Äußerungen sehr gefährlich für ihn werden – und sagte mit verschmitzter Miene zu mir: »Ich wollte, ich könnte handeln wie Sie«, womit er mir zu verstehen gab, daß er eigentlich anders sei, als er wirke. Ich bedankte mich ausgiebig bei ihm für alles, was er für mich getan hatte, als ich im Gefängnis saß. Wir drückten uns herzlich die Hand. Ich war trotz allem sehr berührt davon, daß dieser Mann, der vor den Deutschen zitterte und nichts Schlechtes darin sah, mit ihnen zu kollaborieren, so augenscheinlich außerstande war, mir zu schaden, während Boiboissel und die anderen mir überhaupt nicht diesen Eindruck machten. Wenn sie mich mit ihm hätten reden sehen, soviel kann ich sagen, dann wäre ich mir nicht sicher gewesen. Nun sollte ich das alles hinter mir lassen, aber eine größere Freude noch, als keine Boches mehr zu Gesicht zu bekommen, war für mich, dieses Milieu nicht mehr ertragen zu müssen. Ich fragte ihn, ob er finde, ich solle mich auch von Messein verabschieden. Er riet mir unbedingt dazu. Mir wurde bewußt, daß all diese Leute nur eines wollten: mit nicht mehr Strenge beurteilt zu werden, als sie selbst im Leben zeigten.

Am Nachmittag desselben Tages suchte ich Messein auf. Nun, da ich bald abreisen würde, empfand ich eine große Traurigkeit, all meine Freunde zurückzulassen. Solange ich unter ihnen gelebt hatte, solange ich mich mit ihnen hatte herumschlagen müssen, hatte ich nicht daran gedacht, daß sie im Grunde dasselbe Elend durchmachten wie ich. Aber jetzt, da sie zurückblieben, hatte ich das außergewöhnliche Gefühl, sogar meine Feinde im Stich zu lassen. Wir hätten ebensogut auch Freunde sein können, und was mich verblüffte, war, daß meine Richter, selbst meine Wärter mich beneideten; es hätte nicht viel gefehlt, und es wäre zur allgemeinen Versöhnung gekommen.

Ich ging Lucienne besuchen. Es war das erste Mal, daß ich sie als Gläubiger sehen sollte, nicht mehr als armer Schlucker, sondern als ich selbst. Zum ersten Mal würde ich mich in einer besseren Position als sie befinden. Ich ging fort, und sie blieb. Ich war zufrieden, und sie litt. Wie verschieden unsere Beziehungen waren! Aber man muß wissen, daß es mir nicht um irgendeine niedere Rachsucht ging. Ich war glücklich und hatte ein kindliches Bedürfnis danach, nichts als Freunde zu haben und alles zu vergessen. Ich sagte ihr auf der Stelle, daß ich weggehen würde, daß ich gekommen sei, um mich zu verabschieden, und dann küßte ich sie. Sie war überhaupt nicht erstaunt, daß ich so zu ihr kam. Von allen meinen Freunden konnte sie sich am meisten über das freuen, was mir bevorstand. Und das tat sie nicht, weil sie Verzeihung für all ihre kleinen Bosheiten wollte. Eine merkwürdige Sache seit diesem Krieg war, daß das, was wir uns gegenseitig antaten, nicht mehr dieselbe Bedeutung hatte wie in der Vergangenheit, so nervös waren wir alle. Freundschaft, selbst Liebe konnten, wie durch äußere Umstände bestimmt, verschwinden und wiederkehren, ohne man einander deshalb etwas nachtrug. Während die Boches in unserem Land waren, schien jegliche Rachsucht zwischen Franzosen unangebracht und unzeitgemäß. Man konnte einander das größte Leid und die größte Freude zugleich antun, ohne daß jemand darüber in Erstaunen geriet. Lucienne wollte mir unbedingt Geld geben. Ich lehnte endgültig ab, nachdem das Geld mehrere Male von einem zum anderen gewechselt war. Sie steckte es in meine Tasche, ich legte es wieder auf den Tisch. Sie wollte es, wenn ich es nicht annahm, verbrennen, so wie es die Russen tun, damit es wenigstens keinem anderen gehörte. Ich sagte ihr, dies sei idiotisch. Ich erzählte ihr von Roger. Sie begann zu weinen. Ich tröstete sie, indem ich sagte, er würde eines Tages schon wieder auftauchen. Sie müsse ihm dann sagen, er solle mir nachkommen. Sie versprach es mir.

Ich wollte meinen Vater besuchen. Als ich ihm meine Abreise mitgeteilt hatte, war ich überrascht zu sehen, daß das, was für mich eine so bedeutende Entscheidung war, was mich innerlich aufleben ließ, auf ihn überhaupt keinen Eindruck machte. Er sagte mir einfach: »Aha, sehr schön ...«, und ich spürte, daß er meinen Worten nicht mehr glaubte als früher. Ich versuchte, ihm begreiflich zu machen, daß nun alles anders war. Doch er blieb skeptisch. Ich fühlte, daß er dachte, ich sei ein Opfer meiner üblichen Anfälle von Begeisterung und morgen werde alles wieder vorbei sein. Mit einem Mal erkannte ich, was wirklich in ihm vorging. Meinem Vater, so krank, so vollkommen entkräftet und schon halb hinüber, wie er war, tat weh, was er von mir hörte. Gegen seinen Willen litt er darunter, daß ich so glücklich war, daß ich so viel vorhatte, daß so viele Dinge passieren würden, während er das Ende seines Lebens kommen sah. Ich macht mir Vorwürfe, weil ich meine Zukunft so herausgestellt, so weit über das Ziel hinausgeschossen hatte, damit er mir glaubte. Wenn man plötzlich glücklich ist, glaubt man, jeder müsse es mit uns sein, und es kommt einem nicht einmal in den Sinn, daß dieses Glück einem anderen wehtun könnte. Ich schlug sogleich einen anderen Ton an und sagte, ich würde großen Gefahren entgegengehen. Er zeigte ein trauriges Lächeln, an dem ich erriet, daß er mir nicht glaubte. Es ist selten, daß ein Mensch, der immer schon Theater gespielt hat und es weiterhin tut, einem nicht auf die Nerven geht. Er hatte mich stets wahnsinnig gemacht mit seiner Leidensmiene, die er so gerne aufsetzte. Doch dieses Mal war sie echt. Er spielte kein Theater mehr.

Bei der Rückfahrt im Zug empfand ich eine tiefe Traurigkeit, weil meine Freude nicht von allen geteilt wurde. Vor allem erstaunte mich, daß sich alles um mich herum eigentlich kaum änderte, war ich nun glücklich oder nicht. Alles blieb gleich, und ich sagte mir, daß die Gefahren, in denen ich gewesen war, letztendlich nicht so groß gewesen sein konnten, denn immerhin blieb die Welt nun, da ich, wie ich glaubte, in keiner Gefahr mehr war, dieselbe wie zuvor.

Ich ging zu Ghislaine. Von all meinen Besuchen hatte ich vor diesem am meisten Angst. Ich hatte sogar daran gedacht, ihn ganz bleibenzulassen. Doch ich war immer erschrocken, wenn ich merkte, daß ich mit den Leuten, die ich liebte, weniger gut umgehen kann als mit denen, die mir gleichgültig waren. Wenn ich schon

Gott und die Welt aufsuchte, wäre es absurd gewesen, ausgerechnet die Person zu übergehen, die ich am meisten liebte.

Insbesondere erstaunte mich, daß ich meine Entscheidung getroffen hatte, ohne sie um ihre Meinung zu fragen, und daß diese Entscheidung wie ein Befehl von außen war. Ghislaine wollte wissen, was mich zur Abreise zwang. Ich sagte ihr, ich müsse einfach weg. Sie fügte sich dieser Antwort, als wäre ich nicht Herr meines Schicksals. Ich schämte mich ein wenig, denn wenn ich, wie ich sagte, fortgehen mußte, dann nur deshalb, weil mir danach zumute war. Ich mochte weinen und noch so gebrochen wegen dieser Trennung sein, es war trotzdem ersichtlich, daß mich nichts zur Abreise zwang. Einen Moment lang überlegte ich, ob ich sie mitnehmen sollte. Eigentlich war nichts von dem, was ich vorhatte, nicht auch von einer Frau zu schaffen, nichts an meinen Plänen verlangte eine besondere körperliche Kraft. Wir konnten sehr wohl zusammen aufbrechen. Ghislaine hätte mich tatsächlich keiner zusätzlichen Gefahr ausgesetzt. Also fragte ich sie. Ich dachte, sie werde zustimmen. Doch nach einem kurzen Moment, in dem ich nicht wußte, was in ihr vorging, meinte sie zu mir, es sei unmöglich, sie würde mir nur im Weg sein.

Schließlich besuchte ich Georget. Er war mein erster Beschützer bei meiner Ankunft in Paris gewesen. Tatsächlich aber hatte er für mich nichts getan. Und das Tollste war nun, daß er zu glauben schien, es sei auch ein wenig ihm zu verdanken, daß mein Abenteuer so glimpflich ausgegangen war.

4

Es war noch nicht dunkel, als ich den Bahnhof von Mâcon verließ. Ich kenne nichts Mühsameres, als abends in einer unbekannten Stadt anzukommen. Vor dem Bahnhof waren viele Menschen, denn es war Sonntag, und die Leute kehrten von ihren Ausflügen aufs Land zurück. Ich erkundigte mich nach dem Weg ins Zentrum und bekam kühl Antwort. Sicherlich hätte man mir in Paris genauso geantwortet, aber dort hätte ich nicht darauf geachtet. Es warteten so viele Menschen auf die Straßenbahn, daß ich beschloß, zu Fuß zu gehen. Ich wollte in einem Lokal, wo es Musik gab, etwas essen. Nie zuvor hatte ich mich so deprimiert gefühlt. Frankreich erschien wie vor dem Krieg. In den Straßen randalierten sogar Gruppen junger Leute. Die Cafés waren zum Bersten voll. Ich las alle möglichen Namen, die den Einwohnern wohl geläufig waren, mir aber nichts sagten. Ich suchte ein Hotel; alle waren ausgebucht.

Ich hatte aus Paris unbedingt weggewollt, und nun, da ich fort war, empfand ich eine schreckliche Leere in mir. Daß Leute sagen konnten: »Er ist nicht mehr da«, war ein seltsames Gefühl für mich; ebenso, daß diese Feststellung nichts an den Gewohnheiten der anderen änderte. Ich sah, wie meine Freunde sich ohne mich trafen. Meine Abwesenheit wurde nicht groß bedauert. »Er wollte ja weg«, meinten sie. Und ich spürte, daß sie angesichts des Elends, das sie erduldeten, mich nicht dafür tadeln konnten, daß ich mich dem zu entziehen versuchte, aber tief im Inneren nahmen sie es mir doch übel. Man merkte es daran, daß ihnen gleichgültig war, was mir zustoßen konnte. Und es war schmerzlich für mich, daß man sich so rasch nicht mehr für mich interessierte und ich mich nur noch auf mich selbst verlassen konnte. Obwohl ich all diese Leute in aller Freundschaft verlassen hatte und sie mir aufrichtig Glück gewünscht hatten, hatten sie mich schlagartig vergessen. Sie wünschten mir nichts Böses, sie würden sogar so tun, als wären sie traurig, wenn mir etwas zustieß, doch in Wirklichkeit betrachteten sie sich mir gegenüber jeglicher Verpflichtung entbunden. Hatte ich denn nicht weggewollt? Dieses Gefühl verstärkte meine Einsamkeit.

Nun war ich also fort. Ich hatte alle zurückgelassen in dem Glauben, niemanden aufzugeben. Beim Abschied hatte ich den Eindruck gehabt, daß es mir nichts ausmachen würde, nur auf mich selber gestellt zu sein, ich war überzeugt gewesen, daß ich ohnehin immer einsam gewesen war. Nun hätte ich gern jemanden zum Reden gehabt. Man hatte mich öfters gefragt: Wieso bleiben Sie in Paris? Jetzt begriff ich, warum. Ich hatte geglaubt, daß es in einer großen Stadt leichter sein werde, sich zu verstecken. Aber nein, der Grund war, daß ich aus Paris war, daß ich dort meine Verwandten und Freunde hatte.

Am Nachmittag darauf nahm ich einen kleinen Zug, um in ein Dorf nahe der Demarkationslinie zu fahren.

Als es Abend wurde, verstärkte sich meine Mutlosigkeit noch. Aus dem Waggon sah ich einen orangefarbenen Himmel, einen riesigen Himmel, wie ich ihn schon ganz vergessen hatte. Jeder

Kilometer Fahrt tat mir weh. Gern wäre ich umgekehrt, ich dachte an das unbekannte Dorf, in dem ich aussteigen würde. Nichts gibt einem ein stärkeres Gefühl der Verlorenheit als diese Ankunft in kleinen Orten, wo man der einzige Fremde ist, wo niemand auf einen wartet und man, um nicht aufzufallen, sich geben muß, als wüßte man genau, warum man hier ist. Man geht ins erstbeste Café. Bis dahin läuft alles gut. Auch die Einheimischen kehren hier ein. Doch nach einer halben Stunde, wenn man den Cafébesitzer die Tische decken sieht, wenn er anfängt, seinem Geschäft nachzugehen und man selbst immer noch dasitzt, weil man nicht weiß, wohin, da überkommt einen langsam die Panik. Was soll man sagen, wenn man etwas gefragt wird?

Das Café leerte sich. Ich fühlte mich besser. Ich konnte nicht sagen, woher ich kam, aber ich wußte, wohin ich ging, und darüber konnte ich endlos reden. »Sie warten auf Gustave?« sagte der Besitzer zu mir mit diesem Gesichtsausdruck von Leuten, die sich fragen, ob sie sich nicht schon durch ein einziges Wort kompromittieren. Ich bejahte. »Der kommt schon noch«, fuhr er fort. Ich lud ihn auf ein Glas ein. Ich spürte, daß das Schlimmste vorbei war, daß ich nicht mehr allein war und daß nun ein kleines Leben mit neuen Gewohnheiten beginnen würde; dabei empfand ich ungeheuren Trost. Es war nicht mehr die Leere, die man auf Reisen hat. Nach zwei vollen Tagen kam ich wieder zu mir. Ich spürte, daß ich, ohne irgend etwas gesagt zu haben, allmählich Vertrauen einflößte, einfach weil ich so verloren aussah. Die Wirtin pflanzte sich vor mich auf und fragte, ob ich etwas essen wolle, als verstünde sie, daß ich Hunger hatte, daß ich aus einer Stadt kam, wo man nicht nach Essen fragen konnte, aber hier war es anders. Gendarmen betraten das Café. Sie würdigten mich nicht einmal eines Blickes. Ich fand sie und ihre Gleichgültigkeit wunderbar. Sie wollten nicht wissen, wer ich war. Sie waren nicht mehr im Dienst, und alles an ihnen zeigte, daß sie es genossen, frei zu haben, sich um niemanden mehr kümmern zu müssen. Endlich konnten sie sie selbst sein und zeigen, was sie dachten. Ich lud auch sie auf ein Glas ein. Ich sagte ihnen, daß ich aus Paris kam, und das erschien ihnen ganz normal zu sein. Sie wollten wissen, was dort so vor sich gehe. Ich hatte ein wenig getrunken. Ich war in einer optimistischen Stimmung, die mir immer natürlicher vorkam. Ich fühlte mich gerettet. Das Schwerste lag hinter mir.

Zusammen mit Gustave überschritt ich ohne Zwischenfälle die Demarkationslinie.

Sowie ich in Lyon ankam, begab ich mich in ein kleines, unfreundliches, schlecht geführtes und heruntergekommenes Hotel, dessen Inhaber glaubte, zum Beschützer aller Patrioten berufen zu sein. Als ich ihm sagte, ich käme von Boiboissel, schien er sich an den Namen nicht erinnern zu können. Unverzüglich hielt er mir ein Blatt hin, das ich ausfüllen sollte. Ich zögerte. Meine Papiere waren in Ordnung, aber ich zog es vor, unbekannt zu bleiben.

Immerhin hatte dieser Mann vielen Franzosen wertvolle Dienste erwiesen. Ich spürte jedoch, daß ich zu spät dran war, daß das alles schon zu lange so ging. Die anfängliche Begeisterung war dahin. Die Leute, die weggingen, die im Untergrund lebten, hinter denen die Polizei her war, interessierten ihn nicht mehr. Und das auffallendste Anzeichen für diesen Sinneswandel bestand darin, daß dieser Mann überall um sich Undank zu sehen begann, Menschen, die, einmal in Sicherheit, sich einen Spaß daraus machten, ihn zu kompromittieren. Ich konnte ihm noch so sehr versichern, daß ich nicht dazu gehörte, er sah mich nur abweisend an. Was er früher einmal selbstverständlich und unverzüglich getan hätte, würde er jetzt auf die lange Bank schieben. Boiboissel hatte freilich viel für ihn getan. Ich fragte mich, was Boiboissel gedacht hätte, wenn er den, von dem er mir er ein so schmeichelhaftes Bild ausgemalt hatte, hätte sagen hören: »Er kann sich das erlauben, ich aber nicht ...«

Ein wenig demoralisiert stieg ich die Treppe zu meinem Zimmer hinauf. Man hätte meinen könne, daß hier einer harte Eier gegessen hatte. Es war der Gips, der von der Decke bröckelte. Als ich abends herunterging, versuchte ich, unseren Beziehungen einen herzlicheren Ton zu geben. Doch der Hotelbesitzer schien mich nicht zu wiederzuerkennen. Er wußte, daß ich auf ihn angewiesen war, aber er rührte keinen Finger. Ich war ein Gast wie jeder andere. Ich beschloß, dieses Hotel zu verlassen und eine andere Adresse zu aufzusuchen. Es ist wirklich bemerkenswert, wie nutzlos die Adressen sind, die einem die Leute geben. Ich fing an zu begreifen, daß es sie im Grund gar nicht gab. Diese Empfehlungen sind wertlos, denn unsere Freunde vergessen, daß das, was zu einem bestimmten Augenblick getan wurde, später nicht unbedingt noch einmal getan wird.

Ich verbrachte drei Tage in diesem Hotel, dessen Besitzer mit einem meiner Freunde vertraut war, und ich blieb dort nur ein Fremder. Man wollte mich nicht kennenlernen.

Ich konnte mich nicht entscheiden, Lyon den Rücken zu kehren. Von Paris nach Lyon zu kommen war natürlich, ganz normal, aber dann? Mir schien, daß die Kontrollen sich verschärften, je näher ich der spanischen Grenze kam.

Den ganzen Tag flanierte ich durch die Straßen. Das Wetter war wundervoll. In der Sonne vergaß ich meine erbärmlichen Nächte. Doch sowie es Abend wurde, fielen sie mir wieder ein, und meine Stimmung verdüsterte sich. Am liebsten hätte ich mich gar nicht hingelegt, aber was sollte ich tun? Morgens hörte ich die Straßenbahn. Daran erinnert zu werden, daß das Leben draußen einfach weiterlief, erschreckte mich sehr. Ich hätte gern jemanden gefunden, der mit mir ging. Ich forderte den Sohn des Hoteliers und dann noch einen anderen jungen Mann auf, mit mir zu kommen.

Doch beide Male geschah das gleiche: Erst taten sie, als wünschten sie nichts anderes, sagten mir, sie würden sehr gern mit mir losgehen, doch als sie sich entscheiden mußten, zögerten diese jungen Leute und machten schließlich einen Rückzieher. Nicht, daß sie Angst gehabt hätten. Aber wie ich einst in der Gefangenschaft meinten sie, es müsse eine noch bessere Gelegenheit kommen.

5

Schließlich kam ich in Sénac am Fuße der Pyrenäen an. Jeden Morgen blickte ich von meinem Fenster aus auf die Berge, und bei der Vorstellung, ich müsse da hinauf, wurde mir mulmig. Nichts kommt einem schlimmer vor als ein Gebirge aus der Ferne – oder auch der Nebel, der Regen, die Einförmigkeit eines grauen Tages. Hinter der ersten Gebirgskette waren noch andere. Nach dem Aufstieg würde der Abstieg kommen, dann würde es wieder bergauf gehen. Es würde einen ganzen Tag dauern, um auch nur nach dem geringsten Irrtum den Weg wieder zu finden. Ich konnte auf unüberwindliche Hindernisse stoßen. Angesichts einer solchen Felswand überraschte ich mich bei dem naiven Gedanken, wie einfach es für einen Vogel war, darüber hinwegzukommen.

Ich dachte nun daran, mit einem Führer Kontakt aufzunehmen. Das Hotel, in dem ich wohnte, war ein Quartier für Sommerfrischler. Ich sagte zu jedermann, ich sei zur Erholung hier. Es war ein entmutigendes Gefühl, in diesem Grenzstädtchen zu sein, in dem es so aussah, als denke jeder nur daran, ins Ausland zu gelangen, und doch dasselbe Leben vorzufinden wie im Landesinneren. Man hätte meinen können, es gebe keine Grenze in der Nähe. Niemand achtete auf die Hinweisschilder und Pfeile: *Richtung Spanien*. Auch die Gendarmen waren nicht zahlreicher als sonst. Die Kontrollen am Bahnhof waren nicht besonders scharf, und dabei mußten tagtäglich Menschen wie ich hier ankommen. Ich hatte ein Paar Leinenschuhe finden können. Ich ging demonstrativ ohne Hut aus. Ich hatte mir einen Spazierstock gekauft, wie ihn die Einheimischen trugen. Ich zeigte mich denen, die mich womöglich beobachteten, als Tourist.

Eines Morgens hatte ich die plötzliche Erkenntnis, daß das, was ich plante, nicht so einfach war und daß sich hinter jeder scheinbaren Harmlosigkeit etwas anderes verbarg. Ich kam mir selbst ein wenig verdächtig vor, weil ich keine anderen Gründe für meine Anwesenheit hier angeben konnte als persönliche Vorliebe oder Zufall. Ich weiß nicht, ob er es absichtlich tat, aber der Hotelbesitzer wies mich auf Ausflüge ins Gebirge hin. Er nannte mir Orte, wo ich Milch und sogar hiesige Würste bekommen konnte, als wäre ich nur deshalb hier gewesen. Es gab Grund, beunruhigt zu sein, denn das Leben konnte unmöglich einen so ruhigen Gang gehen, wenn die Polizei die Lage nicht fest im Griff hatte. Während in so vielen Dörfern, in denen es absolut keine Aussichten gab, mich alle mißtrauisch ansahen, wurde hier jeder Fremder mit einem Lächeln empfangen. Und dieses Gefühl, daß hinter dem Rathaus eine eiserne Faust regierte, ließ mich zögern, mich zu erkundigen, denn ich sagte mir, daß es genau das war, worauf man hier wartete. Solange ich nur Tourist war, tat niemand etwas, doch bei der ersten Fluchtbewegung würde man sich unerbittlich zeigen. Diese unerwartete Schwierigkeit raubte mir alle Möglichkeiten.

Dann sagte ich mir, daß ich ein Idiot war. Einer meiner größten Fehler seit meiner Flucht war es gewesen, niemals etwas vorbereitet, nie um Rat gefragt zu haben. Ich hatte mich allein auf der Welt gesehen und nie auf jemanden gezählt. Nun hatte ich den Eindruck, daß ich, wäre ich statt hierher nach Saint-Gaudens gegangen oder unter demselben Vorwand anderswohin zu Freunden, wenigstens mit jemandem hätte reden, mich kundig machen können. Aber immerhin war es bisher kein kompletter Fehlschlag, denn das Ende meiner Sorgen war ja in Sicht. Unglücklicherweise ließ gerade das mich zum ersten Mal an mir zweifeln. Alles, was ich innerhalb von zwei, sogar drei Jahren erlebt hatte, zog noch einmal an mir vorbei, denn das Schlamassel hatte eigentlich nicht begonnen, als ich gefangengenommen, sondern als ich eingezogen worden war, und das Gefühl, daß ich alles überstanden hatte, daß ich nunmehr an der spanischen Grenze war, daß ich, wenn ich wollte, noch an diesem Abend endgültig in Sicherheit sein konnte, ließ mich die Gefahr, in letzter Sekunde doch noch geschnappt zu werden, wie eine schreckliche Katastrophe erscheinen, wie einer dieser verheerenden Schicksalsschläge – ein Blitz, der in eine Hochzeitsgesellschaft einschlägt, ein eben erst Geretteter, der fürchterlich eine Treppe hinunterfällt, und so weiter. Und dieses schreckliche Gefühl verließ mich nicht mehr, so daß ich mir wie gelähmt vorkam. Soviel hatte ich unternommen, um schließlich so zu enden! Und ich mußte es mir selbst zuschreiben. Ich hatte zu lange gewartet. Wenn man so lebte wie ich, durfte man sich nie in eine Lage begeben, in der man ins Grübeln kam. Man mußte unaufhörlich aktiv sein. Ich hingegen hielt mich lange in Lyon auf, dann in Saint-Étienne und schließlich in Toulouse. Ich hätte nicht eine Sekunde innehalten dürfen, nicht, ehe alles vorbei war. Ich stand durch eigene Schuld vor einem Hindernis, das mir riesengroß vorkam und das ich, wenn ich anders vorgegangen wäre, wahrscheinlich wie jedes andere überwunden hätte, ohne es überhaupt zu bemerken.

Abends blieb ich im Speisesaal des Hotels sitzen. Viele Menschen waren dort. Ich hatte meine Tischnachbarn beobachtet, weil ich befürchtete, jemanden zu entdecken, der mit denselben Absichten hierher gekommen war wie ich. Aber niemand schien ein ähnlicher Fall zu sein. Freilich war da ein einsamer Mann, etwa fünfzig Jahre alt, doch er beachtete mich überhaupt nicht, und das allein machte mich glauben, daß er nicht hier war, um über die Grenze zu gehen. Er hatte meine Blicke nicht bemerkt. Da waren noch eine Frau mit einem Kind, ein altes Ehepaar, kurz, friedliche Menschen aller Art. Manchmal fragte ich mich, ob all diese Leute sich nicht verstellten wie ich, und mir graute bei dem Gedanken, alles könnte schiefgehen, es könnte noch etwas passieren, was die Möglichkeiten, über die Grenze zu kommen, verschlechterte.

Ich konnte mich immer noch nicht dazu entschließen, dieses Abenteuer zu wagen, denn ich wußte nicht, wie ich es angehen sollte. Nach dem Mittagessen trank ich stets eine Tasse Ersatzkaffee im größten Lokal der Stadt. Es war kaum anders als die Cafés aller Städte, durch die ich gekommen war. Dieselben Stammgäste, dieselbe Kassierin, dieselbe Atmosphäre, dieselben Bemühungen, möglichst so zu leben wie zuvor, dasselbe Bedauern, die Gäste nicht zufriedenstellen zu können. Jedesmal dachte ich, ich würde jemanden treffen, der mir Ratschläge, Hinweise geben könnte. Es war unerträglich heiß. Hinterher kehrte ich zu meinem Hotel zurück. Allmählich lernte ich viele Leute kennen, aber es war mir unmöglich, irgend etwas zu erfragen. Nichts ist ärgerlicher, als an einem Ort, wo es vor Leuten nur so wimmelt, niemanden zu finden, der einem helfen kann. Und je länger das so weiterging, desto schwieriger wurde es. Ich dachte, es sei besser, umzukehren und anderswo hinzugehen. Tatsächlich passiert bei solchen Geschichten, bei denen man nicht direkt ans Ziel gelangt, bei denen man nicht gleich findet, was man sucht, etwas Seltsames. Selbst wenn Aussicht auf Erfolg besteht, ist man nach einigen Tagen Nichtstun in der eigenen Trägheit erstarrt, und wenn man dann urplötzlich aktiv wird, macht man natürlich auf sich aufmerksam. Je mehr Tage vergingen, desto mehr war ich ein Gefangener des Habitus, den ich mir zugelegt hatte, und der besagte eben, daß ich anscheinend nichts Bestimmtes wollte, obwohl ich merkte, daß ich es nicht mehr wagen würde, die Gelegenheit zu ergreifen, falls sie sich doch noch ergab. Es war sinnlos, noch länger hierzubleiben.

6

Ich nahm also wieder den Zug, diesmal aber in die entgegengesetzte Richtung. Auch wenn ich genau wußte, daß ich dreißig Kilometer weiter, in Perpignan, aussteigen würde, um dann an den Fuß der Pyrenäen zurückzukehren, diese Reise in die Gegenrichtung bereitete mir Unbehagen. Freilich, ich hatte die Genugtuung, mehr als eine Woche lang als der ehrbarste Mensch überhaupt gegolten und die verwirrt zu haben, die mich gewisser Hintergedanken verdächtigten, weil ich dorthin zurückkehrte, woher ich gekommen war, wenn einige auch denken mochten, daß ich nur wieder abfuhr, weil ich nichts erreicht hatte.

In Perpignan fand ich ein Zimmer in einem Hotel gegenüber dem Bahnhof. Ich hatte nicht mehr dieselbe Gewißheit wie zuvor, als ich mir überall sagen konnte, in Sénac würde ich Ruhe finden. Ich ging wieder zum Abendessen aus. Im Grunde war es immer dasselbe, ich wollte allein los, und sobald ein Tag vorüber war, bedauerte ich es, keinen Freund zu haben: Nie hätte mir die Gegenwart eines Freundes so gut getan wie damals. Und mir wurde nun klar, daß ich mich getäuscht hatte, als ich in diesem Bedürfnis nach der Gegenwart eines anderen eine Waffe gegen die Einsamkeit gesehen hatte. Es war nicht die Angst vor der Einsamkeit, auch nicht das Bedürfnis zu reden, sondern etwas anderes. Es ist schlicht und einfach so, daß man sich in Begleitung einer anderen Person weniger verdächtig fühlt, als wenn man allein ist. Alles, was man tut, ist erklärbar und wird bestätigt. Warum dieses Hotel? Weil er mir gesagt hat, wir sollten dahin. Warum diese Rückkehr nach Perpignan, warum hierher, statt in Saint-Gaudens zu bleiben? Ich würde ein überraschtes Gesicht zeigen. Ich würde nicht mit *ich* antworten, sondern mit *wir*. Wir dachten, es würde uns besser gefallen, wir hatten genug von dort – und wie durch ein Wunder würde man uns glauben.

Ich entschloß mich, eines sofort in Angriff zu nehmen. Ich durfte den Fehler von Sénac nicht wiederholen. Als ich in mein Zimmer hochging, begann ich ein Gespräch mit dem Hoteldiener. Ich sagte ihm, daß ich aus Sénac kam, mich dort aber gelangweilt hätte, weil keine interessanten Ausflüge angeboten worden seien, daß ich nach Saint-Gaudens wolle, wo es, wie man mir gesagt habe, viel schöner sei. Was er als Einheimischer davon halte? Er begriff meine Anspielungen nicht. Ich getraute mich nicht, deutlicher zu werden. Erstaunlicherweise schien jedermann hier zu ignorieren, daß in unmittelbarer Nähe eine Grenze verlief; alles spielte sich hier ab, als wäre man mitten in Frankreich. Ich wagte zu sagen: »Es muß doch Leute hier geben, die nach Spanien wollen ... Das würde mich nicht überraschen.« Der Diener sagte, davon habe er noch nie etwas gehört.

Am Abend des folgenden Tages kam ich in Saint-Gaudens an.

Nach dem Essen vertrödelte ich die Zeit in einem Café. Plötzlich schrie mein Tischnachbar, daß es eine Schande sei, von Versagern und Verrätern regiert zu werden. Wir hätten das bekommen, was wir verdienten, da wir ja außerstande seien, uns eine solche Clique vom Halse zu schaffen.

Seit meiner Flucht war es das erste Mal, daß vor mir ein Unbekannter aussprach, was er von Vichy hielt. Anlaß des Vorfalls war ein Glas verwässerter Punsch, den man ihm serviert hatte und der ungenießbar war. Mir war schon öfter aufgefallen, daß Leute sich aus nichtigen Anlässen in kalte Wut hineinsteigerten und bereit waren, sich eher festnehmen zu lassen, als ihren Zorn für sich zu behalten – weil eine Minute zu spät serviert wurde, schickte man die Bestellung zurück; weil man wegen einer reinen Formalität gezwungen war, seine Papiere vorzulegen oder weil man irgendwo warten mußte oder Lebensmittelmarken für zehn Gramm mehr haben wollte. »Was für eine Saubande!« wiederholte der Unbekannte ohne Unterlaß.

Wir kamen ins Gespräch. Das äußere Erscheinungsbild des Mannes war so unscheinbar wie möglich. Er trug einen ausgebeulten, zerknitterten Anzug und eine Baskenmütze. Sein Alter schätzte ich auf fünfundvierzig Jahre. Er hatte die Art derer, denen der äußere Schein völlig egal war, auch der eigene. Nachdem ich eine Zeitlang geplaudert hatte, spielte ich mehrmals auf den Wunsch eines Freundes an, nach Spanien zu gelangen. Am folgenden Tag sah ich ihn wieder. Er sagte mir, er kenne einen Führer, der schon weiß-ich-wie-viele Leute über die Grenze gebracht habe. Er verlange dafür fünftausend Franc. Aber er sei vorsichtig, wolle wissen, mit wem er es zu tun habe. Er sichere sich ab. Ich sagte ihm, ich wolle ihn treffen. Abends sah ich, wie der Unbekannte aus dem Café zu meinem Hotel kam. Ich war ein wenig nervös. Der Unbekannte tat mehr, als ich von ihm erbeten hatte. Er hatte es von sich aus unternommen, mir zu helfen, und gab vor, mich verstanden zu haben. Ich sagte mir, daß es letztendlich Franzosen aus dem Süden waren, die schlicht und einfach etwas Geld verdienen wollten, aber so taten, als würden sie es nicht aus persönlichem Interesse tun, sondern aus politischer Engagement. Ich gab vor, das zu glauben, obwohl die Tatsache mich schockierte, daß man soviel Geld von mir verlangte. Noch etwas anderes störte mich, und zwar die Haltung meines Besuchers angesichts der Leute um mich herum. Er ließ überhaupt keine Vorsicht walten, als sei mein Vertrauen zu ihm so groß, daß ich ihm all sein Unvorsichtigkeiten nachsah. Am Abend fragte ich mich, was ich tun sollte. Weitermachen oder verschwinden? Ich fürchtete, der Mann könne unseriös sein. Seine Geschichte erschien zu kompliziert. Andererseits, wenn ich diese Gelegenheit ausschlug, würde ich nie über die Grenze kommen. Ich mußte mir eingestehen, daß ich den idealen Helfer, von dem ich träumte, nie finden würde. Für den Erfolg müssen Risiken in Kauf genommen werden.

Am nächsten Tag kam er mit dem besagten Fluchthelfer ins Hotel. Wir nahmen in einer Ecke der großen Eingangshalle Platz, vor uns eine Flasche Wein, die zu bestellen mir übrigens erst nach viel Mühe gelungen war. Zu meiner großen Überraschung wirkte dieser Fluchthelfer überhaupt nicht wie ein Gebirgler. Er sah eher aus wie ein kleiner Angestellter. Ich teilte ihm meinen Eindruck mit. Er erklärte mir, daß er in der Tat nicht aus dem Gebirge sei, daß er aber vor dem Krieg jedes Jahr ein oder zwei Monate bei seinem Bruder, der Lehrer in einem kleinen Dorf war, zugebracht habe und die Gegend daher gut kenne. Sein Bruder sei von seinem Posten versetzt worden, aber er habe seine Kenntnisse genutzt und bisher schon vier Leute über die Grenze gebracht. Er erzählte ausführlich von seinem letzten Fall, der Frau eines Generals. Es war augenfällig, daß diese beiden Männer die Polizei ebenso sehr zu fürchten hatten wie ich. Ich war fast sicher, daß sie mir keine Falle stellten. Sie wollten von mir wissen, ob ich das Geld auch wirklich hatte. Was mich ein wenig nervös machte, war, daß der erste, der anfangs den Anschein gemacht hatte, daß er sich nicht auskannte, und zu mir gesagt hatte, er werde sich erkundigen, nunmehr zu unserer Expedition gehörte. Aber ich dachte, daß das wohl daran lag, daß er die Hälfte des Betrags selber einstreichen wollte. Wir beschlossen, noch am selben Abend aufzubrechen.

Ich hatte den Eindruck, daß nun alles zu Ende und ich gerettet sei. Allerdings kämpfte ich noch gegen meine Freude an, denn ich war ja noch nicht über die Grenze, und mein Optimismus drohte mich zu schwächen. Doch kurze Zeit darauf machte ich schon wieder Zukunftspläne. Wer hätte noch einige Monate zuvor gedacht, daß ich heute in Spanien und mein ganzer Leidensweg beendet sein würde? Den Nachmittag brachte ich damit zu, die Stunden zu zählen. Meine Ungeduld steigerte sich dadurch nur. Es ärgerte mich, daß ich das Treffen nicht für früher vereinbart hatte. Immer mehr fürchtete ich, irgend etwas könnte in letzter Minute dazwischenkommen. Ich traute mich nicht auszugehen, aus Angst, auf meine Komplizen zu stoßen und hören zu müssen, daß unser Vorhaben verschoben sei. Ich legte mich aufs Bett. Was für ein dramatischer Moment! Nun war alles vorbei. Ich würde frei sein. Und trotzdem fragte ich mich, ob das, was ich tat, wirklich richtig war. War es nicht feige, Frankreich so zu verlassen? Es war eine Chance, eine überaus glückliche Fügung, es war, was eine Menge Franzosen gern getan hätte.

Schließlich begab ich mich zum vereinbarten Ort. Es wurde schon dunkel. Der Treffpunkt war am Ende der Stadt, auf einer Brücke, die über einen ausgetrockneten Bach führte und an der zahllose Hinweisschilder standen. Niemand war dort. Ich setzte mich auf das Geländer. Ich betrachtete die am Fuße violett schimmernden Berge, deren Gipfeln die bereits untergegangene Sonne mit ein paar blassen Strahlen von unten her beleuchtete. Rasch wurde es ganz dunkel. Der Mond ging auf. Und die ruhige Erscheinung dieses leuchtenden Runds an einem Himmel, der von den Bergen am Horizont angenagt zu sein schien wie von Ratten, war etwas Außergewöhnliches. Noch immer ließ sich niemand blicken. Allmählich stieg Angst in mir hoch. Am bestürzendsten im besiegten Frankreich war vielleicht, daß ein Ehrenwort nichts mehr galt. Niemand glaubte sich noch zu irgend etwas verpflichtet. Alle Leute machten fortwährend Ausflüchte. Nichts hatte mehr Wert. Alles, was man bot, und wenn alles war, was man besaß, war zuwenig.

Der Mond stieg weiter. Plötzlich schien es mir, als brauchte ich bloß allein loszuziehen. Hatte ich in Deutschland nicht bewiesen, daß ich dazu imstande war, daß ein Nachtmarsch mir nichts anhaben konnte? Ich brauchte nur der Straße zu folgen und mich zu verstecken. In der Nähe der Grenze würde ich dann weitersehen und den besten Zeitpunkt abwarten. Letztlich war das nicht schwieriger als in Deutschland. Dann sagte ich mir: »Aber ich bin nicht in Deutschland, ich bin in Frankreich. Unglaublich, daß ich nicht einen Franzosen finde, der mir hilft. Unglaublich, daß ich hier, in Frankreich, darauf warten soll, daß die Polizei mich erwischt.« Zorn überkam mich. Nein, unter diesen Bedingungen würde ich nicht losgehen. Ich hatte mich dumm angestellt. Vielleicht hatte ich mich auch in der Uhrzeit oder im Ort geirrt. Es war besser, ruhig ins Hotel zurückzukehren. Morgen würde ich versuchen, einen anderen Führer ausfindig zu machen. Und wenn ich am Ende keinen fand, na schön, dann würde ich eben allein aufbrechen.

Am nächsten Tag kamen die beiden Männer zu mir. Zuerst sagten sie mir, daß sie im letzten Moment nicht hatten kommen können, weil einer ihrer Freunde heiratete! Dann ließen sie diese Hochzeitsgeschichte sein und sagten, daß sie nachgedacht hätten, daß es zu viele Risiken gebe, daß ich noch Geld drauflegen müsse, wenn sie tun sollten, was ich wollte, da sie nunmehr zu dritt seien – zwei Mann seien nicht genug. Ich entgegnete, daß ich alles in allem achtzehntausend Franc hatte und ihnen zehntausend geben würde, wenn sie mich über die Grenze brachten. Ein neues Treffen wurde für den Abend vereinbart. Dieses Mal war es versprochen und abgemacht. Ich begab mich zum Treffpunkt; sie waren dort. Wir zogen los. Schon bald wurden die kleinen Villen immer seltener. Die Straße stieg an, allerdings so sanft, daß ich ganz überrascht war, als ich mich bei Gelegenheit umwandte und die Stadt unten liegen sah, schon undeutlich, eine braune Masse, aus deren Mitte einige Türme ragten. Meine Begleiter gingen neben mir. Die Gegend war vollkommen unbewohnt. Der Mond schien am Himmel, viel leuchtender noch als die Nacht zuvor, denn es war schon später. Ich trug meinen Koffer auf der Schulter. Ich befand mich in einer merkwürdigen Stimmung. Obwohl wir noch auf der Straße waren und Leuten begegnen konnten, dachte ich schon nicht mehr daran, Vorsichtsmaßnahmen zu ergreifen, ich hatte über der körperlichen Anstrengung die Gefahr ganz vergessen. Ich dachte auch nicht mehr an meine Begleiter, ob sie nun entschlossen waren, mich zu verraten, oder nicht. Ich sprach nicht mit ihnen. Das einzige, was zählte, war die Zeit, die verging. Als wir gerade an einem Haus vorbeikamen, von dem nur noch die Grundmauern übrig waren, tauchte plötzlich ein Mann vor uns auf. Sein Aussehen hatte etwas derart Bizarres, daß das Gefühl, in der Falle zu sein, gar nicht in mir aufkam. »Wohin wollen Sie?« fragte er uns. Ich stellte meinen Koffer ab und wandte mich meinen Begleitern zu. »Geht dich nichts an«, erwiderten sie. Einige Minuten lang gab es zwischen ihnen und dem plötzlich aufgetauchten Mann eine wirre Unterhaltung. Dann verlangten meine Begleiter mir zu meiner Überraschung mein ganzes Geld ab. »Es geht nicht anders«, sagten sie entschuldigend.

Kurz darauf sah ich sie alle drei von dannen ziehen, gestikulierend, als würden sie noch streiten, aber in Wahrheit vollkommen einig. Ich hatte es mit Banditen zu tun gehabt.

Sie verschwanden. Einen Moment lang dachte ich daran, ihnen hinterherzulaufen. Dann wurde mir klar, daß es zu nichts führte. Ich hockte mich an den Straßenrand. Ich dachte, wie feige es war, jemanden in meiner Lage so auszuplündern. Was für eine Gemeinheit! Konnte es ein größeres Verbrechen geben, als die Notlage eines Menschen zu nutzen, um ihn zu berauben? Als ich ein wenig darüber nachdachte, schien es mir, daß ich selbst ein wenig Mitschuld daran hatte. Wenn ich etwas weniger vorsichtig gewesen wäre, wenn ich meine genaue Lage weniger verheimlicht hätte, wäre ihnen vielleicht nicht eingefallen, mich zu bestehlen. Aber ich war mißtrauisch gewesen, hatte nichts gesagt, und nichts entlastet das Gewissen anderer mehr.

Ich fragte mich, was ich tun solle, ohne Geld, ohne Bleibe, ohne das Land zu kennen. Und wieder mußte ich an diese abscheuliche Tat dieser Männer denken. Wie konnte man derart gewissenlos sein? Sie wußten genau, daß sie mich zugrunde richten würden, und sie hatten trotzdem nicht gezögert. Unversehens packte mich eine höllische Wut. Ich wollte mich rächen, sie ausfindig machen, anzeigen, erzählen, was sich ereignet hatte, selbst auf die Gefahr hin, festgenommen zu werden. In aller Eile lief ich hinunter in Richtung Stadt. Doch kaum war ich einen Kilometer gelaufen, als ich mich beruhigte. Nein, es war besser zu versuchen, nach Spanien zu gelangen. Der am wenigsten Üble von den dreien, der mir wenigstens dreihundert Franc hatte lassen wollen, hatte, auf die Berge deutend, zu mir gesagt: »Gehen Sie weiter; wenn Sie da oben angekommen sind, gibt es im unteren Teil einen kleinen Bauernhof. Dann sind Sie in Spanien. Sie müssen bloß den Grenzposten links von Ihnen umgehen.«

Ich sagte mir, daß ich nur bis zu diesem kleinen Bauernhof zu gehen brauchte. Ich war derart nervös, daß mir die Strecken, die in die eine oder andere Richtung zurückzulegen waren, unendlich vorkamen. Mir war danach, auf der Stelle etwas zu tun, Dinge in Erfahrung zu bringen, zu reden, aber wohin ich mich auch bewegte, ich hatte den Eindruck, inmitten dieser gewaltigen Natur überhaupt nicht voranzukommen. Wäre ich in der Nähe der Grenze gewesen, ich hätte sie im Laufschritt überquert, selbst auf die Gefahr hin, daß man mich tötete. Sterben oder gerettet sein. Aber da war keine Grenze, kein Haus, nur dieses Gebirge, das wieder abfiel, wenn man über die Kammhöhe hinweg war. »Was für widerliche Menschen!« wiederholte ich immer wieder. Das war ein gutes Beispiel für diese grauenhafte Mentalität von Banditen, die glauben, wenn sie jemanden ausrauben, müssen sie nichts mehr für ihn tun. Warum? Ich hätte ihnen alles gegeben, was sie wollten, sie hätten es mir nicht abnehmen müssen, und alles, was ich dafür verlangt hätte, wäre gewesen, mich auf den Weg zu bringen, mir zu sagen, was ich tun mußte. Aber wahrscheinlich wußten sie es selbst nicht. Es waren nicht nur Räuber, sondern regelrechte Betrüger. Und ich dachte, daß mir seit dem Krieg, in Deutschland oder in Paris, nichts so furchtbar Dummes widerfahren war. Diese Geschichte krönte meine erbärmlichen Abenteuer auf geradezu würdige Weise. Ich hatte bis dahin schon einiges an Egoismus erlebt, aber so etwas noch nie, und niemals so kraß. Alles, was mir zugestoßen war, erschien mir im Vergleich zu diesem Überfall normal. Denn es war ein Überfall, das Letzte, was einem Menschen wie mir noch passieren mußte. Hatte ich gedacht. Ich war benommen. Mich überfallen! Das alles erschien mir unglaublich, unannehmbar.

7

Mitten in diesen Überlegungen hatte ich plötzlich den Eindruck, ich würde niemals über die Grenze kommen. Es würde sich noch in letzter Minute ein Hindernis auftun. Das Glück hatte mich noch nie verlassen, aber dieses Mal war es soweit. Ich hatte zu sehr gelitten, zu schwer gekämpft. Kurz vor dem Ziel verließen mich meine Kräfte. Noch heftiger als in Sénac bedauerte ich es nun, daß ich diesseits der Demarkationslinie viel zu lange gezaudert hatte, alles viel zu kleinkariert angegangen war. Ich hätte vom selben Geist beseelt sein müssen wie nach meiner Flucht. Ich hätte nur einen Gedanken haben dürfen: auf die andere Seite kommen. Doch statt dessen hatte ich dummerweise angenommen, daß ich das Schlimmste schon hinter mir hatte, daß das, was noch vor mir lag, im Vergleich dazu nichts war. Wenn ich wirklich gewollt hätte, wäre ich längst in Spanien. Ich stützte meinen Kopf auf. Wieder dachte ich, es wäre das beste, ins Dorf zurückzukehren. Aber ich besaß nicht einen Sou. Wie sollte ich etwas essen, das Hotel bezahlen, leben, ohne Aufmerksamkeit auf mich zu ziehen? Wen um Geld bitten? Vollkommen verzweifelt gelangte ich ins Dorf zurück. Verloren in dieser Gegend, die ich nicht kannte, hatte ich den Eindruck, daß meine Festnahme bloß noch eine Frage von Tagen sei. Aber irgendwie regeln sich die Dinge immer wieder. Erst scheint alles absolut verloren, und dann leuchtet auf einmal ein Hoffnungsschimmer auf.

Als ich durch eine kleine Straße ging, sah ich einen Mann an der Tür seines Ladens sitzen. Er war alt und krank, vermutlich ein Diabetiker, denn ihm war ein Bein amputiert worden. Er genoß wohl diese triste Zeit der Genesung nach einer Operation, die in Wahrheit am eigentlichen Übel nichts geändert hat. Was war im Grunde mein Unglück neben dem seinen? Ich sprach mit diesem Mann. Das tat mir gut. Er bat mich, mich zu ihm zu setzen. In dieser vom Mondlicht in zwei Hälften geteilten Gasse fühlte ich mich wie abgeschnitten von der Welt. Er stellte mir Fragen und bat mich plötzlich in sein Haus, als er begriff, wer ich war und was es mit mir auf sich hatte. Er rief nach seiner Frau. In meinem Beisein erzählte er ihr, was ich ihm gerade selbst berichtet hatte. Sie hörte aufmerksam zu, sagte kein Wort und sah mich dabei mit diesem besonderen Gesichtsausdruck an, den Frauen haben, die keine wirkliche Macht besitzen, deren Meinung aber mehr zählt als alles sonst – diese leicht bösartige, argwöhnische Art, die insbesondere danach trachtet herauszufinden, ob da etwa einer bei dem Mann, den man liebt, eine gefährliche Sympathie geweckt hat.

Als ihr Mann zu Ende geredet hatte, sagte sie, ich könne bei ihnen bleiben. Das freute mich so sehr, daß ich zu stottern anfing. Alles, was ich wollte, war die Aussicht auf ein paar Tage, in denen ich mich umsehen konnte.

Man bot mir ein Abendessen an, aber ich lehnte ab. Wenn jemand etwas für einen tut, kommt es dann danach zu peinlichen Momenten, denn auf einmal fragen sich die Wohltäter, ob sie gut beraten waren, so zu handeln, und man leidet unter dem Gefühl, der Zweifel könnte bestehen bleiben.

Ich konnte nicht einschlafen. Ich überlegte, daß ich großen Gefahren ausgesetzt war, und dazu reichlich vielen für einen einzigen Menschen. Dann aber sagte ich mir, daß es noch im langweiligsten Leben womöglich genauso viele gab. Vor allem durfte ich niemandem böse sein. Keinen Groll hegen: Das ist das Geheimnis des Glücks, des Erfolgs, des Gelingens.

Schon seit einigen Tagen wachte ich beim ersten Hahnenschrei auf. Doch anstatt mir zu sagen, daß es noch sehr zeitig war, wie früher, wenn ich sie hörte, sagte ich mir: Endlich!

Zwei Tage später entschloß ich mich, am Abend darauf allein loszuziehen, komme, was da wolle. Es war lächerlich, sich so nahe an der Grenze sosehr hängenzulassen. Und zum ersten Mal dachte ich daran, wie mein Leben im Ausland aussehen könnte. Wenn man etwas mit aller Kraft will, sieht man am Ende nur noch das eine. Man hält es für das einzig Wahre. Und in dem Augenblick, da es in greifbarer Nähe ist, fragt man sich plötzlich, ob es das auch wirklich wert sei. Seit Monaten träumte ich davon, ins Ausland zu gelangen, und nun, wenn alles gut ging, würde es morgen soweit sein. Ich stellte mir den Empfang für mich vor, die von Mißtrauen gefärbte Herzlichkeit, die Sympathie für den Mann, der soviel Elend durchgemacht hatte. Allerdings würde man ein Auge auf mich haben. Man konnte ja nie wissen. Womöglich war ich ein Lügner. Nichts bewies, daß ich die Wahrheit sagte.

Ich sollte Frankreich verlassen, wo ich die schönsten und fruchtbarsten Jahre meines Lebens verbracht hatte. Die mir verbleibende Zeit würde ich im Ausland verbringen. Würde man mir das dort anrechnen? Es all die Jahre akzeptieren, die womöglich Jahre des Verfalls sein würden? Das fragte ich mich. Würde man einen Mann aufnehmen, der unter Umständen bei der Ankunft erkrankte, den man pflegen müßte?

Wann würde all das enden? Hatten mich all die Befürchtungen, die ich durchgemacht hatte, nicht auf immer gezeichnet? Bisher hatte ich immer lächeln müssen, wenn ich von der Nachwirkung eines Unglücks reden hörte. Ich hatte gedacht, wenn eine Gefahr erst einmal vorüber war, dann hatte es sich; aber da hatte ich mich wohl geirrt.

Bei Einbruch der Nacht nahm ich Abschied von dem kleinen Ladenbesitzer. Er gab mir ein Proviantpaket mit auf den Weg. Ich dankte ihm. Ich war so bewegt, daß ich ihn umarmte. Ich sagte, er werde mich ja vielleicht schon am folgenden Tag in Begleitung zweier Polizisten wiedersehen. Ich wagte nicht, ihm zu sagen, daß ich ihn nach dem Krieg besuchen wolle, so krank schien er mir.

Die Nacht war wundervoll. Bevor es bergauf ging, mußte ich zwei oder drei Kilometer über flaches Land gehen. Ich war sehr niedergeschlagen. Doch sowie ich allein im Gelände war, wurde ich zu einem anderen Menschen.

Ein Schäfer kam auf mich zu, begleitet von seinem Hund, der große Kreise um ihn zog, genau wie vorher um die Herde, die ich etwas weiter weg sah und die auch ohne Hüter genauso weitergraste wie zuvor. Ich blieb stehen. Der Schäfer sah mich lange an. Ich hatte keine Angst, so sehr schien er mit den Bergen eins zu sein. Ich begriff, daß er mir sagte, ich müsse auf dieser Seite aufpassen. Wieder wurde ich unruhig. Ich fragte ihn, was ich denn tun solle. Er stand einen Moment lang wortlos da, dann befahl er seinem Hund, zur Herde zurückzulaufen. Der Hund gehorchte wie ein Mensch. Noch immer ohne eine Wort gab der Schäfer mir Zeichen, ihm zu folgen. Der Hund, der zweihundert Meter weit weg hockte, sah uns nach. Wir bogen in einen Weg ein. Er ging voraus, ohne Eile. Jedesmal, wenn etwas den Weg versperrte, drehte er sich um, um zu sehen, ob ich daran vorbeikam.

Wir erreichten ein kleines Haus inmitten von Felsen. Hunde schlugen an. Es verblüffte mich, daß Lebewesen sich dort verteidigten wie überall sonst.

Ein alter Mann tauchte auf der Türschwelle auf, und sein Gesicht leuchtete auf, als er mich sah.

Es war erstaunlich, daß ich erst im Augenblick des Abschieds auf soviel Fürsorge stieß. Erwachte das Herz Frankreichs just in dem Moment, in dem ich es hinter mir ließ? Ich begriff, daß dieses Herz hier wie überall war, daß es aber in diesen Tagen nur von ferne auszumachen war, an verlorenen Orten, wenn man danach suchte.

Man bot mir eine Tasse Milch und danach Wein an. Ich hatte mich hingesetzt. Ich begann zu sprechen, als wäre ich bei meinen liebsten Freunden, und alles, was ich sagte, fand aufmerksames Gehör. Ich erzählte, was mir widerfahren war. Ich sah, wie der alte Mann seinem Sohn einen Blick zuwarf und dieser mit einem kaum wahrnehmbaren Zeichen antwortete. Ich sah, wie die alte Frau sich erhob. Er wollte mir Geld geben.

Ich fing an zu weinen. Sie waren zu gütig. Außerdem kam es zu spät. Ich begriff, daß mein Vaterland nicht gestorben war, daß es hier ebenso gut war wie überall. Um niemanden zu kränken, indem ich das Geld sofort zurückgab, betrachtete ich es eine Zeitlang in meiner Hand und legte es dann auf den Tisch. Ich sagte, ich würde kein Geld brauchen; was sie mir gaben, sei viel wertvoller als alles Geld der Welt.

Am Abend brachen der Vater und der Sohn zusammen mit mir ins Gebirge auf. Am Morgen verließen sie mich. Ich war auf der Berghöhe. Ich wandte mich in Richtung Frankreich. Die Sonne ging auf. Die Ebene war von Licht und Nebel durchflutet. In diesem Augenblick hörte ich Schritte hinter mir. Ich drehte mich um. Zwei spanische Wachposten kamen auf mich zu. Ich wußte, sie würden mich ins Gefängnis bringen, aber das war mir egal: ich war frei.

Inhalt

Vorwort 7

Flucht in der Nacht 11

Einstellung des Verfahrens 145

   Erster Teil: Verwandte und Freunde 147

   Zweiter Teil: Das Gefängnis 258

   Dritter Teil: Richtung Freiheit 298